Juliette

Dès que sa bouche fut pleine

roman

Flammarion

ISBN : 978-2-0804-2980-3

Laetitia avait rarement très envie, le matin. Son sommeil était lourd et pénétré de rêves obscurs qui collaient à ses yeux quand elle ouvrait les paupières. Pourtant, chaque matin, quand Bertrand posait la main sur elle, quand elle sentait son érection contre sa cuisse, elle lui souriait, et puis elle se laissait faire.

Ce geste ne disait rien du désir de Bertrand, dont elle ne savait pas grand-chose, mais il parlait du jeune homme consciencieux qu'il était, de ceux qui avaient bien noté que depuis quelques années les experts considéraient le rapport matinier, en ce qu'il rompait la chasteté de la nuit, comme le meilleur pour le métabolisme. Laetitia voyait que son amoureux mettait un point d'honneur à suivre les recommandations officielles et qu'il baisait donc équilibré, ne s'autorisant que peu d'écarts. Les mêmes experts avaient longtemps martelé, au contraire, que le rapport vespéral importait davantage, aussi ce changement d'orientation avait-il été perçu comme une petite révolution. Bertrand, bien entendu, s'était exécuté tout de suite. Mais certaines personnes plus âgées continuaient à grommeler qu'elles avaient passé leur vie à sauter le rapport matinier, parfois parce que les horaires ingrats d'une journée d'usine ne leur laissaient pas le loisir de copuler avant de partir travailler, et qu'elles ne s'en portaient pas plus mal. Quant aux derniers représentants de la génération précédente à qui la mémoire ne faisait pas encore défaut, ils se souvenaient que dans leur jeunesse, la coutume était déjà de s'attraper le matin, et en concluaient que la médecine changeait d'avis tout le temps et ne valait pas mieux que le bon sens. Quoi qu'il en soit, le gouvernement, pour faciliter l'adoption de cette nouvelle préconisation, en avait fait un point essentiel d'un programme national de sensibilisation, au même titre que la nécessité de varier positions et partenaires pour une sexualité saine. Cette recommandation avait fini par se traduire dans les statistiques et les Français, désormais, se consommaient davantage et plus régulièrement, surtout le matin.

Bertrand et Laetitia se prenaient donc tous les matins. Ce rituel pesait parfois sur le corps de Laetitia dont le désir, au réveil, était encore profondément endormi. Il la rassurait, aussi : elle craignait toujours de ne pas tenir jusqu'à la pause méridienne si elle sautait ce rapport. Surtout, depuis cinq ans qu'ils étaient ensemble, elle avait confiance en Bertrand.

Ce matin-là comme tous les autres, le radio-réveil se mit en marche à 6 h 55. Une voix familière évoquait des averses fréquentes et des éclaircies rares. Laetitia gardait de sa nuit la sensation confuse d'une colère. Elle se rappelait avoir résisté en vain, mais dans son rêve elle ne voyait pas contre quelles forces elle s'épuisait. Elle se tourna vers Bertrand, encore tout froissé, qui lui souriait depuis l'autre oreiller. Son souffle exhalait l'amertume du sommeil. Laetitia masqua le froncement de son nez dans une esquisse de bâillement. Bertrand pivota sur son flanc et Laetitia sentit sa queue contre sa cuisse. Il avait l'érection ponctuelle.

Ces gestes, chaque jour répétés, étaient gravés dans la peau de Laetitia, comme l'empreinte d'un bijou dont l'absence agace et la présence achève. À cet instant-là, Bertrand posait sa main sur la hanche de Laetitia et ramenait son corps vers le sien, puis il fermait les yeux et avançait sa bouche vers la sienne. Laetitia, en retour, se laissait embrasser.

Alors Bertrand, du bout des lèvres, picorait le visage de Laetitia. Entre deux volées de baisers, il se reculait et la regardait en plissant les yeux. Il avait l'air satisfait. Pour éveiller son désir, Laetitia se concentrait sur la teinte légèrement violacée qui ourlait ses paupières et qu'elle aimait deviner dans l'obscurité jaunâtre des premières lueurs. Certains matins, en isolant cette ligne de chair dans ses pensées, elle réussissait à creuser un gouffre dans son ventre. Les autres jours, elle avait beau chercher, elle ne trouvait rien à combler en elle. La nuit l'avait laissée entière. Bertrand, le matin, avait peu d'intérêt pour cette météorologie.

Au moment où le présentateur rappelait le saint du jour, les baisers de Bertrand changeaient de nature. De sa langue, il entrebâillait la bouche de Laetitia puis s'y enfonçait. Il amadouait son palais. Dans ces minutes, Laetitia se demandait toujours pourquoi les publicités qui passaient à la radio étaient si ringardes. Quand Bertrand plaquait son bassin contre le sien, elle constatait malgré tout que cette force était agréable, si agréable certains jours qu'elle en oubliait que le matin, elle n'avait pas très envie. Elle s'étonnait alors que sous la chaleur de la main de Bertrand en bas de son dos, elle accepte de laisser fuir les dernières réminiscences de son rêve. Bertrand frottait son pubis contre elle. Sur le jingle qui annonçait la fin des pubs, s'éloignant un instant pour se rapprocher de la table de chevet, il recueillait dans sa paume deux giclées de lubrifiant. Avec précaution pour ne rien renverser, il glissait sa main entre les cuisses de Laetitia. Ses doigts ouvraient son ventre et Laetitia s'égarait. Dans un éclair de conscience, elle remarquait que ses gémissements se superposaient toujours au générique du journal de sept heures et intérieurement, cela la faisait sourire.

Une voix amicale disait alors : « Mesdames et messieurs bonjour, il est sept heures et voici votre journal. »

Quand les nouvelles commençaient, Bertrand était déjà en elle.

« Et c'est une arrestation qui marque l'actualité ce matin. Cette nuit, la brigade des mets a interpellé une femme de soixante-quinze ans, retrouvée en possession d'un chargement massif de matériel de cuisine et de dégustation. Il pourrait s'agir de madame Reine Claude, une souteneuse célèbre pour avoir dirigé pendant près de vingt ans un réseau de cuisine clandestine. Si l'identité de la suspecte est confirmée, cette arrestation mettrait fin à plus d'une décennie de recherche active par les forces de l'ordre. »

Le matin, Bertrand couvrait Laetitia de son corps et tenait fermement sa nuque de la main droite. Du côté gauche, il enfouissait sa tête dans son cou. Ses va étaient profonds et ses vient étaient amples. Laetitia ne le voyait pas. Elle sentait son bassin appuyer sur ses cuisses, toujours aux mêmes endroits, son torse lourd, et sa présence en elle, aimable et habituelle. Elle se concentrait sur son souffle, qu'elle entendait tout proche de son oreille et qui embrumait la voix de la radio. Écouter cette respiration l'aidait à dilater son âme jusqu'aux contours de son corps. Elle s'appliquait à discerner le plaisir dans la sensation et souvent, elle y arrivait.

« Des ustensiles, des vivres et de nombreuses photographies ont été retrouvés, ainsi qu'une collection très importante de recettes, dactylographiées ou manuscrites. D'après le procureur de la République, ce serait l'une des prises les plus importantes jamais réalisées par la brigade. La propriétaire de la maison, seule présente sur les lieux, a été placée en garde à vue. »

Quelle histoire, pensa Laetitia, et elle aurait voulu voir le visage de Bertrand pour guetter s'il y passait quelque chose. Elle n'entendit aucun halètement singulier, aucune rupture dans le rythme de ses soupirs, et dans sa gorge à elle, aucun gémissement sincère. Le plaisir, ce matin, lui échappait. Une contraction qu'elle ne parvenait pas à cerner évasait son esprit. Elle regardait le plafond onctué par la lumière de l'aube. Les reins de Bertrand battaient une mesure laborieuse. Laetitia sentait sa peau rougir, là où il l'irritait, de la tempe au milieu du cou. Les yeux fermés, elle essayait d'imaginer une étreinte de fête, des ébats du dimanche, d'autres corps et l'odeur de leur peau. Rien ne venait, sinon dans le lointain, une idée vague de couleurs vives et de parfums.

Laetitia crut entendre Bertrand grogner. Il s'enfonça plus profondément en elle. Son corps avait le dessus. Il n'y avait aucun doute qu'il aurait aussi le dernier mot.

« Divertissements et traditions à l'honneur, continuait la voix, avec la semaine de la sexualité qui commence aujourd'hui. De nombreux ateliers et festivals sont organisés dans toute la France pour célébrer les pratiques et le patrimoine corporels de notre beau pays. Tout de suite, nous rejoignons notre envoyé spécial dans la jolie région de… »

À sept heures et six minutes, Bertrand râlait, jouissait et roulait sur le dos.

Bertrand coupa la radio. Il sourit à Laetitia.

— C'était bien, non, ce matin ? Je me sens en forme. Ils finissent par payer, ces exercices de gainage.

Laetitia marmonna quelque chose de positif et de tendre. Elle posa la tête sur son épaule et frotta doucement son visage dans son cou. Du bout des doigts, Bertrand commença à jouer avec son sexe rendu à la souplesse. Il le faisait rebondir d'une main à l'autre.

Laetitia, mal à l'aise, se tortillait un peu. Elle allait moins bien que d'habitude. Dans la performance de Bertrand, elle n'avait vu aucune singularité, et cela rendait sa fierté d'autant plus touchante : tous les matins se ressemblaient. Elle avait la chance que leur routine soit très conventionnelle, fidèle à l'image d'Épinal du rapport matinier, et elle avait appris à aimer la régularité qu'il avait installée dans sa vie. Avant lui, il pouvait lui arriver de sauter des ébats, et à l'époque, elle ne voyait pas vraiment le problème : avant lui, elle avait pu manquer de maturité. Seulement, ce matin, elle ne parvenait pas à se sentir tranquille. Il lui semblait qu'un fond d'agacement, très ténu, très timide, déconcertant, malaxait son cœur.

Bertrand se leva. Il était encore nu. Laetitia le suivit des yeux. Grâce à l'un des miroirs de la chambre, son regard pouvait l'embrasser tout à la fois de dos et de face. À part ses lèvres charnues et son sexe replet, tout en lui exprimait la sécheresse. Quand ses doigts s'attardaient sur son ventre, elle croyait pouvoir compter les fibres de chacun de ses muscles. Elle se souvenait encore du contact originel entre la pulpe de ses doigts et cette écorce lors de leur premier rendez-vous, avant qu'ils ne deviennent un couple. En la déshabillant, Bertrand lui avait dit qu'il aimait ses rondeurs, et ce mot qu'elle n'avait jamais utilisé pour elle-même l'avait désarçonnée ; elle avait toujours prêté davantage d'attention à ses angles. Ce soir-là, l'étreinte finie, elle avait passé du temps à toucher son propre ventre, cette chair molle qui la protégeait comme un fruit mûr.

Silencieuse et nue, sur le lit, Laetitia regardait Bertrand se préparer comme on observe la vie indépendante et mystérieuse, quoique prévisible, d'un petit animal.

Il lui fit part des différentes réunions et échéances importantes qui l'attendaient aujourd'hui au travail. Il devait remettre, le lendemain, une analyse portant sur la situation d'un client, un cas assez complexe qui lui avait été confié. Devenir juriste n'était pas son rêve d'enfant, mais le métier lui réussissait bien. Laetitia, à voix haute, s'attendrit et admira. Bertrand lui rappela aussi que le soir même, ils étaient invités chez Lily et Martin, des amis de longue date qu'il avait apportés à leur couple. Il essaierait d'être à l'heure et lui demanda de faire de même. Il nouait sa cravate face au plus grand miroir et sa voix était légèrement étranglée par la pression de ses doigts et la crispation de son cou. Laetitia s'entendit répondre « Ah oui, c'est vrai » et ne sut pas si elle se réjouissait de cette perspective ou si elle se sentait d'ores et déjà accablée d'une immense lassitude.

Elle se leva pour accompagner Bertrand jusqu'au seuil. Depuis l'ascenseur, il lui fit un petit signe de la main. Elle lui répondit avec douceur, lui souffla qu'elle l'aimait, puis repoussa la porte.

Laetitia aimait les minutes calmes et solitaires qui suivaient le départ de Bertrand. Dans le département marketing où elle travaillait, au sein d'un géant français du mobilier abordable, les journées commençaient un peu plus tard. Aussi, avant de se préparer, elle prenait toujours le temps de battre les oreillers, d'ouvrir une fenêtre, de faire leur lit. Quelques mouchoirs étaient éparpillés sur le sol, qu'elle jetait soigneusement dans leur poubelle de chambre.

Ce matin, elle se sentait nerveuse. Cette histoire d'arrestation entendue à la radio appuyait sur un point engourdi de son corps et de son esprit. Elle n'arrivait pas à mettre en images les mots du journaliste. Elle ne se figurait qu'une abstraction, un brouillard crevé par les blousons et les bottes de la brigade des mets, et ce n'était pas cela qu'elle voulait voir. Pour autant, cette frustration ne suffisait pas à expliquer la gêne qu'elle ressentait dans son ventre.

Ce n'était pas non plus une faim. La faim, Laetitia en connaissait bien les symptômes. Ils étaient féroces, mais honnêtes : métaboliques. Elle se rallongea sur le lit et ferma les yeux. Elle essaya de relâcher son esprit où se déployait une nuée de questions indistinctes.

Laetitia rouvrit brutalement ses paupières. Elle porta la main à son ventre, où elle venait de reconnaître les premiers signes d'une obsession qui agressait son corps et dont déjà elle se sentait coupable.

Ce n'était pas la première fois que l'appétit s'emparait d'elle ; au début de son histoire avec Bertrand, elle avait déjà dû l'affronter à deux reprises. Elle avait réussi à le surmonter toute seule : le mal était passé vite et de lui-même. Elle n'avait heureusement pas eu à en parler. Elle espérait que cette fois-ci, comme les précédentes, la douleur s'évanouirait en quelques minutes.

Elle inspira et un nouveau souvenir s'épancha en elle comme une eau tiède. Elle était enfant. Elle jouait dans un grand jardin, peut-être une clairière ou une petite prairie, un endroit vert et moelleux. Ce lieu pour elle n'était pas familier. Il y avait des rires et des cris et partout l'odeur de l'herbe. Ses parents l'avaient laissée ici et depuis un moment, ils avaient disparu. Elle était avec d'autres enfants comme elle, enivrés d'espace. Elle avait oublié leurs visages. Ils étaient ensemble à la lisière de quelque chose.

L'un d'eux, qu'elle savait plus âgé et moins sage, s'approcha d'un buisson plein d'épines. Il prononça des mots dont elle ne se souvenait plus, et elle le vit, droit et sûr de lui, tendre la main vers des fruits noirs et joufflus qui salissaient le vert tendre du feuillage. Elle le regardait et il fit ce geste extraordinaire, ce geste qu'elle n'avait jamais vu : il arracha une des baies et la porta à sa bouche.

Comme tous les petits de son âge, elle était nourrie à la bouillie infantile, une sorte de purée pâle, presque liquide, sans texture ni saveur. Elle ignorait ce que le reste du monde avait de comestible. Un jour, pour l'embêter, des grands lui avaient raconté que les adultes mangeaient eux aussi, même si on ne les voyait jamais faire, et pas de la bouillie infantile, non, ils dévoraient des choses différentes, interdites aux enfants, parfumées et multicolores, surtout quand ils étaient amoureux. Elle n'avait pas voulu les croire.

Le garçon qui mangeait les baies avait l'air heureux. Au creux de sa bouche qu'il ouvrait et fermait par à-coups, une purée sombre s'amoncelait. Quand il déglutissait, il rassemblait les lèvres, plissait les yeux, tendait le cou, et aussitôt après il engloutissait de nouveaux fruits.

Laetitia ne fut pas la première à l'imiter. Elle avait suivi le groupe, par peur qu'on se moque d'elle si elle n'osait pas. Pendant de longues minutes, ils avaient dépouillé les ronces à s'en écorcher les mains.

Allongée sur le lit, elle se rappelait avec violence l'acidité douce des mûres, leur goût, la piqûre du sucre sur la langue, les grains rocailleux qui crissaient sous la dent, la nouveauté absolue de ces sensations et l'envie qu'elles durent toujours. Elle avait trouvé tellement de baies à mettre dans sa bouche qu'un filet de jus sombre avait coulé le long de son menton jusqu'à son tee-shirt pastel.

Quand la petite troupe d'enfants avait retrouvé les adultes, des cris d'effroi avaient accueilli les visages souillés. Elle se souvenait encore de ces cris et de la colère de ses parents. D'autres que les siens riaient.

Elle avait tout de suite compris qu'il ne faudrait pas recommencer. Les jours suivants avaient été difficiles car précisément, elle avait très envie de recommencer. Pendant plusieurs nuits, elle s'était endormie douloureuse en pensant aux fruits noirs. Elle avait essayé d'en parler à ses parents, de leur dire la joie que ces fruits avaient causée en elle, mais n'avait eu pour seule réponse que le silence gêné de sa mère, qui avait jeté son tee-shirt maculé à la poubelle, et les gros yeux de son père. Il n'y avait pas de discussion possible. Elle ne comprit pourquoi que bien des années plus tard, longtemps après que le souvenir des mûres se fut éteint, quand elle eut l'âge d'en avoir honte. La même culpabilité la ceignait aujourd'hui et ravivait ces images.

En grandissant, comme tout le monde, elle était passée de la bouillie infantile aux barres sustensives, ces rations complètes en apports nutritifs que les agents de La Poste, pour le compte de l'État, livraient par caisses de quarante-huit dans chaque foyer. L'envie des fruits sauvages n'était jamais vraiment revenue, ni aucun désir franc et libre pour ces choses parfumées et multicolores dont la vie lui confirmerait plus tard l'existence.

Ce qui l'avait chatouillée vers la fin de l'adolescence tenait de la curiosité plutôt que de l'appétit, et d'une forme de courage rebelle pour entreprendre en secret ce qui l'intimidait et qu'elle avait entendu ses parents disqualifier. La nourriture était un sujet tellement tabou chez eux. À la maison, elle entendait des récits de jeunes gens dévoyés qui « mangeaient avec n'importe qui » ou qui « grignotaient à droite, à gauche », et elle imaginait des jeunes femmes aux traits flous happant, au-dessus de leurs deux épaules, des aliments dressés entre des doigts douteux. Quant à l'éducation culinaire, sa mère avait attendu le jour où elle s'apprêtait à quitter le nid familial pour lui rappeler, dans un souffle, alors que son père était déjà descendu charger ses grosses valises dans la voiture, qu'elle ne devait surtout pas oublier de se faire livrer des barres sustensives pour ne pas mourir de faim.

À l'époque pourtant, ses amis parlaient déjà sans rougir de leurs grignotages ; Laetitia, attentive, baissait les yeux.

Bertrand ne faisait pas encore partie de sa vie, elle ne l'avait pas encore rencontré et ne l'attendait pas vraiment. Elle ne s'était pas mis en tête de se réserver pour le bon, mais à force de ne passer à table avec personne, le résultat était le même : elle n'avait jamais cuisiné quoi que ce soit. Elle avait bien picoré quelques petites choses avec des filles et des garçons, des barres surtout, et elle avait ainsi connu quelques moments agréables, mais elle n'était jamais allée plus loin. Ses relations étaient trop brèves, et elle, trop angoissée. Parfois, elle imaginait des choses abstraites et elle salivait ; juste après, elle se sentait coupable et un peu sale. Et puis Bertrand était apparu.

La sonnerie du téléphone la ramena au présent. Bertrand lui avait envoyé un message. Il se plaignait du travail médiocre produit par un de ses collègues ; tout était à reprendre. Elle compatit en réponse, puis jeta le téléphone sur le lit, loin d'elle.

Elle devait divertir son esprit et étouffer l'intention qui palpitait encore dans son ventre. Elle glissa ses mains le long de sa taille, jusqu'à venir buter sur les os de ses hanches. Ainsi allongée sur le dos, le ventre vide, elle les sentait saillir sous ses paumes. Ses cheveux bruns étoilaient le drap blanc. Elle ne voyait entre ses jambes qu'une forme très douce, un arrondi modeste qu'on pouvait croire érodé par des années d'abrasion. Bertrand l'aimait lisse. Elle s'y était habituée. Elle continua de s'étirer en prenant appui sur ses hanches. Elle laissa ses genoux emporter ses jambes de leur poids. Elles basculèrent de chaque côté d'elle. Elle franchit de sa main droite le relief affaissé qui s'érigeait entre ses cuisses.

La chorégraphie qui suivit était des plus familières. Elle ferma les yeux à demi pour regarder en elle. Elle fit défiler des images sous ses paupières. Ce théâtre personnel, que sa main accompagna de quelques saccades, la fit jouir assez vite. Ces orgasmes solitaires étaient faciles et doux, ils ne la surprenaient ni ne la comblaient jamais, mais faisaient leur office : elle avait pensé à autre chose et l'inconfort s'était atténué.

Elle s'habilla rapidement, avala en la mâchant à peine une barre sustensive sans saveur, attrapa un parapluie et fila au bureau.

Ce matin-là, Laetitia arriva au travail quelques minutes plus tard que d'habitude. Elle ne croisa pas son chef. Elle posa son sac sur la moquette blafarde et s'installa à son bureau, sur lequel des dossiers étaient toujours éparpillés. Elle alluma son ordinateur.

Carole, sa collègue, continua de la fixer après le « Coucou Laetitia ! » qu'elle lui lançait tous les matins et auquel Laetitia, tous les matins, répondait à voix lasse. Ses lèvres étaient pincées dans un sourire qu'elle peinait à contenir. Laetitia se demanda s'il y avait quelque chose de travers sur sa figure, si le seul souvenir des mûres avait pu suffire à la tacher. Elle toucha son visage. Elle n'était pas passée devant un miroir avant de partir de chez elle. Elle regarda Carole de nouveau et vit que ses yeux, malgré l'ennui de ce lundi de mai, pétillaient.

Elle se souvint que Carole lui avait dit que ce week-end, elle devait rencontrer pour la première fois un garçon, Simon, qu'elle avait trouvé sur Internet et dont elle parlait tous les jours depuis. Elle était célibataire depuis longtemps et semblait n'avoir connu que des histoires courtes et bancales. Elle ne rêvait pas du grand amour, enfin pas forcément, elle voulait surtout rencontrer « quelqu'un de bien », et elle insistait sur les deux dernières syllabes pour que cette fois, la vie s'applique un peu. Ses yeux brillaient sûrement de l'envie de raconter quelque chose.

Quand Laetitia lui demanda si elle avait passé un bon week-end, Carole hocha vigoureusement la tête et rosit : elle avait vu Simon.

À la pause, elles se dirigèrent ensemble vers la salle de détente. L'entreprise avait beau avoir fait des efforts, cet espace n'était vraiment pas terrible. Au moins, il avait le mérite d'exister. Jusqu'à la fin de l'année dernière, le bâtiment n'en disposait pas. Les employés en étaient réduits à s'affairer dans leurs bureaux ou dans les divers halls et couloirs de l'imposant building qui abritait la direction générale et les services transverses. Chacun reconnaissait que ce n'était pas satisfaisant, jusqu'aux agents d'entretien qui ne savaient plus comment entretenir la moquette. Pour mettre un terme aux récriminations, le secrétariat général du groupe s'était saisi du sujet en début d'année, au grand soulagement des organisations syndicales. Dans une ancienne salle de réunion sans fenêtres, de très grandes banquettes aux couleurs criardes avaient été installées, avec quelques canapés qui n'en finissaient pas de sentir le plastique neuf et des espaces de rafraîchissement dont les douches semblaient avoir été arrachées à une vieille piscine municipale. Dans un coin pâlissait le halo blanchâtre de deux distributeurs de préservatifs pauvrement garnis. Tous ces meubles ne venaient même pas de leur propre catalogue, une pingrerie d'ailleurs très mal comprise. Heureusement, cette zone du bâtiment ne recevait que très rarement du public. Il y avait un espace à part, plus soigné, réservé aux rendez-vous des membres de la direction avec des invités extérieurs. Les draps de coton blanc, bien repassés et tendus sur de larges banquettes toujours neuves, y créaient une atmosphère propice à la conclusion de contrats importants. Laetitia n'y était jamais allée.

Carole était assise sur un canapé, les jambes serrées. Elle avait les cheveux bruns et mollement longs. Elle n'était pas plus vieille que Laetitia, ou à peine, mais ses lunettes épaisses et la teinte indécise de son rouge à lèvres lui donnaient un âge triste. Laetitia s'était installée à côté d'elle. Amélie et Laurent, les deux collègues dont elles étaient les plus proches, les avaient rejointes et s'étaient avachis côte à côte sur le canapé d'en face. Amélie penchait la tête vers Laurent.

Carole se lança, elle avait enfin vu Simon, samedi. Elle n'avait qu'un mot pour qualifier cette soirée, et elle le prononça en joignant ses mains sur son cœur : merveilleuse.

Elle décrivit tout : le hall d'entrée de l'immeuble et la forme des escaliers, le bruit de la sonnette, la blancheur éclatante du coton – probablement égyptien, elle s'y connaissait un peu – de la chemise qu'il portait. Elle ajouta qu'elle découvrirait plus tard dans la soirée que cette élégance répondait parfaitement à celle de son slip. Elle précisa ensuite les modalités techniques du baiser qu'ils échangèrent pour se saluer, puis s'étendit sur la durée de leur séjour dans l'entrée et sur le temps qui s'égrena, interminable, sur le canapé, avant qu'il ne l'invite enfin à passer en banquette, alors qu'elle n'en pouvait plus d'attendre la suite, elle qui n'avait pas baisé depuis midi.

— Sur la banquette, continua-t-elle, ça a été le grand jeu : il avait mis les petits draps sur les grands, ça se voyait. Je dois dire que ça m'a beaucoup touchée. La parure était impeccable et bien repassée, et surtout coupée dans une très belle matière, douce et texturée à la fois, certainement du lin. Le drap principal était écru – non, pas vraiment écru, plutôt ivoire. Il y avait des coussins aussi, beaucoup de coussins, dans le même tissu mais dans un camaïeu de bleus. Ils avaient un très joli liseré argenté. J'espère qu'ils passent en machine, déclara-t-elle, soudain préoccupée.

Elle reprit son souffle, puis rendit compte précisément de leurs ébats sur la banquette : elle détailla les pratiques mises en œuvre, les accessoires impliqués, indiqua combien de fois chacun avait joui, la durée de chaque séquence, mentionna leurs conversations passionnantes – Simon était un grand amateur de théâtre et de cinéma, un vrai intellectuel – et leurs interjections enthousiastes. Elle partagea quelques photos avec ses collègues. Le récit était somme toute assez commun, et Carole en paraissait consciente, mais cela n'entamait pas sa joie. Laetitia se surprit à ressentir pour elle une sympathie sincère.

— Et après tout ça, poursuivit Carole, on est restés sur la banquette, on a papoté, et puis…

Elle s'interrompit un instant, haussa les épaules et serra ses mains entre ses genoux. Elle eut un air rêveur, qu'elle chassa d'un froncement de sourcils, avant de conclure, irrémédiable : « Et puis voilà. »

Elle se tut. Un petit sourire pudique habillait son silence. La suite de la soirée, dont elle revivait sans doute des bribes intérieures, ne pouvait être décemment partagée avec des collègues entre ces murs.

— C'est drôle, fit Laurent, moi aussi j'ai vu un nouveau copain, ce week-end. Super soirée, on a vraiment bien baisé, un peu comme vous, même si les draps n'étaient pas si bien repassés. Et après…

Laurent, comme Carole, serra ses mains entre ses genoux et haussa les épaules, puis il reprit :

— Il m'a préparé une salade. Une vraie salade. Fraîche, croquante, assaisonnée à la perfection – une petite vinaigrette bien acidulée, vous voyez le délire ? Je n'en avais pas mangé depuis des mois. C'était dingue. Vous avez mangé quoi, vous ? Salade ou plutôt plat chaud ?

Les mots crus de Laurent avaient résonné dans la pièce. Deux femmes qui s'étaient installées sur un canapé non loin se tournèrent vers le petit groupe. On n'entendait plus dans la pièce que le ronronnement métallique des distributeurs.

Un sourire gêné se dessina sur les lèvres de Laetitia, puis elle vit dans les yeux de Carole de la déception et de la colère, et cela lui fit de la peine ; par solidarité, elle jeta à Laurent un regard réprobateur.

Quelques instants passèrent encore. Plus personne ne disait rien. Amélie lissait doucement ses cuisses, légèrement penchée en avant, du plat de la main. Carole prétexta un travail urgent à finir et quitta la pièce, le visage fermé. Amélie se leva et la suivit sans s'excuser.

Laetitia resta seule avec Laurent.

Laurent faisait la moue, affalé au fond du canapé. Laetitia était assise face à lui. Elle avait voulu rester mais ne savait pas quoi lui dire.

C'est lui qui brisa le silence. Il avoua que les banales histoires de sexe l'ennuyaient lorsqu'il ne faisait pas partie des protagonistes – il disait souvent que si c'était pour qu'on lui lise des fiches pratiques de *ELLE en banquette*, il préférait s'abonner au magazine – et qu'il avait eu envie, pour rigoler, de secouer un peu Carole. Il reconnut qu'il s'était peut-être montré trop brutal.

— Mais au fond, Laetitia, poursuivit-il, le problème, c'est que je ne comprends pas. Les êtres humains, c'est comme les animaux : ça mange. Et en plus, tu sais quoi ? C'est fait pour ça. Toute la survie de l'espèce repose là-dessus, et comme il n'y a pas de hasard, les papilles qu'on a dans la bouche sont là précisément pour nous donner du plaisir quand on le fait. Alors pourquoi un tel tabou ? Pourquoi je n'ai pas le droit de partager avec des collègues la joie que j'ai eue à manger de la salade avec un mec super samedi soir ? Pourquoi tout le monde fait comme si ça n'existait pas ? C'est quoi, le problème, purée ?

Laurent parlait fort, et les mots qu'il lançait n'avaient rien à faire ici. Les femmes du canapé voisin avaient quitté la pièce. Ils étaient seuls dans la salle de détente.

Laetitia était tétanisée. Elle se demandait pourquoi Laurent l'avait choisie pour cette saillie inhabituelle, s'il lui faisait du rentre-dedans, si cette indignation trahissait un appétit nouveau qu'il aurait eu pour elle. Elle connaissait sa réputation de bon vivant : on lui avait toujours connu beaucoup de partenaires. Quand il en avait l'occasion, il ne se privait pas de confier, avec un clin d'œil, qu'il avait mis les pieds sous pas mal de tables et nettoyé au moins autant d'assiettes. Il allait rarement aussi loin que ce matin dans la provocation, mais il aimait faire rougir son public.

Bertrand n'était pas du tout comme ça, et heureusement : Laetitia n'aurait jamais osé vivre avec quelqu'un d'aussi exubérant que Laurent. Bertrand n'était pas moins à l'aise en société que lui, au contraire, mais il savait se couler en virtuose dans les contours de ce que les conventions permettaient ; il n'aimait pas les piétiner par plaisir comme Laurent le faisait. Quant à la nourriture, Laetitia n'avait jamais vu Bertrand en parler ailleurs que dans l'intimité. Que sa réputation de fin gourmet ait pu infuser autour de lui malgré cette discrétion restait un mystère pour elle. Et pourtant, elle le connaissait à peine qu'elle avait déjà entendu des amis à lui raconter des histoires croustillantes à son sujet, dans lesquelles il jouait un rôle tantôt virtuose, tantôt frénétique, mais toujours en pleine maîtrise, ce qui à la fois la rassurait et excitait son appétit ; c'était très agréable pour elle de pouvoir tenir ces deux sensations dans un même souffle. Elle avait pensé que si elle sautait dans l'inconnu à sa table, s'ils mitonnaient ensemble, cela serait non seulement intense et grisant, mais aussi serein et doux.

Elle n'avait pas prévu qu'elle resterait toute sa vie avec lui, elle avait d'abord vu en lui l'homme idéal pour une relation sérieuse, celui avec lequel elle découvrirait la cuisine conjugale. Bertrand avait l'air tellement stable, tellement sûr de lui, tellement clairvoyant ; à ses côtés, à l'ombre de sa force, le doute et la honte qui pétrissaient Laetitia se dissiperaient sûrement pour toujours. C'est pour ça que quand Bertrand l'avait approchée, elle avait tout de suite dit oui.

Ensuite, tout était allé très vite. Leurs débuts avaient été avides et flamboyants, et Laetitia se souvenait encore des chuchotements qui l'alléchaient et ressemblaient à des promesses. Ces premiers temps l'avaient rendue terriblement amoureuse. Quelques jours ou quelques semaines après leur première rencontre, il lui avait dit qu'il l'aimait, et elle, la bouche pleine, le corps liquide, elle avait répondu « Moi aussi ». C'était un peu tôt, peut-être, mais le bonheur était trop fort, trop évident pour penser autrement. Il lui plaisait beaucoup.

Laurent attendait une réaction. Laetitia lui aurait bien demandé d'où lui venait un tel appétit et comment il le comblait ; ces questions, qui l'occupaient depuis longtemps, ce matin la brûlaient. Deux fois, elle descella les lèvres, tout près de parler, mais resta muette. Si Laurent lui faisait des avances, comme elle le soupçonnait, sa curiosité pourrait ressembler à une ouverture. On ne parlait pas de cuisine innocemment. Et puis, dans une telle discussion, il y avait des mots qu'elle prononçait trop rarement pour qu'ils trouvent leur place dans l'atmosphère lugubre de cette salle.

Alors pour changer de sujet, elle haussa les épaules et remonta sa main le long de la cuisse de Laurent. Elle lui demanda à voix basse s'il voulait qu'elle le caresse avant de retourner travailler, et en retour Laurent lui sourit et lui dit : « Volontiers, c'est gentil. »

Laetitia défit sa ceinture et fit glisser le bouton de son pantalon entre ses doigts. Ils passaient souvent leurs pauses ensemble et la forme de Laurent, lorsqu'elle la serra dans sa paume, lui était familière. Elle avait quelque chose d'exemplaire : lourde et dense, rapidement rigide, elle était le symbole palpable de son énergie et de sa jeunesse.

Laetitia prit beaucoup de plaisir à regarder sa main aller, venir, aller et venir encore le long de ce que Laurent lui confiait. Il était son collègue, aussi essayait-elle, comme toujours au bureau, de garder dans l'acte une certaine contenance, presque une autorité. Le jour où ils seraient vraiment amis, où elle aurait l'occasion de le caresser dans un lieu plus intime que ce froid bâtiment, elle sentirait certainement plus d'amplitude dans son coude, plus de douceur dans son poignet, elle mettrait dans ses yeux une affection humide, elle l'observerait avec sa bouche, lèvres entrebâillées, souriant à demi. Aujourd'hui, la salle de détente les contenait.

Penchée vers Laurent depuis un canapé trop ferme et qui couinait un peu, elle s'efforçait de ne pas le regarder dans les yeux, par crainte de se laisser aller à ressentir autre chose qu'une camaraderie toute professionnelle. Elle se concentrait sur sa verge, qui débordait furieusement de sa main puis y replongeait docilement.

En jouissant, il bascula la tête en arrière et gémit.

Elle caressa sa joue et une image la frappa en plein ventre : ce pan de chair molle, qu'elle pouvait toucher, qui était à portée de sa main, qui tressautait sous ses yeux quand il jouissait, cette peau, lorsqu'il mâchait, devait se contracter pareillement ; et en elle, aussitôt, Laetitia vit Laurent manger. Elle en eut le souffle coupé. La douleur se réveilla, précise. Elle sentit son ventre s'ouvrir et une eau monter dans sa bouche. Ce n'était pourtant pas la première fois qu'elle laissait ses mains s'attarder sur le visage de Laurent. Mais aujourd'hui, à travers l'angle et la vigueur de ses mâchoires, elle décelait un univers inconnu dans lequel ils pourraient se dissoudre ensemble. Il suffisait qu'elle le veuille. Lui, Laetitia était sûre qu'il en avait envie.

Elle peina à soutenir son geste jusqu'au bout. Toutes ses forces étaient absorbées par la lutte contre cet appétit dont elle ne pouvait rien dire. Elle mourait d'envie de manger avec lui. Pire encore, elle aurait aimé qu'il le sache. Cette trahison que son ventre se permettait d'infliger à Bertrand la terrifia.

Laurent, sous la caresse, fermait les yeux. Quand il les rouvrit, il demanda à Laetitia si tout allait bien. Elle but l'eau de sa bouche et hocha la tête avec conviction.

Ils regagnèrent leurs bureaux en silence.

Bertrand et Laetitia devaient se rejoindre devant l'immeuble où Lily et Martin habitaient. Elle avait le temps d'y aller en marchant. Le ciel pesait tiède sur ses épaules mais il ne pleuvait pas encore. En chemin, elle se demanda si elle ne devait pas s'ouvrir à Bertrand de ce désir de déguster qui était revenu la troubler et semblait moins fugace qu'espéré. Bien sûr, elle ne parlerait pas de Laurent.

Malheureusement, elle n'était pas sûre qu'il y ait une bonne façon d'aborder le sujet.

Avec Bertrand, ils ne bâfraient plus depuis longtemps. Quand leur vie culinaire était devenue fade, le contraste avec le souvenir des premiers temps avait provoqué de l'amertume et de la tristesse en elle, parfois un soupçon de colère. Ce n'était plus le cas. Bertrand l'avait aidée à se raisonner : il disait que même au sein des couples les plus fougueux, les plus voraces, l'appétit s'émoussait toujours avec le temps, qu'un moment venait où l'envie de cuisiner avec l'autre se diluait dans la paresse et la répétition ; qu'on se réveillait un matin et que l'effort se révélait trop grand, et le plaisir trop éphémère ; qu'un jour ou l'autre il ne restait plus qu'une ou deux recettes fétiches, aimées des deux palais, que les vieux amants voulaient encore mitonner dans une casserole culottée et confortable. C'était la vie et il fallait l'accepter. Laetitia comprenait qu'ils étaient seulement entrés dans cette phase un peu plus tôt que les autres, peut-être pour des raisons différentes, et qu'une forme de pudeur ou de dégoût avait précipité la lassitude.

Parfois, elle se prenait à penser que ces années insipides n'étaient pas un avant-goût de la suite, mais un simple accident, une phase transitoire. Elle se disait que dans l'intimité qu'ils construisaient au quotidien, amoureusement, un appétit profond pourrait malgré tout déployer ses longues racines, et un jour les enflammer de nouveau. Elle espérait que cet appétit à venir, vainqueur de la routine, serait plus suave encore que celui que l'usure avait fini par consumer. Et puis, au fond, elle devait admettre qu'elle ne savait pas grand-chose de la vie gastronomique des autres couples ; rien ne prouvait que les gens mangeaient autant que ce qu'elle imaginait. Après tout, les pratiques qu'elle avait avec Bertrand n'étaient peut-être pas si loin de la norme, peut-être que chez les autres aussi, la nourriture et la cuisine, ça faisait des histoires.

Elle était arrivée en bas de chez Lily et Martin. Elle avait reconnu de très loin la silhouette de

Bertrand qui l'attendait. Il l'embrassa du bout des lèvres et sonna à l'interphone. Il était 20 h 15. L'air charriait de l'orage.

Lily leur répondit : « Je vous ouvre ! » Sa voix était enjouée et agaçante.

Un ascenseur à l'ancienne, qui grinçait et craquait à chaque étage, couvrit les soupirs de Laetitia et les porta lourdement, Bertrand et elle, jusqu'au palier.

La beauté de Lily ne la suprenait plus depuis longtemps. Pourtant, comme à chaque fois, elle les plongea dans un bref état de sidération. Laetitia en oublia un instant sa lassitude.

Lily n'était pas très grande, mais de la pointe de ses pieds jusqu'au tourbillon lâche de ses cheveux qu'elle portait noués au-dessus de sa tête, il n'y avait pas un trait à retoucher dans les contours de son corps. Elle laissait dans l'espace une empreinte parfaite, embellie encore par les quelques grammes de nylon qui enlaçaient ses jambes et les aplats froissés qui épousaient son buste. Elle avait un corps dans lequel Laetitia aurait voulu se fondre, au moins pour savoir comment c'était, de traverser la vie dans cette enveloppe. À côté de

Lily, Laetitia se sentait comme une chair sans intrigue, disparate et ennuyeuse. Chez Lily, tout se tenait. D'ailleurs, ses attaches fines réclamaient une manipulation précise dont Martin ne paraissait pas capable. Il était plus âgé qu'elle et son charme à lui était flou. L'ombre d'une barbe qui affleure, un certain avachissement à chaque angle, l'œil lourd : tôt ou tard, Lily finirait par lui glisser entre les doigts.

Lily serra, chacun leur tour, ses invités dans ses bras. L'odeur de sa peau était douce et exhalait une note de fumée claire. Laetitia se souvint qu'elle n'avait pas baisé depuis la pause méridienne et pensa, finalement, que passer la soirée avec Lily n'était pas une perspective si désagréable.

Elle les conduisit au salon, où Martin les attendait. Le couple avait fait des efforts pour que le lieu leur ressemble et incarne leur bon goût, ce qui expliquait le regard légèrement suppliant qu'ils jetaient à toute personne qui pénétrait dans la pièce.

Avec un sourire avenant, Bertrand s'exclama : « C'est toujours aussi sympa, chez vous ! » et Laetitia acheva de se détendre. Elle remarqua, à l'imbrication de type scandinave des tenons et des mortaises de la banquette centrale, qu'elle était du même modèle que la leur. Bertrand et elle se l'étaient offerte lorsqu'ils avaient emménagé ensemble, avant qu'elle ne travaille pour une enseigne de meubles et qu'elle ait accès aux réductions réservées au personnel. Seule la nuance du bois, plus sombre ici, les distinguait. Quant au drap qui recouvrait le matelas, elle se souvenait d'avoir hésité à acheter le même, bien soldé cet hiver, avant d'être dissuadée par la teinte sombre du tissu : elle était en harmonie avec le bois, mais c'était une couleur salissante. Pour une parure de banquette, le blanc ou le crème restaient les options les plus faciles à entretenir.

Quelques coussins étaient éparpillés sur la banquette. L'usage voulait qu'ils n'aient pas l'air bien mis afin que les convives n'interprètent pas un arrangement trop élégant comme un obstacle à l'utilisation de l'espace. Pour autant, leur agencement trahissait la main de leurs hôtes. Sans doute Lily avait-elle voulu leur redonner toute leur ampleur après que de précédents ébats les eurent aplatis. Laetitia se demanda si Martin et elle avaient utilisé la banquette juste avant leur arrivée, ou s'ils avaient reçu d'autres amis récemment, peut-être la veille. Le dimanche soir se prêtait bien aux étreintes tranquilles en petit comité, qui n'empêchaient pas de se coucher tôt avant de reprendre le travail. Peut-être avaient-ils plutôt reçu le samedi, auquel cas les participants avaient sans doute été plus nombreux et l'heure de fin plus tardive. Les assemblées les plus festives se quittaient au petit matin, fourbues et odorantes.

Entre le mur et la banquette, sur un meuble bas du même bois que le sommier, étaient posés un grand bol rempli de préservatifs, un bouquet de fleurs fatiguées dans un vase, une large bouteille de lubrifiant dont le verre opaque rappelait les pharmacies d'antan, et des petites serviettes de bain roses bien pliées, affaissées sous le poids d'un galet qui n'avait jamais vu la mer.

Un canapé en U jouxtait la banquette. Les deux couples s'assirent face à face sur ses méridiennes de velours vert. Il était étroit et leurs genoux se touchaient presque.

Un projecteur installé au-dessus d'eux envoyait ses images sur le mur opposé. Il suffisait aux convives de tourner légèrement la tête pour les apercevoir. Afin d'attiser leur désir avant de passer en banquette, Lily et Martin avaient choisi un film d'apéritif très doux, très fluide. On y voyait, dans une palette de chairs lisses allant de l'ivoire au wengé, des corps nus indénombrables, dont les visages restaient hors champ. Au fil d'un long plan-séquence sans début ni fin, des mains, des seins, des verges, des fesses, des vulves et des cuisses se superposaient dans un kaléidoscope étourdissant et joyeux, où le caressant et le caressé se confondaient. L'atmosphère musicale était très plaisante. Laetitia crut reconnaître un album d'Alain Bashung. L'ensemble lui plaisait plutôt, mais elle préférait quand on voyait aussi les visages à l'écran. Il lui semblait plus facile de s'identifier à un visage qu'à un corps.

Bertrand engagea la conversation en évoquant ses dernières lectures, des essais, principalement, pour prendre de la hauteur et refuser l'accaparement du quotidien et de ses trivialités, mais aussi quelques romans historiques du dix-neuvième siècle qu'il avait eu plaisir à relire. Ces temps-ci, il s'intéressait particulièrement au siècle de Louis XIV. La vie de cour à Versailles le fascinait. Il aimait les livres qui lui apprenaient des choses et dont le style avait survécu à l'épreuve du temps, qu'il voyait comme le plus fiable des critiques.

Laetitia s'ennuyait un peu. Elle essayait pourtant d'y mettre du sien et s'appliquait à creuser, du bout de ses seins jusqu'au bas de son ventre, un sillon où son désir pourrait couler. Elle isolait des objets précis sur lesquels, l'un après l'autre, elle fixait son attention : les lèvres de Lily ; les doigts de Martin, leurs ongles courts et les tendons qui saillaient au dos de ses mains ; la petite surface de peau d'une douceur infinie derrière l'oreille de Bertrand, là où il n'y avait pas de cheveux et dont elle connaissait si bien l'odeur. Mais malgré ses efforts, la nourriture était partout et revenait toujours dans son esprit, elle maculait les lèvres de Lily, elle tachait les doigts de Martin, et à l'oreille de Bertrand, elle s'imaginait chuchoter cette conversation qu'elle voulait avoir avec lui, qu'elle ne pouvait pas lancer ici et ne savait pas comment engager. Elle chassa ces idées en secouant la tête.

— Tes bas sont magnifiques ! s'extasia soudain Lily, alors que Bertrand insistait sur son besoin vital de lire la presse quotidiennement.

Elle pointa du doigt la bande d'un noir profond qui barrait la cuisse de Laetitia.

— Merci, c'est gentil, répondit Laetitia. Je ne sais plus d'où ils viennent. Ils tiennent bien, c'est vrai, ils ont juste un petit accroc à l'arrière du genou.

Les sourcils froncés, Bertrand caressa doctement la jambe de sa compagne. Il laissa ses doigts glisser sur la fibre synthétique, puis pressa son pouce le long du satin qui en scellait l'extrémité.

— Ce sont ceux que ma mère t'a offerts pour ton anniversaire, conclut-il en retirant sa main. Ceux que tu achètes sont moins doux, et moins noirs aussi. Ceux-là n'ont pas l'aspect grisâtre de tes paires quotidiennes.

Lily éclata de rire et posa sa main sur l'autre cuisse de Laetitia, qui rougissait.

— C'est vrai qu'ils sont particulièrement doux, renchérit Lily. Tu sais, ça se voit tout de suite. C'est bien pour ça qu'ils m'ont tapé dans l'œil. Regarde, Martin, touche-la, c'est incroyable.

Laetitia sentait la main de Lily sur sa peau. Elle était reconnaissante de sa prévenance, du soin qu'elle prenait à faire converger les caresses vers son corps. Ces trois mains sur elle la rassérénaient et l'aidaient à ouvrir son désir. Elle se promit de demander à sa belle-mère dans quelle boutique elle pourrait acheter une deuxième paire.

Alors Lily se pencha en avant, depuis son côté du canapé, et s'approcha de ses lèvres. Comme une cible s'étonnant que la flèche, immobile à chaque instant, finisse malgré tout par l'atteindre, elle voyait la bouche de Lily à quelques millimètres de la sienne et mesurait la distance infinie qui séparait encore la certitude d'être touchée et la crainte de ne pas l'être. En regardant ainsi les lèvres floues de Lily, elle se mourait de langueur. Une seconde ou une éternité plus tard, avant même de sentir le goût de la langue de Lily sur la sienne, neutre et autre à la fois, Laetitia fut saisie par la sensation fulgurante de buter contre une surface étrangère et douce.

Ce baiser la bouleversa. La bouche de Lily la troublait de finesse, elle ravivait le souvenir très net que ces ourlets délicats en préludaient d'autres, étrangers et doux eux aussi. Elle se demanda si elle pourrait y plonger, peut-être y disparaître.

Leurs visages dodelinaient doucement, dans un bercement hypnotique. Laetitia ne vivait plus que par les parties de sa peau qui caressaient celle de Lily : sa langue, du bout d'abord, puis dessus contre dessous et dessous contre dessus, ses lèvres, son menton, son philtrum duveteux, son nez enfin, d'un côté, le temps d'une inspiration, puis de l'autre. Le reste de son corps, étranger à la chaleur que Lily lui offrait, était anesthésié dans l'oubli. Son ventre seulement se serra fort quand, au creux de son oreille, elle discerna la profondeur du souffle de Lily, qui exhalait désormais le même rythme que le sien, une cadence irrégulière où le silence d'une longue apnée précédait le soulagement de l'expiration. La discussion de Bertrand et Martin, qui commentaient les résultats sportifs du week-end, lui paraissait une langue inutile et lointaine.

Lily recula. Laetitia fut surprise par cet arrachement, qui lui sembla un odieux orphelinage. Le souffle qu'elle reprit aurait pu nourrir un cri de rage ou de détresse. Mais Lily saisit sa main, la porta contre ses lèvres, et Laetitia laissa son expiration s'épuiser dans un soupir.

Lily annonça alors le menu du soir. À quatre, l'éventail des possibles était immense, et il revenait aux hôtes de proposer un cadre pour les ébats suffisamment précis pour lancer une dynamique, tout en permettant à chacun de s'épanouir dans ses gestes préférés et conformément à ses pratiques. Leur hospitalité se mesurait à l'attention qu'ils portaient à tout moment au plaisir et au confort de leurs invités.

— Avec Martin, lança donc Lily, les mains jointes sur sa poitrine, on voulait vous proposer de commencer la soirée par du mono-genre en entrée, et on poursuivrait tous ensemble, avec un simple échangisme pour faire la transition. On n'a pas prévu de fantaisie particulière ni d'accessoires, on s'est dit qu'entre nous ce serait une soirée à la bonne banquette, d'autant qu'on est lundi. Est-ce que ça vous va ? Sinon dites-moi, j'ai tout ce qu'il faut dans le garde-baiser, je peux vous sortir deux ou trois petites choses. On a notamment craqué pour un service en bois, il y a quelques semaines, entièrement fabriqué en France, très écologique, si ça vous tente de l'essayer.

D'un même geste de la main, Laetitia et Bertrand déclinèrent la proposition.

— Hé bien dans ce cas, conclut Lily d'une voix forte, il ne me reste plus qu'à vous souhaiter un bon désir !

Les deux couples passèrent en banquette. Bertrand en profita pour amener la conversation sur des questions de société. Quand Laetitia et lui baisaient chez des amis et que les discussions se cantonnaient à des sujets « futiles », comme il disait, pratiques sexuelles, nouvelles techniques, cinéma, télévision, bref, la pluie et le beau temps de la culture et du cul, il regrettait toujours en rentrant d'avoir perdu sa soirée. Ce soir-là, il voulut porter la voix des libertés individuelles et s'élever contre Bruxelles qui envisageait, d'après certains journalistes, de normaliser les dimensions des godemichés. Pour lui, c'était le risque d'un appauvrissement terrible de l'offre et bientôt de ne plus trouver cette formidable diversité qui reflétait autant notre patrimoine culturel que l'extraordinaire éventail des préférences de chacun. Il suffirait d'une décision pour limiter la longueur de ces objets, par exemple, et ce serait véritablement la fin d'un monde. Interdire certaines matières toxiques pour les consommateurs, d'accord, mais il était odieusement paternaliste de juger à la place des gens de ce qui était bon pour eux, et c'était tout un peuple qu'on infantilisait quand on tentait, en long et en large, de borner son désir. Lily et Martin hochaient régulièrement la tête. Laetitia ne se lassait pas des diatribes de Bertrand et de l'effet qu'elles semblaient toujours produire sur les autres convives, une sorte de respect nerveux. Au tout début de leur histoire, cette aisance l'avait beaucoup impressionnée, même si elle ne partageait pas toujours ses avis.

Les vêtements, lentement, tombaient. Bertrand parlait toujours. Il revenait aux hôtes d'ôter les leurs les premiers, puis d'en débarrasser leurs invités, un habit après l'autre. La coutume était, disait-on, héritée d'un temps où le chauffage faisait souvent défaut : aux invités le privilège de rester plus longtemps vêtus. Six patères fixées sur le mur attendaient ces étoffes. Laetitia pensa qu'on devait être serrés, à six, sur cette banquette. À quatre, c'était bien. À trois, c'était encore mieux, mais la plupart de leurs amis étaient en couple. Évidemment, les grandes orgies étaient un plaisir à part, à l'atmosphère bien différente. Bertrand et elle en avaient organisé une magnifique pour leurs anniversaires qui tombaient presque en même temps, quelques mois plus tôt. Bertrand avait eu trente ans et Laetitia, vingt-six. La fête avait été si belle qu'ils avaient mis plusieurs jours à découvrir et nettoyer toutes les traces de cire durcie laissées par les bougies, plus tenaces sur les draps que sur la peau de leurs amis. Encore aujourd'hui, lorsqu'elle devinait une auréole de graisse sur le tissu de la banquette ou des rideaux, Laetitia s'en voulait de ne pas avoir choisi une référence plus lavable. Bertrand les remarquait, lui aussi, et une ou deux fois, il s'en était exaspéré.

Bertrand ne portait plus qu'un court caleçon de satin noir ; le string de Martin, très moulant, était dans un coton rouge qui le mettait bien en valeur. Si l'on faisait exception de leurs bas, Laetitia et Lily étaient déjà nues. Les bas pouvaient être indifféremment gardés ou ôtés ; l'étiquette ne disait rien à ce sujet.

Les soirées chez Martin et Lily manquaient parfois d'originalité, mais jamais de caresses. C'était leur marque de fabrique et elle plaisait beaucoup. Cette séance-là ne fit pas exception. Laetitia et Bertrand, allongés côte à côte sur le dos, s'offraient à l'aimable urbanité de leurs amis. Bertrand tourna la tête vers Laetitia, qui lui répondit d'un sourire et ferma les yeux. Martin s'attardait sur les cuisses de Bertrand, et Lily sur les épaules de Laetitia, qu'elle semblait vouloir polir de sa paume. Leur chorégraphie paraissait sincère.

La répétition de leurs gestes berçait Bertrand et Laetitia. Ils perçurent à peine, dans leur étourdissement, le glissement de Martin et de Lily vers le bas de leur ventre. Laetitia fut surprise et soulagée en sentant en elle les doigts de son amie. Elle s'étonna de ne plus penser à grand-chose d'autre. Elle releva la tête et vit que l'autre main de Lily reposait sur la cuisse de Bertrand, alors que celui-ci s'abandonnait à la bouche de Martin. Bientôt, les deux couples qu'ils formaient allaient s'entremêler et offrir un reflet de chair vive aux infatigables images vidéo qui défilaient encore sur le mur et que Laetitia ne regardait presque plus.

Lily touchait juste. Laetitia, la main de Lily dans sa main droite et celle de Bertrand dans la gauche, jouit une première fois. Pour ne pas se noyer, elle tourna la tête vers son compagnon et arrima ses lèvres aux siennes, l'obligeant à interrompre sa discussion avec Lily, à qui il donnait des conseils pour gérer un conflit avec son patron dans la boutique de vêtements où elle travaillait.

Les brumes tièdes qui suivent l'orgasme se dissipèrent assez vite ; Laetitia reprit ses esprits et ses soucis revinrent. Elle savait que maintenant, elle allait devoir prendre un peu de Martin. Elle s'efforcerait de faire bonne figure.

Bertrand tendit son bras vers Lily et l'invita sur lui. Quand elle l'enjamba, Laetitia la vit par en dessous, luisante entre ses cuisses, et elle sentit ses muscles se tendre de la base du cou jusqu'au bout de la langue. Martin prit cet élan pour lui et l'embrassa. Son nez avait l'odeur familière du ventre de Bertrand. Il enfila un préservatif et s'installa en Laetitia, toujours sur le dos.

Fluant et refluant sur Laetitia au rythme de ses propres vagues, Martin s'épanchait sur la maison close parisienne où il avait l'habitude d'emmener ses clients lorsqu'il avait une affaire importante à conclure ; il était commercial dans un grand groupe industriel. C'était un établissement au chic familier, où chacun se sentait à l'aise, avec un personnel hors du commun et pourtant très simple, et Martin, tout en parlant et pénétrant Laetitia, d'une main altruiste caressait le cul de sa compagne et les bourses de Bertrand, qui embrassait lui-même beaucoup Lily, couchée sur lui. Laetitia tâtonnait pour la toucher aussi, mais elle peinait à passer une main entre leurs deux corps, et quand elle y arrivait, Lily lui glissait entre les doigts. Martin était agréable en elle mais elle n'avait pas très envie de l'embrasser de nouveau, alors elle regardait Bertrand et Lily. Bertrand était très beau dans d'autres bras que les siens. Il avait passé sa jambe par-dessus la sienne, comme une caresse immobile et amoureuse.

Entre deux baisers, il promit d'essayer la maison close dont Martin chantait les louages. Ce dernier l'engagea à réserver longtemps à l'avance, car entre les entretiens professionnels et les couples qui venaient pour un moment romantique, le lieu était assez couru.

— Entre nous, ajouta-t-il, il n'y a pas que des ébats d'affaires et des petits couples qui baisent à la chandelle, dans ce bordel. Je connais aussi quelques célibataires du quartier, des habitués, qui viennent toutes les semaines avec une nouvelle tête… On les reconnaît tout de suite. Et on sait tous comment ça finit, ils te proposent de monter chez eux pour une dernière caresse et ça part en *dîner gastronomique.*

Lily rougit et Laetitia pouffa. Martin ne manquait pas d'audace.

— Ah ça, fit Laetitia, on sait comment ça commence, les premières fois, les nuits de ripaille, mais ça dure rarement longtemps ! Au bout de quelques mois, la dernière caresse, tu l'as toujours, mais pour le petit gueuleton qui suivait au début, tu peux toujours courir !

Avant même de voir l'œil assassin de Bertrand, Laetitia comprit que sa plaisanterie ne lui avait pas plu. Elle se mordit les joues. Lily et Martin échangèrent un regard et eurent un rire gêné.

Laetitia sentit Martin sortir d'elle, mais elle fixait Bertrand qui refusait maintenant de regarder dans sa direction. Elle s'inquiétait de ce qu'il lui dirait quand ils se retrouveraient seuls. Il ne s'énervait jamais contre elle en public. Elle ne s'était pas rendu service : après ça, comment lui reparler de cuisine ?

Bertrand donna un coup sec sur la cuisse de Laetitia et du menton, les yeux écarquillés, il pointa dans la direction de Martin. Laetitia tourna la tête vers lui. Il lui tendait la main et l'invitait à se redresser ; Laetitia, le regard rivé sur Bertrand, ne s'en était pas aperçue. Elle s'exécuta. Il s'allongea à sa place et la dirigea en orientant ses épaules. Il la voulait, sans un mot, de dos, sur lui. Laetitia s'y plia. L'effort faisait perler la sueur sur ses tempes. Elle sentait le regard de Bertrand, dur et froid sur sa nuque. Elle entendit Lily jouir, aussi, et elle aurait voulu la voir, mais Martin maintenait une pression sur son dos et elle ne pouvait pas se pencher vers l'arrière. Les mains de Martin écartèrent ses fesses et, presque aussitôt, des contractions indiquèrent qu'il jouissait lui aussi.

Ses mains reposaient maintenant sur ses hanches. Elle le sentit glisser hors d'elle. La percussion liquide de Bertrand contre Lily ralentit, puis s'arrêta. Bertrand soupira, irrité. Laetitia se retourna doucement, alors que Lily libérait le corps de Bertrand :

— Ne t'inquiète pas, dit Lily, ça arrive à tout le monde. Moi aussi, parfois, une petite contrariété de rien du tout et je me retrouve toute séchée.

Lily eut un rictus et prit l'initiative de passer au rhabillage. Elle tendit à Laetitia, l'un après l'autre, tous ses vêtements, et l'aida à les enfiler. Laetitia voyait sa bouche sourire mais ne parvenait pas à rencontrer ses yeux. Elle était triste de n'avoir pas pu goûter à elle.

Une fois que tout le monde fut rhabillé, Lily se leva pour ouvrir la fenêtre ; c'était le signe, pour Bertrand et Laetitia, qu'il était temps de rentrer chez eux.

Le front posé contre la fenêtre du taxi qui les ramenait à la maison, Laetitia regardait la ville reculer par à-coups. Une pluie légère coulait enfin le long des vitres. Des néons pétillaient au-dessus des vitrines des magasins fermés et des maisons closes.

Elle entendit Bertrand souffler fort et ferma les yeux en attendant sa voix. Rien ne vint. L'habitacle était plein de silence. Elle prit sur elle, timidement, d'articuler :

— Ça va, mon amour ?

— Plus tard. On parlera plus tard.

Laetitia serra les dents. Elle n'arrivait pas à réconcilier les morceaux de leur histoire, de toutes les barres savoureuses qu'ils avaient dévorées ensemble jusqu'à la tension qui les séparait ce soir. Dans la rue, des jeunes se quittaient en s'embrassant. Un couple sortit d'un immeuble et déploya un parapluie pour s'abriter. Il n'y avait que le mois de mai pour donner autant de vie à un lundi soir d'orage.

Bertrand régla le taxi sans un mot et sortit. Laetitia le suivit. Il entra le premier dans l'immeuble et Elle rattrapa la porte cochère derrière lui. Il gravit l'escalier les poings enfoncés dans les poches de son imperméable. Elle monta plus lentement en prenant soin de ne pas faire claquer ses talons sur les marches. Elle pénétra dans l'appartement quelques secondes après Bertrand et tira la porte derrière elle. Il était déjà dans la chambre. Assis au bord du lit, il délaçait ses chaussures. Elle s'arrêta dans l'encadrement de la porte et attendit.

— Putain, mais on peut vraiment pas te sortir, hein ?

— Qu'est-ce qui se passe ?

— Qu'est-ce qui se passe ? Tu te fous de ma queue ? Je dois vraiment t'expliquer ? On est chez des amis pour passer une petite soirée tranquille. Ils se sont mis en quatre pour nous faire plaisir. Tu as bien vu comme Lily s'est occupée de toi ! Et toi, tout ce que tu trouves à faire, c'est des blagues graveleuses, chercher à me ridiculiser, quand tu n'es pas tout bonnement en train de négliger Martin ! Tu m'as fait honte, Laetitia, tu entends ? Tu m'as fait honte !

Laetitia baissait les yeux. Bertrand s'était levé et tournait en rond au bout du lit.

— Je te jure, tu te serais vue ! Tout éberluée de voir qu'il te tendait la main ! Je te le dis pour toi, Laetitia, vraiment : ce soir, tu as été indécente.

Il se rassit et prit sa tête dans ses mains.

— Mais qu'est-ce qu'ils vont penser de nous ? Et cette allusion que tu as faite à propos de notre vie culinaire, vraiment... C'était pathétique. Mais c'est toi qui devrais avoir honte, tu sais ? Moi, tout ça, ça ne m'affecte pas ; c'est pour toi que je me fais du souci.

Laetitia était pétrifiée. Une voix d'enfant s'échappa de sa bouche :

— Je ne voulais pas... Je suis désolée.

— Ça me fait une belle jambe. Tu es désolée. C'est trop tard, Laetitia. J'espère au moins qu'ils garderont tout ça pour eux. Tu n'as pas l'air de te rendre compte, c'est pour toi que je hausse le ton ! Je ne veux plus jamais que tu dises des choses pareilles !

Laetitia se taisait. Elle n'aimait pas entendre Bertrand crier. Sa bouche à elle restait vide de mots. Si elle parlait, elle n'arriverait pas à s'empêcher de pleurer, et Bertrand s'emporterait encore plus.

Il pliait scrupuleusement ses vêtements, même ceux qu'il empilait à part pour les mettre dans le panier de linge sale. Ses gestes étaient précis et nerveux.

— Et avec tes conneries, je n'ai même pas pu finir, tout à l'heure. C'est pas très sain de sauter un ébat comme ça, mais honnêtement, j'ai plus envie, maintenant. Tant pis, je me rattraperai demain matin.

Laetitia insista, espérant arracher par le plaisir une forme d'indulgence, mais Bertrand ne céda pas. Il se glissa entre les draps, se tourna vers le bord du lit, et sans y penser, souhaita à Laetitia une bonne nuit.

Couchée à côté de Bertrand, Laetitia gardait les yeux ouverts dans l'obscurité. Revenu de plus belle, beaucoup plus violent et brutal qu'au matin, un appétit lancinant crispait son ventre et irradiait tout son corps, jusqu'à lui brûler la peau. Elle n'avait jamais rien ressenti de tel. Elle crevait de sentir des choses bonnes dans sa bouche.

C'était une douleur sourde qui enveloppait son corps et insultait son esprit ; un joug inhumain, une monstruosité singulière. Laetitia, qui peinait à trouver dans les interstices de son tourment la force de le dissimuler, qui n'avait même pas les mots pour en parler à son amoureux, ne pouvait concevoir que d'autres, subissant le même supplice, soient mieux qu'elle parvenus à le taire. Elle savait bien qu'elle n'était pas la plus à l'aise sur ce sujet, mais il n'y avait pas que ça, il n'y avait pas que le bâillon de son éducation. Elle était profondément convaincue que l'appétit qu'elle ressentait était trop intense pour être *normal.* Une sensation aussi forte, si elle ne l'inaugurait pas pour toute la race humaine, elle en aurait forcément entendu parler.

Elle contemplait en elle une blessure qu'elle ne savait pas comment soulager, et ne comprenait pas ce qui l'avait ouverte. Si la déchirure menaçait de longue date et venait seulement de céder, elle n'avait rien senti de cette usure. Ce besoin viscéral la terrifiait. Elle en aurait hurlé, mais la honte nouait sa gorge, et Bertrand était toujours à côté d'elle.

Il devait dormir maintenant. Elle se leva tout doucement, quitta la chambre, traversa le salon et ouvrit le petit placard qui renfermait leurs provisions. Toutes les boîtes étaient identiques, en carton beige et barrées d'une grande étiquette sur laquelle on pouvait lire, en capitales noires sur fond blanc :

Barres sustensives pour adultes
Protéines complètes et supplément vitaminique
Goût neutre
Suffisant à la survie humaine
Fabriquées en France

La fréquence des livraisons de barres anaromatiques était un indicateur précieux pour estimer la respectabilité d'un foyer. Chez Laetitia et Bertrand, qui ne mangeaient plus que ça, elles étaient régulières ; aussi, ils ne produisaient aucun déchet organique et étaient donc largement épargnés par la mortification de devoir, à l'issue des repas intimes, descendre les poubelles jusqu'au local sombre qui leur était dédié, où l'on pénétrait en priant de ne rencontrer personne.

Laetitia aimait à penser que leur continence leur permettait d'être respectés par les voisins de l'immeuble, sauf peut-être les deux jeunes de la chambre de bonne du sixième étage, que personne n'avait jamais vu recevoir ces colis. Quelques semaines après leur emménagement sous les toits, un mépris réciproque et durable s'était d'ailleurs installé entre eux et les autres habitants. On disait qu'ils avaient imprégné les murs de leur étage d'odeurs lourdes et grasses, mais personne n'osait monter l'escalier de bois qui y menait pour confirmer la rumeur. Laetitia se demandait où cette génération, à peine plus jeune qu'elle, avait bien pu trouver l'audace de vivre aussi frénétiquement.

Elle s'accroupit devant le placard. Dans un coin gisait un emballage en carton éventré, témoin obsolète de l'époque où ils mangeaient encore des barres savoureuses. Cette boîte goût fruits des bois, elle s'en souvenait, ils l'avaient achetée tous les deux, le rouge aux joues, dans un magasin spécialisé en bricoles pour couples. La cuisine compliquée n'avait jamais vraiment été leur vice, mais les barres savoureuses, ça oui, ils en avaient avalé des paquets et dans toutes les positions imaginables. Bertrand aimait particulièrement laisser couler de sa bouche à la sienne une barre qu'il avait commencé à mâcher. Ils l'avaient beaucoup fait à une époque. Ils ne le faisaient plus.

Ce soir, ces barres rouge sombre ne lui disaient rien. Avec le goût des vraies mûres qui lui était revenu, elle n'avait plus du tout envie de s'infliger l'interprétation industrielle des « fruits des bois ». Si leur arôme était fidèle à l'original, il raviverait sans l'éteindre l'appétit douloureux qui s'était installé dans son ventre ; s'il ne l'était pas, chaque bouchée la remplirait de déception. Sans compter qu'elle prenait le risque de se rendre malade : les barres étaient périmées depuis plusieurs mois. Elle n'avait jamais eu le courage de jeter la boîte.

Elle attrapa donc une barre anaromatique, déchira le sachet qui la protégeait, le froissa dans sa main et l'enfonça tout au fond de la poubelle. Sa première intention était de l'engloutir le plus rapidement possible. Elle regarda autour d'elle, anxieuse ; Bertrand était toujours dans la chambre. Elle pouvait tenter d'en tirer davantage. Alors elle ferma les yeux et inséra lentement les premiers centimètres de la barre dans sa bouche. Au contact de sa surface sèche, sa langue fut parcourue de picotements. Faute de saveur, en se concentrant sur cette texture en elle, elle essaya de repérer l'avant-goût du plaisir. Un frisson partit de l'arrière de son crâne le long de sa nuque et de son dos. Elle enfonça la barre un peu plus loin entre ses dents. Elle voulut imaginer qu'elle mangeait autre chose, mais sa langue avait si peu connu, elle n'avait presque rien à faire croire à ses papilles. Le principe d'un sexe masculin apparut dans son esprit. Elle le chassa. Elle repensa aux fruits noirs de son enfance, à la brûlure du sucre et aux petits grains qui crissaient et s'écrasaient sous ses dents. Plus loin encore. Ses lèvres et ses incisives maintenaient fermement la barre, dont l'extrémité effleurait à présent l'arrière de son palais et y laissait une sensation mêlée de gêne et de plaisir. Elle l'avait introduite presque entièrement dans sa bouche. Cette présence y créait un espace délicieux. Elle resserra ses mâchoires. La barre craquait et se déchirait sous ses dents. En mâchant lentement, les yeux fermés, Laetitia s'efforçait de jouir de cette fadeur épaisse et collante. Bouchée après bouchée, elle cherchait à se remplir d'apaisement, mais l'absence totale de goût lui donnait envie de pleurer. Bertrand les entendit peut-être craquer et gémir, la barre et elle, devant le placard, mais elle n'en avait plus rien à faire.

Le dernier morceau dégluti, Laetitia s'essuya les lèvres et le coin des yeux avec sa main, puis elle alla retrouver Bertrand.

Laetitia se glissa auprès de Bertrand, qui lui tournait toujours le dos. Elle s'appliqua à réprimer les saccades de son souffle et finit par se tranquilliser. Elle respirait normalement. Bertrand n'avait rien remarqué.

Puis elle entendit le déclic de sa lampe de chevet et juste après, sa voix, nette et âpre :

— Laetitia, est-ce que tu es allée manger ?

Elle sentit son cœur se dissoudre dans son ventre.

— En fait, ne réponds pas, Laetitia, je ne veux même pas le savoir. Je ne vais pas m'inquiéter, parce que c'est la première fois.

Il se tut un instant, et reprit :

— Enfin, j'espère que c'est la première fois ? Disons que oui. Mais si ça continue, je serais toi, je consulterais. C'est pas normal, d'avoir faim comme ça. De devoir se relever la nuit pour manger. Surtout pour une fille. Les hyènes, les rats, ça mange la nuit. Pas les filles.

Il soupira avant d'ajouter, d'un ton réprobateur :

— Et dans mon dos, en plus. Tu aurais pu m'en parler.

Laetitia avait envie de disparaître. Bertrand aurait été plus sévère encore s'il avait pu imaginer, au-delà de la faim, l'appétit obscène qui l'accablait. Quand il l'avait rencontrée, elle n'était pas une fille qui se relevait la nuit pour fourrer des choses dans sa bouche.

Bertrand lui tournait toujours le dos. De sa voix trop petite, elle articula, tout doucement, qu'elle croyait que ce n'était pas vraiment de la faim, que c'était bizarre, que c'était désagréable, douloureux même ; qu'elle n'avait pensé qu'à ça toute la journée, et ce soir aussi. Que ça lui était déjà arrivé, un peu, mais jamais aussi fort. Pour tout lui dire, elle aurait eu envie qu'ils mangent un bout ensemble, mais elle ne savait pas comment lui en parler.

Bertrand laissa s'écouler quelques instants. Laetitia sentait tout son corps vide et épuisé.

— Écoute, lâcha-t-il enfin, moi aussi j'aimerais bien manger un bout avec toi, ma Laetitia, mais tu sais bien que cela ne peut pas se faire comme ça. Déjà, en parler ouvertement, ça tue le mystère. On en a déjà discuté, tu te souviens ? On dirait que tu ne m'écoutes pas. Heureusement moi, je t'écoute et je te connais. D'ailleurs, je ne sais pas si tu es très sûre de ce que tu veux parce que la dernière fois qu'on a cuisiné, ça ne t'a pas beaucoup plu, si tu te rappelles bien.

Laetitia s'en souvenait. Juste après, elle avait eu ses premières douleurs d'appétit. Elles avaient disparu si vite qu'elle n'avait pas eu à s'en ouvrir auprès de lui. Bertrand avait raison : ça n'avait pas été une réussite et elle avait été surprise que le soir même, puis quelques jours après, son corps en redemande. Par chance, tout était vite rentré dans l'ordre.

Bertrand éteignit la lampe et conclut :

— Allez, essayons de dormir. J'ai une grosse journée demain. Bonne nuit.

— Bonne nuit.

La réponse de Laetitia n'était qu'un soupir. Elle pensa qu'elle ne pourrait jamais dormir.

Quelques minutes plus tard, elle entendit de nouveau la voix de Bertrand :

— Dis-moi, juste pour être bien sûr, c'est pas quelqu'un d'autre qui t'a mis ces idées dans la tête, au moins ? Quelqu'un au boulot ? Tu fais pas n'importe quoi, hein, ma Laetitia ?

Laetitia, déjà somnolente, se récria aussi vivement qu'elle put. Elle pensa à Laurent, mais selon elle, cela ne signifiait rien.

— D'accord, fit Bertrand. J'ai eu si peur, tout d'un coup, j'ai cru mourir. Tu sais, on m'a fait tellement souffrir dans ma vie.

Elle l'entendit s'endormir avant de sombrer à son tour.

Le lendemain matin, avant de se pencher vers la table de chevet pour faire couler du lubrifiant dans sa paume, Bertrand passa par-dessus Laetitia et éteignit la radio.

Pour la première fois depuis des années, elle n'entendit pas la mélodie qui annonçait la fin de la parenthèse publicitaire, ni le début du journal. Ce matin-là, elle gémit *a cappella*. Bertrand laboura avec rigueur. Il avait l'air content de lui. Dans son plaisir, il souriait. Il jouit en elle, très calmement, puis il roula sur le dos. Laetitia attrapa quelques mouchoirs et les glissa entre ses cuisses. Bertrand avait le visage de quelqu'un qui venait de terminer une grille de mots croisés. Il s'étira, puis se tourna vers Laetitia. Il se redressa, prit appui sur son coude, et dit :

— Tu sais, Laetitia, j'ai beaucoup réfléchi à ce qui t'est arrivé hier. Le plus probable, c'est quand même que ce soit hormonal. Est-ce que tu vas avoir tes règles ? J'ai lu sur Internet que certaines filles pouvaient avoir très faim quelques jours avant. Ce serait nouveau pour toi, mais pourquoi pas, peut-être un effet de l'horloge biologique, avec la trentaine qui approche ? J'ai vu quelques témoignages en ce sens. Sinon, je penche pour la pulsion de mort. Ta faim, tes envies de manger, tes allusions graveleuses en public : une pulsion de mort. Il faut qu'on comprenne rapidement d'où ça vient, pourquoi tu cherches à te détruire comme ça. Je me suis demandé si c'était pas l'histoire dont ils ont parlé à la radio, la vieille folle, madame Reine Paule ou je ne sais quoi, qui t'avait perturbée. Mon amour, tu le sais, je serai là, à tes côtés, pour t'aider à surmonter tout ça. Tu peux tout me dire. Je ne te jugerai jamais.

Elle murmura qu'il devait avoir raison, mais elle n'en savait rien.

Il se pencha vers elle et l'embrassa sur le front.

— Enfin, si c'est quelqu'un d'autre qui te met ce genre d'idées dans la tête, c'est différent. Mais tu m'as dit que ce n'était pas le cas, et je te fais entièrement confiance, tu le sais.

Après sa douche, il entra dans la chambre en s'essuyant les cheveux. Sa peau était parsemée de miroitements humides. L'énergie qu'il mettait à sécher ses mèches brunes faisait cahoter les gouttelettes vers le bas de son corps et tressauter sa queue. Il se rallongea à côté d'elle.

— Ça va aller, mon amour ? Si tu as besoin de parler, je suis là.

Il glissa sa main entre les cuisses de Laetitia, qui dégoulinait encore de lui et de lubrifiant. Les doigts enduits de cet onguent, il la caressa. Elle ferma les yeux et ronronna. Il la connaissait presque aussi bien qu'elle se connaissait elle-même, et sous ses mains, elle jouissait comme sous les siennes : sans extravagance.

Bertrand s'habilla et partit au bureau. Laetitia se laissa fondre sous une douche brûlante et avala sans état d'âme une barre sustensive anaromatique. Elle se sentait apaisée.

Quand ce fut l'heure de la pause et qu'Amélie, Laurent, Carole et Laetitia se retrouvèrent en salle de détente, Laurent mit tout de suite les pieds dans le drap et leur demanda si elles avaient entendu parler de l'arrestation de madame Reine Claude.

Laetitia s'était allongée sur un canapé. Carole était étendue sur celui d'en face et avait posé sa tête sur les genoux d'Amélie. À ces mots, elle se redressa et prit un air étonné :

— Madame Reine Claude ? Non, j'ai pas vu. C'est quoi cette histoire ?

Laurent demanda à Laetitia si elle était au courant. Elle rougit :

— Je crois bien que j'en ai entendu parler, hier matin, à la radio. Le soir, on baisait chez des amis avec Bertrand, on n'a pas pu regarder les infos.

— Je vous la fais courte, commença Laurent. La police a découvert une vieille dans une grande maison avec une quantité de matériel de cuisine absolument délirante. Ils pensent avoir identifié une criminelle assez connue, madame Reine Claude, qui était soupçonnée depuis longtemps d'entretenir un réseau de cuisine clandestine. La brigade des mets n'avait jamais réussi à mettre la main dessus ; là, tout va sortir, c'est sûr. Ça a commencé hier soir. Vers minuit, il y a même eu une séquence spéciale sur les ustensiles qu'elle possédait…

Il s'interrompit un instant et reprit :

— Putain, ça avait l'air chaud chez elle. Évidemment, elle avait le matériel de base : des couteaux, des casseroles, une passoire, un économe…

Sa voix était lente et grave. On entendait le plaisir qu'il prenait à énumérer cet inventaire obscène, la fierté qu'il avait à être, parmi ses collègues, le seul dépositaire d'une science si peu morale.

— Et aussi des outils bizarres, très spécialisés : écumoire, mandoline, cuillère à pomme parisienne je crois, je n'avais jamais entendu parler de ce truc, pistolet à gaufre, zesteur, presse-ail… Et bien sûr un piano, noir, laqué, absolument magnifique.

— Un piano ? Pour la musique ? l'interrompit Carole, les sourcils levés très haut.

— Mais non, un piano pour cuisiner ! Carole, quand même, un peu de culture ! C'est un meuble avec des fours en bas et des feux à gaz sur le dessus.

Carole confessa, dans un rire nerveux et vexé, qu'elle ne connaissait presque aucun des instruments cités par Laurent. Elle souligna, en minaudant un brin, que c'était bien la preuve qu'elle n'avait rien à se reprocher.

— Tout le matériel était rassemblé dans cette pièce qu'on appelle « cuisine », poursuivit Laurent. Mais c'est pas tout : la bibliothèque était pleine à craquer de livres de recettes. Que des ouvrages passés sous le manteau. Beaucoup de vieilles éditions mais aussi des bouquins récents. J'imagine, ajouta-t-il d'un air de connaisseur, que les policiers qui les ont saisis vont se faire plaisir.

Il marqua une pause.

— Et enfin, conclut-il avec un sourire de délectation, le clou du spectacle : une grande salle avec une immense table au milieu. Assez grande pour asseoir facilement une douzaine de personnes. Vous imaginez la suite ? Ils l'ont dit dans le reportage. Purée, c'était vraiment, vraiment chaud chez la vieille. La table c'était une « table à manger », dans une « salle à manger ». Vous voyez le délire ?

— Non, impossible, s'exclama Carole, incrédule. Parce que, comment dire, avoir un rapport gustatif à deux, c'est déjà bien agréable, si j'ose dire, alors je ne comprends pas trop pourquoi… Tu vois ce que je veux dire… Pourquoi vouloir manger avec plus de monde ? Ils sont sûrs que c'était pas fait pour autre chose, cette table ? Par exemple, pour baiser en hauteur, tout simplement ?

Laurent secoua vigoureusement la tête et expliqua avec aplomb que la police scientifique avait déjà trouvé plein de résidus alimentaires dans les rainures du bois, et pas des restes de barres sustensives : des trucs bien olé-olé, genre des légumes frais, précisa-t-il. Il ne faisait donc aucun doute que ça mangeait régulièrement sur cette table. Celles que vendait l'entreprise pour laquelle ils travaillaient étaient majoritairement des bureaux ou des tables de réunion, ainsi que quelques petites tables conjugales d'appoint. Détourner une grande table pour y manger à plusieurs, c'était sacrément osé.

— Mais attends, demanda Carole, choquée, ça veut dire qu'elle n'était pas seule là-bas ?

— Quand ils l'ont arrêtée, répondit Laurent, elle était seule. Mais c'est évident qu'il y a eu du monde chez elle, et pas qu'un peu. Les enquêteurs ont indiqué qu'ils avaient des pistes pour retrouver le réseau et le démanteler.

Laetitia ne disait rien. Il lui semblait malgré tout que Laurent lui jetait des coups d'œil répétés, que c'était d'abord pour elle qu'il racontait cette histoire. Elle peinait à décrypter ses intentions, ou craignait de trop bien les comprendre. Elle se risqua à un commentaire pour désamorcer le sujet :

— Quelle histoire sinistre. Je comprends pas comment on en arrive là, comment une femme peut se laisser entraîner dans une telle perdition. Ça fait froid dans le dos.

Pour se rendre plus crédible, elle mima un frisson qu'elle ne ressentait pas du tout.

— Sinistre, je ne sais pas, répliqua Laurent. On ne sait pas encore ce qu'elle a fait. Et puis, jusqu'à preuve du contraire, elle est présumée innocente. Et au fond, entre nous, la légitimité des lois sur le proxénétisme culinaire, c'est un débat compliqué. C'est difficile de réguler, de protéger, de respecter la liberté des gens… Il y a des travailleurs de la bouche qui sont heureux de leur métier. Pas tous, pas toutes, et dans son entourage, je ne sais pas. Je ne sais pas comment ça fonctionnait, chez elle. J'imagine qu'on en saura plus dans les prochains mois. J'espère seulement qu'elle sera traitée avec justice.

Laetitia écouta la suite de la conversation d'une oreille distraite, sans y prendre part. Carole parla de son nouveau chef, un manager de proximité nouvelle génération qui tenait à baiser individuellement avec chaque membre de l'équipe pour se présenter et faire connaissance. C'était plutôt sympathique, mais Carole craignait de ne pas savoir quoi lui raconter pendant les ébats ; quand on n'avait rien à se dire, le temps pouvait sembler très long. Laurent, qui le connaissait bien, la rassura : il avait une passion pour la course automobile. S'ils manquaient de sujets de conversation, il suffirait de le lancer sur les voitures. Carole le remercia vivement, et tous rejoignirent leur bureau.

Laetitia se tenait face au plus grand miroir de la chambre. Les crises d'appétit n'étaient pas revenues. Pendant plusieurs semaines, elle les avait guettées. Aujourd'hui, elle n'y pensait presque plus. Cela devait être une histoire de printemps, le bourgeonnement de quelque chose en elle. L'été était arrivé. Rien n'avait éclos. La vie était plus simple ainsi.

Elle se regardait. Elle ne comprenait pas trop de quoi ce corps était fait, ce qui avait présidé à tel rebond en haut de sa cuisse, à telle constellation de grains de beauté sous ses seins, à telle pente indécise entre ses épaules et son cou.

La science affirmait depuis longtemps que les facteurs génétiques l'emportaient largement sur l'alimentation pour définir la forme des corps. Une croyance persistait pourtant, selon laquelle manger trop souvent autre chose que des barres sustensives épanouissait les parties molles. Aussi Laetitia redoutait qu'un jour, si elle succombait, son corps ne la trahisse et ne lui échappe.

Face au miroir, ses bras ballaient. Bertrand lui rappelait souvent de se tenir droite. Elle se redressa. Elle était nue. En bas de son ventre, la couleur de sa peau devenait incertaine, plus grise. Ses lèvres dépassaient, un peu plus que la plupart de celles qu'elle avait vues, sans pouvoir toutefois être qualifiées d'extravagantes, ni même de particularité ou de signe distinctif. Elle aimait bien qu'on aperçoive leur apparence un peu fripée, cela lui donnait une forme de prestance, de maturité. Même si sa peau était lisse comme Bertrand l'aimait, les jambes ouvertes, on ne pouvait pas la prendre pour beaucoup plus jeune qu'elle n'était. Ce n'était pourtant pas l'âge qui l'avait chiffonnée ; aussi loin qu'elle se souvînt, elle s'était toujours connue ainsi. Elle releva la tête : son visage lui semblait encore celui d'une jeune fille.

Elle fit un pas vers le miroir, à distance d'inspection. C'était une proximité intéressante. Il y avait des zones où la lumière se reflétait, d'autres tapissées d'un duvet très fin, presque invisible. Des points minuscules piquetaient sa peau de chaque côté de son nez. Ses lèvres étaient sèches. Cela se voyait. La petite peau d'une gerçure l'agaçait sur sa lèvre inférieure. Elle essaya de la couper avec ses dents. Cela déformait son visage. Un bout de peau continuait de se dresser, blanc et translucide sur le bourrelet de sa lèvre. Elle l'arracha en un lambeau, entre l'ongle du pouce et la pulpe de l'index. Une pointe de sang perla et un goût métallique s'insinua entre ses lèvres. Une douleur minuscule mais vive s'alluma sur la plaie. Elle fronça les sourcils et tendit sa lèvre inférieure vers l'avant. Elle aperçut ses dents, étroits cailloux blanchâtres plantés dans la muqueuse, et referma aussitôt la bouche, un peu dégoûtée.

Les dents étaient une fatalité d'adulte que les gens, autant que possible, préféraient dissimuler quand ils souriaient. Sur le plan sexuel, il n'en sortait pas grand-chose de bon. Pour sucer, elles gênaient. On pouvait toujours reconnaître qu'elles permettaient de mordiller agréablement les excroissances du corps, mais à ce stade, la discussion était déjà embarrassante, car en réalité, tout le monde savait sans en parler qu'elles servaient surtout à manger.

Laetitia soupira, jeta un œil vers la fenêtre, dont le rideau était tiré, et sourit au miroir, toutes dents dehors. Elle connaissait peu ce visage-là, trop inconvenant pour les photos. Elle se força à le regarder. Elle avait l'air un peu crispée. Sa dentition était assez régulière. Sa canine gauche mordait un peu sur sa lèvre. Le coin de ses yeux faisait des plis, et elle ne savait pas du tout s'ils avaient toujours été là. Elle relâcha sa grimace et se contracta, bouche fermée, dans un sourire social. Les plis n'apparaissaient plus.

Elle ouvrit la bouche en grand et, la tête penchée en avant, elle observa ses dents, alignées comme les perles d'un collier, soulignant cette partie étrange, vivante, bleutée et luisante, qui palpitait sous sa langue et sur laquelle une eau transparente s'accumulait. Chaque dent avait une forme particulière. La ligne que dessinaient les quatre du milieu, juste au-dessus de son menton, était cassée, mais nette. Quatre petits segments tranchants. De part et d'autre, elle vit deux vieilles montagnes adoucies, dont il n'était pas certain qu'elles aient jamais été pointues. Au-delà, rangés par taille, des chaînes d'osselets sculptés. Laetitia déglutit. Elle tira la langue, loin d'abord, puis, de fatigue, en laissa juste le bout pendre mollement hors de sa bouche. Elle regarda la moquette rase qui la tapissait. C'est comme ça qu'elle imaginait le corail, sans en avoir jamais vu : fragile, rosâtre, humide, ponctué de corpuscules blancs qui n'étaient pas vraiment des points et parcimonieusement semé de petites têtes d'épingle rose vif. Grâce à eux, Laetitia connaissait le goût salé de la mer et celui des vagues qui affleurent entre les jambes des femmes, la saveur iodée du rivage et de l'écume épaisse des hommes. Les barres anaromatiques, elles, ne faisaient rien à sa langue que l'exaspérer de fadeur et de sécheresse. Elle la rentra dans sa bouche. Le sang sur sa lèvre avait séché.

Elle s'assit par terre face au miroir. Bertrand n'allait plus tarder à rentrer du bureau. Les pieds à plat sur le sol, les genoux pliés, se tenant en arrière, appuyée sur ses mains, elle regarda l'inertie des orifices qu'elle connaissait le mieux. Une contraction les souleva comme une houle. Elle sourit, et pour confirmer une dernière fois leur présence, repassa sa langue sur ses dents.

Bertrand, quand il rentrait, répétait toujours les mêmes gestes. Il posait sa sacoche à côté du meuble dans l'entrée. Il ouvrait le placard, sortait un cintre, y accrochait sa veste, la lissait de la main, en hiver y ajoutait son écharpe, la lissait elle aussi, puis remettait le cintre sur la tringle et refermait le placard. Il se dirigeait vers la chambre, s'asseyait sur le lit, délaçait ses chaussures, y insérait deux embauchoirs, les rangeait à leur place. Il se libérait ensuite de sa cravate, en la desserrant de l'index avec un soupir de soulagement. Il retirait ses boutons de manchettes et remontait les manches de sa chemise. Il se lavait les mains. Avec ces gestes, il racontait sa journée. Laetitia l'écoutait. Elle savait qu'elle était moins attentive que lui, il le lui avait souvent fait remarquer, mais elle essayait de réagir comme il faut, de comprendre et d'accueillir ses émotions.

— Voilà, conclut-il. Et toi, ma chérie, ta journée ?

Laetitia résuma en quelques mots rapides sa journée de travail, mais elle ne dit rien du long moment qu'elle avait passé devant le miroir.

Dès que sa bouche fut pleine

Bertrand lui demanda si elle avait prévu quelque chose pour baiser ce soir, Laetitia répondit que non, elle n'avait pas eu le temps. Bertrand s'en réjouit car il voulait lui proposer d'expérimenter une pratique compliquée dont un collègue lui avait parlé plus tôt dans l'après-midi. Il avait pris des notes sur un Post-it, qu'il sortit de la poche arrière de son pantalon et déplia, puis il entraîna Laetitia sur la banquette.

Laetitia rouvrit les yeux. Elle était sur la banquette. Bertrand n'était pas à côté d'elle. Elle avait dû s'assoupir. Elle se dégagea de la flaque de salive qui glaçait sa joue et se dit qu'il faudrait déhousser le coussin et laver les draps. Elle ne savait pas quelle heure il était. L'horloge de la salle à baiser était en panne et ils n'avaient toujours pas changé la pile. Bertrand parlait souvent de la retirer, il trouvait que ce n'était pas agréable, pour leurs invités, de baiser en ayant l'heure sous les yeux. En attendant, les aiguilles s'obstinaient à indiquer 6 h 10.

Laetitia n'arrivait pas à rassembler ses pensées. Elle se redressa douloureusement. Marcher jusqu'au lit lui semblait insurmontable. Les instants vertigineux qui avaient précédé son orgasme lui revinrent en tête, mais son corps ne gardait aucune mémoire des sensations éprouvées. Elle se souvenait que, passé la surprise des premiers gestes, ça lui avait bien plu.

Elle s'assit au bord de la banquette. En voyant les stries laissées par la corde sur ses poignets, elle sourit. Elle referma les yeux : une nausée pesait sur sa mâchoire. De toute la journée, elle n'avait mangé qu'une barre sustensive. Comme tous les jours. Ce soir, de nouveau, un vide impérieux grondait dans son ventre. Elle avait faim. Elle repensa à Laurent, à madame Reine Claude, aux jeunes du sixième étage, à ce qu'ils savaient faire et à ce qu'ils osaient être. Un vertige ouvrit sa poitrine et fit venir l'eau dans sa bouche. L'appétit resurgissait, elle en connaissait désormais les signes. Elle le maudissait déjà, et se détestait avec lui.

Elle se leva et se dirigea doucement vers la chambre. À la lumière de la lampe de chevet, Bertrand lisait un essai d'économie. Elle s'arrêta sur le pas de la porte et prit appui sur le chambranle. Il était minuit.

— Ça va, ma puce ? Tu t'es endormie d'un coup, tout à l'heure, juste après avoir joui. Je n'ai pas osé te réveiller. Tu viens te coucher avec moi ?

La voix de Bertrand était douce et inoffensive. Laetitia gémit un hochement de tête. Elle se faufila dans les draps à côté de son amoureux et se blottit contre lui. Bertrand glissa le marque-page au milieu du chapitre qu'il lisait et reposa son livre. Il lui offrit le refuge de ses bras. Dans son cou, la petite voix de Laetitia s'insinua :

— Bertrand… Je suis désolée… J'ai faim…

Bertrand la serra plus fort. Elle ne voulait pas parler d'appétit. La faim était plus facile à avouer, même si Bertrand trouvait sûrement suspect qu'elle ne parvienne pas à la maîtriser et consente à s'y soumettre.

— Ma puce... ça va aller. Je pensais que c'était passé. Puisque c'est revenu, on va traverser ça ensemble. Tu veux que je t'apporte une barre ? Je vais t'apporter une barre. Il ne faut pas se laisser mourir de faim.

Il sauta hors du lit et sortit de la chambre. Quand il revint, Laetitia n'avait pas bougé. Elle entendit le froissement de l'emballage de la barre sustensive. Elle allait manger mais elle n'en tirait aucune joie. La barre serait sans saveur. Comme celle de ce matin, comme celles de la veille. Il y aurait bien l'amour dans les yeux de Bertrand quand il la porterait à sa bouche, mais la porterait-il seulement à sa bouche ? Elle l'imagina lui tendre la barre pour qu'elle la mange seule et elle eut envie de pleurer.

Bertrand s'assit au bord du lit, auprès d'elle. Il avait jeté l'emballage par terre, comme les mouchoirs du matin.

— Viens, ma puce, redresse-toi. Tu vas mettre des miettes partout dans le lit si tu restes allongée comme ça, et puis tu vas t'étouffer. Ça peut être dangereux de manger, tu le sais ! Voilà. Tiens. Un petit bout. Hmmm, on mâche gentiment, c'est bon. Allez, un autre petit bout. Attention à ne pas en mettre partout. On mâche, on mâche, et on avale. Regarde, j'en prends un bout aussi, on mange ensemble, mon amour. C'est bon, hein ? Comme tu es belle quand tu mâches comme ça. J'ai de la chance, moi, d'avoir une copine aussi jolie. Allez, encore une bouchée, c'est la dernière. Ouvre grand. Tire la langue, un peu. Coquine. Allez, on mâche encore. Et on avale. Voilà. Ça va mieux, maintenant ?

L'âme de Laetitia était déserte. Elle se sentait traversée par des pensées sans adhérence ni visage. Elle hocha doucement la tête. Bertrand était tellement gentil avec elle, et elle gâchait tout, comme toujours, elle n'arrivait pas à se réjouir, à se conformer, à inhiber ses caprices. Bertrand lui caressait la joue et lui souriait.

— On peut dormir, maintenant ? lui demanda-t-il. Je vais lire encore un petit peu, moi.

Laetitia, de nouveau, hocha doucement la tête. Ils s'allongèrent ensemble. Elle ferma les yeux. Elle se sentait remplie de rien. Sa bouche était pleine d'absence. La faiblesse de la faim était passée, mais l'appétit persistait et l'étourdissait. Elle était recroquevillée sous sa peau et loin, loin au fond de son corps, un hurlement naissait, la tentation monstrueuse de tout casser, de frapper, de crier, de griffer sa poitrine, d'ouvrir la bouche grand comme la douleur, de rouler sur le sol, d'arracher ses cheveux, de taper du pied. Elle ferma les yeux plus fort et essaya de respirer tout bas. Elle se tourna sur le ventre et s'éloigna de Bertrand.

Laetitia et Laurent devaient se retrouver à la station de métro Pigalle. C'était la première fois qu'ils se voyaient un samedi, en dehors du bureau et des étreintes rapides avec les collègues après les heures de travail. Elle ne l'avait pas dit à Bertrand. Elle était presque certaine qu'elle n'aurait eu aucun problème à le faire s'il lui avait demandé où elle allait, et qu'elle ne se serait finalement pas servie de l'alibi qu'elle avait préparé, une vague histoire de colis à récupérer à l'autre bout de Paris.

Elle attendait nerveusement au coin de la bouche de métro, d'où refluaient par salves des foules compactes de femmes et d'hommes pressés de retrouver la surface. Elle y cherchait Laurent. Tout près d'elle, un vendeur à la sauvette accroupi par terre dépliait sur ses genoux des slips à l'effigie de l'Arc de triomphe, que les passants ignoraient. Un autre agitait en l'air, hilare, une tour Eiffel qui vibrait et clignotait.

Elle n'était pas une habituée de ce quartier qui entretenait encore une réputation faussement sulfureuse, démentie tant par les prix de l'immobilier que par celui de la bouteille de lubrifiant dans les magasins alentour. C'est là que Paris avait connu sa plus grande concentration de restaurants, tous disparus aujourd'hui. Seuls, ou à plusieurs, les clients autrefois disaient s'y rendre « pour l'hygiène », celle de manger une fois de temps en temps autre chose que la cuisine de leur légitime. À présent, le soir, on ne croisait plus de cuisinières sur les trottoirs, mais certains bordels avaient choisi de reprendre, par provocation et par génie commercial, le nom d'un bistrot d'époque. Vestiges également de ce passé de stupre, quelques cabarets, où des comédiennes prétendaient faire sur scène la démonstration de leur talent culinaire. Mais il s'agissait maintenant de professionnelles du spectacle ; une fois le rideau tombé, elles ne se laissaient plus convaincre de mitonner quoi que ce soit pour un client généreux. Les mauvaises langues disaient même que le plus souvent, les légumes étaient en plastique et la représentation truquée. Laetitia n'était jamais allée dans de tels endroits.

Le quartier fourmillait d'un flot constant de touristes et de jeunes Parisiens plus ou moins branchés. De nouvelles maisons closes ne cessaient d'ouvrir, chacune démodant la précédente. Le vendredi et le samedi soir, il fallait faire la queue pour y baiser, et Bertrand détestait attendre. Il flottait dans l'air un mélange d'encens bon marché et de désinfectant de surface.

Le visage de Laurent apparut dans la foule. Il adressa à Laetitia un grand sourire et un signe de la main, et elle lui rendit les deux. Ils s'étreignirent. Une courte barbe crevait la peau de Laurent et cette piqûre fit grimacer Laetitia. Elle lui en voulut un peu de ne pas s'être rasé ; où que sa bouche s'attarde, cette négligence la blesserait.

Ils convinrent de se poser dans un tripot non loin de là, que Laurent connaissait bien car il était géré par des copains à lui. Plus exactement, depuis le temps qu'il fréquentait cet endroit, il avait pris l'habitude d'appeler les tenanciers par leur prénom. C'était le lieu parfait pour passer quelques heures dans l'après-midi avec des amis. À la différence des maisons closes ou des bordels, les tripots ne mettaient personne à la disposition des clients ; ils n'offraient que les conditions de la consommation : un espace, une ambiance et du matériel sur demande.

Après quelques minutes de marche, Laetitia et Laurent s'arrêtèrent au niveau d'une devanture pastel. La vitre était couverte de buée et on ne devinait, à travers elle, que l'estompe verte d'une jungle d'intérieur. Laurent poussa la porte et laissa entrer Laetitia derrière lui. Une voix s'éleva : « Laurent ! Ça fait plaisir de te voir ! » Un homme d'une trentaine d'années s'approcha d'eux. Il était grand et dégingandé. Ses cheveux, amorphes et fades, se prolongeaient sur ses joues en deux longues et soyeuses rouflaquettes. Ses yeux étaient légèrement proéminents et ourlés de cils clairs. Il avait le regard bleu, calme et apathique. Sa bouche était épaisse. Il portait un slip pâle, couleur glacier. Il serra Laurent contre lui : « Alors, qu'est-ce que tu racontes de beau ? », puis Laetitia : « Enchanté ! »

— Ça va, ça va, répondit Laurent, la routine. Trop content de te voir aussi. Qu'est-ce qu'il fait chaud chez toi ! Il te reste une banquette ?

— Bien sûr ! On a un peu de monde cet après-midi mais je vais te trouver ça.

Il balaya la salle du regard et haussa la voix :

— Francis ! Tu peux me refaire la cinq vite fait, s'il te plaît ?

Francis, dont les hanches lisses étaient serrées par un string gris béton, hocha la tête et s'approcha d'une banquette vide recouverte d'un drap chiffonné et de coussins affaissés. La petite poubelle de lit posée à même le sol débordait presque de mouchoirs froissés.

Il jeta les coussins à terre et arracha le drap. Il maintenait sous son coude une parure de rechange, soigneusement pliée. Il la posa sur la banquette, la déplia, l'étala, lissa par de longues caresses sa surface de coton, et quand il la trouva suffisamment aplanie, en enfonçant ses mains sous le matelas, il en replia soigneusement les bords. Ce geste faisait saillir les muscles de ses bras et de ses épaules. La banquette, tendue d'un drap beige immaculé, tenait autant du radeau que de la grève. Elle semblait attendre que la mer revienne, pour l'emporter ou la recouvrir. Laetitia se sentait prête à s'y étendre le temps qu'il faudrait.

Francis disparut en emportant la poubelle, sur laquelle il avait empilé les coussins fatigués. Il réapparut quelques instants plus tard, caché derrière une haute pile d'oreillers ragaillardis. Revenu près de la banquette, gardant le dos bien droit, il s'accroupit et posa la poubelle entre ses genoux écartés. Puis il posa sa main au sommet des coussins empilés, y prit appui et se leva d'un bond. Il lança les coussins sur le lit d'un geste souple et aléatoire, comme il aurait nourri des oiseaux. Il regarda la banquette, les poings sur les hanches, la tête penchée. Son corps était dense. L'empreinte de ses phalanges formait une ombre en bas de son dos. C'était un corps sur lequel on pouvait se reposer. Laetitia suivit du regard la ligne qui descendait depuis la base de sa nuque, curieuse de l'odeur que devait dégager la naissance brune de ses cheveux. Sa peau était mate et elle avait aperçu, sous ses bras, la soie d'une fourrure légèrement passée. Elle espérait que Laurent connaissait assez Francis pour lui proposer de se joindre à eux, si le service ne l'accaparait pas.

— Et voilà ! annonça Francis. Elle est à vous.

Francis avait disparu en un éclair, si vite que Laetitia n'avait même pas eu le temps de poser sa veste. Elle la suspendit près de la banquette et s'y assit avec Laurent. Ils s'allongèrent côte à côte.

Laurent se tenait sur le flanc, légèrement redressé, appuyé sur son coude. Laetitia était sur le dos. Elle avait rassemblé deux coussins sous sa nuque et tournait la tête vers Laurent.

Ils discutèrent de leur collègue Carole et de leurs impressions sur Simon, qu'elle continuait de fréquenter, des grands bâtiments du siège et de la décrépitude des lieux de vie, de leurs chefs respectifs. Cette première discussion entre amis ne venait pas naturellement. Laetitia parlait peu et ne touchait pas beaucoup Laurent. Elle ne pensait qu'à une chose : ne pas aborder de sujets culinaires. L'effort qu'elle faisait pour les contenir en elle, pour ne pas déborder, absorbait toute son attention.

Leurs corps malgré tout se rapprochaient. Le contraire aurait été gênant : ils étaient là pour ça. Le tripot n'était pas très bruyant mais par moments des gémissements et quelques cris s'élevant des banquettes alentour couvraient la musique jazz diffusée par des enceintes. Cela obligeait, pour s'entendre, à réduire les distances. Laurent avait posé sa main sur le ventre de Laetitia. En s'affaissant, lentement, il la rejoignait. Elle pouvait depuis longtemps respirer son parfum et maintenant, elle sentait son souffle. Depuis son ventre, la main de Laurent traça un chemin lent et libre vers sa joue. Ils s'embrassèrent et Laetitia se sentit fondre dans ce baiser. Elle bascula tout contre lui.

La langue de Laurent était douce dans sa bouche. Elle l'apaisait et la nourrissait. Elle en oublia l'abrasion de sa barbe. Son envie de lui parler de ses crises d'appétit se diluait dans la joie de partager avec lui un bon moment en banquette.

La main de Laurent reprit son vagabondage. Elle caressait son cou, enveloppait sa nuque. Elle ôta un à un, du bout du pouce et de l'index, les boutons de la chemise de Laetitia. Elle contourna sa gorge pour effleurer la peau très fine où l'aisselle et le sein se rencontrent, suivit la crête de sa taille, que sa position, allongée sur le côté, creusait. Elle allait et venait, maintenant, dans le pli doux que sa cuisse repliée formait au creux de son aine. Laetitia ronronnait et se vautrait dans la chaleur de cette main. Elle bougeait toujours très peu. Elle se sentait bien. Elle pensa qu'elle devait se détendre encore, et fit l'effort de relâcher les muscles de son dos. Elle mit son visage à l'abri contre la peau de Laurent et eut envie d'y rester très longtemps.

La main de Laurent étalait toujours sa douceur entre le haut de sa cuisse et son ventre. D'une ondulation du bassin, elle laissa son corps caresser avidement la main qui le caressait. Elle concentra dans sa gorge le gémissement d'une noyée et Laurent l'entendit. Il écarta les jambes de Laetitia et posa sa main exactement en leur milieu. Laetitia s'immobilisa, brûlée par ce contact.

C'était encore un effleurement lent et précis. Le majeur de Laurent collait à sa peau. Il l'agaçait. Elle l'espérait bientôt appuyé, rapide, frénétique, mais ces mots qui la traversaient demeuraient coincés dans sa gorge. Elle voulait qu'il aiguise sans fin ses doigts contre sa chair. La main de Laurent voyagea plus loin entre ses cuisses et Laetitia soupira de soulagement, elle glissait sur elle à présent. Laetitia était une flaque de chair insaisissable. Elle n'aurait pas su dire avec assurance ce qui était Laurent et ce qui était elle. Elle ne savait pas si les sons lointains et liquides qu'elle entendait trouvaient en elle leur origine ou s'il y avait près d'eux un bord de mer où couraient des pieds nus. Cela lui importait peu. Elle s'agrippa à Laurent, plaqua sa joue contre la sienne. Ses gestes étaient très vifs en elle. Elle entendait, dans son souffle saccadé, l'effort physique qu'il soutenait. Elle sentit, près de sa bouche, ses mâchoires se contracter puis se relâcher.

Elle jouit violemment, en criant contre sa joue.

Laurent la regarda longtemps reprendre ses esprits. Il était beau et il souriait. Laetitia souriait aussi. Elle avait encore envie de l'embrasser. Elle s'arrêta sur l'angle de ses mâchoires et sentit le feu reprendre dans ses joues.

— Laurent, je peux te poser une question indiscrète ?

Il hocha la tête et lui sourit. Son regard était un sanctuaire de douceur.

— Ils te viennent d'où, tes penchants gastronomiques ?

Laurent éclata de rire et lui répondit que c'était une longue histoire. Comme Laetitia le fixait avec beaucoup d'attention et ne disait rien, il se lança.

C'était dans les premiers mois de sa vie d'adulte. Il venait de partir de chez ses parents. Il avait rencontré une femme plus âgée que lui, très solaire ; très vite, il s'était installé chez elle. Il était tout de suite tombé très amoureux. Ensemble, ils mangeaient beaucoup. Elle rapportait des quantités de fruits à la maison, sucrés et extraordinaires ; elle lui apprenait à les déguster, elle lui faisait découvrir le plaisir qui avait toujours été à la portée de sa bouche. Un jour, elle s'était dirigée vers ce que Laurent pensait être le placard du ballon d'eau chaude, qui était fermé à clef. Cette porte cachait une cuisine. Une vraie cuisine. Laurent, pas bricoleur, n'avait jamais essayé de l'ouvrir. À compter de ce jour, leur histoire avait basculé. Ils s'étaient mis à cuisiner comme des fous. Ils ne baisaient presque plus, ils pouvaient passer une journée, un week-end entier à mitonner et à bouffer. Parfois, elle invitait des amis à partager leur repas. Laurent y prit goût. Il n'avait jamais été aussi heureux. Il reconnaissait à l'oreille, souffla-t-il encore, les soirs où son amoureuse rentrait à la maison les bras chargés de provisions : le froissement du papier, du plastique et de l'aluminium lui mettait l'eau à la bouche. Laetitia rougit.

Au bout de quelques mois, poursuivit Laurent, son amante avait espacé ses courses. Un soir, elle était revenue avec des barres sustensives. Depuis qu'ils avaient ouvert le placard, ils n'en avaient plus jamais mangé. Il avait tout de suite compris que c'était fini. Il était parti avant qu'elle ne le fasse. Il avait appris plus tard qu'elle était tombée amoureuse d'une cuisinière et qu'elles avaient longtemps vécu ensemble.

Laurent pensait encore souvent à elle. Elle avait quitté Paris. Il avait pour elle la reconnaissance qu'on a pour les gens qui vous ont vraiment brisé le cœur, après lui avoir appris à battre.

Laetitia se taisait. Elle ne s'attendait pas à une telle confession. Elle se sentait triste et alléchée à la fois. Elle avait suivi les mots de Laurent à même ses lèvres ; tout au long du récit, elle les avait imaginées accueillir des fruits mûrs et des plats compliqués. Elle ne savait plus quoi lui dire qui ne soit même que vaguement approprié dans ce monde normal où ils vivaient, où ils étaient collègues, où elle n'aurait jamais dû lui poser cette question, où il n'aurait jamais dû lui répondre. Elle n'aurait jamais pu croire que de telles passions existaient. Sa vie culinaire avec Bertrand, même à son zénith, n'avait jamais ressemblé à un tel festin, ne s'en était même pas approchée.

Elle regarda sa montre, fit mine de découvrir l'heure et de s'inquiéter de son retard, sans préciser ce qui l'attendait. Elle se rhabilla précipitamment. Laurent camouflait mal sa déception. Il insista pour l'inviter et régla l'addition. Il sembla à Laetitia que Francis, le serveur, la regardait avec insistance. Une prochaine fois, elle pourrait peut-être connaître le goût de sa peau. Elle reviendrait.

Laurent et elle se séparèrent à l'entrée du métro. Elle rentrait à pied. Laurent la serra fort contre lui et disparut sous terre.

Le dimanche, Laetitia et Bertrand allaient courir ensemble.

Bertrand courait en écoutant de la musique, alors Laetitia aussi ; de toute façon, derrière lui, elle aurait été trop essoufflée pour discuter. Ils couraient le long de la Seine, sur les quais envahis par les sportifs amateurs. Par endroits, il fallait sautiller, se faufiler, c'était un peu agaçant parce que le dimanche tout le monde s'entretenait et utilisait le sport comme une façon d'éprouver son corps, d'occuper pleinement cette enveloppe élastique, d'éviter qu'une distance ou, pire encore, qu'une dualité puisse s'installer entre la chair et l'esprit.

Plus prosaïquement, l'objectif immédiat était surtout de favoriser la souplesse des corps, leur endurance, leur maniabilité – des vertus appréciées dans les rapports sociaux. Cela passait par de l'exercice physique, mais aussi par un certain nombre de soins quotidiens ou hebdomadaires, gommages, protocoles hydratants ou assouplissants des couches supérieures de l'épiderme. Laetitia était très fière d'avoir les mains douces ; c'est un compliment qu'on lui avait toujours fait. Bertrand lui avait appris à mieux s'en servir ; lorsqu'ils s'étaient rencontrés, il lui avait fait remarquer qu'elle ne caressait pas très bien. Maintenant, elle savait exercer la bonne pression, bouger sa main à la juste vitesse, s'adapter aussi à la forme de sa cible, ronde-bosse, long manche ou surface plane. Il ne lui arrivait plus de délaisser ses ongles : ils étaient toujours propres et courts, limés et sans accrocs.

Certains caractères des corps échappaient largement au contrôle des individus. C'était le cas, par exemple, de la température des extrémités, une qualité probablement héréditaire et très valorisée. Laetitia avait lu quelque part que dans un autre pays – elle avait oublié lequel –, « enchanté » se disait « tu as les mains chaudes ». Elle n'avait pas cette chance, ses doigts étaient souvent glacés, mais elle trouvait l'expression jolie.

Ce dimanche, il faisait grand soleil. Le monde avait l'air heureux. Laetitia peinait. Elle avait du mal à traîner son corps derrière les genoux que Bertrand levait bien haut. Ses foulées à elle, irrégulières, sonnaient à contretemps sur le rythme de la musique. La course lui inspirait des pensées obsédantes, qui tournaient en boucle dans sa tête pendant plusieurs minutes, se répétaient, se déformaient, s'inachevaient. Elle voulait manger, elle voulait goûter, elle voulait faire la cuisine, la cuisine, Laurent faisait la cuisine, comment les autres faisaient, elle voulait faire aussi, elle avait cru, on lui avait dit, on lui avait fait, faim, elle avait faim, faim de partout.

Elle ne sentit pas vraiment le malaise monter. C'était juste une chaleur glacée sur sa peau, un assourdissement progressif des alentours, une faiblesse dans ses jambes, une sournoiserie de son corps. Elle cria « Bertrand », parce qu'il avait pris de l'avance, elle s'arrêta et prit appui sur ses cuisses. Il finit par tourner la tête, s'aperçut de son absence, et du bout des pieds, fit demi-tour. Elle s'était assise au bord du trottoir. Il avait l'air un peu agacé.

— Ça va ?

— Ça va, répondit-elle. Je suis désolée, j'ai la tête qui tourne. Je ne comprends pas ce qui m'arrive. C'est complètement obsessionnel. J'y pense tout le temps. Je ne me reconnais plus. Je me sens hyper mal. J'ai honte. Je suis navrée de t'infliger tout ça, tu dois penser que je suis folle…

— Un peu, fit Bertrand, un sourire patient aux lèvres. C'est encore tes histoires de bouffe, c'est ça ?

Laetitia hocha la tête. Il s'accroupit face à elle. Son visage la rassura. Il n'allait pas se fâcher. Elle respirait difficilement, l'effort de la course et de l'aveu faisait siffler sa gorge.

— Écoute, poursuivit Bertrand, il n'y a pas mille solutions. Moi, je t'aime, je tiens à toi, je t'ai choisie. Qu'est-ce que tu veux que je te dise ? On va se remettre à table !

Un rire incrédule, soulagé, jaillit autour de Laetitia. Son amoureux lui tendait la main pour l'aider à se relever. Il avait de très beaux yeux noirs. Elle saisit sa main et se releva. Elle avait de la chance.

Ils rentrèrent chez eux, main dans la main, marchant au pas, et le soir même, dégustèrent côte à côte des barres anaromatiques en se chuchotant des mots d'amour.

Le lendemain, sur le chemin qui la ramenait du bureau, Laetitia s'arrêta au Pornoprix. Elle voulait trouver une petite surprise pour Bertrand.

Les portes vitrées s'écartèrent sur son passage. On y lisait, en grandes lettres vertes : « Baiser bio au juste prix ! » L'enseigne avait radicalement modernisé son image, il y a quelques mois, et Laetitia avait fini par s'y habituer. Le rouge vif que tout le monde connaissait depuis toujours avait été abandonné au profit d'une gamme de couleurs plus végétales. La typographie du logo avait été légèrement arrondie et le « bio » du slogan, ajouté à cette occasion, brillait au centre d'un soleil jaune d'or.

L'uniforme du personnel avait également été revu. Le bas, un short vert, surlignait le pli de la fesse. Le haut avait la forme et la couleur du nouveau symbole de l'enseigne : taillé dans un coton de bonne facture, un grand soleil de tissu était attaché par quatre rubans de satin noués autour du cou et de la taille des employés. Leur dos était nu. Laetitia, en entrant, aperçut deux jeunes femmes s'aider mutuellement à renouer les liens qui s'étaient défaits sur leur nuque. L'une d'elles maintenait ses cheveux longs relevés au-dessus de sa tête. Sa collègue, du bout des doigts, dégageait délicatement les petits cheveux qui s'étaient pris dans le nœud. C'était l'inconvénient du satin : il n'arrêtait pas de glisser. Pour mettre l'accent sur la naturalité, dans le cadre d'une stratégie d'ensemble, les publicitaires qui avaient conçu la nouvelle image de la marque avaient d'abord pensé à des liens en chanvre brut. Au bout de quelques semaines à peine, les syndicats étaient montés au créneau : les fibres rêches du chanvre causaient au personnel de constantes irritations. La direction accepta de retoucher les uniformes avec une étoffe plus douce mais plus glissante, jugeant que la vue de scènes de rhabillage, comme celle à laquelle Laetitia venait d'assister, pourrait stimuler chez les clients une tendresse et un désir propres à doper les ventes. Après tout, une grande partie du magasin était consacrée à la sexualité. Le satin fut adopté et un rayon rubans aménagé près des caisses, indiqué par un panonceau : « Entraves douces ».

Laetitia déambulait sans but dans ces rayons qu'elle connaissait bien. Le magasin avait revu sa palette graphique, mais pas son organisation ; Laetitia aurait détesté qu'elle change. Juste après l'entrée se trouvaient les accessoires les plus communs, amassés en vrac dans des paniers serrés les uns contre les autres. Malgré l'éclairage brutal qui tombait du plafond, le toucher mat du silicone adoucissait la vivacité des couleurs. Des formes oblongues, nombreuses et de dimensions variées, côtoyaient des silhouettes d'ancres et de galets. Sur certaines étiquettes, un éclair distinguait les instruments électriques – vibration, rotation, aspiration, percussion – des objets inertes. Tout au bout du rayon étaient regroupées des reproductions d'organes d'après nature, si bien que la marée des bacs jusque-là multicolore prenait ici l'harmonie rassurante d'un camaïeu de chairs veinées et élastiques.

Un couple scrutait les étals d'un air songeur. La femme portait, au pli du coude, un de ces cabas d'osier qui avaient remplacé les paniers en plastique. L'homme se gratta le menton puis soupesa un objet bleu turquoise fort long. Manifestement déçu par sa densité, il fit la moue et le reposa. La femme qui l'accompagnait le prit dans sa main à son tour et approuva d'un hochement de tête avant de le reposer.

Laetitia traversa rapidement le rayon maison. Des draps en promotion s'empilaient, suivis par une large collection de coussins écrasés dans des emballages en plastique trop étroits. Au fond du magasin, quelques meubles d'exposition prenaient la poussière : banquettes, canapés et lits n'étaient chacun disponibles que dans un seul modèle, en dépannage. Comme souvent, le rayon était désert ; Laetitia savait que les habitants du quartier préféraient chercher dans des boutiques de décoration spécialisées un mobilier plus cher mais plus original.

Le rayon vêtements se situait juste à côté de la banquetterie, ordonné par taille et, le cas échéant, par spécificité anatomique : seins volumineux, appareil génital externe, hanches larges, épaules étroites ou ventre rebondi. Dans les rayonnages, les étoffes dressaient autour de Laetitia deux immenses vagues noires, constellées de taches bigarrées. Laetitia y plongea un bras et laissa couler dans sa main une soie très fluide.

Si seulement cette mer avait bien voulu se refermer sur elle, elle se serait laissé engloutir dans sa douceur. Des vendeurs noués de satin, poissons cousus du même tissu que l'océan, auraient nagé jusqu'à elle, se figurant qu'elle avait besoin de secours. Elle les aurait attendus sur le dos, les bras écartés, un sourire aux lèvres, dans le clapotement du tulle et de la dentelle.

Comme les portants n'esquissaient pas le moindre remous, Laetitia relâcha l'étoffe et poursuivit son chemin vers le rayon dédié aux produits de spécialité.

Le matériel présenté permettait de donner chair aux jeux de pouvoir qui animaient parfois implicitement les ébats. Laetitia n'avait pas connu de partenaire qui fût un fin amateur de ces exotismes, aussi ne saisissait-elle pas tous les mérites de ces instruments métalliques et harnais de cuir qui étaient suspendus à sa droite. Elle fit jouer dans ses doigts un crochet argenté, lourd et dur comme un mors de cheval, et observa à côté d'elle les cravaches, fouets, baillons, cordes et menottes qui débordaient des rayonnages. Des accessoires en vinyle luisaient si crûment sous les spots qu'elle s'attendait à tout moment à les voir dégouliner sur le parquet. Des gants en nitrile noirs classés par taille, étaient soldés en tête de gondole. Une femme en remplissait son panier, hésitant à garder ou à reposer ce qui semblait être son dixième paquet de douze. En dépassant le rayon, Laetitia ressentit le pincement d'une curiosité inassouvie et d'une bonne affaire ratée.

L'étalage suivant était consacré aux biens les plus indispensables. La société de consommation avait inventé un lubrifiant pour chaque utilisateur et chaque usage : pour hommes, pour femmes, mixte, raffiné, premier prix, parfumé, hypoallergénique, pour accessoires, pour chairs seules, chauffant, picotant, refroidissant, anesthésiant, stimulant, coloré, à paillettes, spécial première fois, spécial grande largeur, spécial troisième âge, bio, commerce équitable, compostable, produit en circuit court – nouveau, celui-ci –, et quelques mètres plus loin, le petit placard pour les ranger était vendu à prix cassé à partir de cinq flacons. Juste à côté, les huiles de massage exhibaient la même variété, jusqu'à l'écœurement, puis les préservatifs. Laetitia se dit que cinquante ans plus tôt, une seule référence existait sans doute et que l'humanité ne baisait pas plus mal, et peut-être même mieux. En fait, admit-elle intérieurement, elle n'en savait rien.

Une femme de son âge restait pensive devant le rayon préservatifs. De haut en bas et de gauche à droite, ses yeux balayaient méthodiquement tout le rayonnage, comme un livre immense ouvert devant elle, et sa tête dodelinait. Régulièrement, elle attrapait une des petites boîtes en carton et faisait crisser sous ses doigts son emballage de film cristal. Elle la retournait, fronçait les sourcils en s'absorbant dans les petits caractères au dos, puis la reposait au même endroit. Non loin d'elle, un vendeur remettait d'équerre, au bord de chaque étagère, les boîtes dérangées par les clients. La jeune femme l'aperçut et, tout en le regardant du coin de l'œil, redressa la boîte qu'elle venait de reposer. L'homme ne remarqua pas sa délicatesse, mais Laetitia en sourit.

Le rayon des produits culturels venait juste après celui des préservatifs. Les derniers films côtoyaient des magazines et des livres à gros tirage dont Laetitia avait entendu parler. Les ouvrages de sexualité pratique, très à la mode depuis plusieurs années, occupaient une place importante sur les présentoirs, à côté des romans policiers et de quelques classiques. Des étiquettes majuscules, collées sur la tranche des étagères, aidaient l'amateur à trouver son bonheur : *À deux, En petit groupe, Orgies, Anatomie humaine, Domination/soumission, Pratiques buccales, Caresses et massages, Sexualité au travail, Spécial débutants, Spécial seniors, Autoérotisme, Érotisme cérébral, Tantras, Express*… Un jeune homme assis par terre, son sac sur les genoux, était absorbé dans une histoire de superhéros en bande dessinée.

Laetitia survola les titres, la tête penchée sur son épaule, attendant qu'un mot attire son attention. Elle s'arrêta sur un ouvrage épais qu'elle ne connaissait pas et, de l'index, le fit basculer vers elle. Elle caressa sa couverture beige : *Grande Encyclopédie du plaisir humain.* Elle le feuilleta. Sous ses couleurs pastel et sa typographie ronde, l'ouvrage était sérieux et didactique. Les organes étaient classés par ordre alphabétique : aisselle… aréole… bouche… bras… cheville… clitoris, développé sur plusieurs pages, … genou… lèvres (bouche). Laetitia, cherchant l'article « langue », humecta son index et retourna la page de gauche.

La section était longue. Un schéma anatomique était accompagné d'informations scientifiques précises : longueur moyenne (dix centimètres), nombre de muscles (dix-sept), forte vascularisation, innervation dense, cette dernière caractéristique en faisant un organe de plaisir de premier plan. La langue pouvait servir à caresser toutes les parties du corps, procurant autant de plaisir au lécheur qu'au léché. Plusieurs techniques étaient recensées : langue à plat ou pointe de langue ; lapements et mouvements circulaires ; usage combiné avec la cavité buccale. Une dernière partie était consacrée à « la langue, siège du goût ». Elle décrivait, en des termes techniques, l'attention qui pouvait être prêtée à la saveur des différentes parties du corps et de ses sécrétions. Elle s'achevait sur ces mots : « Bien d'autres choses encore ont du goût, mais c'est une autre histoire… » Laetitia soupira et reposa le livre où elle l'avait trouvé. Elle plia et déplia plusieurs fois son bras gauche engourdi par le poids de l'ouvrage, puis elle poursuivit son chemin dans l'allée.

Le rayon s'achevait sur une sélection de suppléments libidinaux emballés dans des boîtes sobres : un fond blanc, un logo et des caractères noirs sans fioritures. Les suppléments les plus naturels se distinguaient par leur fond de couleur vert pâle, mais ils gardaient une apparence rigoureuse et médicale : rien qui ne puisse laisser penser qu'il s'agissait de produits culinaires, même si la posologie impliquait de les ingérer. L'essentiel du rayon était consacré aux troubles du désir. Certaines gélules assuraient ouvrir le désir, d'autres le couper, l'enjeu étant de normaliser son intensité. Les premières se vendaient mieux.

Laetitia maintenant s'approchait des caisses et du rayon pharmacie, qui rassemblait quelques sparadraps, du désinfectant et des barres sustensives sans saveur, vendues par trois, en portions de dépannage. Elle se dirigea vers la sortie, déçue de quitter les lieux les mains vides.

Elle soupira et rebroussa chemin, songeant qu'il lui restait un rayon à explorer. Elle retourna tout au fond du magasin et s'arrêta devant un rideau de plastique épais et grisâtre. Une affichette précisait, à hauteur d'adulte, que l'entrée était interdite aux enfants. Laetitia vérifia rapidement qu'elle ne connaissait personne parmi les clients autour d'elle, puis glissa sa main entre deux franges du rideau et se faufila dans l'entrebâillement.

Ce n'était pas la première fois qu'elle se promenait dans l'espace culinaire. Peu après ses dix-huit ans, elle y était entrée pour rire, avec des copains qui l'y avaient entraînée. Elle n'y était jamais allée seule comme aujourd'hui. Elle marchait avec raideur et pour préserver l'air détaché qu'elle avait du mal à feindre, elle évitait de croiser le regard des rares chalands autour d'elle. Elle sentait bien que son souffle était court, et elle se méprisait d'être émue par une si modeste audace.

L'espace culinaire comptait deux rayons. Le premier rassemblait les ustensiles de base, des couteaux, des casseroles et des poêles, ainsi qu'un peu de vaisselle. Elle les longea sans s'arrêter mais assez lentement pour se laisser atteindre, de côté, par l'éclat obscène du métal. Bertrand et elle ne disposaient pas d'une station de cuisson, juste d'une bouilloire dont ils ne se servaient plus ; ils n'avaient donc pas l'usage de ce type de matériel.

Le second était consacré aux vivres. Laetitia remplit ses poumons pour se donner du courage et fut intimidée par le bruit de sa propre inspiration. Elle s'arrêta face aux étagères, serra les poings et releva la tête. Elles étaient bien garnies. Quelques sachets de satin blanc arboraient une étiquette lascive sur laquelle il était écrit : « Riz – Je fondrai dans votre bouche ». Même la police était vulgaire. Dans la même gamme, des sachets aux nuances d'ivoire et de jaune pâle proposaient du gruau d'avoine (« Mâchez-moi fort ») et de la semoule de blé (« Faites-moi gonfler »).

Laetitia déglutit et se souvint du sinistre épisode de la semoule qu'elle avait fait vivre à Bertrand. Il n'avait pas tort lorsqu'il disait que s'ils avaient arrêté de cuisiner, c'était aussi de sa faute. Un soir, alors qu'ils étaient ensemble depuis plusieurs mois, Bertrand avait déclaré qu'il était temps qu'ils fassent de la cuisine. Laetitia n'aurait jamais osé prendre cette initiative. Elle appréhendait un peu ce moment, mais elle l'attendait impatiemment ; les barres sustensives commençaient à la lasser et elle avait hâte de connaître la suite et l'étendue des talents de son amoureux. Alors, très doucement, il avait versé pour elle de l'eau bouillante et de l'huile sur de la semoule de blé. Du bout des doigts, il l'avait ensuite saupoudrée de sel. Il lui avait tendu une fourchette, et avec beaucoup de sensualité et d'excitation, ils avaient égrené ensemble les pépites turgescentes au fond du bol. Elle s'était sentie puissante, ultime, incarnée. Ces sensations l'avaient surprise.

C'est lorsqu'il avait fallu les manger que la soirée s'était gâtée. Laetitia avait avalé de travers, s'était étouffée, et en toussant jusqu'aux larmes, avait couvert Bertrand de petits corpuscules humides et englués. Il avait répété que cela n'était pas grave, mais elle pouvait lire le dégoût sur son visage. Il s'était précipité dans la salle de bains pour se changer, tirant sur sa chemise pour la tenir bien éloignée de son corps. Laetitia était mortifiée.

Il n'avait plus jamais été question de cuisine. Ils mangeaient toujours beaucoup de barres, mais Bertrand n'avait plus jamais apporté quoi que ce soit à mitonner. Le soir même, Laetitia avait ressenti un appétit très fort, comme si son corps affriolé par la préparation de la semoule n'avait pas compris pourquoi, finalement, il n'en avait pas été rempli. Elle avait fermé les yeux de toute l'opacité de ses paupières et elle avait revu l'air écœuré de Bertrand. L'appétit était passé comme il était venu. Quelques jours plus tard, elle avait appliqué le même remède après une seconde crise. Après ça, les manifestations de son désir de saveurs n'avaient plus été aussi violentes.

Sur la tablette face à elle, sous des étiquettes noires frappées de lettres rouges et italiques, des boîtes de fer-blanc renfermaient des pois chiches, des haricots et des lentilles. Sur celle du dessous trois coffrets luxueux, taillés dans différentes essences de bois, s'alignaient : sucre, sel, poivre. Ces condiments avaient une allure très chic. Tout en bas, des affichettes précisaient le contenu de précieux emballages en papier de soie : pommes, tomates, carottes, courgettes, chacune emballée individuellement. Des œufs, enfin, étaient enveloppés à l'unité dans des pochons de velours sombre.

La refonte de l'image de la marque n'avait manifestement pas atteint cette partie-là du magasin. L'ensemble était confus, mal assorti, visiblement sale. Il n'y avait pas de vendeurs, juste une hôtesse de caisse qui semblait déprimée.

Laetitia était perplexe et troublée. Quand elle imaginait rapporter une petite surprise à Bertrand, elle pensait plutôt à une bricole sexuelle ou, à la limite, à une bougie parfumée un peu suggestive, à l'odeur d'épices ou de fruit comestible. Mais après tout, peut-être était-ce à son tour de rapporter quelque chose à se mettre sous la dent ? Bertrand avait l'air de comprendre la phase qu'elle traversait, sans doute mieux qu'elle ne la comprenait elle-même, et d'être prêt à la vivre avec elle.

Sans réfléchir davantage, elle attrapa deux pommes dans leur habit vert vif et les serra contre elle. Elle prit également un œuf et le retint avec la plus grande délicatesse dans la paume de sa main droite – une étiquette « FRAGILE » était attachée au pochon par un petit cordon blanc.

Alors seulement, elle remarqua juste à côté d'elle un homme qui s'était aussi approché du rayon. Il regardait les plats préparés. Il portait un grand imperméable souillé de pluie sale et de taches de graisse.

Sa présence inquiéta Laetitia, qui connaissait la mauvaise réputation de ces produits. Qu'un couple fricasse, que deux êtres qui s'aiment s'adonnent ensemble à la transformation en plat, par un processus long et technique, de produits alimentaires bruts, c'était une chose : on n'en parlait pas, mais tout le monde savait que cela arrivait, c'était presque un besoin naturel pour les gens qui se plaisaient ou qui tombaient amoureux. Mais les plats préparés, eux, s'adressaient à des gens, parfois seuls, dont le besoin de mettre des choses bonnes dans leur bouche était irrépressible, comme le symptôme d'une pulsion primitive, voire d'une animalité mal domptée. Il était difficile d'admettre qu'un être humain civilisé ait besoin de combler ainsi, à tout prix et hors d'un rapport sentimental, cette béance sensible qu'il portait au visage.

L'homme tenait dans sa main gauche des « lentilles cuisinées » – cuisinées ! pensa Laetitia – et dans sa main droite des « patates douces façon curry ». Son regard passait d'un plat à l'autre et chaque main s'éloignait à tour de rôle de son visage pour lui permettre de mieux voir les emballages, qu'une photographie salace recouvrait. Laetitia plissa les yeux sans comprendre quels ingrédients donnaient à ces images des couleurs aussi luisantes. L'homme vit qu'elle le fixait et lui lança un regard plein de vice. Il se fendit d'un sourire gourmand, et elle vit presque toutes ses dents ; elle vit surtout qu'il lui en manquait.

Elle se précipita vers la sortie. Il lui sembla que la caissière avait un air entendu alors qu'elle scannait ses pommes et glissait l'œuf dans une petite boîte en carton rigide pour le protéger. Elle garda les yeux baissés et quitta le magasin à grandes enjambées.

Bertrand n'était pas encore rentré quand Laetitia franchit le seuil de leur appartement. C'était un soulagement. Son cœur battait fort. Elle suspendit son manteau dans l'entrée, retira ses chaussures et ne sut que faire de son sac. Elle le posa par terre, puis le reprit sur son épaule. Elle l'entrouvrit et y glissa la main. Elle vérifia, à tâtons, que les deux pommes habillées de papier de soie s'y trouvaient toujours, avec l'œuf revêtu de velours dans sa boîte en carton. Ils y étaient. Elle resta un instant debout, dans l'entrée, la main dans son sac, interdite. Son coup de tête la surprenait encore et elle s'aperçut qu'elle tremblait presque.

Elle se dirigea vers la banquette. Elle s'assit au bord et posa son sac à ses pieds. Cette fois, elle ouvrit la fermeture éclair jusqu'au bout et écarta prudemment les côtés. Elle vit ses deux pommes et son œuf lovés au fond du sac. Elle les attrapa précautionneusement, d'abord les pommes une à une, puis l'œuf, et les posa près d'elle.

Laetitia s'installa au centre de la banquette avec son butin. Elle posa devant elle ses deux pommes et son œuf. Elle hésitait à les déballer. Elle n'avait toujours pas la moindre idée de ce qu'elle allait en faire. Si elle décidait d'offrir une pomme à Bertrand, valait-il mieux la laisser dans son emballage ? Elle en prit une dans sa main et l'approcha de son visage. Elle scruta le papier de soie et le jugea quelconque. Il bruissait sous les doigts. Un ruban assorti réunissait, en haut du fruit, les milliers de plis froissés. À son équateur, une petite griffure révélait une seconde couche de papier, de la même couleur que la première. La pomme ainsi enfermée dégageait une odeur blanche et légèrement poussiéreuse.

Laetitia décida de la déshabiller. Elle ferma les yeux et passa ses doigts sur toute sa surface. Elle était dure et très régulière. Son pouce trouva, à sa base, un endroit où le papier de soie était tendu au-dessus d'un cratère. Elle appuya doucement pour éprouver sa rigidité ; le papier était fragile. Elle enfonça son pouce et l'emballage céda.

Alors elle glissa son pouce dans la plaie de papier, crocheta son doigt, et pinçant cette lèvre à l'aide de son majeur, la tira le long de la courbe du fruit. L'emballage s'ouvrit dans un déchirement. Reprenant alors le fruit entre ses mains, caressant de ses pouces les ourlets de la plaie, elle libéra la pomme.

Elle était verte, d'un vert franc mais clair, et elle brillait. Hormis les dépressions à ses deux pôles, elle était extrêmement lisse. Laetitia la porta à son visage, si près que son nez la toucha, mais elle ne sentit qu'une odeur contenue, faible et sucrée. Elle ouvrit la bouche et étendit sa langue jusqu'à la surface du fruit. Il n'avait aucun goût ni aucun relief. Elle était déçue. Elle reposa la pomme et déballa rapidement sa jumelle, avant de froisser dans ses mains les deux emballages de papier et de les jeter loin de la banquette. Enfin, elle prit l'œuf avec précaution, le sortit de sa boîte en carton, ôta l'étiquette, desserra délicatement les cordons qui fermaient le pochon de velours, et le fit glisser dans sa main. Avec sa couleur de peau, il ressemblait à une chair durcie. Il était comme cette partie d'une très grande paume, juste à la naissance du pouce, rond, fragile et mat, comme un testicule lisse et immobile, dont la peau ne danserait pas. Elle le secoua très doucement près de son oreille, le porta à son nez, mais cet objet paraissait mort ; il ne parlait pas. Elle le reposa.

Elle n'était pas encore sûre qu'elle oserait partager ces folies avec Bertrand. C'était appétissant, mais elle y était allée un peu fort. Il aurait été plus sage de jeter tout cela à la poubelle, et de lui parler plutôt de son désir de faire avec lui, un jour, quelques courses alimentaires. Pas des barres sustensives, cette fois, non, des vraies denrées brutes qu'ils cuisineraient ensemble.

Le fourragement des clefs de Bertrand dans la serrure décida pour elle. La porte claqua. « C'est moi ! » cria Bertrand depuis l'entrée. Elle était toujours au milieu de la banquette. Les pommes et l'œuf avaient roulé près de ses genoux.

Bertrand apparut dans l'embrasure de la porte. Elle sentit ses joues rougir et brûler.

— Laetitia ? Qu'est-ce que tu fais ?

— J'ai fait… des courses ? hésita Laetitia. Comme tu avais dit qu'on allait se remettre à table, c'est une petite surprise, mais je ne sais pas…

— Tu as acheté tout ça toute seule ?

Laetitia ne s'attendait pas à cette question et mit quelques instants à la comprendre.

— Oui, bien sûr, avec qui veux-tu que j'aille dans un endroit pareil ?

Elle pensa à Laurent et à quel point elle aurait eu envie de le voir errer entre les rayons et choisir un menu pour elle. Il devait savoir cuisiner des choses incroyables.

— Écoute, finit par lâcher Bertrand, je ne sais pas quoi te dire. Quand j'ai parlé de se remettre à table, ce n'est pas du tout ce que j'avais en tête. Je pensais avoir été clair. On aurait pu y aller ensemble, on aurait pris quelque chose de facile à cuisiner qui nous faisait envie à tous les deux. On ne va pas se mettre à…

Bertrand dut chercher des mots qu'il n'aimait pas prononcer, puis il reprit :

— … à faire des plans gastronomiques ou je ne sais quoi, c'est pas nous, ça. Hein, ma chérie, c'est pas nous ? C'est pas ça, que tu voudrais ? J'ai l'impression qu'on t'a retourné la tête… Ou alors tu m'as menti, toutes ces années, tu as un passé de cuisinière frénétique que tu m'as caché, avec beaucoup de partenaires ?

Il lui faisait ses petits yeux tendres et menaçants. Les mots se bousculaient dans la gorge de Laetitia, qui gémit « non, non » et se blottit contre lui.

— Tu vois, si on y était allés ensemble, on aurait pu choisir. Moi, les pommes, c'est pas trop mon truc, je les digère pas bien, et ça m'irrite la bouche. Les œufs non plus, je n'y ai jamais goûté, mais ça me dégoûte un peu. Je ne sais pas quoi penser du fait que toi, ça t'ait attirée… Tu avais une idée en tête ? On t'a conseillé quelque chose ?

Laetitia, de nouveau, entendit la suspicion dans la voix de Bertrand. Elle ne l'avait jamais connu jaloux, à part dans les tout premiers temps de leur histoire, quand il n'était pas encore certain qu'elle ne le tromperait pas.

— Non, non… J'étais pressée, je ne voulais pas rester trop longtemps là-bas. J'ai pris au hasard. L'emballage de l'œuf était joli.

Bertrand sembla soulagé.

— Bon, on ne va pas épiloguer. Le mieux, c'est que je m'occupe moi-même d'apporter des choses à cuisiner, si tu y tiens vraiment. Oui, faisons comme ça. Honnêtement, je ne suis pas à l'aise avec ce que tu as acheté. Mais ce n'est pas grave, je ne t'en veux pas. Allez, passons en banquette et n'en parlons plus.

Laetitia, condamnée à une nouvelle nuit affamée, consacra sa langue à Bertrand, comme une consolation insipide.

Il y eut sur elle l'amertume duveteuse de son oreille, la toison glissante et grasse de son torse, le goût de rocaille de son genou, puis une peau sèche et salée, surabondante et pourtant rugueuse, piquée de poils rêches. Enfin, une forme lisse et douce, gonflée et rebondie, dont elle épousa parfaitement les contours.

Avant qu'ils n'aillent dormir, la soirée s'acheva pour elle sur un goût âcre, végétal et persistant.

Le lendemain matin, Laetitia offrit beaucoup de sourires à Bertrand. Elle lui en offrit quand il roula à côté d'elle après leur rapport du matin, elle lui en offrit quand il frôla doucement une mèche de ses cheveux, puis quand il sortit de la douche, une serviette nouée autour de la taille, et elle attendit patiemment son départ, presque sans arrêter de lui sourire, même lorsqu'il ne la regardait pas. Debout devant l'ascenseur, en costume bleu, sa sacoche à la main, il lui fit un petit signe et elle lui offrit un dernier sourire par la porte entrebâillée. Quand il s'engouffra dans l'ascenseur, elle referma très doucement derrière lui.

Elle laissa quelques minutes s'écouler. Lorsqu'il lui sembla certain qu'il ne reviendrait pas, elle vérifia encore qu'il n'avait pas oublié ses clés ni son téléphone dans l'entrée, puis elle attrapa son sac et s'installa cette fois au milieu de la banquette. Elle sortit la pomme et la scruta. Quand elle l'eut suffisamment regardée, elle prit son téléphone et ouvrit une fenêtre de navigation privée. Elle tapa directement l'adresse du site qui l'intéressait : *www.cookhub.com* Les sites anglo-saxons étaient, paraît-il, mieux fournis. Là, elle trouverait bien une vidéo qui lui montrerait ce qu'elle devait faire de ses pommes. Elle espérait quand même ne pas tomber sur des choses trop bizarres.

Elle inscrivit « *apple* » dans la barre de recherche, qui lui suggéra immédiatement : « *apple pie* », « *apple cobbler* », « *apple compote* »... Elle ignora ces propositions et s'en tint à son intention première, d'une indécente simplicité : « *apple* ».

Une longue liste de vidéos apparut sous ses yeux : « *oven-baked apple with spices and lemon cream* » ; « *grandmother-I'd-like-to-cook-with style apple pie* » ; « *apple and cranberry crumble with caramel* » ; « *sausage sandwich with sauteed apples* ». De son doigt, elle fit défiler la page : « *apple coleslaw with homemade dressing* » ; « *pork with apples and cabbage* » ; « *apple strudel* ». Les yeux grands ouverts, elle sentit son cœur battre et une salive honteuse déferler sous sa langue, alors même que sa poitrine se dilatait d'horreur.

Lorsqu'elle passait sa souris sur l'aperçu de ces vidéos, des images s'enchaînaient, qui présentaient chaque enregistrement sous son jour le plus cru. Des visages rougis, des mains sales, des joues souillées – la nourriture qu'on avait étalée là, étaient-ce les larmes ou la salive qui l'avaient diluée ? –, des bouches pleines happaient Laetitia et s'imprimaient irrémédiablement dans sa mémoire. C'étaient surtout des visages de femmes. Beaucoup de mains se vengeaient sur elles.

Laetitia déglutit. Elle cligna de ses yeux secs. Sur l'icône d'une autre vidéo, intitulée « *candied apples – woman friendly* », une grosse pomme rouge vif semblait avoir été soufflée dans du verre. Sa surface, lisse, était piquée de quelques bulles restées prisonnières. On y voyait aussi le reflet blanc d'un projecteur. Elle était empalée sur un long et fin pic en bois. Sur les vignettes qui résumaient la vidéo, une femme souriait. Laetitia cliqua.

À l'écran, une femme se tenait debout derrière une table sur laquelle était posé un réchaud, lui-même surmonté d'une casserole. Six pommes étaient posées sur une serviette blanche. Il y avait aussi trois bols, deux de grande taille et un plus petit. La femme regardait la caméra et souriait. L'image tremblotait. Il devait y avoir quelqu'un derrière cette caméra – était-ce son amoureux, ou bien un professionnel ? Un homme ou une femme ? Laetitia n'osait pas mettre le son, alors elle se concentra sur les gestes qu'elle voyait. Elle savait qu'elle n'avait aucune raison de regarder cette vidéo : elle ne possédait ni réchaud, ni casserole, rien. Elle ne pourrait pas suivre les instructions que cette femme lui donnerait. Mais les pommes étaient trop belles, trop rondes pour refermer la page.

La femme attrapa la casserole par le manche et la ramena contre elle pour montrer à la caméra, d'un geste circulaire, qu'elle était propre et vide. Elle versa dedans le contenu d'un bol – de l'eau sans doute – puis celui d'un autre : une poudre blanche et granuleuse qui ressemblait à ce que Laetitia savait du sucre. Elle alluma le réchaud et mit sa main sur sa hanche en gardant quelques instants un œil absent sur la casserole. Elle sembla, le temps de ces respirations, oublier la caméra. Elle se reprit, lui adressa un grand sourire, écarta les mains et les posa sur les pommes d'un air déterminé. Elle saisit un grand pic de bois, très fin – Laetitia n'en avait pas vu sur la table –, puis le plaça à côté d'une pomme. Elle en prit une dans sa main gauche, plissa les yeux et, de la main droite, attrapa la petite queue qui en habitait le sommet. Elle la fit tourner, dans un mouvement de doigts bien coordonné. La petite queue se détacha. Très précautionneusement mais avec force, en lui appliquant une légère rotation, elle enfonça le pic dans la pomme à la place de la queue. D'un coup, elle relâcha la pomme, laissa la gravité emporter le bâton à la verticale et, secouant la main, vérifia que le fruit tenait sur son pal. Il tenait.

La femme regarda de nouveau la caméra et lui lança un sourire triomphant. L'image tressauta et, l'espace d'un instant, disparut.

Quand elle revint, il y avait, à la droite de la femme, six pommes, chacune surmontée d'un grand pic. Elles ressemblaient à de gros bateaux ronds alanguis sur la plage. La femme, d'une ondulation de la main, les doigts repliés vers le haut, avec un sourire qui révélait ses dents, demanda à la caméra de s'approcher. L'image montrait maintenant le fond de la casserole. Un liquide visqueux, transparent mais très légèrement ambré, bouillonnait.

La matière paraissait vivante. Les bulles, comme des milliers d'insectes, déformaient et crevaient sa surface. Alors que la caméra continuait de fixer le fond de la casserole, le bouillonnement cessa, hormis quelques bulles éparses, presque immobiles. Soudain, une cuillère apparut dans le champ et y répandit une traînée rouge sang. Cette substance étrangère habita un instant le liquide comme les longs poissons courbes des estampes japonaises. Puis elle s'épaissit sans régularité, en se gonflant de verrues monstrueuses, et l'on vit la casserole décrire, sans quitter la surface du réchaud qui ne crachait plus de flammes, des cercles vifs. En son milieu, un tourbillon rouge s'amplifia. Très vite il ne resta plus qu'un mince anneau d'ambre sur la paroi, que la masse rouge finit par engloutir. La casserole arrêta de bouger. Au-dessus du mélange sombre et rougeoyant, de fines bulles formaient une écume rose et mobile. Le liquide moussa de plus en plus faiblement. On eût dit qu'il allait mourir.

Lorsque la caméra recula, la femme tenait une pomme par son pic. Elle souriait toujours. Elle baissa la tête, inclina la casserole de sa main gauche et trempa la pomme dedans de sa main droite. La caméra s'approcha de nouveau, juste avant que la pomme ne touche le liquide rouge sombre et y pénètre doucement. Alors que le fruit était presque totalement immergé, le pic lui transmit une secousse délicate. Des vagues ondulèrent à la surface et vinrent heurter les bords de la casserole. Lentement, la pomme se mit à pivoter autour de son axe. Du bout des doigts, la femme pinçait le pic et le faisait rouler entre son pouce et son index. La pomme tournait et se couvrait de laque rouge. Quelques instants plus tard, elle s'éleva, dégoulinant de gouttes épaisses et visqueuses, sanguinolentes. Elle sembla prendre son élan une dernière fois et fut soulevée rapidement, puis reposée doucement sur un papier blanc cassé. La caméra se concentra de nouveau sur la femme, qui avait joint les mains sur son cœur. Elle sourit et parla, la tête penchée sur son épaule, puis elle agita la main. L'écran devint noir.

Laetitia déglutit et cligna plusieurs fois des paupières. Sa peau vibrait, comme parcourue de décharges électriques. Elle dut avaler encore. Sa bouche ne cessait de se remplir d'écume, mais ses lèvres restaient sèches. Elle se sentait coupable de ce qu'elle venait de voir et de ce qu'elle venait d'aimer. Elle se dégoûtait un peu.

Elle ouvrit une nouvelle fenêtre de navigation privée et tapa : « manger pomme crue ».

Le premier résultat fut une page de forum dont on pouvait lire une partie du titre : « Help !!?? J'ai mangé une pomme crue… » Elle cliqua. L'auteur du message s'inquiétait, dans une orthographe hasardeuse et à grand renfort de petites icônes aux visages inquiets, de sa toxicité.

Une première réponse disait : « T'inquiète ! Y a plein de gens qui les mangent comme ça. Est-ce que ça t'a plu, au moins ? » Une deuxième réponse était plus alarmante : « Tu as quel âge ? Tu l'avais trouvée où ? Tu étais seul ? Ce n'est pas très toxique mais cela peut te rendre malade. Certaines personnes sont même devenues sourdes à cause de cela. Il faut vraiment éviter ce genre de choses. Si tu es mineur, il est très important que tu en parles à un adulte de ton entourage. Il pourra t'aider. N'hésite pas à m'envoyer un message. » Une troisième réponse voulait savoir s'il avait profité de son goûter pour prendre quelques photos qu'il voudrait bien partager en privé.

Laetitia éteignit brusquement son téléphone. Elle essaya de se rassurer. Elle espérait qu'un produit en vente libre ne pouvait pas rendre vraiment malade. Les pommes crues avaient l'air comestibles. Mais l'œuf ?

Elle fixa la pomme. L'heure tournait, elle allait se mettre en retard. Elle salivait encore un peu, moins que ce qu'elle pensait. Elle aurait eu envie de revoir la femme aux pommes luisantes et rouges, mais elle n'avait pas le temps. Elle se demanda si cette vidéo avait déjà déréglé son appétit, si elle saurait encore saliver sans avoir un film sous les yeux pour l'affriander, si elle devrait désormais regarder des films de plus en plus violents pour faire monter l'eau à sa bouche, et elle se sentit sale une nouvelle fois.

Elle porta la pomme contre ses lèvres. Elle était lisse sans être douce, plutôt cireuse. En dépit de ce qu'elle avait lu, elle ne croyait pas trop à la menace de toxicité ; il y aurait eu une mise en garde quelque part sur l'emballage. Elle était intimidée, mais elle allait le faire.

À la première tentative, ses dents glissèrent sur la surface. Ses lèvres suivirent le méridien tracé par ses dents et y restèrent collées en une caricature de baiser. Elle éloigna la pomme de sa bouche. Elle l'avait à peine égratignée. On ne pouvait deviner sur sa peau que l'ombre d'un raclement, deux sillons larges et sans profondeur. Elle reprit son élan. Cette fois-ci, elle planta ses dents juste au-dessus des tropiques. Elle en perça la peau. Le plus dur était fait. Ses incisives inférieures étaient restées au-dehors, aussi poursuivit-elle un mouvement descendant, partant de sa nuque, tenant fermement ses maxilaires, pour en emporter un morceau. En se détachant, il émit un claquement sourd.

Envahie par la pomme, Laetitia fut saturée par une panique de sensations inconnues. Un corps étranger voulait s'enfoncer dans son palais et la forçait à écarter les mâchoires. Elle sentait la chair granuleuse du fruit, sa coupe nette et sa surface alvéolée. La brûlure parfumée du sucre piquait et affolait sa langue. Son cœur battait dans son cou et elle respirait avec peine. La peau fine de l'intérieur de ses bras était parcourue de frissons.

Elle referma ses mâchoires et entendit les fibres gorgées de liquide céder sous ses dents. À mesure qu'elle mâchait, la chair se laissait réduire en poudre sèche et libérait sur sa langue et dans sa gorge un jus sucré. Bientôt il ne resta plus dans sa bouche qu'un amas farineux et sans saveur, qui ressemblait beaucoup aux barres sustensives qu'elle ingérait quotidiennement. Par habitude, elle l'avala.

Elle n'avait pris qu'une bouchée et était avide de la suivante. Elle croqua à nouveau, puis une nouvelle fois encore. Elle ferma les yeux, inspira profondément, laissa baigner longtemps, inerte, sa langue dans cette bouillie sucrée de salive et de chair qui emplissait sa bouche. Elle voulait tout connaître de ce qu'elle vivait.

Elle fit rouler sur sa langue et craquer entre ses dents les pépins lisses qui en constellaient le cœur. Elle s'étonna de leur saveur intensément amère, sans aucune parenté avec le reste du fruit.

Vint un moment où elle n'eut plus faim, plus d'appétit, plus envie d'y revenir. Elle se sentait saturée de parfum. Avaler lui devenait difficile, le goût même du fruit semblait avoir changé. Par peur de laisser des traces autant que de renoncer à une partie de ce qu'elle s'était enfin autorisée à vivre, elle se força à finir. Elle ne garda entre ses doigts qu'une petite tige qui devait rattacher la pomme à l'arbre et dont elle conclut, après avoir essayé de la mastiquer, qu'elle était déjà bois et plus tout à fait fruit.

Elle passa sa langue sur ses lèvres et s'essuya la bouche avec le dos de la main. Elle était épuisée. Quelques mèches de cheveux étaient collées sur ses tempes. Elle souffla longuement, s'efforça de rassembler ses esprits, rinça sa bouche et se dépêcha de partir travailler.

Laetitia s'efforça de tenir ses lèvres scellées entre ses dents toute la journée. Elle ne parla presque pas. Un seul sujet l'aurait intéressée, mais il n'avait pas sa place ici. Les conversations de ses collègues étaient d'une fadeur inouïe. Le nouveau chef de Carole l'exaspérait déjà. Elle continuait de voir Simon mais ne disait toujours rien de leurs repas ; tout le monde espérait pourtant pour elle qu'ils étaient copieusement passés à table. Laetitia s'attendait à ce que Laurent fasse des sous-entendus graveleux, comme souvent, mais il se taisait, lui aussi. Elle aurait tant aimé l'entendre prononcer des expressions gastronomiques ; par procuration, cela l'aurait un peu soulagée de son fardeau.

Amélie et Carole remontèrent. Laetitia, interdite, resta seule avec Laurent. L'aveu torrentiel qui la travaillait aurait tout emporté sur son passage, les pommes rouges qu'elle avait vues et les pommes vertes qu'elle avait achetées, et puis les réactions de Bertrand, sa surprise, sa déception, cette colère ou ce dégoût surtout qu'il ne savait pas cacher. Mais la pensée de Bertrand maintenait le barrage de ses lèvres. Elle s'en voulait de son silence autant que de sa tentation. Elle regagna son bureau.

Elle n'arrivait pas davantage à se concentrer. Elle se sentait brouillonne, elle foisonnait de partout. Face à son écran, elle avait l'impression que Carole la surveillait.

Elle repensa à l'histoire de la semoule, aux quelques fois où, après cela, elle avait essayé de dire à Bertrand qu'elle aimerait manger avec lui autre chose que des barres sustensives. Elle ne lui avait pas parlé d'appétit fou ni de douleur, ses mots étaient plutôt timides et raisonnables, mais elle avait suggéré qu'elle était prête à prendre le risque d'un nouvel incident, qu'elle pourrait vivre avec. Bertrand, face à ses avances, était resté très évasif, jusqu'au jour où il s'était étonné que Laetitia n'aime pas manger des barres aromatisées avec lui, que cela ne lui suffise pas, et il avait pris un air blessé. Ce soir-là, il lui avait avoué que l'épisode de la semoule l'avait vraiment dégoûté et qu'il n'avait pas très envie que cela recommence. Comme les larmes étaient montées aux yeux de Laetitia, il lui avait dit que ce n'était pas du tout contre elle, qu'il l'aimait plus que tout et que ce n'était pas commode de parler de choses sérieuses avec quelqu'un d'aussi sensible. Bien sûr, il adorait la nourriture, la cuisine, il adorait manger, mais il était comme tout le monde, il ne commandait pas son appétit. Laetitia s'était consolée et convaincue qu'elle avait de la chance d'être avec quelqu'un qui aimait tant manger, qui assumait de le dire et s'adaptait à elle et à ses failles.

Elle était certaine qu'elle pouvait encore trouver les mots justes pour attiser son appétit et sublimer leur histoire.

Ce jeudi-là, Bertrand rentra plus tôt que d'habitude. Quand Laetitia ouvrit la porte, il l'attendait déjà sur la banquette. Il lui cria de le rejoindre vite et qu'il avait une surprise pour elle. Laetitia sourit et son cœur se serra d'impatience.

Elle se dirigea lentement vers le salon, jouant avec le rythme de ses pas, comme une actrice de cinéma. Elle comprit que Bertrand avait mijoté quelque chose et c'était un grand moment pour eux.

Quand elle le rejoignit sur la banquette, ses yeux brillaient. Il l'embrassa profondément, puis se leva, retourna dans l'entrée, et elle l'entendit fouiller dans ses affaires. Quel beau jour c'était et comme elle avait eu raison de croire au retour de leur vie culinaire. Elle se sentait toute nappée de douceur.

Bertrand revint avec un sac plastique blanc, dont il sortit une petite boîte noire et rectangulaire.

— Tu m'as dit que tu avais envie qu'on mange plus, tous les deux – aussitôt dit, aussitôt fait. Madame est servie, comme on dit. Moi, je trouve que tu es une femme magnifique et je serais heureux de manger davantage avec toi. Surtout, je veux que tu sois heureuse. Alors voilà, c'est une petite surprise pour toi, pour nous. J'espère que ça va te plaire. Allez, ouvre.

Laetitia prit la boîte dans ses mains et tenta de l'ouvrir. Le plastique était anguleux et coupant, de mauvaise facture. Il y avait des traces de doigts dessus. Une odeur familière et incommodante s'en échappait. Ce n'était pas comme elle l'avait imaginé.

Le couvercle céda et elle ouvrit de grands yeux :

— Mais, c'est quoi ça ?

Devant Laetitia, méticuleusement rangés sur le plastique noir, brillaient six rectangles mous d'une chair orangée, striée de blanc. Leur odeur grave, très plate, sans aucune acidité, s'infiltra loin dans ses narines.

Elle n'avait aucune idée de ce qu'elle avait sous les yeux. Elle répéta :

— Bertrand, c'est quoi ? Ça se mange ?

— Tu ne connais pas ? C'est du saumon. Ça se mange comme ça, cru.

Laetitia manqua de lâcher la boîte.

— C'est du saumon ? Comme le poisson ? C'est de la chair d'animal ?

Tout son corps débordait de dégoût, mais elle avait peur de fâcher Bertrand qui avait voulu lui faire plaisir. Elle comprima un haut-le-cœur, et un frisson remonta le long de ses bras.

— Évidemment, c'est du poisson… J'ai toujours rêvé d'en manger. Quand j'étais ado, parfois, je regardais des films de bouffe japonais avec des trucs dans ce genre-là... Ça m'est resté dans la tête. Je t'ai déjà raconté ça, non ? Alors le faire avec la femme que j'aime, tu te rends compte...

Laetitia n'avait aucun souvenir de ce fantasme et pensa qu'elle n'aurait pas pu l'oublier. Pour la plupart des gens, il était difficile de comprendre qu'on puisse sacrifier un être vivant pour le seul plaisir de son palais. D'ailleurs, sans être illégal, le poisson n'était pas en vente libre dans les magasins. Elle lui demanda où il l'avait trouvé.

— C'est compliqué, je préfère ne pas en parler. Mais je sais que c'est du bon.

Laetitia regardait la boîte, hébétée. Comment avait-il pu se la procurer si rapidement ? La chair luisait. Chaque morceau était accoudé, épuisé, sur le morceau voisin. Elle songea à sa bouche, à sa vulve, à sa propre chair qui, d'une nuance plus rose ou plus grise, luisait pareillement. Elle avait connu des fleurs de cette couleur, sans cette couche de graisse qui perlait et poissait sans grâce.

Elle était écœurée. Bertrand voulait qu'elle goûte. Il voulait même qu'elle se réjouisse, que son appétit soit aiguisé par le contenu de cette sordide petite boîte. Elle, elle avait peur de vomir au moment où elle sentirait cette masse morte sur sa langue.

— Ça ne te plaît pas ? Tu n'as pas envie ? Tu sais, j'ai vraiment eu du mal à les trouver – et je préfère ne pas te dire combien ça m'a coûté. Tu voulais qu'on mange davantage ensemble... C'est une bonne occasion, non ? Moi qui pensais te faire plaisir…

— C'est très gentil, fit Laetitia, c'est juste que je ne m'y attendais pas… C'est vrai que j'aurais plutôt imaginé autre chose, pour manger ensemble, peut-être en cuisinant et peut-être avec des ingrédients plus… moins… enfin avec des légumes ou des fruits, par exemple ?

— OK. De toute façon, ça ne va jamais. Le problème, c'est pas le saumon, c'est moi, en fait, c'est ça ? Ou toi et ta subite envie de cuisiner. Ou la personne qui t'a mis cette idée en tête. Le saumon, tu n'as même pas besoin de le cuisiner. C'est simple, c'est propre, c'est rapide. Toi, maintenant, tu veux le grand soir, le grand restaurant, des plats compliqués et des heures en cuisine ? Je suis désolé, mais c'est pas mes valeurs. Et jusqu'à y a pas si longtemps, à moins que tu ne m'aies menti sur toute la ligne, c'était pas non plus les tiennes.

Laetitia rougit et lui demanda pardon. Elle était fatiguée. Il avait raison.

— Allez, lança Bertrand, regarde, moi j'en mange un morceau. Hop !

Du bout des doigts, il attrapa un morceau de saumon et l'envoya dans sa bouche. Il mâcha bruyamment, en ponctuant sa dégustation de « c'est bon », « c'est frais » et de « ça fait du bien ». Laetitia le regardait en essayant de se concentrer sur l'acte et d'oublier le contenu. Il y avait malgré tout quelque chose d'appétissant à observer sa peau s'étirer et se détendre, sa gorge tressauter à la déglutition, ses narines se dilater pour mieux sentir le parfum de ce qui était en lui. Tout ça, elle le voulait. Elle sentit une eau, finalement, lui venir à la bouche, de cet afflux qui excitait l'arrière de son palais et la naissance de sa langue.

— Allez, lui dit-il, à toi.

Elle déglutit et se figea. Elle sourit à Bertrand. Elle espéra qu'il verrait dans ses yeux qu'elle ne voulait pas, mais pour l'instant, il se taisait. Il avait pris la boîte dans ses mains et la tendait vers elle. Finalement, elle espéra qu'il ne voyait pas qu'elle ne voulait pas, elle espéra qu'il n'était pas en train de la forcer, qu'il était juste ignorant. Sa bouche tremblait. Elle fronça les sourcils. Peut-être que sa peur ressemblait à du désir, son refus à de l'impatience. Ou peut-être qu'il s'en fichait. Elle attrapa un morceau de saumon. Il était froid et glissant. De la chair encore vive. Il s'échappait de ses doigts, elle devait le pincer fort, sans trop l'écraser. Elle s'aida de ses ongles. La chair céda un peu et cela l'effraya. Elle pensa qu'à la place du saumon, ces ongles lui feraient mal.

Elle bascula la tête en arrière et prit la tranche de poisson dans sa bouche. Elle sentit l'adrénaline monter dans son corps. La masse de chair lui sembla immense. Elle prenait toute la place. Elle tapissait sa bouche d'une épaisseur grasse et nauséabonde. L'eau jaillit violemment à la racine de sa langue, mais ne supprima pas le dégoût. Elle eut un haut-le-cœur. Elle arrêta de respirer pour atténuer cette présence en elle et fit venir de l'air de sa gorge. Elle ferma les yeux et s'efforça, en mâchant du coin des dents, de toucher le moins possible le morceau de poisson. Elle rouvrit les yeux et Bertrand la scrutait. Elle s'aperçut qu'à cet instant, elle avait peur de lui.

Il posa la main sur sa joue. C'était une caresse.

Son pouce passa sur sa bouche, puis insista sur son menton. Il voulait ouvrir la bouche de Laetitia. Elle résista.

Il dit : « Ouvre. » Elle fit non de la tête. Il répéta : « Ouvre. » Elle ouvrit la bouche. Il poussa un râle. Il était plus grand qu'elle. Les larmes aux yeux, elle le voyait regarder dans sa bouche, elle voyait son nez frémir et ses lèvres tressauter. Il posa son pouce sur ses dents, l'empêchant de fermer la bouche, et approcha son autre main de son visage. Elle sentit son index appuyer sur sa langue. Il la tâtait en différents endroits. Elle savait que sa bouche était encore pleine de saumon. Il semblait jouer avec. Par moments, cela clapotait. Il enfonça profondément son index dans la gorge de Laetitia. Elle sentit ses autres doigts presser ses lèvres contre ses dents et cela lui fit mal. Il retira son doigt. Il le suça un instant, puis l'essuya sur son pantalon. Il dit : « Merci », et Laetitia ferma les yeux, ferma la bouche, et dans un effort terrifiant, avala tout.

Bertrand était resté dans la chambre. Il n'avait pas l'air mal. Laetitia ne comprenait pas pourquoi leurs corps avaient réagi si différemment, pourquoi le saumon avait été un poison pour elle, et pas pour lui. Elle était assise par terre, à côté des toilettes. Le carrelage était glacé. Ses joues étaient encore humides de larmes. Elle savait qu'elle allait vomir encore. Elle redoutait le moment où la douleur reviendrait brûler sa gorge et révulser ses entrailles, et le bruit que cette convulsion lui ferait faire et qui était si peu humain. Du goût, de cette acidité de flamme, elle avait peur aussi. Bertrand lui avait proposé, il lui avait demandé même, mais elle n'avait pas voulu qu'il lui tienne compagnie. Elle se tordait de douleur. Elle aurait aimé savoir quand cela allait s'arrêter, ou au moins être sûre que cela allait s'arrêter, que cette maladie nouvelle n'était pas incurable.

Elle espérait qu'elle ne garderait pas non plus de séquelles de cette nuit. Elle avait lu quelque part que trop vomir, ça faisait tomber les dents. Elle ne savait pas où « trop » commençait. Après les premiers reflux, elle avait rincé sa bouche au robinet, et puis elle avait passé sa langue sur ses dents. Il n'en manquait pas une seule.

Elle vomit une nouvelle fois. Rien dans l'univers ne lui sembla être plus immonde que ce son et ce goût que son corps avait conçus.

Aruspice penché sur les toilettes souillées, elle cherchait à y lire ce que ses entrailles voulaient lui dire. Elle tira la chasse sans trouver de réponse.

Les spasmes cessèrent et la douleur s'éteignit. Il était quatre heures du matin et elle était épuisée. Elle laissa l'eau couler sur son visage, longtemps, penchée au-dessus du lavabo, puis rejoignit Bertrand.

Il ne dormait pas. Il lui demanda combien de fois elle avait vomi. Elle ne savait plus.

— Trop, je crois.

— Mon pauvre amour, je suis désolé que tu sois malade. Ça m'a fait tellement plaisir de faire ça avec toi, c'était comme dans un rêve. Je n'oublierai jamais ce moment merveilleux qu'on a passé ensemble, avant… ce qui s'est passé ensuite.

Laetitia ne dit rien. Avec beaucoup de douceur, Bertrand poursuivit :

— Tu sais, je me demande si ce n'est pas ton corps qui a un problème avec la nourriture. La semoule, d'abord, ensuite ça. Parfois, il ne faut pas forcer la nature. Il y a des gens qui meurent d'indigestion, on n'en parle pas beaucoup évidemment, mais ça se produit encore aujourd'hui. Et moi je t'aime tellement, je ne pourrais pas supporter qu'il t'arrive quelque chose. Je ne sais pas ce que je deviendrais. Je crois que je ne m'en remettrais jamais.

Laetitia était exténuée. Malgré tout, elle garda longtemps les yeux ouverts. Sa bouche lui semblait encore souillée par le saumon remonté tout le long d'elle. Bertrand était couché à ses côtés et elle trouvait horrible ce qu'il lui avait fait. Elle était stupéfaite qu'il n'en soit pas conscient. Sa respiration était cruellement douce et régulière. Il dormait. Peut-être qu'elle n'avait pas été assez explicite. Elle s'en voulait de n'avoir rien dit, se demanda si c'était la gêne ou la peur qui l'avaient rendue muette. Il fallait qu'elle travaille sur elle-même et sur son courage.

De toute façon, cela ne pouvait pas être si grave. Ça arrivait probablement aux autres aussi. Elle aimait le couple qu'ils formaient tous les deux, les yeux noirs de Bertrand, sa force, son influence sur elle, la meilleure personne qu'elle était dans son regard et qu'il l'aidait à devenir. C'était ça, l'important.

Simplement, par rapport à la cuisine, elle avait cru ces derniers jours qu'ils étaient sur une voie prometteuse et finalement, elle n'était plus si certaine de pouvoir compter sur lui.

À force de ne pas dormir, Laetitia finit par se relever. Elle se traîna jusqu'aux toilettes avec son téléphone. Elle ne savait pas si l'odeur de marée mourante venait du fond de son nez ou flottait autour d'elle. Elle s'assit sur la cuvette, dans le noir, et traîna sur Internet, survolant en diagonale le contenu d'un site d'information.

Elle ne savait pas ce qu'il y avait après. Elle trouvait ça très immature de sa part, mais elle n'arrivait pas à maîtriser le caprice qui la poussait vers la cuisine et la nourriture. En même temps, et malgré cette nuit, malgré sa colère contre lui, elle ne voulait pas trahir Bertrand. Laurent n'attendait sans doute que ça, mais elle ne voulait pas le tromper, il ne lui pardonnerait jamais. Ils avaient trop construit, ensemble, pour qu'elle renonce au premier obstacle.

Sans vraiment réfléchir, elle ouvrit une nouvelle fenêtre privée et tapa trois mots dans la barre de recherche : « cours cuisine paris ». Entrée.

Le premier résultat ressemblait à un site institutionnel de prévention contre les addictions liées à la cuisine. Il rappelait aussi qu'il était pénalement répréhensible de rémunérer une prestation culinaire. Laetitia essaya de ne pas y prêter attention.

Venaient ensuite des vidéos postées sur les principaux sites de recettes, avec des titres racoleurs : « vrai cours de cuisine à Paris, ils sont douze et ils dégustent ! », et aussi : « j'ai pris un cours de cuisine à Paris et je vous montre tout ». Laetitia continua de faire défiler la page. Rien n'avait l'air authentique. Après de longues minutes, elle tomba sur une page de forum intitulée : « vous cherchez un cours de cuisine discret à Paris ? ». Elle cliqua.

La discussion était fermée. Il y avait un seul message, écrit par une certaine « Cheffe Jenni », et qui indiquait sobrement : « contactez-moi ».

Il fallait d'abord créer un compte. Laetitia hésitait. Cette histoire de cours de cuisine était une drôle d'idée pour quelqu'un de si prude, mais il y avait un côté pédagogique, dépourvu d'affect, qu'elle s'imaginait pouvoir moralement assumer. Un vrai cours de cuisine, cela ne devait pas ressembler à un banquet, cela devait être mesuré, didactique, sans élan. Il était évidemment hors de question d'en parler à Bertrand, mais dans son for intérieur, elle pouvait se convaincre que ce n'était pas vraiment le tromper ; mieux encore, un jour viendrait sûrement où il bénéficierait lui aussi de ce qu'elle aurait appris.

Elle pouvait toujours envoyer un message, se renseigner et ne pas donner suite. Elle commença par se créer une nouvelle adresse e-mail, puis se trouva un pseudonyme. Elle serait « Pomme X ».

Elle se dépêcha d'écrire :

Bonsoir Cheffe Jenni,
J'ai vu votre annonce. J'aimerais apprendre à cuisiner. Je n'y connais rien et cela n'intéresse pas mon copain. Il n'est pas au courant de mes démarches. Moi, j'ai besoin de savoir.
Est-ce que vous pouvez m'aider ?
Bien cordialement,
Pomme X

Elle resta quelques minutes encore sur cette page, à espérer une réponse instantanée qui n'arriva pas.

Déçue, elle referma cette fenêtre et par prudence effaça son historique. Elle tira la chasse. Maintenant, il fallait attendre.

Plusieurs jours s'écoulèrent. Laetitia s'ennuyait. Paris était accablé de chaleur. Les vacances approchaient et elle regardait sans hâte s'épuiser les dernières semaines de juillet.

Quand elle était seule et sûre de ne pas être dérangée, elle vérifiait discrètement si elle n'avait pas reçu une réponse de la silencieuse Cheffe Jenni. La manipulation prenait un peu de temps : il lui fallait retrouver la page, se connecter, consulter les messages, être déçue, ravaler sa peine, puis s'assurer qu'elle s'était bien déconnectée et qu'elle avait effacé toutes les traces de son passage, déverrouiller la porte de la salle de bains ou, si elle était au bureau, des toilettes, et chasser de son visage les signes de son abattement.

Laetitia jouissait terne. Avec ses collègues ou ses amis, elle peinait à prendre l'initiative. Elle avait du mal à supporter la présence de Laurent ; elle la désirait jusqu'à l'obsession, puis ne savait rien en faire. Quant aux rapports sexuels qu'elle partageait avec

Bertrand, ils lui paraissaient plus longs que d'habitude. Il lui avait reproché de manquer de conversation. Elle se disait parfois qu'il allait finir par en chercher ailleurs.

Quand elle se retrouvait seule chez elle, elle sortait la seconde pomme de son sac et la contemplait. Elle n'osait pas la manger. Le fruit n'avait plus la dureté impérieuse des premiers jours. Sur sa peau qui commençait à flétrir, des rides dessinaient un labyrinthe inextricable. Cette déliquescence la plongeait dans une grande tristesse. De dépit, elle avait jeté l'œuf dans une poubelle publique.

Quand elle vit, un soir, un petit rond rouge pomme, frappé du chiffre « 1 », se détacher avec netteté sur l'icône en forme d'enveloppe, elle en eut le souffle coupé. Elle cliqua. C'était Cheffe Jenni. En un instant, son cœur se liquéfia. La peau de sa poitrine et de ses joues prit feu.

Le message disait :

Bonjour Pomme X,
Merci pour ton message et pour l'intérêt que tu portes à la cuisine.
Comment puis-je être convaincue de ta sincérité ?
Bien à toi,
Cheffe Jenni

Cette réponse en forme de question la frappa au ventre. Elle se demanda ce qu'elle avait fait de mal, quelle tournure de son message avait pu inspirer à

Cheffe Jenni une telle méfiance, au lieu de la compassion, de l'invitation qu'elle attendait. L'angoisse embrasa la brûlure que l'excitation avait allumée sur sa peau.

Surtout, elle n'avait aucune idée de la façon dont elle pouvait prouver qu'elle était sincère.

Bertrand frappa à la porte de la salle de bains et lui demanda si tout allait bien.

— Oui, oui ! répondit-elle, d'une voix étranglée. Je vais prendre une douche !

Elle tenta de retrouver son souffle et acheva de se déshabiller. Dans la glace, elle vit des plaques roses sur ses seins et ses joues, tracées par la bouffée d'adrénaline qui l'avait submergée. Sur ses fesses, des marques rouge sombre révélaient des caresses récentes et excessives. Elle ne se souvenait plus des mains qui avaient laissé ces empreintes.

Elle fit couler une eau très chaude qui dilua sur son corps toutes ces nuances de pourpre.

Maintenant qu'elle avait décidé de savoir, qu'elle avait écrit à Cheffe Jenni, le temps et les obstacles qui la séparaient du premier cours de cuisine étaient devenus une douleur lancinante. Elle devait répondre au plus vite.

La convaincre de sa sincérité. Un long mail, même bien tourné, ne suffirait pas. Cheffe Jenni se protégeait. Donner des cours de cuisine la plaçait dans l'illégalité. Elle ne pouvait pas s'exposer auprès de n'importe qui. Pour rééquilibrer le rapport de force, Laetitia devait se montrer vulnérable. Elle pouvait lui envoyer une photo d'elle croquant la pomme qu'il lui restait. Mais si cela se retournait contre elle ? Elle ne connaissait pas Cheffe Jenni. De la même façon que Cheffe Jenni devait s'assurer que Pomme X n'était pas une couverture pour la brigade des mets, ni un pervers, rien ne garantissait à Pomme X que l'offre de Cheffe Jenni n'était pas un appât pour repérer et surveiller des clients potentiels ou des personnalités déviantes. Même si Cheffe Jenni existait vraiment, comment être sûre de ses bonnes intentions ? Et si elle utilisait la photo pour la faire chanter, en menaçant de la publier sur Internet, ou de l'envoyer à Bertrand, ou à ses parents ? Ou à son employeur ? Laetitia pourrait toujours se présenter comme un victime, mais cela ne changerait rien : sa tronche empommée serait partout sur Internet. Si la rançon n'était pas trop élevée, elle la paierait sans aucun scrupule. Jusqu'à combien était-elle prête à monter ? Est-ce que Bertrand accepterait de l'aider ? Est-ce qu'il la quitterait ? Avant ou après l'avoir aidée ? Et s'il n'y avait pas de rançon ? Et si Cheffe Jenni était en réalité un de ces groupuscules extrémistes qui luttaient contre la banalisation de la culture alimentaire dans la société ? Et si son humiliation servait de mise en garde pour celles et ceux dont l'appétit pourrait se réveiller ?

Malgré tout, sans cette confiance et cet abandon que Cheffe Jenni attendait, le chemin s'arrêterait là.

Laetitia coupa l'eau brûlante qui s'écoulait sur elle.

Elle prendrait la photo.

Elle sortit de la douche et attrapa une serviette-éponge. Restait encore à trouver le bon moment pour prendre le cliché. Elle utiliserait la pomme flétrie, c'était tout ce qu'elle avait ; elle s'épargnerait ainsi un nouveau voyage au rayon adulte. Mais elle avait besoin de temps et de solitude. Au bureau, en s'enfermant dans les toilettes, elle risquerait moins d'être dérangée que chez elle, mais elle aurait du mal à être suffisamment discrète, sans compter que si elle se faisait surprendre, elle aurait de vrais ennuis. Il fallait donc qu'elle profite d'un moment de tranquillité chez elle, sans Bertrand.

L'occasion tarda à se présenter. Plusieurs jours de suite, Bertrand partit tard et rentra tôt. Quand arriva le week-end, ils le passèrent ensemble.

Laetitia s'efforçait de camoufler l'agacement que la présence constante de Bertrand excitait en elle, et en même temps, elle s'en voulait de lui en vouloir : elle ne pouvait pas décemment lui reprocher de manquer d'occasions de le trahir. Avec lui, elle était exagérément douce, et il paraissait ne rien remarquer. Elle en était presque déçue. Elle aurait bien voulu qu'on la force à avouer, ou être aimée par quelqu'un qui décèle ses mensonges.

Chaque jour, elle observait discrètement l'évolution du fruit au fond de son sac. Le labyrinthe sur la peau de la pomme se creusait. Elle semblait rétrécir, elle n'était plus aussi ferme dans sa présence au monde.

On aurait dit qu'elle voulait disparaître.

Un matin, Bertrand annonça à Laetitia que le soir même, il avait prévu de jouer au tennis avec une collègue dans le club que cette dernière fréquentait à une des portes de Paris. Cela ne l'enthousiasmait guère car il était assez fatigué en ce moment, mais cela faisait longtemps qu'ils avaient prévu cette partie et il ne pouvait plus reporter : les vacances arrivaient, c'était la seule date possible avant septembre. Par ailleurs, le club était assez prestigieux et Bertrand caressait l'idée de pouvoir lui-même, un jour, en devenir membre ; et pour cela, en plus des moyens financiers, il lui faudrait une marraine.

Le court était réservé jusqu'à vingt et une heures. Le temps de se doucher et de discuter un peu, il ne pensait pas pouvoir être de retour à la maison avant vingt-deux heures trente ou vingt-trois heures. Il ne savait pas si son amie voudrait qu'ils se tripotent rapidement ou si elle n'avait prévu de passer en banquette qu'une fois rentrée chez elle.

En pareil cas, Laetitia se demandait parfois si elle devait craindre que Bertrand, au lieu d'en rester à des ébats en tout bien tout honneur avec une collègue, ne se retrouve à grignoter un bout avec elle – voire davantage. Bref, qu'il la trompe. Vu comme il était possessif, elle imaginait que c'était peu probable, mais ce raisonnement ne suffisait pas à la rassurer complètement.

Le plus cruel, dans le doute, n'était pas la peur d'être trahie, mais plutôt la confirmation que le problème de Bertrand n'était pas la nourriture en général, mais un manque de goût pour elle en particulier. La possibilité que d'autres partenaires, qu'il lui cachait, lui connaissent un sacré coup de fourchette.

Quand elle jouait avec cette hypothèse, elle s'interrogeait toujours sur ce qui en elle lui coupait l'appétit. Il y avait cette histoire de semoule, qui n'aidait sûrement pas, mais ne suffisait pas à tout expliquer. Était-ce une impression d'ensemble ou un détail physique ? La forme de sa bouche, la façon dont ses lèvres bougeaient, le fait que parfois, quand elle était seule avec lui, elle se laissait aller à révéler ses dents quand elle souriait ? Avait-elle été trop timide au début de leur relation, et cela l'avait-il découragé ? Est-ce qu'aujourd'hui, elle se montrait trop gourmande et que cela le repoussait ? Elle était à peu près sûre que Laurent, lui, n'aurait pas refusé de manger avec elle. Il avait envoyé des signaux en ce sens, elle en était presque certaine. Elle pouvait donc penser qu'elle n'inspirait pas un dégoût universel.

Même si tout ça n'était pas de sa faute, elle regrettait, après toutes ces années, de ne pas avoir su le mettre suffisamment en confiance pour qu'ils puissent parler à cœur ouvert de ces sujets. Elle était mal placée pour lui reprocher cette pudeur, elle avait elle-même toutes les difficultés du monde à aborder la question.

Ce jour-là, pour une fois, elle ne s'accorda pas le temps d'une introspection. L'absence de Bertrand, quelle qu'en soit la raison véritable, lui permettrait de prendre la photo qu'elle devait à Cheffe Jenni.

Laetitia compta les heures jusqu'au soir. Même Carole, derrière son écran, remarqua son air distrait et lui demanda si tout allait bien. Elle ne cessait de plonger la main dans son sac pour sentir sous ses doigts la peau flétrie de la pomme.

Sur le chemin du retour, assise dans le métro, son sac sur les genoux, elle la faisait rouler sur ses cuisses à travers le tissu. Elle n'arrivait pas à se figurer la pose qu'elle prendrait pour la photo. Internet était saturé d'images érotiques et de corps nus savamment mis en lumière. Pour capturer la sexualité, l'inspiration ne manquait pas. Mais comment photographier élégamment la nourriture ? Comment traduire l'intimité et l'abandon sans tomber dans le sordide ? Elle faillit manquer son arrêt.

Arrivée chez elle, elle s'installa sur la banquette. Le fruit était bien droit dans sa main. Elle n'osait pas le serrer trop fort. Sa surface recroquevillée lui rappela le visage de madame Reine Claude, qu'elle avait vu à la télévision, et elle fut prise d'une tendresse incongrue pour cette pomme vieillissante. Elle la lissa avec son pouce. Le fruit resta insensible à ces caresses, alors elle sortit son téléphone. De la main droite, elle tenait la pomme, et de la gauche, l'appareil photo. Elle dirigea la pomme vers sa bouche en surveillant du coin de l'œil ce que cela donnait à l'écran. Elle ressemblait à un rongeur pris en faute. Ses yeux avaient un air suppliant et sa joue était tendue à l'extrême. Elle ramena l'appareil photo face à elle. En jouant avec la distance, elle pouvait figurer une éclipse de Laetitia derrière une pomme, mais si elle se cachait ainsi, la photo ne servirait à rien. Il fallait qu'on la voie. En contre-plongée, on la reconnaissait bien, mais ses narines ressortaient d'une façon qu'elle jugea disgracieuse.

Elle reposa la pomme et soupira. Elle voulait trouver une idée originale et délicate ; c'était impossible.

Pour donner à Cheffe Jenni la preuve de sa sincérité, en révélant en même temps son identité et son intérêt pour la nourriture, elle devait adopter une vraie pose de film culino, de ceux où les actrices exhibent, mâchoires écartées, dans leur bouche béante, ce qu'elles viennent de mâcher : l'angle de vue le plus obscène, fait pour le regard et non pour le plaisir.

Elle déglutit. Elle croqua dans la pomme et en arracha une belle bouchée. Sa chair était plus sèche et plus poudreuse que celle de la première pomme, mais elle suscita toujours un plaisir vif en elle. Tout accaparée par cette joie encore neuve, elle faillit oublier de ne pas avaler. Elle retint juste à temps sur sa langue la bouillie qu'était devenu le morceau entre ses dents. Elle reposa la pomme croquée et prit son téléphone à deux mains. Elle entrouvrit la bouche, mais cela ne suffisait pas. Pour qu'on voie l'intérieur, elle devait l'ouvrir en grand.

Elle leva les bras pour que l'appareil photo la saisisse d'en haut. Sur l'écran, son visage formait un triangle doux et ses yeux s'étalaient. Cette orientation faisait saillir ses pommettes. Cette image lui plut. Elle ouvrit largement la bouche, mais on ne voyait toujours pas ce qu'elle contenait. En continuant de fixer l'œil de la caméra, elle tira doucement la langue en lui donnant une forme incurvée pour ne pas laisser échapper le mélange de pomme et de salive qui s'y était amassé et qu'elle voulait exhiber. Elle vit sur sa langue le mélange aqueux et blanchâtre et pensa que tout ceci ne signifiait rien si la pomme n'apparaissait pas à l'écran, elle aussi. Alors on comprendrait que cette photo n'avait rien d'habituel, que son trophée était de chair végétale et qu'il était scandaleux.

Elle attrapa la pomme et la posa sur ses genoux. Pour qu'elle apparaisse sur l'écran avec son visage, il fallait qu'elle l'attire jusqu'en haut de ses cuisses. Elle devait tenir le téléphone plus haut encore, ses yeux apparaissaient immenses et son visage pointu comme une écaille. On ne voyait plus son front, ses sourcils frôlaient le bord du cadre. Elle tira la langue lentement et avec précaution. Elle planta son regard dans l'objectif et déclencha la prise. Ce qu'il restait de pomme formait une tache pâle ourlée du rouge de sa langue. Le fruit, lui, était meurtri de l'empreinte blanche laissée par ses dents.

Laetitia regarda la photo. Elle ressentit l'étrange désir de remplir elle aussi la bouche de cette femme dont elle reconnaissait les traits. Elle la nourrirait comme un oiseau, de sa bouche à la sienne, d'aliments qu'elle aurait déjà goûtés. Elle regarda ses yeux et vit dans son regard une détermination qui ne lui était pas familière. Elle sourit à l'image.

Laetitia se connecta et rédigea une réponse au message de Cheffe Jenni :

Bonsoir Cheffe Jenni,
Voici une photo de moi.
C'est la preuve de ma sincérité. J'espère qu'elle suffira.
Bien à toi,
Pomme X

Elle respirait douloureusement. Elle réévalua, pour la centième fois, les risques qu'elle prenait.

La justice la laisserait tranquille ; manger une pomme n'était pas un crime. Mais le monde entier – Bertrand, ses collègues, ses amis, sa famille – conclurait, en voyant cette photo, qu'elle menait une vie dissolue. Jusqu'ici, pourtant, elle avait été tellement sage. Elle ferait valoir qu'il ne s'agissait que d'un simple fruit, d'un fruit cru, d'un fruit brut, pas encore sali par ce penchant très humain de sophistiquer toujours plus ses plaisirs ; la chair dans sa bouche, avant d'être charpie, n'avait pas été cuisinée. Une photo d'elle en train de lécher des pommes rouges et brillantes au bout d'un pic aurait été bien plus dégradante, car à l'humiliation de sa pose se serait ajoutée, implicite, celle du plaisir pris à la préparation. Ce plaisir lui était encore inconnu. Elle avait hâte et peur à la fois.

Elle fit taire le flux de ses pensées et envoya le message d'un coup en retenant son souffle. Elle regretta ce geste, par principe, et puis très vite, elle se résolut à vivre avec. De toute façon, c'était fait. Elle se déconnecta soigneusement et enfouit le reste de la pomme au fond de la poubelle, le cœur serré par ce gâchis. Elle était trop préoccupée par le retour imminent de Bertrand et par la réponse à venir de Cheffe Jenni pour la déguster sereinement.

Bertrand rentra un peu avant minuit. Après le match, ils avaient discuté et couché ensemble ; il était crevé, mais il avait passé une très bonne soirée. Il sentait un parfum herbacé, probablement celui du gel douche qu'il avait utilisé là-bas. Laetitia ne perçut sur lui aucune odeur suspecte. Alors qu'elle l'attendait au lit, elle l'entendit déballer une barre sustensive et elle sourit dans le noir. Elle ne pouvait pas en déduire avec certitude qu'il avait été fidèle, mais au moins, il était suffisamment attentionné pour lui signifier qu'il n'était pas repu.

Lorsqu'il la rejoignit, elle se blottit contre lui. Il subsistait sur son torse quelques notes entêtées de son parfum qu'elle aimait tant. Les effluves se mêlaient et la désorientaient. En humant lentement son corps, elle put retracer les endroits où l'autre femme avait posé ses mains, sa bouche, son sexe. Les yeux fermés, elle sentit dans son cou que l'autre femme y avait posé son visage. Les lèvres de Bertrand exhalaient un sel piquant et maritime. Elle saisit sa verge et sentit sous ses doigts les sécheresses et les craquelures des retraits récents. Bertrand serra son poignet et éloigna sa main. Il glissa la sienne entre les jambes de Laetitia :

— Vraiment, mon amour, c'était très sympa, cette soirée. C'est dommage que tu ne joues pas au tennis, on aurait pu faire un double. Et le club est magnifique, il y a beaucoup d'installations, c'est très familial, avec des espaces bien séparés pour que les plus jeunes puissent jouer entre eux…

La suite était confuse et à un point du récit, beaucoup plus loin, à la fin du dernier set, sous les doigts de Bertrand, Laetitia fut rattrapée par des vagues déferlantes.

Cette fois, la réponse de Cheffe Jenni ne se fit pas attendre. Le lendemain matin, après la pause, quand Laetitia consulta son profil, enfermée dans les toilettes du bureau, elle avait déjà reçu un message :

Chère Pomme X,
Je te remercie pour ta confiance et ne la trahirai pas.
Je serai à Belleville jeudi à 19 heures.
Je te reconnaîtrai ;-)
À bientôt,
Cheffe Jenni

Laetitia sentit son cœur exploser dans sa poitrine, et dans sa bouche, un ruisseau prendre sa source. Le frémissement d'un désir battait dans son ventre.

Elle compta sur les doigts : trois jours et deux nuits la séparaient encore du jeudi. Elle n'avait jamais connu une telle éternité. La pensée de ce rendez-vous souillerait son esprit à chaque instant.

Il faudrait en purifier les mots qu'elle prononcerait, en laver ses regards, la censurer de ses sourires. Elle devrait consacrer toute son énergie à cacher cette joie et cette attente. Ce serait un épuisement, dont elle ne connaissait pas l'issue.

Jeudi arriva. À dix-huit heures cinquante, elle sortit du métro à la station Belleville. Paris débordait de vie. Sur le trottoir, un marché de fortune étalait des onguents exotiques et des accessoires traditionnels venus d'autres continents. Une femme très âgée faisait rouler dans sa main deux boules de métal gravées dont l'entrechoquement produisait un son clair et apaisant. Un homme à moustache blanche était assis, immobile, au milieu d'une forêt de bois sculptés aux formes phalliques et aux essences innombrables. Deux jeunes femmes en éprouvaient la douceur du bout des doigts et les comparaient en riant devant l'homme impassible. Sur le stand d'à côté, des accessoires de jade oblongs renvoyaient une lumière végétale et transparente. Des cordes de soie multicolores flottaient dans la brise tiède, tandis qu'une femme en enroulait une très longue et rouge entre son coude et son pouce. Tout près d'elle, un couple recomptait sa monnaie.

Laetitia peinait à distinguer les visages. De toute façon, elle ne savait pas qui chercher. Elle fit quelques pas sur le trottoir, sans s'éloigner. Des femmes attendaient, appuyées contre un mur. Les bourrelets sur leurs hanches avaient l'épaisseur d'une promesse. Leurs seins replets irradiaient d'érotisme. Laetitia toisa leurs plis avec concupiscence et se sentit vide à en crever. Elle n'avait pas besoin de s'approcher davantage d'elles pour sentir l'odeur puissante qu'exhalaient leurs cheveux. Les plus audacieuses portaient un tablier d'un blanc passé, maculé de taches sombres. Sur l'un d'eux, Laetitia aperçut la souillure des longues traces de deux mains sales qui avaient été essuyées dans le creux de la taille.

La brise était trop faible pour disperser l'odeur grasse du stupre ; l'air suintait du parfum de graillon qui descendait, par leurs fenêtres ouvertes, des studios où les cuisinières recevaient leurs clients.

Dix-neuf heures sonnèrent. Laetitia se rapprocha du métro et regarda nerveusement son téléphone. Elle entendit une voix dans son dos et sentit son ventre se serrer brutalement :

— Pomme X ?

Elle se retourna.

— Cheffe Jenni ?

— Bonsoir, Pomme X. Enchantée.

Cheffe Jenni était magnifique. Sa bouche était une invitation à exister encore un peu. Elle souriait et on voyait ses dents. Laetitia lut au coin de ses yeux qu'elle avait bien dix ans de plus qu'elle. Elle devina, sous sa robe d'un bleu pâle mais franc, un corps tout en pleins et déliés. Ses cheveux bruns coupés au carré, où la vie avait cousu quelques fils blancs, encadraient un visage où la douceur et la force s'entrelaçaient.

— Je t'ai reconnue tout de suite. Tu ressembles tout à fait à ta photo.

Laetitia se sentit rougir.

— Tu me suis ?

Laetitia bafouilla une réponse inaudible en hochant vigoureusement la tête. Cheffe Jenni l'impressionnait beaucoup. Elles marchèrent côte à côte une dizaine de minutes. Cheffe Jenni tenta plusieurs fois de rompre le silence, mais la bouche de Laetitia n'articulait que des réponses brèves et insipides. Elle avait tellement honte de sa timidité qu'elle craignait que Cheffe Jenni ne l'abandonne ici, sur le trottoir, trop déçue déjà par sa future élève. Elles s'arrêtèrent en bas d'un immeuble. Cheffe Jenni jeta un regard rapide à gauche et à droite, composa un code et poussa de l'épaule la lourde porte cochère.

Elles traversèrent un hall poussiéreux, puis une cour mal entretenue. Serrées sous un préau de fortune, des poubelles débordaient et dégageaient une puanteur inédite. Laetitia les soupçonna de contenir des restes alimentaires, ce qui laissait penser que des cuisinières professionnelles recevaient des clients dans cet immeuble et qu'elles ne prenaient pas beaucoup de précautions pour se cacher.

— Oui, confirma Cheffe Jenni en réponse au nez froncé de Laetitia, laquelle n'avait pourtant pas partagé ses conclusions à voix haute. L'odeur que tu sens, c'est bien celle de la nourriture en décomposition.

Son visage se fendit en un sourire si immense que Laetitia baissa les yeux.

— Appétissant, non ?

Laetitia leva vers elle un regard désespéré.

— Oh si, c'est excitant, crois-moi. Ça ne vient pas de chez moi, si c'est la question que tu te poses. Il y a des cuisinières ici. La police ne vient quasiment jamais. Quand il y a une descente, elles planquent tout, elles se foutent à poil et commencent à caresser leur client. Elles se font passer pour de simples prostituées. Elles allument de l'encens pour masquer les odeurs. C'est très dur de les prendre en flagrant délit. Quelqu'un vient une fois par semaine vider les poubelles dans un endroit discret loin de Paris. Un chic type. Il paraît qu'il fait pousser des légumes avec. C'est beau, le cercle de la vie, non ? Vu l'odeur, je pense qu'il va venir demain. Tu as de la chance de pouvoir sentir tout ça !

Laetitia acquiesça en silence, pas convaincue. Elles étaient au fond de la cour. Cheffe Jenni poussa du pied une porte en bois branlante. Elle donnait sur un escalier sombre.

— Viens, on descend, lui dit-elle.

L'odeur de poussière et d'humidité transperçait la peau de Laetitia. Les marches craquaient. L'escalier semblait interminable. Elle se demanda dans quelles entrailles elle pénétrait. Elle appuya sa main sur le mur et la retira aussitôt, effrayée par la rugosité moite qui avait accroché ses doigts.

Arrivée en bas, Cheffe Jenni pressa un interrupteur. Quelques néons jaunes s'allumèrent en claquant. Le sol était couvert de terre battue. Laetitia et Cheffe Jenni traversèrent un long couloir. De part et d'autre, des petites portes vert sombre, décrépites, menaient à ce que Laetitia supposa être des caves. Elle s'aperçut qu'elle avait peur. Et si elle était tombée dans un piège ? Si des gens l'attendaient derrière une de ces portes pour la forcer à manger des choses horribles ? Elle prit la mesure de l'inconscience dont elle avait fait preuve en sollicitant, puis en acceptant ce rendez-vous. Personne dans son entourage ne savait où elle était. Si elle ne rentrait pas, quand est-ce que Bertrand commencerait à s'inquiéter ? Elle sentit son cœur battre de plus en plus fort dans sa poitrine. Elle n'avait plus faim du tout, plus envie de manger et encore moins de cuisiner.

Cheffe Jenni s'arrêta au bout du couloir et sortit de sa poche un trousseau de clés. Laetitia resta quelques pas en retrait. Cheffe Jenni secoua la tête et rit :

— Qu'est-ce que tu fais là-bas ? Je te fais peur ? Viens !

L'obscurité donnait à son visage des reliefs onctueux.

Elle essaya plusieurs clefs et ouvrit la porte. Un trait de lumière éclaira la poussière du couloir.

Elle disparut derrière la cloison.

— Viens ! cria-t-elle encore à Laetitia. Je ne vais pas te manger !

Laetitia suivit Cheffe Jenni et franchit le seuil. Elle sursauta. Dans une pièce immense, éclairée par une lumière vive et blanche, quatre paires d'yeux inconnus étaient rivées sur elle. La succession de vieilles portes visibles depuis le couloir camouflait en réalité cette seule grande salle : une cuisine de fortune.

— Je vous présente Pomme X ! annonça Cheffe Jenni de son timbre clair.

Les voix des participants s'emmêlèrent dans un accueil tiède.

Laetitia gémit un « bonjour enfin bonsoir » timide. La petite assemblée qui se tenait devant elle n'avait aucune cohérence, à part le tablier rouge vif que tous portaient et qui serrait leur taille. Tout à gauche, un homme avait les traits marqués, le visage gris, les yeux enfoncés dans leurs orbites et le regard lessivé. Son tablier flamboyant tranchait avec un jean sale et un pull à zip, dont la couleur était incertaine. À côté de lui, un homme et une femme d'une cinquantaine d'années, collés l'un à l'autre, observaient Laetitia avec un sourire d'ogre, plein de dents très grandes et très blanches. Ils penchaient la tête vers une épaule, dans une pose identique. Leur teint était net, légèrement hâlé. L'homme à leur gauche semblait beaucoup plus jeune, il devait avoir une petite trentaine, quelques mois ou quelques années de plus que Laetitia. Une barbe mal entretenue et d'épais sourcils embrouillaient son visage.

Derrière eux se dressait une table grande et haute, constituée d'un plateau métallique assez épais fixé sur des palettes de bois. Des caissons éventrés étaient posés contre les murs de la pièce ; à l'intérieur, des récipients de toutes tailles, arrondis, de cuivre ou d'argent. Certains avaient un manche, d'autres des anses plates. Tous étaient constellés de traces noires, et le cuivre brillait, comme une tache d'essence, de reflets multicolores. Dans une boîte entrouverte, des couteaux et d'autres instruments métalliques réfléchissaient le scintillement coupant des néons. Une des portes qui donnaient sur le couloir était condamnée par un très grand placard d'un blanc immaculé dont s'échappait un vrombissement sourd ; une autre, par une imposante armoire en bois sculpté, d'un autre âge.

De l'autre côté de la pièce trônait un large évier. Un rail courait le long du mur, qui soutenait toutes sortes d'ustensiles métalliques. Des couteaux flottaient à son contact, lame en l'air, et d'autres ustensiles incompréhensibles y étaient suspendus. Posé à côté de l'évier, un panier en osier débordait de légumes dont les couleurs vives et la peau brillante s'accordaient mal à cette pièce à peine finie. Aucun voile pudique ne les couvrait. Tout proche d'eux, plusieurs grandes planches de bois et de larges couteaux complétaient l'ensemble. Un tissu à carreaux blancs et rouges était froissé dans un coin. Laetitia détourna le regard.

Cheffe Jenni reprit la parole :

— Pomme X, bienvenue parmi nous. Je te présente Levain Chef, Sel et Poivre – Sel, c'est madame, Poivre, c'est monsieur –, et Barbe Mousse. Et moi, ajouta-t-elle en souriant, comme tu le sais, c'est Cheffe Jenni.

— Bonsoir. Merci de m'accueillir, fit Laetitia en essayant de sourire aussi.

Sel et Poivre agitèrent la main dans sa direction. Elle était sûre qu'ils voulaient la dévorer.

Elle se sentit happée dans un vertige. Puisqu'elle était là, puisqu'elle l'avait choisi, tous ces inconnus qu'elle découvrait à peine, dont les visages n'excitaient aucun appétit en elle, elle devrait les regarder cuisiner et elle devrait les regarder manger. Elle verrait leurs mains souillées, leurs joues tendues et leurs lèvres luisantes, appendices coupables de leur corps entier, à peine humain, obscène d'abandon. Elle devrait subir le penchant exhibitionniste de ces habitués, assumant tranquillement leur vice. Comment pouvaient-ils faire comme si tout était normal ? Les rencontrer avant qu'ils ne se mettent aux fourneaux rajoutait à la gêne de les voir cuisiner. Laetitia pourrait les reconnaître si elle les croisait dans la rue et cela l'horrifia. Elle voulait fermer les yeux et ne plus les rouvrir. Elle ne savait plus pourquoi elle avait voulu s'infliger une telle souillure. Le désir impérieux de saveurs qui l'avait traversée était muselé ce soir par un dégoût indomptable.

— Avant de commencer, annonça Cheffe Jenni, un rappel pour tout le monde de la seule règle à respecter ici : ce cours de cuisine doit rester un secret absolu. On n'en parle à personne. Si la brigade des mets le découvre, on aura tous des problèmes. De vrais problèmes.

Laetitia sentit peser sur elle des regards pleins de suspicion. Pourtant, même si elle devait être hantée toute sa vie par le traumatisme de cette soirée, elle n'avait aucune intention de balancer Cheffe Jenni à la brigade des mets. Et puis, Cheffe Jenni avait de quoi s'assurer de son silence, et probablement aussi de celui des autres. Elle imagina une photo de Poivre posant comme elle, la bouche pleine, avec ses grandes dents et ses lèvres si fines qu'on les aurait cru tranchées à même son visage, et elle dut cacher un haut-le-cœur derrière sa main.

— Bien sûr, ajouta Cheffe Jenni, n'oubliez pas de goûter à tout et surtout, de prendre du plaisir.

Laetitia retint un gloussement. Le plaisir, elle connaissait, elle n'en était pas privée. Elle avait le souvenir lointain de ce qui avait jailli des mûres en elle, et quand elle y avait repensé, ces dernières semaines, elle avait conçu qu'on puisse qualifier cela de plaisir. D'ailleurs, au bout de l'appétit qui l'avait poussée ici, c'est sans doute ce qu'elle était venue chercher : une forme d'agrément qui n'était pas sexuel et dont les contours lui avaient été trop longtemps interdits. Mais ce soir, non, cela n'avait rien à voir. Jamais le plaisir ne l'atteindrait ici, à travers l'épaisseur acide de la nausée, dans cette promiscuité arbitraire et insupportable.

Tout son corps la suppliait de rentrer et elle lui jura qu'elle ne le traînerait jamais plus dans cette cave. Et dire qu'en plus, en étant ici, elle abîmait sa relation avec Bertrand, d'une façon peut-être irréparable ! L'odeur infâme des ordures piquait encore le fond de son nez. Ses doigts poissaient de la poussière du couloir. Elle aurait voulu avoir la main de quelqu'un à serrer fort dans la sienne, mais penser à Bertrand lui fit encore plus mal.

— Et maintenant, conclut Cheffe Jenni, à la ratatouille !

Cheffe Jenni prit le panier de légumes sur un caisson derrière elle, puis distribua à chacun une planche en bois et un grand couteau.

— Quelle étourdie je fais ! s'écria-t-elle. Pomme X, j'allais oublier de te donner un tablier. Il ne manquerait plus que tu rentres chez toi couverte de giclées de tomates et de pelures d'oignon.

Elle attrapa un tablier dans un caisson et le tendit à Laetitia, qui l'attrapa à contrecœur. Elle venait de perdre le statut d'observateur passif qu'elle avait négocié avec elle-même. Très vite, elle aurait les mains sales.

— Le secret d'une bonne ratatouille, reprit Cheffe Jenni, c'est de cuire séparément chaque légume. Et aussi, beaucoup d'huile. Mais ça, ce n'est pas vraiment un secret, car le gras sublime les saveurs et appelle la serviette au coin des lèvres.

Un large sourire illumina son visage. Elle tenait une longue cuillère en bois noirci qu'elle agitait en l'air comme une baguette magique. Elle continua :

— Tous les légumes doivent être taillés et réservés à part. Nous allons travailler l'ail, l'oignon, l'aubergine, la courgette, le poivron et la tomate.

En les nommant, elle les pointait du doigt. Sel et Poivre acquiesçaient, très concentrés. Levain Chef gardait les bras croisés et son air las. Laetitia ne pouvait s'empêcher de jeter à ces légumes indiscrets des coups d'œil curieux.

— L'ail et l'oignon doivent être émincés, poursuivit Cheffe Jenni. Les autres, coupés en petits cubes. Visez entre un et deux centimètres de côté – pour cette recette, il n'y a pas besoin d'être très précis.

Elle distribua quelques légumes à chacun. Elle disposa sur la table des bacs de plastique transparent, distinguant ceux qui devaient servir aux pelures de ceux qui accueilleraient les légumes taillés, un pour chaque variété.

— Ceux qui savent déjà faire, vous pouvez commencer. Les autres, attendez-moi, je vais vous montrer.

Un oignon, deux aubergines et une tomate étaient posés devant Laetitia, juste à côté de la planche à découper et du couteau que Cheffe Jenni lui avait prêtés. L'oignon ressemblait à un vieil animal en train de muer, gonflé comme une baudruche. Ses peaux ocre, sèches et craquantes comme de la paille, se décollaient depuis une base ni vraiment lisse, ni franchement poilue. Quelques racines en saillaient comme des vers blanchâtres. Laetitia, intriguée, l'approcha de son visage. Il ne dégageait aucune odeur et elle sentit à peine sous ses doigts les stries qu'elle voyait pourtant sur sa peau.

L'aubergine était oblongue et belle, gonflée, luisante. Sa peau était très sombre, presque noire, mais tellement lisse que la lumière des néons y laissait de larges empreintes blanches. Dans la main de Laetitia, sa légèreté fut une surprise, compte tenu de sa taille. À sa base, la peau se décolorait à peine, puis s'étendait en une tache verte et rêche. Sa tête était coiffée d'une cuticule vert tendre qui formait, vue d'en haut, un téton étoilé. La dépouille de la tige dessinait au centre un court bouton. Elle dégageait une odeur presque indécelable de fraîcheur et d'acidité, herbacée comme une feuille coupée. Pour la sentir, il fallait poser le nez et la bouche tout contre le légume. Son contact, froid et lisse, rappela à Laetitia celui du latex. Même gorgée de soleil, l'aubergine était un légume de la nuit.

La tomate, à côté d'elle, était une belle-de-jour. Elle semblait gonflée de bonheur, à deux doigts d'éclater sous les doigts. Sa peau, rouge, était légèrement assombrie par sa transparence. Une pointe minuscule piquait sa base, comme par accident, et en son sommet s'épanouissaient les rayons vert sapin d'une roue absente.

Laetitia releva les yeux vers les autres élèves, qui avaient déjà bien avancé dans leur mission de taillage. Réfugiée en elle-même, elle avait passé du temps à reluquer et à tripoter les légumes, faisant abstraction des autres, de leurs couteaux et de leurs mâchoires abjectes. Quelque chose la poussait à rester ici. Une énergie la visitait de nouveau, fragile, mais chaude d'appétit. Ce désir-là resurgissait.

Elle était venue goûter des choses. Elle irait jusqu'au bout.

— Tu veux que je te montre ?

Cheffe Jenni s'était glissée à côté de Laetitia, qui la laissa s'installer à sa place devant la planche à découper.

Elle avait gardé son grand couteau. Sur son manche, ses mains semblaient toutes petites. Elle montra à Laetitia comment elle faisait de ses doigts des griffes pour ne pas se couper, comment elle laissait coulisser la tranche du couteau contre l'angle formé, au dos de son majeur, par la dernière et la pénultième phalange, le mouvement de balancier du couteau sur son fil, la netteté avec laquelle il fallait retirer la lame pour que les légumes ne bougent pas.

Cheffe Jenni simplifiait les légumes : l'aubergine enflée devenait des tranches plates, puis des sections longilignes, enfin des petits cubes ponctuels. Il suffisait de quelques caresses du couteau bien appuyées et aux bons endroits pour qu'une moitié d'oignon s'atomise comme une fusée d'artifice.

Laetitia arrivait à regarder. Elle ne salivait pas, elle n'y prenait pas de plaisir, mais son regard soutenait l'éclat de la lame. C'était un progrès. L'effort pédagogique de Cheffe Jenni atténuait l'obscénité de ses gestes. Laetitia pouvait garder sur eux un œil froid et distant, pas vraiment concerné. L'attention qu'elle concentrait sur ces mains et ce couteau l'aidait également à ignorer les autres mains et les autres couteaux autour d'elle.

Cheffe Jenni rendit sa place à Laetitia et se positionna derrière elle, si près que Laetitia sentit son souffle dans son cou et ses seins pressés contre ses omoplates. Cette présence la rassura. Elle se sentit moins seule. La main de Cheffe Jenni effleura son coude et descendit le long de son bras, jusqu'à venir se poser sur la sienne.

Cuisiner avec Cheffe Jenni sans avoir jamais couché avec elle, c'était le monde à l'envers, et Laetitia se surprit à trouver cela presque aussi amusant qu'abominable. Heureusement que Cheffe Jenni lui plaisait un peu. Elle ne se serait pas sentie capable de tailler ainsi avec quelqu'un qui la dégoûtait.

Cheffe Jenni guida sa main. Le frottement régulier de la lame et le heurt de la base du couteau sur le bois rythmèrent leurs respirations. La peau de l'aubergine se rebellait contre le couteau, et lorsqu'elle cédait, c'était pour révéler une chair blanche, tendre et caverneuse. Le couteau la fendait dans un couinement. Le demi-oignon se laissa hacher avec un pétillement joyeux et libéra son essence. Laetitia se mit à renifler bruyamment. Ses yeux la brûlaient. Elle posa son couteau et y porta son poignet.

Cheffe Jenni prit le relais et attrapa la tomate.

À peine blessée, celle-ci se répandit en un jus aqueux sur la planche, parsemé de petits pépins glissants.

Tous les légumes avaient été taillés et empilés dans leurs bacs respectifs. Cheffe Jenni installa sur la table deux plaques électriques. C'était un modèle classique que les jeunes couples se procuraient parfois dans des magasins spécialisés. Elle sortit également une grande poêle en fer et une cocotte en fonte large et usée, qu'elle peina à soulever.

— On va d'abord faire cuire les oignons dans la cocotte, reprit Cheffe Jenni, et chaque légume séparément dans la poêle, l'un après l'autre, avant de les mettre dans la cocotte eux aussi.

Tout le monde l'écoutait respectueusement. Sel et Poivre, hochant vigoureusement la tête, semblaient très impatients. Avant d'allumer le feu, Cheffe Jenni proposa à ses élèves de prendre le temps de goûter chaque légume encore cru, en commençant par la courgette et en finissant par l'ail.

Elle aligna les morceaux de légumes devant Laetitia. Une eau inattendue perla sous sa langue. Elle allait devoir manger. En scrutant les couleurs et les formes de ces bouchées devant elle, elle s'aperçut qu'elle voulait les dévorer, qu'elle le désirait de tout son être, et que l'attente la faisait souffrir. Elle allait pouvoir manger. Elle imagina un plongeon étourdissant et libérateur, comme dans un prolongement d'elle-même.

Elle sentit le regard de Cheffe Jenni sur elle alors qu'elle portait le petit cube de courgette à sa bouche ; il était doux, croquant, légèrement aqueux, si bien qu'il la laissa assez indifférente. L'aubergine provoqua à peine plus d'émotion. Elle était creuse et âcre, piquait sans avoir de goût. La tomate se délita instantanément contre son palais en un liquide sucré et acidulé, un peu poudreux. Le poivron, gorgé d'eau, éclata entre ses dents. Sa frustration montait. Un pincement dans son ventre lui donnait envie de se mettre en colère.

En avançant la main pour attraper le morceau d'oignon, elle remarqua que Barbe Mousse, à sa droite, avait déjà fini sa dégustation et la fixait avec insistance. Elle se détourna, mais elle ne pouvait échapper à sa vue. La gêne serrait sa gorge. Un goût piquant envahit sa bouche et son nez, elle grimaça et ferma les yeux jusqu'à ce que le feu s'apaise. Puis elle vit l'immense sourire qu'arborait Barbe Mousse et cela la blessa. Vaincue et se devinant condamnée à un goût plus fort encore, elle posa une miette d'ail sur le bout de sa langue. L'ail la piqua comme la pointe d'une aiguille, avant que la morsure, d'une intensité inouïe, ne se diffuse dans sa bouche entière.

Les légumes l'avaient trahie. Ils lui avaient refusé le plaisir qu'ils lui avaient promis.

Elle essuya ses larmes avec le dos de sa main, tandis que Barbe Mousse, la bouche entrouverte, tapotait le coin de ses lèvres avec son tablier.

La suite du cours se passa dans l'odeur de l'huile d'olive et le grésillement des légumes jetés dans la poêle. Une fois cuits, Cheffe Jenni les faisait de nouveau goûter un par un à ses élèves. Le feu de la poêle, la rondeur de l'huile et le goût du sel les avaient transfigurés. Elle expliqua qu'il était important de goûter régulièrement ce qu'ils cuisinaient ; cela permettait d'ajuster l'assaisonnement. La technique était certes une chose, mais pendant qu'on cuisinait, il était essentiel de prêter attention aux préférences et au plaisir de son partenaire. Est-ce qu'il aimait le sel, le poivre, les épices, le goût sec de la fumée ou la fraîcheur acide des crudités ? Un bon goût, c'était quelqu'un qui faisait attention à l'autre. La virtuosité n'était rien sans empathie.

À chaque bouchée de légume rissolé, Laetitia vacillait davantage. Elle sentait le plaisir monter en elle par des voies si inconnues qu'au moment même où elle nommait cette sensation *plaisir*, la peur la prenait et le plaisir redevenait sensation. Elle avait très chaud.

Elle aurait préféré garder loin d'elle les gémissements de dégustation des autres élèves, mais à son corps défendant, elle s'y habituait. Tous les tabliers étaient maculés, même le sien. Par mégarde, elle vit Sel mâcher et avaler un morceau de poivron avant que la poêlée entière ne soit jetée dans la grande cocotte. Elle rougit de cette trivialité mais ne détourna pas les yeux.

Elle lança un regard à Barbe Mousse ; il ne l'observait plus.

On approchait de la fin de la recette. Tous les légumes étaient dans la cocotte, que Cheffe Jenni tourmentait avec sa longue cuillère en bois. Elle y avait saupoudré du thym séché. La pièce était remplie d'une odeur dense et suave dans laquelle Laetitia se vautrait et se délitait. Tous gardaient maintenant un silence religieux. Le raclement crémeux de la cuillère contre la fonte était parfois interrompu par un crépitement sec.

Cheffe Jenni éteignit le feu et invita chacun à venir tremper sa fourchette dans la ratatouille.

Une file désordonnée se mit en place jusqu'à la cocotte. Laetitia luttait contre l'impression de faire partie de quelque chose. À chaque bouchée, un acquiescement guttural se faisait entendre, sur une note propre à chacun. Le tour de Laetitia approchait. Elle en brûlait. Des palpitations délicieuses parcouraient son corps. À plusieurs reprises, elle dut avaler l'eau qui se précipitait sous sa langue. Les parfums aguicheurs qui flottaient autour d'elle lui faisaient tourner la tête.

Elle faucha, du bout de sa fourchette, un morceau d'aubergine gris sombre, mou et luisant, et un petit cube de courgette brunie.

D'une main tremblante, les yeux rivés sur ces légumes d'où montait en dansant une fumée transparente, elle les porta à sa bouche.

Dès que sa bouche fut pleine, elle sut qu'elle n'oublierait jamais le goût, le plaisir, la puissance de cet instant, et que jamais, même si l'occasion se présentait un jour, même si quelqu'un était d'accord pour l'écouter, elle ne trouverait les mots pour en parler.

— Décidément, je ne pense à rien, ce soir !

Cheffe Jenni s'était levée d'un bond en s'essuyant la bouche avec son tablier.

— J'avais prévu de vous préparer un peu de semoule pour accompagner la ratatouille. C'est tout simple, c'est à peine de la cuisine, mais c'est le blé d'un ami et je suis sûre qu'il est délicieux, rien à voir avec ce qu'on trouve dans les *food shops* du quartier.

Tout en parlant, elle remplit une grande casserole d'eau. Elle la posa sur le feu.

Le ventre de Laetitia se serra. La semoule, ce n'était pas son fort. Qu'allaient penser les autres si elle s'étouffait devant eux et leur crachait les grains au visage ? Est-ce que Cheffe Jenni se vexerait si elle refusait d'en manger ? Aurait-elle le droit de revenir ? Il fallait vraiment que Laetitia manque de chance, pour que parmi tous les aliments possibles, Cheffe Jenni choisisse de cuisiner celui-là. Elle pensa à Bertrand et se dit que le sort lui faisait bien payer sa trahison.

Les convives bavardaient et commentaient la ratatouille ; parfois, ils s'éloignaient du sujet, évoquaient des souvenirs culinaires, associaient des idées. Laetitia ne prenait pas part à la conversation. Il lui était difficile de comprendre qu'on puisse déguster et parler en même temps. Ils faisaient ça comme si c'était une activité sociale lambda, c'était fascinant et effrayant à la fois. Parfois, le silence tombait à certains endroits de la table et c'est là qu'il se passait les choses les plus belles. Laetitia ressentait physiquement le lien qui se tissait entre deux personnes. Sel et Poivre, souvent, échangeaient des regards dont l'intensité la bouleversait. Eux, c'était normal : ils étaient un couple, ils devaient s'aimer. Mais ils n'étaient pas les seuls. Quand Levain Chef avait passé le plat à Sel, quand Barbe Mousse avait rempli d'eau le verre de Cheffe Jenni, quand Poivre avait pris une bouchée de ratatouille, les yeux plongés dans ceux de Barbe Mousse, Laetitia s'était sentie le témoin de quelque chose qui la dépassait. Elle se demandait si un désir préalable était la condition de tels instants, ou si l'appétit entre eux venait en mangeant. Pour elle, ce soir, c'était éprouvant de devoir cuisiner et manger avec des gens qu'elle ne trouvait pas séduisants. N'aurait-elle pas été moins timide parmi des visages et des mains qui lui auraient vraiment plu ? Au fond, elle n'en savait rien.

La semoule était prête et Cheffe Jenni la posa au milieu de la table. Elle servit tout le monde. Laetitia n'osa pas refuser. Elle avait les mains moites et le cœur près de la gorge. Ces atomes de blé gâchaient déjà tout le plaisir qu'elle avait eu à goûter la ratatouille.

Les autres complimentaient Cheffe Jenni sur la finesse des grains et la façon dont ils se séparaient délicatement les uns des autres. Laetitia prit son courage à deux mains et en souleva une petite motte sur sa fourchette.

Une bouchée suffit à raviver le souvenir.

Bertrand était face à elle. Ils étaient chez lui, à cette époque ils n'habitaient pas encore ensemble. La main de Bertrand, hérissée d'une fourchette, s'approcha de sa bouche, la remplit, et reposa son arme.

Elle les avait oubliées, ensuite, les mains de Bertrand, elle avait oublié l'élan qu'elles avaient pris droit vers son ventre, vives comme deux serpents velus, tous doigts dehors, frétillants, pour la chatouiller.

Aussitôt, elle s'était étouffée. Elle était très sensible aux chatouilles, Bertrand le savait, elle le lui avait dit.

Ce soir, dans la cuisine de Cheffe Jenni, elle avala sans encombre sa bouchée de semoule. Elle ne rencontra aucun problème. L'exercice ne présenta aucune difficulté, même si les grains étaient minuscules et fugaces. Elle en apprécia d'ailleurs plutôt la saveur et la texture. Ça valait le coup de réessayer, finalement.

Et elle le revit rire, Bertrand, devant ses larmes, au milieu de ses quintes de toux et de ses reniflements grumeleux. Cette image existait de nouveau, peut-être floue mais réelle.

Elle avait oublié qu'il y avait d'abord eu tout ça, avant le dégoût, avant la gêne, avant la honte.

Mais après tout, se dit-elle, qu'est-ce que ça peut bien changer ?

Rien de ce qu'il se passa ensuite n'égala la première bouchée de ratatouille. Au bout d'un certain temps, Laetitia ressentit même une forme de dégoût.

Sel et Poivre avaient l'air défraîchis. Le menton hirsute de Barbe Mousse était parsemé de miettes humides. Il finit par les chasser du dos de la main, mais elles retombèrent dans son assiette et, sans y prendre garde, il les mangea avec la bouchée suivante. Laetitia posa sa fourchette pour ne plus la reprendre. De toute façon, son assiette était presque vide.

Comme les autres, le dîner terminé, elle glissa quelques billets dans la poche du tablier de Cheffe Jenni, puis elle regagna la surface. Ils se saluèrent très poliment. C'était le dernier cours avant les vacances ; Cheffe Jenni leur avait souhaité un bel été.

Un gouffre en Laetitia était comblé. Elle était pleine de sentiments inédits et ambigus. Comme elle ne raconterait jamais à personne ce qu'elle venait de vivre, elle n'aurait pas à trancher. Elle n'était pas obligée de décider si le plaisir l'avait finalement emporté, avant que la nausée ne revienne. Des souvenirs, comme des instantanés, tambourinaient déjà contre ses paupières. Elle tentait de les refouler, mais certains étaient lumineux et ouvraient grand son ventre et sa bouche. Et cette histoire de semoule, anecdotique, était déjà rangée dans un coin de sa tête.

Il était tard. Elle inspira une longue bouffée d'air frais dans la rue déserte. Elle avait dit à Bertrand qu'elle allait à la salle de sport. Elle lui expliquerait que cela avait duré un peu plus longtemps que prévu car elle avait enchaîné un cours intensif et une séance d'étirements ; cela lui ferait plaisir qu'elle ait travaillé sa souplesse.

Elle marchait toujours quand une odeur étrange, forte et légèrement âcre, monta jusqu'à ses narines. Elle ralentit pour en trouver l'origine.

Lorsqu'elle se rendit compte que cela venait d'elle, la panique la saisit. Elle attrapa la masse de ses cheveux et la rabattit sur son visage : ils avaient pris l'odeur de la cuisine. Elle porta le bout de ses doigts à son nez : ils sentaient l'ail. Elle expira une bouffée d'air dans sa bouche fermée : son haleine était dense. Penchant la tête sur son épaule, elle découvrit que ses vêtements étaient souillés, eux aussi. Elle puait la bouffe.

Elle croisa le regard d'un passant. Il savait. Elle le voyait, elle le sentait dans ses yeux, elle en était sûre : il savait tout. Il savait qu'elle sortait d'une cave où elle s'était adonnée, avec plusieurs personnes, au plaisir déviant de la cuisine de groupe. Il devait penser qu'elle avait aimé ça, peut-être même qu'elle avait envie de recommencer. Elle croisa un autre passant, qui savait aussi. Comme si c'était marqué sur son front, en lettres d'or couleur pelure d'oignon, sous ses cheveux qui eux aussi la trahissaient : j'ai cuisiné et j'ai aimé ça.

Elle fixait le trottoir. Elle devait rentrer chez elle : comment gérer Bertrand ? Elle ne pouvait pas camoufler son odeur. S'il l'embrassait, il ne la raterait pas. Il fallait qu'elle se lave et qu'elle purifie ses vêtements. Il fallait qu'elle rince sa bouche. Elle n'avait pas du tout anticipé le problème. Elle en voulait cruellement à Cheffe Jenni de ne pas l'avoir prévenue, et elle s'en voulait encore plus de ne pas y avoir pensé.

Qu'est-ce qu'elle allait bien pouvoir raconter à Bertrand ? Elle chassa rapidement l'idée de prétendre avoir été agressée. Elle ne mentait pas très bien. Alors il faudrait essayer d'éviter le contact pour se donner une chance. Fuir ses baisers. Et si cela échouait, avouer. Être penaude, désolée, bouleversée ; peut-être pleurer un peu, si cela lui venait. Elle pourrait dire que ce qu'elle avait vu l'avait horrifiée, qu'elle ne recommencerait jamais. C'était vrai, presque vrai. Avouer la tentation et la dérobade, pour mieux revenir dans le droit chemin. Mettre cela sur le compte de sa jeunesse, de son immaturité. Dans tous les cas, ce serait terrible. Peut-être même la fin de leur histoire.

Elle attrapa un taxi à la volée. Elle sentait le regard du chauffeur posé sur elle. Lorsqu'elle vit ses yeux briller dans le rétroviseur, il les baissa brusquement et feignit de se concentrer sur l'éclat rouge d'une intersection. Comme elle continuait de fixer le miroir au-dessus du pare-brise, sans y prêter attention, il releva doucement la tête et elle devina, aux plis qui marquaient le coin de ses paupières, qu'il souriait.

Avec une gourmandise évidente, il lui demanda :

— Elle a passé une bonne soirée, la demoiselle, ou j'me trompe ?

Laetitia sentit son sang se glacer. Elle fit mine de ne pas avoir entendu.

— En tout cas, continua le chauffeur, ça sent rarement aussi bon dans mon taxi. C'est forcément grâce à vous parce que c'est pas la mère de famille bégueule que j'ai prise juste avant qui devait sentir fort comme ça. Alors, racontez voir, c'était bien ?

Laetitia ne disait toujours rien.

— Allez, faites pas votre timide. Y en a une qui a cuisiné, ce soir. Ah ! On me la fait pas, à moi. Vingt-cinq ans de taxi. Je peux vous dire que j'en ai senti des jeunes femmes comme vous qui rentraient tard le soir. Faites pas cette tête, c'est pas pour vous juger, mais je la sens d'ici, votre odeur de graillon.

Laetitia chercha ce qu'elle devait répondre et ne trouva que cette phrase, adressée à des importuns, qu'elle avait lue dans des vieux livres :

— Je ne vous permets pas.

— Oh, l'autre, tout de suite ! Le chauffeur soupira bruyamment. Je vous jure, les femmes, maintenant, on peut plus rien leur dire. Si ça vous gêne de parler cuisine, faites quelque chose, prenez une douche ! Vous croyez que c'est pas de la provocation, ce que vous faites ? Vous puez l'huile de friture à dix bornes, si mon chien il était là, Mickey, il vous lécherait tellement le visage que vous seriez bonne pour vous essorer derrière ou tiens, vous ébrouer comme lui. Il fait ça, mon Mickey. Il lèche et il s'ébroue. Et vous, vous êtes là à faire la sainte nigoûte dès qu'on vous parle de bouffe ! Truc de gonzesses, ça, je comprendrai jamais...

Laetitia s'était blottie contre la portière et fixait un point de la fenêtre. Si elle réussissait à tenir suffisamment longtemps, elle finirait peut-être par arriver chez elle.

— Bon, je sais ce que vous allez me dire, mais je tente quand même... Il vous en reste un bout ? Moi j'ai rien mangé depuis ce matin, et encore ! Juste une de ces barres qu'ils nous livrent maintenant. Ma femme, ça fait longtemps qu'elle me cuisine plus rien... Et moi, avec le taxi, j'ai pas le temps, c'est pas une vie, ce métier, vous savez. Bon Dieu que c'était bon avant, quand on était jeunes mariés ! Elle me faisait des repas, c'était Byzance ! Elle tiendrait ça de sa mère que ça m'étonnerait pas. Elle aussi, tiens, c'est une belle goulue. Et un sale caractère avec ça. Comme sa fille. Entre nous, heureusement qu'y a les cuisinières, ça coûte, mais ça goûte, hein, ça soulage... Faut bien y aller de temps en temps...

Il s'interrompit quelques instants et fronça les sourcils.

— Mais dites voir, reprit-il, c'est pas ça que vous faites, au moins ? J'y pense parce que je vous ai prise vers Belleville, y en a plein là-bas, des filles un peu paumées qui sentent pareil que vous…

Il commença à s'agiter. Son buste oscillait nerveusement d'avant en arrière, tandis que ses poings restaient serrés sur le volant.

— Alors ça, si vous êtes une cuisinière, je suis un sacré veinard. J'ai fait un très bon début de soirée, là, j'ai un bon petit pactole, et que du liquide, pour une fois. Vous avez l'air chic en plus, c'est pas le tout-venant. Puis vous prenez le taxi, et ça déjà c'est un signe. Je pense que j'ai de quoi faire, enfin on pourrait s'arranger quoi, à l'amiable, j'vous paierai un petit quelque chose, ce qu'il faut.

La voiture s'arrêta à un croisement. Le chauffeur passa un bras derrière le siège passager et se tourna vers Laetitia avec un sourire vorace :

— Alors cheffe, t'en dis quoi ? Tu prends combien ? Si tu me montres un peu de ce que tu sais faire, j'efface le compteur !

Au feu suivant, Laetitia bondit hors du taxi et partit en courant. L'homme sortit la tête par la fenêtre et lui cria : « C'est ça, casse-toi, goulue ! J'en veux même pas de ton fric qui pue la bouffe ! Gourmande ! J'te régale quand j'veux ! »

Elle décida de rentrer à pied. Exposer ses cheveux, ses vêtements et sa peau à l'air vif de la nuit ne pouvait qu'améliorer sa situation. La traînée odorante qu'elle laissait derrière elle et qui faisait se retourner sur son passage certains hommes seuls qu'elle croisait, c'était toujours ça qu'elle ne rapporterait pas à la maison, sous le nez de Bertrand. En revanche, elle n'avait toujours pas trouvé d'alibi si son plan, qui consistait à se précipiter sous la douche avant de le croiser et de l'embrasser, échouait.

Elle examina plusieurs justifications à l'aune de l'infime possibilité qu'elles ne pulvérisent pas son couple dans l'instant. Elle était fatiguée, et devoir réfléchir à tout ça la rendait bougonne : des amours devaient exister, qui savaient s'accommoder de libertés de ce type. C'était peut-être le genre de Sel et de Poivre, s'il leur arrivait parfois de cuisiner chacun de leur côté, et pas seulement ensemble dans une cave avec d'autres convives. En tout cas, ce n'était pas celui de Bertrand.

Elle passa en revue ses options. Cette expérience de cuisine de groupe, vécue sans lui et à son insu, elle l'avait choisie parce qu'elle lui semblait moins offensante que d'écarter ses mâchoires pour la fourchette d'une seule personne, ou pire encore, pour celle d'une personne qui lui aurait plu. Elle se demandait maintenant si c'était vraiment mieux. Et si elle s'était contentée de prendre un repas avec un collègue ou de manger quelque chose sur le pouce avec un inconnu ? Bertrand aurait été fou de jalousie. Avec ce qu'elle avait fait, elle allait le rendre fou d'horreur, de tristesse, de dégoût, ou les trois à la fois. Que pouvait-il ressentir d'autre ? Sa Laetitia qui se jette en pâture à tant de gueules en même temps. Est-ce qu'il comprendrait que cette expérience traduisait le hurlement déchirant, coupable, d'une frustration indicible ? Elle n'était pas seule responsable de cette frustration, il l'avait nourrie, lui aussi, mais il ne le reconnaîtrait jamais. Il y verrait plutôt l'expression d'un vice inhérent à la nature de Laetitia, qu'elle lui avait caché. Cela la mettait en colère. Elle aurait voulu pouvoir lui lancer, comme ça : « Mon chéri, nous ne cuisinons pas assez, nous ne mangeons pas assez, j'ai bien essayé de te le dire, et si j'ai fini dans une cave à cuisiner et à manger avec cinq inconnus trouvés sur Internet, c'est parce que tu ne m'as pas comprise. » Mais si elle lui lâchait ça, elle lui ferait pitié, il la traiterait de folle, et au fond, il aurait peut-être raison.

Elle sentit son cœur tomber dans sa poitrine. Il n'était pas impossible que Bertrand veuille les dénoncer, elle et les autres, à la brigade des mets. Ce serait d'une cruauté sans bornes, mais Bertrand était intransigeant et très respectueux de la loi. Elle ne pouvait exclure qu'il se sente moralement obligé de le faire. Elle avait fauté, elle le savait, elle voulait bien payer, mais elle ne croyait pas mériter d'avoir affaire à la police, et les autres élèves encore moins.

Dire la vérité n'était donc pas une option. Soit elle inventait un dîner torride avec quelqu'un, et il la quitterait sur-le-champ, soit elle trouvait une façon de se purifier avant de rentrer chez elle.

Elle sortit son téléphone. Il était onze heures passées. Pourvu qu'il réponde.

— Allô, Laurent ? Je ne te réveille pas ? Je te dérange ? Tu es avec qui ? Ah... Et vous... baisez ou vous...

Elle baissa la voix et poursuivit :

— Ou vous êtes à table ? OK, super. Je peux passer ? Je sais, c'est bizarre. J'ai besoin de toi. Je t'expliquerai. Tu peux me rappeler ton adresse ? Merci. J'arrive. À tout de suite. Non, ajouta-t-elle avant de raccrocher, pas besoin de vous rhabiller, ça me fera plaisir aussi.

Elle se résolut à héler un autre taxi. Elle n'osait pas prendre le métro dans cet état et Laurent habitait trop loin pour finir à pied. Elle sentit le regard du chauffeur passer sur elle, timidement, tout le long du trajet, mais il ne dit pas un mot. Elle lui laissa un billet en descendant de la voiture et sonna à l'interphone de Laurent.

Laurent ouvrit à Laetitia en peignoir.

— Oh purée ! s'exclama-t-il, stupéfait, en la voyant. Toi, tu as passé la soirée à la casserole. Tu pues la bouffe, c'est un truc de dingue. Quand je pense que tu faisais mine de ne rien y connaître. Madame apprend vite !

— Laisse-moi entrer, rétorqua Laetitia en levant les yeux au ciel. Je vais t'expliquer. J'ai besoin de prendre une douche. Bertrand n'est pas au courant.

— Je me doute que s'il savait, tu n'aurais pas sonné chez moi à cette heure. Bon, je te poserai des questions plus tard. Viens, je vais te montrer la salle de bains.

Laetitia lui demanda où était son ami, puisqu'il lui avait dit qu'il n'était pas seul.

— On vient de finir de baiser, répondit Laurent. Il est sur le lit, il regarde un film. Je te le présenterai après, sauf si tu tiens vraiment à faire sa connaissance dans cet état.

Laetitia reconnut qu'elle préférait commencer par une douche.

Laurent lui prit la main et l'entraîna vers la salle de bains. Il ferma la porte derrière eux. Il s'approcha d'elle et glissa son visage dans son cou. Laetitia entendit son souffle tout près de son oreille.

Il lui murmura qu'elle sentait bon, et ces mots coururent sur la peau de Laetitia comme une caresse dont il fallait rougir.

Il saisit doucement ses cheveux et les rapprocha de son nez. Laetitia, encore honteuse des odeurs qu'elle exhalait, ébaucha un geste pudique pour l'arrêter. Il lui sourit et s'entêta. Dans le silence, il huma sur elle, mortifiée et souveraine, des relents indicibles. Il respira sa chevelure, ses mains, son visage, il la parcourut longuement. Encore mêlé de gêne, à cause de cette indécence qui la pétrifiait et serrait sa gorge, un puissant sentiment de fierté se frayait en elle. Elle avait l'audace insensée d'offrir au nez de Laurent cette nouvelle facette d'elle-même, une facette appétissante. Elle n'avait jamais pensé qu'elle pourrait être, pour quelqu'un de plus libre qu'elle, l'objet d'une tentation.

Il tint son visage entre ses mains avec beaucoup de douceur et il lécha lentement ses lèvres, comme pour en tirer les dernières saveurs.

Il lui dit ensuite, très simplement :

— Tu sais, Laetitia, j'aimerais beaucoup que ce soit moi, un jour, qui cuisine avec toi.

Laetitia resta interdite mais son cœur cognait si fort qu'elle dut y porter la main. Elle aussi mourait d'appétit pour Laurent, elle crevait d'envie de lui dire. Elle avait fermé les yeux et sentait sa poitrine se soulever au rythme de son souffle. Sa bouche s'entrouvrit.

Elle déclara, d'une voix grave et lente qui n'était pas la sienne et qui mobilisa toutes ses forces :

— J'ai faim de toi aussi.

Laurent soupira et l'embrassa avec délectation, laissant sa bouche et ses lèvres si trempées qu'elle songea, sans initier ce geste, à les essuyer dans sa manche.

Elle entendit un crépitement léger. Laurent cherchait quelque chose dans la poche de son peignoir. Il en sortit un petit papier métallisé, froissé, et le tint devant lui, dans le creux de sa main.

— Qu'est-ce que c'est ?

— C'est pour jouir, mais avec la langue. Du chocolat. Tu veux bien que je mette du chocolat dans ta bouche, Laetitia ?

Elle fixa le mince pavé d'aluminium qui scintillait dans la main de Laurent. Elle avait déjà entendu parler du chocolat et du tabou qui pesait sur cet aliment, sans autre fonction que le pur plaisir, à cause de sa valeur nutritionnelle tellement médiocre. Son père, un jour, le regard sévère, avait dit à la jeune adolescente qu'elle était alors que le chocolat rendait dépendant, qu'il dévoyait et qu'il ne fallait jamais commencer. Les yeux rivés sur la tablette, elle réprouvait l'appétit qui lui dérobait son corps.

Laurent, lui, la regardait regarder le chocolat. Il attendait qu'elle tende la main vers lui, ignorant qu'elle ne s'en sentait pas capable, qu'on avait érigé devant elle des obstacles trop grands. Il fit un geste du poignet, presque imperceptible, pour l'appeler. Elle leva son visage vers lui, elle espérait qu'il verrait dans ses yeux la supplication muette qui la dispenserait de faire le premier pas, qu'il lui serait épargné de devoir prendre dans sa main cette confiserie qui souillait la sienne. Les yeux de Laurent, qui brillaient de désir, se voilèrent légèrement. Il l'aurait aimée audacieuse.

Il baissa la tête, prit le chocolat entre ses doigts et commença à le dépiauter de son enveloppe argentée. Le chocolat se laissa déshabiller dans un froissement métallique. Dans la paume de Laurent reposait un rectangle très sombre. Il était creusé en son centre d'une rainure profonde qui le scindait en deux carrés jumeaux. Ses contours étaient nets, mis à part un angle légèrement brisé. La plaque avait dû être plus grande et c'est tout ce qu'il en restait.

Laetitia sentit monter en elle une panique languissante. Elle voulait que Laurent mette un bout de ce chocolat dans sa bouche, elle le voulait plus que tout, elle ne savait même pas qu'on pouvait vouloir avec autant de force, mais que se passerait-il si elle n'aimait pas ? Si la saveur qui allait l'envahir et à laquelle elle ne pourrait se soustraire la révulsait ? Si elle avalait de travers ? Elle ne devait pas penser à l'intimité brutale, inacceptable, du geste qui allait suivre. La honte de la bouche, la honte des muqueuses, la honte de la déglutition, la conscience de toute la trivialité du monde déferla sur elle.

Laurent rompit le chocolat du bout des doigts en deux carrés presque identiques. La cassure était rectiligne. En prenant appui contre sa paume, il divisa de nouveau un des carrés en deux. Il attrapa entre le pouce et l'index l'un des petits morceaux et le proposa à Laetitia. Elle croisa furtivement son regard, entrouvrit la bouche pour accepter l'offrande et baissa les yeux. Elle voulait regarder aussi longtemps que possible ce morceau de chocolat qui bientôt serait en elle. Elle voulait ne jamais oublier sa forme ni son aspect.

Elle fut d'abord frappée par sa dureté. C'était une plaque froide, inerte et morte que l'on posait sur sa langue. Immédiatement après, une douce brûlure la saisit. Elle venait à peine de fermer la bouche que déjà, elle sentait cette forme brute s'arrondir et ses angles saillants s'émousser contre sa langue et son palais. Le chocolat fondait et sa dissolution répandait dans sa bouche une pâte sucrée et amère, très intense, presque piquante. Elle aimait mais se sentit débordée par les sensations. C'était déjà trop pour elle. Le plaisir ne se laissait pas apprivoiser, il la dépassait et, malgré tout, disparaissait de plus en plus vite, alors que le chocolat, pressé contre son palais, devenait plus lisse et plus fin. Elle n'arrivait pas à oublier que déjà, l'instant passait, qu'il ne durerait pas. Elle n'avait jamais rien pensé d'aussi tragique.

Laurent l'observait découvrir et savourer. Elle avait les yeux légèrement exorbités. Ses lèvres étaient pincées et sa bouche ne s'ouvrait pas. Ses mâchoires bougeaient, mais de moins en moins vite. Bientôt, le bout de sa langue pointa entre ses lèvres et les caressa furtivement. Laurent, de sa main libre – l'autre tenait encore le chocolat –, attrapa le menton de Laetitia et amena sa bouche contre la sienne. En l'embrassant, il plongea sa langue à la rencontre de celle de Laetitia et récolta les arômes de cacao qu'il y avait semés. Il lui confierait plus tard, au détour d'une conversation, que lorsqu'il nourrissait quelqu'un d'autre que lui-même, naissait en lui le sentiment de perpétuer un impératif vital, instinctif, profondément ancré dans les gènes de l'humanité. La conscience de cette animalité l'excitait énormément. Un rite tabou et millénaire s'accomplissait dans ces gestes de la main à la bouche, de la bouche à la bouche. Il se sentait à sa place.

Laetitia respirait fort. Elle déglutit et s'aperçut qu'elle n'avait pas vraiment avalé le chocolat. Dans sa gorge n'avait coulé qu'une salive lourde et parfumée, épaisse, probablement noire. Elle passa sa langue sur ses dents, contre son palais, sur ses lèvres de nouveau, où elle trouva un goût de Laurent qu'elle connaissait bien, et elle inspira profondément. Puis d'une voix qu'elle voulait détachée, mais qui s'échappa tremblante et métallique de sa bouche, elle articula :

— Oui, c'est pas mal.

Elle aurait voulu lui dire qu'elle l'aimait et qu'elle voulait encore du chocolat. Elle ne s'attendait pas à ce que ces deux élans soient si viscéralement liés. L'intensité de ce qu'elle ressentait pour Laurent et son chocolat éclipsait ses sentiments pour Bertrand. Mais était-ce vraiment de l'amour ? Son trouble était trop grand pour qu'elle puisse le nommer.

Il était beau, Laurent, quand il lui donna sa seconde bouchée. Elle avait moins peur. Elle chercha son regard pour lui montrer son plaisir. Elle mit du défi dans ses yeux, et aussi la bravoure qui avait failli lui manquer tout à l'heure. Laurent replia le papier argenté autour du carré restant, qu'il rangea dans la poche de son peignoir. Il ne laissa pas à Laetitia le temps de finir sa bouchée et l'embrassa de nouveau. Elle n'était pas sûre de vouloir partager, mais la langue de Laurent était impérieuse, alors elle s'y soumit.

Elle n'était plus que la bouche que Laurent embrassait, une caverne, une paroi, une victoire éternelle sur le cours des choses, et puis leur baiser prit fin, mais rien ne s'arrêta, et elle comprit qu'elle traînerait toute sa vie derrière elle le souvenir de ces sensations, et qu'elle souffrirait de savoir qu'elles existent et qu'elle n'aurait plus aucun autre désir, jamais, que celui de revivre cet instant, de le revivre exactement.

Elle passa une main sur son visage et dit à Laurent d'une voix amicale :

— Tu m'avais promis une douche ?

Laurent lava Laetitia avec soin. Il fit mousser sur sa peau, minutieusement, le savon parfumé qu'il avait versé sur un gant de toilette. Il sentait le linge propre, et Laetitia, dans cette quiétude, pensa de nouveau que peut-être, elle l'aimait un peu. Elle n'imaginait plus de version de cette nuit où elle ne trompait pas Bertrand. Alors, elle mentirait.

Laurent massa longuement ses cheveux, du haut du crâne jusqu'à la base de sa nuque, et veilla à ce que le shampooing ruisselle bien sur toute leur longueur et emporte avec lui les odeurs salaces de cuisine. Il essuya son visage et le couvrit de baisers. En sortant de la douche, il la sécha tendrement puis la fit asseoir sur le rebord de la baignoire. S'agenouillant devant elle, il fit venir en gouttelettes une buée tout en haut de ses cuisses. Immédiatement après avoir joui, l'inconfort de la céramique sous ses fesses, qu'elle ne sentait pas quelques instants plus tôt, lui parut intolérable. Elle se tortilla, s'appuyant sur ses mains, sans se lever. Laurent se redressa et lui sourit.

— Au moins, si tu dis à ton mec que tu as baisé avec un ami ce soir, ce ne sera pas complètement faux.

Laetitia repensa au chocolat qu'il avait porté à sa bouche et essaya de réduire à cette seule impression tout ce qu'elle ressentait pour lui. La porte de la salle de bains s'entrouvrit. Un visage d'homme se glissa dans l'entrebâillement. C'était une face imberbe, mince et enfantine à la fois, très pâle. Ses lèvres charnues contrastaient avec ses joues creuses et ses traits tirés. Des cernes profonds soulignaient des yeux narquois.

— Bonjour, souffla-t-il. Moi, c'est Quentin.

— Laetitia. Enchantée. Je suis une collègue de Laurent.

Sa voix était grave et envoûtante, légèrement nasale, très mal assortie à son corps. Laetitia avait refermé ses cuisses et s'était un peu relevée, gardant les mains appuyées sur le rebord de la baignoire. Ses cheveux étaient enroulés dans une serviette-éponge au-dessus de sa tête.

— Je sais, reprit Quentin, Laurent m'a beaucoup parlé de toi. Très heureux de faire ta connaissance. Tu restes pour baiser ?

— Non, non, il est très tard et je débarque à l'improviste, je ne vais pas en plus m'inviter. Et puis vous avez déjà baisé, non ? Je vais vous laisser finir votre soirée tranquille tous les deux.

— Comme tu veux, ça ne nous dérange pas de refaire la banquette.

— Non, c'est adorable, mais je vais rentrer.

Quentin se retira et referma la porte. Laetitia et Laurent restèrent quelques instants en silence.

— Vous avez prévu de cuisiner ce soir ? demanda Laetitia, et aussitôt elle eut honte de sa curiosité.

— Bien sûr. On cuisine tous les jours en ce moment, c'est un peu la folie. Quentin sort d'une histoire compliquée et je crois que ça lui fait du bien.

— C'est toi qui as préparé le repas ?

— On a cuisiné ensemble. Il débute mais il adore ça. Et moi, j'aime bien transmettre, initier les gens…

Laurent adressa un clin d'œil à Laetitia, et poursuivit :

— Le chocolat de tout à l'heure, c'est ce qu'il restait de la recette de ce soir. On a fait un gâteau. Avec la crème à la vanille qu'on a préparée hier, ça va être…

Il ne finit pas sa phrase. Laetitia sentit dans sa bouche la piqûre d'un afflux de salive.

— Il ne tient qu'à toi, Laetitia… chuchota-t-il.

Dans un rictus, elle se sentit rougir. Elle n'arrivait pas à parler mais espérait que ses yeux répondaient seuls à la proposition indécente de Laurent, et qu'ils disaient oui.

— Il faut vraiment que j'y aille. Merci pour tout. Quentin a l'air très sympa, ça me fera plaisir de baiser avec vous un soir. Fais-moi signe. On se voit au bureau, de toute façon.

Elle se rhabilla rapidement. Ses vêtements sentaient fort encore, mais ce n'était plus qu'un mélange de graillon lointain, de sueur et de shampooing frais. Elle saurait le gérer en arrivant chez elle.

Juste après que Laurent eut claqué la porte derrière elle, elle l'entendit crier, avant d'éclater de rire :

— À table !

Août s'étira de tout son long entre juillet et septembre.

Laetitia et Bertrand partirent en vacances tous les deux, ni trop loin, ni trop au soleil, sur une belle île de vieilles pierres et d'horizons neufs.

Bertrand avait lu quelques livres avant de partir, qui faisaient de lui un guide hors pair. Il lui apprenait beaucoup de choses, et Laetitia ne retenait rien. Les premiers jours, tout glissa sur elle. Elle avait l'impression d'être restée dans l'avion, le visage tourné vers le hublot, à regarder le gros dos des nuages.

Bertrand prenait des photos ; il avait l'œil. Laetitia ne se sentait pas ce talent, mais elle progressait un peu. Elle photographiait des petites choses avec son téléphone et Bertrand trouvait parfois ses clichés mignons.

Elle pensait à l'avant, à l'époque où elle n'avait rien à cacher à Bertrand. Aujourd'hui, ses secrets habitaient tous ses silences. Quand Bertrand conduisait, elle regardait la route, elle divaguait, elle caressait des pensées polymorphes. Le cours de cuisine devint très vite un souvenir confus, comme l'anecdote de la semoule, ensevelie de nouveau dans sa mémoire. Le saumon était difficile à oublier, mais ce n'était arrivé qu'une fois ; elle lui avait pardonné. Elle se consumait doucement dans ce qu'elle dissimulait, veillant à ne jamais rassembler suffisamment de force et d'attention pour reconstituer précisément quoi que ce soit. Tant qu'elle se laissait flotter dans les limbes, elle avait moins peur de laisser des aveux s'échapper de sa bouche.

Il fallait qu'elle se raisonne. Bertrand la faisait beaucoup rire. Tous les deux, ils avaient de belles et longues discussions, dont elle ressortait toujours grandie. Il lui parlait de leur avenir avec des mots qu'elle trouvait très justes. Aussi, le sexe en vacances était un pur moment de joie et d'insouciance. Ils s'autorisaient à passer des heures en banquette, à se toucher encore un peu juste par gourmandise, tout en se répétant que ce n'était pas raisonnable. Quand ils en sortaient, ils pensaient tout haut qu'ils étaient si comblés qu'ils n'auraient plus jamais envie d'y retourner, et sans s'en rendre compte, parfois, ils sautaient des ébats. Ils riaient de leur distraction, quelques heures après, et se délectaient d'avance de la façon dont ils se rattraperaient à l'ébat suivant. Ils baisaient souvent dehors. Ils essayaient des spécialités locales. Elle jouissait plusieurs fois par jour. C'était tout cela, l'amour.

Bertrand, souvent, lui demandait si ça allait. Elle répondait oui avec tendresse, elle le regardait et elle se réjouissait de réussir à s'ancrer dans cette réalité où ils formaient une équipe formidable.

Elle avait vécu une nuit de parenthèse, une nuit inavouable ; elle ne pouvait pas l'effacer, mais elle la digérait et bientôt, elle pourrait l'oublier presque tout à fait et redevenir pleinement elle-même, pleinement avec Bertrand. Elle se sentait coupable, bien sûr, de l'avoir trahi, deux fois en quelques heures, mais que pesaient ces instants si brefs face à la profondeur de leur histoire d'amour ?

Pour lui faire une surprise, Bertrand avait glissé un assortiment de barres savoureuses dans leurs bagages, en plus des barres anaromatiques qui leur permettraient de tenir tout le séjour – il préférait prévoir car on ne savait jamais ce qu'il y aurait sur place, à l'étranger. Lorsqu'il les lui présenta, dépiautées et droites devant sa bouche, Laetitia fit tous les efforts qu'elle put pour lui montrer le visage le plus heureux et comblé dont elle disposait.

À son retour à Paris, Laetitia voulut vraiment se convaincre que ces vacances l'avaient purifiée.

Bertrand et elle recommencèrent à consommer des barres anaromatiques. La saison des fantaisies était passée. Il considérait probablement que cela devait rester un plaisir de vacances. Ça ne changeait pas grand-chose ; les barres, même savoureuses, étaient de trop pâles copies de la vraie nourriture, celle que Laetitia connaissait désormais et s'évertuait à oublier pour sauver les restes.

Quand elle retrouva Laurent au bureau, tous deux firent comme si de rien n'était. Ce fut moins compliqué que ce qu'elle avait craint. En l'écoutant raconter ses vacances qui n'étaient pas plus passionnantes que les siennes, d'après ce qu'il osait en dire, elle souriait et se demandait comment elle avait pu confondre avec lui le plaisir et l'amour.

Quelques jours passèrent ainsi, paisiblement, avant que les souvenirs de Cheffe Jenni et du cours de cuisine ne lui reviennent à l'esprit. Ils étaient maintenant d'une netteté d'orfèvre. Le temps les avait aiguisés. Ils s'imposaient à elle sans qu'elle le voulût. Elle n'avait pas oublié la forme obscène des mâchoires des autres élèves, leurs doigts gras et leurs dents sales, elle n'avait pas oublié leurs visages qu'elle ne désirait pas, mais elle se demandait, finalement, si elle ne pouvait pas s'en accommoder.

Elle savait que le jeudi, ils avaient lieu dans sa ville, à portée de métro. Peut-être y avait-il d'autres cours, d'autres soirs, avec d'autres bouches et d'autres mains. Ces pensées la lancinaient. Le premier jeudi de septembre, à dix-neuf heures, elle se sentit si nerveuse que Bertrand lui demanda ce qu'elle avait. Ils baisèrent tôt et s'installèrent devant un film que Laetitia fit semblant de regarder, une histoire d'amour insipide que Bertrand trouva très poétique. Minuit l'apaisa. Le cours était fini.

Elle réfléchissait. De tout l'été, elle n'avait pas subi de nouvelles crises d'appétit. Elle se sentait reposée. Le désir de nourriture qui revint en elle, à quelques jours de l'automne, n'en fut que pire. Il ne s'agissait plus, comme au printemps, de cette impression d'être terrassée par une pulsion incontrôlable : c'était une envie tout à fait rationnelle. Elle se souvenait de la saveur et de la texture de la ratatouille et elle se souvenait du plaisir que cette texture et cette saveur lui avaient donné. Ce plaisir, elle pouvait l'examiner froidement et décider qu'elle en voulait encore. Tout aurait été tellement plus simple si elle avait pu se le procurer elle-même, toute seule dans sa chambre, mais cet effort était vain : quand elle mettait ses doigts dans sa bouche, la sensation de sa langue sur leur pulpe annulait celle de leur pulpe sur sa langue. La saveur d'elle-même était trop familière. De toute façon, le plaisir ne pouvait exister sans le bruit de la casserole et de la cuillère au creux de son oreille, sans toute la puissance du couteau dans sa main.

Mais elle tiendrait bon. Elle n'allait pas tout foutre en l'air pour quelques bouchées de plus, pour une joie si fugace et qu'elle devrait cacher.

Ce soir-là, c'était un mardi, Bertrand et elle venaient de passer un moment très tendre en banquette. Il l'avait longuement massée, elle lui avait raconté que le retour au bureau était difficile, qu'elle avait beaucoup de travail, et elle s'était sentie écoutée. Après le sexe, ils avaient grignoté ensemble deux barres sustensives ; ce n'était pas éblouissant, mais Bertrand avait été un amant attentionné, il avait détaché chaque morceau avec beaucoup de douceur, et il n'avait rien dit quand Laetitia avait laissé tomber des miettes sur la banquette, alors que cela l'agaçait toujours. Il avait même allumé quelques bougies et la lumière les enlaçait chaudement. Allongée contre lui, la tête posée sur sa poitrine, elle se sentait sereine, apaisée, elle avait raison de tenir bon. Elle se répéta à quel point elle était heureuse, à quel point tout allait bien, à quel point leur bonheur était enviable, à quel point elle l'aimait. Presque aucune ombre n'obscurcissait leur vie.

— Mon amour, murmura-t-elle, avec tendresse. Je voulais te demander quelque chose. C'est un peu ridicule.

— Oui, dis-moi, ma Laetitia ?

— Tu te rappelles, quand on avait mangé de la semoule ensemble, au tout début. C'est bête mais j'y ai repensé, je ne sais pas pourquoi, et je voulais te demander… est-ce que tu m'as chatouillée exprès avant que je m'étouffe ?

— Chatouillée exprès ? Mais pourquoi j'aurais fait une chose pareille ? Je sais bien que tu n'aimes pas les chatouilles. D'où te vient donc une idée pareille, tu me prends pour qui ?

Bertrand fronçait les sourcils. Laetitia lui demanda pardon. Il lui dit que ce n'était pas grave, la serra fort contre lui, elle ronronna, et puis il la chatouilla en riant. Elle poussa un cri de surprise et essaya de s'échapper. Il la maintint prisonnière quelques instants encore, puis la relâcha.

Le jeudi d'après, Laetitia prit son second cours de cuisine.

Quand Laetitia franchit la porte de la cave pour la deuxième fois de sa vie, Cheffe Jenni et ses élèves avaient déjà enfilé leur tablier. Sans aucun commentaire sur son absence au cours précédent, Cheffe Jenni lui lança le sien depuis l'autre côté du plan de travail, dans un geste qui ressemblait à un reproche. Laetitia se demanda si elle savait qu'elle avait voulu ne jamais revenir.

Sel, Poivre et les autres n'avaient pas changé. Ils étaient juste un peu plus mûrs, à peine colorés par l'été.

Cheffe Jenni avait apporté une corbeille de figues, des fruits noirs et veloutés que Laetitia n'avait jamais vus, empilés les uns sur les autres. Une mouche voletait et éparpillait de ses ailes le silence en petits morceaux. Cheffe Jenni souhaitait que ces offrandes sauvages soient dégustées au zénith des appétits, avant de passer à la recette du jour. Elle en palpa quelques-unes, hésitante, se décida pour l'une d'entre elles et la posa dans la paume de Laetitia. Elle servit ensuite les autres élèves.

La figue était très douce. Laetitia la sentait prête à éclater sous sa peau fine. Elle l'intimidait. En la regardant avec attention sous la lumière chirurgicale de la cuisine, elle vit qu'elle portait déjà une meurtrissure. On devinait sa chair à travers la plaie. Elle était lourde dans sa main, et assez souple. Elle la pressa un peu, du bout des doigts. Sa robe violacée était parcourue de raies plus pâles de la base à la pointe, d'où perlait un sang végétal et blanc. Le dessous était percé d'un minuscule orifice. Elle avait une odeur fraîche et sucrée, claire et rouge. Laetitia prit la figue dans ses deux mains et la déchira. Son parfum éclata jusqu'à son nez. La chair était sombre, luisante, animale. Des entrailles à vif qui suintaient. Le fruit n'opposa aucune résistance à ses dents, mais des petits grains durs s'obstinaient à craquer contre leur émail. Laetitia s'enfonçait dans une chair sucrée et fondante. La peau elle-même semblait légèrement plus acide que la muqueuse qui la tapissait, irrégulière, granuleuse, à la saveur enivrante et excessive.

Chacun était plongé dans une orgie solitaire et feutrée, mais c'était Laetitia que Cheffe Jenni dévisageait.

À la troisième figue déchirée, Laetitia se rendit compte que la première avait été la meilleure et le serait toujours. La deuxième était plus sèche, plus dure, presque friable, et le goût de la troisième moins sucré. Elle comprit qu'il n'y aurait plus de bouchée aussi bonne que la première du premier fruit, mâchée et savourée sous le regard bleu de Cheffe Jenni.

Les semaines passant, les cours de cuisine devinrent pour Laetitia un rituel qui l'éprouvait et la ravissait. Elle avait trop peur d'éveiller les soupçons de Bertrand pour y aller tous les jeudis comme les autres élèves ; malgré tout, ils la traitaient comme l'une des leurs. Elle aussi s'était habituée à eux. Ils n'étaient plus un obstacle entre le plaisir et elle. Elle s'étonnait qu'ils l'aient été et qu'elle ait pu avoir le palais si délicat qu'elle ne supportait pas leur présence.

L'expérience l'avait rodée. En partant de chez elle, le matin, elle fourrait au fond de son sac un vieux pantalon de jogging, un tee-shirt élimé et un sac en plastique. Elle se changeait en arrivant dans la cave et rangeait tous ses vêtements de jour dans le sac, qu'elle prenait soin de bien fermer pour le rendre hermétique aux odeurs indécentes.

Après le cours, elle allait se doucher chez Laurent. Il la lavait et ensuite, ils couchaient ensemble. Quand elle rentrait chez elle, l'odeur salée du corps de Laurent sur le sien était la meilleure des couvertures contre les soupçons de Bertrand. Elle lui avait expliqué qu'elle s'était fait des amis à la salle de sport et qu'ils avaient pris l'habitude de baiser à la fin du cours, après la douche.

Quentin, quelquefois, s'était joint à leurs ébats. Sa peau était infiniment lisse, sans grain, et d'un blanc marmoréen. Ses doigts parcouraient toujours le corps de Laetitia avec beaucoup de prévenance mais savaient s'enfoncer impérieusement dans sa gorge, ce qu'elle adorait. Quand il était parti de la vie de Laurent, Clara lui avait vite succédé. Elle avait les seins lourds et les cuisses pleines. Un corps qui fascinait Laetitia et dont elle redoutait pourtant la sinuosité. Elle craignait qu'on ne puisse un jour déceler dans sa propre chair le vice qu'elle s'efforçait de cacher.

Il lui semblait que Bertrand ne se doutait de rien, et certainement pas de l'ampleur de ses mensonges. Elle sentait qu'une part d'elle s'éloignait. Elle se savait double, mais les deux personnes qu'elle était ne s'entendaient pas trop mal. Il y avait l'aventurière des caves de Belleville, et il y avait, presque aussi sincère, l'amoureuse de Bertrand. Elle ne voyait pas bien pourquoi cela ne pourrait pas durer toujours ; en attendant, elle ne laissait filtrer aucun indice. Elle donnait le change. Aussi repue qu'elle fût, en rentrant chez elle ces jeudis-là, elle se forçait à manger une barre sustensive. Le contraste entre cette pâte sèche et fade et ce qu'elle avait cuisiné et mangé avec Cheffe Jenni laissait une amertume dans sa bouche et dans son âme.

Entre deux cours, la pensée de la nourriture l'obsédait. Elle repassait dans sa tête les images des dernières séances et se demandait pourquoi son inconscient avait choisi de garder ces moments-là et pas d'autres, pourquoi le filet d'eau dévié le long de la lame du couteau qu'elle rinçait, pourquoi la pointe dressée des œufs battus quand on retirait le fouet, pourquoi le poing fermé de Levain Chef où il rassemblait les débris minuscules de persil dispersés sur la planche. Elle savourait sans les comprendre chacun de ces instants appelés par sa mémoire, qui faisaient monter l'eau dans sa bouche.

À table, le jeudi soir, ils parlaient assez peu. L'intimité extrême qu'ils avaient construite à force de manger ensemble leur permettait de commenter les sensations de la dégustation ou d'évoquer des expériences de cuisine passées, mais rien du reste de leur vie. Leurs conversations recouvraient exactement ce que la société ne les laissait pas dire, ni plus, ni moins. Ils composaient ensemble le négatif de la vie réelle. Aussi commençaient-ils à se connaître, toutes et tous, mais seulement par ce prisme culinaire, lubrique et décalé. Ils n'avaient jamais couché ensemble, ils ne connaissaient pas leurs vrais prénoms, mais ils savaient comment chacun en était arrivé là, à payer toutes les semaines pour faire la cuisine en groupe.

Cheffe Jenni, c'était des parents hippies. Tout en respectant son intimité, ils l'avaient encouragée à goûter les aliments qu'elle voulait dès qu'elle avait eu l'âge de manger solide, à quinze ans révolus. Ils vivaient dans une ferme, et quand elle entendait Cheffe Jenni évoquer tous les fruits du verger dont elle crachait au loin les noyaux, Laetitia avait comme une envie de pleurer. Sel et Poivre, eux, adoraient juste manger ensemble : tous les deux, bien sûr, mais aussi avec d'autres gens. Ils aimaient les regarder, leur montrer, échanger, se mélanger, mettre de nouveaux visages sur la mastication et découvrir des gestes inconnus. Quand ils rentraient du cours, ils se remettaient à table. Trente ans de vie commune. Barbe Mousse, quant à lui, devait ce qu'il savait à une ex-petite amie qui l'avait inscrit à un cours collectif. À l'époque, il pensait qu'il se débrouillait déjà pas mal en cuisine ; les cours lui avaient fait prendre conscience qu'il n'était pas très doué. Il avait été tellement maladroit pendant la première séance, faisant tomber sans arrêt les bols et les ustensiles, qu'il était parti avant la fin, mort de honte. Maintenant ça allait mieux et il assurait que savoir cuisiner, c'était un sacré atout avec les filles.

L'histoire de Levain Chef était la plus tragique : la vie l'avait contraint à la cuisine tarifée. Avant de parler de son propre vécu, avec beaucoup de douceur, il reconnaissait toujours que ce métier, le plus vieux du monde, pouvait être épanouissant ; après tout, il s'agissait de donner du temps et du plaisir aux autres, et il pouvait y avoir de quoi en ressentir soi-même. Lui, malheureusement, n'avait pas eu le choix, et il savait bien que c'était la circonstance la plus commune. Un réseau de restauration s'était refermé sur lui à un moment où il était dans la galère. Il avait dû exercer dans des conditions terribles, sous les ordres d'un chef tyrannique et pour un salaire de misère. Il sentait que la société ne le réintégrerait jamais vraiment, mais il voulait, pour lui au moins, pour conjurer le malheur, réapprendre le plaisir de cuisiner et de manger. Il ne mentionnait jamais les brûlures ni les coupures qui l'avaient abîmé pour toujours, mais quand il retroussait ses manches, ses mains et ses bras parlaient pour lui.

Laetitia ne se confiait pas beaucoup. Elle écoutait. Elle avait appris à dire « bon appétit » en chœur quand tout le monde était servi et sur le point de manger. Elle avait évoqué son copain, qui ne voulait pas s'y mettre, mais pas le souvenir des mûres, ni les crises d'appétit qui l'avaient fait souffrir. Elle ne se reconnaissait pas dans les autres témoignages, mais elle cogitait, et ce qui lui passait par la tête, dans cette cave, ne la rapprochait pas de Bertrand.

Au bout de quelques semaines, elle se surprit à ressentir une forme de tendresse pour ces corps mangeant auprès d'elle, pour ces bouches de tous âges dont elle ne savait rien, qui mastiquaient, déglutissaient, dont la langue s'affairait au service de leurs dents. Parfois une bosse se formait sous une joue, parfois des lèvres se pinçaient, parfois elles se tendaient au contraire sous la poussée d'un morceau trop épais. Quand ces bouches luisaient d'huile, les convives s'essuyaient avec le revers de leur main ou leur tablier. Ils ne savaient rien de ce qu'ils pouvaient avoir en commun, au-delà de leurs ventres à l'unisson et de la coïncidence de leurs goûts.

Cheffe Jenni, en particulier, semblait accueillir le plaisir comme la chose la plus naturelle du monde, et Laetitia trouvait cela extraordinaire. Elle avait vu si peu de gens manger.

Maintenant qu'elle avait goûté à la vraie nourriture, maintenant qu'elle se sentait devenir davantage elle-même à chaque fois que le métro l'emmenait à Belleville, elle se savait puissante.

Elle se savait une faim à conquérir le monde.

La force que Laetitia découvrait en elle la rendait imprudente. Elle voulait faire exister les cours de cuisine en dehors de la cave de Belleville, elle voulait les faire exister dans tous les recoins de sa vie. À tout instant, sa bouche était pleine de cette expérience indicible. Elle enviait Sel et Poivre, dont elle imaginait qu'ils répétaient chez eux les recettes apprises en classe, jusqu'à cet écœurement qu'elle avait entendu chez certaines convives après le repas – un « Oh, j'ai trop mangé ! » suivi d'un soupir et d'un rire si grossier qu'elle en baissait les yeux. Elle se faisait une idée éblouissante du bonheur de cuisiner ainsi, chez soi, avec quelqu'un que l'on aimait, de posséder et de partager avec lui les mêmes assiettes. On ne pouvait probablement pas tout avoir ; dans son couple, elle se disait qu'elle avait déjà beaucoup, presque tout le reste, en fait, à part la nourriture. C'est du moins ce qu'elle avait toujours cru.

Avec Bertrand, elle effleurait le sujet par des allusions sibyllines dont elle était la seule à mesurer l'audace. Pendant qu'elle s'habillait le matin dans la fraîcheur de leur chambre, elle lui disait qu'elle aimait beaucoup le rouge en ce moment, elle ne savait pas pourquoi, alors que c'était la couleur des tabliers que Cheffe Jenni leur prêtait. Elle suggérait des promenades dans les environs de Belleville et elle notait par avance à quel moment il lui faudrait tourner la tête pour imaginer, derrière ces blocs d'immeubles, la station de métro où elle avait rencontré Cheffe Jenni et le petit marché qui l'entourait.

Un jour qu'ils marchaient tous les deux, à deux stations au sud-ouest de Belleville justement, elle entreprit d'exposer à Bertrand une théorie qu'elle avait entendu Cheffe Jenni développer lors d'un de leurs dîners. Elle prétendit l'avoir lue dans un article quelque part, peut-être sur Internet. Elle n'était pas sûre de pouvoir l'exprimer très clairement, mais elle reposait sur l'idée que la domination des hommes, dans le système patriarcal, était enracinée dans leur jalousie, dans leur terreur à l'égard de la capacité des femmes à nourrir le genre humain. Qu'il soit généralement permis au corps des femmes d'allaiter était un pouvoir exorbitant et incompréhensible, presque surnaturel, forcément maléfique. Par vengeance, les civilisations avaient déduit de cela une notion d'impureté toute féminine, les rendant aptes à corrompre l'humanité entière par un appétit lascif, sans autre fin que l'excitation des sens. Chez les hommes, l'impulsion de manger répondait à une nécessité ; en eux, il y avait toujours en puissance un corps musculeux à entretenir. Les femmes, elles, n'étaient tentées que par pur vice, succombaient d'un battement de cils, et dans leur chute cherchaient à entraîner les hommes. Bref, Laetitia ne se souvenait plus des détails, mais ça lui paraissait intéressant, comme vision du monde, même si, bien sûr, ce n'était pas scientifique, juste une interprétation.

Bertrand trouva cette explication ridicule et surtout complètement obsolète, dans la mesure où ces histoires de domination masculine lui semblaient vraiment d'un autre temps. Enfin, il valait sans doute mieux en rire et c'est ce qu'il fit pendant plusieurs minutes en répétant les étapes du raisonnement de cette théorie grotesque.

Un soir de novembre, les ébats culinaires de Cheffe Jenni et de ses élèves produisirent un risotto onctueux et très riche. Au bout des doigts de la cheffe, chacun avait goûté un morceau de ce fromage au goût intense qu'on vendait au marché noir sous le nom de *parmigiano*. Sa saveur était bouleversante et habitait longtemps la bouche. Il était issu d'une tradition obscure, transmise par des femmes italiennes qui avaient été mises au ban de la société. La fabrication du fromage, dans presque tous les pays du monde, était un épais mystère. Pendant des siècles, on avait accusé les fromagères de magie blanche et elles avaient été poursuivies pour sorcellerie. Nombre d'entre elles y avaient laissé la vie. Si elles n'étaient plus pourchassées physiquement aujourd'hui, elles restaient, aux yeux de beaucoup, des parias qui méritaient leur sort. Cheffe Jenni avait tenu à honorer leur mémoire.

La confection du risotto était d'une grande sensualité. Tous se relayaient autour de l'énorme faitout, partageant la même cuillère en bois percée d'un trou et la faisant tourner à l'infini, au fond de la casserole. Régulièrement, pendant que l'un d'entre eux creusait des cercles éphémères au milieu du riz, un autre l'inondait de bouillon. Peu après, des bulles venaient en crever la surface. Ce ballet avait semblé durer des heures et Laetitia se sentait amollie par cette attente. Il flottait dans l'air autour d'eux quelque chose de très tendre et une odeur salée.

Barbe Mousse se mit alors à raconter ses aventures sur « les applis », avant de préciser, pour Sel et Poivre qui lui avaient demandé de répéter, qu'il s'agissait d'applications sur lesquelles on pouvait, en quelques minutes, trouver quelqu'un avec qui manger.

Sel et Poivre ouvrirent de grands yeux et Barbe Mousse expliqua l'importance de soigner son profil, en choisissant des photos qui devaient ouvrir l'appétit. L'option la plus brutale, pour bien faire comprendre qu'on était là pour bâfrer et pas pour dégoter l'âme sœur, était de mettre des images de plats qu'on avait cuisinés. Évidemment, cela pouvait être perçu comme une agression pour les gens qui tombaient sur ces photos sans s'y attendre, mais au moins le message était clair. Sélectionner des photos plus suggestives, moins obscènes, était aussi possible : une main indolemment posée sur un manche de casserole, une fourchette à la bouche, une serviette au coin des lèvres… On voyait parfois de jolies choses. Les services de photographes amateurs étaient parfois sollicités, ça se voyait, et Barbe Mousse supposait qu'ils étaient souvent payés en nature.

— Si tu n'es pas trop exigeant sur la qualité de la rencontre et que tu peux te déplacer, asséna-t-il, tu peux trouver quelqu'un avec qui bouffer à n'importe quelle heure du jour ou de la nuit, en moins de dix minutes.

Sel, fascinée, ne tarissait pas de questions. Barbe Mousse confessa qu'il y avait eu recours, jusqu'à l'excès, à l'issue d'une longue relation qui s'était mal finie, mais assura qu'il s'était « un peu calmé ». À force de se goinfrer tous les soirs avec un partenaire différent, il avait eu peur de perdre l'appétit. Il avait fait de belles rencontres, pourtant, dont il parlait encore avec affection, autant d'hommes que de femmes. Pour lui, il y avait de la joie dans la découverte, chaque soir, de mains nouvelles, de gestes qui inauguraient une manière singulière de mélanger ou de couper, une façon d'assaisonner les mets propre à chaque palais.

Quand il cuisinait avec quelqu'un, il tenait à ce que tout au long de la préparation le temps soit pris de goûter ensemble – une habitude coquine qu'il avait adoptée grâce aux cours de cuisine et dont la hardiesse surprenait parfois ses compagnons. Il dit qu'à chaque bouchée, il savourait une partie plus intime de l'autre, il pénétrait au cœur de sa chair ; il livrait aussi une part enfouie de la sienne. La cuisine achevée, quand venait le moment de la dégustation, la conjugaison pure de deux corps et de deux âmes s'offrait sans retenue à leurs sens aiguisés par le mijotage.

Bien sûr, tout n'était pas toujours aussi délicieux. Il y avait des mauvais goûts, des plats fades que la pudeur et la politesse défendaient de désigner comme tels. Des « Si, si, j'aime bien... » et des « Ça ne manquerait pas un peu de sel ? » plus ou moins délicats. Si une complicité était née avec la préparation, la soirée finissait dans des éclats de rire. Mais trop souvent, ces plats s'avalaient sans plaisir, restaient lourds dans l'assiette et dans l'estomac, et l'on se quittait la vaisselle à peine séchée.

Maintenant, Barbe Mousse était plus exigeant : il ne passait pas à table avec des gens qu'il n'aurait pas eu envie de baiser. Il bouffait moins, mais il était moins souvent déçu.

Quand il eut achevé ses explications, Laetitia demanda à Cheffe Jenni si elle avait suivi des cours de cuisine, elle aussi, avant d'enseigner ici. Elle avait déjà évoqué sa culture culinaire, mais jamais une transmission organisée des gestes et des recettes qu'elle partageait à son tour aujourd'hui.

Aussitôt la question posée, le cliquetis des couverts et le ruminement de la mastication s'interrompirent. Un épais silence se fit. Au bout de quelques instants, Cheffe Jenni se racla la gorge. Elle chercha le regard de Levain Chef, qui ferma brièvement les yeux et haussa les épaules.

— Pomme X, lança-t-elle, cela fait un petit moment que tu es parmi nous maintenant, je vais te faire confiance, mais personne ne doit apprendre ce qui va suivre. Tu as compris ?

Laetitia se sentit mal à l'aise. Elle n'avait pas demandé à être la dépositaire d'un nouveau secret, elle avait déjà tellement de mal avec les siens. Elle bégaya qu'elle comprenait.

Cheffe Jenni sollicita encore l'approbation muette de Levain Chef, puis celle des autres membres du groupe.

— Tu te souviens de cette femme qui a été arrêtée par la brigade des mets, il y a quelques mois, qu'on appelait madame Reine Claude ? À une époque, elle venait souvent à Paris. C'est elle qui enseignait ici.

Laetitia était abasourdie. Mille questions lui venaient. Que représentait-elle, cette femme que la société désignait comme une criminelle, pour celles et ceux qui l'avaient connue ici ? Elle n'arrivait pas à tracer le lien entre la douceur de Cheffe Jenni, le soin qu'elle portait aux autres, son insistance sur le désir et le partage, et ce qu'elle imaginait d'une mère maquerelle en cavale. Au prochain cours, elle proposerait à Cheffe Jenni de rester faire la vaisselle, cela leur donnerait l'occasion de poursuivre la conversation.

Le petit groupe se quitta rapidement. Laetitia paya Cheffe Jenni, remonta les escaliers et traversa la cour. Elle poussa la porte cochère, le sourire aux lèvres, et remplit ses poumons d'air frais.

— Je te ramène ?

Barbe Mousse avait son casque de moto sous le bras. Il regardait Laetitia avec beaucoup d'attention.

— Ou alors, fit-il avec un sourire gourmand, tu voudrais passer chez moi ?

Laetitia rougit. Elle avait très envie de dire oui à sa barbe dense et à ses lèvres fines qui avaient connu tant de plats et tant d'assiettes. Elle sentait que manger avec lui, ce serait un peu par procuration, comme manger avec tous ces gens qu'il avait dévorés, cela l'aiderait à rattraper tous les repas qu'elle n'avait pas pu faire. Mais bouffer seule avec Barbe Mousse, c'était tromper Bertrand d'une nouvelle façon encore. Elle avait presque réussi à se convaincre que les cours de cuisine collectifs n'étaient pas une vraie trahison, plutôt une leçon, presque une initiation dont Bertrand pourrait profiter, le jour où leur couple serait prêt, peut-être même ce qui les sauverait. Mais ce soir, aller chez Barbe Mousse serait impardonnable.

Celui-ci s'approcha de son oreille et mit sa main sur sa taille.

— J'ai quelque chose à te faire goûter, lui chuchota-t-il en la pressant contre lui. Quelque chose d'intense. Tu ne le regretteras pas.

Il ouvrit le coffre à l'arrière de sa moto et en sortit un second casque, entièrement blanc et doublé de cuir couleur tabac. Il le tendit à Laetitia, qui le mit sur sa tête sans dire un mot. Elle pensa que chez lui, seule avec lui, ils pourraient discuter, de cuisine, d'appétit, de madame Reine Claude pourquoi pas, qu'il avait peut-être connue, lui aussi. Elle se convainquit que c'était pour cela qu'elle attachait la sangle sous son menton, en faisant la moue car elle ne voulait pas se pincer. Le sourire de Barbe Mousse s'était fait large et victorieux. Il enfourcha sa moto, puis désigna la place derrière lui de sa main ouverte et lui dit : « Madame ! » en forçant sur les « a », comme s'il s'adressait à une princesse ou à quelqu'un de très important. Elle monta et se blottit contre son dos. Ses cheveux sentaient la cigarette et le risotto. Elle fut parcourue d'un frisson délicieux et resserra son étreinte.

Le trajet fut rapide. Barbe Mousse habitait dans une rue escarpée. Il louait un petit appartement tout en haut d'un immeuble sans ascenseur. La cage d'escalier sentait l'herbe fraîchement fumée. Le bois craqua sous leurs pas. Le cœur de Laetitia battait très fort. Elle essayait de ne pas penser à Bertrand. Elle voyait devant elle le cul de Barbe Mousse, dans son jean, rebondir d'une marche à l'autre. Elle pouvait encore décider de ne pas manger avec lui, se contenter de serrer dans ses mains ce cul qu'elle suivait de marche en marche. Peut-être Barbe Mousse pétrirait-il le sien comme il pétrissait parfois le pain chez Cheffe Jenni. Finalement, cette invitation rétablirait l'ordre naturel des choses : plutôt que de manger ensemble, enfin, ils baiseraient et parleraient comme des copains. Et si, en se déshabillant pour la première fois après tant de nuits passées à cuisiner, ils sentaient naître de la gêne entre eux, ils pourraient en rire. Laetitia avait pris sa décision : elle venait chez Barbe Mousse, en tout bien tout honneur, pour s'allonger sur sa banquette et non pour s'asseoir à sa table.

Mais il lui avait dit qu'il avait quelque chose à lui faire goûter et elle avait peur de ne pas savoir y renoncer.

Ils arrivèrent au sixième étage. Barbe Mousse sortit son trousseau de clés et ouvrit l'un après l'autre les trois verrous qui scellaient l'appartement. Il poussa la porte et fit entrer Laetitia. Il referma derrière lui et mit un tour de clé. Elle restait sur le seuil, immobile, son sac serré sous le bras.

– Bah alors ? lui jeta Barbe Mousse. Pose ton sac, fais comme chez toi !

Laetitia obéit et posa son sac par terre. Elle suspendit sa veste à une patère libre sur le mur. Le studio sentait le tabac froid. Il n'y avait qu'une grande banquette au milieu de la pièce, qui devait servir à la fois pour recevoir et pour dormir. Une table assez spacieuse, sur laquelle traînait un ordinateur, devait être aussi utilisée pour la cuisine. Le mobilier était bon marché. Il y avait une grande armoire, ancienne et de meilleure facture, qui ressemblait à une penderie, mais dont Laetitia soupçonna qu'elle cachait du matériel de cuisine, peut-être même un réchaud.

Laetitia s'approcha de l'armoire. Les portes étaient d'un beau bois sombre, parcouru de longues veines brunes. Elle entendit dans son dos le coulissement d'un tiroir qu'on ouvrait puis le choc de sa fermeture. Avant qu'elle eût le temps de tourner la tête, Barbe Mousse était derrière elle. Il pressa son corps contre le sien. Elle le sentit respirer dans son cou et désirer dans ses reins. Elle fut soulagée qu'il ait envie de baiser avec elle, plutôt que de manger, ou, du moins, de commencer ainsi leur nuit. Il avait dû percevoir sa culpabilité, son hésitation. Elle pencha sa tête sur le côté pour offrir son visage à ses baisers, fit basculer le poids de son corps vers l'arrière pour se couler dans le sien.

Mais Barbe Mousse continuait de la pousser, comme s'il voulait la déstabiliser. Laetitia ne comprenait pas. Elle fit un pas en avant et Barbe Mousse avança sa jambe pour l'entraîner plus loin encore. Elle se retrouva contre l'armoire. Le bassin de Barbe Mousse la pressait fort. Elle aurait préféré qu'il parle. Elle supposa qu'il devait être excité par son propre silence et le mutisme de sa détermination. Elle s'attendait, d'un instant à l'autre, à ce que Barbe Mousse la touche.

Il prit son poignet droit et attira sa main derrière elle, en direction de son ventre. Par réflexe, elle dirigea sa paume vers le sexe qu'elle sentait à travers son pantalon.

Avant qu'elle n'ait eu le temps de comprendre ce qu'il se passait, il attrapa son autre poignet, ramena ses deux bras dans son dos et les immobilisa de sa main gauche. Alors qu'elle ouvrait la bouche pour dire quelque chose, elle sentit le bout des doigts de Barbe Mousse sur sa langue, puis sa main droite se plaquer sur son visage. Elle pouvait encore respirer à travers ses doigts, mais il maintenait ses dents serrées. Un sentiment de panique la gagna. Elle ne pouvait plus bouger ses bras. Tout son corps était comprimé par Barbe Mousse contre l'armoire. Il approcha sa bouche tout contre son oreille et chuchota :

— Tu voulais voyager, ma belle ? Profites-en, je te fais découvrir quelque chose d'unique : le piment. Tu vas aimer ça et tu vas même me dire merci, tu verras.

Laetitia écarquilla les yeux et essaya de se débattre, mais l'entrave était trop forte. Barbe Mousse avait déposé quelque chose sous son palais, dont elle perçut, pendant un instant, la saveur chaude et fruitée. Elle inspira de toutes ses forces par le nez. Du point où le piment était posé irradia une douleur brûlante. Elle voulut crier mais n'y parvint pas. Un long gémissement s'échappa de sa gorge tandis qu'elle tentait, en vain, de se pencher en avant. Elle aurait voulu cracher mais la main de Barbe Mousse couvrait la moitié de son visage. Elle sentit ses yeux se remplir de larmes et ses sanglots résonnèrent dans la pièce. Au-delà de la douleur, elle était terrifiée : on détruisait ses papilles, alors même qu'elle apprenait à peine à s'en servir. Barbe Mousse serrait fort et ses bras lui faisaient mal. Il lui souffla :

— Ça a l'air de bien marcher, ma jolie. Tu es si belle quand tu pleures. J'aurais dû mettre un plus gros morceau.

Mille aiguilles chauffées à blanc s'enfonçaient dans sa bouche. Elle s'entendit renifler.

— Regarde comme ton nez mouille dans ma main. Tu adores ça. Petite commise, va.

Laetitia continua de se tortiller, en vain, contre le corps de Barbe Mousse. L'eau affluait et s'accumulait dans sa bouche. Elle agressait des recoins de la muqueuse qui n'avaient pas encore été meurtris. Elle s'efforça de déglutir. L'inspiration qu'elle prit ensuite apaisa un instant sa trachée, puis l'enflamma de plus belle. Elle crut qu'on enfonçait des doigts dans sa gorge. Son cœur battait à tout rompre. Elle respirait mal, tout son visage brûlait dans la main de Barbe Mousse. Son cerveau cognait comme s'il voulait sortir de son crâne. Elle n'en finissait pas de gémir et de sangloter. Les larmes coulaient sur ses joues et son nez, le long des doigts de son agresseur. Elle laissa filer un peu de bave entre ses lèvres. Il sourit et s'écria :

— Oh, mais tu baves maintenant ? Tu es vraiment une belle gargotière. Qui l'eût cru, une jolie fille sage comme toi ? Je l'ai su tout de suite, moi, qu'il fallait mettre une belle grosse gousse de piment dans cette petite bouche pour te faire gémir comme il faut. Ça se voit, que tu aimes quand ça pique. J'ai pris ce que j'avais de plus fort, pour ta belle langue, tu sais.

Laetitia essaya de secouer la tête et gémit à nouveau. Elle voulut taper du pied mais sa jambe retomba mollement sur le sol. La douleur s'éloignait. Sa bouche la lançait mais ne la brûlait plus aussi fort. Son souffle ralentit. Elle ne se débattait plus vraiment, même si Barbe Mousse n'avait pas encore desserré son étreinte. Elle ne savait pas s'il allait recommencer. Elle n'avait plus trop mal mais elle avait très peur. Elle frissonnait. Elle sentait encore la queue de Barbe Mousse contre elle.

— Purée, quel pied, dit-il sans relâcher Laetitia. Qu'est-ce que t'es bonne, tu sais. Je te ferais bouffer des montagnes de piment, si c'était plus facile à trouver. Je t'ai donné tout ce qu'il me restait mais ça valait le coup… Tu ne trouves pas ?

Il tenait toujours sa mâchoire fermée dans sa main. Il se mit à ricaner :

— Qu'est-ce que tu vas faire, maintenant ? T'as un mec, c'est ça ? Un mec insipide qui te fait même pas à bouffer, c'est ce que tu nous as dit, non ? Alors tu vas rentrer chez toi et tout lui balancer ? Dire que tu t'es fait gaver ? Tu crois qu'il te reprendra ? Moi, je sais ce que tu vas faire. Tu vas finir d'avaler toute ta salive, te débarbouiller dans ta manche, rentrer chez toi gentiment sans rien dire à personne. De toute façon, ça serait gênant de raconter qu'on s'est rencontré à un cours de cuisine, non ? Moi aussi, je trouve que ça serait gênant. Alors ça sera notre petit secret à tous les deux.

Laetitia gémit d'un sanglot désespéré. Barbe Mousse la serrait toujours contre lui. Elle se sentait molle et désarticulée dans son étau. Il oscillait doucement d'un pied sur l'autre, comme pour la bercer. Il bandait toujours aussi fort. Elle entendit son ventre gargouiller.

— Purée, souffla-t-il, tu entends comme j'ai faim de toi ? Je te garderais bien pour manger, tu sais, mais si je te lâche, j'ai peur que tu partes. Comme les autres, une petite ingrate.

Après un moment de silence, il ajouta :

— Allez, file.

Il desserra son étreinte. Laetitia peina à ramener ses bras le long de son corps. Ses épaules et ses poignets la faisaient souffrir. Elle fut gênée de la lenteur avec laquelle elle porta sa main à son visage pour s'essuyer. Il lui sembla qu'elle avait cent ans. Elle entendit le bruit du verrou de la porte de l'entrée. Elle ramassa son sac et partit sans un mot.

Cette nuit-là, Laetitia ne passa pas chez Laurent.

Les yeux rougis et le visage sillonné de larmes, Laetitia se pelotonna contre la portière du taxi qui la ramenait chez elle. Sa gorge la grattait et son nez coulait encore un peu. Le chauffeur lui jetait, dans le rétroviseur, des regards inquiets. Il finit par lui demander si ça allait. Elle ne répondit pas. Elle chuchota : « Merci beaucoup, monsieur » en réglant la course et descendit de la voiture devant chez elle.

Quand elle entra dans l'appartement, Bertrand était déjà couché. Elle se déshabilla et fourra ses affaires dans la machine à laver. Elle se sentait diminuée. Ses épaules lui faisaient mal. Ses poignets étaient encore marqués par l'étreinte de Barbe Mousse.

Elle fit couler une douche très chaude et s'assit par terre, sur le bac en céramique. Elle laissa ruisseler l'eau sur les odeurs de son corps. Elle n'avait pas la force de se savonner. Elle bascula la tête en arrière et ouvrit la bouche. L'eau plut sur sa langue en grosses gouttes chaudes.

Elle se releva et coupa le jet. Elle prit sa serviette et voulut se sécher, mais ses mains, trop lourdes, l'en empêchèrent. Elle posa la serviette sur ses épaules. Ses cheveux dégoulinaient. Quelques minutes passèrent et elle s'aperçut qu'elle grelottait. Elle se pencha en avant, très lentement, et essora ses cheveux.

Elle ouvrit doucement la porte de la chambre. Bertrand dormait. Elle tira le drap et se glissa à côté de lui. Elle se blottit contre son corps. S'éveillant à peine, il soupira et lui sourit, les yeux fermés.

— Ça va, ma chérie ? murmura sa bouche pleine de sommeil.

Laetitia voulut répondre, mais elle fut emportée par des larmes diluviennes. Bertrand, avec peine, souleva les paupières, les rabaissa plusieurs fois, se redressa tant bien que mal. Laetitia geignait comme un animal blessé. La voix de Bertrand était serrée par la panique.

— Qu'est-ce qui se passe ? Qu'est-ce qui se passe ? répéta-t-il, égaré. Qu'est-ce qui s'est passé ? Laetitia, qu'est-ce qui se passe ?

Laetitia criait et peinait à reprendre son souffle. Elle se tenait, prostrée, sur un côté du lit. Elle n'en finissait pas de pleurer. Bertrand se rallongea et se rapprocha d'elle. Il lui caressa doucement l'épaule tout le temps qu'il fallut.

Une éternité plus tard, elle n'avait plus de larmes. Elle gémissait encore faiblement. Bertrand, derrière elle, déposait dans son cou des baisers très doux et très légers, presque inaudibles. Elle regardait droit devant elle, sans rien voir. Elle sentait un poids sur sa poitrine mais elle parvenait malgré tout à respirer. Dépossédée de toute force, elle articula dans un souffle :

— J'ai été gavée.

Son aveu aussitôt la terrifia. Bertrand se raidit et sa main se serra sur son épaule. Il se rapprocha d'elle et la pressa contre lui. Un long silence s'installa. Laetitia recommença à sangloter.

— Tu t'es fait gaver, mais… Qu'est-ce que tu as fait ? Comment ça s'est passé ?

Des larmes roulaient sur le visage de Laetitia jusqu'au drap déjà trempé. Elle ne savait pas quoi répondre. Elle laissa s'écouler quelques instants, puis elle gémit :

— C'était en sortant de la salle. Une super séance, on a bien bougé, bien rigolé après. Et puis en rentrant, j'ai eu l'impression d'être suivie. Ils étaient deux. J'ai pas vu à quoi ils ressemblaient. Porter plainte, ça servirait à rien.

Il y eut de nouveau un silence. D'une toute petite voix, qu'on pouvait à peine entendre, elle ajouta :

— J'ai eu si mal.

— Laetitia, chuchota Bertrand, ma Laetitia, mon amour. Je suis là. Je t'aime. On va aller porter plainte contre les fils de cuisinière qui t'ont fait ça. Dis-moi ce que je peux faire. Je suis désolé. Laetitia, mon amour… Mais tu es sûre que tu ne les avais jamais vus ? Que tu ne leur avais pas montré tes dents, même sans faire exprès, en les croisant ?

Elle lui jeta un regard noir et désespéré.

— Tu peux tout me dire, tu sais.

Elle était vide. Bertrand la serra très fort contre lui. Elle se laissa étreindre, les yeux grands ouverts, dans l'obscurité. Au bout d'un long moment, quelques minutes ou quelques heures, finalement pelotonnée de son côté du lit, elle finit par fondre dans le sommeil.

Laetitia se réveilla en sursaut. Il ne faisait pas encore jour. Sa tête était embrumée de pensées douloureuses sur lesquelles elle n'arrivait pas à fixer son esprit. Elle se tourna vers Bertrand. Son corps lui faisait mal. Les souvenirs de la veille la brûlaient en petits fragments épars. La texture des doigts de Barbe Mousse, les nervures de la porte du placard, la poignée de la porte de l'entrée. Des détails.

Bertrand ouvrit un œil et la serra contre lui. La chaleur de son corps l'anesthésia. Elle se laissa couler dans ses bras, passive. Elle n'avait pas envie de parler. Elle espérait qu'il ne remettrait pas le sujet sur la banquette. Elle avait peur de se contredire, de s'embrouiller dans l'histoire qu'elle lui avait racontée. Elle avait terriblement honte d'avoir dû lui mentir, mais elle était également affligée par sa réaction.

Il s'était montré doux et suspicieux à la fois, et cette méfiance la révulsait. Cela dit, elle aurait aimé être certaine que ce n'était pas elle qui devenait folle et paranoïaque.

Elle avait pris des risques et maintenant elle se retrouvait seule. L'endroit où elle se pensait en sécurité, cette enclave où elle apprenait à devenir elle-même était corrompue, impénétrable, étrangère de nouveau.

Quand Bertrand la prit, ce matin-là, exactement de la même façon que tous les autres jours, elle ressentit une nausée qui monta en elle comme une vague, accompagnée de pensées débutantes, qui lui disaient qu'un jour il faudrait partir, et qui chancelaient et tâtonnaient dans sa tête comme les petits des mammifères sur leurs jambes trop longues.

Ce matin-là, les gestes de Bertrand, chaque jour répétés et aimés chaque jour, lui semblèrent soudain intolérables, et l'odeur de sa bouche, et ses caresses moites, et la couleur maladive de sa peau, et ses baisers visqueux, et son corps d'animal, et son souffle sifflant, et sa trique de faux roi.

Laetitia ne retourna pas au cours de cuisine. C'était au-dessus de ses forces. Elle se demandait si Barbe Mousse continuait à y aller, si cette injustice était imaginable. Après plusieurs absences, peut-être que Cheffe Jenni avait cherché à la joindre ; Laetitia n'avait plus jamais consulté la boîte mail de Pomme X.

Pendant plusieurs jours, Bertrand s'était montré très aimant avec elle. Il ne lui avait pas posé d'autres questions. Mais plus il était gentil, plus elle se sentait seule.

Elle mit quelque temps à se rendre compte qu'elle n'avait plus personne avec qui parler de cuisine, et à quel point ce silence était pour elle une souffrance terrible. Elle mesura, en en étant privée, combien les conversations du jeudi soir la nourrissaient.

Il lui semblait qu'elle n'avait jamais véritablement connu d'humains, avant. Quand les élèves de Cheffe Jenni parlaient de nourriture, ils mettaient leur âme sur la table, ils confiaient les rouages secrets de leur relation aux autres, de leur rapport au plaisir, à la possession, au pouvoir, ils abandonnaient aux regards la plus précieuse part d'eux-mêmes. Face à leur assiette, les gens étaient nus, bien plus nus que sur une banquette.

Alors qu'en baisant, Laetitia ne savait jamais vraiment. Il y avait tellement de conventions, d'usages, de non-dits et de marqueurs sociaux. Une étreinte, même avec des amis assez proches, tenait toujours un peu de la représentation. Il fallait rester très concentré, ne pas trop s'abandonner.

Bertrand prenait soin d'elle. Il regardait sa solitude avec des yeux très doux. Elle cherchait encore parfois dans leurs eaux noires et pures des raisons d'être heureuse, et quand elle en découvrait, cela ne lui apportait aucun réconfort. Elle attendait de s'y noyer.

Elle réfléchissait beaucoup aux mots qui sortaient d'elle. Elle les triait, elle les ciselait, elle les lavait pour qu'ils reflètent la joie qu'elle aurait dû ressentir. Cela rendait sa voix légèrement plus aiguë.

Après quelques semaines où elle ne mangeait plus qu'une barre par jour, certains de ses collègues se mirent à lui trouver quelque chose de changé, comme une meilleure mine, des traits plus fins, un corps plus maniable. Elle leur en voulut beaucoup. Le soir, en rentrant chez elle, elle se regardait longuement dans un des miroirs de la chambre et à chaque angle, elle ne voyait que de la tristesse, une tristesse creuse et lisse. Elle se demandait si à force, on devinerait au travers de sa peau son chagrin en pépins sombres et visqueux, comme elle les avait vus sous l'enveloppe frêle des tomates dont la saison était résolument passée.

Bertrand aussi semblait beaucoup apprécier les formes nouvelles qu'empruntaient le corps et la voix de Laetitia. Il avait l'air plus attaché que jamais à leur relation. Lorsqu'ils étaient allongés tous les deux dans le lit, côte à côte après le rapport matinier, il lui prenait parfois la main. De l'autre, avec des gestes vagues, il dessinait en direction du plafond tous les projets brillants qu'il avait pour leur couple.

Laetitia consentait en silence et en murmures. Elle avait du mal à lui dire qu'elle l'aimait en détachant chaque syllabe ; les mensonges franchissaient mieux ses lèvres quand elle ne les articulait pas. Bertrand lui reprochait de manquer d'enthousiasme.

Elle s'épuisait sans trouver le courage de cet arrachement-là, sans pouvoir engager ce combat qu'elle ne saurait pas mener contre cet homme de principes et de chemises bien repassées, qui la baiserait le lendemain matin comme tous les matins parce que le gouvernement le recommandait et qu'il était fier de vivre au plus près de ce qui était attendu de lui.

Elle allait finir par lui dire que ses sentiments avaient changé, mais à ce moment-là, il faudrait qu'elle reste bien droite et ne le laisse pas rentrer sous sa peau et l'enfiler comme un gant ou une marionnette pour la garder encore et pour toujours avec lui.

Laetitia et Bertrand faisaient leurs valises. Ils allaient passer Noël dans la famille de Bertrand. Il avait presque fini la sienne. Laetitia était assise sur le lit. La tâche lui semblait insurmontable. Elle en aurait pleuré ; en fait, c'était imminent. Ses yeux se remplirent d'eau, en silence, pendant que Bertrand pliait ses chemises et ses caleçons avant de les déposer dans son sac. Elle le vit hésiter entre deux pulls et les considérer quelques instants avec attention. Il mit des embauchoirs dans une paire de chaussures de rechange, les glissa dans un pochon de tissu et les posa sur ses vêtements.

Laetitia n'avait pas la force de se lever. Bertrand lui conseilla de se dépêcher ; ils avaient un train à prendre.

Elle lui répondit, et chaque mot qu'elle expulsait de sa bouche, un par un, comme des caillots, lui demandait un effort surhumain :

— Je ne vais pas venir.

— Comment ça ?

Bertrand n'avait pas compris. Il tenait sa trousse de toilette dans une main et sa mousse à raser dans l'autre.

— J'en peux plus. C'est trop dur.

Laetitia, sur le lit, sanglotait et se mit à crier entre ses larmes.

— Qu'est-ce qui est dur ? De quoi tu parles, Laetitia ?

— Nous. Je crois que je n'arrive pas à… exister.

— Tu ne m'aimes plus ?

— Je ne sais pas.

— Bon. Tu imagines bien que je l'ai senti venir. J'ai fait tout ce que j'ai pu pour t'aider. Tu vas voir ce que c'est, la vie sans moi. Je te souhaite bien du courage pour retrouver quelqu'un qui te soutienne et te supporte. Tu vas vite déchanter, crois-moi. Tu ne te rends pas compte de tout ce que j'ai fait pour toi, toutes ces années. Quand je repense à tout ce que tu m'as fait endurer, à tout ce que j'ai souffert pour toi. Tu m'as bien menti quand tu disais à tout bout de champ que tu m'aimais. Tu m'as menti sur toute la ligne, n'est-ce pas, Laetitia ? J'ai été trop gentil, trop patient avec toi. Tu as vraiment une belle façon de me remercier. Tu le regretteras.

Il partit avec son sac, en claquant la porte, sans une parole de plus.

Laetitia resta assise sur le lit, hébétée et terrifiée. Elle pleura longtemps. Elle s'étonna que son corps soit toujours là, sous ses mains, et ne soit pas parti avec lui, qui avait été son maître.

Cela faisait un mois qu'elle avait quitté Bertrand. La journée avait été encore plus froide que la nuit qui l'avait précédée. Dans son bureau mal isolé, Laetitia avait gardé son manteau tout le temps, sans parvenir à se réchauffer.

Ce jour-là, elle rentrait chez elle, les poings enfoncés au fond des poches. Une semaine après leur rupture, Bertrand était passé reprendre ses affaires. Il lui laissait l'appartement et partait s'installer plus près de son travail. S'ils s'étaient croisés, il lui aurait sans doute dit que finalement, ça l'arrangeait bien qu'ils se séparent ; il lui aurait peut-être même dit que c'était sa décision à lui. Mais elle ne voulait pas le voir ; elle avait trop peur de le laisser revenir sous sa peau. Elle savait que quelques mots pouvaient suffire.

À son retour, après le passage de Bertrand, ses yeux avaient repéré sans les chercher les objets qu'il avait emportés : un vase en céramique, la moitié de leurs godemichés, un tapis qu'elle aimait, des souvenirs de voyage. Leur absence laissait une empreinte visible.

Très vite, elle avait partagé son nouveau statut : célibataire. Elle disait volontiers qu'elle était libre, mais personne ne comprenait à quel point c'était vrai ; elle-même le savait à peine. Elle l'avait dit à Laurent, dès le lendemain, un peu crânement. Sa réaction l'avait déconcertée. Il avait paru inquiet, lui avait demandé si elle était bien sûre d'elle. Elle ne l'avait pas recroisé, ce jour-là, ni le jour d'après. On aurait dit qu'il l'évitait. Elle en avait pleuré, un soir, en rentrant chez elle.

Pourtant, dès le départ de Bertrand, peu après qu'il eut claqué la porte, une légèreté absurde avait gagné ses gestes. Elle se redéployait. Il lui semblait que son corps occupait mieux l'espace, et même, au plus près d'elle, l'enveloppe de sa peau. Elle lissait ses pétales.

Assez vite, elle s'était inscrite sur une application de rencontre, une de celles dont Barbe Mousse avait parlé, mais elle s'était presque aussitôt découragée. Quand elle disait qu'elle savait préparer la ratatouille et quelques autres plats, certains la trouvaient trop expérimentée et préféraient quitter la conversation ; d'autres en concluaient d'emblée qu'elle les laisserait lécher du caramel à même son visage et ne se privaient pas de le lui proposer. Dans les deux cas, elle se sentait salie. Malgré tout, elle avait fait une belle rencontre, une femme un peu plus âgée qu'elle et très belle ; ensemble, chez elle – Laetitia n'était pas bien équipée et n'accueillait jamais ces rendez-vous –, elles avaient cuisiné une potée aux lentilles au chou rouge.

Les lentilles étaient brunes. Elles ressemblaient à des petits cailloux et pourtant, crues, elles ruisselaient entre les doigts dans un léger clapotis. Une fois cuites, chacune semblait détenir en elle une partie de la terre qui les avait portées.

Cru, le chou rouge avait une texture de plastique lisse qui crissait sous la dent comme du caoutchouc, et un goût piquant et vif. Le couteau de Laetitia glissait et dérapait sur ses feuilles dures. À côté du sang écarlate qui avait perlé à son doigt lorsqu'elle s'était coupée, le chou avait laissé des traces violacées, presque bleues. Il avait fini par fondre généreusement dans un grand faitout, en dégageant une odeur puissante.

Le moment avait été très doux et très intense. La découpe du chou n'avait pas pris beaucoup de temps, mais la cuisson, elle, devait être longue et voluptueuse. Elles avaient beaucoup goûté et, une fois à table, elles avaient encore fait durer la dégustation. Laetitia avait senti l'appétit se diffuser en elle, s'aiguiser, s'ancrer dans la faim et la sublimer. Chaque bouchée, frustrante et délicieuse, lui procurait du plaisir et de l'impatience. Elle aurait sincèrement voulu que cela dure toujours, et quand cela s'arrêta, ce fut presque un soulagement. Elle n'avait pas terminé son assiette. Son hôtesse la regardait avec beaucoup de tendresse et d'affection. Elle s'était sentie aimée. Tout était si naturel entre elles qu'après le repas, elles avaient couché ensemble comme de vieilles amies. Laetitia se souvenait de sa sophistication de coquillage, des coutures de ce satin insaisissable et humide, qui lui avaient donné l'impression de se dévorer elle-même. Elles avaient joui dans un bruit de draps froissés.

Malgré tout, elles ne s'étaient pas revues.

Laetitia pensait à elle à chaque fois qu'elle voyait la petite cicatrice que le chou rebelle avait laissée à son doigt.

Arrivée chez elle, elle ferma la porte à clef. Le froid l'avait affamée et découragée. Le placard à provisions, depuis le départ de Bertrand, se vidait de deux barres par jour. Elle soupira. Il n'y avait de la place pour rien d'autre dans cet appartement. Elle ne savait pas où elle aurait pu ranger un réchaud, ou même des ustensiles. La sexualité saturait l'espace. Elle était la ménagère d'une publicité des années 1950.

Elle mangea trois barres, coup sur coup, et décida de déménager.

C'était le premier matin de la première nuit.

Laetitia se réveilla lorsqu'elle comprit que le brouhaha joyeux de son rêve provenait du dehors et transperçait ses fenêtres d'une lumière blanche. Elle se leva, s'étira et écarta un rideau du bout des doigts. Son nouvel appartement donnait sur une mairie.

Un petit groupe heureux et endimanché en sortait et s'ordonna en demi-cercle sous les drapeaux. Des mains piochèrent des pétales de rose dans un panier d'osier, puis patientèrent, poing fermé. Un homme et une femme apparurent sur le perron en se tenant la main. Une pluie pastel les recouvrit. La mariée, moulée dans une robe immaculée, se protégea le visage d'une main, sans lâcher, de l'autre, celle de son mari.

Une petite fille, dont la robe de velours était serrée à la taille par un gros nœud, s'avança vers eux en portant une petite coupelle. Ses gestes étaient très cérémonieux et ses mains tremblaient sous la gravité de la tâche qui lui avait été confiée. Le maire, un homme assez jeune au teint hâlé, annonça quelque chose que Laetitia n'entendit pas, mais qu'elle devina car la tradition était invariable : « Vous pouvez régaler la mariée ! »

Le marié, visiblement ému et un peu gêné, effleura de son doigt le contenu de la coupelle. La coutume voulait qu'on la recouvre d'un voile de sucre blanc. Sa femme entrouvrit la bouche, tira légèrement la langue, et son mari y déposa quelques cristaux de sucre. Laetitia crut voir la mariée fermer les yeux et rosir. La foule cria de joie et applaudit.

Le maire reprit sans doute, d'une voix qu'on imaginait forte : « Vous pouvez régaler le marié ! »

Alors, la mariée, imitant le geste de son mari, posa son doigt dans la coupelle et le porta à la bouche de son conjoint. Des « Bravo ! » et des « Vive les mariés ! » atteignirent Laetitia à travers ses fenêtres fermées, et les deux époux se prirent dans les bras. Laetitia pensa à l'époque, heureusement révolue, où ils devaient suspendre à leur fenêtre une nappe tachée de leur premier repas.

La petite fille, son office accompli, s'éloigna précautionneusement, sans quitter des yeux la coupelle qu'elle tenait dans ses mains. La foule bourdonnait autour des jeunes mariés, se disputant le privilège d'un mot, d'un compliment ou d'une tape sur l'épaule. Laetitia suivit des yeux la petite fille au gros nœud et à la coupelle. Elle s'était mise à l'écart, indifférente aux cris et à la foule. Elle s'assit sur un côté des escaliers du perron, sous un arbre encore presque nu de l'hiver. Là, elle se retourna rapidement et, voyant qu'elle était seule, elle tapota la coupelle de son doigt. Elle l'y laissa quelques instants, comme pour laisser au sucre le temps d'y adhérer. Elle retira son doigt, goûta rapidement, puis y revint de plus belle. Maintenant, elle y mettait tous les doigts. Elle finit par prendre la coupelle dans ses deux mains pour en laper le fond avec application.

De la fenêtre où elle était, Laetitia l'avait vue arriver, l'autre petite fille qui fit sursauter la première en lui tapant sur l'épaule. Elle portait une robe vert pâle. Laetitia n'entendait pas les mots qu'elles échangeaient, mais leur conversation enfantine était animée et elles gesticulaient beaucoup, surtout la petite au gros nœud. Celle en vert pâle montra la coupelle du doigt et l'autre, renfrognée, fit non de la tête et haussa les épaules. Son amie serra ses bras contre son corps et parut se raidir d'un coup. Alors la petite fille sucrée montra son visage de la main, haussant de nouveau les épaules. La seconde sembla se détendre, posa ses deux mains sur les épaules de sa camarade et rapprocha son visage du sien. Laetitia ne voyait plus que le dos de la petite fille en vert pâle et les boucles dorées qui ruisselaient sur sa nuque. À la façon dont la première, celle qui avait porté la coupelle, s'essuya le visage dans sa manche quand son amie s'éloigna, Laetitia comprit que la seconde avait goûté le sucre à même le visage de sa camarade.

Aucun adulte ne semblait les avoir vues, à part Laetitia, qui souriait derrière sa fenêtre. La petite fille au gros nœud acheva sa toilette en se léchant les doigts. Elle serra les poings pour éprouver l'adhérence laissée entre ses doigts par le sucre mouillé et recommença tant qu'elle ne fut pas satisfaite. Quand elle eut fini, elle s'essuya les mains sur sa robe de velours et se leva pour rejoindre la fête.

Chez Laetitia, maintenant, c'était plus petit. Dans la salle à baiser, il n'y avait qu'une grande banquette, et très peu d'espace autour. Elle s'excuserait de ne pas avoir de canapé à chaque fois qu'elle recevrait des amis – à son âge, normalement, on avait un canapé. L'exiguïté pourtant ne l'avait pas empêchée de poser ses valises ici. Elle se sentait déjà chez elle.

Quand elle l'avait découverte pour la première fois, la chambre, percée d'une grande fenêtre, lui avait beaucoup plu. Une seconde pièce, que des stores obscurcissaient, était dotée, dans un coin, d'un lavabo et de quelques carreaux de faïence ; c'est ce qui l'avait convaincue. L'agent immobilier, qui portait un costume gris clair et une sacoche dont dépassaient des fascicules de papier glacé, avait commenté :

— C'est une pièce idéale pour faire une deuxième chambre, avec un petit point d'eau qui permet de faire une toilette de chat, si vous me permettez l'expression, et qui vient parfaitement compléter la salle de bains. Idéale pour un jeune couple qui s'installe avec le projet de fonder une famille.

Il s'était éclairci la voix, puis avait ajouté :

— Évidemment, d'autres aménagements sont possibles pour les jeunes couples, tout dépend de leurs envies. Vous êtes mariée ?

Laetitia n'avait rien répondu, mais elle savait très bien ce qu'elle allait faire de cet espace.

Autour du point d'eau, elle installerait un réchaud, un réfrigérateur, un petit four, une table haute pour cuisiner et une autre, plus basse, pour manger. La pièce fermait à clef. Ce serait discret.

Mais pour commencer, il lui fallait un très grand couteau.

Je tiens à remercier du fond du cœur :

Celles et ceux qui ont lu avec bienveillance et curiosité les aventures de Laetitia : Alexandra, Amaury, Arthur, Bertrand, Bruno, Caroline, Cécile, Élise, Emmanuel, Erwann, Eve, Frédéric, Gaultier, Jean-Marc, Jean-Robert, Jennifer, Laurent, Lise, Max et Thomas.

Marie et Matthias, pour leur précieuse confiance.

Emma, mon éditrice, qui m'accompagne avec tant d'énergie, de conviction et de bonne humeur.

Claire, Élodie et Eve, pour leur amitié merveilleuse et empouvoirante.

Max, pour tout ce qui précède, et mille autres raisons.

Imprimé en France par CPI
en mai 2023

NORD COMPO
multimédia

Composition et mise en pages
Nord Compo à Villeneuve-d'Ascq

N° d'édition : 600804-0
Dépôt légal : août 2023
N° d'impression : 174802

Regionen in Nordrhein-Westfalen

Band 3:
Ostwestfalen und Lippe

Bearbeitet von
Anja Hustert und Wolfgang Klee

Regionen in Nordrhein-Westfalen

Band 1: Sauerland, Siegerland und Wittgensteiner Land

Band 2: Münsterland und Hellweg

Band 3: Ostwestfalen und Lippe

Band 4: Ruhrgebiet

Band 5: Niederrhein

Band 6: Das Rheinland von Düsseldorf bis Bonn

Band 7: Bergisches Land

Band 8: Aachen und die Eifel

Ostwestfalen und Lippe

Anja Hustert
Wolfgang Klee

ASCHENDORFF VERLAG

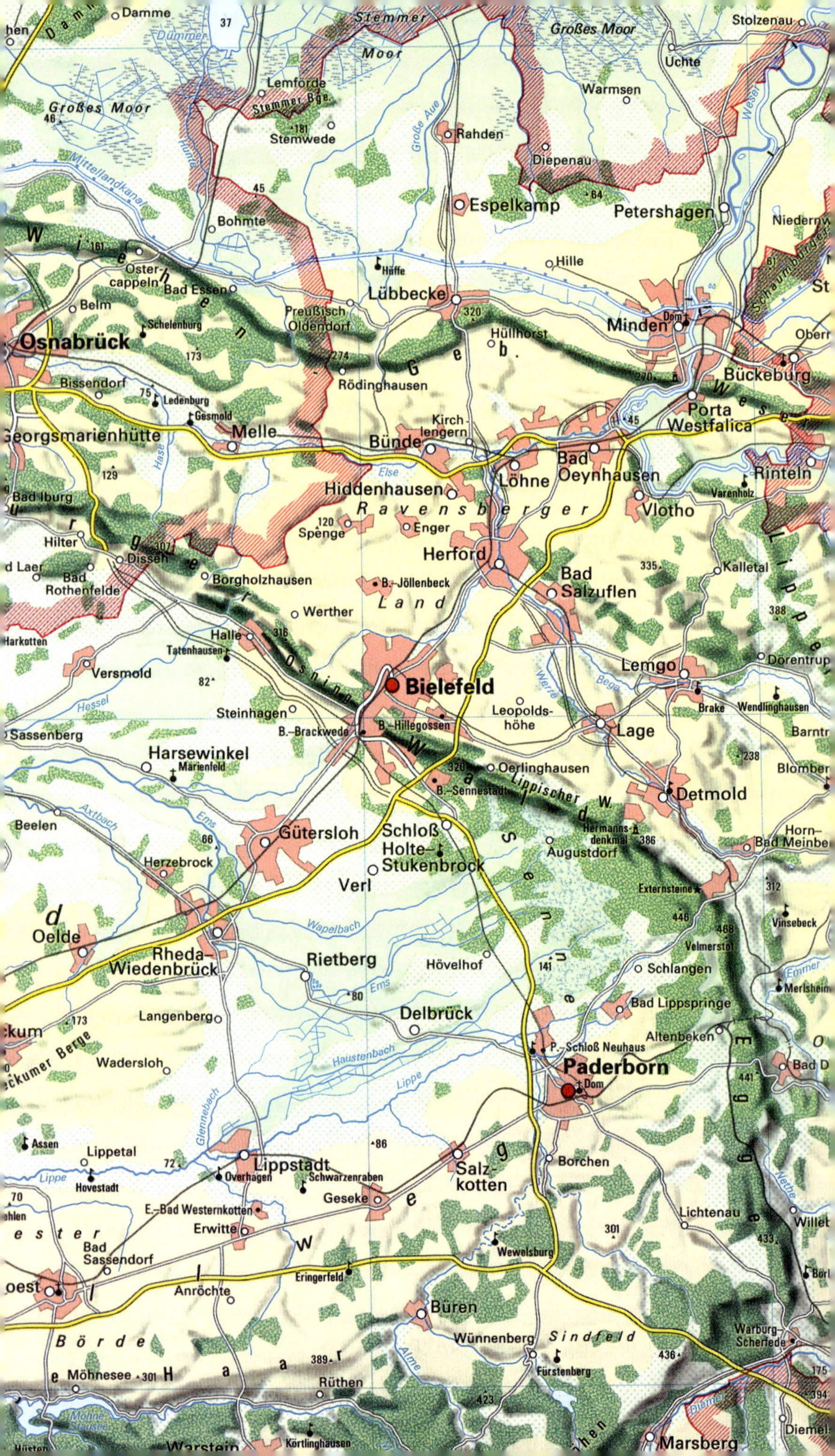

Damme
Dümmer
Stemmer Moor
Großes Moor
Stolzenau
Uchte
Lemförde
Stemmer Bge.
Warmsen
Großes Moor
Stemwede
Rahden
Diepenau
Mittellandkanal
Bohmte
Espelkamp
Petershagen
Niedernwöhren
Hille
Hüffe
Ostercappeln
Bad Essen
Lübbecke
Belm
Preußisch Oldendorf
Minden
Dom
Osnabrück
Schelenburg
Hüllhorst
Bückeburg
Wiehengebirge
Rödinghausen
Porta Westfalica
Bissendorf
Ledenburg
Gesmold
Kirchlengern
Georgsmarienhütte
Melle
Bünde
Bad Oeynhausen
Rinteln
Löhne
Else
Hase
Hiddenhausen
Vlotho
Varenholz
Bad Iburg
Ravensberger Land
Spenge
Enger
Hilter
Dissen
Herford
Bad Laer
Bad Rothenfelde
Borgholzhausen
Bad Salzuflen
Kalletal
B.-Jöllenbeck
Werther
Harkotten
Halle
Tatenhausen
Lemgo
Dörentrup
Versmold
Osning
Bielefeld
Werre
Bega
Brake
Wendlinghausen
Hessel
Steinhagen
Leopoldshöhe
Sassenberg
B.-Brackwede
B.-Hillegossen
Lage
Harsewinkel
Marienfeld
Oerlinghausen
Blomberg
B.-Sennestadt
Lippischer Wald
Detmold
Axtbach
Ems
Beelen
Gütersloh
Schloß Holte-Stukenbrock
Hermannsdenkmal
Augustdorf
Horn-Bad Meinberg
Herzebrock
Verl
Senne
Externsteine
Vinsebeck
Oelde
Wapelbach
Velmerstot
Rheda-Wiedenbrück
Rietberg
Hövelhof
Schlangen
Emmer
Merlsheim
Langenberg
Bad Lippspringe
Beckumer Berge
Delbrück
Altenbeken
Wadersloh
P.-Schloß Neuhaus
Haustenbach
Paderborn
Lippe
Eggegebirge
Glennebach
Assen
Lippetal
Lippstadt
Salzkotten
Borchen
Hovestadt
Overhagen
Schwarzenraben
Nethe
E.-Bad Westernkotten
Geseke
Lichtenau
Erwitte
Hellweg
Wewelsburg
Bad Sassendorf
Soest
Anröchte
Eringerfeld
Büren
Warburg-Scherfede
Börde
Wünnenberg
Sindfeld
Alme
Haar
Möhnesee
Rüthen
Fürstenberg
Diemel
Möhne-Stausee
Warstein
Körtlinghausen
Marsberg

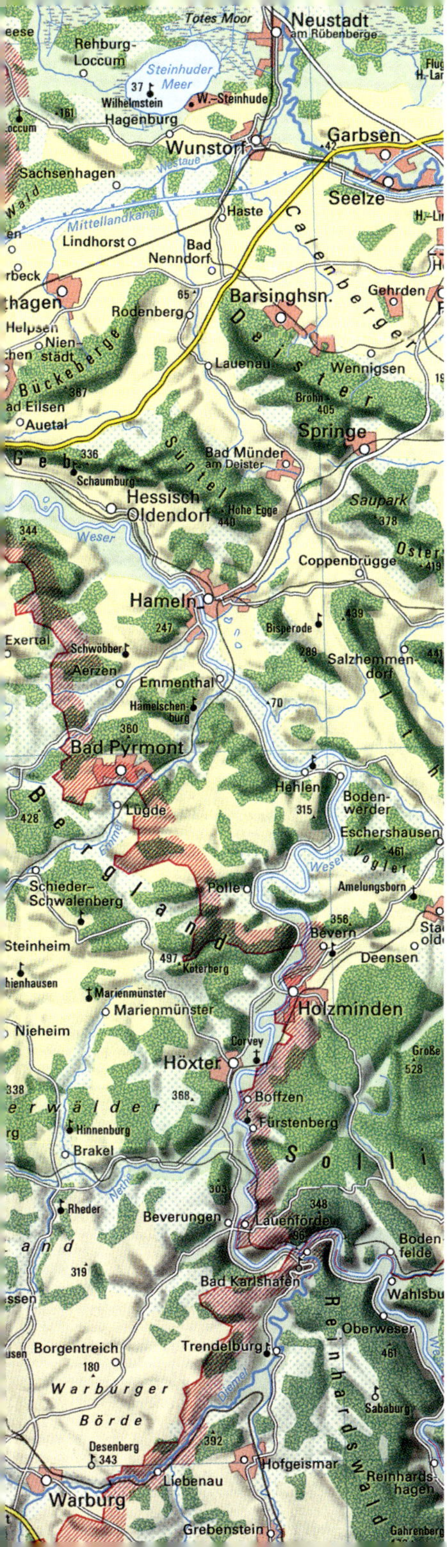

Einleitung

Mit „Oh-Weh-Ell" ist das so eine Sache. OWL, Ostwestfalen-Lippe, das ist ein Gebiet im Nordosten des Bundeslandes Nordrhein-Westfalen, deckungsgleich mit dem Regierungsbezirk Detmold. Aber ach, dieser Regierungsbezirk – und mit ihm Teile der Bezirksregierung – stehen dem in Düsseldorf ausgerufenen Ziel einer „schlankeren Verwaltung" entsprechend womöglich vor der Aufhebung. Wird damit etwa auch die Identität von OWL beschädigt?

Nein, das ist wohl nicht zu befürchten, denn so sehr auch „OWL" als ein aus dem Neuzuschnitt der Verwaltungsgrenzen nach dem Zweiten Weltkrieg entstandenes Kunstprodukt nach einer Klammer suchen musste, so deutlich ist die Existenz und Kraft dieser Klammer heute zu spüren. Dabei ist es nicht leicht zu erklären, woraus sie nun besteht. Man wird hier wohl neben der Macht der Gewohnheit – man darf sie hier auch die Kraft des Faktischen nennen – bald auf die Dinge des täglichen Lebens (auf die Behörden und Verwaltungsgrenzen durchaus einen gewissen Einfluss haben) und auf die regionalen Medien verweisen müssen. Die Erscheinungsgebiete der bedeutendsten regionalen Tageszeitungen sind (bzw. waren lange Zeit) weitgehend identisch mit dem Regierungsbezirk, außerdem hat der WDR sein von Bielefeld ausgestrahltes „Regionales Fenster" dem politischen Umfeld angepasst. Mit anderen Worten: Auch wenn es in absehbarer Zeit den Regierungsbezirk Detmold nicht mehr geben sollte, Ostwestfalen-Lippe als die mit dem Verwaltungsraum identische und von diesem (einst) definierte Region wird munter weiterleben.

Dabei sind historische Entwicklung und geografische Parameter der in OWL zusammengefassten Städte, Kreise und Gemeinden ausgesprochen vielfältig und unterschiedlich. Hier lebt in Flachland und Mittelgebirge schiedlich-friedlich zusammen, was nach althergebrachter Meinung gar nicht zusammenpassen konnte – aber das kennt man ja von ganz Nordrhein-Westfalen. Nun ist es in OWL nicht so, dass Westfalen mit Rheinlän-

Verwaltungskarte von Ostwestfalen und Lippe.

dern unter einen Hut zu bringen waren. Aber die – teils scharf verlaufenden – Grenzen zwischen den in direkter Nachbarschaft lebenden protestantischen Bielefeldern und katholischen Paderbornern sind auch heute, da religiöse Ausrichtung längst nicht mehr die Rolle spielt wie vor 50 oder 100 Jahren, durchaus spürbar. Konkret zeigt sie sich jetzt in Vorlieben wie zum Beispiel der für Schützenfeste (im Hochstift Paderborn der herbeigesehnte Höhepunkt des Jahres, in Bielefeld im Aussterben begriffen) oder für Fußballvereine – in Bielefeld schlägt das Herz natürlich für den DSC Arminia, im Kreis Paderborn wird dieser Verein mit Missachtung gestraft; wer sich dort für Erstligafußball erwärmt, denkt an Borussia Dortmund oder Schalke 04. Mit anderen Worten: Wer sich „im Paderbörnschen" als Armine outet, ist – ganz klar – ein Zugezogener.
Möchte man sich einen Eindruck von OWL machen, so sind zunächst folgende Fakten zu berücksichtigen. Der Regierungsbezirk Detmold, einer von fünf in Nordrhein-Westfalen, nimmt mit 6.519 Quadratkilometern etwa ein Fünftel der Fläche des Landes ein. Allerdings leben in OWL nur gut zwei Millionen Menschen, also etwa ein Achtel der NRW-Bevölkerung. Die Bevölkerungsdichte ist mit nicht einmal 320 Einwohnern pro Quadratkilometer entsprechend gering und fällt zudem sehr unterschiedlich aus. Naturgemäß am höchsten ist sie in der kreisfreien Großstadt Bielefeld, bemerkens-

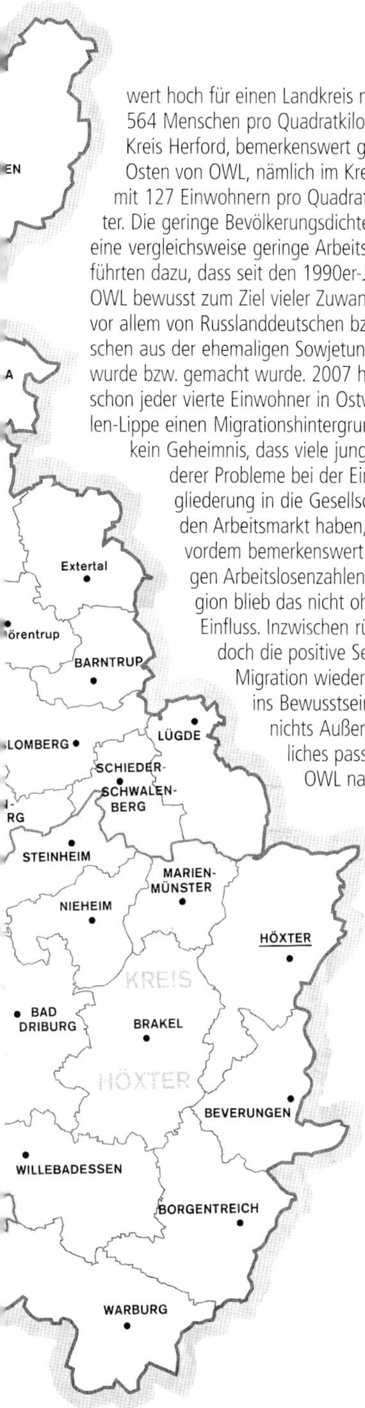

wert hoch für einen Landkreis mit rund 564 Menschen pro Quadratkilometer im Kreis Herford, bemerkenswert gering im Osten von OWL, nämlich im Kreis Höxter mit 127 Einwohnern pro Quadratkilometer. Die geringe Bevölkerungsdichte und eine vergleichsweise geringe Arbeitslosigkeit führten dazu, dass seit den 1990er-Jahren OWL bewusst zum Ziel vieler Zuwanderer – vor allem von Russlanddeutschen bzw. Menschen aus der ehemaligen Sowjetunion – wurde bzw. gemacht wurde. 2007 hatte schon jeder vierte Einwohner in Ostwestfalen-Lippe einen Migrationshintergrund. Es ist kein Geheimnis, dass viele junge Zuwanderer Probleme bei der Eingliederung in die Gesellschaft und den Arbeitsmarkt haben, auf die vordem bemerkenswert günstigen Arbeitslosenzahlen der Region blieb das nicht ohne Einfluss. Inzwischen rückt jedoch die positive Seite der Migration wieder stärker ins Bewusstsein. Wenn nichts Außergewöhnliches passiert, wird OWL nach Berechnungen des Landes 2020 die jüngste Region Deutschlands sein. Allerdings gilt auch hier: Das Bevölkerungswachstum – an sich schon eine Seltenheit in Deutschland – wird sich unterschiedlich verteilen, der schon heute dünn besiedelte und Bevölkerungsrückgang verzeichnende Osten des Regierungsbezirks mit dem östlichen Kreis Lippe und dem Kreis Höxter wird wohl nicht zu den Gewinnern zählen. Aber auch innerhalb der Kreise sind die Unterschiede gravierend. Beispiel Lippe: Bad Salzuflen – ein beliebter Wohnsitz für Senioren – gehört statistisch zu den drei Orten mit den ältesten Einwohnern in NRW, Augustdorf mit seinen günstigen Baulandpreisen zu den mit den jüngsten (Stand Anfang 2008).

Unumstrittenes Zentrum der Region ist die kreisfreie Stadt Bielefeld; hier leben knapp ein Sechstel der 2,065 Millionen Bewohner. Bielefeld ist auch Zentrum eines starken Siedlungsbandes, das sich entlang der Eisenbahnstrecke Hamm–Hannover (die so genannte Köln-Mindener Eisenbahn; deren Eröffnung 1847 war wesentlich an der Entstehung der industriellen Kerne, die noch heute hier bestimmend sind, beteiligt) und entlang der Autobahn A 2 Dortmund–Hannover von Süd nach Nord, von Rheda-Wiedenbrück bis Minden durch OWL zieht. Dieses Band, das in etwa der mittelalterlichen Handelsroute Köln–Lübeck entspricht, ist geprägt von einer vergleichsweise hohen Bevölkerungs- und Gewerbedichte und umfasst neben den bereits genannten Städten die Mittelzentren Gütersloh, Herford und Bad Oeynhausen. Wo die eine Stadt aufhört und die andere beginnt, ist selbst Einheimischen nicht immer sofort klar, und es ist nicht zuletzt diese Siedlungsstruktur (die derjenigen des Ruhrgebiets nicht unähnlich ist), die einen beträchtlichen Teil des OWL-spezifischen Wir-Gefühls ausmacht. Dass dabei freundlich-nachbarschaftliche Rivalitäten und Eigenheiten gepflegt werden, ist selbstverständlich.

Dieses Band zwischen den Grenzen der Kreise Warendorf und Gütersloh im Süden sowie Minden-Lübbecke und Schaumburg (Niedersachsen) im Norden ist Teil des als ravensbergisch (was darunter zu verstehen ist, soll noch erläutert werden) und protestantisch zu charakterisierenden nordwestlichen Teils von Ostwestfalen-Lippe. Im Südosten liegen die traditionell stark katholisch geprägten Kreise Paderborn und Höxter (für die sich bis heute der Begriff „Hochstift Paderborn" gehalten hat) mit der Stadt Paderborn, Sitz des gleichnamigen Erzbistums, im Zentrum. Diese Region ist erst mit der Napoleonischen Herrschaft dem König von Preußen als Ausgleich für den Verlust linksrheinischer Gebiete zugeschlagen worden und ergänzte den schon seit dem 17. Jahrhundert preußischen Regierungsbezirk Minden. Die Unterschiede sind bis heute spürbar, nicht zuletzt bei der Bevorzugung politischer Parteien. Über Jahrzehnte galt: rot der Norden und Westen (und Lippe), schwarz das Hochstift. Letztgenannte Präferenz gilt unumschränkt noch heute.

Im Osten von OWL liegt der Kreis Lippe. Seine Zugehörigkeit zu Nordrhein-Westfalen ist eine Geschichte für sich. Hier nur so viel: Der legendäre Heinrich Drake war es, der nach dem Zweiten Weltkrieg den Anschluss des kleinen Freistaats, der bis 1918 ein eigenständiges Fürstentum gewesen war, an das junge NRW aushandelte; nicht zuletzt gegen die Zusage, dass der Sitz der Bezirksregierung von Minden nach Detmold verlegt werde. (Bis heute ist das Lippes Pfand: Detmolds Status als Sitz der Bezirksregierung ist vertraglich geregelt; wie, bitteschön, kann da jemand auf die Idee kommen, diese aufzulösen?) Historisch gesehen wäre auch Niedersachsen ein guter Partner gewesen, schließlich ist Schaumburg-Lippe dort vor Anker gegangen, und die Beziehungen Lippes nach Osten waren sicherlich nicht deutlich weniger ausgeprägt als die nach Westen.

Die Grenzen Ostwestfalen-Lippes sind also umrissen, weil sie per Verwaltungsakt bzw. politischer Tat so bestimmt wurden. Mit den Inhalten verhält es sich anders. Es gibt keine typische Landschaft und keine typische Mundart. Die konfessionellen Grenzen waren noch vor wenigen Jahrzehnten überaus schroff und sind bis heute spürbar. Zu einer eigenen Küche haben es die OWL-er ebenso wenig gebracht wie zu einem typischen Getränk; im Gegenteil, gerade hier lebt der Individualismus in jüngster Zeit mit Begeisterung auf und bringt zum Beispiel immer neue regionale oder gar lokale Biersorten hervor. Industrieller Fleiß, ein Hang zu Bescheidenheit und Understatement – solche Attribute spricht man den Protestanten zu, überschäumende Lebenslust wurde dieser Region nie angedichtet. Im katholischen Hochstift – den Kreisen Paderborn und Höxter also – lassen die Menschen dagegen noch heute ungern eine Gelegenheit verstreichen, fröhlicher Feierlaune nachzugeben: Schützenfest, Pfarrfest, Erntedank, Karneval – es findet sich immer etwas.

Halten wir also als Zwischenstand fest: Wo bzw. in welchen Grenzen Ostwestfalen-Lippe zu finden ist, lässt sich leicht und klar bestimmen. Was jedoch drinnen ist, lässt sich mit wenigen Worten ganz und gar nicht erklären. Das genau ist typisch, das genau macht einen Gutteil des Charmes dieser Region aus.

Geografie und Landschaft

Ausgedehnte, dicht bewaldete Mittelgebirge mit Höhen bis fast 500 Meter über NN, ausgedehnte Ebenen mit parkähnlicher Landschaft, stille Flussläufe und Auen, dazwischen immer wieder Dörfer und Städte in dichter Nachbarschaft; in manchen scheint die Zeit stillzustehen, in anderen pulsiert industrieller Fleiß – so sieht es aus in OWL. Das Vorhaben, die Region genauer zu beschreiben, ist ob der Vielfalt nicht einfach umzusetzen. Einen Versuch soll es allemal wert sein.

Im Uhrzeigersinn betrachtet, beginnend hoch im Norden, grenzt OWL an die Landkreise Diepholz, Nienburg, Schaumburg, Hameln-Pyrmont, Holzminden, für wenige hundert Meter auch Northeim (alle Niedersachsen), an die Landkreise Kassel und ganz im Süden Waldeck-Frankenberg (beide Hessen), dann an den Hochsauerlandkreis, die Kreise Soest und Warendorf (alle NRW) und schließlich an den Landkreis Osnabrück (wieder Niedersachsen). Mit Niedersachsen also hat man die längste gemeinsame Grenze. Gelegen zwischen den weiten Ebenen des norddeutschen Tieflandes und den Höhen des Sauerlandes und Kurhessischen Berglandes – das passt bei aller Vereinfachung als grobe Charakterisierung für die Landschaftsformen Ostwestfalen-Lippes durchaus.

An den Rand des Teutoburger Waldes gebaut: die Universität Bielefeld.

Im westfälisch-niedersächsischen Grenzraum greift ein aus mehreren Gebirgszügen bestehender Arm des deutschen Mittelgebirgsraumes, das Weserbergland, tief nach Nordwesten in die Norddeutsche Tieflandsbucht hinein. Im Osten und Süden bildet dieser Arm eine eigene Mittelgebirgslandschaft, weiter nach Westen verjüngt er sich zu zwei schmalen Gebirgsrücken, dem Teutoburger Wald und dem Wiehengebirge. Zwischen diesen beiden findet man das Ravensberger Hügelland als eine typische und prägende Landschaftsform Ostwestfalens. Südlich des Teutoburger Waldes beginnt beinahe übergangslos die Ebene der Münsterländischen Bucht als südöstlicher Bereich des Norddeutschen Tieflandes, nördlich des Wiehengebirges ist der Übergang ins Tiefland ebenfalls nahezu stufenlos.

Der höchstgelegene natürliche Punkt Ostwestfalen-Lippes ist mit 496 Metern über NN der Köterberg im lippischen Lügde, der Südhang des Berg gehört bereits zum Kreis Höxter. Dominiert wird der kahle Berggipfel, der mit grandioser Aussicht lockt, von einem mächtigen Sendeturm. Der Köterberg ist wintertags Ziel für Rodler und Skifahrer, im Sommer übt er besonders auf Zweiradfahrer eine enorme Anziehungskraft aus.

Der tiefste natürliche Punkt der ostwestfälischen Erdoberfläche liegt 37 Meter über NN und ist auf einer dem Moor abgerungenen Wiese bei Preußisch Ströhen (Stadtteil von Rahden) im Kreis Minden-Lübbecke zu finden. Hier in Moorort ist man übrigens auch am nördlichsten Punkt von ganz Nordrhein-Westfalen. Zwischen Moorort und Köterberg liegen in direkter Luftlinie 86 Kilometer, wie sie abwechslungsreicher kaum sein könnten – nach norddeutschen Verhältnissen jedenfalls.

Die Weser und das nach ihr benannte Bergland prägen in wechselnder Weise Norden und Osten. Der Durchbruch der Weser ins Norddeutsche Tiefland zwischen Wiehengebirge im Westen und Wesergebirge (nicht zu verwechseln mit dem Weserbergland) im Osten hindurch gab nicht nur einer Stadtgemeinde – Porta Westfalica – den Namen, an dieser Stelle öffnet sich endgültig der Mittelgebirgsraum zum großen Tiefland hin. Die Westfälische Pforte, ein etwa 200 Meter tiefer Einschnitt, ist eine Landmarke und geografische Formation mit außergewöhnlicher Prägungskraft. Ein Ort wie dieser verlangte geradezu nach besonderer Würdigung, unsere Altvorderen haben dem mit dem Kaiser-

Katasterflächen am 31. Dezember 2007 (Auswahl, Angaben in Hektar)

Stadt/Gemeinde	Fläche insgesamt	Gebäude-, Betriebs- u. (Siedlungs-)Freiflächen	Landwirtschaftsfläche	Waldfläche	Wasserfläche
Altenbeken	7.621	390	3.440	5.550	30
Augustdorf	4.221	1.120	3.390	4.940	20
Bad Driburg	11.507	570	4.450	4.270	60
Bad Lippspringe	5.098	700	4.480	3.870	100
Bad Oeynhausen	6.480	2.510	5.170	800	180
Bad Salzuflen	10.011	1.720	5.770	1.500	120
Bad Wünnenberg	16.111	340	4.770	4.230	110
Barntrup	5.946	710	5.720	2.980	40
Beverungen	9.784	610	5.120	3.470	200
Bielefeld	25.788	2.740	3.770	1.990	70
Blomberg	9.914	650	6.100	2.630	60
Borchen	7.714	540	6.730	2.020	40
Borgentreich	13.876	340	8.060	1.110	60
Borgholzhausen	5.586	850	6.020	2.480	60
Brakel	17.374	390	5.640	3.470	60
Bünde	5.931	3.000	5.820	420	100
Büren	17.091	530	4.940	3.820	40
Delbrück	15.727	850	7.460	530	370
Detmold	12.939	1.670	4.070	3.260	60
Dörentrup	4.979	740	6.190	2.570	40
Enger	4.121	1.740	6.810	560	60
Espelkamp	8.416	1.150	6.340	1.460	250
Extertal	9.253	640	6.430	2.410	70
Gütersloh	11.199	2.480	5.390	680	70
Halle (Westf.)	6.928	1.260	6.270	1.660	50
Harsewinkel	10.059	870	6.600	1.570	290
Herford	7.900	3.110	5.380	900	110
Herzebrock-Clarholz	7.928	900	7.170	1.230	200
Hiddenhausen	2.386	2.750	5.150	760	90
Hille	10.299	880	7.470	750	220
Horn-Bad Meinberg	9.016	780	4.820	3.680	80
Hövelhof	7.071	860	5.290	3.030	140
Höxter	15.789	670	4.500	4.010	220
Hüllhorst	4.473	1.250	6.620	1.300	60
Kalletal	11.242	620	5.810	2.830	150
Kirchlengern	3.379	1.910	6.260	740	150
Lage	7.606	1.500	5.690	1.720	190
Langenberg	3.831	930	7.640	670	210
Lemgo	10.087	1.290	5.650	2.220	80
Leopoldshöhe	3.694	1.530	6.730	890	80
Lichtenau	19.218	260	4.960	4.240	70
Löhne	5.944	2.450	5.720	520	120
Lübbecke	6.505	1.500	5.570	2.020	150
Lügde	8.861	490	5.000	3.820	70
Marienmünster	6.435	450	7.090	1.820	80
Minden	10.108	2.650	5.190	440	400

Nieheim	7.979	390	6.790	2.220	90
Oerlinghausen	3.270	1.420	2.340	4.900	70
Paderborn	17.940	2.100	4.690	1.600	270
Petershagen	21.195	720	7.040	1.140	440
Porta Westfalica	10.517	1.650	5.290	1.630	380
Preußisch Oldendorf	6.880	870	6.330	1.950	270
Rahden	13.735	690	7.910	530	310
Rheda-Wiedenbrück	8.664	1.570	6.020	1.410	130
Rietberg	11.030	1.150	7.480	420	280
Rödinghausen	3.627	3.310	6.400	1.380	80
Salzkotten	10.953	890	6.940	1.310	110
Schieder-Schwalenbg.	6.004	560	4.040	4.650	210
Schlangen	7.599	420	3.810	5.200	30
Schloß Holte-Stukenbrock	6.476	1.550	3.540	3.560	70
Spenge	4.026	1.350	7.200	770	90
Steinhagen	5.619	1.340	6.080	1.860	60
Steinheim	7.568	760	6.300	2.240	80
Stemwede	16.613	570	7.570	1.090	230
Verl	7.136	1.410	7.250	630	80
Versmold	8.542	980	7.000	880	230
Vlotho	7.693	1.220	6.570	1.340	150
Warburg	16.871	600	5.750	2.910	90
Werther (Westf.)	3.532	1.180	6.710	1.470	60
Willebadessen	12.814	300	6.430	2.740	60

Quelle: Landesamt für Datenverarbeitung und Statistik NRW

Wilhelm-Denkmal nachgegeben. Dass besondere historische Taten Wilhelms I. hier ihren Schauplatz hatten, davon ist freilich nichts bekannt.

Nördlich von Porta Westfalica wird die Weser zum behäbig-mäandernden Tieflandstrom, den man in der ersten Hälfte des 20. Jahrhunderts durch Begradigungen und durch Seitenkanäle als Großwasserstraße nutzbar machen wollte, was dem Landschaftsbild einiges seiner Ursprünglichkeit nahm. Als Schifffahrtsweg spielt die Mittelweser – das ist der Abschnitt zwischen Bremen und Porta Westfalica, flussaufwärts spricht man von der Oberweser – heute kaum noch eine Rolle; wenn, dann für Freizeitkapitäne und die Weiße Flotte der (saisonalen) Ausflugsschifffahrt. Oberhalb von Minden ist die Frachtschifffahrt praktisch tot.

Für die Weser ist OWL nur Durchgangsregion. Von ihren Nebenflüssen bringt es keiner zu größerer Prominenz. Bedeutendster ist noch die Werre, die bei Horn-Bad Meinberg entspringt und sich dann durch Detmold, Lage, Bad Salzuflen und Herford nach Bad Oeynhausen schlängelt, wo sie nach 70 Kilometern bei Rehme in die Weser mündet. Rehme war bis zur Mitte des 19. Jahrhunderts ein wichtiger (End-) Punkt für die Weser-Schifffahrt.

Die Wasser Ostwestfalens auf der Westseite der Höhenzüge fließen in der Lippe zum Rhein oder in der Ems zum Dollart. Die Lippe entspringt als Karstquelle unterhalb der Burgruine im Stadtkern von Bad Lippspringe, in Schloß Neuhaus nimmt sie das Wasser der Pader und der Alme auf. Wenige Kilometer weiter westlich, in Sande (wie Schloß Neuhaus heute ein Stadtteil von Paderborn) wurde die Lippe ab 1989 zum Lippesee gestaut, dann jedoch seit 2005 zwecks Renaturierung zum größten Teil in einer neuen Umflut um den See herumgeführt. Von dort aus nimmt sie ihren Lauf durch die Lippeniederung auf Lippstadt zu. Parallel zur Lippe entstand im 19. Jahrhundert von Neuhaus bis Lippstadt

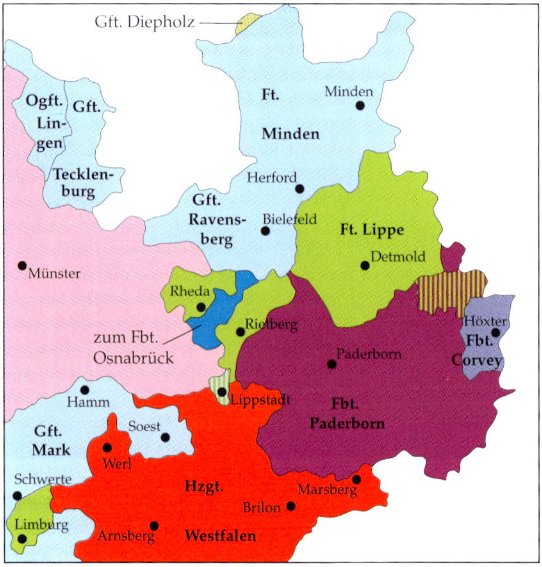

Karte von Ostwestfalen-Lippe mit den Herrschaftsgebieten im Jahr 1789. Die heute niedersächsischen bzw. hessischen Gebiete sind weiß abgesetzt. Kleine weltliche Herrschaftsgebiete sind grün, kleine geistliche Herrschaftsgebiete violett gekennzeichnet. Gestreift: gemeinsame Verwaltung.

die Vorzüge des Sandbodens für den Spargelanbau entdeckt. Wie viele andere karge Gebiete, mit denen die Landwirtschaft nichts rechtes anzufangen wusste (man denke an die Lüneburger Heide), wurde deshalb auch die Senne als Standort eines Truppenübungsplatzes „entdeckt". Schon Mitte des 19. Jahrhunderts begann die Nutzung als Kavallerie-Übungsgelände, heute werden etwa 115 Quadratkilometer – also fast die Hälfte der Senne – militärisch genutzt. Für die Natur hat sich das übrigens als Glücksfall entpuppt. Natürlich gibt es Gebiete, die von Kettenfahrzeugen zerpflügt sind und wo freie Schussbahnen geschaffen wurden, andererseits findet man die typische offene Sennelandschaft mit Kiefernwäldchen, Gras- und Heideflächen oder kleinen Mooren heute nur noch innerhalb der Grenzen des Übungsplatzes. Und da an Wochenenden oder spätnachmittags, wenn Grenadieren und Panzerschützen Feierabend geblasen wurde, auf den markierten Wegen auch Zivilisten Zutritt und Zufahrt zum Gelände haben, ist diese einmalige Landschaft heute nicht nur Uniformträgern zugänglich.
Übrigens: So klar und übergangslos der Schritt vom Bergland in die Tieflandsbucht zwischen Teutoburger Wald und Senne ist, so klar und übergangslos ist sie auch auf der Nordseite des Wiehengebirges. Allerdings findet man jenseits des Wiehen andere geologische Formationen – im Norden war das Land geprägt von Mooren, nicht von wasserdurchlässigem Sand wie in der Senne. Es war eine Aufgabe für Jahrhunderte, diesen Mooren Wiesen- und Weideland abzuringen. Von einer finalen Erfüllung dieser Aufgabe ist man gottlob abgerückt.

Geschichte

Selten hat sich eine Region auf der Bühne der Weltgeschichte mit solcher Wucht gemeldet wie das Land am Teutoburger Wald. Die dortige Schlacht, mit der im Jahre 9 nach Christus Arminius vom Stamme der Cherusker den Legionen des römischen Feldherrn Varus eine verheerende Niederlage beibrachte, stoppte die römische Expansion in Germanien. Wo genau die Schlacht stattgefunden hat, war lange umstritten. Inzwischen sprechen aber alle Befunde für einen Schauplatz am Kalkrieser Berg unweit von Osnabrück. Nun, die Experten mögen noch lange streiten, das Denkmal jedenfalls, das an diese Schlacht

erinnert, steht unverrückbar auf einem Berg namens Grotenburg im Teutoburger Wald bei Detmold. Und für viele Lipper ist es bis heute eine unantastbare Glaubensweisheit, dass die Schlacht in Sichtweite des Denkmals stattgefunden haben muss – daran werden auch die drei großen, anspruchsvollen Ausstellungen zum zweitausendsten Jahrestag der Schlacht 2009 nichts ändern können.
Mit dieser Schlacht tauchte Ostwestfalen im Lichte der schriftlichen Geschichtsquellen auf – um dann wieder für Jahrhunderte im Dunkel zu versinken. Mit den Römern, die nach der Schlacht ihre noch jungen rechtsrheinischen Stützpunkte wieder aufgaben – Handel mit den „Barbaren" trieb man, zahlreiche Funde belegen dies, jedoch auch weiterhin – verschwand auch die Geschichtsschreibung; erst mit den Franken kam sie zurück.
Den Cheruskern, speziell Arminius, brachte der Sieg übrigens wenig Glück. Der Kriegsheld wurde zwölf Jahre nach seinem Triumph von rivalisierenden Fürsten aus der eigenen Verwandtschaft umgebracht. Im Jahre 47 n. Chr., so berichtet Tacitus, erbaten sich die Cherusker von den Römern einen Fürsten, da kein eigener lebender Adelsspross mehr da sei – welch ein Abstieg! Ein halbes Jahrhundert später galten die Cherusker den Römern nur noch als ein heruntergekommener Haufen; bald danach wurde dieser von den Sachsen, die nach und nach den norddeutschen Raum einnahmen, unterworfen und assimiliert.
Mit den Sachsen, dem welthistorisch wohl erfolgreichsten Germanen-Stamm, kam dann auch der Name Westfalen: so nämlich nannten die Sachsen den westlichen Teil ihres Stammes- bzw. Herrschaftsgebietes zwischen Weser und Rhein – der östliche, in etwa zwischen Weser und Elbe, hieß Ostfalen, der mittlere, der im Wesentlichen das Weserbergland umfasste, wurde als Engern bezeichnet. Mit dem heutigen Freistaat Sachsen hatte das Gebiet also nichts gemein – der Name wanderte erst Jahrhunderte später die Elbe hinauf. Neben Hermann dem Cherusker ist schon jedem Schulkind in OWL der Name Widukind geläufig. Widukind oder auch Wittekind gilt als der letzte bedeutende Gegenspieler Karls des Großen und leistete zähen Widerstand

Das Hermannsdenkmal in Detmold erinnert an den Cheruskerfürsten Arminius – das sein germanischer Name „Hermann" lautete, ist allerdings reine Spekulation.

gegen die von Westen anrückenden Franken und ihren christlichen Glauben. Wie Hermann ist Wittekind bis heute ein Symbol des Widerstands, den die tapferen und bodenständigen Sachsen – pardon: Westfalen – gegen all das leisten, was von Westen, vom Rhein kommt: gegen Römer, gegen Franken und heute natürlich – mit einem Augenzwinkern – gegen die Rheinländer, mit denen man zwar seit ein paar Jahrzehnten in einem Bundesland lebt, die gleichwohl unter dem Generalverdacht stehen, den Dingen des Lebens etwas zu leichtfüßig nachzugehen – und außerdem keine Gelegenheit auslassen, das in Westfalen hart erarbeitete Geld in Düsseldorf für

Das Kloster Corvey war ein wichtiger Stützpunkt für die Christianisierung der Region.

Gründung von Bistümern (zunächst Paderborn: 806 kam der erste Bischof an die Pader, ein Sachse namens Hathumar), Pfarrkirchen oder Klöstern. Unweit der heutigen Stadt Höxter bauten die Karolinger zu Beginn des 9. Jahrhunderts Corvey (begründet 815 von Karls Sohn Ludwig dem Frommen), der Name erinnert daran, woher die Klosterherren kamen: Es waren Benediktinermönche aus Corbie an der Somme in Frankreich. Corvey wurde zu einem fundamentalen Stützpunkt für die weitere

irgendwelchen Unsinn bedenkenlos auf den Kopf zu hauen ...
Zurück zu Widukind. Der Sachsenführer musste sich bekanntlich Karl dem Großen unterwerfen. Aber dieser bitteren Niederlage wohnt ein Neuanfang inne, wie man heute so schön sagt. Widukind erreichte mit seiner Taufe 785 einen Friedensvertrag mit Karl. Bis 794 – bis zur Schlacht auf dem Sintfeld bei Fürstenberg im Kreis Paderborn – zogen sich im heutigen Ostwestfalen die Rückzugsgefechte der Sachsen hin. 799 demonstrierte Karl mit der Einberufung einer zweiten Reichsversammlung nach Paderborn (eine erste hatte er an gleicher Stelle schon 777 abgehalten), wer nun der unangefochtene Herr im Lande war. Die Franken handelten weise, sie vernichteten die sächsische Edelinge nicht, sondern ermöglichen ihnen den Aufstieg in fränkische Herrschaftsränge. Franken und Sachsen wuchsen zusammen.
Das zweite Instrument zur Sicherung der fränkischen Macht an Ems und Weser war die

Ausbreitung des Christentums und des Frankenreichs in Richtung Osten.
Im frühen Mittelalter stützten sich weltliche und kirchliche Herrschaft gemeinsam auf die Macht der karolingischen Kaiser. Doch im Laufe der Jahrzehnte und Jahrhunderte zerbrach die alte Ordnung, vor allem nach der Entmachtung Heinrichs des Löwen 1180/81, der als Herzog von Sachsen Macht und Einfluss gegenüber weltlichen und kirchlichen Potentaten Schritt um Schritt ausgebaut hatte. Aber die sich nach dem Sturz Heinrichs entwickelnden Herrschaftsverhältnisse waren zunächst alles andere als stabil. Erst bis etwa 1450 bilden sich die Strukturen aus, die Westfalen bis zur Schwelle zum 19. Jahrhundert prägen sollten. Gefördert wurde dieser sich heute als recht unübersichtlich darstellende Prozess durch den Umstand, dass sich die deutschen Kaiser und Könige nur selten in westfälische Händel einmischen.
Heinrich der Löwe hatte seine Macht im Westfälischen stark auf Kosten der Kirchen-

Die Städte waren wichtige Zentren für den Landesausbau. Hinter dem Modell der Stadt das Herforder Münster.

fürsten wie der Grafen und Edelleute ausgebaut. Als Heinrich ins Exil verstoßen worden war, brach die Stunde der bis dahin im Zaume gehaltenen Machthaber an, die ihre regionalen Konkurrenten – kirchliche wie weltliche – mit List und Gewalt verdrängten und so ihre Herrschaft ausbauten. Dieser Prozess verlief weder geradlinig noch friedlich, alles in allem waren die geistlichen Fürsten auf lange Sicht erfolgreicher. Um 1400 hatte sich folgendes Bild herauskristallisiert: Der heutige Raum Ostwestfalen-Lippe war im Wesentlichen aufgeteilt in die geistlichen Herrschaften Hochstift Paderborn, daneben die kleine Reichsabtei Corvey, und das Hochstift Minden; die weltlichen Herrschaften waren die Grafschaft Ravensberg, die Herrschaft Lippe, die kleine Herrschaft Rheda und die nicht minder kleine Grafschaft Rietberg.

Von großer Bedeutung für das mittelalterliche Westfalen wurde die Gründung von Städten. Stadtgründungen, so banal das klingen mag, sind Jahrhunderte zurückliegende Ereignisse, die bis in die Gegenwart hinein dem täglichen Leben zahlreicher Menschen einen Rahmen geben, deshalb sind sie die vielleicht folgenreichsten – für die heute Lebenden jedenfalls – Geschehnisse des sonst so unendlich weit entfernten Mittelalters. Waren im frühen 12. Jahrhundert noch Kloster- oder Stiftsgründungen sowie der Burgenbau die zentralen Mittel des Herrschaftsausbaus, so wurden es nun die Städte. Älteste und bedeutendste Stadt im heutigen OWL war Paderborn, deren Entstehung als karolingische Pfalz und Bischofssitz eigenen Gesetzen folgte. In der ersten eigentlichen Stadtgründungsphase, die auf die Zeit von 1180 bis 1240 datiert wird, entstanden unter anderem Bielefeld, Brakel, Büren, Herford, Horn, Lemgo, Warburg und Wiedenbrück. In der zweiten Phase von 1240 bis 1290 entstanden Orte, die man als Klein- oder Zwergstädte bezeichnen kann. Da die Erfolg versprechenden Standorte schon besetzt waren, konnten diese Stadtgründungen nicht mehr so stark aufsteigen wie ihre Vorgänger. In diese Zeit fallen die Gründungen von Blankenrode, Blomberg, Borgentreich, Detmold, Driburg, Kleinenberg, Lübbecke, Lügde, Nieheim, Rietberg, Salzkotten, Schwalenberg und Vlotho. Zwischen 1290 und 1350 – als mit der großen Pest der Landesausbau schlagartig endete – entstanden unter anderem noch Barntrup, Borgholz, Bredenborn, Dringenberg, Gehrden, Lichtenau, Peckelsheim, Rischenau, Schwaney, Vörden und Willebadessen; so genannte Minderstädte und Fehlgründungen sind hier nicht mit aufgelistet. Zwischen 1350 und 1520 – also zwischen Pest und Reformation – entstanden nur noch Beverungen, Lippspringe und Salzuflen; andere, vor allem kleine Orte verloren in dieser Zeit ihren Stadtcharakter schon wieder, manche wie Blankenrode sind ganz von der Landkarte verschwunden.

In den folgenden Jahrhunderten war die Region von unsteten politischen Kräfteverhältnissen geprägt. Mit der Reformation lebte die Frage nach der realen Dominanz weltlicher oder kirchlicher Herrschaft wieder auf, nur war nun noch ein weiterer Gegensatz hinzugekommen: der zwischen Katholiken und Protestanten. Der Dreißigjährige Krieg änderte an diesem Gegensatz letztlich nichts Wesentliches, die im 16. und 17. Jahrhundert aufgebauten konfessionellen Linien haben sich bis in die Gegenwart gehalten. Von weiter tragender Bedeutung war eine andere Entwicklung: Durch Erbschaft stieg im beginnenden 17. Jahrhundert das Kurfürstentum Brandenburg – das wenig später mit Preußen verschmolz – zur dominierenden Macht im protestantisch geprägten Teil Westfalens auf, indem es nach der Grafschaft Mark 1614 auch die Herrschaft über das ehemalige Bistum Minden und die Grafschaft Ravensberg erlangte. Neben Minden und Ravensberg, die nun also zur kometenhaft aufsteigenden Macht Preußen gehörten und von dessen aufgeklärt-zentralistischer Führung durchaus profitieren sollten, bestand als zweiter großer Machtfaktor weiterhin das katholisch-ständische Bistum Paderborn. Als dritte regionale Macht hatte sich das Fürstentum Lippe in seiner Nische etabliert.

Diese Ordnung wurde erst in Folge der Napoleonischen Kriege und der nachfolgenden Neuordnung Europas umgestoßen. Auf Einzelheiten und kurzlebige Phänomene – Napoleons bzw. Jeromes Königreich Westphalen, dessen Geschicke von Kassel aus gelenkt wurden – soll hier nicht weiter eingegangen werden. Entscheidend ist, dass 1815/16 in einem Gebiet, das mit dem heutigen Westfalen im Wesentlichen räumlich identisch ist, ein einheitliches politisches Gebilde entstand: die preußische Provinz Westfalen. Die kirchlichen Herrschaften waren schon von Napoleon aufgelöst worden, und dabei blieb es; bis 1946 – dem Jahr der Zwangsauflösung des Staates Preußen durch die Besatzungsmächte – war das Zentrum der Macht nun die preußische Bezirksregierung in Minden. Lippe hingegen blieb auch nach der Zertrümmerung der alten Ordnung durch Napoleon und nach dem Wiener Kongress das, was es seit Jahrhunderten gewesen war: ein eigenständiges Gebilde im Reich.

Im 19. Jahrhundert war Westfalen einer der herausragenden Schauplätze der Industriellen Revolution. Die Segnungen der neuen Arbeits- und Maschinenwelt trafen das Land jedoch auf höchst unterschiedliche Weise. Im heutigen Ostwestfalen-Lippe sollten sich bis zum Ersten Weltkrieg nur die von der 1847 eröffneten Köln-Mindener Eisenbahn berührten Städte in dieser neuen Welt wiederfinden. Im Hochstift Paderborn und im Fürstentum Lippe hingegen sollte sich an den ländlichen oder kleinstädtischen Lebensformen für die allermeisten Menschen zunächst kaum etwas ändern. Eine industrielle Arbeitswelt wurde in Paderborn erst durch die Staatseisenbahn etabliert, nämlich durch den Bau zweier großer Ausbesserungswerke für Lokomotiven und Güterwagen – es war Arbeitsbeschaffungspolitik und Wirtschaftsförderung gleichermaßen. Bielefeld, Gütersloh oder Herford dagegen erlebten auch ohne Anstöße von oben eine rasante Entwicklung zu Industriestädten. Der entscheidende Faktor und Zündfunke dabei war die Bielefelder Textilindustrie: Spinnereien und Webereien, im großen Maßstab mechanisiert und an der Spitze der technischen Entwicklung in Deutschland marschierend; es wird noch darauf zurückzukommen sein.

Sieht man von den wirtschaftlichen Besonderheiten ab, so kann man für Ostwestfalen bis in die Mitte des 20. Jahrhunderts keine großen Entwicklungslinien ausmachen, welche die Region aus dem allgemeinen Strom der Geschichte deutlich herausgehoben hätten. Angesichts der im Vergleich zu heute noch

Der preußische Festungsbaustil ist bis heute im Stadtbild von Minden präsent.

immer geringen Mobilität der Bevölkerung lebte man nun in einem gemeinsamen Regierungsbezirk, aber die konfessionellen Unterschiede zwischen dem protestantischen, industrialisierten Norden und Westen sowie dem katholischen, agrarisch geprägten Hochstift blieben unübersehbar, die Grenzen verliefen scharf. Erst im letzten Drittels des 20. Jahrhunderts sorgten die massenhafte Automobilisierung, das Entstehen ganz neuer Arbeitsplätze und die Entwicklung der Hochschullandschaft dafür, dass Grenzüberschreitungen und Vermischungen zum Normalfall wurden. Bis dahin war es schon ein ungewöhnliches und vom Kopfschütteln der Nachbarschaft begleitetes Ereignis, wenn ein Bielefelder „freiwillig" ins Paderborner Land zog – und natürlich umgekehrt.

Eine Besonderheit an sich war der Fortbestand des Landes Lippes. Weder Napoleon noch der Wiener Kongress hatten daran gerüttelt, erst 1918 war der Fürst wie die anderen Landesherren des Deutschen Reiches zurückgetreten, Lippe lebte jedoch als eigenständiger Freistaat weiter. Erst der Zusammenbruch von 1945 zwang auch Lippe zur Neuorientierung. 1946 hatte die britische Militärregierung im Zuge der Zerschlagung Preußens dessen Provinz Westfalen mit dem nördlichen Teil der preußischen Rheinprovinz zum Land Nordrhein-Westfalen vereinigt. Im Norden waren auf gleiche Weise die preußische Provinz Hannover sowie die Länder Braunschweig, Oldenburg und Schaumburg-Lippe zum Land Niedersachsen zusammengefasst worden. Dazwischen lag der Noch-Freistaat Lippe. Die Briten überließen es den Lippern, welchem der neuen Länder sie sich anschließen wollten. Man gab schließlich Nordrhein-Westfalen den Vorzug, dessen Angebot war besser: Nicht zuletzt bestand es darin, dass man bereit war, den Regierungsbezirk Minden mit Lippe zusammenzufassen und den Sitz der Bezirksregierung in die alte lippische Residenzstadt Detmold zu verlegen. Die Vereinigung Lippes mit Nordrhein-Westfalen trat am 21. Januar 1947 per Verordnung der britischen Militärregierung in Kraft, am gleichen Tag löste sich der lippische Landtag in Detmold auf und entsandte vier Abgeordnete in den Landtag nach Düsseldorf; mehr, als Lippe nach Einwohnern eigentlich zustanden. Erster Regierungspräsident in Detmold wurde am 1. April 1947 der letzte lippische Ministerpräsident Heinrich Drake,

Schützenfeste sind aus dem Paderborner Land nicht wegzudenken.

der auch die Anschluss-Verhandlungen geführt hatte. Schließlich wurde die lippische Rose unter Rhein und Westfalenross drittes Element des NRW-Landeswappens.
Lippe blieb auch im Besitz seiner Staats- und Heilbäder, Staatsfluren und -forsten sowie sonstiger Kulturstätten wie beispielsweise dem Landestheater Detmold und dem Hermannsdenkmal; als Träger wurde der Landesverband Lippe ins Leben gerufen. Auch behielt Lippe seine Landeskirche und seine eigene Industrie- und Handelskammer – ob dies heute noch zeitgemäß ist, mag dahingestellt bleiben.
Begleiten wir – mit Lippe vorneweg – den Regierungsbezirk Detmold auf dem Weg in die jüngere Vergangenheit. Eine große Gebiets- und Kommunalreform bildete 1970 aus den bis dahin 168 selbstständigen Städten und Gemeinden 16 Städte und Gemeinden, die zunächst weiterhin den Kreisen Detmold und Lemgo angehörten. 1973 schließlich wurden die beiden Kreise zum heutigen Kreis Lippe zusammengefasst, die Kreisverwaltung hat ihren Sitz in Detmold.
Die Gebietsreform – sie betraf natürlich nicht nur Lippe – lief im Regierungsbezirk Detmold in mehreren Schritten ab und schuf die bis heute gültigen Grenzen. 1969 fiel in einem ersten Schritt der bisherige Stadtkreis Herford an den Kreis Herford. 1973 wurde im so genannten Bielefeld-Gesetz bestimmt, dass der Kreis Bielefeld an die kreisfreie Stadt Bielefeld fällt und die Kreise Halle und Wiedenbrück sich zum neuen Kreis Gütersloh vereinigen, desgleichen die Kreise Lübbecke und Minden sich im neuen Kreis Minden-Lübbecke einzurichten haben. 1975 schließlich wurden die Kreise Warburg und Höxter zum neuen Kreis Höxter und die Kreise Paderborn und Büren zum neuen Kreis Paderborn zusammengelegt.
Und so steht OWL noch heute da: die kreisfreie Stadt Bielefeld als Schwerpunkt (aber nicht als alles dominierender Mittelpunkt), umringt von den sechs Kreisen Herford, Minden-Lübbecke, Lippe, Höxter, Paderborn und Gütersloh.

Sprache und Kultur

Ostwestfalen-Lippe gehört zum westfälischen Sprach- und Kulturraum, und es wäre mehr als erstaunlich, wenn sich in sechs Jahrzehnten ein eigener und nur für diese Region typischer Slang gebildet hätte. Früher sah es zumindest etwas anders aus, die einfachen Leute vor allem in den ländlichen Gebieten sprachen noch bis weit in die zweite Hälfte des 20. Jahrhunderts untereinander Plattdeutsch. Und dabei gab es durchaus hörbare Unterschiede zwischen dem Ravensbergischen Raum und Lippe, Senne oder Lübbe-

Schloss Brake bei Lemgo – bis heute Sitz des Landesverbandes Lippe (LVL).

cker Land. Einige Vereine und Forschungsgruppen pflegen noch immer das Platt, aber im Alltag hört man es kaum mehr. Im Süden des Hochstiftes, wo OWL ans Hochsauerland grenzt, mischt sich bis heute gelegentlich ein „Woll" in die Alltagssprache, und aus dem scharfen „S" wird hinter dem Vokal schon mal ein gedehntes, weiches. Ansonsten ist OWL eine Region ohne erkennbare mundartliche Unterschiede, es gehört zu denjenigen Gebieten, in denen ein vergleichsweise reines Hochdeutsch gesprochen wird – voll alltagsmäßig quasi ...
Es gibt auch keine für OWL typischen Bräuche, die nicht auch anderswo in Westfalen oder angrenzenden Regionen anzutreffen wären. Das Hochstift Paderborn ist eine Hochburg des Schützenwesens – aber, ach, das „größte Schützenfest der Welt" wird alljährlich in Hannover gefeiert, in der Diaspora, von Protestanten! Bemerkenswert ist, dass es im Hochstift – jeder Ort hat hier seine Schützen, mancher sogar mehrere Vereine – noch einige Schützenvereine gibt, die auf die alten kirchlichen Bürgerwehren zurückgehen, den eigentlichen Ursprung des Schützenwesens also, und somit um die 500 Jahre alt sind. Neben diese gesellten sich um die Wende vom 19. zum 20. Jahrhundert Schützenvereine des neueren Typs: bei ihnen stand von Anfang an nicht die Bewahrung und wehrhafte Verteidigung der katholischen Gemeinschaft im Mittelpunkt, sondern die Geselligkeit.
Das größte Volksfest der Region ist seinem Ursprung nach ebenfalls kirchlich geprägt: Libori in Paderborn. Hier wird jedes Jahr Ende Juli, Anfang August eine „einmalige Mischung aus Kirche, Kirmes und Kultur" präsentiert und mit einer Million Besuchern (und nicht selten deutlich mehr) „Paderborns fünfte Jahreszeit" gefeiert (und weil es so schön ist, feiert man im Herbst im kleineren Rahmen Libori gleich noch einmal). Hintergrund des Festes ist die Erinnerung an die Übertragung der Reliquien des heiligen Liborius von Le Mans nach Paderborn im Jahre 836. An solche Traditionen und Dimensionen können die anderen großen Feste der Region nicht anknüpfen, ihnen ist der einfache Kirmes- und Volksfestcharakter, verbunden mit einer gehörigen Portion Kaufmannsdenken, nicht abzusprechen. Die Besucher stört das natürlich keineswegs.
Ostwestfalen-Lippe zählt zu den chronisch unterschätzten Regionen Deutschlands – und „Bielefeld" hat außerhalb der Region als Inbegriff des Öde-Provinziellen eine ganz eigene Karriere gemacht. Hand aufs Herz:

Ergebnisse der Kommunalwahl am 26. September 2004 (Prozent)

Stadt/Gemeinde	Wahlbeteiligung	CDU	SPD	Grüne	FDP	REP	PDS	Sonst.
Altenbeken	67,9	46,5	42,9	7,4	3,2	-	-	-
Augustdorf	59,6	53,8	26,4	-	2,8	-	-	16,9
Bad Driburg	58,4	50,8	18,2	8,2	5,5	-	-	17,4
Bad Lippspringe	54,6	51,2	20,9	12,3	15,6	-	-	-
Bad Oeynhausen	52,1	40,8	36,4	15,2	7,6	-	-	-
Bad Salzuflen	57,7	37,7	36,6	7,4	7,0	-	2,4	9,0
Bad Wünnenberg	60,5	70,3	23,6	-	6.2	-	-	-
Barntrup	61,6	43,1	40,4	6,3	10,2	-	-	-
Beverungen	62,9	56,0	26,1	7,6	10,3	-	-	-
Bielefeld	53,8	36,8	31,5	15,5	4,3	-	2,7	9.3
Blomberg	65,2	30,0	47,0	6,6	6,8	-	-	9,6
Borchen	61,7	57,2	26,6	-	-	-	-	16,1
Borgentreich	69,1	61,7	30,3	-	4,9	-	-	3,1
Borgholzhausen	60,5	40,1	34,2	9,1	2,9	-	-	13,7
Brakel	63,0	53,9	21,9	6,4	3,2	-	-	14,6
Bünde	53,0	42,5	35,4	8,7	6,9	-	-	6,4
Büren	57,7	60,4	29,4	-	10,1	-	-	-
Delbrück	58,6	71,4	14,5	-	7,5	-	-	6,6
Detmold	56,3	36,9	37,2	10,2	5,7	-	-	10,0
Dörentrup	57,0	43,4	36,6	9,3	10,7	-	-	-
Enger	57,4	35,4	47,1	11,1	6,4	-	-	-
Espelkamp	53,5	57,8	25,9	4,2	5,5	-	-	6,6
Extertal	56,2	35,9	39,6	-	-	-	-	24,6
Gütersloh	51,7	40,3	32,1	10,1	5,3	-	-	12,3
Halle (Westf.)	57,6	36,1	27,8	8,1	5,2	-	-	22,9
Harsewinkel	61,8	46,5	23,1	6,0	3,8	-	-	20,5
Herford	48,7	40,5	36,8	8,5	6,6	-	-	7,6
Herzebrock-Clarholz	59,8	52,8	16,7	-	6,8	-	-	23,6
Hiddenhausen	56,4	35,2	47,0	9,3	4,5	-	-	4,0
Hille	68,4	45,1	35,1	4,5	10,5	-	-	4,7
Horn-Bad Meinberg	60,9	42,3	36,2	6,3	-	-	-	15,3
Hövelhof	56,8	72,0	25,3	-	2,7	-	-	-
Höxter	55,0	51,1	27,7	6,8	4,7	-	-	9,6
Hüllhorst	66,6	48,8	40,3	5,2	5,6	-	-	-
Kalletal	63,1	44,4	43,8	4,9	-	-	-	7,0
Kirchlengern	58,3	39,7	41,9	-	6,5	-	-	14,8
Lage	57,6	41,0	30,4	6,9	5,1	-	-	16,6
Langenberg	66,4	47,2	17,2	4,4	5,2	-	-	25,9
Lemgo	59,3	46,2	36,2	11,5	6,0	-	-	-
Leopoldshöhe	65,3	41,1	42,5	8,3	4,2	-	-	3,9
Lichtenau	69,0	67,3	22,7	5,2	4,9	-	-	-
Löhne	54,2	39,7	42,5	-	3,5	-	-	14,3
Lübbecke	59,0	35,0	38,3	7,4	6,8	-	-	12,5
Lügde	60,5	39,2	26,4	3,5	7,4	-	-	23,5
Marienmünster	72,4	54,3	15,7	-	-	-	-	29,9
Minden	51,1	32,2	41,8	9,5	5,4	-	-	11,1
Nieheim	65,2	56,6	28,9	-	3,6	-	-	10,9

Oerlinghausen	61,5	34,9	35,4	11,3	10,9	-	-	7,4
Paderborn	48,4	52,6	21,8	10,5	6,6	-	-	8,5
Petershagen	61,5	54,6	28,4	6,5	8,4	-	-	2,2
Porta Westfalica	54,2	37,4	42,7	8,3	11,6	-	-	-
Preußisch Oldendorf	62,7	47,7	31,3	4,9	-	-	-	16,1
Rahden	55,3	58,1	23,6	4,4	6,4	-	-	7,5
Rheda-Wiedenbrück	54,1	51,1	24,9	11,0	10,8	-	-	5,2
Rietberg	62,1	55,3	11,2	4,7	3,7	-	-	25,1
Rödinghausen	67,3	38,4	52,3	-	9,3	-	-	-
Salzkotten	62,1	58,9	22,4	4,4	5,2	-	-	9,1
Schieder-Schwalenbg.	62,7	28,8	38,1	6,5	15,3	-	-	11,3
Schlangen	63,1	48,2	38,4	13,4	-	-	-	-
Schloß Holte-Stukenbrock	56,4	55,4	20,2	6,1	4,9	-	-	13,3
Spenge	62,4	37,3	32,0	8,0	3,7	-	-	19,0
Steinhagen	61,9	35,8	31,3	7,6	4,8	-	-	20,5
Steinheim	61,4	45,1	24,9	9,9	-	-	-	20,2
Stemwede	54,5	61,4	22,4	6,6	9,7	-	-	-
Verl	57,6	61,2	25,0	-	.	-	-	9,4
Versmold	56,0	41,7	35,5	7,1	8,1	-	-	7,6
Vlotho	52,4	39,7	36,5	-	10,5	-	-	13,3
Warburg	58,7	58,5	21,6	6,5	3,1	-	-	10,3
Werther (Westf.)	64,5	35,7	40,2	15,3	-	-	-	8,8
Willebadessen	67,0	68,5	28,3	3,2	-	-	-	-
NRW	**54,4**	**43,4**	**31,7**	**6,8**	**10,3**	**0,6**	**1,4**	**5,8**

Quelle: Landesamt für Datenverarbeitung und Statistik NRW

Wer weiß schon, dass in diesem rund zwei Millionen Einwohner zählenden Raum ein Angebot an Bildungseinrichtungen, Bühnen, Museen usw. besteht, das jeder Metropolregion gut zu Gesicht stehen würde. Ein paar Beispiele: Universitäten in Bielefeld und Paderborn, die (Fach-) Hochschulen Bielefeld, Lippe und Höxter, die – weltweit renommierte – Musikhochschule Detmold, kirchliche Hochschule Paderborn. Theater mit eigenem Ensemble gibt es in Bielefeld (Dreispartenhaus mit zwei Standorten in der Stadt), Paderborn (Westfälische Kammerspiele) und Detmold (Lippisches Landestheater), Theater mit regelmäßiger Spielzeit sind die Stadttheater von Gütersloh, Herford, und Minden. Neben diesen bereichern zahlreiche freie Theater die Szene. Dazu gehören z.B. das Bielefelder Theaterlabor, die Paderborner und Bielefelder Puppenspielbühnen oder das Kabarett „Mindener Stichlinge".

Herausragende Klangkörper sind die Nordwestdeutsche Philharmonie (Landesorchester Nordrhein-Westfalen, Herford), das Philharmonische Orchester der Stadt Bielefeld, das Detmolder Kammerorchester, das Gütersloher Kammerorchester, die Jungen Sinfoniker Bielefeld und das Philharmonische Orchester Paderborn. Moderne Rock- und Pop-Musik im großen Rahmen kann man sich in der Seidensticker-Halle, Bielefeld, oder im Gerry-Weber-Stadion, Halle, gönnen. Zahllose kleine Veranstaltungsorte sorgen dafür, dass OWL auch in dieser Hinsicht Top-Niveau zu bieten hat, wie es einem Millionen-Einwohner-Ballungsraum zukommt.
Alles in allem müssen wir jedoch eingestehen: Es war Ostwestfalen und Lippern nicht vergönnt, der Welt viele große Komponisten oder Dichter, Schauspieler oder Maler zu schenken. Und Hoffmann, der das Deutschlandlied dichtete, bevor er Bibliothekar in

Corvey bei Höxter wurde, war bekanntlich von Fallersleben. Von den lebenden Künstlern ein typischer: Rüdiger Hoffmann. Der Takt seiner Sprache, die den Menschen des Paderborner Landes abgeguckt (und irgendwie wohl auch gewidmet) ist, ist ein langsamer, ein gaaaanz langsamer.
Ähnlich ist das auch im Sport: OWL bietet in vielen Bereichen Erstklassiges, beim Handball sind Lemgo und Blomberg (Frauen), Minden-Dankersen und Lübbecke-Nettelstedt große Namen, im Squash, Basketball oder Baseball ist Paderborn deutsche Spitzenklasse – bekannt ist das über die Region hinaus oft nur Insidern. Das Image der Grauen Maus, wie es beispielhaft den Fußballern von Arminia Bielefeld anhaftet, lässt sich auch hier nicht so schnell abschütteln. Und es ist auch kein strahlender Sportheld da, der den Klang der Region aufhellen würde.
Die Namen mit internationalem Klang sind andere, sie stammen – und das ist für die calvinistischen Ostwestfalen so untypisch nicht – nicht aus dem Bereich der schönen Künste: Oetker oder Nixdorf, Bertelsmann oder Miele, Melitta Bentz oder Gerry Weber – um nur einige zu nennen. Mit anderen Worten: Wir sind bei der Wirtschaft angekommen.

Wirtschaft

Über Bodenschätze größeren Ausmaßes verfügt OWL nicht; traditionell standen deshalb früher Land- und Forstwirtschaft im Mittelpunkt des menschlichen Tuns. Eine gewisse eigene Note gewann die Region, als ab dem 16. Jahrhundert begonnen wurde, den im Ravensbergischen gut gedeihenden Flachs zu Leinenstoffen zu verarbeiten. Das Leinengewerbe geriet im 19. Jahrhundert durch industriell hergestellte billige Importe aus Großbritannien mächtig unter Druck. Aber Westfalen lassen sich bekanntlich nicht so einfach aus dem Felde schlagen, und sie unternahmen den – letztlich erfolgreichen – Versuch, den Gegner mit den eigenen Waffen zu schlagen: durch den Umbau der von Heimarbeit geprägten Textilwirtschaft in eine moderne Industrie. Dies wurde möglich, als sich mit der der Köln-Mindener Eisenbahn 1847 neue Absatzwege für die Fertigprodukte und neue Zufuhrwege für Roh- und Brennstoffe eröffneten. 1851 nahm die von Carl und Gustav Bozi errichtete „Spinnerei Vorwärts" in Bielefeld die Produktion auf, es war eine der ersten Textilfabriken Deutschlands – das Gebäude steht übrigens noch und wird heute vom Oetker-Konzern genutzt. Fünf Jahre später folgte – ebenfalls in Bielefeld – die von heimischen Leinenhändlern ins Leben gerufene „Ravensberger Spinnerei", bald die größte Flachsgarnspinnerei auf dem Kontinent; auch deren prachtvolles Gebäude existiert noch und dient heute vielerlei kulturellen Zwecken, u.a. dem Historischen Museum Bielefeld. Den Spinnereien folgten industriell arbeitende mechanische Webereien, auch die Nachbarstädte entlang der Köln-Mindener Bahn wagten den Schritt ins Industriezeitalter. Den Webereien folgten die Bekleidungshersteller, vor allem Hemden und Wäsche wurden nun industriell gefertigt. Für Wäsche brauchte es Stärke und Bleichen, auch dies in industriellem Maßstab. Kurzum, innerhalb weniger Jahre stiegen Bielefeld und Umgebung auf zu einem der bedeutendsten Standorte der Textilindustrie in Deutschlands.
Dabei sollte es nicht bleiben. Der Bedarf der Textilindustrie an technischer Ausrüstung zündete den Antrieb für eine zweite Industrialisierungsstufe, nämlich im Maschinenbau. Auch hier gehörte Bielefeld zu den Vorreitern der Entwicklung. Dieser Maschinenbau wiederum kümmerte sich bald nicht mehr nur um die Textilindustrie – Bielefelds Nähmaschinenfabriken beispielsweise erreichten Weltruf –, sondern ergriff auch andere Branchen und entwickelte Maschinen, die das Tor vom Handwerk zur Fabrik öffneten: Er erlaubte die Entstehung der Möbelindustrie vor allem in Lippe und im Kreis Herford, er erfasste direkt auch die Landwirtschaft (hier denkt man heute natürlich zunächst an Claas, aber auch Miele begann mit der Produktion von Geräten für den Landmann). Von Bielefelds traditionsreichen großen Maschinenbauern sind allerdings nur zwei übrig geblieben: Dürkopp-Adler (industrielle Näh- und Fördertechnik) und Gildemeister (Werkzeugmaschinen). Durch Spezialisierung haben sie sich durch lange Krisen hindurch ihren Platz auf dem Weltmarkt erkämpft.

Oben: Neben der Spinnerei „Vorwärts" und der Ravensberger Spinnerei (siehe Seite 71) ist eine dritte große Bielefelder Textilfabrik erhalten geblieben – die „Mechanische Weberei", in der heute ein Supermarkt untergebracht ist. Unten: die Zentrale der Bertelsmann AG in Gütersloh.

Der Schritt vom Handwerk zur Industrie machte OWL in der Möbelproduktion zu einem der weltweit führenden Standorte. Während die Textilwirtschaft trotz heute großer Namen wie Gerry Weber oder Ahlers, Bugatti oder Windsor alles in allem ihre prägende Kraft für die Region (speziell das Ravensbergische) einbüßte, hat sich die Möbelindustrie trotz aller Krisen in beachtlichem Maßstab halten können. Hergestellt werden Produkte unterschiedlicher Art, Spezialisierung und Preisklassen, von der Standardware über Ikea-Bauteile bis zum Luxus-Designerstück. Ein Schwerpunkt sind die Küchen. Hier hat sich Löhne zur „Weltstadt der Küchen" aufgeschwungen, Namen wie Poggenpohl

und Siematic kennt jede Hausfrau und jeder Hausmann – und dem Gatten bzw. der Gattin huscht angesichts der Preise der Prachtstücke ein leises Zucken durchs Gesicht.
Ähnlich ist das auch, wenn der Name Miele fällt: Küchen- und Haushaltstechnik vom Feinsten. Der weiße Gigant aus Gütersloh hat mit Landtechnik – Melkmaschinen etc. – angefangen. Bei Landtechnik geblieben ist Claas, die Hellgrünen aus Harsewinkel (und den anderen Produktionsstätten) gehören längst zu den Global Playern. Typisch OWL ist auch die Nahrungsmittelindustrie: Dr. Oetker vor allem und Melitta glänzen als große Marken ebenso wie Storck, dazu existiert ein breites Spektrum kleinerer Anbieter und Zulieferer. Das ist kennzeichnend auch für andere Branchen: Ostwestfalen-Lippes Wirtschaft ist geprägt von mittelständischen Betrieben mit starken industriellen Kernen.
Weitere Beispiele: Eher nur Insidern bekannt sind die Produkte von Benteler (mit mehreren Standorten in OWL, vor allem in Paderborn): Röhren, besonders aber Baugruppen für die Autoindustrie. Man kann sie nicht im Laden kaufen, aber Millionen Automobilisten fahren damit – weltweit. „Hidden Champions", also nur Insidern bekannte „Global Player", sind durchaus typisch für OWL. Nehmen wir beispielsweise die Hersteller von elekt(ron)ischer Verbindungstechnik – mit Weidmüller, Phoenix und Wago kommen drei der stärksten Wettbewerber aus Ostwestfalen-Lippe.
Eine Initialzündung der Elektronik-Branche löste um 1960 der Paderborner Heinz Nixdorf aus. Als selbstständiger Computerhersteller, einst führend in Europa, ist Nixdorf schon seit zwei Jahrzehnten nicht mehr existent, von den Nachfolgegesellschaften hat sich Wincor-Nixdorf als Global Player bei Kassensystemen und Geld- bzw. Bankautomaten durchsetzen können.
Ach ja, bevor wir es übersehen: Ein Unternehmen aus Bünde – einst Deutschlands „Zigarrenstadt" – ist Global Player bei Kampfflugzeugen, Flugzeugträgern, Raumstationen und Luxussportwagen – allerdings nur bei denen, die aus der Pappschachtel kommen, aus Plastik bestehen und im Maßstab 1:16, 1:72 oder 1:600 gehalten sind. Die nach dem Zweiten Weltkrieg in Bünde gegründete deutsche Niederlassung des amerikanischen Revell-Konzerns hat sich selbstständig gemacht: Längst größer geworden als die Mutter, hat man sich 2006 von dieser freigekauft. Erfolg im passenden Maßstab und gerne ohne großes Rampenlicht – typisch ostwestfälisch irgendwie.

Von Ostwestfalen in alle Welt – Erntemaschinen von Claas aus Harsewinkel.

Gute Adresse für die Erholung – hier in Salzkotten-Niedertudorf an der Alme.

Das Ganze in Zahlen sieht so aus: Mit Stand vom 31. Dezember 2007 gab es in OWL insgesamt 682.299 sozialversicherungspflichtig Beschäftigte. Das waren im verarbeitenden Gewerbe 225.208, in Bereich der öffentlichen und privaten Dienstleistungen (Gesundheits-, Erziehungs- und Sozialwesen) 135.387, im Handel 108.505, im Gastgewerbe 13.079, in Land- und Forstwirtschaft und Fischerei 5.188 – nicht alle Branchen sind hier aufgeführt.
Die größten Wirtschaftszweige des verarbeitenden Gewerbes sind der Maschinenbau (287 Betriebe, 40.382 Beschäftigte, 6,772 Mrd. Euro Umsatz in OWL) und das Ernährungsgewerbe einschließlich der Tabakverarbeitung mit 186 Betrieben, 18.733 Beschäftigten und 6,961 Mrd. Euro Umsatz. Es folgen die Herstellung von Möbeln, Schmuck, Musikinstrumenten usw. (26.172 Beschäftige/4,377 Mrd. Euro Umsatz), die Herstellung von Büromaschinen, Datenverarbeitungstechnik und Elektrotechnik (23.896 Beschäftigte/4,570 Mrd. Euro Umsatz), die Metallerzeugung und -bearbeitung bzw. die Herstellung von Metallerzeugnissen (25.702 Beschäftigte/4,034 Mrd. Euro Umsatz), dann das Papier-, Verlags- und Druckgewerbe (16.868 Beschäftigte/2.686 Mrd. Euro Umsatz). Zur letztgenannten Branche gehört auch das Unternehmen, das in OWL die meisten Beschäftigten hat – nämlich fast 11.000 – und mit weltweit über 75.000 Beschäftigten den wohl größten Namen in OWL: der Gütersloher Medienriese Bertelsmann.
Nennen wir auch die anderen Großen: Die AVA-Gruppe (Bielefeld) mit 5.800 Beschäftigten in OWL (29.300 weltweit), Edeka Minden Hannover (Minden) mit 7.883 bzw. 28.000 Beschäftigten – Edeka und AVA werden unter dem Edeka-Dach zusammengeführt –, die Miele-Gruppe (Gütersloh) mit 7.900 bzw. 14.800 Beschäftigten, Phoenix Contact (Blomberg) mit 3.300 bzw. 7.000 Beschäftigten, die Claas-Gruppe (Harsewinkel) mit 3.000 bzw. 8.000 Beschäftigten. Wer zwei große Namen in dieser Liste vermissen sollte: Die Bielefelder Oetker-Gruppe hat in OWL 1.850 Beschäftigte (22.300 weltweit), die Mindener Melitta-Gruppe 1.890 (3.530 weltweit).

Tourismus

Auch in Sachen Tourismus ist OWL weit größer, als es draußen wahrgenommen wird: 2007 war die Ferienregion Teutoburger Wald

Tourismus 2007/2008

Stadt/Gemeinde	Beherbergungsbetr. Aug. 2008	Gästebetten Aug. 2008	Gäste 2007 (Ankünfte)	davon aus dem Ausland	Übernachtungen 2007	davon aus dem Ausland
Altenbeken	4	63	756	189	3.320	964
Augustdorf	1	15	.	.	.	.
Bad Driburg	47	3.097	67.000	1.345	735.187	3.647
Bad Lippspringe	19	1.540	54.219	4.004	296.795	9.345
Bad Oeynhausen	33	4.059	104.592	11.200	973.370	22.162
Bad Salzuflen	76	4.302	109.575	13.369	790.916	33.755
Bad Wünnenberg	13	583	18.445	3.237	107.364	11.230
Barntrup	2	10	.	.	.	.
Beverungen	20	568	25.660	1.161	64.012	2.611
Bielefeld	59	3.770	281.010	45.010	499.737	95.110
Blomberg	9	573	18.784	745	46.345	1.615
Borchen	9	331	8.969	774	41.322	1.597
Borgentreich	2	33	.	.	.	.
Borgholzhausen	3	83	.	.	.	.
Brakel	13	566	14.555	524	43.084	2.072
Bünde	8	276	8.057	711	41.451	941
Büren	11	470	26.513	1.630	53.133	3.382
Delbrück	7	231	13.765	754	23.649	1.305
Detmold	24	909	55.348	7.134	99.419	12.518
Dörentrup	9	292	7.512	225	24.105	542
Enger	1	19	.	.	.	.
Espelkamp	8	188	13.384	1.949	24.729	5.383
Extertal	10	754	12.211	1.471	57.707	7.925
Gütersloh	22	875	49.881	9.244	99.160	23.834
Halle (Westf.)	9	494	41.887	2.899	77.679	6.639
Harsewinkel	8	366	36.608	7.271	59.283	15.666
Herford	13	468	25.329	4.140	44.734	7.855
Herzebrock-Clarholz	3	89	3.153	403	5.211	1.029
Hiddenhausen	6	249	10.452	571	18.803	1.049
Hille	5	168	7.449	197	35.883	466
Horn-Bad Meinberg	57	2.607	65.030	4.085	337.694	17.362
Hövelhof	10	256	9.969	813	24.226	1.610
Höxter	25	863	48.874	3.335	93.983	7.286
Hüllhorst	3	135	.	.	.	.
Kalletal	11	233	10.593	698	35.530	3.060
Kirchlengern	1	17	.	.	.	.
Lage	15	375	13.859	534	43.551	1.832
Langenberg	3	73	.	.	.	.
Lemgo	12	312	15.199	2.311	28.911	5.904
Leopoldshöhe	3	50	1.897	70	4.929	338
Lichtenau	10	519	6.626	994	21.330	5.621
Löhne	10	466	11.901	409	81.311	916
Lübbecke	2	58	.	.	.	.

Lügde	31	412	24.752	3.273	75.146	14.723
Marienmünster	10	231	4.778	603	20.215	4.825
Minden	19	735	61.098	7.636	95.967	14.924
Nieheim	12	694	20.791	979	75.938	8.061
Oerlinghausen	9	462	16.205	554	76.717	2.463
Paderborn	30	1666	99.749	17.418	188.170	43.173
Petershagen	16	605	15.945	641	98.003	2.197
Porta Westfalica	15	629	44.841	3.537	91.903	6.992
Preußisch Oldendorf	17	728	13.617	206	125.238	2.136
Rahden	6	173	7.767	1.066	16.005	2.178
Rheda-Wiedenbrück	15	612	43.622	4.161	66.748	9.783
Rietberg	7	234	7.410	415	17.395	891
Rödinghausen	7	250	11.911	107	33.971	485
Salzkotten	3	91	4.712	1.099	8.552	2.768
Schieder-Schwalenbg.	16	507	20.379	2.728	87.168	8.181
Schlangen	4	35	.	.	.	.
Schloß Holte-Stukenbrock	12	281	16.388	2.019	33.403	4.980
Spenge	2	57	.	.	.	.
Steinhagen	4	115	4520	48	7.028	141
Steinheim	2	37	.	.	.	.
Stemwede	6	121	5.646	640	10.120	1.352
Verl	7	176	10.750	1.214	18.474	2.533
Versmold	7	137	10.498	430	24.459	1.305
Vlotho	18	986	35.243	3.558	188.552	11.196
Warburg	17	589	37.862	1.814	88.790	3.511
Werther (Westf.)	7	159	3.681	370	11.232	869
Willebadessen	3	214	12.504	965	31.642	2.628

Quelle: Landesamt für Datenverarbeitung und Statistik NRW

die einzige in NRW mit mehr als sechs Millionen Übernachtungen, vorn lag dabei der Kreis Paderborn, gefolgt vom Kreis Lippe. Insgesamt standen 2007 in 936 Beherbergungsbetrieben 44.418 Gästebetten zur Verfügung; die durchschnittliche Aufenthaltsdauer betrug 3,7 Tage. Und die Tendenz: steigend. Dabei steht nicht allein der Urlaub in den großen Waldgebieten, die Besichtigung der zahlreichen Burgen und Schlösser sowie der historisch-romantischen Stadtbilder im Vordergrund. Der Tourismus zwischen Ems und Weser hat einen ausgeprägten Schwerpunkt: das Thema Gesundheit.

Das Angebot von Produkten und Dienstleistungen rund um Gesundheit und Lebensqualität zählt zu den Kompetenzbereichen des Wirtschaftsraums Ostwestfalen-Lippe und gehört mit über 87.300 Beschäftigten zu den größten Wirtschaftsbereichen der Region. OWL verfügt hier aus langer Tradition über ein breites Fachangebot. Mit 21 von 43 liegt knapp die Hälfte aller Kurorte Nordrhein-Westfalens im „Heilgarten Deutschlands", wie OWL sich auch gerne – und mit Recht – bezeichnen lässt, und verfügt damit traditionell über wichtige Kompetenzen des Kur- und Bäderwesens. Bereits 1818 nahm dieses in Bad Salzuflen seinen Anfang. Neben den renommierten „Staatsbädern" wie Salzuflen, Meinberg oder Oeynhausen und noblen „Privatbädern" wie Driburg gehören auch die so genannten „Bauernbäder" wie Seebruch und Senkelteich dazu. Ob groß oder klein, ob Gesundheits- oder Erlebnisurlaub: Der Erfolg stellt sich ein, weil man es sich in OWL wirklich gut gehen lassen kann. Ostwestfalen und Lipper wissen das schon lange ...

Altenbeken

Kreis Paderborn

Eisen: Seit dem Mittelalter wurde in Altenbeken Eisenerz gewonnen und verarbeitet. 1877 endete der Erzabbau endgültig, weil man mit den billigen Importerzen nicht konkurrieren konnte.
Gold: Zur Eröffnung des monumentalen Viaduktes und der Strecke Paderborn–Warburg reiste am 21. Juli 1853 der preußische König Friedrich Wilhelm IV. nach Altenbeken. Bei der Betrachtung des Bauwerkes soll er gesagt haben: „Ich habe geglaubt, eine goldene Brücke vorzufinden, weil so schrecklich viele Taler verbraucht worden sind!" Sie war aus Stein – aber ins Altenbekener Wappen wurde ein goldener Viadukt aufgenommen.

Geografische Lage/Verkehrsanbindung

Die Gemeinde Altenbeken liegt im Nordosten des Kreises Paderborn am westlichen Hang des Eggegebirges. Altenbeken grenzt im Norden an Horn-Bad Meinberg (Kreis Lippe), im Osten an Steinheim und Bad Driburg (beide Kreis Höxter), im Süden an Lichtenau, im Westen an Paderborn und Bad Lippspringe (Kreis Paderborn).
Das Gemeindegebiet umfasst eine Fläche von 76,2 Quadratkilometern, davon ist rund die Hälfte bewaldet. Höchste Erhebung im Gemeindegebiet ist der Rehberg mit 421 Metern über NN, tiefster Punkt ist der namensgebende Bach Beke an der Grenze zu Paderborn mit 198 Metern über NN.
Der Bahnhof Altenbeken ist ein wichtiger Umsteigeknoten, weshalb alle Züge in dem kleinen Ort halten. Hier treffen sich die IC-Strecke Hamm–Kassel (Zweistundentakt) und die Nahverkehrszüge aus Herford, aus Hannover (S 5 von Hannover nach Paderborn), aus Ottbergen/Holzminden (mit Anschlüssen nach Göttingen bzw. Northeim), aus Paderborn und aus Warburg.
Wichtigste Straßenverbindung ist die B 64, die durch den Ortsteil Buke führt und Altenbeken mit dem Raum Höxter und dem Raum Paderborn verbindet. In Paderborn, gut 15 Kilometer westlich von Altenbeken, trifft die B 64 auf die Autobahn A 33.

Wichtige Daten und Wappen

Mit der kommunalen Neugliederung wurden zum 1. Januar 1975 die bis dahin selbständigen Gemeinden Altenbeken, Buke und Schwaney zur Flächengemeinde Altenbeken zusammengeschlossen. Deren Einwohnerzahl ist seither vor allem dank günstiger Baulandpreise um rund die Hälfte gestiegen. Mit Stand vom 31. Dezember 2007 zählte Altenbeken 9.577 Einwohner. 64 Prozent der Bevölkerung sind katholisch, 19 Prozent evangelisch, die übrigen gehören sonstigen oder keiner Religionsgemeinschaft an.
Das Wappen der Gemeinde Altenbeken wurde 1976 genehmigt und zeigt einen goldenen (gelben) Viadukt mit vier Pfeilern auf einem blauen Hintergrund.

Aus der Ortsgeschichte

Der Name „Beken" wurde bereits 1036 urkundlich erwähnt. „Aldebekene" erscheint erstmals in einer bischöflichen Urkunde aus dem Jahre 1211, in der über die Einwohner des Ortes der Kirchenbann verhängt wurde, weil sie dem Kloster Druheim (Kempen, heute Stadt Horn-Bad Meinberg) Schaden zugefügt hatten. Bereits im Mittelalter spielten in Altenbeken Eisengewinnung und Eisenverarbeitung eine beachtliche Rolle, die erste schriftliche Nachricht darüber stammt von 1392. Im 16. Jahrhundert soll es im Raum Altenbeken 200 kleine Erzschürfstellen gegeben haben. Nachdem der wenig ertragreiche Bergbau 1590 zunächst eingestellt worden war, wurde er 1607 nach Entdeckung einer ergiebigen Lagerstätte wieder aufgenommen. Oberhalb des Ortes entstand jetzt eine neue Eisenhütte,

Der Viadukt ist Altenbekens Wahrzeichen.

unterhalb an der Beke das Hammerwerk zum Frischen des Roheisens. 1877 endete der Abbau in den inzwischen unwirtschaftlich kleinen Lagerstätten.
Die Gemeinde konnte sich glücklich schätzen, dass etwa gleichzeitig eine neue wirtschaftliche Basis entstand: Die Eisenbahn. 1851 wurde mit dem Bau des Bekeviaduktes begonnen, 1853 konnte die Strecke von Paderborn nach Warburg, Teilstück einer der ersten innerdeutschen West-Ost-Verbindungen, eröffnet werden. Wenig später begann der Bau der Strecke von Altenbeken nach Höxter und Holzminden, wofür durch den Rehberg ein 1632 Meter langer Tunnel getrieben werden musste – damals der längste in Preußen. 1864 wurde die Strecke eröffnet, acht Jahre später kam die nördlich des Rehbergs abzweigende Strecke nach Hannover hinzu. Innerhalb weniger Jahre war die kleine Eggegemeinde zu einem bedeutenden Eisenbahnknoten geworden. Gleichwohl präsentierte sich der unterhalb der Bahnanlagen liegende Ortskern noch immer als einfaches Bauerndorf, geprägt von vielen kleinen Höfen und Misthaufen an der Straße. Erst mit der Ortskernsanierung der 1970er- und 1980er-Jahre – im Zuge derer auch noch Lücken geschlossen werden konnten, die die zahlreichen Bombenangriffe auf Bahnhof und Viadukt im Zweiten Weltkrieg geschlagen hatten – wurde Altenbeken zu einer modernen, offenen „Wohn-Gemeinde" umgestaltet.

Sehenswürdigkeiten

Weit über Ostwestfalen-Lippe hinaus bekannt ist der 1853 eingeweihte Viadukt. Die imposante Eisenbahnbrücke überspannt mit 24, bis zu 35 Meter hohen Bögen das Tal der Beke und gilt mit einer Länge von 482 Metern als größte Kalksandsteinbrücke Europas. Während des Zweiten Weltkrieges erhielt der Viadukt schwere Bombentreffer. Zunächst nur behelfsmäßig repariert, schmückt er seit Oktober 1950 wieder in alter Schönheit die Landschaft. Seit 2002 fasziniert der Viadukt auch bei Dunkelheit, 20 Bögen sind dann beleuchtet und rücken das famose Bauwerk ins passende, „goldene" Licht.
Die Erzeugnisse der Altenbekener Eisenwerke gingen weit über die Grenzen des Paderborner Landes hinaus. Im Eggemuseum sind bis heute kunstvolle Öfen sowie Ofen- und Herdplatten zu bewundern. Direkt vor dem Museum erinnert eine Dampflok der Baureihe 44 an Altenbekens große Zeit als Eisenbahner-Gemeinde (Egge-Museum, Alter Kirchweg 7, 33184 Altenbeken).
Eine überregionale Tageszeitung hat der Bahnhofsgaststätte einmal eine ganze Seite gewidmet. Seit Jahrzehnten in Familienbesitz geführt, hat sie sich mit ihrer bürgerlich-gediegenen Einrichtung einen ganz besonderen Charme bewahrt. Unregelmäßig finden dort auch kulturelle Veranstaltungen statt.

Brauchtum, Feste, Traditionen

„Vivat Viadukt" hieß es zum ersten Mal 2003, seitdem lockt das Eisenbahnfest alle

Blick auf Altenbeken mit dem Eggegebirge.

zwei Jahre am ersten Juli-Wochenende mehrere zehntausend Menschen an. Während der Samstag im Zeichen kultureller Veranstaltungen steht, kommen am Sonntag mehrere Sonderzüge zum Aktionstag – dann steht Altenbeken im Wortsinne unter Dampf.

Kultur

Das überaus rege „Kulturbüro OWL" war lange in Altenbeken zuhause (jetzt Bad Lippspringe), seine Mitarbeiter und Förderer sorgen seit einem Vierteljahrhundert dafür, dass Altenbeken bei namhaften Bands oder Kabarettisten auf dem Tourneeplan steht. Große Veranstaltungen sind in der Eggelandhalle, kleinere im Eggemuseum oder in der Bahnhofsgaststätte.
Nach dem Konzert trifft man die Stars nicht selten im unscheinbaren Beke-Stübchen, in dem Gastwirt Wilhelm Koch, bekannt als „Beke-Willi", eine der bekanntesten Bars der Region unterhält (www.beke-willi.de).

Sport und Freizeit

Der Schießstand des Landesjagdverbandes (LJV) im Ortsteil Buke gilt als einer der besten Deutschlands und bietet Trap- und Skeetstände, Kurz- und Langwaffenstände, Kipphasen sowie laufende Keiler. Darüber hinaus findet sich hier in einem rund 30 ha großen Areal ein schöner Jagdparcours (Schießgarten). Der Schießstand ist regelmäßig Schauplatz von Bezirks- und Landesmeisterschaften sowie bekannter internationaler Wettbewerbe.
In Altenbeken dreht sich vieles um den Viadukt – Wanderer, Walker und Läufer können ihn auf dem 13,2 km langen Viadukt-Panoramaweg in ihre Tourenplanung aufnehmen. Im Naturpark Eggegebirge/Südlicher Teutoburger Wald hat Wandern und Walken auch abseits des Viadukts großen Erlebniswert. Schöne Wanderstrecken führen zum Beispiel durch das Durbeketal, entlang des Sommer- und des Winterberges oder über den Eggeweg als Teil des Europäischen Fernwanderweges E 1.

Wirtschaft

Eisenerzeugendes Gewerbe gibt es nicht mehr, auch die Eisenbahn ist als Arbeitgeber kaum noch von Bedeutung. Während sich im Kernort vor allem Handel und Dienstleistungen für den örtlichen Bedarf finden, liegt ein größeres Gewerbegebiet mit einer bunten Mischung von Unternehmen im Ortsteil Buke. Altenbeken spielt eine beachtliche Rolle als Standort von Windkraftanlagen. Bevor man den Rang an Lichtenau abgeben musste, war Altenbeken Standort des größten deutschen Windparks abseits der Küstenregionen.
In der Gemeinde waren am 30. Juni 2006 insgesamt 814 Personen sozialversicherungspflichtig beschäftigt. 281 davon waren im Gesundheits-, Erziehungs- und Sozialwesen tätig, 124 im verarbeitenden Gewerbe, 115 im Handel.

Information

Gemeinde Altenbeken, Bahnhofstraße 5a, 33184 Altenbeken, 05255/1200-0, info@altenbeken.de, www.altenbeken.de.

Augustdorf

Kreis Lippe

Sand: Augustdorf liegt inmitten der Senne. Die ist geprägt vom Sand, der sich hier nach der Saaleeiszeit in bis zu 60 Meter starken Schichten ablagerte. Das Eis hatte den Sandstein aus dem Teutoburger Wald zerrieben. *Stein:* Aus Sand wird wieder Stein: In Augustdorf hat die Produktion von Kalksandsteinen eine lange Tradition und ist noch heute von Bedeutung.

Geografische Lage/Verkehrsanbindung

Augustdorf liegt im Südwesten des Kreises Lippe. Im Norden grenzt die Gemeinde an Oerlinghausen und Lage, im Osten an Detmold, im Süden an Schlangen (alle Kreis Lippe), im Westen an Schloß Holte-Stukenbrock (Kreis Gütersloh). Nach Norden erstreckt sich die Gemeinde bis in den Teutoburger Wald (hier Lippischer Wald genannt), nach Süden hin dehnt sie sich in die Senne-Ebene aus. Die Lage des Ortes wurde definiert durch die Dörenschlucht, einen seit Alters her als Weg genutzten Einschnitt im Teutoburger Wald. Hindurch führt heute die Landstraße 758 von Stukenbrock nach Detmold, die wichtigste Verkehrsader Augustdorfs. Nächste Autobahnanschlussstellen sind Stukenbrock-Senne, Schloß Holte-Stukenbrock (A 33) und Bielefeld-Zentrum (A 2). Einen Eisenbahnanschluss hat Augustdorf nie erhalten. Nächstgelegene Bahnhöfe sind Schloß Holte (Strecke Paderborn–Bielefeld) und Lage (Bielefeld–Lemgo und Herford–Altenbeken). Busverbindungen gibt es in Richtung Detmold und Schloß Holte-Stukenbrock.

Wichtige Daten und Wappen

Das Gemeindegebiet umfasst eine Fläche von 42,2 Quadratkilometern, davon dienen 26 Quadratkilometer als Truppenübungsplatz bzw. Militärgelände. Die höchste Erhebung ist am Bielstein mit 388 Metern über NN, der niedrigste Punkt liegt auf etwa 140 Meter am Furlbach. Am 31. Dezember 2007 hatte die Gemeinde 9.721 Einwohner. Genaue Angaben zur Konfessionsverteilung liegen nicht vor. Ende 2007 besuchten von den 1.300 Schülern der Gemeinde 41 Prozent den evangelischen, acht Prozent den katholischen Religionsunterricht. Von den übrigen 51 Prozent ohne oder mit anderer Konfession ist ein hoher Anteil freikirchlich organisiert (Baptisten und Mennoniten).

Die lippische Gebiets- und Kommunalreform des Jahres 1970, die aus 168 Städten und Gemeinden 16 machte, berührte Augustdorf nur wenig; einige kleinere Flächen kamen zur Gemeinde hinzu, im Wesentlichen aber blieben die Grenzen unverändert.
Das 1951 verliehene Wappen mit goldenen Ähren, Plaggenhauen, Bienenkorb und lippischer Rose greift auf Symbole aus der Geschichte der Gemeinde zurück.

Aus der Ortsgeschichte

Am 11. Dezember 1775 unterzeichnete Graf Simon August zur Lippe einen Meierbrief für den vormaligen Retlager Müller und damaligen Barntruper Bürger August Simon Struß, der sich in einer neuen Siedlung niederlassen wollte; 1775 gilt deshalb als Gründungsjahr Augustdorfs, das damit eine der jüngsten Gemeinden des Landes ist. Nach Graf Simon August ist das Dorf seit 1789 benannt. Obwohl schon 1779 der Anbauplan für ein neues Dorf am Dören bzw. am hier liegenden Dörenkrug festgelegt wurde, gab es im Juni 1780 dort noch nicht mehr als vier armselige Hütten – kein Wunder, denn das neue Dorf war an einem ungünstigen Flecken mit viel Wind und schlechten Böden angelegt worden. Gleichwohl war die Dörenschlucht von Bedeutung, denn durch sie verliefen mehrere seit dem Mittelalter belegte Handelswege.

Sennelandschaft in Augustdorf, im Hintergrund der Teutoburger Wald mit der Dörenschlucht.

Unten: Das Rathaus bildet den heutigen Mittelpunkt der Gemeinde.

Im Jahre 1800 erhielt Augustdorf eine Kapelle als Filialkirche von Stapelage, 1817 wurde der Ort selbständige Pfarrei; 1875/76 entstand die heutige Kirche.
Die Entwicklung von Augustdorf im 20. Jahrhundert wurde wesentlich durch das Militär geprägt. Ein ursprünglich für die Landwehr angelegtes Lager wurde 1939 im Zuge der Erweiterung des Truppenübungsplatzes Sennelager nach Nordwesten zum „Nordlager". Die Kapazität des Ausbildungslagers lag am Ende des Zweiten Weltkrieges bei 16.000 Mann. Wehrmacht und Waffen-SS nutzten die Senne vorrangig für die Ausbildung von Panzertruppen. Nach Ende des Zweiten Weltkriegs übernahmen zunächst die Amerikaner, dann – bis heute – die Briten das Kommando über den Truppenübungsplatz, der auch der Bundeswehr zur Verfügung steht. Frühzeitig wurde Augustdorf in die Ausbauplanung für die Bundeswehr einbezogen. Die ersten Soldaten zogen am 26. Juni 1957 in die neu errichteten Unterkünfte im „Neuen Lager", wie die Kaserne damals genannt wurde, ein. 1961 erhielt die Truppenunterkunft den Namen „Generalfeldmarschall-Rommel-Kaserne", sie ist heute eine der größten der Bundeswehr.
Unabhängig vom Übungsplatz Senne betreibt die Bundeswehr in Augustdorf einen eigenen Standort-Übungsplatz für die Panzerbrigade, der bis an südliches Oerlinghauser Stadtgebiet heranreicht. Je nach Belegung sind hier etwa 4000 Soldaten kaserniert.

Sehenswürdigkeiten

Trotz der militärischen Nutzung eines großen Teils des Gemeindegebietes lässt sich in Augustdorf die Landschaft und Natur der Senne gut erleben. Im Mittelpunkt vielfältiger Veranstaltungen steht das Senne-Umweltbildungszentrum der „Gemeinschaft für Naturschutz Senne und Ostwestfalen-Lippe e.V." (GNS). Das Haus bietet Übernachtungsmöglichkeiten nebst Café, Seminarräumen und Sanitäranlagen für einen Zeltplatz. „Landschaft und Kultur der Senne multimedial entdecken und erleben" ist das Ziel zweier „unsichtbarer", interaktiver Erlebnispfade, die im Rahmen eines bundesweiten Pilotprojektes von der GNS eingerichtet

Der Sand ist eine Hinterlassenschaft der Saale-Eiszeit und findet sich in der Senne in bis zu 60 Meter starken Schichten.

wurden. Gegenüber herkömmlichen Lehr- und Erlebnispfaden kommen diese ohne eine Beschilderung aus und werden mit Hilfe von Taschencomputern und Satellitennavigation (GPS) begangen. Diese Technik soll einen besonderen Reiz auf jüngere Zielgruppen ausüben. Außerdem ist ein Hochseilgarten auf dem Gelände der GNS entstanden.

Kultur

Die kulturellen Veranstaltungen in der Gemeinde werden im Wesentlichen vom Kulturkreis Augustdorf getragen. Jährlich präsentiert dieser im Innenhof des Rathauses das Fest „Augustdorf International". Ebenfalls jährlich findet das Kabarett-Festival statt (Infos unter www.kulturkreis-augustdorf.de).

Brauchtum, Feste, Traditionen

Alle zwei Jahre richtet die Panzerbrigade 21 den Augustdorfer Soldatentag aus. Regelmäßig besuchen mehrere zehntausend Gäste die Veranstaltung. 2007 war der Soldatentag die größte öffentlichkeitswirksame Veranstaltung des Deutschen Heeres. Gezeigt wird die Militärtechnik des Standorts durch Waffenschauen und Vorführungen der Panzergrenadiere, Panzertruppe, Panzerartillerie, Logistik, Feldjäger und des Sanitätswesen. Reservistenkameradschaften, Modellbauer, bundeswehrnahe Unternehmen stellen sich ebenso vor wie beispielsweise Feuerwehr und Technisches Hilfswerk.
Wichtige ortstypische Veranstaltungen sind die traditionelle Augustdorfer Herbstkirmes und der Weihnachtsmarkt.

Sport und Freizeit

Die Handballspielgemeinschaft Augustdorf-Hövelhof war lange das sportliche Aushängeschild der beiden Sennegemeinden, ab 2002 spielte sie in der 2. Bundesliga Nord. 2007 musste der Verein Insolvenz anmelden und den Spielbetrieb in der Regionalliga West fortsetzen. Augustdorf ist im Kunstradfahren sehr erfolgreich. Der RSV Schwalbe stellt immer wieder Landes- und Deutsche Meister. Auch im Schießsport gab es schon einen deutschen Meister aus Augustdorf.

Wirtschaft

Im Jahre 1950 gab es in Augustdorf vier größere gewerbliche Betriebe und 14 Werkstätten, heute sind rund 500 Gewerbebetriebe ansässig. Die meisten von ihnen konzentrieren sich auf das noch junge Gewerbegebiet in direkter Nachbarschaft zu Schloß Holte-Stukenbrock. Hier ist einer der größten deutschen Hersteller für Laminatfußböden zu Hause, die Firma Witex. Ein wichtiger Arbeitgeber ist die Bundeswehr mit ihren Dienststellen und zivilen Betrieben. Am 30. Juni 2006 waren in der Gemeinde 1.989 Personen sozialversicherungspflichtig beschäftigt, 778 davon im verarbeitenden Gewerbe, 471 in der öffentlichen Verwaltung (einschließlich Militär), 280 im Gesundheits-, Erziehungs- und Sozialwesen.

Information

Gemeinde Augustdorf, Pivitsheider Str. 16, 32832 Augustdorf, 05237/9710-0, info@augustdorf.de, www.augustdorf.de.

Bad Driburg

Kreis Höxter

Glas: Bereits 1420 entstand in der Nähe von Bad Driburg die erste Glashütte. Auf dem Gebiet des Glashandels zählt Bad Driburg mit Marken wie „Leonardo“ oder „Ritzenhoff & Breker“ und „Walther-Glas“ bis heute zu den bedeutenden Umschlagplätzen Europas.
Gas: Im Stadtteil Herste wird natürliche Kohlensäure in stählerne Flaschen abgefüllt – um als feine Perlen im Mineralwasser in die Gläser auf unseren Tischen zu kommen.

Geografische Lage/Verkehrsanbindung

Die Stadt Bad Driburg liegt im Westen des Kreises Höxter und erstreckt sich entlang des Eggegebirges an dessen Ostseite bis ins Oberwälder Land. Der Wald nimmt auch einen großen Teil des 115 Quadratkilometer umfassenden Stadtgebietes ein. Der höchste Punkt liegt am Reelsberg mit 435 Metern über NN, der niedrigste mit 147 Metern an der Aa bei Herste. Bad Driburg grenzt im Norden an Steinheim und Nieheim, im Osten an Brakel, im Süden an Willebadessen (alle Kreis Höxter), im Westen an Lichtenau und Altenbeken (beide Kreis Paderborn).
Durch Bad Driburg bzw. in einem großen Bogen um den Kernort herum führt die Bundesstraße 64 von Höxter nach Paderborn, die wichtigste Verkehrsader der Kurstadt. In Paderborn hat die B 64 Anschluss an die Bundesautobahn A 44. Der Bahnhof Bad Driburg liegt an der Strecke von Altenbeken nach Holzminden, die im Stundentakt bedient wird. Im Westen ist der zehn Kilometer entfernte Bahnhof Altenbeken ein wichtiger Umsteigeknoten mit Anschlüssen an den Fernverkehr (IC-Strecke Hamm–Kassel).

Wichtige Daten und Wappen

Zum 1. Januar 1970 wurden die Stadt Bad Driburg sowie die sechs Gemeinden Alhausen, Erpentrup, Herste, Langeland, Pömbsen und Reelsen aus dem Amt Driburg zur neuen Stadt Bad Driburg zusammengeschlossen. Beim Zusammenschluss der Kreise Höxter und Warburg zum 1. Januar 1975 wurden zudem die Stadt Dringenberg sowie die Gemeinden Kühlsen und Neuenheerse in die Stadt eingegliedert.

Das Wappen zeigt auf blauem Grund eine goldene (gelbe) gezinnte Stadtmauer mit einem von einem Turm überragten Tor, dazu frei schwebend ein lateinisches Kreuz. Das Kreuz ist vermutlich Symbol der Paderborner Landesherrschaft
Mit Stand vom 31. Dezember 2007 zählte die Stadt 19.370 Einwohner. Einen Anhaltspunkt zur Konfessionverteilung geben die Schülerzahlen: Von den 3.644 Schülern der Stadt besuchten 67 Prozent den katholischen und 21 Prozent den evangelischen Religionsunterricht; zwölf Prozent gehörten einer anderen oder keiner Religionsgemeinschaft an.

Aus der Ortsgeschichte

Prägend für die Geschichte des Raumes Bad Driburg war die Absicherung des von den Sachsen eroberten Territoriums durch die Paderborner Bischöfe, was durch die Gründung von Städten und Klöstern geschah. Dabei spielten Driburg, Dringenberg und Neuenheerse eine wichtige Rolle.
772 begann Karl der Große seine Operationen gegen die Sachsen, wenig später wurde eine Kirche auf der Iburg oberhalb der heutigen Kernstadt Driburg gebaut – eine der ältesten auf sächsischem Boden. 868 wurde etwa zehn Kilometer westlich das Stift Heerse gegründet, Anfang des 12. Jahrhunderts begann der Bau der Stiftskirche. 1231 oder bald darauf hat Driburg Stadtrechte bekommen. Knapp hundert Jahre später, 1323, erhielt auch Dringenberg die Stadtrechte. Hier war in den Jahren zuvor eine mächtige Schutzburg – vor allem wegen der Expan-

Die historischen Bauten des Bad Driburger Kurbetriebs werden noch heute genutzt.

sionsbemühungen der Kölner Erzbischöfe – errichtet worden, die in dieser Funktion die Iburg ablöste. Vom 15. bis 17. Jahrhundert war Burg Dringenberg zeitweilige Residenz der Bischöfe von Paderborn. Zwar verlor sie langsam ihre militärische Bedeutung, wurde aber gerne als Sommersitz genutzt. Mit der Säkularisation kam sie in preußischen Besitz und wurde 1825 von der Stadt Dringenberg gekauft.

Driburg litt wie seine Nachbarn schwer unter den Verheerungen des Dreißigjährigen Krieges. Schon seit dem 16. Jahrhundert entwickelte sich in und um Driburg das Glasgewerbe (Gebrauchsgläser/Gefäße und Fensterglas), Driburger Glas war in Norddeutschland, bis Russland und Holland eine begehrte Ware. 1781/82 – die Stadt hatte noch schwer unter den Folgen des Siebenjährigen Krieges zu leiden – gründete der braunschweigische Oberjägermeister Caspar Heinrich von Sierstorpff das Heilbad Driburg. Fortan wurde die schon seit Jahrhunderten bekannte Heilquelle systematisch genutzt. Zwischen 1790 und 1800 entstanden die noch heute bestehenden Bauten im Kurbereich, 1823/24 die Trinkhalle. Eine Kur in Driburg erfreute sich vor allem beim gebildeten Bürgertum großer Beliebtheit; Hölderlin, Annette von Droste-Hülshoff oder General Scharnhorst haben hier Heilung und Erholung gesucht. Als Bad anerkannt wurde Driburg allerdings erst 1919. 1802/03 ist Driburg wie die gesamte Region aus seinen alten herrschaftlichen Bindungen an das Fürstbistum Paderborn gelöst worden und zu Preußen gekommen. Glasmacher und Kurbetrieb erlebten einen deutlichen Aufschwung, als Driburg 1864 Anschluss an das Eisenbahnnetz erhielt.

Nach 1945 kam der Kurbetrieb zunächst nicht wieder in Schwung, da das Bad bis 1950 von der britischen Besatzungsmacht requiriert war. Im Mai 1951 schließlich begann die erste Kursaison nach dem Kriege, und für Bad Driburg ein ungemeiner Aufschwung. Neben dem gehobenen Kurbetrieb – noch heute Driburgs Stärke – wurde auch das Kur- und Krankenhauswesens für ein breiteres Publikum aufgebaut. 1974 erhielt Bad Driburg die staatliche Anerkennung als Heilbad. 1987 wurde eine Thermalbohrung erfolgreich abgeschlossen, 1994 die Driburg Therme eröffnet, die mit dem 32°C warmen Heilwasser gespeist wird. Mit jährlich über 65.000 Gästen und über 730.000 Übernachtungen zählt das traditionelle Moor- und Mineralheilbad zu den größten und bekanntesten Nordrhein-Westfalens. 2008 wurde es im Rahmen einer bundesweiten Qualitätsstudie als bestes Heilbad in Nordrhein-Westfalen ausgezeichnet.

Sehenswürdigkeiten

Östlich des Bad Driburger Stadtkerns liegt der 65 Hektar große Gräfliche Park. Die von Caspar Heinrich von Sierstorpff initiierte Anlage verfügt noch über die frühen Bauten, modern hergerichtet und noch heute im ursprünglichen Sinne genutzt. Im Park beeindruckt die zugleich zurückhaltende wie großzügige Konzeption und der alte Baumbestand.
Eine zweite Kuranlage mit Kurhaus und Park findet man in Bad Hermannsborn (zwischen Reelsen und Pömbsen). Hier begann 1860 die Nutzung der Heilquellen mit Bade- und Trinkkuren, 1924/25 wurden der Kurpark und das repräsentative Kurhaus angelegt.
Einen Abstecher wert ist Neuenheerse. 1107 wurde die Kirche des Stiftes neu erbaut, 1350 bis 1370 zur heutigen Hallenkirche umgebaut. Der Barockzeit entstammen der Innenschmuck, 1713 die Orgel und die Turmhaube. Die heutige Pfarrkirche St. Saturnina beeindruckte die Zeitgenossen so sehr, dass sich der Name „Eggedom" eingebürgert hat. Zwischen 1599 und 1603 entstand das große Abteigebäude, ein Zweiflügelbau im Stil der Weserrenaissance. Nach dem Zweiten Weltkrieg ging das Schloss an den Orden der Missionare vom Heiligen Blut. Die Patres machten daraus ein Internat und ein Gymnasium.
Im Wasserschloss Heerse findet man heute das „Internationale Museum für Naturkunde". Das auf einer privaten Sammlung basierende Museum zeigt europäisches Kulturgut, eine Ausstellung über Jagdsitten und Jagdkultur, Dokumente der Kolonialzeit und zur preußischen Geschichte. Die Dauerausstellung wird durch Wechselausstellungen ergänzt (www.wasserschloss-neuenheerse.de).
Die Ruine der Iburg aus dem 8. Jahrhundert thront noch immer hoch über Bad Driburg im Buchenwald. Eine Gaststätte zu ihren Füßen erlaubt einen grandiosen Blick über die Stadt sowie weit über den Nethegau bis zum Solling.
Burg Dringenberg wurde vor wenigen Jahren durch die Stadt unter Mithilfe des Heimatvereines Dringenberg saniert. Die viereckige Mauerringanlage, 1318 bis 1328 erbaut und im 15./16. Jahrhundert erweitert, ist mit ihrem 44 Meter tiefen Brunnen im Innenhof und dem Schmuck der Weserrenaissance ein herausragendes Baudenkmal.
Das Alte Rathaus in Dringenberg stammt im Kern von etwa 1550 und wurde in späterer Zeit zu Wohnzwecken umgebaut. Das Erdgeschoss ist zum Teil massiv erneuert, der Gewölbekeller entstand bereits um 1320. Der Bau beherbergt nun Kunstausstellungen, Sonntagscafé und Veranstaltungsräume.
Mehrere Ausstellungen sind dem Driburger Glas gewidmet. Das Glasmuseum der Stadt in der Schulstraße 7 zeigt Originalstücke, Modelle und Dokumente aus der 500-jährigen Geschichte von Glasherstellung und -handel (www.glasmuseum-bad-driburg.de). In der Innenstadt demonstriert eine Schauglashütte noch heute die Kunst des Glasblasens. Der „glas cube" im Industriegebiet Herste ist ein 2007 eröffnetes Ausstellungs- und Seminargebäude der Firma Leonardo mit außergewöhnlicher Architektur.
Um Technik ganz anderer Art geht es im ehemaligen Güterschuppen des Bahnhofs Bad Driburg: Hier ist eine der schönsten Modellbahn-Anlagen der Welt zu sehen. Im Maßstab 1:87 sind das Bahnbetriebswerk Ottbergen bei Höxter und Szenen der Strecke Ottbergen–Bad Driburg–Altenbeken nachgebaut (www.mo187.de).

Brauchtum, Feste, Tradition

Wie fast überall im Hochstift Paderborn sind die Schützenfeste ein Höhepunkt im Veranstaltungsreigen. In der Kernstadt findet das Schützenfest der Bürgerschützengilde jeweils am 2. Wochenende im Juli statt, die Schützenbruderschaft St. Fabian und Sebastian Neuenheerse feiert Mitte August.
Am ersten Maiwochenende findet der Bad Driburger Frühling (ungerade Jahre) bzw. Bad Driburg verwöhnt (gerade Jahre) statt, am dritten Septemberwochenende Bad Driburg unter Dampf bzw. das Glasbläserfest, am ersten Novemberwochenende der Kunstmarkt, am ersten Adventswochenende der Adventsmarkt.

Sport und Freizeit

Der Naturpark Teutoburger Wald/Eggegebirge drückt auch dem sportlichen Geschehen den Stempel auf: Wandern und Erholung in der

Natur stehen obenan. Das reicht vom Mountainbikerennen „Iburg-Bergsprint" im Juni über die örtliche 18-Loch-Golfanlage bis zum Kletterpark mit Hochseilgarten und Kletterwand. Der Gesundheits- und Fitness-Parcours Bad Driburg lädt mit acht Strecken mit einer Gesamtlänge von über 70 Kilometer zum Sport ein, Start- und Zielpunkt aller Strecken ist die Driburg-Therme mit ihrer Thermalwasser- und Saunalandschaft. Im Winter werden bei ausreichend Schnee rund um die Iburg Loipen gespurt. Bekanntester Sportverein ist der TuS Bad Driburg, die Damenmannschaft der Tischtennisabteilung gehört seit Jahren der ersten Bundesliga an.

Wirtschaft

Gesundheit, Erholung und touristische Angebote zum einen und Glas zum anderen dominieren bis heute das Wirtschaftsleben in Bad Driburg. Mit ihren Kliniken, Hotels, Quellen etc. ist die Unternehmensgruppe Graf von Oeynhausen-Sierstorpff mit über 800 Mitarbeitern größter Arbeitgeber.
Die Firma Glas-Koch („Leonardo") produziert mit gut 350 Mitarbeitern Geschenkartikel aus Glas. Ritzenhoff & Breker (200 Mitarbeiter) ist ebenfalls in der Branche Glas, Keramik, Geschenkartikel, Porzellan tätig. Walther-Glas befasst sich mit über 400 Mitarbeitern mit der Herstellung von Wirtschaftsglas und Geschenkartikeln.

Am 30. Juni 2006 waren in Bad Driburg 5.431 Personen sozialversicherungspflichtig beschäftigt, davon 2.091 im Gesundheits-, Erziehungs- und Sozialwesen, 1.104 im verarbeitenden Gewerbe und 1.093 im Handel.

Persönlichkeiten

Als Sohn eines Försters wurde am 25. Dezember 1813 Friedrich Wilhelm Weber in Alhausen geboren. Seine politische Laufbahn begann der Arzt als Driburger Stadtverordneter, von 1862 bis 1893 vertrat er den Wahlkreis Höxter/Warburg als Mitglied der Zentrumspartei im preußischen Landtag. Von 1867 bis 1887 lebte Weber mit seiner Familie auf dem Wasserschloss Thienhausen bei Steinheim, 1887 zog er nach Nieheim, wo er am 5. April 1894 starb. 1878 trat er mit dem Versepos „Dreizehnlinden" ins Rampenlicht. Mehr als zwei Millionen Exemplare wurden bis heute verkauft, was Weber zu einem der erfolgreichsten Dichter Westfalens machte. Die Erinnerung an Weber wird durch die Weber-Gesellschaft in seinem Geburtshaus in Bad Driburg-Alhausen und im Weberhaus Nieheim (siehe dort) wach gehalten.

Information

Stadt Bad Driburg, Am Rathausplatz 2, 33014 Bad Driburg, Tel.: 05253/88-0, info@Bad-Driburg.de, www.bad-driburg.de. Bad Driburger Touristik GmbH, Lange Straße 140, 33014 Bad Driburg, 05253/9894-0, info@bad-driburg.com, www.bad-driburg.com.

Blick auf den Ortsteil Neuenheerse mit dem markanten „Eggedom".

Bad Lippspringe

Kreis Paderborn

Nass: In Bad Lippspringe gibt es zahlreiche Quellen. Die größte und für Fluss wie Stadt namensgebende befindet sich unterhalb der Burgruine und schüttet 0,74 Kubikmeter Wasser pro Sekunde aus.
Fass: Historische Spiele und Gaudi-Wettbewerbe stehen im Mittelpunkt des Stadtfestes, das im Oktober stattfindet. Einer der Höhepunkte ist das traditionelle Bierfassrollen.

Geografische Lage/Verkehrsanbindung

Bad Lippspringe liegt im Nordosten des Kreises Paderborn vor dem Südwestabhang des Teutoburger Waldes bzw. Eggegebirges im Übergangsbereich zur Westfälischen Tieflandsbucht. Während der östliche Teil des Stadtgebiets bis in die Wälder des Eggegebirges ansteigt (hier findet man mit 426 Metern über NN den höchsten Punkt im Stadtgebiet), erstreckt sich der westliche bis weit in das Gebiet der Senne, hier befindet sich auf dem Truppenübungsplatz auch der tiefste Punkt im Stadtgebiet mit 125 Metern über NN.
Im Norden grenzt Bad Lippspringe an Schlangen, im Nordosten an Horn-Bad Meinberg (beide Kreis Lippe), im Süden und Westen an Paderborn, im Westen an Hövelhof, im Osten an Altenbeken (alle Kreis Paderborn). Das Stadtgebiet umfasst eine Fläche von rund 51 Quadratkilometern, etwa ein Drittel davon ist von Wald bestanden.
Hauptverkehrsachse der Stadt war und ist die frühere B 1 von Paderborn nach Hameln, entlang derer sich die Stadt in den letzten Jahrzehnten entwickelt hat. Inzwischen wurde die B 1 als Schnellstraße neu gebaut und führt als Umgehungsstraße nordwestlich am Ortskern vorbei. Eisenbahnanschluss hat Bad Lippspringe nicht mehr, auf der ehemaligen Stichstrecke nach Paderborn befindet sich ein Fahrradweg. Geschichte ist auch die Überland-Straßenbahn, die Bad Lippspringe einst mit Detmold und Paderborn verband. Nächstgelegene Bahnhöfe sind heute der Hauptbahnhof in Paderborn (mit Fernverkehr) sowie der Paderborner Nordbahnhof (Regionalverkehr).

Wichtige Daten und Wappen

Die Stadt Bad Lippspringe blieb von der kommunalen Neugliederung der 1970er-Jahre weitgehend unberührt. Sie ist deshalb heute die einzige Kommune des Kreises Paderborn, die keine Ortsteile hat.
Nach dem zwischenzeitlichen Verlust der im Mittelalter vom Paderborner Domkapitel verliehenen Stadtrechte erlangte Bad Lippspringe diese 1921 wieder. Die Stadt ist heilklimatischer Kurort und darf die amtliche Bezeichnung „Bad" seit 1913 tragen.
Das 1914 festgelegte Stadtwappen zeigt auf rotem Grund drei weiße, zwei zu eins gestellte Kreuze, die auf das Hochstiftkreuz zurückgehen. In ähnlicher Form – allerdings ohne die den Wappenschild krönenden Knospen – erscheint das Wappen bereits auf dem ältesten erhaltenen Stadtsiegel von 1531.
Am 31. Dezember 2007 zählte die Stadt 15.318 Einwohner. 50 Prozent der Bevölkerung sind katholisch, 25 Prozent evangelisch, die übrigen gehören sonstigen oder keiner Religionsgemeinschaft an.

Aus der Ortsgeschichte

Bad Lippspringe liegt auf geschichtsträchtigem Boden. 780 wird der Ort erstmals als „Lippiogyspringiae" von Karl dem Großen erwähnt; während der sächsisch-fränkischen Kriege (772 bis 804) traf Karl sich hier, nur wenige Kilometer von seiner Pfalz Paderborn entfernt, dreimal (776, 780 und 782) mit den Sachsen und hielt Reichsversammlungen ab. Für die Epoche nach der Karolingerzeit findet man lange Zeit keine Überlieferungen zu

Zu Füßen der Burgruine entspringt der Fluss Lippe.

diesem Ort, aber es ist davon auszugehen, dass auch weiterhin Menschen an der ergiebig sprudelnde Lippequelle siedelten. Für das Jahr 1235 ist die erste Erwähnung einer Familie „von Lippspringe" festzuhalten, 1312 erfolgt der Bau der Burg Lippspringe durch das Paderborner Domkapitel. Im Umkreis der Burg siedeln sich Bauern und Handwerker an, 1445 erhob das Domkapitel die befestigte Siedlung Lippspringe zur Stadt.
Im Dreißigjährigen Krieg wurde auch Lippspringe schwer in Mitleidenschaft gezogen, erst um 1665 teilweise wiederaufgebaut und auch die Burg neu befestigt. Im Siebenjährigen Krieg (1756 bis 1763) litt die Stadt erneut schwer und verarmte ebenso wie das ganze Paderborner Land.
Mit den Umwälzungen zu Beginn des 19. Jahrhunderts verlor das Paderborner Domkapitel seinen Besitz in Lippspringe, der zunächst unter die preußische Domänenverwaltung kam und später an Privatleute verkauft wurde – das Burggelände ist heute städtisch. Der Ort Lippspringe fand sich nun im Kreis Paderborn wieder. Eine Folge der preußischen Verwaltung war, dass Lippspringe 1843 – wie alle preußischen Orte mit weniger als 2.500 Einwohnern – seine Stadtrechte verlor.
Zu dieser Zeit hatte die Stadt bereits den ersten Schritt zu ihrer heutigen Bedeutung getan, denn 1832 war zufällig die erste Heilquelle, die vorher nur als Nebenquelle der Lippe galt, entdeckt worden; sie erhielt den Namen Arminius-Quelle. Lippspringe zog prominente und zahlungskräftige Gäste an, darunter den Herzog Adolf von Nassau, den späteren Großherzog von Luxemburg – nach ihm wurde das zweite Kurhaus „Prinzenpalais" benannt. Dank der beachtlichen Entwicklung des Kurwesens durfte sich der Ort seit 1913 auch amtlich „Bad Lippspringe" nennen, 1921 erhielt man die Stadtrechte zurück.
Nach dem Zweiten Weltkrieg schlugen wie in den benachbarten Kurorten auch in Bad Lippspringe die britischen Besatzungsmächte ihre Quartiere auf. Nach deren Abzug nahm ab den 1950er-Jahren das Kurwesen einen rasanten Aufschwung. 1962 wurde im Kurwald die Martinus-Quelle erbohrt, sie versorgt bis heute das Thermal-Freibad, die Westfalen-Therme, das Hallenbad sowie das Therapiezentrum Martinus-Quelle mit dem Bewegungsbad. Auch entwickelte sich Bad Lippspringe nun zu einem führenden deutschen Allergie-Zentrum. 1975 wurde Bad Lippspringe „Staatlich anerkanntes Heilbad", 1980 erhielt die Stadt die Anerkennung als „Heilkli-

matischer Kurort". Im Jahr 2006 wurde durch den Verband der Heilklimatischen Kurorte Deutschlands zusätzlich die Auszeichnung „Premium Class" verliehen.
Ebenso wie die anderen ostwestfälisch-lippischen Kurorte blieb auch Bad Lippspringe von den tiefgreifenden Veränderungen im Gesundheitswesen der 1990er-Jahre nicht verschont; Umstrukturierungen und Kapazitätsabbau, aber auch die Entwicklung neuer Angebote waren unumgänglich. So wurden im Rahmen der „Expo Initiative Ostwestfalen-Lippe" 2000 der Allergiepfad und der Kommunikationspark errichtet; die allergologischen Gärten am Prinzenpalais informieren über Pflanzenarten mit ihren Besonderheiten. Am Jordan wurde die Nebelwiese angelegt, um für Allergiepatienten ein Gebiet mit reduziertem Pollenflug zu schaffen.

Sehenswürdigkeiten

Bad Lippspringes größter Trumpf sind die ausgedehnten Kurparks, die angeschlossenen Einrichtungen und das besondere Heil-Klima. Der Arminiuspark, ältester der drei Kurparks, lässt noch heute die „Handschrift" des berühmten preußischen Gartenbaudirektors Peter Josef Lenné erkennen, dessen Anlagen hier als Vorbilder wirkten. Wald und Gebirge schützen Bad Lippspringe vor rauen Nord- und Ostwinden und sorgen für das besondere

Im so genannten Prinzenpalais findet man heute unter anderem das Allergiezentrum.

Heilklima, bei dem die Temperatur- und Feuchtigkeitswerte stets ausgeglichen sind. Als eine Art Staubfilter erweist sich dabei der etwa 240 Hektar große Kurwald, der sich unmittelbar an das Kurgebiet anschließt. 25 Kilometer steigungsfreie Wanderwege durchziehen den dichten Mischwald.
1991 wurde in Bad Lippspringe das erste deutsche Allergie-Dokumentations- und Informationszentrum (ADIZ) seiner Bestimmung übergeben. Ziel dieser Institution ist es, Allergikern und Atemwegserkrankten mehr Wissen über ihr Leiden zu vermitteln. Ein Allergielehrpfad führt durch die Fußgängerzone bis in das ADIZ, das im Prinzenpalais im Arminiuspark untergebracht ist. Im ADIZ findet man auch die Geschäftsstelle der Stiftung Deutscher Polleninformations-Dienst, die an mehr als 50 Standorten in der Bundesrepublik Pollenmessstationen eingerichtet hat.

Kultur

Im Heimatmuseum (Haus Hartmann) an der St. Martinskirche kann der Besucher die Geschichte des Ortes an sich vorbeiziehen lassen. Vom Mammutzahn bis zum Wasserleitungsrohr aus Eiche aus den frühen Anlagen des Bades, vom Sachsenschwert aus dem

Frühmittelalter über ein Stadtmodell des Jahres 1600 bis zum Modell des Badestädter Rathauses aus dem Jahre 1802 reicht die Palette der gezeigten Gegenstände.
In der Sammlung zur Geschichte des Roten Kreuzes sind die unterschiedlichsten Exponate zusammengetragen, die die Organisation in den verschiedensten Bereichen ihrer humanitären Arbeit darstellen. Die Sammlung wächst ständig und bietet im Archiv bzw. in der Bibliothek so manchen Hinweis zur geschichtlichen Entwicklung des Roten Kreuzes in Westfalen-Lippe.
Neben dem ADIZ findet man im Prinzenpalais auch das Senne-Informationszentrum, das Natur, Landschaft und Geschichte der einzigartigen Senne-Landschaft (auch des militärisch genutzten Teils) in einer sehenswerten Ausstellung präsentiert.

Brauchtum, Feste, Traditionen

Am letzten Wochenende im Juni findet das Europafestival statt, eine große Innenstadtkirmes mit viel Musik und Folklore, wobei in jedem Jahr ein anderes Mitglied der EU als Gastland im Mittelpunkt steht.
Traditionell lädt die Kurstadt seit den 1950er-Jahren zur Parkbeleuchtung im Kaiser-Karls-Park ein. Geboten werden neben verschiedenen Gaumenfreuden aufwändige Lichtinstallationen, ein attraktives Musikprogramm und ein finales Musikfeuerwerk. Am zweiten Wochenende im Oktober lädt Bad Lippspringe ein zum Stadtfest. Neben Kirmestrubel stehen hier musikalische Darbietungen, vor allem aber (historische) Spiele und Wettbewerbe im Mittelpunkt.

Wirtschaft

Das Gesundheitswesen ist für Bad Lippspringe der mit Abstand wichtigste Wirtschaftsfaktor, größere Industriebetriebe gibt es nicht. Das Medizinische Zentrum für Gesundheit Bad Lippspringe verfügt heute über 1.050 Betten und versorgt mit rund 800 Beschäftigten in sieben Kliniken und Instituten stationäre und ambulante Patienten. Auch Gastronomie und Unterhaltung lehnen sich an Touristik- und Kurbetrieb an, so verfügt Bad Lippspringe mit der Westfalen-Therme über eines der ältesten und größten Freizeit- und Erlebnis-Bäder der Region.
Am 30. Juni 2006 waren in der Stadt Bad Lippspringe 3.173 Personen sozialversicherungspflichtig beschäftigt. Mit 1.270 Personen waren die meisten davon im Bereich Gesundheits-, Erziehungs- und Sozialwesen beschäftigt, 481 im verarbeitenden Gewerbe, 394 im Baugewerbe.

Information

Stadtverwaltung Bad Lippspringe, Friedrich-Wilhelm-Weber-Platz 1, 33175 Bad Lippspringe, 05252/26-0, info@Bad-Lippspringe.de, www.bad-lippspringe.de.
Bad Lippspringe Marketing GmbH – Tourist-Information, Lange Straße 6, 33175 Bad Lippspringe, 05252/9770-0, Marketing@Bad-Lippspringe.de.

Wegweiser und historische Windmühle an einer Wegkreuzung auf dem Truppenübungsplatz Senne.

Bad Oeynhausen

Kreis Minden-Lübbecke

Wasser und mehr: Das Wahrzeichen von Bad Oeynhausen ist der Jordansprudel – die größte kohlensäurehaltige Thermalquelle der Erde. Lebenswichtige Mineralstoffe machen die Quellen so reich – und das Bad so beliebt bei Gesundheitssuchenden.
Viel Verkehr: Durch die Stadt fahren täglich bis zu 50.000 Fahrzeuge, die von Osnabrück aus über die A 30 kommen und in Richtung Hannover zur A 2 möchten. Mit der „Nordumgehung" soll die Lücke zwischen den Autobahnen nun geschlossen werden.

Geografische Lage/Verkehrsanbindung

Die Stadt Bad Oeynhausen liegt im Süden des Kreises Minden an den Ufern von Werre und Weser, sie wird umrahmt vom Ravensberger Hügelland und dem Wiehengebirge. Im Osten grenzt Bad Oeynhausen an Porta Westfalica, im Norden an die Stadt Minden und die Gemeinde Hille, im Nordwesten an die Gemeinde Hüllhorst (alle Kreis Minden-Lübbecke), im Westen schließt sich Löhne, im Süden Vlotho (beide Kreis Herford) an. Der höchste Punkt im Stadtgebiet ist mit 255 Metern über NN der Finkenberg im Wiehengebirge, der niedrigste Punkt ist mit 41 Metern der Austritt der Weser aus dem Stadtgebiet.
Kaum ein Verkehrsmittel, mit dem man Bad Oeynhausen nicht erreichen kann: per Autobahn aus Richtung Dortmund und Hannover über die im Süden am Stadtgebiet entlang laufende A 2 oder aus Richtung Amsterdam über die A 30 – bislang haben beide Autobahnen noch keine Verbindung, so dass sämtlicher Verkehr der A 30 durch die Stadt geführt werden muss. Der Lückenschlusses der A 30, die seit vielen Jahren diskutierte Nordumgehung, ist aber beschlossen und wird gebaut. Mit Herford und Minden ist Bad Oeynhausen über die B 61 verbunden, über die B 514 mit dem Extertal (mit Anschluss nach Lemgo und Rinteln).
Der Bahnhof von Bad Oeynhausen liegt an der Strecke Hamm–Bielefeld–Minden–Hannover und wird von einzelnen IC angesteuert, außerdem halten in Bad Oeynhausen die Züge der in Löhne abzweigenden Fernverkehrsstrecke nach Osnabrück und Amsterdam. Der Regionalexpress fährt stündlich nach Hannover und über Bielefeld ins Ruhrgebiet (Westfalen-Express). Im Bahnhof Bad Oeynhausen Süd halten zudem die Regionalbahnen von Bielefeld nach Rinteln und Hameln. Für Flugzeuge steht ein kleiner Flughafen in Vennebeck zur Verfügung. Auf der Weser verkehrt im Sommer die Fähre „Amanda" von Rheme bis Porta Westfalica.

Wichtige Daten und Wappen

Das Stadtgebiet umfasst 6.480 Hektar, mehr als die Hälfte davon ist landwirtschaftliche Fläche. Ende 2007 lebten in Bad Oeynhausen 49.116 Einwohner, davon sind 56 Prozent evangelisch, zehn Prozent katholisch, 34 Prozent anderen Glaubens beziehungsweise konfessionslos.
Die heutige Stadt entstand 1973, als sich die sieben Gemeinden des Amtes Rehme mit der Stadt Bad Oeyhausen zu einer neuen Kommune zusammenschlossen. Seither besteht der Kurort aus den Stadtteilen Bad Oeynhausen, Dehme, Eidinghausen, Lohe, Rehme, Volmerdingsen, Werste und Wulferdingsen. 1863 wurde der Stadt Bad Oeynhausen als Wappen eine silberne Leiter mit vier Sprossen vor blauem Hintergrund verliehen – das Familienwappen der Familie von Oeynhausen. Die Merletten (kleine entenartige Vögel ohne Schnabel und Füße) stammen aus dem Wappen einer adeligen Familie, die im 13. Jahrhundert in Rehme ansässig war; sie kamen nach der Eingemeindung in das Wappen.

Gradierwerk im Kurpark.

Aus der Ortsgeschichte

753 wurde Rehme in den fränkischen Annalen erstmals urkundlich erwähnt. Entscheidend für die Gründung von Bad und Stadt Oeynhausen waren die Solevorkommen, die um 1745 entdeckt wurden. Preußenkönig Friedrich II. förderte den Bau einer Saline, der „Königlichen Saline Neusalzwerk". Der Sültemeyer-Brunnen im Zentrum Bad Oeynhausens erinnert an die Sage der Entdeckung der Sole in Bad Oeynhausen – demnach hatte sich der Bauer Colon Sültemeyer über die Salzkruste auf seinen Schweinen gewundert, nachdem sie sich im Morast gewälzt hatten.
Zwischen 1830 und 1845 suchte der preußische Berghauptmann Carl von Oeynhausen (1795–1865) auf dem Gelände des heutigen Kurparks nach Steinsalzvorkommen, statt dessen stieß er auf eine Thermalsolequelle. Das entstehende Heilbad hieß „Neusalzwerk bei Rehme". Friedrich Wilhelm IV. verfügte 1848 die Umbenennung der Badeanstalt in „Königliches Bad Oeynhausen"; später übernahm die 1860 zur Stadt erhobene Gemeinde den Namen. Stadt und Bad entwickelten sich im 19. Jahrhundert rasant. Der Kurpark wurde nach Plänen von Peter Joseph Lenné angelegt; für den Bau des Badehauses I wurde ein Schüler Schinkels gewonnen. Um den Kurpark entstanden Häuser des gehobenen Bürgertums. Weitere Thermalsolen wurden erbohrt, darunter auch 1926 der Jordansprudel, mit 6.000 Litern pro Minute die größte kohlensäurehaltige Thermalsolequelle der Welt. Der Jordansprudel ist noch heute das Wahrzeichen der Stadt.
Der Ruf des „Weltbades" Oeynhausen verstummte 1945, als die Stadt Hauptquartier der Britischen Rheinarmee wurde. Zahlreiche Gebäude wurden beschlagnahmt, durch Brände litt die historische Bausubstanz. Nach Freigabe der Stadt 1954 konnte der Kurbetrieb wieder aufgenommen werden. Seit 1946 wurde das Heilbad als einziges Staatsbad des Landes Nordrhein-Westfalen etabliert. Erst 2004 ging das Staatsbad in kommunale Trägerschaft über.

Sehenswürdigkeiten

Der im Stil eines englischen Landschaftsparks angelegte Kurpark lohnt in jedem Fall einen Spaziergang. Sehenswert sind sein alter Baumbestand und das Kaiserpalais, die elegante Wandelhalle mit Säulengang, die Badehäuser und das im Rokokostil gehaltene Theater im Park. Auch die Bürgerhäuser rund um den Kurpark sind beachtenswert.
Der amerikanische Star-Architekt Frank O. Gehry plante das Zentrum für Kommunikati-

Der Wasserkrater ist das Herzstück der „Aqua Magica".

on und Technologie „Energie–Forum–Innovation", das ein Energieversorger in Bad Oeynhausen erbauen ließ. Vom gleichen Architekten stammt das Elternhaus im Kurpark, das unter der Schirmherrschaft der Organisation „Ronald McDonalds Kinderhilfe" Eltern und Familienangehörigen von Kindern, die im Herz- und Diabeteszentrum behandelt werden, ein Zuhause auf Zeit gibt.
Der „Park der Magischen Wasser", vielen besser bekannt unter dem Namen „Aqua Magica", wurde 1997 vom französischen Landschaftsarchitekten Henri Bava und Olivier Philippe für die Landesgartenschau 2000 entworfen. Mit dem etwa 20 Hektar großen Landschaftspark im Grenzgebiet von Bad Oeynhausen und Löhne ist für beide Städte ein ideales Naherholungsgebiet entstanden. Im weitläufigen Bürgerpark finden seither viele Veranstaltungen statt – vom Bürgerfest über Mondscheinkino bis hin zu Autorenlesungen. Herzstück ist der begehbare, 18 Meter tiefe Wasserkrater – vor allem im Sommer ein erfrischendes Vergnügen.
Nur ein paar Meter sind es von hier ins Siekertal mit dem sehenswerten Museumshof und der Hofwassermühle. Das älteste der Fachwerkgebäude ist das um 1654 erbaute Heuerlingshaus.

Kultur

Wie es sich für einen Kurort gehört, gibt es täglich – außer mittwochs – Kurkonzerte. Das Orchester des Staatsbades spielt dann in der Wandelhalle oder den umliegenden Kliniken. Hinter der Rokokofassade des Theaters im Park wird ein buntes Veranstaltungsspektrum geboten. Neben Klassikern wie der Nordwestdeutschen Philharmonie sorgen Kabarett-Aufführungen und Sondershows wie der Chinesische Nationalzircus für ein abwechslungsreiches Programm. Karten für das Theater im Park (TIP) gibt es bei der Tourist-Information (Haus des Gastes, 05731/1300).
Ins ehemalige Kurhaus lädt das GOP-Varieté-Theater ein – in den prachtvollen Räumen des Kaiserpalais findet fast täglich Artistik, Clownerie, Zauberei und Comedy statt (05731/74480, www.kaiserpalais.de).
Seit 1985 betreibt der Verein „Druckerei Begegnungszentrum e.V." in den Räumen eines alten Firmengebäudes ein soziokulturelles Zentrum (05731/22777, www.dbbo.de).
Auch auf dem Gelände der ehemaligen Landesgartenschau „Aqua Magica" gibt es zahlreiche kulturelle Veranstaltungen. Höhepunkt ist jedes Jahr das internationale Literaturfest „Poetische Quellen" mit Lesungen renommierter Autoren.
Das deutsche Märchen- und Wesersagenmuseum ist in einer schönen Gründerzeitvilla direkt am Kurpark untergebracht. Das aus der privaten Stiftung von Dr. Karl Paetow (1903–1992) hervorgegangene Museum bietet Einblicke in das weite Feld der alten Volkserzählungen und beschäftigt sich mit der bildlichen Umsetzung von Märchen und Sagenmotiven. Bekannt ist es für seine Bibliothek, Märchenerzählstunden und Ausstellungen (05731/143410).

Brauchtum, Feste, Traditionen

Ein Fest „von Bürgern für Bürger" ist die „Innenstadtfete", die seit mehr als 30 Jahren alljährlich rund 50.000 Besucher in die Innenstadt von Bad Oeynhausen lockt. Sie findet jeweils am Wochenende vor dem Beginn der Sommerferien in Nordrhein-Westfalen statt.
Der Frühjahrsmarkt, der Herbst-, der Bauern- und der Weihnachtsmarkt sorgen ebenfalls dafür, dass es in der Innenstadt nicht langweilig wird.
Am ersten Wochenende im August leuchtet dann der Kurpark: Parklichter werden angesteckt, das traditionelle Kurparkfest wird gefeiert, das freitags mit einem Konzert international bekannter Künstler startet und seinen Höhepunkt am Samstag mit einem Feuerwerk erlebt. Sonntags ist dann Familientag.

Sport und Freizeit:

Bad Oeynhausen liegt an einem der bekanntesten Radwanderwege, dem Weser-Radweg. Er ist mit 450 Kilometern der beliebteste Radwanderfernweg Deutschlands. Darüber hinaus kann auch auf dem Else-Werre-Radweg, dem Soleweg oder auf der Gastrotour und der Kulturroute geradelt werden.
Zahlreiche Wanderwege führen durch die Landschaft, beispielsweise der Wittekindsweg, der Mühlensteig und der Wanderweg „Rund um den Jordansprudel".

Schloss Ovelgönne im Ortsteil Eidinghausen wird heute für Festlichkeiten genutzt.

Wer sich Bad Oeynhausen nicht mit eigener Muskelkraft erschließen will, der kann auch in den „Wolkenschieber" einsteigen: die kleine Bahn fährt auf drei Routen durch das Stadtgebiet mit dem Kurpark und die angrenzenden Parklandschaften, das Siekertal und den Sielpark. Alle Touren starten und enden an der Wandelhalle im Kurpark, direkt gegenüber der Tourist-Information. Der Wolkenschieber funktioniert wie ein Bussystem mit Haltestellen.
Wasserratten sind in der Bali-Therme, einer Badewelt mit warmem Thermalwasser, genau richtig. Hier gibt es in einem Erlebnisbecken Grottenlandschaften, Wasserfälle und einen Wildwasser-Strömungskanal. Die neu gestaltete Saunalandschaft bietet unterschiedliche Bereiche, vom Dampfbad bis zur Erdsauna. Oldtimer und Motorräder gibt es im Auto-Motor-Freizeit Museum „Motortechnica" zu bestaunen (05731/99 60).

Wirtschaft

Das Gesundheits- und Kurwesen prägt die Wirtschaft von Bad Oeynhausen. Bad Oeynhausen beherbergt ein renommiertes Herz- und Diabeteszentrum. Mit der „Klinik am Korso" befindet sich die einzige deutsche Spezialklinik zur Behandlung von Essstörungen im Kurort; darüber hinaus gibt es verschiedene Reha-Kliniken. Größter Arbeitgeber der Stadt ist jedoch die diakonische Stiftung Wittekindshof im Ortsteil Volmerdingsen mit etwa 2.000 Beschäftigten.
Ein Großprojekt für den Aufbruch ins 21. Jahrhundert war der Bau des Werreparks. Bedeutung kommt in Bad Oeynhausen auch dem Gaststätten- und Hotelgewerbe zu – der Ort hat elf Hotels mit 653 Betten, sieben Pensionen und drei Hotels garni.
Zum 30. Juni 2006 waren in der Stadt insgesamt 20.463 sozialversicherungspflichtig Beschäftigte registriert, davon 7.792 im Gesundheits-, Erziehungs- und Sozialwesen. 5.009 Personen waren im verarbeitenden Gewerbe tätig, 2.525 im Handel.

Persönlichkeiten

Der Gewerkschafter und SPD-Politiker Fritz Tarnow wurde 1880 in Bad Oeynhausen geboren. Er kam über den Holzarbeiterverband zur Gewerkschaftsarbeit, 1928 zog er in den Reichstag ein. Nach der Zerschlagung der Gewerkschaften wurde er am 2. Mai 1933 verhaftet. Nach seiner glücklichen Freilassung floh er ins Exil und versuchte von dort aus den Wiederaufbau der Gewerkschaften vorzubereiten. 1946 kehrte er zurück und war 1946/47 Sekretär des Gewerkschaftsbundes von Württemberg und Baden.
Jüngster „Promi" aus Bad Oeynhausen ist sicher der Fußballnationalspieler Arne Friedrich – er wurde 1979 im Staatsbad geboren, spielte unter anderem in der zweiten Liga für Arminia Bielefeld und als rechter Außenverteidiger für Herta BSC Berlin.

Information

Staatsbad Bad Oeynhausen GmbH, Tourist-Information im Haus des Gastes, Im Kurpark 32545 Bad Oeynhausen, 05731/1300, staatsbad@badoeynhausen.de.

Bad Salzuflen

Kreis Lippe

Wie an der See: „Luft und Wasser wie an der See. Mitten in Deutschland". Mit diesem Slogan lockt Bad Salzuflen unter Hinweis auf die Kraft seiner Solequellen jährlich hunderttausende Besucher an.
Wie im Gebirge: Der Norden des Stadtgebiets ragt in die Ausläufer des Weserberglandes. Dichte Wälder und Höhenzüge lassen nichts weiter entfernt erscheinen als die See.

Geografische Lage/Verkehrsanbindung

Bad Salzuflen liegt im Westen des Kreises Lippe. Die Stadt grenzt im Norden an Vlotho (Kreis Herford), im Osten an Lemgo, im Süden an Lage und Leopoldshöhe (alle drei Kreis Lippe), im Westen zu einem kleinen Teil an die kreisfreie Stadt Bielefeld, ansonsten an Herford. Die höchste Erhebung im Stadtgebiet liegt in der Nähe des Gutes Volkhausen mit 254 Metern ü. NN. Der tiefste Punkt befindet sich an der Werre bei deren Übertritt auf Herforder Stadtgebiet mit 70 Metern. Das Stadtgebiet von Bad Salzuflen umfasst 100 Quadratkilometer, davon sind rund 15 Quadratkilometer Waldgebiet, 58 werden landwirtschaftlich genutzt.
An ihrer Westgrenze wird die Stadt Bad Salzuflen von der Bundesautobahn A 2 durchquert. Von der Anschlussstelle Herford-Bad Salzuflen führt die B 239 ins Stadtgebiet, von der Anschlussstelle Ostwestfalen-Lippe die „Ostwestfalenstraße" (B 252). Der Bahnhof Bad Salzuflen und die zum Stadtgebiet gehörenden Haltepunkte Schötmar und Sylbach liegen an der Strecke Herford–Lage–Altenbeken, die im Stundentakt bedient wird; in Herford besteht Anschluss an die IC-Strecke Ruhrgebiet–Hannover, in Altenbeken an die IC-Strecke Hamm–Kassel.
Das Stadtgebiet wird seit 1984 von einem Stadtbussystem erschlossen, die Busse treffen sich werktags im 60-Minuten-Takt am Markt. Regionalbusse stellen Verbindungen mit Bielefeld, Herford, Lemgo und Leopoldshöhe sowie Vlotho her.

Wichtige Daten und Wappen

Die heutige Stadt Bad Salzuflen entstand am 1. Januar 1969, als die bis dahin selbständigen Gemeinden Biemsen-Ahmsen, Ehrsen-Breden, Grastrup-Hölsen, Holzhausen, Papenhausen, Lockhausen, Retzen, Wülfer-Bexten, Wüsten und Werl-Aspe sowie die Städte Schötmar und Bad Salzuflen zur neuen Großgemeinde Bad Salzuflen zusammengeschlossen wurden. Außerdem kamen Teile der Orte Krentrup und Nienhagen sowie Welstorf (Bauerschaft Pillenbruch) hinzu. Zunächst gehörte das neue Bad Salzuflen zum Kreis Lemgo, der 1973 mit dem Kreis Detmold zum neuen Kreis Lippe zusammengelegt wurde. Die neue Stadt hat das alte Stadtwappen von Bad Salzuflen fast unverändert übernommen: ein Brunnenschacht mit zwei Galgenbäumen, an denen je ein Eimer hängt; darüber ein goldener achtstrahliger Stern. Dieses Wappen charakterisiert die Bedeutung, die der Salzbrunnen für die Geschichte des Ortes hat; der Stern weist auf die ehemalige Zugehörigkeit zur Grafschaft Sternberg hin.
Am 31. Dezember 2007 zählte die Stadt Bad Salzuflen 55.629 Einwohner. 54 Prozent der Bevölkerung sind evangelisch, zwölf Prozent katholisch, die übrigen gehören anderen Glaubensrichtungen an oder sind ohne Konfession.

Aus der Ortsgeschichte

Eine Siedlung Uflon und eine Salzstätte („locum salis in Uflon") werden schon im frühen 11. Jahrhundert in einer Schenkungsurkunde des Paderborner Klosters Abdinghof erstmals erwähnt. Diese Salzstätte befand sich an einem Ort, der noch heute „Salzhof" genannt wird.

Fachwerkhäuser in der Langen Straße.

Dank des einträglichen Salzhandels und der Förderung durch die Sternberger Grafen entwickelte sich die Siedlung Salzuflen im 13. Jahrhundert zu einer blühenden Minderstadt („Wigbold"). In der zweiten Hälfte des 15. Jh. wurde der mittlerweile in den Besitz der Edelherren zur Lippe übergegangene Ort durch eine Ringmauer mit vier Toren und drei Wehrtürmen befestigt. 1488 verlieh Edelherr Bernhard VII. zur Lippe dem bisherigen Wigbold die vollen Stadtrechte.
Bis zum Dreißigjährigen Krieg florierte der Salzhandel und brachte der jungen Stadt großen Reichtum; prachtvolle Bürgerhäuser und das Rathaus legen bis heute Zeugnis davon ab. Zahlreiche Truppendurchzüge, Einquartierungen und Kontributionsleistungen beendeten die Blütezeit der Stadt; der Salzhandel kam im Krieg fast gänzlich zum Erliegen. Zudem forderte 1636 eine Pestepidemie 454 Todesopfer, das war in etwa ein Drittel der Einwohnerschaft. Als man sich langsam wieder zu erholen begann, führten die Truppendurchzüge und Einquartierungen des Siebenjährigen Krieges von 1756 bis 1763 die Stadt an den Rand des Ruins. 1766 sah man sich gezwungen, das Salzwerk an den Landesherrn zu verkaufen.

Im frühen 19. Jahrhundert begann eine neue, hoffnungsvolle Periode in der Geschichte der Salz-Stadt: 1818 wurde die Sole erstmals für Bäder verwendet, es ist das Geburtsjahr des heutigen Staatsbades. Der wirtschaftliche Aufschwung im 19. Jahrhundert ist aber auch eng verbunden mit den 1850 gegründeten Hoffmann's Stärkefabriken, die innerhalb weniger Jahrzehnte zum größten europäischen Stärkeproduzenten aufsteigen sollten. 1880 wurde die Bahnlinie Herford–Detmold eröffnet und verband Salzuflen mit dem Schienennetz.
Um 1900 erfuhr der Badebetrieb durch wachsenden Wohlstand, bessere Verkehrsverbindungen und die allgemeine Mode einen weiteren Auftrieb. Das erste Badehaus außerhalb der Altstadt („Woldemarbad") öffnete 1895, vier Jahre später wurde das Kurhaus feierlich eingeweiht, 1906 wurde die ersten Thermalquelle im Bereich des jetzigen Kurparkgeländes (Leopoldsprudel) erbohrt. 1914 schließlich, fast hundert Jahre nach Aufnahme des Badebetriebs, verlieh die Fürstlich Lippische Regierung der Stadt den Titel „Bad" – ein Titel übrigens, den das andere lippische Staatsbad Meinberg bereits seit 1903 tragen durfte.
Die Entwicklung zum Kurort führte zu unübersehbaren Veränderungen im Stadtbild. Die

Das Rathaus von 1545 ist ein herausragendes Baudenkmal der Weserrenaissance.

Saline auf dem Salzhof stellt die Produktion ein. 1926 wurden die Siedekotten abgebrochen, auf dem Salzhofplatz finden heute die Wochenmärkte und diverse Stadtfeste statt. Im Laufe der Zeit verschwanden viele alteingesessene Gewerbe und wurden durch den Handel und das Kurwesen ersetzt, von dem auch die zahlreichen Pensionen der Stadt profitierten. 1945 schließlich – die Stadt war vom Krieg nur wenig in Mitleidenschaft gezogen worden – wurde die unrentabel gewordene Salzgewinnung endgültig eingestellt.

Sehenswürdigkeiten

In der Kernstadt Bad Salzuflen zeugen zahlreiche Fachwerkhäuser noch von dem Wohlstand, den einst die Salzgewinnung schuf. Das trifft besonders auf die Lange Straße zu (heute Fußgängerzone). Die mit reichen Schnitzereien und Verzierungen versehenen Häuser sind gut erhalten, im Erdgeschoss aber meist durch den Umbau zu Ladengeschäften stark verändert.
Sehenswert sind auch die historischen Bauten am Markt – teils Fachwerkbauten, teils Steinhäuser – aus dem 16. und 17. Jahrhundert. Herausragend ist hier das Rathaus von 1545, dessen Giebel aus dem Jahre 1580 stammt und das als wegweisend für die lippischen Bauten der Weserrenaissance gilt.
Auf einem Bergsporn oberhalb des Marktes liegt die evangelisch-reformierte Stadtkirche. Der im Kern spätmittelalterliche Saalbau wurde ab 1762 nach einem Brand wieder aufgebaut. 1892 kam es zu einer umfassenden Erneuerung und Erweiterung des Gebäudes. Der dem Schiff vorgelagerte Turm ist spätgotisch, seine Haube stammt von 1782.
Der rund 120 Hektar große Kur- und Landschaftspark ist einer der größten seiner Art in Deutschland, große angrenzende Wälder stützen den Eindruck der Weitläufigkeit nachhaltig. Rund um Park und Kurhäuser gruppieren sich breit gefächerte Gesundheits- und Wellnessangebote, in deren Mittelpunkt die natürliche Heilkraft der Solequellen steht. Täglich rieseln von den Schwarzdornwänden der Gradierwerke 600.000 Liter Sole und bilden ein großes Freiluft-Inhalatorium.
Schötmar, die ehemalige Industriestadt, verfügt über einen Ortskern mit kleinstädtischem Charakter. Sehenswert ist das ab 1729 vom Rittergutsbesitzer Freiherr von Donop errichtete spätbarocke Schloss, heute ist hier die Musikschule der Stadt Bad Salzuflen zuhause. Der historische Schlosspark mit einer Größe von gut fünf Hektar geht ebenfalls bis ins 18. Jahrhundert zurück, aus dieser Zeit stammen vermutlich auch die mächtigen alten Bäume. Aus dem einstmals herrschaftlichen Lustgarten und späteren botanischen Schaugarten ist heute eine Parkanlage geworden.

Kultur

Das Kur- und Stadttheater verfügt über 498 Plätze und bietet den Rahmen für vielversprechende Theaterabende. Entsprechend breit

Oben: Die historischen Salinen im Kurpark.
Unten: Der Leopoldsbrunnen.

gefächert ist das Theaterangebot. Es reicht von der Komödie bis zum Drama, vom Psychothriller bis zum Krimi und beinhaltet außerdem Opern, Operetten und Musicals.
Das Stadt- und Bädermuseum im 1618 errichteten „Haus Obermeyer" bietet eine reichhaltige Sammlung zur Stadt- und Salinengeschichte. Die Ausstellung zur deutschen Bädergeschichte gilt als einmalig.
Neben der Dauerausstellung werden Sonderausstellungen, oft in Zusammenarbeit mit anderen Salz- oder Bädermuseen, präsentiert.

Brauchtum, Feste, Traditionen

Das „Salzsiederfest" ist ein jährliches Stadtfest, das im Mai in der Innenstadt Musik-, Unterhaltungs- und Verkaufsveranstaltungen bietet. Im August findet auf dem Salzhof das Weinfest statt. Ende November beginnt der Weihnachtsmarkt auf dem Salzhof und in der gesamten Innenstadt.
Jedes Jahr im Oktober feiert Schötmar zu Ehren des Heiligen Kilian das Kiliansfest.

Sport und Freizeit

In Bad Salzuflen dreht sich vieles um das Thema Wasser, nicht nur um salzhaltiges. So kann man auf den kleinen Flüssen Bega und Werre mit einem regionalen Veranstalter Kanutouren unternehmen.
Sportliche Betätigung in schöner Landschaft bietet – neben den zahlreichen Wander-, Walking- und Rad-Routen – auch der Golfplatz des Golf- und Landclubs Bad Salzuflen am Schwaghof.

Im Schloss Schötmar ist heute Bad Salzuflens Musikschule zu Hause.

Wirtschaft

Neben dem Kurbetrieb, der durch die Veränderungen im Gesundheitswesen von Krisen nicht verschont geblieben ist, entwickelte Bad Salzuflen im späten 20. Jahrhundert neue Stärken. Der geografisch günstig gelegenen Stadt gelang es, zum Messestandort für die Möbelindustrie der Region zu werden. Heute sind die Messehallen Bad Salzuflen – in denen es längst nicht mehr nur um Möbel geht – die herausragende Institution dieser Art in OWL. Aber auch im Kurwesen geht es wieder aufwärts, die Gästezahlen steigen. Dabei ist eine Trendwende zu Kurzurlauben unübersehbar. Gesundheit und Tourismus werden auch weiterhin die bedeutendsten Wirtschaftsbereiche Bad Salzuflens sein.

Von den Unternehmen, die ihren Sitz in Bad Salzuflen haben, ist „Maritim" das überregional bekannteste. Maritim ist die zweitgrößte deutsche Hotelkette, die auch in Bad Salzuflen am Kurpark ein Hotel betreibt.

Am 30. Juni 2006 waren in Bad Salzuflen 16.554 Personen sozialversicherungspflichtig beschäftigt, davon 4.872 im verarbeitenden Gewerbe, 3.565 im Gesundheits-, Erziehungs- und Sozialwesen sowie 2.650 im Handel.

Persönlichkeiten

Eduard Hoffmann (geboren am 12. September 1832 in Magdeburg, gestorben am 16. Dezember 1894 in Salzuflen) brachte die von seinem Vater gegründeten und für die Entwicklung der Stadt bedeutsamen Hoffmann`s Stärkefabriken zu Weltruhm. 1990 stellte das Werk in Bad Salzuflen die Produktion ein. Die Wäschepflege-Marke mit der Katze wird jetzt von einem internationalen Konzern produziert und vertrieben.

Jürgen von der Lippe kam am 8. Juni 1948 in Bad Salzuflen als Hans-Jürgen Dohrenkamp zur Welt. Der Entertainer, Sänger, Schauspieler und Komiker hat seinen Künstlernamen angeblich gewählt, weil Journalisten damit viele Wortspiele bilden könnten – ohne ausdrücklichen Bezug zu seiner lippischen Heimat.

Johann Schröder, deutscher Mediziner, wurde 1600 in Salzuflen geboren. Der von ihm verfasste „Artzney-Schatz" gilt als das wichtigste Arzneibuch des 17. Jahrhunderts im deutschsprachigen Raum. Schröder starb 1664 in Frankfurt am Main, wo er viele Jahre als Stadtphysikus gewirkt hat.

Information

Stadt Bad Salzuflen, Rudolph-Brandes-Allee 19, 32105 Bad Salzuflen, 05222/9 52-0, stadt@bad-salzuflen.de, www.bad-salzuflen.de.

Tourist Information Staatsbad Salzuflen GmbH, Parkstraße 20, 32105 Bad Salzuflen touristinfo@staatsbad-salzuflen.de.

Bad Wünnenberg

Kreis Paderborn

Gescheitert: Nach verheerenden Bränden im 16. und 17. Jahrhundert ordnete der Fürstbischof die Neugründung der Stadt unterhalb der alten an. Die Wünnenberger weigerten sich und bauten an alter Stelle wieder auf. *Gelungen:* Nach einem erneuten Brand 1725 setzte sich der Bischof durch, Wünnenbergs Unterstadt mit ihren typischen Parallelstraßen wurde tatsächlich angelegt. Aber auch die Oberstadt blieb erhalten – bis heute.

Geografische Lage/Verkehrsanbindung

Die Stadt Bad Wünnenberg findet man ganz im Süden des Kreises Paderborn. Während der nördliche Teil des Stadtgebietes auf der vorwiegend landwirtschaftlich genutzten Sintfeld-Hochfläche liegt, gehört der dicht bewaldete südliche Bereich schon zum Sauerland. Im Westen grenzt Bad Wünnenberg an Büren, im Norden an Salzkotten und Borchen, im Nordosten an Lichtenau (alle Kreis Paderborn), im Südosten an Marsberg und im Süden an Brilon (beide Hochsauerlandkreis). Der höchste Punkt im Stadtgebiet liegt mit 496 Metern ü. NN nahe dem 503 Meter hohen Totenkopf an der Grenze zu Marsberg, der tiefste Punkt im Totengrund an der Grenze zu Lichtenau-Henglarn mit 215 Metern. Durch das nördliche Stadtgebiet führt die Autobahn A 44 Dortmund–Kassel. Im ebenfalls auf Wünnenberger Gebiet liegenden Autobahnkreuz Wünnenberg-Haaren beginnt die nordwärts führende A 33 nach Bielefeld, südlich schließt sich an das Kreuz die B 480 an, die durch die Kernstadt von Bad Wünnenberg nach Brilon führt. Eine Eisenbahn hat es im Stadtgebiet nie gegeben. Durch Regionalbusse ist Bad Wünnenberg mit Büren und Paderborn verbunden.

Wichtige Daten und Wappen

Mit Inkrafttreten des Sauerland/Paderborn-Gesetzes wurden zum 1. Januar 1975 die Gemeinden Bleiwäsche, Fürstenberg, Leiberg und Wünnenberg des Amtes Wünnenberg mit den Gemeinden Elisenhof, Haaren und Helmern des Amtes Atteln zur neuen Stadt Wünnenberg zusammengelegt und kamen mit dieser zum Kreis Paderborn. Die neue Stadt trägt seit 1999 den Namen Bad Wünnenberg.

Am 30. November 2007 zählte Bad Wünnenberg 12.514 Einwohner. 74 Prozent der Bevölkerung sind katholisch, 13,5 Prozent evangelisch, die übrigen gehören sonstigen oder keiner Religionsgemeinschaft an.
Die heutige Stadt Bad Wünnenberg übernahm das Wappen des alten Amtes Wünnenberg. Es zeigt vor rotem Hintergrund ein durchgehendes goldenes Kreuz, in den vier Ecken oben je zwei Eichblätter, unten je zwei Ähren (alle silbern bzw. weiß). Das Kreuz stammt aus dem Wappen des früheren Landesherren, dem Fürstbischof von Paderborn, die Blätter und Ähren sollen auf den Waldbestand und den fruchtbaren Boden verweisen. Der silberne (bzw. weiße) Schildfuß enthält einen roten, siebenteiligen Rautensparren, das Wappen der Edelherren von Büren.

Aus der Ortsgeschichte

Auf einem schon in vorgeschichtlicher Zeit besiedelten Bergsporn über dem Talgrund, in dem sich drei Bäche zum Flüsschen Afte vereinigen, ließen um 1300 die Edelherren von Büren eine Burg errichten, um die sich schnell weitere Menschen ansiedelten. 1308 verlieh Berthold von Büren Burg und Siedlung auf dem Wünnenberg mit Erlaubnis des Kölner Bischofs die Bürenschen Stadtrechte. 1355 gingen Stadt und Burg an den Paderborner Bischof, der sie an wechselnde Ritter verpfändete. 1379 nahm das Adelsgeschlecht von Westphalen, dessen Schloss noch heute den

Auch nach Gründung der Neustadt im Tal blieb die auf einem Bergsporn gelegene alte Stadt Wünnenberg erhalten.

Stadtteil Fürstenberg ziert, Wünnenberg als Pfand – für über 250 Jahre kehrte nun Beständigkeit in die Herrschaftsverhältnisse ein. Während des Dreißigjährigen Krieges besetzte der Herzog von Braunschweig („der tolle Christian") 1621 die Stadt, die alten Herrschaftsverhältnisse lösten sich auf. 1653/56 entzog der Paderborner Fürstbischof den Grafen von Westphalen das Pfand Wünnenberg und übernahm selbst die Verwaltung der Stadt, die von einem Drosten geführt wurde. Mit der Säkularisierung übernahmen 1803 auch in Wünnenberg die Preußen das Kommando. Nach dem Intermezzo des „Königreichs Westphalen" kam die Region 1815 wieder zu Preußen, Wünnenberg wurde als Amtsgemeinde dem 1816 eingerichteten Kreis Büren zugeteilt.
Bis zur Mitte des 20. Jahrhunderts führte Wünnenberg das Leben eines von Land- und Forstwirtschaft geprägten Landstädtchens; die großen Kriege berührten es nur indirekt. In den 1950er-Jahren zeichnete sich dann ein Wandel ab. Während kurz nach dem Krieg noch viele Menschen abwanderten, um woanders Arbeit zu finden, begann mit dem Tourismus (und der Gründung des Fremdenverkehrsvereins 1953) für die damals noch selbstständige Gemeinde und Titularstadt ein Aufschwung, der bis heute anhält. Aus dem Ackerbürgerstädtchen wurde ein staatlich anerkannter Luft- (1972) und Kneippkurort (1980), der seit 1999 die Bezeichnung „Bad" führen darf. Neben dem Gesundheitssektor sorgten der Autobahnanschluss, neue Gewerbegebiete und günstiges Bauland für einen kräftigen Bevölkerungszuwachs, seit 1975 wuchs die Einwohnerzahl um ein Drittel.

Sehenswürdigkeiten

Bad Wünnenbergs bedeutendstes Baudenkmal ist das repräsentative Schloss Fürstenberg im gleichnamigen Wünnenberger Stadtteil, Sitz des Adelsgeschlechts derer von Westphalen. Vorläufer des Schlosses war eine mittelalterliche Burg, von der ein Turm in den Mittelbau einbezogen wurde. Der Paderborner Fürstbischof Wilhelm von Westphalen beauftragte 1774 den Kasseler Barockbaumeister Simon Lui Du Ry mit dem Bau des Schlosses, das stilistisch zwischen Barock und Klassizismus steht.
Vor allem wegen der häufigen Brände ist von Wünnenbergs Altstadt (Oberstadt) kaum historische Bausubstanz geblieben. Vor wenigen Jahren legte der Heimatverein Reste eines alten Wehrturms aus dem 13. Jahrhundert frei und begann mit dem Wiederaufbau, der 2001 vollendet wurde.
Gut 2,5 Kilometer südöstlich vom Kernort Wünnenberg liegt die Aabachtalsperre. Von 1975 bis Mai 1978 erbaut, dient sie der Trinkwasserversorgung von mehr als 200.000 Menschen der Kreise Paderborn, Soest, Gütersloh und Warendorf sowie dem Hochwasserschutz. Der Stausee, der in naturbelassener Landschaft liegt und nur zurückhaltend touristisch erschlossen ist, hat bei voller Stauhöhe eine Fläche von 1,8 Quadratkilometern und ist von einem rund neun Kilometer langen,

asphaltierten Rundweg umgeben, der von Wanderern, Joggern, Fahrradfahrern und Inline-Skatern genutzt wird.

Kultur

Woodstock im Kreis Paderborn? Warum nicht! Eine Handvoll junger Musikbegeisterter aus Wünnenberg war die immer gleichen Disco-Feten leid und suchte eine Alternative. Aus dieser Idee heraus entstand das Festival „Wünnstock". Ziel ist es, jungen Bands und Musikern ein Forum zu schaffen – und den Zuschauern viel Live-Musik für möglichst wenig Geld zu bieten (www.wuennstock.de). Jazz und Folk, Kabarett, Lesungen und andere Dinge, gerne mit namhaften Künstlern – darum kümmert sich die Kreativgruppe „Kunst & Kultur". Besucher kommen vor allem zum Festival „Folk am Turm" von weit her (www.kuk-bad-wuennenberg.de).

Brauchtum, Feste, Tradition

Der Stadtteil Fürstenberg gehört zu den Karnevalshochburgen in OWL – vor allem am Rosenmontag, wenn die Narren durch das beschauliche Dorf ziehen, lockt der Karneval auch tausende von Besuchern hierher.
Einer der ältesten Vereine im Stadtgebiet ist der Schützenverein Bad Wünnenberg, der nachweislich 1694 gegründet wurde.

Sport

Neben Fußball, Angeln, Tennis und Leichtathletik wird in Wünnenberg eine außergewöhnliche Sportart gepflegt: das Rettungsschwimmen. Wünnenberg gehört hier zur internationalen Spitze, Aktive der DLRG-Ortsgruppe haben bei Welttitelkämpfen Gold, Silber und Bronze erkämpft. Die aus der Bad Wünnenberger Jugend kommende Annika Schmidt wurde 2007 Deutsche Meisterin im Rettungsschwimmen, Martin Bürger ist mehrfacher Welt- und Europameister.

Wirtschaft

Bad Wünnenberg hat sich neben dem „einfachen" Tourismus rechtzeitig auch den Themen Gesundheit und Kur zugewandt. Die Aatal-Klinik hat sich im Reha-Bereich weit über den Kreis Paderborn hinaus einen Namen gemacht. Der Freizeit- und Erholungspark Aatal mit Gastronomie, Frei- und Hallenbad, Barfußpfad, Kneipp'schen Einrichtungen, Kletterpark und Deutschlands längster Wald-Seilrutsche ist eine bedeutende Stütze der „weißen Industrie".
Seit den 1980er-Jahren erweist sich das neue, direkt am Autobahnkreuz gelegene Gewerbegebiet im Ortsteil Haaren als attraktiv vor allem für Branchen, für die Straßen und Logistik eine große Rolle spielen.
Am 30. Juni 2006 waren in Bad Wünneberg 2.914 Personen sozialversicherungspflichtig beschäftigt, davon 905 im verarbeitenden Gewerbe, 642 im Handel und 437 im Gesundheits-, Erziehungs- und Sozialwesen.

Information

Stadt Bad Wünnenberg, Poststraße 15,
33181 Bad Wünnenberg, 02953/709-0
Stadt.Wuennenberg@wuennenberg.de,
www.wuennenberg.de.

Die Aatalklinik steht im Mittelpunkt des Gesundheits-Betriebs in Bad Wünnenberg.

Barntrup

Kreis Lippe

Getrennt: Die in Barntrup in die DB-Strecke Hameln–Lage mündende Extertalbahn aus Rinteln war eine der wenigen elektrischen Privatbahnen in Deutschland. Inzwischen fährt sie, abgetrennt vom DB-Netz, nur noch im Museumsverkehr.
Vereint: Barntrup gehört mit etwa 9.200 Einwohnern und 59 Quadratkilometern Fläche zu den kleinsten und am dünnsten besiedelten Gemeinden in NRW. Ähnliches trifft auch auf die Nachbarn Dörentrup, Extertal und Kalletal zu – kein Wunder also, dass sie über einen Zusammenschluss nachdenken.

Geografische Lage/Verkehrsanbindung

Die Stadt Barntrup liegt im Osten des Kreises Lippe. Im Süden grenzt sie an Blomberg, im Westen an Dörentrup, im Norden an Extertal (alle Kreis Lippe), im Osten an die niedersächsischen Orte Aerzen und Bad Pyrmont (beide Landkreis Hameln-Pyrmont). Das Stadtgebiet von Barntrup umfasst eine Fläche von 60 Quadratkilometern, 18 davon sind Wald, 34 Quadratkilometer werden landwirtschaftlich genutzt. Höchster Punkt im Stadtgebiet ist Saalberg bei Alverdissen mit 343 Metern über NN, der niedrigste liegt an der Bega an der Grenze zu Dörentrup.
Barntrup wird in West-Ost-Richtung von der Bundestraße B 66 durchzogen, die sich im östlichen Stadtgebiet mit der B 1 (Paderborn–Hameln) vereinigt. Die B 66 ist als Anbindung an Lemgo und Bielefeld von herausragender Bedeutung für Barntrup. Auf der Eisenbahnstrecke Hameln–Barntrup–Lemgo gibt es seit 1980 keinen Personenverkehr mehr. Wichtigste Bahnstation in Richtung Westen ist Lemgo-Lüttfeld, nächstgelegener Bahnhof Bad Pyrmont (S-Bahn-Strecke Hannover–Paderborn). Regionalbusse verbinden Barntrup mit Bad Pyrmont, Detmold und Lemgo.

Wichtige Daten und Wappen

Die heutige Stadt Barntrup entstand durch die Gebietsreform am 1. Januar 1969, damals wurde Barntrup mit den umliegenden Ortsteilen Alverdissen, Sonneborn, Selbeck und Sommersell zur neuen Stadt Barntrup zusammengefügt.

Das Wappen der Stadt ist in der heutigen Form schon seit dem 16. Jahrhundert bekannt. Nachdem die Grafschaft Sternberg an Lippe gekommen war, hatten die Barntruper eine halbe lippische Rose neben den halben Sternberger Stern in ihr Wappen gesetzt. Mit Genehmigung vom 27. Januar 1971 hat die 1969 neu gebildete Stadt das alte Stadtwappen übernommen.
Ende 2007 waren in Barntrup 8.676 Einwohner verzeichnet, Angaben zur Religionsverteilung liegen nicht vor. An den allgemeinbildenden Schulen der Stadt besuchen 72 Prozent der Schüler den evangelischen, acht Prozent den katholischen Religionsunterricht; 20 Prozent gehören einer anderen oder keiner Konfession an.

Aus der Ortsgeschichte

Barntrup, Alverdissen (heute ein Stadtteil von Barntrup) und Bösingfeld (Gemeinde Extertal) sind städtische Gründungen der Grafen von Sternberg. Die Siedlung Barntrup wurde im Jahre 1227 erstmals erwähnt. Am 21. Mai 1376 wurden Barntrup, das damals noch Bernintorp hieß, vom Grafen Heinrich V. von Sternberg die Stadtrechte verliehen.
Weil die politische Bedeutung der Grafschaft Sternberg zurückging und ein tragfähiges Hinterland fehlte, konnten sich die Siedlungen Barntrup und Alverdissen nicht recht entwickeln. Alverdissen, das 150 Jahre Residenz der gräflichen Linie Lippe-Alverdissen war, behielt wie Barntrup den Charakter udn Status eines dörflichen Marktfleckens. Später

Barntrup – in der Mitte die evangelische Kirche, links das Kerßenbrocksche Schloss.

ging die Stadt gegen diese Zurücksetzung an und erreichte in der Lippischen Verfassung von 1836 mit Lage gemeinsam einen Vertreter für den Landtag. Die verkehrsgeografisch ungünstige Lage der Stadt besserte sich erst mit der Eisenbahnstrecke Bielefeld–Lage–Lemgo–Hameln, die 1896 eröffnet wurde und in Barntrup einen Bahnhof erhielt. Von 1927 bis 1929 kam die Extertalbahn von Barntrup nach Rinteln hinzu.
Als Folge der Reformation und der nachfolgenden Glaubenskämpfe war in Barntrup für rund 400 Jahre jegliches katholische Leben verboten. Erst 1940 fand wieder ein Gottesdienst für Katholiken statt, 1964 läuteten wieder die Glocken einer eigenen Kirche, nachdem durch Heimatvertriebene die Zahl der Katholiken wieder auf einen nennenswerten Anteil angestiegen war.

Sehenswürdigkeiten

Die evangelische Pfarrkirche wurde 1317 gegründet. Der Chor und der später im oberen Teil erneuerte Turm dürften zu dieser Zeit entstanden sein, das Schiff wurde 1638 nach einem Brand umfassend erneuert. Unweit davon liegt als auffälligstes Bauwerk des

Das Kerßenbrocksche Schloss wird privat genutzt, der Park ist Fußgängern in der Regel frei zugänglich.

Die evangelische Kirche und das historische Rathaus (unten) gehören zu den markanten Bauwerken in Barntruper Stadtkern.

Ortes das Kerßenbrocksche Schloss. Das eindrucksvolle Herrenhaus – ein zweigeschossiger Bau mit drei Ecktürmen – entstand 1584 bis 1588 und zeigt frühe charakteristische Merkmale der Weserrenaissance. Es wird nach wie vor von der der Familie von Kerßenbrock bewohnt und ist deshalb nicht ohne weiteres zu besichtigen. Der Schlosspark ist frei zugänglich.

Kultur

Seitdem – abgesehen von gelegentlichen Sonderfahrten – sowohl auf der Extertalbahn als auch auf der Strecke Hameln–Lemgo keine Züge mehr fahren, mussten die Barntruper für ihren Bahnhof eine neue Verwendung finden. Man riss ihn nicht ab, sondern baute ihn um, dabei entstand der Kulturschuppen Barntrup. Hier finden jetzt die vielfältigen Veranstaltungen des „KuHBa" statt (KuHBa, das sind der Heimatverein Barntrup e.V. und die Barntruper Arbeitsgemeinschaft für Bildung, Erziehung und Kunst).

Sport und Freizeit

Das obere Begatal und die angrenzende Berg- und Hügellandschaft des Extertales machen Barntrup und seine Stadtteile zu einem beliebten Wanderrevier. Schattige Waldwege, Aussichtspunkte, Rast- und Grillplätze, Teichanlagen und vor allem die Ruhe abseits des lauten Verkehrs laden zu erholsamen Spaziergängen ein.

Wirtschaft

Barntrup präsentiert sich heute als moderne Stadt mit Industrie, Handwerk und einem großen Dienstleistungssektor. Größter Arbeitgeber ist die Firma Karl Ernst Brinkmann (KEB), ein Unternehmen der Automatisierungstechnik mit weltweit über 1.000 Mitarbeitern. Insgesamt macht sich die strukturelle Schwäche der Wirtschaft im östlichen Kreis Lippe auch in Barntrup mit einer im Vergleich eher hohen Arbeitslosigkeit bemerkbar.

Am 30. Juni 2006 waren in Barntrup 1.983 Personen sozialversicherungspflichtig beschäftigt. Davon waren 799 im verarbeitenden Gewerbe tätig, 437 im Gesundheits-, Erziehungs- und Sozialwesen, 303 im Handel.

Information

Stadtverwaltung Barntrup, Mittelstraße 38, 32683 Barntrup, 05263/409-0, info@barntrup.de, www.barntrup.de.

Beverungen

Kreis Höxter

Radler: Im Rahmen des „Kul-Tour-Radelns" bietet Beverungen geführte oder individuelle Rundfahrten zu den zahlreichen Sehenswürdigkeiten der Region an.
Biker: Auch Motorradfahrer haben Beverungen entdeckt und genießen Fahrspaß auf kurvenreichen Landstraßen. Ein bekannter Motorrad-Treff ist das Kornhaus-Café in Haarbrück – mit 365 Metern das am höchsten gelegene Café im Weserbergland.

Geografische Lage/Verkehrsanbindung

Die Stadt Beverungen liegt ganz im Osten des Kreises Höxter. Im Osten grenzt die Stadt an Niedersachsen (Samtgemeinde Boffzen und Flecken Lauenförde, beide Landkreis Holzminden), im Südosten an Hessen (Landkreis Kassel mit den Städten Bad Karlshafen und Trendelburg). Beverungens Nachbar im Südwesten ist Borgentreich, im Westen Brakel und schließlich im Norden Höxter (alle Kreis Höxter). Die Weser bildet im Wesentlichen die östliche Stadtgrenze, nur der Stadtteil Würgassen liegt auf der rechten Flussseite. Der höchste Punkt im Stadtgebiet findet sich bei Haarbrück mit 365 Metern über NN, der tiefste Punkt an der Weser bei Wehrden (Grenze zu Höxter) mit 93 Metern.
Beverungen wird in Süd-Nord-Richtung von der Bundesstraße B 83 Kassel–Hameln durchquert, in der Kernstadt Beverungen kreuzt sie die in West-Ost-Lage verlaufende B 241 von Warburg nach Northeim. Nächste Autobahnen sind die A 44 in Warburg bzw. Diemelstadt und die A 7 in Nörten-Hardenberg.
Nächstgelegener Bahnhof ist Lauenförde an der im Zweistundentakt bedienten Strecke Altenbeken–Ottbergen–Northeim/Göttingen. Das niedersächsische Lauenförde liegt der Kernstadt Beverungen direkt gegenüber auf der rechten Weserseite, der dortige Bahnhof heißt deshalb heute offiziell auch Lauenförde-Beverungen. Die Regionalbahnen Northeim–Ottbergen halten zudem auch in Wehrden (Stadtteil von Beverungen).

Wichtige Daten und Wappen

Im Rahmen der Gebietsreform wurde zum 1. Januar 1970 die Stadt Beverungen mit den elf Gemeinden Amelunxen, Blankenau, Dalhausen, Drenke, Haarbrück, Herstelle, Jakobsberg, Rothe, Tietelsen, Wehrden und Würgassen aus dem Amt Beverungen zur neuen Stadt Beverungen zusammengeschlossen.
Die Stadt zählte zum 31. Dezember 2007 14.713 Einwohner. 64 Prozent der Bevölkerung sind katholisch, 22 Prozent evangelisch, die übrigen gehören sonstigen Religionsgemeinschaften an oder sind konfessionslos.
Das Stadtwappen zeigt auf blauem Grund drei silberne (bzw. weiße) Lilien. Das Wappen entspricht dem der alten Stadt Beverungen und ist in dieser Form seit Beginn des 20. Jahrhunderts bekannt. Die Lilie erscheint bereits im 17. Jahrhundert und war vermutlich ein Symbol der Paderborner Fürstbischöfe.

Aus der Ortsgeschichte

Der Name Beverungen wird bereits um die Mitte des 9. Jahrhunderts in den Corveyer Schenkungsurkunden erwähnt. Zunächst war dies ein adliger Hof mit großem Grundbesitz, der sich bald zum Dorf entwickelte. Um 1300 begann der Paderborner Bischof Bernhard V. zur Lippe mit dem Bau der Burg, aber erst 1417 erhielt der Ort als eine der letzten Fürstengründungen im Hochstift die Stadtrechte.
Über 500 Jahre war Beverungen eine bescheidene Ackerbürgerstadt. Wie viele Orte der Region litt auch sie schwer im Dreißigjährigen Krieg, 1632 wurde die Stadt von Hessen und Schweden niedergebrannt und bis auf fünf Häuser zerstört.

Die sehenswerte Altstadt von Beverungen mit der katholischen Kirche St. Joh. Baptist.

Doch dank seiner verkehrsgünstigen Lage – Beverungen war über Jahrhunderte die Hafenstadt des Hochstifts Paderborn – erholte sich der Ort, der Handel mit Getreide, Eisen und Glas blühte auch nach dem Krieg wieder. Später traten viele Amerika-Auswanderer von Beverungen aus ihre Reise zu den Ozeanschiffen in Bremen an. Mitte des 19. Jahrhunderts erlebte die Dampfschifffahrt auf der Weser einen spürbaren Aufschwung; heute ist die motorisierte Schifffahrt – von Ausflugsdampfern abgesehen – auf der Oberweser bedeutungslos.
Mit dem Aufkommen der Eisenbahn (1876 wurde die Strecke Holzminden–Beverungen–Scherfede eröffnet, 1878 Ottbergen–Lauenförde–Northeim) relativierte sich die Bedeutung der Weserschifffahrt. Auch Beverungen konnte aus den Segnungen moderner Technik Nutzen ziehen, 1902 erhielt man eine feste Weserbrücke nach Lauenförde.
Apropos neue Technik: 1967 war Baubeginn für das Kernkraftwerk Würgassen, eines der ersten kommerziellen in Deutschland. 1971 ist es ans, 1995 vom Netz gegangen. Seit 1997 befindet sich das KKW im Rückbau. Aus dem Kraftwerksgelände soll wieder eine grüne Wiese werden – beispielhaft für alle kommenden Aktionen dieser Art. Zur Zeit arbeiten noch rund 400 Menschen im ehemaligen Kraftwerk. Bis 2014 sollen alle Gebäude leergeräumt und zum Abriss vorbereitet sein.

Sehenswürdigkeiten

Die Beverunger Altstadt hat mit ihren gepflegten Fachwerkhäusern einen besonderen Charme bewahrt. Als Wahrzeichen der Stadt gilt die neben der Weserbrücke stehende Burg – beziehungsweise das, was davon geblieben ist, nämlich ein massiver Wohnturm, wie man ihn in ähnlicher Form (allerdings kleiner) auch aus Lichtenau oder Borgentreich kennt. Die anderen Bauwerke der Burganlage wurden 1860 abgerissen.
An historischer Stelle, auf einem Felsen über dem gleichnamigen Dorf im Wesertal, thront Burg Herstelle. Weihnachten 797 und Ostern 798 soll Karl der Große hier während der Sachsenkriege sein Lager aufgeschlagen haben. Der Name Herstelle stammt vermutlich von Heristal (heute: Hericourt) bei Lüttich, Karls Stammsitz im landschaftlich ähnlichen Tal der Maas. Burg Herstelle wurde 1292 erstmals erwähnt, der heutige Bau stammt aus den Jahren 1826 bis 1832. Burg und Landschaft zogen Prominenz an, die Gebrüder Grimm und Annette von Droste-Hülshoff verweilten hier als Gäste der Hausherrin Ferdinande von Heeremann-Zuydtwyck. Nach deren Tod erlebte die Anlage einen mehrfachen Nutzungs- und Besitzerwechsel, heute ist sie nur von außen zu besichtigen.
Gleich neben Burg Herstelle entstand im 17. Jahrhundert ein Minoriten-Kloster, das nach der Säkularisation verfiel. 1898 verkaufte die Gemeinde die Anlagen an Benediktinerinnen aus Trier bzw. Luxemburg, die ihr Heimatkloster verlassen mussten. 1924 wurde das Anbetungskloster durch Papst Pius XI. zur Abtei zum Hl. Kreuz erhoben. Verschiedene Werkstätten, künstlerische Arbeiten und ein

Klosterladen verschaffen dem Kloster heute die ökonomische Grundlage (www.abtei-herstelle.de).
Etwa sechs Kilometer von der Kernstadt entfernt liegt Schloss Wehrden, das ab 1696 unter Verwendung von Elementen einer älteren Anlage erbaut wurde. Ein Teil des 1895 im Stil eines englischen Landschaftsgartens hinzugefügten Landschaftsparks wurde 2003 nach Originalplänen wieder instand gesetzt. Das Schloss befindet sich in Privatbesitz und kann nur von außen besichtigt werden.
Eine reizvolle Rarität sind die beiden beschaulichen Weser-Personenfähren bei Wehrden und bei Herstelle/Würgassen.
Der Stadtteil Dalhausen, nach Beverungen selbst der zweitgrößte der Stadt und seit 600 Jahren Marienwallfahrtsort, galt früher als das westfälische Korbmacherdorf schlechthin. Dieser Erwerbszweig ist zwar seit Mitte des 20. Jahrhunderts weitgehend bedeutungslos, die Erinnerung daran hält jetzt das Korbmacher-Museum Dalhausen lebendig (www.korbmacher-museum.de).

Kultur

Im „Dreiländereck" Nordrhein-Westfalen/Niedersachsen/Hessen hat sich Beverungen einen Ruf als regionale Kulturmetropole erarbeitet. So lädt die Kulturgemeinschaft Beverungen und Umgebung e.V. Monat für Monat nationale und internationale Künstler nach Beverungen ein – die Palette der Angebote reicht vom Sinfoniekonzert über Musical, Schauspiel und Tanz bis zum Kabarett. Schauplatz der Veranstaltungen ist zumeist die multifunktionale Stadthalle.

Brauchtum, Feste, Traditionen

Jährlich im Mai veranstaltet die Beverunger Werbegemeinschaft das Blütenfest. Wichtige Eckpunkte im jährlichen Veranstaltungsreigen sind die Schützenfeste (in Beverungen selbst alle zwei Jahre). Die Kernstadt Beverungen hat sich zudem in jüngerer Zeit als eine ostwestfälische Karnevalshochburg etabliert.

Sport und Freizeit

Die Weser ist Garant eines interessanten Sport- und Freizeitangebots. Der Fluss selbst bietet sich für Kanutouren an, wer es komfortabler mag, wird eines der Ausflugsschiffe bevorzugen. Auch mit Sportbooten kann die Weser erkundet werden, Anlegeplätze bietet der Yachthafen Dreiländereck.
Der bis zur Nordsee den Fluss begleitende Weserradweg ist einer der beliebtesten Radwege Deutschlands. Beverungen ist ein idealer Ausgangsort, um sich kleinere Etappen zu erradeln – und taugt natürlich ebenso gut als Zwischenstation.
Ein umfangreiches Wanderwegenetz (u.a. der Weserberglandweg von Hann. Münden nach Porta Westfalica) lädt dazu ein, Beverungen auf Schusters Rappen zu entdecken.

Blick auf Herstelle im Wesertal, am rechten Flussufer liegt Würgassen.

Schloss Wehrden befindet sich in Privatbesitz und kann nur von außen besichtigt werden.

Wirtschaft

Neben Tourismus und Dienstleistungen liegt ein Schwerpunkt der Beverunger Wirtschaft auf dem Baugewerbe. So hat der deutschlandweit tätige Systembau-Pionier Ofra seinen Sitz in der Stadt. Auch die Hegla-Gruppe, die Maschinen, Anlagen und Fahrzeugaufbauten für die Flachglasindustrie produziert, hat hier ihren Hauptsitz. Die Förderung von Innovation und Forschung wird aktiv betrieben und zeigt Erfolge, z.B. mit dem Bio- und Gentechniklabor B!Lab. Als zentrale Anlaufstelle begleitet das Gründerzentrum Beverungen Jungunternehmer durch den Prozess ihrer Existenzgründung.
Am 30. Juni 2006 waren in Beverungen 2.652 Personen sozialversicherungspflichtig beschäftigt. 682 davon im Handel, 658 im verarbeitenden Gewerbe, 368 im Gesundheits-, Erziehungs- und Sozialwesen.

Persönlichkeiten

Die Kirchenmusikerin Almut Rößler, eine der bedeutendsten Organistinnen der Gegenwart, kam am 12. Juni 1932 in Beverungen zur Welt. Nach dem Studium in Düsseldorf und Detmold ging sie 1967 als Kantorin und Organistin an die Johanneskirche in Düsseldorf. 1977 wurde sie Professorin an der Robert-Schumann-Hochschule in Düsseldorf.
Friedrich Wilhelm Vattmann, 1877 bis 1900 erster Bürgermeister von Gelsenkirchen und Ehrenbürger der Stadt, wurde am 3. August 1847 im Stadtteil Haarbrück geboren. Vattmann starb am 12. April 1902 in Paderborn.

Information

Stadt Beverungen, Weserstraße 12, 37688 Beverungen, 05273/392-0, info@beverungen.de, www.beverungen.de.
Tourist-Information, Stadt Beverungen, Weserstraße 12, 37688 Beverungen, 05273/392-221, tourist-information@beverungen.de, www.beverungen-tourismus.de.

In Würgassen wird das stillgelegte Kernkraftwerk musterhaft demontiert, bis 2014 sollen die Bauten leergeräumt sein und dann abgerissen werden.

Bielefeld

Kreisfreie Stadt

„Und sehn wir uns nicht in dieser Welt, dann sehn wir uns in Bielefeld". Udo Lindenberg hat Bielefeld mit dieser Textzeile berühmt gemacht.
Vom Feld zum Geld: Im 17. Jahrhundert begann der Aufstieg des Bielefelder Leinengewerbes. Die Produktion hatte im Umland ihren Schwerpunkt, Bielefeld selbst war die Stadt des Leinenhandels. Die Kaufmannschaft brachte der Stadt beträchtlichen Wohlstand. Leinen aus Bielefeld etablierte sich als fester Qualitätsbegriff.

Geografische Lage/Verkehrsanbindung

Die Stadt Bielefeld ist eine kreisfreie Stadt im Nordosten Nordrhein-Westfalens, die vom Teutoburger Wald durchzogen wird. Sie ist die größte Stadt der Region Ostwestfalen-Lippe und ihr wirtschaftliches und kulturelles Zentrum. Bielefeld grenzt im Norden an Spenge, Enger und Herford (Kreis Herford), im Osten an Bad Salzuflen, Leopoldshöhe und Oerlinghausen (Kreis Lippe), im Süden an Schloß Holte-Stukenbrock, Verl und Gütersloh, im Westen an Steinhagen, Halle und Werther (alle Kreis Gütersloh). Der höchste Punkt im Bielefelder Stadtgebiet befindet sich in Lämershagen und misst 320 Meter über NN, der niedrigste findet sich mit 73 Metern über NN in Brake.
Zu erreichen ist Bielefeld über die Bundesautobahnen A 2 vom Ruhrgebiet nach Hannover (Abfahrten Ostwestfalen-Lippe, Bielefeld-Zentrum und Bielefeld-Sennestadt) und die aus Paderborn kommende A 33. Letztere endet an der A 2, der umstrittene Lückenschluss in Richtung Osnabrück ist im Bau. Durch die Stadt führen außerdem die Bundesstraße B 61, die Bielefeld mit Herford und Gütersloh verbindet, die aus Lippe kommende B 66 und die auf der Südseite des Teutoburger Waldes verlaufende B 68 (Osnabrück–Brackwede–Paderborn). Im Stadtbezirk Senne befindet sich der kleine „Flugplatz Bielefeld". Er wird vornehmlich von ostwestfälischen Geschäftsleuten, aber auch von Hobbypiloten und Segelfliegern genutzt.

Im Bielefelder Stadtgebiet gibt es elf Bahnhöfe bzw. Haltepunkte. Der Hauptbahnhof ist der wichtigste Bahnhof der Region Ostwestfalen-Lippe. Er ist ein Durchgangsbahnhof an der Eisenbahnmagistrale Ruhrgebiet–Hannover–Berlin. Bielefeld wird stündlich von der ICE-Linie 10 (Berlin–Köln) angefahren, alle zwei Stunden von den Intercity-Linien 32 (Köln–Berlin) und 55 (Köln–Leipzig). Im Nahverkehr verkehren elf Linien: Der Westfalen-Express (RE 6) von Düsseldorf nach Minden, die Wiehengebirgsbahn (RB 61) nach Bad Bentheim, der Warendorfer (RB 67) nach Münster, die Ems-Börde-Bahn (RB 69) über Hamm nach Münster, die Ravensberger Bahn nach Rahden (RB 71), der Lipperländer (RB 73) nach Lemgo, die Senne-Bahn (RB 74) nach Paderborn, der Haller Willem (RB 75) nach Osnabrück, der Leineweber (RE 82) nach Detmold, der Weser-Leine-Express (RE 70) nach Braunschweig und der Porta-Express (RE 78) nach Nienburg.
Bielefeld besitzt vier Stadtbahnlinien, die im Innenstadtbereich unterirdisch fahren. Alle Linien halten an den U-Bahnhöfen Hauptbahnhof, Jahnplatz und Rathaus. Der zentrale Umsteigepunkt zu den zahlreichen Stadtbuslinien befindet sich am Jahnplatz. Am Wochenende und vor Feiertagen fahren Nachtbusse auf einem besonderen Nachtverkehrsnetz. Regionalbusse fahren u. a. nach Bad Salzuflen, Leopoldshöhe, Borgholzhausen, Gütersloh und Steinhagen.

Wichtige Daten und Wappen

Das Stadtgebiet Bielefelds ist in zehn Stadtbezirke eingeteilt: Brackwede, Dornberg,

Wahrzeichen der Stadt: die über Bielefeld thronende Sparrenburg.

Folgende Seite: Blick von der Sparrenburg auf Bielefeld. Vorn die Neustädter Marienkirche, hinten die Altstädter Nikolaikirche.

Gadderbaum, Heepen, Jöllenbeck, Mitte, Schildesche, Senne, Sennestadt und Stieghorst. Die Stadtbezirke sind in Stadtteile untergliedert, bei denen es sich überwiegend um früher selbstständige Gemeinden handelt, die mit Bielefeld verschmolzen wurden. So kamen bereits am 1. April 1900 Teile der Gemeinde Gadderbaum sowie das Gebiet der Sparrenburg zu Bielefeld; 1907 folgten Teile der Gemeinde Quelle sowie Hof Meyer zu Olderdissen und Schildhof. Am 1. Oktober 1930 wurden die Gemeinden Schildesche-Dorf, Sieker und Stieghorst sowie Teile der Gemeinden Gellershagen, Großdornberg, Heepen, Hoberge-Uerentrup, Oldentrup, Schildesche-Bauerschaft und Theesen (alle Kreis Bielefeld) eingemeindet. Am 1. Januar 1973 wurde schließlich der Kreis Bielefeld aufgelöst. Die noch jungen Städte Brackwede und Sennestadt kamen zur Stadt Bielefeld, außerdem die Gemeinden Gadderbaum, Senne I, Babenhausen, Großdornberg, Hoberge-Uerentrup, Kirchdornberg, Niederdornberg-Deppendorf, Altenhagen, Brake, Brönninghausen, Heepen, Hillegossen, Lämershagen-Gräfinghagen, Milse, Oldentrup, Ubbedissen, Jöllenbeck, Theesen und Vilsendorf. Aus dem damaligen Kreis Halle kam noch Schröttinghausen dazu.
Die größte Stadt in Ostwestfalen-Lippe zählte am Jahresende 2007 genau 324.912 Einwohner. Davon gehören 43 Prozent der evangelischen Konfession an, 17 Prozent sind katholisch, weitere 40 Prozent sind konfessionslos oder anderen Glaubens. Bielefeld gehört zu den 20 größten Städten Deutschlands und hat eine Fläche von 258 Quadratkilometern. Von der Fläche sind 96 Quadratkilometer (38 Prozent) landwirtschaftlich genutzt, 51 Quadratkilometer (20 Prozent) sind mit Wald bestanden.
Das Wappen der Stadt Bielefeld hat einen goldenen (bzw. gelben) Hintergrund, es ist belegt mit einer roten Zinnenmauer, hinter der zwei runden Zinnentürme stehen und in der sich ein breiter offener Torbogen befindet. Im Torbogen steht ein Schild, auf dem drei rote und drei silberne (weiße) Sparren zu sehen sind. Die Mauer symbolisiert die ehemalige Stadtbefestigung, die Sparren erinnern an die Zugehörigkeit zur Grafschaft Ravensberg. In der Grundform gibt es dieses Wappen seit 1263; damals war es das Wappen der Altstadt. Als 1520 die Alt- mit der Neustadt zusammengeschlossen wurde, bestimmte man es zum gemeinsamen Wappen.

Aus der Ortsgeschichte

Bielefeld („Bilivelde") wurde 1214 vom Ravensberger Grafen Hermann IV. gegründet. Die Stadt sollte an der Südgrenze der Grafschaft der Landessicherung dienen. Den Kern der Stadt bildete eine Kreuzung von alten Handelswegen in unmittelbarer Nähe eines

Passes durch den Teutoburger Wald. Bielefeld zog viele Kaufleute aus dem Umland und dem nahe gelegenen Münster an. Die Stadt war durch Wassergräben und Mauern vom Umland abgetrennt. Das Stadtbild wurde geprägt durch das Handelszentrum am heutigen Alten Markt, das Rathaus und die Altstädter Nicolaikirche. Als in den 1240er-Jahren der Bau der Sparrenburg begann (die erste urkundliche Erwähnung stammt aus dem Jahr 1256), entwickelte sich neben der Altstadt die Neustadt, in der die Bauarbeiter der Sparrenburg wohnten. Die Neustadt erhielt mit der Neustädter Marienkirche eine eigene Kirche, einen eigenen Rat und eine eigene Stadtmauer.
Nachdem die Ravensberger Grafen ausgestorben waren, fiel ihr Territorium und damit auch Bielefeld 1346 an die Grafschaft Berg (ab 1423 Jülich-Berg). 1520 wurden „Neustadt" und „Altstadt", die über die Jahre immer weiter zusammen gewachsen waren, vereinigt.
Ende des 15. Jahrhunderts trat Bielefeld der Hanse bei. Das war gut für den Leinenhandel, der sich ab dem Ende des 16. Jahrhunderts entwickelte. Da die Ackerflächen der Ravensberger Bauern ziemlich klein waren, bauten sie statt Getreide Flachs an und verarbeiteten ihn in Heimarbeit zu Leinwand. Das Leinen wurde in der zentralen „Legge" gesammelt und gehandelt. Von dem daraus entstandenen Reichtum zeugen heute noch die Patrizierhäuser am Alten Markt.
Im Jahr 1502 gründeten Franziskanermönche ein Waldkloster auf dem Jostberg. Der ungünstige Standort wurde jedoch schon bald aufgegeben, 1511 bezogen die Mönche ein neues Gebäude am heutigen Klosterplatz. 1648 fielen die Grafschaft Ravensberg und damit auch die Stadt Bielefeld an den „Großen Kurfürsten" Friedrich Wilhelm – bis 1946 blieb die Stadt ein Teil des Staates Brandenburg bzw. Preußen.
Trotz guter Qualität geriet das Bielefelder Leinenhandwerk nach 1830 in eine schwere Krise. Die maschinell hergestellten Garne und Stoffe aus Baumwolle konnten billiger auf den Markt gebracht werden, die handgesponnenen und handgewebten Erzeugnisse konnten nicht mehr konkurrieren. Die Not der Weber und Spinner verschärfte sich 1844 noch durch eine Ernährungskrise; in der Revolution von 1848 schlugen die aufgestauten Probleme in Unruhen um.
1847 erfolgte die Anbindung Bielefelds an die Cöln-Mindener Eisenbahn. Es entstanden Fabriken, da nun Rohstoffe und fertige Waren in großen Mengen in die Stadt gelangten bzw. abtransportiert werden konnten. Eine der größten Fabriken war 1854 die „Ravensberger Spinnerei", die sich zu einer der größten Flachsspinnereien Europas entwickelte. Schon 1870 war Bielefeld das Zentrum der

Die Altstädter Nikolaikirche ist die älteste der Bielefelder Stadtkirchen.

Textilindustrie in Deutschland; hier befanden sich etwa elf Prozent aller deutschen Spindeln und Webstühle. Schließlich folgte die Weiterverarbeitung der Stoffe zur weit über die Region hinaus bekannten „Bielefelder Wäsche". Um 1900 begann die Umstellung der Handnäherei auf die industrielle Fertigung von Tisch- und Bettwäsche, Blusen und Hemden. Noch heute prägen bedeutende Firmen der Wäsche- und Bekleidungsindustrie die Bielefelder Wirtschaft.
Die verwendeten Maschinen mussten anfangs importiert werden. Im Laufe der Jahre wurden jedoch immer mehr metallverarbeitende Betriebe gegründet, in denen die benötigten Maschinen vor Ort hergestellt werden konnten – sowohl die Dampfmaschinen und Werkzeugmaschinen, als auch Arbeitsgeräte wie z.B. Nähmaschinen. Noch heute ist die Region ein bedeutender Maschinenbaustandort, der fünftgrößte Deutschlands.
Die Nahrungsmittelindustrie entwickelte sich ebenfalls bereits am Ende des 19. Jahrhunderts. Mit dem Oetker-Konzern entstand einer der größten Nahrungsmittelhersteller Europas. Begonnen hatte August Oetker in seiner Apotheke in der Niedernstraße mit dem Verkauf und der Weiterentwicklung von Backpulver.
Auch verkehrstechnisch veränderte sich die Stadt: 1900 fuhr die erste Straßenbahn. 1901 wurden die Bielefelder Kreisbahnen nach Schildesche, Werther und Enger eröffnet (Schmalspurbahn, stillgelegt 1954).
Die Zeit des Nationalsozialismus kündigte sich früh an: Bereits 1930 hatte Bielefeld als erste deutsche Großstadt einen nationalsozialistischen Stadtverordnetenvorsteher. Das Geburtshaus des 1930 ermordeten Horst Wessel wurde von den Nationalsozialisten zur Gedenkstätte erhoben.
1935 wurde der regierende Oberbürgermeister durch einen Mann aus der NSDAP ersetzt. Am 10. November 1938 brannte in der so genannten Reichskristallnacht die prächtige Synagoge an der Turnerstraße nieder. Zwar gelang es einigen der 900 Bielefelder Juden, rechtzeitig ins Ausland zu flüchten, die meisten starben jedoch in Vernichtungslagern.
Nach Beginn des Zweiten Weltkrieges stellten die Unternehmen der Region auf Rüstungsproduktion um. Kriegsgefangene und Zwangsarbeiter vor allem aus Polen, Russland und der Ukraine mussten in den Fabriken arbeiten. Die ersten Bomben fielen schon im Juni 1940 auf Bielefeld, die Schäden hielten sich zunächst in Grenzen. Die schwersten Angriffe trafen das Zentrum 1944, besonders am 30. September wurden viele Gebäude in Schutt und Asche gelegt. Der Großteil der historischen Gebäude der Altstadt fiel den Bomben zum Opfer, über 600 Todesopfer waren alleine nach diesem Luftangriff zu beklagen. Insgesamt kamen mehr als 1.300 Menschen während des Krieges in Bielefeld durch Bomben ums Leben, 15.600 Wohnungen waren beschädigt oder zerstört. Am

4. April 1945 wurde die Stadt weitgehend kampflos an alliierte Truppen übergeben. Nach dem Krieg ging es auch in Bielefeld an den Wiederaufbau. Statt auf die historische Bausubstanz zu setzen, entschied man sich häufig für moderne Bauten. Die Einwohnerzahl stieg durch den Zustrom von Ostvertriebenen sprunghaft an, 1955 betrug sie schon 155.000. Die Textilindustrie verlor immer mehr an Bedeutung, die Stadt entwickelte sich zu einem Dienstleistungszentrum. 1969 wurde die Universität Bielefeld, die einzige in der Region Minden-Ravensberg, gegründet. 1973 wurden infolge des Bielefeld-Gesetzes der gleichnamige Kreis und die kreisfreie Stadt aufgelöst und zur neuen, wiederum kreisfreien Stadt Bielefeld zusammengefasst. Die Einwohnerzahl stieg auf über 300.000. Nach über zwanzigjähriger Bauzeit konnte 1991 die Bielefelder Stadtbahn eröffnet werden. Kernstück ist eine knapp fünf Kilometer lange Tunnelstrecke im Innenstadtbereich, deren Ausbau im Jahre 2000 vorerst abgeschlossen wurde.

Die Neustädter Marienkirche ist eine hochgotische Hallenkirche mit zwei Türmen von 1293, im Jahr 1553 war sie Ausgangspunkt der Bielefelder Reformation. Sie ist das kunsthistorisch gesehen wertvollste Baudenkmal Bielefelds. Sie verfügt über einen wertvollen Flügelaltar mit 13 Bildern, den so genannten Marienaltar (www.marienkirche-bielefeld.de). Mitten in der Altstadt steht die 1514 einschiffig errichtete Süsterkirche. Ihren Namen erhielt sie von den Augustinerinnen-„Schwestern", die den Bau mit dem in dieser Region seltenen Netzgewölbe veranlassten. 1683 übergab sie der Große Kurfürst der reformierten Kirche. Bemerkenswert sind die Schnitzereien in der Kirche, besonders der typisch reformierte Abendmahlstisch.
Die katholische Pfarrkirche St. Jodokus war ursprünglich Kirche eines Franziskanerklosters und wurde 1511 erbaut. Im Innern befinden sich die „Schwarze Madonna" von 1220, eine Holzplastik des hl. Jodokus von 1480 sowie die Ikonenwand von Saweljew aus dem Jahr 1962.

Sehenswürdigkeiten

Die Altstädter Nicolaikirche von 1340 ist das älteste Gotteshaus der Stadt. Sie war ursprünglich eine dreischiffige gotische Hallenkirche, die Anfang des 14. Jahrhunderts vergrößert und zur Kaufmannskirche ausgebaut wurde. In ihrer heutigen Form ist sie bis auf den unteren Teil des Turmes ein Neubau, der in Anlehnung an den 1944 zerstörten Vorgängerbau entstanden ist. Wertvollster Besitz der Kirche ist ein Antwerpener Schnitzaltar, der mit neun geschnitzten Szenen und über 250 Figuren verziert ist. Die Kirche verfügt über ein kleines Museum, in dem unter anderem Überbleibsel aus der Zeit vor dem Zweiten Weltkrieg sowie alte Fotografien gezeigt werden (www.altstadt-nicolai.de).

Die Jodokuskirche wurde für ein Kloster erbaut. In ihr ist die „Schwarze Madonna" zu sehen.

Der Alte Markt mit seinen Patrizierhäusern.

Die Sparrenburg ist das bekannteste Baudenkmal und Wahrzeichen der Stadt. Mitte des 13. Jahrhunderts vom Grafen von Ravensberg erbaut, diente die Burg als Verwaltungs- und Wohnsitz der Landesherren, zugleich sicherte sie die Stadt und den Handelsweg im Bielefelder Pass. Die Burg war etlichen Umbauten unterworfen, die heute sichtbare Festungsanlage wurde Mitte des 16. Jahrhunderts errichtet. Beeindruckend ist das 300 Meter lange unterirdische Gangsystem, das von April bis Oktober besichtigt werden kann, sowie der herrliche Panoramablick auf die Stadt und das Umland. Öffentliche Burgführungen finden täglich um 11 und 14.30 Uhr statt (Gruppenführungen nach Vereinbarung, 0521/1367956).

Der Alte Markt bildet das Herzstück der Altstadt. An seiner Nordseite befindet sich das Theater am Alten Markt. Der äußerlich unscheinbare Bau lässt kaum erahnen, dass in ihm noch umfangreiche Reste des mittelalterlichen Rathauses stecken. Gegenüber stehen wunderschöne alte Patrizierhäuser: Schmuckstück ist vor allem das Crüwell-Haus mit seinem prächtigen spätgotischen Staffelgiebel von 1530. Im Treppenhaus und auf den Fluren befinden sich 7.000 Delfter Kacheln aus dem 16. bis 18. Jahrhundert. Vom Battig-Haus (Alter Markt 3) blieb nach schwerer Kriegszerstörung nur der 1680 bezeichnete Volutengiebel erhalten, der in den Komplex der Lampe-Bank einbezogen wurde. Die Schaufront ist noch stark von der „Weserrenaissance" beeinflusst, die Staffelfüllungen sind jedoch schon dem Barock verpflichtet.

Als Keimzelle der Stadt gilt der an der Welle gelegene Waldhof. Er soll aus einem der Höfe hervorgegangen sein, die bereits vor der Stadtgründung bestanden. Das lang gestreckte Gebäude stammt im Kern aus dem Mittelalter und wurde im 16. Jahrhundert umgebaut.

Der 1540 bezeichnete Spiegelshof ist ein zweigeschossiger verputzter Bruchsteinbau im Stil der Weserrenaissance. Die Schmalseiten werden von Radzinnengiebeln geschmückt, das Treppenhaus wurde 1682 angefügt. Das Innere wurde im Laufe der Zeit immer wieder verändert; im hinteren Teil des Gebäudes blieb dennoch ein unterkellerter Saal mit Balkendecke erhalten. Heute beherbergt der Spiegelshof das Naturkundemuseum. Von hier aus hat man einen schönen Blick auf die Sparrenburg.

Der Grest'sche Hof wurde in der zweiten Hälfte des 16. Jahrhunderts wohl auf den Fundamenten eines Stadtmauerturmes erbaut, der prachtvolle Renaissancebau bildet heute den Nordflügel des Ratsgymnasiums.

Das Alte Rathaus wurde 1904 im Stil des Historismus erbaut und ist heute repräsentativer Sitz des Bielefelder Oberbürgermeisters. Der größte Teil der Verwaltung befindet sich im benachbarten Neuen Rathaus. Das Stadttheater bildet baulich eine Einheit mit dem Alten Rathaus. Es wurde ebenfalls 1904 eingeweiht und verfügt über eine bemerkenswerte Jugendstilfassade.

Auf dem Altstädter Kirchplatz befindet sich das 1909 von Hans Perathoner geschaffene Leineweberdenkmal. Die Brunnenanlage soll daran erinnern, dass die Entwicklung der Stadt „am leinenen Faden" hängt.

An ein Schloss erinnert die Architektur der Ravensberger Spinnerei, die von 1855 bis

1857 erbaut wurde. Die Ravensberger Spinnerei war im 19. und frühen 20. Jahrhundert eine der größten Flachsspinnereien Europas. Das gesamte Gelände rund um die Ravensberger Spinnerei, der Ravensberger Park, hat sich zwischenzeitlich zu einem Treffpunkt für Kulturliebhaber entwickelt. Neben der Einrichtung des Historischen Museums und der Kunstgewerbesammlung/Stiftung Huelsmann finden sowohl in der Spinnerei, im Park (Open-Air) und in der benachbarten „Hechelei" Kulturveranstaltungen, Konzerte, Kabarett, Talkveranstaltungen, Privat- und Firmenveranstaltungen statt.

Der Renaissancebau des Grest'schen Hofes ist heute Teil des Ratsgymnasiums.

Bildung und Verwaltung

Die Universität Bielefeld ist die einzige in der Region Minden-Ravensberg und mit 18.000 Studenten die größte Hochschule in Bielefeld. Die 1969 gegründete Universität wurde von dem Soziologen Helmut Schelsky als „Reformuniversität" konzipiert, wobei interdisziplinäres Arbeiten ein erklärtes Ziel war. Das zeigt sich auch in der Architektur, da durch die zentrale Halle alle Fakultäten auch räumlich miteinander verbunden sind. Da die Bielefelder Universität eine der wenigen Hochschulen ist, die fast alle Fakultäten unter einem Dach vereint, gilt sie als die „Universität der kurzen Wege". Die Universität besteht aus 13 Fakultäten – unter anderem gibt es hier die bundesweit einzige Fakultät für Soziologie, an der unter anderem Norbert Elias und Niklas Luhmann lehrten. Die Geschichtswissenschaft in Bielefeld hat ebenfalls Weltruf, nicht zuletzt durch die von Hans-Ulrich Wehler mitbegründete „Bielefelder Schule" der Sozialgeschichte (www.uni-bielefeld.de)

Die Fachhochschule unterhält eine Abteilung in Bielefeld selbst, sowie eine weitere in Minden. In den acht Fachbereichen (Gestaltung, Elektrotechnik und Informationstechnik, Maschinenbau, Sozialwesen, Wirtschaft, Architektur und Bauingenieurwesen, Mathematik und Technik, Pflege und Gesundheit) werden insgesamt 32 Studiengänge angeboten. An der 1971 gegründeten FH sind knapp 6.800 Studenten eingeschrieben.

Die Ravensberger Spinnerei ist heute ein kulturelles Zentrum.

Das alte Rathaus ist bis heute repräsentativer Sitz des Oberbürgermeisters.

Die Fachhochschule für öffentliche Verwaltung NRW hat in Bielefeld eine von insgesamt sechs Abteilungen, die 1976 gegründet wurde. Hier werden jährlich mehr als 600 Studierende auf ihre berufliche Tätigkeit im gehobenen nichttechnischen Dienst der kommunalen, staatlichen und kirchlichen Verwaltung sowie im Polizeivollzugsdienst vorbereitet (www.fhoev.nrw.de).
Die Kirchliche Hochschule Bethel, Teil der Von Bodelschwinghschen Anstalten, wurde 1905 gegründet und ist staatlich anerkannt. Hier studieren etwa 500 Studierende mit dem Ziel Pfarramt, Diplom oder Magister oder bereiten sich in dem gemeinsam mit der Universität Bielefeld angebotenen Studiengang auf das Lehramt an Schulen vor. Außerdem wird der berufsbegleitende Studiengang „Diakonie-Management" angeboten. Durch den Zusammenschluss der Kirchlichen Hochschulen Bethel und Wuppertal entstand zum 1. Januar 2007 die „Kirchliche Hochschule Wuppertal/Bethel" (Hochschule für Kirche und Diakonie) (www.bethel.de/kiho).
In Bielefeld gibt es ferner vier private Hochschulen. Die Fachhochschule des Mittelstands Bielefeld (FHM) wurde 2000 gegründet und bietet speziell auf den Mittelstand ausgerichtete, staatlich anerkannte Studiengänge aus den Bereichen Medien, Informatik und Wirtschaft (www.fhm-mittelstand.de). Die Fachhochschule der Wirtschaft (FHDW) entstand 1993 in Paderborn durch das Bildungszentrum für informationsverarbeitende Berufe. Die staatlich anerkannte Schule hat seit 2001 einen Standort in Bielefeld mit dem Fachbereich Wirtschaft (www.fhdw.de).
Das Euro Business College gibt es seit 2001. Die staatlich nicht anerkannte Schule unterhält zahlreiche weitere Standpunkte in ganz Europa. Es werden Studiengänge aus den Bereichen Wirtschaft, Tourismus, Marketing und Logistik angeboten (www.bielefeld.euro-business-college.de). Die Fachhochschule der Diakonie (FHdD) wurde 2006 durch die Von Bodelschwinghschen Anstalten Bethel, das Johanneswerk sowie weitere diakonische Träger gegründet. Sie bietet Studiengänge im Sozial- und Gesundheitsbereich sowie eine Ausbildung zum Diakon an (www.fhdd.de).
Das alte Rathaus am Niederwall ist heute noch Sitz des Oberbürgermeisters. Nach gut zwei Jahren Bauzeit konnte es im Sommer 1904 bezogen werden. Der Bau des heutigen, direkt nebenan liegenden neuen Rathauses wurde in den 1970er-Jahren notwendig, nachdem die Stadt im Rahmen des Bielefeld-Gesetzes ihre Einwohnerzahl von 166.000 Einwohner auf heute rund 330.000 Einwohner fast verdoppelte. Bielefeld ist ferner Amtsgerichts- und Arbeitsgerichtssitz. Der Landesbetrieb Straßenbau NRW hat hier seinen OWL-Sitz, ebenso das Staatliche Amt für Umwelt- und Arbeitsschutz.

Kultur

Das städtische Theater Bielefeld bietet Musiktheater, Tanztheater und Schauspiel. Spielstätten sind das 1904 eingeweihte Stadttheater mit einer schönen Jugendstilfassade (775 Plätze) und das Theater am Alten Markt (TAM, 302 Plätze). Im „TAM zwei" (im Dachgeschoss des TAM) werden hauptsächlich Stücke zeitgenössischer Autoren aufgeführt (www.theater-bielefeld.de).

Das Theater am Alten Markt (TAM): Hier stand im Mittelalter das Bielefelder Rathaus.

Das Alarmtheater im Westen Bielefelds spielt seit 1993 überwiegend Stücke für Kinder und Jugendliche. Überregional bekannt geworden ist es durch seine Inszenierungen mit großen Gruppen von Jugendlichen zu den Themen Sucht- und Gewaltprävention sowie Migration (0521/137809, www.alarmtheater.de).
Das Theaterhaus in der Feilenstraße wird – neben Gastauftritten – von zwei Theatergruppen bespielt: Das Trotz-Alledem-Theater ist für seine anspruchsvollen Stücke für Kinder und Jugendliche bekannt, bietet aber auch Programm für Erwachsene. Jeden 3. Samstag im Monat gibt's „Ganz oben" schräge Unterhaltung mit Lokalmatador Hans Flottmann (www.trotz-alledem-theater.de). Das Mobile Theater, mit 30 Jahren das älteste freie Theater Bielefelds, bedient von September bis Mai an Wochenenden die Sparten Musical und Schauspiel (www.mobiles-theater-bielefeld.de).
Das Theaterzentrum Tor 6 ist ein Theaterlabor, das seit 1983 eigenständig Theaterstücke entwirft. Das professionelle OFF-Theater mit eigenem Theaterhaus in der Hermann-Kleinewächter-Straße 3 mit 300 Plätzen produziert zeitgenössisches, experimentelles Autorentheater, zudem ist es durch Straßentheaterinszenierungen bekannt geworden (www.theaterlabor.de).
Im Zentrum Bielefelder Puppenspiele (154 Sitzplätze) finden Aufführungen für Kinder statt. Die Bühne wird von zwei Theatergruppen bespielt. Die Niekamp Theater Company wurde 1980 als Poetisches Puppentheater von Thomas Niekamp gegründet (0521/66344, www.niekamp-theater-company.de). Dagmar Selje spielt seit 2006 in Bielefeld. Das Angebot umfasst neben den Aufführungen Seminare zum Puppenspiel sowie zum Puppen- und Maskenbau (0521/179605, www.selje-puppenspiele.de).

Im Westen Bielefelds liegt die Rudolf-Oetker-Halle. Ihr Name geht zurück auf eine Stiftung der Familie Oetker zur Erinnerung an den 1916 im Ersten Weltkrieg gefallenen Dr. Rudolf Oetker, der bereits zu Lebzeiten eine Konzerthalle für Bielefeld angeregt hatte und selber Klavier und Orgel spielte. Die Oetkerhalle wird für ihre Akustik gerühmt. Sie wurde 1930 eröffnet und verfügt über 1.561 Plätze im Großen und 300 Plätze im Kleinen Saal. Hier spielen unter anderem die Bielefelder Philharmoniker – das offizielle Orchester der Stadt wurde 1901 gegründet. Zwei Mal im Jahr finden in der Oetkerhalle Konzerte des 1977 gegründeten Universitätschores Bielefeld statt. Ein weiterer regelmäßiger Gast ist der Musikverein der Stadt Bielefeld. Der seit 1820 bestehende Chor tritt drei Mal in der Saison auf. Der Oratorienchor Bielefeld wurde 1890 gründet und nutzt seit 1947 die Oetkerhalle. Überregionale Bekanntheit hat auch der Bielefelder Kinderchor erreicht. 1932 wurde er gegründet – besonders die Weihnachtskonzerte werden begeistert aufgenommen.

Nicht schön, aber funktional: Die 1969 gegründete Universität.

Bielefeld verfügt über eine bunte Museumslandschaft: Die Kunsthalle zeigt vorwiegend moderne Kunst des 20. und 21. Jahrhunderts. Sie präsentiert jährlich vier großen Wechselausstellungen zur Kunst der Klassischen Moderne, des deutschen Expressionismus und der Gegenwart. Erbaut wurde sie vom amerikanischen Architekten Philip Johnson in den Jahren 1966 bis 1968. Schwerpunkte der Sammlung sind der deutsche Expressionismus, internationale Skulpturen und, in ausgewählten Werkgruppen, internationale zeitgenössische Kunst (0521/32999500, www.kunsthalle-bielefeld.de).

In einigen Hallen der ehemaligen Ravensberger Spinnerei ist das Historische Museum der Stadt untergebracht. Gezeigt werden originale Maschinen aus den wichtigsten Bielefelder Industriezweigen, die berühmten Bielefelder Nähmaschinen und Fahrräder ebenso wie Zeugnisse der Arbeiterkultur und des Bürgertums (0521/513630 und 513635, www.historisches-museum-bielefeld.de).

Inmitten grüner Bäume des Teutoburger Waldes liegt das Bauernhausmuseum. Es ist das älteste Freilichtmuseum Westfalens und zeigt einige gut erhaltene Bauernhöfe aus der Region Ostwestfalen-Lippe, jedoch auch aus anderen Regionen Deutschlands. Die Themen im Haupthaus und in den Nebengebäuden widmen sich der ländlichen Sozialgeschichte in der Mitte des 19. Jahrhunderts in der Region Ravensberg. In einer Scheune von 1807 ist das Café untergebracht. Im Bauernhausmuseum kann geheiratet werden, außerdem gibt es Märchenstunden und Angebote für Kindergeburtstage (0521/5218550, www.bielefelder-bauernhausmuseum.de).

Das Museum Huelsmann ist ein Museum für Kunstgewerbe. Es befindet sich in der ehemaligen Direktorenvilla der Ravensberger Spinnerei, einem Bau aus dem Jahr 1865. Das Museum wurde 1995 eröffnet und zeigt unter anderem Porzellan und Schmuck, wissenschaftliche Geräte und Sonnenuhren (0521/513767, www.museumhuelsmann.de).

Das Naturkundemuseum ist im früheren Adelssitz Spiegelshof untergebracht und zeigt den Aufbau der Erdkruste, einheimische Minerale, Fossilien und vieles mehr (0521/516734, www.namu-ev.de).

Der Bielefelder Kunstverein e.V./Museum Waldhof befindet sich in einem der ältesten Gebäude der Stadt, einem Adelshof aus dem 16. Jahrhundert im Stil der Weserrenaissance, Welle 61. Es ist sich in Trägerschaft des Bielefelder Kunstvereins und zeigt zeitgenössische Kunst in Form von Malerei, Bildhauerkunst, Fotografie oder Zeichnungen (0521/178806, www.bielefelder-kunstverein.de).

Im Deutschen Fächermuseum/Barisch-Stiftung im Herzen der Altstadt ist ein Streifzug durch die Kulturgeschichte des Fächers der vergangenen fünf Jahrhunderte zu sehen (0521/64186).

Das Museum Wäschefabrik befindet sich in der Viktoriastraße 48 a in den Räumen einer ehemaligen Wäschefabrik. Das Gebäude wurde 1913 von dem jüdischen Unternehmer Hugo Juhl errichtet, der hier Tisch- und Bettwäsche sowie Damenwäsche und Herrenhemden herstellen ließ. 1938 veranlassten ihn die politischen Verhältnisse zum Verkauf. Nach dem Erwerb durch die Gebrüder Winkel ist bis 1980 in der Fabrik produziert worden. Ein Verein sorgte dann dafür, dass dieses

Im Museum Wäschefabrik sieht es immer so aus, als würden die Näherinnen gleich weiter arbeiten.

Kleinod erhalten blieb. Wenn man heute durch die Industriehalle läuft, hat man den Eindruck, die Arbeiterinnen würden jeden Augenblick zur Tür hereinkommen und ihre Arbeit aufnehmen (0521/60464).
Der Museumshof Senne besteht aus fünf historischen Fachwerkhäusern aus verschiedenen Jahrhunderten, die zusammen eine westfälische Hofanlage bilden und die Besiedlung der Senne exemplarisch demonstrieren. Zwei Bauernhäuser werden gastronomisch genutzt (0521/491938, www.museumshof-senne.de).
Das Pädagogische Museum ist in der Universität untergebracht. Originalmöbel und Requisiten einer Volksschulklasse um 1900 bilden die Kulisse für einen anschaulichen und reizvollen Einblick in das Schulleben vor gut 100 Jahren. Ergänzt wird das Museum durch eine Dokumentationsstelle und eine Bibliothek (Besichtigung nach Vereinbarung, 0521/1063320). Das Museum Osthusschule befindet sich in der ehemaligen Volksschule der Gemeinde Senne I. Es verfügt über einen kompletten historischen Klassenraum aus der Zeit um 1900. Dazu kommt ein Heimatarchiv des Stadtbezirks Senne und auf dem Dachboden eine Sammlung bäuerlicher Handwerksgeräte (Friedrichsdorfer Straße 100, 05209/2783 und 0521/401508).
Die Historische Sammlung gehört zu den von Bodelschwinghschen Anstalten und verdeutlicht deren Geschichte. Sie ist im Haus Alt-Ebenezer untergebracht, einem alten Bauernhaus, in dem 1867 die ersten Menschen mit Epilepsie aufgenommen wurden (Kantensiek 9, 0521/144-2024).

Wirtschaft

Bielefeld war lange Zeit das Zentrum der Leinenindustrie. Doch die Industriezweige haben sich gewandelt – heute ist Bielefeld vor allem Standort der Nahrungs- und Genussmittelindustrie, der Druck- und Bekleidungsindustrie, sowie der Bauwirtschaft und des Maschinenbaus.

Die Oetkerhallle wird vor allem für ihre Akustik gerühmt.

Die Bielefelder Kunsthalle von Philip Johnson zeigt vor allem moderne Werke.

Bekanntestes Unternehmen im Bereich Nahrungs- und Genussmittel ist die Dr. August Oetker KG – einer der größten international tätigen deutschen Familienkonzerne. Hervorgegangen ist die Oetker-Gruppe aus der 1891 von August Oetker übernommenen Aschoff'schen Apotheke in Bielefeld. Dort entwickelte er das gebrauchsfertige Backpulver. Der Erfolg gründete sich insbesondere darauf, dass Oetker das Pulver in kleinen Tüten portionierte, passend für jeweils ein Pfund Mehl, und das bisher nur professionellen Bäckern bekannte Mittel auch Hausfrauen anbot – erfunden hatte er es jedoch nicht. Heute beschäftigt der Nahrungsmittelkonzern weltweit 22.680 Mitarbeiter, gut 1.400 Beschäftigte sind in Bielefeld und Oerlinghausen tätig.
Im Bereich Maschinenbau ist die Gildemeister AG zu nennen. Das Unternehmen ist der größte Werkzeugmaschinenhersteller in Deutschland und auch weltweit ein führender Produzenten von CNC-gesteuerten Dreh- und Fräsmaschinen, in aller Welt sind mehr als 6.000 Menschen bei Gildemeister beschäftigt. Im Baubereich sind die Unternehmen Schüco und Goldbeckbau bedeutende Namen, in der Bekleidungsindustrie der Hemdenhersteller Seidensticker und Windsor.
Neben Großhändlern wie EK, AVA, KATAG und Beauty Alliance hat Bielefeld als Oberzentrum in OWL auch im Einzelhandel eine wichtige Rolle.
Insgesamt waren am 30. Juni 2006 in Bielefeld 124.181 Personen sozialversicherungspflichtig beschäftigt. 30.227 (24 Prozent) waren im verarbeitenden Gewerbe tätig, 31.249 (25 Prozent) im Gesundheits-, Erziehungs und Sozialwesen, und 21.466 (17 Prozent) im Handel. Größte Arbeitgeber in Bielefeld sind die Von Bodelschwinghschen Anstalten Bethel und das Johanneswerk. In den von Bodelschwinghschen Anstalten, der größten europäischen diakonischen Einrichtung, werden Menschen mit Epilepsie, geistiger Behinderung oder psychischen Beeinträchtigungen, aber auch alte Menschen, Jugendliche mit sozialen Problemen und wohnungslose Menschen betreut. Für die Betreuung von rund 85.000 Menschen pro Jahr sind etwa 14.000 Mitarbeiter in sechs Bundesländern tätig. Namensgeber ist Friedrich von Bodelschwingh der Ältere, der auch die Kirchliche Hochschule Bethel, die Hoffnungstaler Anstalten Lobetal sowie die Bethel-Mission gründete. Der Name Bethel kommt aus dem Hebräischen und heißt „Haus Gottes". Im Mittelpunkt der Arbeit Bethels standen die Vergessenen und Ausgegrenzten der Gesellschaft – in den Worten Bodelschwinghs die „Menschen, die niemand haben will". Zu Bodelschwinghs Zeiten waren das vor allem behinderte Menschen sowie die „Trunkenbolde, Landstreicher und Taugenichtse". Für Bodelschwingh waren auch sie Geschöpfe Gottes, die er als „Brüder von der Landstraße" bezeichnete.
Bethel ist heute eine kleine eigene Stadt mit Supermarkt, Kneipen und zahlreichen Betrieben. Im Fachgebiet Epilepsie haben die Fachkliniken und die anderen Bereiche nach eigenem Bekunden internationalen Ruf. In Bethel wird in fast dreißig unterschiedlichen Schulformen und Ausbildungsstätten unterrichtet. In zahlreichen Werkstätten arbeiten Menschen mit Behinderungen und stellen dabei

Produkte her, die auch überregional vertrieben werden. Daneben gehören auch Hotels, Gaststätten und Geschäfte (meist gleichzeitig Teile des Berufsbildungswerks oder von Behindertenwerkstätten) zu Bethel. Allein auf dem Bethel-Stammgelände in Bielefeld-Gadderbaum arbeiten rund 10.000 Menschen.

Brauchtum, Feste, Traditionen

Jeder Stadtbezirk in Bielefeld pflegt sein eigenes Schützenwesen, sein Volksfest, seinen Weihnachtsmarkt. Jedes Jahr Ende Mai ist in der Bielefelder Altstadt der Leineweber-Markt, er ist das größte Innenstadtfest in Ostwestfalen-Lippe. Mittelalterlich wird es im Juli auf der Sparrenburg: Dann wird am letzten Wochenende das Sparrenburgfest mit Gauklern, Spielleuten und Handwerkern gefeiert.

„Wackelpeter" heißt das Kinder- und Familienkulturfest, das im Sommer im Ravensberger Park gefeiert wird. Künstler aus allen Teilen der Welt laden zu Musik, Kunstaktionen, Theater, atemberaubender Jonglage und Akrobatik ein.

Im September ist eine knappe Woche lang in der Altstadt „Weinmarkt", auf dem sich die verschiedenen deutschen Weinbaugebiete präsentieren . Dazu gibt es auf dem Alten Markt, der Niedernstraße und dem Altstädter Kirchplatz zünftig Zwiebelkuchen, Käse und Brezeln.

Jedes Jahr im Frühsommer gibt es in Bielefeld die „Nachtansichten – Begegnungen der Bielefelder ART". Dann haben diverse Kirchen, Museen und Galerien bis in die Morgenstunden geöffnet. Dazu gibt es ein umfangreiches Rahmenprogramm. Bunt wird es am ersten Samstag im Juni beim Carnival der Kulturen, der in dieser Form auch in mehreren deutschen und ausländischen Großstädten stattfindet. Viele in- und ausländische Künstlergruppen studieren Choreographien ein und ziehen durch die Straßen der Stadt – ein Augen- und Ohrenschmaus für die bis zu 100.000 Besucher (www.carnival-bielefeld.de).

Traditionell wird das Jahr mit dem Weihnachtsmarkt beschlossen. Dieser zieht sich wie ein Band durch Altstadt und Neustadt und beherbergt mehr als 100 geschmückte Fachwerkhäuschen.

Sport und Freizeit

Fußball ist auch in Bielefeld die beliebteste Sportart – kein Wunder, spielt der Verein DSC Arminia Bielefeld doch in der Bundesliga. Die Arminia gilt als die „Fahrstuhlmannschaft" schlechthin, weil sie mit ihrem sportlichen Niveau – und ihren finanziellen Möglichkeiten – zwischen erster und zweiter Bundesliga anzusiedeln ist. So ist jede Saison aufs neue entweder eine Zitterpartie in der ersten, oder ein Aufstiegskampf in der zweiten Liga. Der Treue der Fans zum „Rekordaufsteiger" hat das indes keinen Abbruch getan. Die Arminia spielt in der mitten in der Stadt gelegenen SchücoArena, die bis 2004 „Alm" genannt wurde. Das größte Stadion der Stadt verfügt über 28.008 Plätze.

Jedes Jahr im Januar veranstaltet der TuS Jöllenbeck unter dem Motto „Weltklasse in Jöllenbeck" eines der bestbesetzten Hallen-

Dr. Oetker: Mit Backpulver zum Weltkonzern.

fußballturniere Europas, an dem nationale und internationale Spitzenvereine des Frauenfußballs teilnehmen. Der VfL Theesen im Bielefelder Norden sorgt mit der größten Fußball-Jugendabteilung im Kreis für den Nachwuchs. Beachtenswert ist dort das regelmäßige internationale Pfingst-Jugendturnier, zu dem Nachwuchsmannschaften aus Bundesligavereinen und sogar Jugend-Nationalmannschaften aus der ganzen Welt anreisen.
Berühmt ist Bielefeld auch für seine „Wilde Liga", eine alternative Fußballliga, die nach etwas anderen Regeln funktioniert – und bei Bedarf auch ohne Schiedsrichter auskommt. Inzwischen ist die Beteiligung so groß, dass in drei Spielklassen gekickt wird: „Um die Wurst", „Fahrstuhl" und „Souterrain".
Auch der Radsport ist in Bielefeld stark vertreten. Das zeigt unter anderem die häufige Beteiligung an der Deutschland Tour als Etappen- , Start- oder Zielort. Zu erwähnen sind ferner die Basketballer des TSVE Bielefeld, die zur Zeit in der Pro B spielen und ihre Heimspiele in der Sporthalle der Carl-Severing-Schule austragen.
Die nach der Alm zweitgrößte Sportstätte der Stadt ist das Stadion Rußheide, in dem der Landesligaklub VfB Fichte Bielefeld sowie der American-Football-Regionalligaklub, die Bielefeld Bulldogs, spielen. Mit dem Leineweberring, einer Anlage für Motorrad-Grasbahnrennen, sowie der alternden Bielefelder Radrennbahn befinden sich gleich zwei Anlagen für Zweiradsport im Stadtteil Heepen. Im Westen der Stadt befindet sich der Golfplatz des Bielefelder Golfclubs.
Der 31 Kilometer lange Hermannslauf findet jährlich am letzten Aprilsonntag statt und führt teilweise über den Hermannsweg vom Hermannsdenkmal bei Detmold zur Bielefelder Sparrenburg. Der 1972 zum ersten Mal ausgetragene Volkslauf wird vom Turn- und Sportverein Einigkeit 1890 Bielefeld e.V. (TSVE) veranstaltet. Mittlerweile nehmen über 7.000 Läufer, Walker und Wanderer teil, womit der Hermannslauf zu den größten Laufveranstaltungen in Deutschland gehört.
Eine jüngere Sportveranstaltung ist der Run & Roll Day, eine sommerliche Laufveranstaltung für Läufer und Rollerskater auf dem Ostwestfalendamm. Die über acht Kilometer lange, teilweise sechsspurige Bielefelder Stadtautobahn wird dann für Fahrzeuge gesperrt und für Läufer, Skater, Walker und Rollstuhlfahrer frei gegeben.
Direkt neben der Rudolf-Oetker-Halle befindet sich der 8,5 Hektar große Bürgerpark. Die Fläche war früher eine Tongrube, aus der noch vor dem Zweiten Weltkrieg eine Erholungsanlage gestaltet wurde. Später wurde der Bürgerpark zu einer Art Landschaftspark umgestaltet. Er ist mit Rhododendron bepflanzt und beinhaltet auch einen Rosengarten.
Eine der größten Parkanlagen der Stadt ist der Botanische Garten, 2002 feierte er sein 90-jähriges Bestehen. Er liegt am Berghang des Teutoburger Waldes und beherbergt ein Alpinum, Bambusgärten, einen Steingarten, eine Rhododendron- und Azaleensammlung, einen Arznei- und Gewürzgarten, einen Heidegarten, Buchenwaldflora und vieles mehr (Am Kahlenberg 16, 0521/513178).
Der Nordpark ist eine große Parkanlage mit altem Baumbestand. Nach mehreren Umgestaltungen ist er heute ein großer Landschaftspark. Hier befindet sich auch ein steinerner Pavillon, der von einem Schüler Schinkels 1830 errichtet wurde.
Der Obersee ist ein Stausee im Norden der Stadt. Rund um den See befindet sich eine 80 Hektar große Grünanlage. Die aus historischen Gebäuden bestehende Gaststätte Seekrug ist ein beliebtes Ausflugsziel.
Seit dem Jahr 2003 gibt es in Bethel einen Japanischen Garten. Er wurde von der Deutsch-Japanischen Gesellschaft Bielefeld zu Ehren des Besuchs des Japanischen Kaiserpaares im Jahr 1993 eingerichtet. Der Garten ist ein Trockenlandschaftsgarten in unmittelbarer Nähe zum Ausbildungshotel Lindenhof, Quellenhofweg 125, gelegen (Deutsch-Japanische Gesellschaft 0521/9117311 oder 297910).
Der Heimat-Tierpark Olderdissen wurde 1928 angelegt. Er hat sich auf heimische Tierarten spezialisiert, von denen es über 430 Tiere in 100 Arten zu sehen gibt. Der Park ist jeden Tag im Jahr durchgehend, auch nachts, geöffnet. Der Besuch ist kostenlos – die Parkplatzgebühren und Spenden werden zur Finanzierung verwendet. Der Tierpark ist besonders

In der Schüco-Arena kämpft die Arminia alljährlich um ihren Platz in der Bundesliga.

bei Familien mit Kindern beliebt – was nicht zuletzt an dem großen Spielplatz und dem Streichelzoo liegt (Dornberger Str. 149a, 0521/51 2956).
Innerhalb des Stadtgebietes, insbesondere im Teutoburger Wald, liegen zahlreiche Wanderwege mit einer Gesamtlänge von etwa 580 Kilometer. Als Etappenwanderweg eignet sich der 156 Kilometer lange Hermannsweg, der als Kammweg des Teutoburger Waldes von Rheine über Bielefeld nach Horn-Bad Meinberg (www.hermannshoehen.de) führt, ferner der 78 Kilometer lange Wappenweg rund um Bielefeld.
Wer lieber aufs Fahrrad steigen will: Vier gut ausgeschilderte Radrouten führen direkt durch Bielefeld: die drei BahnRadRouten Teuto-Senne (Osnabrück–Paderborn), Weser-Lippe (Bremen–Paderborn) und Hellweg-Weser (Soest–Hameln) sowie die Wellness-Radroute (www.bahnradrouten.de und www.wellness-radroute.de).

Persönlichkeiten
Einer der bedeutendsten Filmregisseure der Stummfilmära, Friedrich Wilhelm Murnau, wurde am 28. Dezember 1888 als Friedrich Wilhelm Plumpe in Bielefeld geboren. Sein Studium der Philologie in Berlin und der Kunstgeschichte in Heidelberg brach er ab, um an Max Reinhardts Schauspielschule in Berlin aufgenommen zu werden. Plumpe nahm den Künstlernamen Murnau (nach dem bayerischen Ort Murnau) an. Nach dem Ersten Weltkrieg wandte sich Murnau dem Film zu und begann als Regisseur zu arbeiten. Er entwickelte sich durch seine Erfolge in den 1920er-Jahren zu einem der wegweisenden Stummfilmregisseure Deutschlands. Bis 1926 entstanden u. a. die Filme „Der Gang in die Nacht", „Nosferatu", „Der letzte Mann", „Tartüff", und „Faust". 1925 schloss Murnau einen Vierjahresvertrag mit dem amerikanischen Produzenten William Fox. Sein erster in Hollywood gedrehter Film „Sunrise" wurde 1927 mit zwei Oscars ausgezeichnet. Es folgten „4 Devils" (1928) und „City Girl" (1929). Sein letzter Film „Tabu" entstand 1930 in Zusammenarbeit mit dem Dokumentarfilmregisseur Robert J. Flaherty in der Südsee. Die Erstaufführung in New York erlebte Murnau nicht mehr. Er starb am 11. März 1931 in der Nähe von Los Angeles an den Folgen eines Autounfalls.
Der Unternehmer und Reeder Rudolf-August Oetker wurde am 20. September 1916 in Bielefeld geboren. Der Kaufmannssohn absolvierte eine Banklehre in Hamburg, die 1936 durch den Militärdienst unterbrochen wurde. Als Enkel des Firmengründers Dr. August Oetker übernahm er 1944 die Führung des Familienunternehmens Dr. August Oetker Nahrungsmittelfabrik. Rudolf August Oetker führte das Familienunternehmen zu neuen Höhen. In wenigen Jahren formte er aus dem Nahrungsmittelhersteller einen weit verzweigten Mischkonzern, der mit Bier, Pizza und Sekt handelt, dessen Haupteinnahmequelle aber bald die Schifffahrt wurde („Ham-

burg Süd"). Daneben übernahm Oetker die Sektkellereien Henkell, Söhnlein und Deinhard, den Spirituosenhersteller Wodka Gorbatschow sowie die Brauereien Binding und Dortmunder Aktienbrauerei. Er kaufte das Bankhaus Lampe und Luxushotels in Paris, an der Côte d'Azur und am Vierwaldstättersee. 1976 wurde in Freising bei München sein damals 25-jähriger Sohn Richard Oetker entführt und gegen ein Lösegeld von 21 Millionen Mark freigekauft. 1981 zog sich Rudolf-August Oetker mit 65 Jahren aus dem Tagesgeschäft zurück und überließ seinem Sohn die Leitung des Unternehmens. Oetker starb am 16. Januar 2007 in Hamburg.
Veronica Carstens, Medizinerin und Witwe des ehemaligen Bundespräsidenten Karl Carstens, wurde am 18. Juni 1923 als Veronika Prior in Bielefeld geboren. Sie war das jüngste von vier Kindern eines westfälischen Diplom-Ingenieurs, absolvierte in Bielefeld ihr Abitur und danach 1941 in Westrup ihren obligatorischen Arbeitsdienst. 1942 begann sie ein Medizinstudium in Freiburg im Breisgau und arbeitete von 1944 bis 1945 als Lazarettschwester für das Rote Kreuz. 1944 heiratete sie in Berlin-Tegel Karl Carstens, den sie 1943 kennen gelernt hatte. 1956 setzte sie ihr Medizinstudium in Bonn fort. Es folgte eine internistische Fachausbildung in Bonn-Beuel. In ihrer Rolle als Gattin des Bundespräsidenten trat sie ab 1979 bescheiden und diszipliniert auf und übernahm zahlreiche Schirmherrschaften. 1982 gründeten die Carstens die Karl und Veronica Carstens-Stiftung, 1983 die Fördergemeinschaft für Erfahrungsheilkunde Natur und Medizin. Seit 1992 ist Veronica Carstens verwitwet.
Die Politologin und Witwe des ehemaligen Bundespräsidenten Johannes Rau, Christina Rau, wurde als Christina Delius am 30. Oktober 1956 in Bielefeld geboren. Ihr Vater Eduard Delius war Textilfabrikant, ihre Mutter Christa Delius Tochter des früheren Bundespräsidenten Gustav Heinemann. Mit elf Jahren ging Christina Delius auf eigenen Wunsch ins Internat, zunächst in die Schweiz und später nach Schottland. Sie studierte Politikwissenschaft, Volkswirtschaft und Geschichte am University College of Wales und am King's College in London. Am 9. August 1982 heiratete sie mit fast 26 Jahren den 25 Jahre älteren Johannes Rau, damals Ministerpräsident von Nordrhein-Westfalen. Das Paar hat drei Kinder. Nach der Wahl von Johannes Rau zum Bundespräsidenten verlegte die Familie ihren Wohnsitz 1999 von Wuppertal nach Berlin. Ein eigenes politisches Amt strebte Christina Rau nicht an, sie unterstützte ihren Mann bei seinen Aufgaben, begleitete ihn auf vielen Staatsbesuchen und übernahm von ihrer Vorgängerin verschiedene Schirmherrschaften. 2007 wurde Christina Rau in den Verwaltungsrat der Von Bodelschwinghschen Anstalten Bethel berufen, dem höchsten Entscheidungsgremium Bethels. Außerdem ist sie seit 2004 Kuratoriumsmitglied der „Zeit"-Stiftung und berät den Vorstand bei Förderungsentscheidungen. 2005 wurde sie vom damaligen Bundeskanzler Gerhard Schröder mit der Koordination der Partnerschaftsinitiative im Rahmen der Hilfe für die von der Flutkatastrophe im Dezember 2004 in Südasien zerstörten Gebiete beauftragt.
Der Schauspieler, Moderator und Comedian Ingolf Lück wurde am 26. April 1958 in Bielefeld geboren. Nach dem Abitur am Ratsgymnasium Bielefeld studierte Lück Germanistik, Philosophie und Pädagogik und spielte nebenher Theater. 1982 gründete er das Rocktheater „Das Totale Theater", mit dem er 1984/85 in Köln gastierte. Hier wurde er entdeckt und für die ARD-Musikvideosendung „Formel Eins" angeworben, die er 1985 moderierte. 1986 spielte Lück die Hauptrolle in der Hacker-Komödie „Peng! Du bist tot!". Danach war er in verschiedenen Fernsehproduktionen zu sehen. Der endgültige Durchbruch gelang ihm mit der „Wochenshow", die von 1996 bis 2002 auf Sat.1 zu sehen war. Anschließend erhielt Lück weitere Aufträge für die Moderation von Sendungen der ProSieben/Sat.1-Sender-Familie. Als Schauspieler war er zudem in der ProSieben-Comedy-Serie „Das Büro" zu sehen.

Information

Stadt Bielefeld, Niederwall 25, 33602 Bielefeld, 0521/51-0, www.bielefeld.de.
Bielefeld Marketing GmbH, Willy-Brandt-Platz 2, 33602 Bielefeld, 05 21/516160, www.bielefeld-marketing.de.

Blomberg

Kreis Lippe

Holländisch: Die niederländische Sprache ist in der Blomberger Alstadt nicht selten zu hören. Holländer haben Lippe längst als Ferienregion entdeckt, zudem unterhält Blomberg eine Städtepartnerschaft zu Papendrecht in Holland.
Französisch: Am 7. März 2005 stand Blomberg ganz im Zeichen Frankreichs. An diesem Tag trafen sich hier Bundeskanzler Schröder und Frankreichs Staatspräsident Chirac zu einem informellen Meinungsaustausch. Der Grund für die Ortswahl: Schröder wollte Chirac seine Heimat zeigen.

Geografische Lage/Verkehrsanbindung

Die Stadt Blomberg liegt im Osten des Kreises Lippe. Im Norden grenzt das Stadtgebiet an Dörentrup und Barntrup (Kreis Lippe), im Osten an Bad Pyrmont (Niedersachsen) und Lügde, im Süden an Schieder-Schwalenberg und Horn-Bad Meinberg, im Westen an Detmold (alle Kreis Lippe).
Westlich der Kernstadt kreuzen sich die Bundesstraße 1 (Paderborn–Hameln) und die Ostwestfalenstraße B 252 Warburg–Brakel–Lemgo. Nächstgelegene Bahnhöfe sind Schieder an der Strecke Hannover–Altenbeken (Linie S 5 der S-Bahn Hannover), Detmold (Strecke Herford–Altenbeken) und Lemgo-Lüttfeld (Strecke nach Bielefeld). Im Busverkehr ist Blomberg mit Detmold, Bad Meinberg und Barntrup verbunden. Weitere Linien, die am Wochenende von Anrufbussen bedient werden, fahren nach Lemgo, Schieder-Schwalenberg und Bad Pyrmont.
Höchster Punkt im Stadtgebiet ist der Winterberg westlich des Ortsteils Eschenbruch (429 Meter über NN), der tiefste Punkt liegt am Bach Marpe westlich des Ortsteils Donop an der Stadtgrenze zu Detmold (120 Meter).

Wichtige Daten und Wappen

Die zum 1. Januar 1970 neu gebildete Stadt Blomberg besteht neben der Kernstadt Blomberg aus den Ortsteilen Altendonop, Borkhausen, Brüntrup, Cappel, Dalborn, Donop, Eschenbruch, Großenmarpe, Herrentrup, Höntrup, Istrup, Kleinenmarpe, Maspe, Mossenberg-Wöhren, Reelkirchen, Siebenhöfen, Tintrup und Wellentrup.

Die Stadt hat mit Genehmigung vom 28. Juni 1971 das alte Stadtwappen Blombergs im Wesentlichen übernommen. Es verbindet das Symbol der Burg mit der lippischen Rose als dem Zeichen der früheren Landesherrschaft.
Am 1. Januar 2008 zählte die Stadt Blomberg 17.447 Einwohner. 59 Prozent der Bevölkerung sind evangelisch, zehn Prozent katholisch, die übrigen 31 Prozent gehören anderen oder keinen Glaubensrichtungen an.
Das Stadtgebiet umfasst 99 Quadratkilometer, davon sind 26,2 Prozent mit Wald bestanden, 61 Prozent werden landwirtschaftlich genutzt.

Aus der Ortsgeschichte

Das genaue Gründungsdatum der Stadt Blomberg ist nicht bekannt, eine entsprechende Urkunde ist nicht erhalten. Doch ist bekannt, dass die Stadt zwischen 1231 und 1255 unter Bernhard III. zu Lippe entstanden ist, womit Blomberg nach Lippstadt (um 1180) und Lemgo (um 1190) und zusammen mit Horn (um 1240) zur mittleren Generation lippischer Städte gehört. Blomberg selbst war jedoch schon erheblich früher besiedelt, und zum Teil sind auch die Ortsteile älter.
Während der „Soester Fehde" fielen im Auftrag des Erzbischofs von Köln böhmische Söldner in Lippe ein und eroberten 1447 die Stadt Blomberg, die sie ausplünderten und bis auf die Grundmauern niederbrannten. Der Wiederaufbau wurde durch ein Ereignis begünstigt, an das heute der „Alheyd-Brunnen"

Das Rathaus von 1587 beeindruckt mit seinen drei gleichen Fachwerkgiebeln.

auf dem Marktplatz erinnert: Eine Frau namens Alheyd Pustekoke hatte 45 geweihte Hostien aus der Martinikirche gestohlen und in einen Brunnen geworfen. Dafür wurde sie verbrannt, doch galt der Brunnen hinfort als wundertätig und lockte Scharen von Kranken und Pilgern nach Blomberg. 1460 bis 1462 wurde eine Kapelle errichtet, 1468 gründete man ein Augustiner-Kloster, Blomberg wurde ein berühmter Wallfahrtsort. Mit Einführung der Reformation unter Bernhard VIII. Graf zur Lippe in den 1530er-Jahren fand die Wallfahrt jedoch ein Ende, das Kloster wurde aufgelöst. Bis heute ist die Mehrheit der Blomberger (und lippischen) Bevölkerung evangelisch. Blomberg war im Mittelalter eine kleine Handwerker- und Gewerbestadt, doch ließen sich an der Hauptstraße auch Kaufleute nieder, deren stattliche Dielenhäuser des 16. und 17. Jahrhunderts teilweise erhalten sind. Dominierend waren seit dem 17. Jahrhundert die Schuhmacher, zeitweise gab es über 100 Meister in der Stadt. Die Blomberger Schuhmacher exportierten ihre Produkte bis nach Kassel, Osnabrück, Hannover und Braunschweig. Auch die Tischler entwickelten sich im 18. Jahrhundert zu einem Exportgewerbe, insbesondere für Stühle. Im späten 19. Jahrhundert entstanden mehrere Stuhlfabriken, der Sägewerksbesitzer Bernhard Hausmann erfand 1893 die Buchensperrholzplatte und begründete die noch heute bestehende „Blomberger Holzindustrie". Für ihren Aufschwung war 1897 die Eröffnung der Eisenbahnstrecke nach Schieder (an der Hauptbahn Hannover–Altenbeken) von großer Bedeutung.

Fachwerkhäuser an der Brinkstraße in der Innenstadt von Blomberg.

Die Strecke verlor 1951 ihren Personenverkehr und rund 30 Jahre später auch den restlichen Güterverkehr, inzwischen ist die Trasse zum Radweg umgebaut worden. Ab 1926 war Blomberg auch mit einer Überlandstraßenbahn der Pesag aus Richtung Horn-Bad Meinberg zu erreichen, diese Verbindung wurde aber bereits 1936 durch eine Omnibuslinie ersetzt.

Sehenswürdigkeiten

Die Stadt Blomberg hat sich mit ihren vielen gut erhaltenen spätmittelalterlichen Häusern, dem historischen Grundriss, der Burg und der teilweise erhaltenen Stadtmauer ein ungewöhnlich schönes historisches Gesamtbild bewahren können. Repräsentativer und lebendiger Mittelpunkt ist der Marktplatz. Die nördliche Platzseite nimmt das 1587 erbaute Rathaus ein. Links vor dem Rathaus steht der Schandpfahl, an dem Verurteilte zur Schau gestellt wurden.

Im Viertel „Im Seligen Winkel" beeindruckt Haus Nr. 12, ein schmuckvolles Dielenhaus von 1661, mit seinen Schnitzereien. In der Schulstraße findet man die ehemalige Klosterkirche von 1464/73, unter deren Langhaus sich die Grabstätte der Grafen zur Lippe befindet. Zahlreiche weitere historische Handwerker- und Ackerbürgerhäuser findet man in der Straße An der Großen Mauer, in der Petersilienstraße, an der Kuhstraße oder am Langen Steinweg.

Das 1520/30 erbaute Niedere Tor ist das einzige noch erhaltene Stadttor in Lippe. Von hier aus führt ein Fußweg entlang der weitgehend erhaltenen Stadtmauer durch die Weinberggasse zur Burg. Durch einen Torbogen gelangt man zunächst zum Bürgerhaus auf der Niederburg, hinter der Kuhpforte liegt rechts Burg Blomberg, die bis 1511 als Residenz der lippischen Landesherren diente.

Kultur

An einem Sonntag im August wird aus der Stadtmauer am Weinberg die „Blomberger Kunstmauer". Die Ausstellung geht zurück auf eine Initiative des Blomberger Kunstmalers Wolfgang Rose, der erstmals im Jahre 2002 die Stadtmauer als Ort für die Präsentation seiner Werke nutzte und später auch andere Künstler für diese Aktion gewinnen konnte.

Brauchtum, Feste, Traditionen

Jeden zweiten Freitag im September beginnt westlich vor der Kernstadt Blomberg der Wilbaser Markt, der am darauffolgenden Montag endet. Es handelt sich dabei um eine so genannte Stoppelkirmes, also um einen Rummel, der auf abgeernteten Feldern veranstaltet wird. Die Kirmes gehört zu den größten und traditionsreichsten in Ostwestfalen-Lippe. Seit 1530 veranstaltet, war sie ursprünglich Pferde- und Heiratsmarkt, wobei sich bis heute neben dem Rummel auch Vieh- und Krammarkt behaupten können.

Sport und Freizeit

Bundesligist HSG Provital Blomberg-Lippe gehört zu den führenden deutschen Frauenhandball-Teams. Die Heimspiele der HSG finden in der Sporthalle an der Ulmenallee

Das Niedere Tor im Süden der Altstadt, Lippes einziges erhaltenes Stadttor.

Eine kleine Bruchsteinkirche markiert das Zentrum des Ortsteils Donop.

und neuerdings auch in der Lipperlandhalle in Lemgo statt. Auch die Nachwuchsteams gehören zur deutschen Spitzengruppe. Bis Ende 2007 hieß der Verein HSG Blomberg-Lippe – begonnen hatte man 1993 als HSG Herrentrup-Blomberg.
Im Mittelpunkt des sportlichen Lebens steht neben dem Handball der Fußball. Reitern und Wanderern bietet Blomberg viele Möglichkeiten, auch ein Golfplatz ist vorhanden.

Wirtschaft

Phoenix Contact, nach eigenen Angaben weltweit Marktführer für elektrische Verbindungs- und Interfacetechnik, hat seit mehr als vierzig Jahren seinen Firmensitz in Blomberg. Phoenix Contact produziert mit weltweit mehr als 9.000 Mitarbeitern – davon rund 3.500 am Standort Blomberg – innovative Komponenten für den Schaltschrankbau sowie High-Tech-Produkte für die Fabrikautomatisierung – von Überspannungsschutz-Geräten für Sendemasten des WDR bis hin zu Automatisierungslösungen für Schweißstraßen bei Daimler-Benz.
In Blomberg wurde die Buchensperrholzplatte erfunden – in einem Unternehmen, das noch heute existiert. Ein vielfältiges Programm an Spezialplatten für weite Bereiche der Industrie stellt das Traditionsunternehmen Blomberger Holzindustrie heute her. Delignit-Platten beispielsweise finden sich in Formel 1-Boliden und ICE-Triebwagen wieder.
Am 30. Juni 2006 waren in Blomberg 6.139 Personen sozialversicherungspflichtig beschäftigt. Davon entfielen auf das verarbeitende Gewerbe 4.027 Personen, 520 auf den Handel und 496 auf das Gesundheits-, Erziehungs- und Sozialwesen.

Persönlichkeiten

Gerhard Schröder wurde am 7. April 1944 in Mossenberg, heute ein Stadtteil von Blomberg, geboren. Schröder war von 1998 bis 2005 Bundeskanzler, zuvor von 1990 bis 1998 Ministerpräsident von Niedersachsen. Schröder lebte jedoch nur zwei Jahre lang in Mossenberg, dann zog seine Familie in einen Ortsteil von Lemgo um.
Louis Paulsen wurde am 15. Januar 1833 in Gut Nassengrund bei Blomberg geboren; am 18. August 1891 ist er ebendort gestorben. Paulsen war einer der stärksten deutschen Schachspieler des 19. Jahrhunderts und galt zeitweilig als die Nummer 1 der Welt. Nach ihm und seinem älteren Bruder Wilfried ist die Paulsen-Variante in der Sizilianischen Verteidigung benannt.

Information

Stadt Blomberg, Marktplatz 1, 32825 Blomberg, 05235/5040, info@blomberg-lippe.de.
Städtisches Verkehrsbüro, Hindenburgplatz 1, 32825 Blomberg, 05235/50 44 44, verkehrsbuero@blomberg-lippe.de.

Borchen

Kreis Paderborn

Zu trocken: Die Chroniken der Borchener Dörfer berichten immer wieder über Dürreperioden auf der Paderborner Hochfläche. 1929 wurde ein Wasserwerksverband gegründet, 1930 versorgten die ersten Wasserleitungen die Häuser in Alfen.
Zu nass: Nach starken Regenfällen können die Borchener Trockentäler reißende Flüsse werden. Das katastrophale Hochwasser von 1965 forderte in Etteln mehrere Menschenleben. Daraufhin wurden Hochwasserrückhaltebecken gebaut. Eines befindet sich zwischen Kirchborchen und Hamborn und hält das Hochwasser des Ellerbachs zurück.

Geografische Lage/Verkehrsanbindung

Die Gemeinde Borchen liegt im Zentrum des Kreises Paderborn auf der Paderborner Hochfläche. Im Norden grenzt die Gemeinde direkt an die Domstadt, im Osten und Südosten an Lichtenau, im Süden an Bad Wünnenberg und im Westen an Salzkotten. Alle Nachbarn gehören zum Kreis Paderborn. Das Gemeindegebiet bedeckt eine Fläche von 77 Quadratkilometern, davon sind 15 Quadratkilometer Waldgebiet, 53 Quadratkilometer landwirtschaftlich genutzte Fläche.
Die höchste Erhebung liegt östlich von Dörenhagen an der Grenze zu Lichtenau mit 334 Metern über NN, der tiefste Punkt im Almetal an der Grenze zu Wewer (Stadt Paderborn) mit 125 Metern.
Durch Borchen führt die Autobahn A 33 von Bielefeld zum Kreuz Wünnenberg-Haaren, wo Anschluss an die A 44 besteht. Durch das nordöstliche Stadtgebiet führt ferner die B 68 von Paderborn nach Warburg. Eisenbahnanschluss hat Borchen nicht mehr, die Almetalbahn Paderborn–Büren–Brilon hat 1980 den Personenverkehr verloren. Die Gemeinde ist mit verschiedenen Buslinien zu erreichen.

Wichtige Daten und Wappen

Die Gemeinde Borchen in ihrer heutigen Form entstand durch zwei Zusammenschlüsse. Am 1. Juli 1969 vereinigten sich die Gemeinden Alfen, Nordborchen und Kirchborchen des ehemaligen Amtes Kirchborchen zur Gemeinde Borchen mit Sitz in Nordborchen. Am 1. Januar 1975 schloss sich die Gemeinde Borchen dann mit Dörenhagen und Etteln zur neuen Gemeinde Borchen zusammen. Das Amt Kirchborchen wurde aufgelöst; die ehemals zu diesem Amt gehörenden Orte Wewer und Dahl wurden nach Paderborn eingemeindet. Mit Bezug des neuen Rathauses 1984 verlegte die Gemeinde ihren Sitz in den Ortsteil Kirchborchen.

Am 31. Dezember 2007 hatte die Gemeinde Borchen 13.486 Einwohner. Davon gehören 64 Prozent der katholischen Kirche an, 17 Prozent sind evangelisch, die übrigen gehören keiner oder anderen Religionsgemeinschaften an.
Das Wappen der Gemeinde ist eine Neuschöpfung und wurde am 17. September 1975 genehmigt. Es zeigt auf gelbem Grund einen aus fünf schwarzen Streifen (für die fünf Ortsteile) gebildeten Buchstaben „b", das Kreuz steht für die Zugehörigkeit zum früheren Fürstbistum Paderborn. Die Stufung des Buchstabenschaftes erinnert an den Turm der Kirchborchener Pfarrkirche. Der blaue Wellenbalken, der im oberen Teil gespalten ist, weist auf die im Gemeindegebiet zusammenfließenden Flüsse Alme und Altenau hin.

Aus der Ortsgeschichte

In der Eisenzeit entstand die große Ringwallanlage (Hünenburg) bei Etteln, die „Gellinghauser Wallburg". Sie wurde bis ins 12. Jahrhundert immer wieder erweitert und diente auch fränkischen Herrschern. Ansonsten lebten die Menschen im Mittelalter in etwa 20

Kirche in Kirchborchen mit ihrem markanten Stufengiebel.

kleineren Siedlungen, erst langsam schälte sich die heutige Struktur mit fünf größeren Dörfern heraus. Alfen, Etteln und Nordborchen wurden urkundlich 1031 erwähnt, als Bischof Meinwerk Nordborchen dem Paderborner Kloster Abdinghof schenkte. Auch Kirchborchen, 1268 erwähnt, unterstand lange dem Kloster Abdinghof. Das Dorf Dörenhagen ist eine Neugründung von Bischof Bernhard III. (1204–1223).
Außerordentliche historische Ereignisse weist die Borchener Geschichte nicht auf. Mit dem Ende des Fürstbistums Paderborn, der Aufhebung des Klosters Abdinghof 1802/03 und mit der Eingliederung in den Staat Preußen waren die heutigen Strukturen vorgezeichnet. 1816, bei der Bildung der neuen Landkreise, kamen Alfen, Nordborchen, Kirchborchen und Dörenhagen zum Kreis Paderborn, Amt Kirchborchen, Etteln kam zum Kreis Büren, wo es bis 1974 zum Amt Atteln gehörte. Am 1. Januar 1975 entstand die heutige Gemeinde Borchen. Ihr Einwohnerwachstum in den letzten Jahrzehnten hat sie vor allem der Nähe zur ebenfalls dynamisch wachsenden Stadt Paderborn zu verdanken.

Sehenswürdigkeiten

Den Mittelpunkt Nordborchens bildeten seit alters her zwei Adelssitze: das Oberhaus, heute Mallinckrodthof, und das Unterhaus, von dem heute nur noch eine Ruine vorhanden ist. Das Haupthaus des Mallinckrodthofs ist umringt von einer Gräfte. Das Fachwerkhaus wurde 1684/86 auf den Fundamenten einer älteren Anlage errichtet. Zu Beginn des 19. Jahrhunderts gehörten noch Wirtschaftsgebäude sowie das in der Gräftenmauer befindliche „Annettentempelchen" dazu. Dort soll sich Annette von Droste-Hülshoff gerne aufgehalten und einen Teil der „Judenbuche" verfasst haben.1911 wurde auf dem Mallinckrodthof eine Ausbildungsanstalt für Lehrerinnen der landwirtschaftlichen Haushaltungskunde eingerichtet. Seit 2005 ist der Mallinckrodthof im Besitz der Gemeinde Borchen und wird u.a. von der VHS, den Schützen, einem Café und dem SC Borchen genutzt.
In „Kericborchnen" ist um 1200 die jetzige, 1906/07 wesentlich erweiterte Pfarrkirche entstanden. Das Gotteshaus im romanischen Baustil nahm die Funktion einer Wehrkirche wahr, in der die Bevölkerung in Fehde- und Krisenzeiten Schutz suchte. Der Turm ist aller Wahrscheinlichkeit nach schon vor dem Kirchengebäude gebaut worden.
In Borchen und Umgebung findet man mehrere Steinkistengräber, die während der Jungsteinzeit errichtet wurde. Das Ettelner Steinkistengrab besteht aus senkrecht gestellten Kalksteinplatten, die ein Rechteck von 22,5 Meter Länge und einer Breite von 2,5 Meter bilden. Auf dem Limberg bei Kirchborchen findet man das „Steinkistengrab Kirchborchen I", ebenfalls aus Kalksteinplatten (21 mal drei Meter), etwa 100 m entfernt liegt das „Steinkistengrab Kirchborchen II" (14,5 mal vier Meter). Hier sind – anders als bei den anderen beiden Gräbern – auch einige Deckenplatten erhalten.

Kultur und Bildung

Im Schloss Hamborn ist die gleichnamige Rudolf Steiner Werkgemeinschaft zuhause. 1872 war das Gut in den Besitz der Familie von Mallinckrodt übergegangen, 1879 erwarb es die Familie von Droste-Hülshoff. 1929 brannte das Schloss nieder und wurde anschließend von einem Industriellen wieder aufgebaut, dabei erhielt es u.a. sein neoklassizistisches Eingangsportal. In den frühen 1930er-Jahren zog der Heilpädagoge Siegfried Pickert (1898–2002) aus Jena in Schloss Hamborn ein, um hier sein anthroposophisches Behindertenheim – das erste überhaupt – mit 40 Kindern in größeren Räumlichkeiten weiterzuführen. Nach den Verfolgungen der NS-Zeit nahm Pickert 1945/46 seine Tätigkeit mit mehreren Arbeitszweigen (u.a. Heim für kriegsgeschädigte Kinder, Waldorfschule, Werkstätten auf gemeinnütziger Grundlage) wieder auf. Schloss Hamborn ist heute eine der namhaftesten Einrichtungen dieser Art in Deutschland.

Sport und Freizeit

Borchen ist sportlich. Die Gemeinde verfügt in allen Ortsteilen über Sportvereine, Sportplätze, Sporthallen und Schießsportanlagen, außerdem über nicht weniger als drei Reithallen (Schloss Hamborn, Nordborchen und Etteln). Wander- und Radwanderwege locken überall hinaus ins Grüne. Durch das Gemeindegebiet führen neben regionalen Routen die Fernradwege „Kaiser-Route" Aachen–Paderborn und der Alme-Radweg Brilon–Paderborn.

Wirtschaft

Alle fünf Borchener Ortsteile waren bis weit ins 20. Jahrhundert hinein wirtschaftlich bestimmt von der Landwirtschaft. Inzwischen hat sich an der Autobahn 33 ein expandierendes Gewerbegebiet etabliert. Die Handelsstruktur sichert vor Ort den täglichen Bedarf, ist ansonsten aber durch die Nähe zum Oberzentrum Paderborn bestimmt. Größter Arbeitgeber ist die Rudolf-Steiner-Werkgemeinschaft mit rund 500 Beschäftigten in ihren verschiedenen Betrieben und Einrichtungen. Am 30. Juni 2006 waren in Borchen 1.912 Personen sozialversicherungspflichtig beschäftigt. 536 davon waren im Gesundheits-, Erziehungs- und Sozialbereich tätig, 323 im verarbeitenden Gewerbe, 320 im Handel.

Persönlichkeiten

In Borchen-Etteln ist einer der erfolgreichsten deutschen Dressurreiter zuhause. Hubertus Schmidt, geboren am 8. Oktober 1959, betreibt Reiten und Pferde (-zucht) nicht nur als Passion, sondern auch als Beruf. Höhepunkt seiner bisherigen Laufbahn war 2004 bei der Olympiade in Athen Gold mit der Dressur-Mannschaft. Des Weiteren gewann er u.a. bei den Weltreiterspielen in Aachen 2006 in der Mannschaftswertung die Goldmedaille.

Information

Gemeinde Borchen, Unter der Burg 1, 33178 Borchen, 05251/3888-0, www.borchen.de info@borchen.de.

Die alte Mühle beherbergt heute Büros und Lofts.

Borgentreich

Kreis Höxter

Orgeldenkmal: Die Hauptkirche in Borgentreich beherbergt eine Barockorgel, die ein wahrer Schatz ist. Sie gilt als die größte erhaltene Springladenorgel der Welt und bedeutendste historische Orgel in Westfalen.
Orgelmuseum: Direkt der Kirche gegenüber liegt das ehemalige Rathaus der Stadt, in dem heute das Orgelmuseum untergebracht ist. Hier werden Orgeln nicht nur gezeigt – man darf sie auch anfassen und begreifen.

Geografische Lage/Verkehrsanbindung

Die Stadt Borgentreich liegt im Südosten des Kreises Höxter, das 139 Quadratkilometer große Stadtgebiet gehört zur Warburger Börde und wird zum ganz überwiegenden Teil (113 Quadratkilometer) landwirtschaftlich genutzt, nur 15 Quadratkilometer sind von Wald bestanden. Im Osten grenzt Borgentreich an die schon zu Hessen gehörenden Städte Trendelburg und Hofgeismar (beide Landkreis Kassel), im Süden an Warburg, im Westen an Willebadessen und Brakel, im Norden an Beverungen (alle Kreis Höxter).
Höchster Punkt im Stadtgebiet ist der Hohe Berg (371 Meter über NN) an der Grenze zu Trendelburg, der tiefste Geländepunkt liegt im Rösebecker Bruch mit 169 Metern.
In Süd-Nord-Richtung wird Borgentreich von der B 241 durchquert, die von Warburg zur B 83 in Beverungen führt; bei Warburg besteht Anschluss an die Autobahn A 44. Anschluss an das Eisenbahnnetz hatte Borgentreich durch den 1876 eröffneten Bahnhof Borgholz an der Strecke von Holzminden nach Scherfede, die 1984 ihren Personenverkehr verlor und heute komplett stillgelegt ist. Den Anschluss Borgentreichs an den öffentlichen Verkehr übernehmen Buslinien. Nächste Bahnhöfe sind Warburg, Liebenau und Hümme an der Strecke Hamm–Kassel.

Wichtige Daten und Wappen

Durch das Gesetz zur Neugliederung des Raumes Sauerland/Paderborn wurde zum 1. Januar 1975 das Amt Borgentreich aufgelöst. Die bisherigen Städte Borgentreich und Borgholz wurden mit den Gemeinden Bühne, Drankhausen, Großeneder, Körbecke, Lütgeneder, Manrode, Muddenhagen, Natingen, Natzungen und Rösebeck zur neuen Stadt Borgentreich zusammengeschlossen.

Das Wappen der Stadt, genehmigt 1976, zeigt im Schildfuß eine stilisierte blaue Stadtmauer, darüber vor den historischen Hochstift-Farben Gelb und Rot die Wappensymbole der früheren Städte Borgholz (Vortragekreuz) und Borgentreich (Lilie). Mit Stand vom 31. Dezember 2007 zählte die Stadt Borgentreich 9.414 Einwohner. Angaben zur Konfessionsverteilung liegen nicht vor. An den allgemeinbildenden Schulen der Stadt besuchen 77 Prozent der Schülerinnen und Schüler den katholischen, 17 Prozent den evangelischen Religionsunterricht; sechs Prozent gehören einer anderen oder keiner Konfession an.

Aus der Ortsgeschichte

Zentralort und Verwaltungssitz ist die ländlich geprägte Stadt Borgentreich. Ihr Gründungsjahr steht nicht genau fest, wahrscheinlich erhielt Borgentreich 1275, spätestens jedoch 1277 Stadtrechte. Mit der Stadtanlage war, wie bei allen Paderborner Städten dieser Zeit, neben der Kirche auch eine Burg verbunden. Die Stadt wurde mit einer Mauer und einem Graben umzogen. Der Dreißigjährige Krieg schädigte die Stadt schwer. 1650 lag etwa ein Drittel der Hausstätten wüst, die Besitzer waren entweder tot oder geflohen. Zwischen 1700 und 1800 stagnierte die Einwohnerzahl, es gab etwa 280 steuerpflichtige Haus-

Die Warburger Börde bei Borgholz.

und Hofstellen. Nach der Säkularisation von 1803 wurde Borgentreich preußisch. Zu diesem Zeitpunkt war die Hälfte der Häuser noch mit Stroh gedeckt, die Stadtmauer war bereits mehr oder weniger zerfallen. Zwischen 1849 und 1914 verdoppelte sich die Bevölkerung auf 2.108 Einwohner.
Gegen Ende des Zweiten Weltkrieges geriet die Stadt am 1. April 1945 unter amerikanisches Artilleriefeuer, fast 120 Wohngebäude wurden in Schutt und Asche gelegt. In den 1950er-Jahren wurde Borgentreich britische Garnisonsstadt, auf einer Höhe nördlich von Auenhausen entstand eine große Radarstation, gleichzeitig westlich von Borgentreich eine Kasernenanlage und für die englischen Soldaten eine Siedlung. 1960 übernahm die Bundeswehr die Radarstation Auenhausen und die Kasernenanlage in Borgentreich; im Rahmen der Verkleinerung der Bundeswehr wurde der Standort 1993 aufgegeben.
Nordöstlich von Borgentreich liegt die ehemalige Stadt Borgholz. Sie wurde erstmals 1291 erwähnt und verdankt wie Borgentreich ihre Entstehung den Auseinandersetzungen zwischen den Erzbischöfen von Köln und den Bischöfen von Paderborn im 13. Jahrhundert. Den Auftrag zur Anlage des befestigten Ortes hatte Bischof Otto von Paderborn 1290 erteilt, in einer Urkunde von 1295 wird Borgholz bereits als Stadt bezeichnet.

Lütgeneder liegt im westlichen Teil der Stadt Borgentreich, die erste urkundliche Erwähnung stammt von 887. Bodenfunde aus der jüngsten Steinzeit lassen darauf schließen, dass die Flur von Lütgeneder schon vor mehr als 4000 Jahren von ackerbautreibenden Menschen bewohnt war.

Sehenswürdigkeiten

1283 war in Borgentreich die Johannes dem Täufer geweihte Pfarrkirche fertiggestellt, ihr massiver frühgotischer Turm ist bis heute erhalten geblieben. Größter Schatz im Inneren ist die barocke Orgel aus dem 17./18. Jahrhundert, die größte erhaltene Springladenorgel der Welt. Sie gilt als die bedeutendste historische Orgel Westfalens. Die Springlade ist eine besondere Form der Windlade, jenes Bauteils der Orgel also, das auf mechanischem Weg nach dem Drücken einer Taste die Verbindung zwischen Gebläse und Pfeife herstellt. Springladen gelten als besonders unempfindlich gegenüber Klimaschwankungen, sind im Bau aber deutlich aufwändiger und haben sich auf Dauer daher nicht durchsetzen können.
Auch die Katholische Pfarrkirche in Natzungen hat ein Prunkstück des Barock vorzuweisen: einen prächtigen Altar von 1692, der aus der Benediktinerabtei Abdinghof in Paderborn stammt.
Die neugotische Kirche von Körbecke stammt aus dem Jahre 1900. Zwei Wappen Ferdi-

Pfarrkirche St. Johannes in Borgentreich.

nands von Fürstenberg mit der Jahreszahl 1663 wurden der alten Kirche entnommen und über dem Westportal der neuen wieder eingebaut.
In der Kernstadt von Borgentreich sind noch einige Reste der historischen Stadtbefestigung zu sehen, neben dem Balkenturm (einziger erhaltener der einst sieben Türme) auch das vor 1313 entstandene so genannte Steinerne Haus, das älteste weltliche Gebäude Borgentreichs. Rund 400 Jahre lang diente es als Wohnhaus für Mönche des Klosters Hardehausen (bei Warburg) und als Zehntscheune. 1803 fiel das Kloster an den preußischen Staat, der das Steinerne Haus 1848 an die Stadt verkaufte. Von 1920 bis 1952 diente es als Schule, danach als Wohnung. Seit 1999 wird das Steinerne Haus durch die Geschäftsstellen der Landschaftsstation Diemel-Weser-Egge, der Bürgerinitiative Lebenswertes Bördeland und Diemeltal sowie eines Aktionsbündnisses genutzt. Im Obergeschoss befindet sich die kleine Kurt-Preywisch-Bibliothek mit dem Nachlass des wohl wichtigsten Naturforschers aus der zweiten Hälfte des 20. Jahrhunderts im Kreis Höxter. Zudem können während der Geschäftszeiten kleine Dauerausstellungen zur Natur im Kreis Höxter betrachtet werden.
An der Bahnstrecke Scherfede – Holzminden entstand etwas abseits vom Borgholzer Ortskern ein kleines Bahnhofsgebäude. In privater Initiative wurde seit den 1990er-Jahren vom damaligen Bahnhofsvorsteher daraus ein kleines Bahnhofsmuseum gemacht. Das Gebäude präsentiert sich noch weitgehend so, wie es vor 100 Jahren aussah und birgt zahlreiche Gegenstände aus der Geschichte des Eisenbahnwesens – nicht nur der Region (www.museumsbahnhof.de).
Im Jahre 1838 entstand in Borgholz als kleines Fachwerkgebäude eine Synagoge. 1938 teilweise zerstört, wurde das Bauwerk in den Jahren 1997/98 restauriert und dient seither als Gedenkstätte. Heute finden hier unter anderem Ausstellungen, Vorlesungen, kleinere Versammlungen und Konzerte statt.

Kultur

Borgentreich ist die Stadt mit dem ersten Orgelmuseum Deutschlands, 1980 wurde es gegenüber der Pfarrkirche im historischen Rathaus (von 1850) eröffnet. Das Orgelmuseum ist ein Museum zum Schauen, Anfassen und Mitmachen. Funktionsweise und klanglicher Aufbau der Orgel, Herstellung und Materialien, geschichtliche Entwicklung und kulturelle Bedeutung bilden den Schwerpunkt. Neben vie-

Der Bahnhof Borgholz beheimatet heute ein kleines Eisenbahnmuseum.

Oben: Das Orgelmuseum im historischen Rathaus von Borgentreich. Unten: Im Museum gilt ausdrücklich die Devise „Anfassen erlaubt".

len Originalteilen wie Spieltischen, Windladen und Pfeifen sowie der im Orgelbau verwendeten Metalle, Hölzer und Werkzeuge können zahlreiche wirklichkeitsgetreue Anlagen betrachtet – und betätigt – werden (www.barockorgel-borgentreich.de).
Das Museum Dorfgeschichte am Bahnhof Borgholz gewährt Einblicke in die Wohn- und Lebensverhältnisse breiter Bevölkerungsschichten in vorindustrieller Zeit. Das Museum möchte einzelne Anstöße zu einer intensiveren, auch kritischen Auseinandersetzung mit der Geschichte und Volkskunde geben. Dabei kann sich rasch zeigen, dass die alte Zeit nicht immer auch die „gute alte Zeit" war, dass die ländliche Bevölkerung unter ärmlichen oder zumindest einfachen Lebensumständen lebte (05645/788170 und 9155).

Brauchtum, Feste, Traditionen

1977 wurde das Borgentreicher Stadtfest ins Leben gerufen, um die Bürgerschaft zusammenzubringen – waren doch erst wenige Jahre zuvor durch die Neugliederung ehemals selbständige Gemeinden zur Stadt Borgentreich zusammengefügt worden. Das Stadtfest wird jeweils am zweiten Wochenende im September in wechselnden Stadtteilen gefeiert.

Wirtschaft

Mit dem Abzug der Bundeswehr in den 1990er-Jahren hat Borgentreich den bis dahin größten Arbeitgeber verloren. Nach wie vor von herausragender Bedeutung für die Wirtschaft der Warburger Börde ist die Landwirtschaft, die Zahl der Arbeitsplätze im Agrarsektor sank jedoch auch hier kontinuierlich. Da Borgentreich keine großen Industriebetriebe aufzuweisen hat, sind zahlreiche Erwerbstätige zu Pendlern geworden.
Am 30. Juni 2006 waren in Borgentreich 1.287 Personen sozialversicherungspflichtig beschäftigt, 473 davon im verarbeitenden Gewerbe, jeweils 201 im Baugewerbe und im Handel.

Information

Stadt Borgentreich, Am Rathaus 13, 34434 Borgentreich, 05643/809-0, info@borgentreich.de, www.borgentreich.de.

Borgholzhausen

Kreis Gütersloh

Lebkuchenduft: Der Geruch von Koriander, Ingwer, Nelken und Muskat lockt nach wie vor Besucher in die Freistraße 23 – in das Stammhaus des Lebkuchenherstellers „von Ravensberg" mit gemütlichem Laden und Café. Um 1740 siedelten sich die ersten Honigkuchenbäcker in Borgholzhausen an.
Weitluft: Der Bergfried der Burg Ravensberg ist zu besteigen. Der Fußweg zur Burg, die mit viel bürgerschaftlichem Engagement erhalten wird, wird mit einem Blick ins Ravensberger Hügelland belohnt.

Geografische Lage/Verkehrsanbindung

Die Stadt Borgholzhausen liegt im Norden des Kreises Gütersloh. Die Stadtmitte liegt in einem Pass des Teutoburger Waldes, nördlich davon berührt die Stadt das Ravensberger Hügelland, südlich davon das flache Ostmünsterland. Höchster Punkt ist der Hankenüll (307 Meter über NN), der südlichste Teil der Stadt liegt lediglich 80 Meter über NN. Das Stadtgebiet grenzt im Südwesten an die Stadt Versmold, im Südosten an Halle und im Osten an Werther (alle Kreis Gütersloh). Im Norden und Westen berührt Borgholzhausen die niedersächsischen Städte Melle und Dissen (Landkreis Osnabrück).
Borgholzhausen ist aus Richtung Osnabrück über die A 33 zu erreichen, die Fortsetzung Richtung Bielefeld ist in Vorbereitung. Der Ort liegt an der B 68 von Osnabrück nach Bielefeld, am Bahnhof Borgolzhausen beginnt die B 476 nach Warendorf, die Fortsetzung führt als L 647 nach Melle. Der Bahnhof Borgholzhausen liegt etwa drei Kilometer vom Stadtkern entfernt an der Strecke des „Haller Willem" von Dissen-Bad Rothenfelde nach Bielefeld. Seit 2005 wird auch wieder durchgehend bis Osnabrück gefahren.

Wichtige Daten und Wappen

Die Stadt Borgholzhausen in ihren heutigen Grenzen entstand am 1. September 1969 durch den Zusammenschluss der ehemaligen

Gemeinden Barnhausen, Berghausen, Borgholzhausen, Casum, Cleve, Hamlingdorf, Holtfeld, Kleekamp, Oldendorf, Ostbarthausen, Westbarthausen und Wichlinghausen. Das Ortsgebiet umfasst fast 56 Quadratkilometer, ein Viertel davon ist Waldfläche, 60 Prozent ist landwirtschaftlich genutzte Fläche. Ende 2007 waren in Borgolzhausen 8.721 Einwohner registriert, 61 Prozent davon evangelisch, 15 Prozent katholisch, 24 Prozent mit einem anderen Glauben oder konfessionslos.
Das Wappen zeigt über drei roten Sparren eine das ganze Feld füllende, mit vier Zinnen gekrönte rote Mauer. Das 1970 verliehene Wappen entspricht dem des alten Amtes Borgholzhausen von 1939. Die Sparren weisen auf die frühere Zugehörigkeit zur alten Grafschaft Ravensberg hin, die Zinnenmauer ist Symbol für ein städtisches Gemeinwesen.

Aus der Ortsgeschichte

Der Pass durch den Teutoburger Wald ist ein uralter Weg – er war für die frühe Besiedelung des heutigen Stadtgebietes von wesentlicher Bedeutung. Um das Jahr 1100 wurde Borgholzhausen zum Gerichtsort. Einer Quelle des Jahres 1096 folgend, hieß der Ort damals Holthus. In einer Urkunde des Jahres 1317 wird der Ort „Borgholzhausen" genannt, vermutlich wegen seiner Nähe zur Burg Ravensberg. Im gleichen Jahr wird es erstmals als „oppidum" (Landstadt) bezeichnet. Am 17. April 1719 erhielt Borgholzhausen durch Friedrich Wilhelm I. den Titel einer Stadt, allerdings ohne die dazugehörigen Rechte. Mit dem Stadttitel wurde Borgholzhausen aber immerhin ein interessanter Marktflecken, was wiederum zur Ansiedlung

Blick auf das Zentrum von Borgholzhausen.

verschiedener Gewerbe- und Handelszweige führte. Leinenspinnerei und -weberei wurde im 17. und 18. Jahrhundert zu einem wichtigen Erwerbszweig. Leinen wurde bis nach England geliefert. Als jedoch die Heimarbeiter mit der Konkurrenz des maschinellen Webens nicht mehr Schritt halten konnten, ging das Textilgewerbe wie im ganzen Ravensberger Land zurück. Um 1740 siedelten sich Honigkuchenbäcker aus dem benachbarten Dissen in Borgholzhausen an und machten den Ort zur „Honigkuchenstadt". Nach 1873 kamen mehrere Fleischwarenfabriken hinzu, 1880 entstand hier die erste Dampfmolkerei Westfalens. Aus dem im 17. Jahrhundert angelegten Salzwerk „Barthausen" wurde nach 1907 das „Solbad Ravensberg". Heute wird hier Mineralwasser unter dem Namen „Marienbrunnen" hergestellt und vertrieben.

Sehenswürdigkeiten

Ein schönes Wanderziel ist die Burg Ravensberg aus dem frühen 12. Jahrhundert. Sie war Stammsitz der Grafen von Ravensberg-Calvelage, im 18. Jahrhundert ist sie verfallen. Erhalten ist der mächtige romanische Bergfried, außerdem gibt es Reste der Umfassungsmauern und den alten Brunnen. Als das Land die Burg 2002 verkaufen wollte, wurde mit großem Engagement der Bevölkerung eine Stiftung gegründet, die sich seither für die Restaurierung der Ruine einsetzt. Derzeit saniert die Stiftung die historische Gastwirtschaft, die ab 2009 den Besuchern wieder zur Verfügung stehen soll. Im „Ravensberger Klassenzimmer", einem zur Burg gehörenden Seminarraum, erhalten Schulen und Interessierte Informationen über Flora und Fauna des Teutoburger Waldes und die Geschichte der Burg (www.stiftung-burg-ravensberg.de). Sehenswert ist die evangelische Pfarrkirche in der Innenstadt von Borgholzhausen, die schon 1246 erwähnt wurde, nach Grabungsbefunden aber deutlich ältere Vorläufer hatte. Das heutige Gebäude geht auf das 14. Jahrhundert zurück, es finden sich noch Reste einer mit geometrischen Mustern bemalten Gewölbedekoration. Erhalten ist auch ein steinerner Altaraufsatz aus dem Jahre 1501. Das Wasserschloss Haus Brincke ist eine Zwei-Insel-Anlage. Während das Herrenhaus eher schlicht gehalten ist, ist die Schlosskapelle ein architektonisch herausragender Bau nach dem Vorbild der Ramersdorfer Kapelle in Bonn. In der nahe gelegenen Wassermühle ist heute ein Künstleratelier untergebracht. Ein weiteres schönes Wasserschloss ist Holtfeld im gleichnamigen Ortsteil. Die im Stil der Lippe-Renaissance erbaute Anlage besitzt einen prächtigen Ziergiebel an der südlichen Giebelseite. Beide Anwesen befinden sich in Privatbesitz.

Kultur

Auf der Freilicht-Naturbühne im Bönkerschen Steinbruch präsentiert die Laienspielgruppe des Piumer Bauerntheaters jedes Jahr im August ein plattdeutsches Theaterstück. In

Der Giebel des Herrenhauses von Haus Brincke.

dem Steinbruch finden auch künstlerische Sommerakademien statt.
Im Kultur- und Heimathaus ist ein kleines Heimatmuseum untergebracht. Ein Schwerpunkt sind Funde aus der Erdgeschichte, die Exponate stammen vorwiegend aus dem Stadtgebiet von Borgholzhausen, das Teil des Geoparks Terra Vita ist. Die Deele des alten Ackerbürgerhauses dient auch als Veranstaltungsraum (05425/7600).
Der Heimatverein Borgholzhausen hat eines der letzten Bleichhäuschen Westfalens liebevoll saniert. Unter den alten Bäumen am Violenbach wird das alte Leinengewerbe im Ravensberger Land wieder lebendig.
Kleinkunst bietet der Kulturbahnhof Borgholzhausen B3 (für „Bühne Bahnhof Borgholzhausen"). Im Bahnhofsgebäude betreibt die gemeinnützige Gesellschaft für Arbeits- und Berufsförderung GAB eine Gaststätte mit Bühne, einen Biergarten und Kiosk. Im Kulturbahnhof sind Kabarett, Comedy, Konzerte und Kindertheater zu sehen (05425/933685).

Brauchtum, Feste, Traditionen

Wenn es in Borgholzhausen nach Bratkartoffeln, Reibeplätzchen, Kartoffelsalat und Kartoffelsuppe duftet, dann ist Piumer Kartoffelmarkt. An einem Wochenende in der zweiten Hälfte des Septembers wird in der Innenstadt der längste Kartoffeltisch der Region aufgebaut, junge Männer schieben Karren mit Kartoffelsäcken durch die Straßen und es gibt jede Menge Musik und Unterhaltung.
Ebenfalls sehenswert ist der Weihnachtsmarkt, der am zweiten Adventswochenende stattfindet. Fast schon legendär sind die Eimer, die dann durch die Straßen getragen werden: In ihnen sind Lebkuchen des heimischen Herstellers „von Ravensberg", der seinen Laden- und Café-Sitz mitten in der Innenstadt in der Freistraße hat.

Sport und Freizeit

In Borgholzhausen gibt es viele Laufbegeisterte, was nicht zuletzt an dem Leichtathletik-Club LC Solbad Ravensberg liegt. Dessen Vorsitzender Friedhelm Boschulte rief 1975 einen der bekanntesten deutschen Straßenläufe ins Leben: „Die Nacht von Borgholzhausen", ein Lauf über zehn englische Meilen Mitte Juni. Diese Laufveranstaltung ist in dem kleinen Bergstädtchen Stadtfest und Sporthöhepunkt in einem (www.LCSolbad.de).
Wanderer kommen auf dem Hermannsweg auf ihre Kosten, der sich von Rheine bis Horn-Bad Meinberg auf den Höhen des Teuto an Borgholzhausen vorbei zieht. Der Hermannsweg wird mittlerweile unter dem Markennamen „Hermannshöhen" präsentiert. Wanderer sollten unbedingt Rast am Luisenturm machen: Von dem Aussichtsturm auf der Johannisegge (291 Meter) kann man weit ins Land schauen. Radler finden mit der Teuto-Senne-Radroute eine schöne ausgeschilderte Tour.
Empfehlenswert sind die Stadtführungen, die unter verschiedenen Themen angeboten werden – man kann sich die Stadt bei einer

Gänsehauttour ebenso erschließen wie bei einem plattdeutschen Rundgang (Rathaus, 05425/807-18).
Eine skurrile Besonderheit, die bei Brummifahrern Kultstatus hat, ist der „Pilz". Dieser Imbiss in Form eines Fliegenpilzes, verkehrsgünstig am Autobahnzubringer gelegen, hat kürzlich einen großen Bruder im nahen interkommunalen Gewerbegebiet bekommen.

Wirtschaft

Immer noch haben Land- und Forstwirtschaft einen hohen Anteil am Wirtschaftsleben der Stadt. Dazu gibt es kleinere fleischverarbeitende Betriebe, Lager- und Regalbauunternehmen, Verpackungs-, Chemie- und Maschinenbaufirmen, sowie Betriebe im Bereich der Fördertechnik. Darüber hinaus besitzt Borgholzhausen einen Mineralbrunnen und eine Lebkuchenfabrik. Und obwohl die Stadt nicht am Wasser liegt, hat ein Segelmacher hier seinen Betrieb. Im Zuge des Anschlusses an die Autobahn A 33 hat Borgholzhausen mit der Nachbarstadt Versmold ein interkommunales Gewerbegebiet errichtet, in dem sich unter anderem ein Speditionsunternehmen angesiedelt hat. Neben der Spedition Nagel mit 600 Mitarbeitern sind auch die Schüco International KG (Fenster und Türen), Bartling (Lebensmittelverpackungen) und Bostik (Klebstoffe) wichtige Arbeitgeber.

Von den 2.583 sozialversicherungspflichtig Beschäftigten (Stand 30. Juni 2006) sind mit 1.614 Personen die meisten im verarbeitenden Gewerbe tätig; 233 arbeiten im Handel, 232 im Gesundheits-, Erziehungs- und Sozialwesen.

Persönlichkeiten

Der Name perlt wie Champagner: Florenz-Ludwig Heidsieck. Er wurde am 23. November 1749 in Borgholzhausen geboren, nach einer Lehre in Lübeck wanderte er 1777 nach Reims aus und nannte sich fortan Florens-Louis Heidsieck. Er heiratete die Tochter eines Textilunternehmers und gründete 1785 ein Unternehmen, das sich zunächst mit dem Handel von Textilien befasste. 1780 begann er seinen eigenen Wein zu erzeugen, 1785 eröffnete er ein eigenes Champagnerhaus. Als er einen seiner Champagner der damaligen Königin Marie Antoinette widmete, durfte er diesen der Königin persönlich vorstellen. 1794 wurde der Firmenname in Heidsieck & Co. geändert. Als Florens-Louis 1828 starb, gingen die drei Erben im Streit auseinander – der Name Heidsieck lebt jedoch in drei Champagnerhäusern weiter.

Information

Stadt Borgholzhausen, Schulstraße 5, 33826 Borgholzhausen, 05425/807-0, www.borgholzhausen.de, borgholzhausen@gt-net.de.

Beim Kartoffelmarkt dreht sich alles um den Erdapfel.

Brakel

Kreis Höxter

Sage: In Brakel hält sich die Sage, dass die heilige Anna unverheirateten Mädchen zu einem Mann verhelfen könne. „Dat Mäken von Brakel" („Das Mädchen von Brakel") ist ein kurzes Märchen in Brakeler Platt, das auch die Brüder Grimm in ihre „Kinder- und Hausmärchen" aufgenommen haben.
Realität: Wenn heute im August der „Annentag" gefeiert wird, kommen tausende Menschen zum großen Trubel in die Stadt Brakel. Dass dabei so manches „Mäken" zu einem Manne findet, dürfte außer Zweifel stehen.

Geografische Lage/Verkehrsanbindung.

Die Stadt Brakel liegt in der Mitte des Kreises Höxter im sogenannten Oberwälder Land, einer waldreichen, von eher sanften Höhenzügen geprägten Region, und grenzt ausschließlich an Städte, die ebenfalls dem Kreis Höxter gehören: Im Norden an Nieheim und Marienmünster, im Osten an Höxter und Beverungen, im Süden an Borgentreich und Willebadessen, im Westen an Bad Driburg.
Das Stadtgebiet umfasst eine Fläche von 174 Quadratkilometern, 98 davon werden landwirtschaftlich genutzt, 60 Quadratkilometer sind Wald. Der höchste Geländepunkt im Stadtgebiet liegt mit 362 Metern über NN im Modexer Wald, der tiefste mit 111 Metern an der Nethe östlich von Hembsen.
Nahe Brakel kreuzen sich die Bundesstraßen B 252 Warburg–Lemgo (Ostwestfalenstraße) und B 64 Paderborn–Höxter, sie bieten jeweils gut 30 Kilometer von Brakel entfernt Anschluss an die A 33 in Paderborn bzw. an die A 44 in Warburg. Durch Brakel führt die Eisenbahnstrecke Altenbeken–Ottbergen–Höxter–Holzminden, die im Stundentakt bedient wird. In Ottbergen besteht Anschluss an die Züge nach Northeim und Göttingen.

Wichtige Daten und Wappen

Durch Zusammenschluss der vorher selbständigen Kommunen des Amtes Brakel – Beller, Bellersen, Bökendorf, Erkeln, Hembsen, Hinnenburg, Istrup, Rheder, Riesel und Schmechten – mit der damaligen Stadt Brakel entstand zum 1. Januar 1970 die Großgemeinde Stadt Brakel. Im Zuge der Zusammenlegung der Kreise Höxter und Warburg zum 1. Januar 1975 wurden Brakel noch die bis dahin selbständigen Gemeinden Auenhausen, Frohnhausen, Gehrden, Hampenhausen und Siddessen angegliedert. Bei der Zusammenlegung wurde Brakel wegen seiner zentralen Lage von den beiden Kreistagen als Kreissitz benannt, ein Landtagsbeschluss bestimmte jedoch das dezentral liegende Höxter zum Kreissitz.

Das heutige Wappen der Stadt Brakel entspricht dem 1908 genehmigten der „alten" Stadt, das wiederum auf einen Siegelstempel von 1316 zurückgeht. Das Wappen zeigt zwischen zwei Türmen, die durch ein Spitzdach verbunden sind, den Wappenschild der Herren von Brakel. Die Farbgebung des Wappenschildes – Grün und Weiß – entspricht den heutigen Stadtfarben.
Die Stadt Brakel zählte am 31. Dezember 2007 insgesamt 17.444 Einwohner, davon 10.326 in der Kernstadt Brakel. Angaben zur Konfessionsverteilung liegen nicht vor. An den allgemeinbildenden Schulen der Stadt besuchen 64 Prozent der Schülerinnen und Schüler den katholischen, 18 Prozent den evangelischen Religionsunterricht; weitere 18 Prozent gehören einer anderen oder keiner Konfession an.

Aus der Ortsgeschichte

Die erste Erwähnung Brakels stammt aus dem Jahr 836, als ein Mönch von der Übertragung der Gebeine des heiligen Vitus von St. Denis bei Paris ins 825 gegründete Kloster

Das historische Rathaus am Marktplatz in Brakel, davor die Rolandsäule.

Corvey berichtete – von einer „Villa Brechal" ist da die Rede. In einer Urkunde aus dem Jahre 1229 wird der bis dahin als „Villa" eingestufte Ort als „Civitas", also als Stadtgemeinde bezeichnet, die Bewohner hießen „burgenses" (Bürger) und in der Stadt amtierten „consules" (Ratsherren). Um 1350 hatte Brakel zwischen 1.300 und 1.500 Einwohner. Die Stadt war damit eine der kleineren Westfalens, im Fürstbistum Paderborn stand sie jedoch nach Paderborn und Warburg an dritter Stelle. Prägend für Brakel waren nicht Ackerbürger, sondern eine Fernhandel treibende Oberschicht, die am Handel mit Tuchen, Pelzen, Getreide und Bier teilnahm. Als Prinzipalstadt von Paderborn war Brakel Mitglied der Hanse. Brakel kam dabei seine Lage am Kreuzungspunkt wichtiger Fernhandelswege zugute, im 13. und 14. Jahrhundert reichte der Fernhandel bis in die Hansestädte des Ostseeraumes.

Das 15. Jahrhundert war auch für Brakel eine Epoche des Niedergangs. Einem verheerenden Brand fiel 1517 die alte Stadt weitgehend zum Opfer, in der zweiten Hälfte des 16. Jahrhunderts belebte sich der Handel jedoch wieder und führte die Stadt zu einer neuen Blüte; kennzeichnend dafür ist der Ausbau des Rathauses, das 1573 seine heutige Gestalt erhielt. Doch die Kriege des 17. und 18. Jahrhunderts machten Brakel wieder zu einer kleinen, eher ärmlichen Landstadt. Nach dem Ende der bischöflichen Herrschaft 1803 wurde Brakel Sitz des preußischen Kreises für den nördlichen Teil des Oberwäldischen Verwaltungsdistrikts, nach dem Intermezzo des Königreichs Westphalen wurde diese Funktion 1816 wieder hergestellt. Doch schon zum 1. Januar 1832 wurden die Kreise Brakel und Höxter zusammen gelegt und Höxter zum Kreissitz bestimmt.

Mit Eröffnung der Eisenbahnlinie Altenbeken–Holzminden 1864 wurde die Abwanderung von Arbeitskräften verlangsamt, aber erst um 1900 kam auch Industrie nach Brakel. 1909 eröffneten die Teutonia-Werke Franz Schneider & Söhne. Dieses Unternehmen hat als FSB (Franz Schneider Brakel; bekannt für seine Türklinken) den Namen der Stadt in die (Fach-)Welt hinausgetragen, FSB ist heute das bekannteste Brakeler Unternehmen. Eine bis heute erfolgreiche Industrieansiedlung war auch die der Sperrholzfabrik Fritz Becker KG im Jahre 1936. Die Industrie und das starke Bevölkerungswachstum infolge des Zweiten Weltkriegs (Zuzug von Flüchtlingen und Ausgebombten) veränderten Brakels Gesicht ebenso wie die Aussiedlung der landwirtschaftlichen Betriebe aus der Stadt, die um 1970 weitgehend abgeschlossen war.

Sehenswürdigkeiten

Das historische Rathaus am Markt stammt in seinen Ursprüngen aus dem 13. Jahrhundert. Es besitzt einen mit Vierpässen durchbrochenen Treppengiebel, an der Südseite ein Portal im Renaissance-Stil aus dem Jahre 1573 mit Korbbogen und verzierter Quadereinfassung. Vor dem Rathaus steht die Rolandsäule, die aus dem 14. Jahrhundert stammen dürfte.

Fachwerkhaus in Bellersen.

Schloss Bökerhof im 965 erstmals urkundlich erwähnten Bökendorf war im 19. Jahrhundert Mittelpunkt des „Romantikerkreises" mit Annette von Droste-Hülshoff, den Brüdern Grimm, Clemens von Brentano und Josef Görres. Heute beherbergt der Bökerhof ein Literaturmuseum, zudem erhält der Besucher Einblicke in die Wohnverhältnisse der Biedermeierzeit.
Der staatlich anerkannte Erholungsort Gehrden hatte im Mittelalter Bedeutung durch sein Benediktinerinnen-Kloster. Dieses dient heute Freizeit und Erholung unter der Bezeichnung Schloss Gehrden. Die Kirche St. Peter und Paul, um 1140 als romanische Pfeilerbasilika erbaut, beherbergt das größte historische Glockengeläut Westfalens.
Von etwa 1400 bis 1873 herrschten in Rheder die Ritter von Mengersen. In deren späte Zeit fallen der Bau des Schlosses (1750) sowie der prachtvollen Barockkirche St. Katharina (1716–1718) unter Johann Conrad Schlaun. Hinter dem Schloss schließt sich ein Landschaftspark an, in dem sich weite offene Flächen mit dichtem waldartigem Bestand abwechseln. Der Park ist als Naturschutzgebiet ausgewiesen und frei zugänglich.
Die Vorburg des Barockschlosses Rheder beinhaltet ein Husarenmuseum mit mehr als 150 Exponaten wie Uniformen und historischen Blankwaffen aus der Zeit um 1900.

Wahrscheinlich diente sie als Ausdruck des städtischen Marktrechts, wurde später aber auch als Pranger benutzt.
Die katholische Pfarrkirche St. Michael wurde im Laufe der Jahrhunderte vielfach umgebaut und erweitert. Um 1160 wurde sie als romanische Pfeilerbasilika mit Querschiff errichtet, im 14. Jahrhundert ein gotischer Hochchor angefügt. Vermutlich nach dem Brand von 1517 wurden die südlichen Seitenschiffe angebaut, im 19. Jahrhundert ein neuer Turm errichtet. Bemerkenswert ist die Orgel, die von Gemälden aus dem 16. Jahrhundert geschmückt wird.
Die ab 1715 erbaute Kapuzinerkirche in der Ostheimer Straße ist das erste große Werk von Johann Conrad Schlaun. Auf Anweisung des Ordens hat er eine schlichte Barockfassade entworfen, die durch ihre Ausgewogenheit besticht. Der Bau selbst hat eine einschiffige, vierjochige Grundkonstruktion.
Nördlich der Kernstadt liegt auf einem Bergsporn die Hinnenburg, die als Sitz des Ritters Berthold von Brakel im 13. Jahrhundert erstmals erwähnt wird. Die heutige Hinnenburg geht im wesentlichen auf das 17. und 18. Jahrhundert zurück, das Hauptgebäude ist im Stil der Renaissance gehalten. Der Kurpark unterhalb der Hinnenburg mit der Heilquelle „Kaiserbrunnen" steht im Zentrum der Touristik-Aktivitäten – seit 1974 ist ein großer Teil der Kernstadt anerkannter Luftkurort.

Bildung und Verwaltung

Brakel ist schulischer Schwerpunkt im Zentrum des Kreises Höxter. Neben dem Spektrum allgemeinbildender Schulen gibt es eine Außenstelle der Fachhochschule für Finanzen NRW zur Ausbildung von Beamten des gehobenen Dienstes der Finanzverwaltung.

Kultur

Neben Schloss Bökerhof trägt auch die Freilichtbühne dazu bei, dass Bökendorf seinen Titel als Kultur-Musterdorf zu Recht trägt. Seit über 50 Jahren führt ein aktives Amateurschauspieler-Ensemble auf der Freilichtbühne Märchenspiele, Kinderstücke sowie Schau-

spiele, Komödien und Musicals auf. Eine überdachte Zuschauertribüne mit 1.000 Sitzplätzen ermöglicht Freilichttheater bei jedem Wetter.
Der Hersteller von Türöffnern FSB hat sich vor allem durch das Design seiner Produkte einen Namen gemacht. Im Firmenmuseum werden deshalb nicht nur Türöffner gezeigt, sondern auch Werbekampagnen vorgestellt. Zudem ist dem Museum eine Bibliothek zur Designgeschichte angeschlossen.

Brauchtum, Feste, Traditionen

Am ersten Augustwochenende findet in Brakel der viertägige Annentag, die größte Innenstadtkirmes im Weserbergland statt – 2008 übrigens zum 253. Mal. Sonntags gedenkt man mit einer feierlichen Prozession des religiösen Ursprungs des Festes. Am Montagmorgen werden auf dem Vieh- und Krammarkt auch heute noch mit Handschlag die Geschäfte abgeschlossen.
Das Frühlingsfest, das jährlich in der Innenstadt von Christi Himmelfahrt bis zum folgenden Sonntag gefeiert wird, tragen im Wesentlichen die Geschäftsleute. Um den zweiten Advent findet auf dem Marktplatz in heimeliger Atmosphäre der Nikolausmarkt statt.

Wirtschaft

Brakels Wirtschaft ist geprägt durch mittelständische Handwerksbetriebe, außerdem durch einige namhafte Industriebetriebe aus den Bereichen der Metall-, Holz-, Glas- und Kunststoffverarbeitung – von denen FSB als bekanntester bereits erwähnt wurde. Die zentrale Lage Brakels wirkt sich hier positiv aus, die Arbeitslosigkeit der Stadt liegt spürbar unter der der Umgebung.
Am 30. Juni 2006 waren in Brakel 5.396 Personen sozialversicherungspflichtig beschäftigt, davon 1.968 im verarbeitenden Gewerbe. Es folgen das Gesundheits-, Erziehungs- und Sozialwesen mit 1.127 und der Handel mit 651 Beschäftigten.

Persönlichkeiten

Der Maler Johann Georg Rudolphi kam 1633 in Brakel zur Welt und starb ebendort am 30. April 1693. Rudolphi schuf zahlreiche Altarbilder im Fürstbistum und dem angrenzenden Corvey – unter anderem in Gehrden (1667), Corvey (1674–1677) und Brakel (1683). In der Brakeler Pfarrkirche St. Michael malte er auf den einzigen in Nordrhein-Westfalen noch erhaltenen Orgelflügeltüren vier Gemälde, die in geöffnetem Zustand die Verkündigung Mariens und die Anbetung durch die Hirten (Geburt Christi) zeigen. In geschlossenem Zustand sieht man die vier Evangelisten.

Information

Stadt Brakel, Rathaus, Am Markt, 33034 Brakel, 05272/360-0, info@brakel.de, www.brakel.de.
Tourist-Information Brakel, Haus des Gastes, Am Markt 5, 33034 Brakel, 05272/360-269, tourist-info@brakel.de.

Schloss Rheder ist ein Werk Schlauns.

Bünde

Kreis Herford

Zigarren satt: Aufstieg und Niedergang der Zigarrenindustrie waren prägend für Bünde. Noch heute erinnern Bauwerke, Straßennamen, Plätze, Parks, aber auch drei Zigarrenhersteller an diese Zeit. Über 300 Exponate im Deutschen Tabak- und Zigarrenmuseum geben mehr als Rauchzeichen.
Fahrradstadt: Seit dem Jahr 2000 ist Bünde „Fahrradfreundliche Stadt in NRW". Ein Radverkehrsnetz verbindet alle Stadtteile, die Radstation am Bahnhof besitzt 250 Fahrradabstellplätze und ein umfangreiches Serviceangebot. Außerdem leistet sich die Stadt einen eigenen Fahrradbeauftragten.

Geografische Lage/Verkehrsanbindung

Die Stadt Bünde liegt im Kreis Herford zwischen Teutoburger Wald und Wiehengebirge in der Ravensberger Mulde. Ein Großteil des Stadtgebietes befindet sich in den Flussniederungen der Else. Bünde grenzt im Norden an Hüllhorst (Kreis Minden-Lübbecke), im Osten an Kirchlengern, im Süden an Hiddenhausen, Enger und Spenge, im Nordwesten an Rödinghausen (alle Kreis Herford), im Westen an das niedersächsische Melle (Kreis Osnabrück). Der tiefste Punkt mit 59 Metern über NN liegt im Osten, wo die Else das Stadtgebiet verlässt. Der höchste Punkt des Stadtgebietes wird mit 175 Metern im Norden im Übergang zum Wiehengebirge gemessen. Das Stadtgebiet von Bünde ist stark zersiedelt, insbesondere im Süden bilden die besiedelten Gebiete eine durchgehende Agglomeration mit Herford und Hiddenhausen. Über die Anschlussstellen Bünde und Hiddenhausen der Autobahn A 30 von Hengelo nach Bad Oeynhausen ist das Stadtgebiet gut zu erreichen. Den Anschluss an die Nachbarstädte stellen Landstraßen her. Der Bahnhof Bünde liegt an der Strecke von Bad Bentheim nach Löhne und Minden, hier zweigt die Ravensberger Bahn nach Rahden ab. In Bünde halten die Intercity der Linie 77 Berlin–Hannover–Osnabrück–Amsterdam, außerdem gibt es Regionalzüge nach Bielefeld, Rahden, Rheine, Minden und Hameln.

Wichtige Daten und Wappen

Die heutige Stadt Bünde entstand 1969 durch die Kommunalreform. Bei der Neugliederung des Kreises Herford wurde die alte Stadt Bünde mit den zehn bis dahin selbstständigen Gemeinden des Amtes Ennigloh und einem Teil der Gemeinde Bustedt aus dem Amt Herford-Hiddenhausen zusammengeführt. Die Stadt hat zwölf Stadtteile mit zum Teil dörflichem Charakter: Ahle, Bünde-Mitte, Bustedt, Dünne, Ennigloh, Holsen, Hüffen, Hunnebrock, Muckum, Spradow, Südlengern und Werfen. Ende 2007 wohnten im Stadtgebiet 44.854 Einwohner, Bünde ist damit die zweitgrößte Stadt im Kreis Herford. 62 Prozent der Einwohner sind evangelisch, zwölf Prozent römisch-katholisch.
Das 1909 eingeführte Wappen der Stadt Bünde zeigt auf einem roten Schild mit grünem Boden zwei zueinander gekehrte Gewappnete, die sich die Hände reichen, Die Darstellung erinnert an eine örtliche Sage: Zur Zeit der Völkerwanderung machten sich Sachsen und Angeln auf den Weg. Zwei ihrer Anführer, Hengist und Horsa, sollen hier ihren Streit begraben haben und sich auf dem Felde in Bünde-Dünne die Hand zum gemeinsamen Handeln gereicht haben.

Aus der Ortsgeschichte

Bünde wurde erstmals im Jahr 853 in einer Urkunde von König Ludwig dem Deutschen mit der Bezeichnung „Buginithi" erwähnt. Im 11. Jahrhundert bestand das Kirchspiel aus dem Dorf und 15 Bauerschaften. 1719 wurde Bünde vom preußischen König Friedrich Wilhelm I. zur Titularstadt erhoben. Die preußi-

Die Laurentiuskirche in Bünde geht auf eine der ältesten Kirchengründungen Westfalens zurück.

sche Städteordnung unterschied zwischen Städten, die nach der Städteordnung verwaltet wurden, und Titularstädten, die der Landgemeindeordnung unterstanden und nur beschränkte Rechte besaßen – eine Differenzierung, die es heute nicht mehr gibt.
Im Schatten der Laurentiuskirche siedelten sich neben landwirtschaftlichen Betrieben auch Handwerker und Kaufleute an, der Ort profitierte vom Leinen- und Garngewerbe. Wegen der fortschreitenden Technisierung verlor dieser Wirtschaftszweig in der ersten Hälfte des 19. Jahrhunderts aber stark an Bedeutung. Die Stadt entdeckte eine neue Einnahmequelle: 1842 begann die Produktion von Zigarren- und Rauchtabak – sie führte dazu, dass Bünde als „Zigarrenstadt" weit über ihre Grenzen hinaus bekannt wurde. 1862 wurden in Bünde 80 Millionen Zigarren hergestellt, 1900 beschäftigten 84 Tabakbetriebe 3.372 Mitarbeiter – bei gerade einmal 4.818 Einwohnern in der Stadt. 1914 konnten sich rund ein Dutzend Bünder Millionäre nennen. Dank des hohen Steueraufkommens war die Stadt zeitweise sehr wohlhabend, noch heute zeugen viele Gebäude von der Bedeutung dieses Wirtschaftszweiges. Das Denkmal „Steinmeister und Wellensiek" vor dem Rathaus erinnert an die Gründer der Zigarrenindustrie. Prachtvolle Villen in der Innenstadt vermitteln einen Eindruck von der damaligen Lebensart.
Eng verknüpft mit der Expansion der Zigarrenindustrie war die Entwicklung der Zubehör- und Nebenbetriebe wie Druckereien, Kartonagen- und Zigarrenkistenhersteller. Im 20. Jahrhundert begann der Stern der Zigarrenherstellung zu sinken. Das Verbot von Wickelmaschinen sollte das Bünder Gewerbe schützen, ließ es aber im internationalen Vergleich ins Hintertreffen geraten. Mit der Durchsetzung der Zigarette gegenüber der Zigarre in den 1960er-Jahren brach die Tabakindustrie der Stadt bis auf kleine Reste ein. Wie schon nach dem Ende des Textilgewerbes war für die Stadt damit ein erneuter Strukturwandel erforderlich.

Sehenswürdigkeiten

Die Laurentiuskirche in Bünde zählt zu den ältesten Kirchengründungen in Westfalen. Anhand einer Urkunde aus dem Jahre 853 wurde rekonstruiert, dass diese Kirche zusammen mit einer Hofsiedlung „Buginithi" schon zur Zeit Ludwig des Frommen (778–840) bestanden haben muss. Im 13. Jahrhundert entstand der noch heute im Kern erhaltene spätromanische Kreuzsaal, der Westturm ist wahrscheinlich älter.
Ein Rundgang um den Kirchplatz lohnt sich: Besonders die Fachwerkfassaden des Pfarrhauses Wehmstraße 10 und der Galerie „Auf'm Tie" vermitteln noch einen Eindruck von der Randbebauung des Kirchhofes im 19. Jahrhundert. Der Platz „Auf'm Tie" zeugt davon, dass sich hier einmal das Gericht – die

Der alte Tabakspeicher der Zigarrenstadt.

Thingstätte – von Bünde befand.
Ein markantes Wahrzeichen der Stadt ist der Tabakspeicher in der Nähe des Bahnhofs. Das viergeschossige Gebäude aus roten Ziegelsteinen mit zwei Dachgeschossen wurde 1896 im damals typischen Industriestil erbaut. Dieser einzige in Westfalen erhaltene Speicher erinnert in seinem Aussehen an die Speicherbauten der norddeutschen Hansestädte.
Weitaus prächtiger ist das alte Amtshaus Ennigloh – ein Jugendstilgebäude mit renaissanceartigem Südgiebel aus dem Jahre 1902. Seit 1983 beherbergt es die Musikschule der Stadt Bünde.
Der Doberg im Südosten der Stadt besteht aus Sand und Mergel – Ablagerungen einer Ur-Nordsee, die hier vor etwa 30 Millionen Jahren das Land bedeckte. In Europa ist nur hier die gesamte Schichtenfolge aus jener Zeit erhalten geblieben, der Doberg ist daher von herausragender wissenschaftlicher Bedeutung. Zu den bedeutendsten Fundstücken aus dem Doberg gehören das drei Meter lange versteinerte Skelett einer Seekuh und der fast ein Meter große Schädel eines Zahnwales. Die Funde sind im Dobergmuseum – Geologisches Museum OWL ausgestellt.

Verwaltung

Die Stadt Bünde beheimatet die Zentrale Steuerzeichenstelle, in der die Steuerzeichen (Banderolen) für Tabakprodukte abgegeben werden. Die so erzielten Einnahmen aus der Tabaksteuer betragen jährlich rund 14 Milliarden Euro.

Kultur

Bünde verfügt über kein eigenes Theatergebäude. Im Stadtgarten gastieren dennoch Theaterproduktionen, hier gibt es Musicals, Ballett, Rock, Pop, Volksmusik und vieles mehr. Kleinkunst, Kabarett, Comedy und Konzerte werden im Kultur- und Veranstaltungszentrum Universum dargeboten. Das Universum ist ein 1924 erbautes Kino im Stadtteil Ennigloh, das im Stil der 1950er-Jahre renoviert wurde. Kinofilme zeigen die Bünder Lichtspiele („Büli") in zwei Sälen.
Auch Bünde hat eine Museumsinsel: An der Fünfhausenstraße befindet sich das Museum Bünde. Es umfasst den Striedieckschen Hof, den Spieker, das Hurlbrinksche Haus und das Dammhaus, die zu den ältesten Gebäuden Bündes zählen, sowie einen Neubau für die geologische Abteilung. Das Museum gliedert sich in drei Bereiche: Das Deutsche Tabak- und Zigarrenmuseum informiert über die Geschichte der Tabakverarbeitung, hier finden sich mehr als 300 historische Tabakpfeifen aus aller Welt, Pfeifenstocher, Tabakbeutel, Etuis und zahlreiche Tabakdosen. Im Dobergmuseum – Geologisches Museum Ostwestfalen-Lippe befinden sich Fossilienfunde aus dem nahen Doberg, aber auch Fossilien aus der näheren und weiteren Umgebung von Bünde. Das Kreisheimatmuseum gewährt Einblicke in ländliches Arbeits- und Alltagsleben, das im Minden-Ravensberger Raum eng mit der Flachsverarbeitung verbunden war. Im „Dammhaus", einem Kötterhaus aus dem Jahre 1595, sind historische Möbel,

Das Deutsche Tabak- und Zigarrenmuseum zeigt die Geschichte der Tabakverarbeitung.

Hausrat und Arbeitsgeräte der bäuerlichen Bevölkerung zu sehen. Hier können sich auch Paare trauen lassen. Historische Fotos und Geräte zur Textilherstellung dokumentieren im „Spieker" von 1787 den Weg vom Flachs zum Leinen. Die Ausstattung des „Hurlbrinkschen Hauses" von 1688 zeigt, wie man in Bünde um 1900 lebte und arbeitete. Ein Krämerladen erinnert an Großmutters Zeiten (Museum Bünde, 05223/793300).

Brauchtum, Feste, Traditionen

Das Frühlingsfest mit großer Blumenschau findet am ersten Wochenende nach Muttertag statt, dann haben örtliche Gärtner die Innenstadt mit Pflanzen und Blumen dekoriert. Am ersten Wochenende im Juli lädt die Stadt zum Volksradfahren „1000 Räder Bünde" ein. Gleichzeitig findet das Mobikulara statt, ein dreitägiges Stadtfest mit Kleinkunst, Comedy, Live-Musik und Gastronomie. Höhepunkt im Herbst ist der Zwiebelmarkt, der aus dem Ägidiimarkt von 1756 hervorgegangen ist. Das Spektakel zwischen Kirmes und Handwerksmarkt, Zwiebelkuchen und Federweißer lockt am letzten Septemberwochenende über 250.000 Besucherinnen und Besucher nach Bünde. Den Abschluss des Festjahres bildet der Laurentiusmarkt ab dem ersten Adventswochenende. Zum Start verteilen Freunde aus der Partnerstadt Leisnig und die AG Eschstraße mehr als zwölf Meter Christstollen.

Sport und Freizeit

Drahtesel sind in Bünde willkommen. Die Stadt ist Mitglied der Arbeitsgemeinschaft fahrradfreundliche Städte und Gemeinden in Nordrhein-Westfalen. Durch das Stadtgebiet verläuft die Bahn-Rad-Route Weser-Lippe (350 Kilometer von Bremen nach Paderborn) und der Else-Werre-Radweg. Diese 54,5 Kilometer lange Tour beginnt an der Bifurkation in Melle – jener Flussgabelung, wo die Else aus der Hase über die Werre der Weser zufließt – und endet an der Werremündung in Bad Oeynhausen. Das Radverkehrsnetz verbindet alle Bünder Stadtteile und die umliegenden Gemeinden. Am Bahnhof gibt es eine elektronisch gesteuerte Fahrradabstellanlage. Das 120 Kilometer lange Radverkehrsnetz ist komplett beschildert.
Im Norden der Stadt liegt der staatlich anerkannte Erholungsort Randringhausen mit Kurmittelgebiet und den einzigen staatlich anerkannten Jod-Schwefel-Quellen in Nordrhein-Westfalen. Das Bauernbad Randringhausen setzt eine jahrhundertealte Badetradition in Bünde fort, 1728 wurde hier der erste Gesundbrunnen entdeckt. Das waldreiche Erholungsgebiet umfasst rund 266 Hektar und schließt das eigentliche Kurgebiet mit rund 34 Hektar ein.

Wirtschaft

Der Beiname Zigarrenstadt erinnert daran, dass um 1900 mehr als 20 Zigarrenfabriken ihren Sitz in Bünde hatten und ein Großteil der in Deutschland vertriebenen Zigarren hierher stammte. Aus der Blütezeit der Tabakindustrie sind noch die Traditionsunterneh-

In der Eschstraße können die Besucher bummeln und einkaufen.

Am 30. Juni 2006 waren in Bünde 14.129 Personen sozialversicherungspflichtig beschäftigt, davon 5.802 verarbeitenden Gewerbe, 2.606 im Handel und 2.137 im Gesundheits-, Erziehungs- und Sozialwesen.

men Arnold André (Hauptmarke: Clubmaster, 450 Mitarbeiter), Villiger Söhne GmbH und August Schuster in der Stadt verblieben. Im Familienunternehmen Schuster werden Zigarrenkisten noch liebevoll von Hand gefertigt. Traditionell sind auch Küchenmöbelhersteller in der Stadt vertreten – nach dem Niedergang der Tabakindustrie floss das Know-how der Zigarrenkistenherstellung in die Produktion von Möbeln ein. Größter Arbeitgeber in Bünde ist mittlerweile der Küchengeräthehersteller Miele, ehemals Imperial (750 Mitarbeiter). Weiterhin befindet sich der bekannte Modellbausatzhersteller Revell mit seinem einzigen deutschen Standort in Bünde. Ferner haben die Maschinenbaufirma Werner Kammann Maschinenfabrik (350 Mitarbeiter, Sieb-, Offset- und Digitaldruckmaschinen), der Spezialglashersteller Bünder Glas (650 Mitarbeiter) und eines der ältesten Tiefbauunternehmen in der Region, die Westerhold Tiefbau GmbH, ihren Sitz in Bünde. Neue Betriebe soll das Gewerbegebiet Wehrbreede in Bünde-Spradow anlocken; hier steht schon ein großes Logistikzentrum des Beschlagherstellers Hettich aus dem benachbarten Kirchlengern.

Persönlichkeiten
Am 11. Juni 1942 wurde der Sänger und Texter Gunter Gabriel als Sohn eines Schrankenwärters in Bünde geboren. Sein bürgerlicher Name ist Günther Caspelherr, nach seiner ersten Ehefrau Gabriele nennt er sich Gabriel. Der Songwriter und Sänger mit der tiefen Stimme wurde vor allem durch Songs wie „Komm unter meine Decke" oder „Hey Boss, ich brauch' mehr Geld" bekannt.
Ein weiterer berühmter Sohn der Stadt ist David Odonkor. Der farbige Fußball-Nationalspieler wurde am 21. Februar 1984 als Sohn eines Ghanaers und einer Deutschen geboren; zur Zeit spielt er bei Betis Sevilla.
Der Journalist Fritz Pleitgen wurde zwar am 21. März 1938 in Duisburg geboren, unternahm seine ersten journalistischen Schritte jedoch in Ostwestfalen. In Bünde besuchte er das Freiherr-vom-Stein-Gymnasium und war bereits als Schüler ständiger freier Mitarbeiter der Freien Presse Bielefeld, Lokalausgabe Bünde. 1959 absolvierte Pleitgen dort sein Volontariat und blieb bei der Freien Presse als Redakteur für Politik, Sport und Reportagen, bis er 1963 zum WDR kam. Pleitgen ist Ehrenabiturient des Gymnasiums am Markt.

Information
Bürgerbüro, Rathaus Bünde, Bahnhofstraße 13 und 15, 32257 Bünde, 05223/161433, www.buende.de.

Büren

Kreis Paderborn

Verbrannt: Burg Ringelstein über dem Almetal war in den Jahren 1630 udn 1631 Schauplatz zahlreicher Hexenprozesse. Im 18. Jahrhundert brannte sie selber ab.
Veredelt: Um 1900 wurde Burg Ringelstein als künstliche Ruine wieder errichtet, verfiel dann aber erneut. Jetzt laufen Restaurierungs- und Ausgrabungsarbeiten, um die Ruine touristisch nutzen zu können.

Geografische Lage/Verkehrsanbindung

Die Stadt Büren liegt im Südwesten des Kreises Paderborn und damit auch der Region Ostwestfalen-Lippe. Im Süden grenzt Büren an Brilon (Hochsauerlandkreis), im Westen an Rüthen und Geseke (Kreis Soest), im Norden an Salzkotten, im Osten an Bad Wünnenberg (beide Kreis Paderborn). Das Stadtgebiet hat eine Gesamtfläche von 171 Quadratkilometern, davon sind rund 36 Prozent Wald. In der Kernstadt Büren mündet die bei Marsberg entspringende Afte in die in Brilon entspringende Alme, die ihrerseits der Lippe in Schloß Neuhaus zufließt. Das Bürener Stadtgebiet umfasst Höhenlagen zwischen 180 (an der Afte bei Wewelsburg) und 420 Metern über NN im Ringelsteiner Wald.
Durch das nördliche Stadtgebiet führt in West-Ost-Richtung die Autobahn A 44 von Dortmund nach Kassel, an die Büren über die Anschlussstellen Büren, Geseke und das Autobahnkreuz Wünnenberg-Haaren angebunden ist. Im Stadtteil Ahden befindet sich der Regionalflughafen Paderborn-Lippstadt, der bedeutendste in einem Umkreis von rund einhundert Kilometern. Büren war durch die Strecken Paderborn–Brilon sowie Büren–Geseke ans Eisenbahnnetz angeschlossen, beide sind stillgelegt. Nächste Bahnstationen im Regionalverkehr sind heute Geseke und Salzkotten, im Fernverkehr Paderborn, alle an der Strecke Hamm–Kassel gelegen. Für den im Wesentlichen auf Paderborn ausgerichteten Regionalverkehr und die innerstädtischen Verbindungen wird ein Busnetz angeboten.

Wichtige Daten und Wappen

Im Zuge der kommunalen Neugliederung entstand die heutige Stadt Büren zum 1. Januar 1975 durch den Zusammenschluss der damaligen Stadt mit den Gemeinden des Amtes Büren-Land, nämlich Ahden, Barkhausen, Brenken, Eickhoff, Harth, Hegensdorf, Siddinghausen, Steinhausen, Weiberg, Weine und Wewelsburg.
Gleichzeitig wurde der Kreis Büren aufgelöst und im Wesentlichen dem Kreis Paderborn zugeschlagen, einige wenige Orte gingen an den Hochsauerlandkreis bzw. den Kreis Soest.
Mit Ende 2007 zählte die Stadt Büren 22.271 Einwohner. 72 Prozent der Bevölkerung sind katholisch, 18 Prozent evangelisch, die übrigen gehören sonstigen oder keiner Religionsgemeinschaft an.
Das Wappen von Büren zeigt vor einem roten Hintergrund eine silberne (bzw. weiße) Burg oder Stadtbefestigung auf einem grünen Dreiberg. Im Tor des mittleren Turmes steht ein silberner Schild mit roten Rautensparren. Das in dieser Form bereits 1908 genehmigte Wappen geht auf das seit 1299 nachweisbare Stadtsiegel zurück. Der Schild im Tor entspricht dem Wappen der Stadtgründer, der Edelherren von Büren.

Aus der Ortsgeschichte

Um 1150 wird, unweit einer erstmals 1095 erwähnten kleineren Siedlung am linken Almeufer, am Zusammenfluss von Alme und Afte eine Burganlage durch die Edelherren von Büren errichtet. 1195 lassen Berthold und Detmar von Büren mit Unterstützung des Bischofs von Paderborn Stadtmauern und Gräben anlegen und verleihen der Siedlung das Lippstädter Stadtrecht. Vermutlich ent-

Die Jesuitenkirche ist eine der prachtvollsten Barockkirchen nördlich des Mains.

wurde der Kreis Büren gebildet. Die Wende vom 19. zum 20. Jahrhundert ebnete auch für Büren den Weg in die Moderne. Zwischen 1895 und 1900 bauten die Preußischen Staatseisenbahnen die Nebenstrecke von Paderborn durch das Almetal nach Brilon, 1898 die Zweigstrecke Büren–Geseke. Mit der Eisenbahn war die Basis für erste Industriebetriebe (Zement- und Kalkwerke, Möbelherstellung) geschaffen.

stand zu dieser Zeit auch eine neue Pfarrkirche, deren Grundsubstanz in der St. Nikolaus-Kirche noch erhalten ist. Der mittelalterliche Stadtgrundriss lässt sich im Stadtbild noch heute gut nachvollziehen: Der aufsteigende Bergrücken zwischen Alme und Afte wurde durch drei große Parallelstraßen in Nord-Süd-Richtung erschlossen (Rosen-, Burg- und Königsstraße), die durch Querstraßen verbunden wurden. Zwei der dadurch entstandenen Gevierte reservierte man der Kirche St. Nikolaus mit Kirchhof sowie dem Markt mit dem Rathaus. 1243 erbauten die Edelherren zu Büren südlich der Stadt im Almetal das Zisterzienserinnenkloster Holthausen, in dessen Kapelle die Edelherren begraben sind. Durch ihren umfangreichen Grundbesitz und ihre zahlreichen Rechte (Gerichtsrecht, Forst- und Kirchenpatronat etc.) nahmen die Edelherren eine besondere, einer Landesherrschaft vergleichbare Stellung ein. Als 1661 der letzte Bürener Edelherr Moritz von Büren starb, fiel sein Erbe über die Herrschaft Büren an den Orden der Jesuiten. Dieser errichtet im 18. Jahrhundert zwei Bauwerke, die bis heute das Stadtbild Bürens prägen: Von 1717 bis 1728 das Jesuitenkolleg (heute Mauritiusgymnasium) und direkt südlich daneben von 1754 bis 1773 die Jesuitenkirche. Als 1773 der Jesuitenorden aufgelöst wurde, ging der Besitz an den Paderborner Fürstbischof über, 1802/03 im Zuge der Säkularisation an den preußischen Staat. Am 18. Oktober 1816

Ein dunkles Kapitel Bürener Geschichte schlugen die Nationalsozialisten auf. Im Mittelpunkt stand dabei die auf einem Bergsporn über dem Almetal gelegene Wewelsburg, eine Dreiecksburg, die auf der Basis einer weit älteren Anlage 1604 bis 1607 ihre heutige Gestalt erhielt. 1926 in den Besitz des Kreises Büren gelangt, vermietet dieser die Burg 1933 an die SS, deren Reichsführer sie zu einem „geistigen", quasireligiösen Zentrum seiner Truppe machen wollte. Um Arbeitskräfte für den Umbau verfügbar zu haben, wurde im Ortsteil Niedernhagen ein kleines Konzentrationslager eingerichtet. 1945 zerstörte die abziehende SS die Burg. Der 1949 beginnende Wiederaufbau wurde 1979 abgeschlossen, heute befindet sich hier unter anderem das Kreismuseum.

In den 1970er-Jahren erfuhr Büren einen kräftigen Entwicklungsschub. Zwar musste man 1975 den Verlust des Kreissitzes hinnehmen, dem gegenüber stand aber die Eröffnung des Flughafens Paderborn-Lippstadt im Ortsteil Ahden 1971 und der Autobahn A 44. Damit einher ging auch der Bau einer als Schnellstraße ausgelegten Verbindung zur Kreisstadt Paderborn, die das wichtigste Ziel der Bürener Berufspendler ist.

Sehenswürdigkeiten

Büren hat sich in weiten Bereichen ein historisches Stadtbild bewahrt. Zum Teil erhalten sind die alten Befestigungsmauern sowie an der Ostseite der Stadt zwei Wehrtürme. Herausragend sind jedoch Jesuitenkirche und Jesuitenkolleg. Das dreiflügelige, heute als Schulgebäude genutzte ehemalige Jesuitenkolleg wurde durch Gottfried Laurenz Pictorius unter Beteiligung von Johann Conrad Schlaun im Stil eines Barockschlosses erbaut. Die Mittel stammten aus dem Nachlass des Moritz von Büren, der 1640 sein Vermögen dem Jesuitenorden vermacht hatte.

Die dem Kolleg-Gebäude unmittelbar benachbarte Kirche Maria Immaculata, im Volksmund Jesuitenkirche genannt, wurde im spätbarocken Stil ab 1754 nach Plänen von Franz Heinrich Roth, dem Baumeister des Kurfürsten Clemens August von Köln, im Auftrag des Jesuitenordens erbaut. Sie gilt als eine der wenigen Kirchen im süddeutschen, italienisch beeinflussten Stil nördlich des Mains. Ist das Äußere der Kirche für norddeutsche Verhältnisse schon ungewöhnlich und beeindruckend, so eröffnet der Blick ins Innere mit seinen Kunstschätzen – Deckengemälde, Stuck, Putten, Gold in seltener Pracht – einen großartigen Kunstgenuss. Heute führt die katholische Pfarrgemeinde die Kirche. Gerne wird sie für Hochzeiten und Konzerte genutzt, auch werden hier Schulgottesdienste abgehalten.

Die Wewelsburg im gleichnamigen Bürener Stadtteil verschweigt die – bereits erwähnten – dunklen Jahre ihrer Geschichte nicht. Die weithin einzigartige Dreiecksburg wird nicht nur als Jugendherberge genutzt, hier ist auch das Kreismuseum zuhause, unter anderem mit der Dokumentation „Wewelsburg 1933–1945 – Kult- und Terrorstätte der SS" (www.wewelsburg.de).

Oberhalb des im Almetal gelegenen Dorfes Brenken liegt Schloss Erpernburg, Sitz der Familie von und zu Brenken. Die Familie ließ das Schloss Anfang des 18. Jahrhunderts anstelle der alten Erpernburg errichten, man pflegte dabei offenbar Kontakt zu den Baumeistern des Bürener Jesuitenkollegs. Vor dem Schloss empfängt ein eindruckvoller Park den Besucher. Das bis heute bewohnte Schloss ist nicht zugänglich.

Kultur

Als besonderer Veranstaltungsort für Kabarett, Chansons, Lesungen, Jazz etc. hat sich die für kulturelle Zwecke umgestaltete städtische Bürener Niedermühle einen Namen gemacht. Für Kunstausstellungen stellt die Stadt auch ihr Rathaus zur Verfügung.

In zwei südlichen Ortsteilen haben, wie im Sauerland weit verbreitet, Laien-Spielgruppen einen festen Raum im kulturellen Leben. 2008 startete die Spielgemeinschaft Harth-

Das Jesuitenkolleg mit der Jesuitenkirche.

Schloss Erpenburg im Stadtteil Brenken.

Ringelstein ihre 51. Saison, etwas weiter nördlich hat sich die 1970 gegründete Laienspielschar Siddinghausen einen festen Platz erobert (www.spielgemeinschaft-harth-ringelstein.de).

Brauchtum, Feste, Traditionen

Büren ist eine Hochburg des Schützenwesens – in den Ortsteilen, ganz besonders aber in der Kernstadt. Der älteste Verein ist die 1490 gegründete St.-Sebastians-Bruderschaft, ihre Wurzeln reichen bis ins 12. Jahrhundert zurück. Im Mittelalter übernahmen die „Sebastiöner" die Stadtwache. Die Bruderschaft nahm ursprünglich nur katholische Bürener auf, die mindestens zehn Jahre in der Stadt gewohnt hatten. Als sich immer mehr Protestanten in Büren ansiedelten, entstanden 1828 die Bürener Bürgerschützen. Seitdem gibt es zwei Schützenvereine, deren jährliche Feste zu den Höhepunkten im Veranstaltungskalender gehören. Im September treten die Schützenvereine aus dem gesamten Altkreis Büren mit tausenden von „Grünröcken" an, um den Kreisschützenkönig auszuschießen; in dessen Heimat findet dann das nächste Kreisschützenfest, eines der größten Volksfeste im Altkreis Büren, statt.

Jedes Jahr in der letzten Woche im September lockt der Oktobermarkt, ein großes Stadtfest, in die Kernstadt Büren.

Sport und Freizeit

Büren bietet Sportlern eine Fülle von Möglichkeiten, Schwerpunkt ist das Wandern. Jedes Jahr im Mai kommen Wanderer aus ganz Deutschland zum Bürener Wandertag mit dem in OWL einzigartigen Wandermarathon. Jüngst hat die Touristikgemeinschaft Büren ihr Projekt „wanderbares Büren" um eine Attraktion erweitert und in Zusammenarbeit mit dem Deutschen Volkssportverband den ersten „Permanenten Wanderweg" im Bürener Land eingerichtet. Der 26 Kilometer lange, ganzjährig nutzbare Rundweg „Moritz

Der Flughafen Paderborn-Lippstadt im Bürener Stadtteil Ahden.

Die Wewelsburg, Deutschlands einzige Dreiecksburg.

von Büren" verbindet die Wälder und Flusstäler des Bürener Landes mit den kulturhistorischen Sehenswürdigkeiten Jesuitenkirche und Wewelsburg.
Zu den größten Schätzen des Bürener Landes gehören der Waldreichtum und die eindrucksvolle Natur. Durch eine besonders schöne Waldlandschaft, das obere Almetal südlich der Kernstadt, fährt die Waldbahn Almetal mit historischen Fahrzeugen (Schienenbus) auf der ehemaligen DB-Strecke in Richtung Brilon (www.waldbahnalmetal.de).

Wirtschaft

Die industriellen Pioniere, die sich nach dem Bau der Eisenbahnstrecken zu Beginn des 20. Jahrhunderts angesiedelt hatten – aus den Bereichen Zement-, Kalk- sowie Möbelherstellung – spielen heute nur noch eine geringe oder gar keine Rolle mehr. Die Zementindustrie in Büren ist – anders als im nur wenige Kilometer entfernten Geseke (Kreis Soest) – komplett verschwunden. Neue Industriegebiete haben sich als Standort junger Unternehmen etabliert, in Büren sind heute vor allem Maschinenbauer und Zulieferer der Metall- und Fahrzeugindustrie sowie Hersteller von Holzprodukten und Holzwerkstoffen zu finden. Rund um den Flughafen Paderborn-Lippstadt haben sich Unternehmen aus dem Bereich Luftfahrt-Surround sowie Anbieter und Vertreiber zeitsensibler Waren und Dienstleistungen niedergelassen. Die Firma Heggemann produziert hier mit rund 250 Mitarbeitern Systeme und Bauelemente für Luft- und Raumfahrt, Automobil und Motorsport.
Der vor allem im Touristik-Verkehr mit dem Mittelmeerraum genutzte Flughafen hat sich als „Jobmaschine" erwiesen, am Airport selbst und in seinem unmittelbaren Umfeld arbeiten fast 1.700 Menschen (davon etwa 400 bei der Flughafen Paderborn-Lippstadt GmbH). Der Airport hat eine Start- und Landebahn von 2.180 Metern Länge und ist für Mittelstreckenverkehrsflugzeuge bis zur Boeing 767 und zum Airbus A 310 geeignet. 2007 zählte er rund 1,242 Mio. Passagiere, 881.593 davon mit Touristikflügen.
In der Stadt Büren waren am 30. Juni 2006 insgesamt 5.376 Personen sozialversicherungspflichtig beschäftigt, 1.680 davon im verarbeitenden Gewerbe, 755 im Handel und 687 im Verkehrs- und Nachrichtenwesen.

Information

Stadt Büren, Königstraße 16, 33142 Büren, 02951/970-0, info@bueren.de, www.bueren.de.
Touristikgemeinschaft Büren, Königstraße 16, 33142 Büren, 02951/970-124, info@bueren.de, www.tourismus-in-bueren.de.

Delbrück

Kreis Paderborn

Schief: Als misslungen würden die Delbrücker ihre Kirchturmspitze nie und nimmer bezeichnen. Tatsache ist aber: Das Wahrzeichen der Kernstadt ist schief, stemmt sich gegen den von Westen blasenden Wind.
Gerade: Bevölkerungszahl und Wirtschaftsdaten kennen in Delbrück seit langem nur eine Richtung: immer geradeaus nach oben. Mitte 2006 überschritt Delbrück die 30.000-Einwohner-Marke – rund zehntausend mehr als noch 15 Jahre zuvor.

Geografische Lage/Verkehrsanbindung

Die Stadt Delbrück liegt ganz im Westen des Kreises Paderborn. Im Westen grenzt Delbrück an Rietberg und Verl (beide Kreis Gütersloh), im Norden an Hövelhof, im Osten an Paderborn, im Süden an Salzkotten (alle Kreis Paderborn) und im Südwesten an Lippstadt (Kreis Soest). Delbrück gehört zur Westfälischen Bucht, weite Ebenen prägen das Landschaftsbild. Durch die drei südlichen Stadtteile Anreppen, Bentfeld und Boke fließt die Lippe, an der nordwestlichen Gemeindegrenze trifft man auf die Ems. Der höchste Punkt im Stadtgebiet ist mit 114 Metern über NN an der Lipplinger Straße in Delbrück-Mitte zu finden, der niedrigste mit 77 Metern im Ortsteil Westenholz an der Grenze zu Rietberg.
Das Stadtgebiet umfasst eine Fläche von 157 Quadratkilometern, davon werden fast 75 Prozent landwirtschaftlich genutzt.
Hauptverkehrsachse ist die in Ost-West-Richtung verlaufende Bundesstraße 64 von Paderborn nach Münster. Sie stellt in Paderborn Anschluss an die A 33, in Rheda-Wiedenbrück an die A 2 her. Schienenverkehr gibt es in Delbrück nicht mehr, die Strecke von Sennelager über Delbrück nach Wiedenbrück ist aufgegeben und abgebaut. Die nächsten Bahnhöfe in jeweils zehn bis zwölf Kilometern Entfernung sind Paderborn und Salzkotten (Strecke Paderborn–Hamm) sowie Hövelhof (Strecke Paderborn–Bielefeld). Vom ehemaligen Bahnhof in Delbrück-Mitte verkehren Busse zu den Ortsteilen und im Regionalverkehr nach Rheda-Wiedenbrück, Hövelhof, Paderborn und Salzkotten.

Wichtige Daten und Wappen

Im Rahmen der Kommunalreform erfolgte zum 1. Januar 1975 der Zusammenschluss der Gemeinden des ehemaligen Amtes Delbrück – neben Delbrück selbst Hagen (heute: Sudhagen und Nordhagen), Lippling, Ostenland, Schöning, Steinhorst und Westenholz – mit den Gemeinden Anreppen, Bentfeld und Boke des früheren Amtes Salzkotten-Boke zur neuen Stadt Delbrück.
Das heutige, 1877 genehmigte Wappen der Stadt Delbrück zeigt vor einem silbernen (bzw. weißen), im Göpelschnitt geteilten Schild einen Dornstrauch mit zehn roten Früchten, rechts daneben einen schwarzen Bracken (ein in der Jagd verwendeter Spürhund), unten ein schwarzes Kreuz. Der Dornstrauch stammt aus dem früheren Wappen der Stadt Delbrück und erinnert an die alte Gerichtsstätte des Delbrücker Landes („vor dem Hagedorn"), die Bracke aus dem Wappen der Gemeinde Boke, das Kreuz als altes Symbol des Paderborner Landes an das frühere Amt Delbrück. Die zehn roten Früchte sollen die zehn Stadtteile der Stadt nach der Neugliederung versinnbildlichen.
Nach dem Stand vom 31. Dezember 2007 zählt Delbrück 30.155 Einwohner. Etwa 13 Prozent der Bevölkerung sind evangelisch, 71 Prozent katholisch, die übrigen gehören sonstigen oder keiner Religionsgemeinschaft an.

Aus der Ortsgeschichte

Delbrücks Frühgeschichte liegt etwas im Unklaren. Um 1180, so viel ist sicher, begann

Der schiefe Turm von St. Johannes.

der Bau der Kirche, die noch heute Mittelpunkt der Stadt ist. Anlass war, dass die Kirche des heutigen Ortsteils Lippling, lange Zeit wohl das einzige Gotteshaus des Delbrücker Landes, nicht mehr allen Bewohnern Raum und Schutz bieten konnte. In den Jahren 1219 bis 1239 taucht Delbrück erstmals in einer Urkunde auf. Um die Kirche herum entstand ringförmig eine Bebauung, bis heute bilden Fachwerkbauten aus dem 17. bis 19. Jahrhundert ein sehenswertes Ensemble.
Für den Landesherrn, den Paderborner Bischof, hatte eine feste Besiedlung an dieser Stelle erhebliche Bedeutung, stießen hier doch die Territorien der Bischöfe von Paderborn und Köln aufeinander. Doch diese Lage im Grenzgebiet hatte für Delbrück mehrfach verheerende Auswirkungen. 1410 wurde der Ort in den Auseinandersetzungen der Paderborner mit dem Erzbischof von Köln und dem Grafen von Kleve eingeäschert. Ende 1590 folgte die Einnahme und Plünderung Delbrücks durch holländische Streitkorps, 1604 wurde die Stadt durch spanische Söldner geplündert, die dabei einen hohen Anteil der Bevölkerung ermordeten.
Nach der Säkularisierung und dem Ende des Königreichs Westphalen wurde Delbrück Sitz einer preußischen Amtsverwaltung, 1878 erhielt es ein Amtsgericht und durfte nun auch den Titel „Stadt" führen. 1853 wurde zur Wasserhaltung der Boker Kanal eröffnet, der endlich eine bessere landwirtschaftliche Nutzung der Boker Heide – die bis dahin als eine der ärmsten Gegenden Westfalens galt – erlaubte. Drei Jahre später konnte sich Delbrück mit der Chaussee von Münster nach Paderborn über die erste befestigte Straße freuen, 1902 erhielt der Ort durch die Linie Sennelager–Wiedenbrück auch einen Schienenanschluss.
Nach dem Bahnbau begann eine zunächst bescheidene Industrialisierung des bis dahin rein agrarisch geprägten Delbrücker Landes, aber erst nach dem Zweiten Weltkrieg erlangte das verarbeitende Gewerbe – insbesondere die Möbelindustrie – Bedeutung. Heute ist Delbrück – und das gilt vor allem für den Kernort – eine der gewerblich-industriell wachstumsstärksten Städte Ostwestfalens.

Sehenswürdigkeiten

Wahrzeichen der Stadt ist der schiefe Kirchturm der katholischen Pfarrkirche St. Johannes Baptist – die Holzkonstruktion des Turmes hat sich mit den Jahren witterungsbedingt gebogen. Das heutige Mittelschiff und der Turm wurden als romanische Basilika um 1180 erbaut. Zahlreiche Um- und Anbauten folgten im Laufe der Jahrhunderte, so dass der Turm nun im Baukörper einer Hallenkirche steht. Der schiefe Turmhelm wurde um 1400 erbaut und hat eine Gesamthöhe von 65 m, seine Schieflage hat sich in den letzten Jahrzehnten noch verstärkt.

Kirchringbebauung um St. Joahnnes.

Um Christi Geburt legten die Römer im heutigen Ortsteil Anreppen ein befestigtes Lager mit einer Fläche von etwa 23 Hektar an, das bis zu 6.000 Soldaten beherbergt haben soll. Wahrscheinlich handelt es sich um das von römischen Geschichtsschreibern erwähnte Winterlager am Oberlauf der Lippe, das im Winter 4 bis 5 nach Christi erbaut wurde. Nur wenige Jahre darauf, spätestens nach der vernichtenden Niederlage gegen Hermanns Cherusker, wurde das Lager schon wieder aufgegeben. Reste des von Archäologen eher zufällig entdeckten und inzwischen zu großen Teilen erforschten Lagers sind für den Besucher nicht zu sehen, ein Dokumentationszentrum ist in Vorbereitung.
Die Boker Heide galt noch Mitte des 19. Jahrhunderts als bitterarmer „Bettelbezirk". Um die Nutzbarkeit der sandigen Böden zu heben, der Bevölkerung Arbeit zu geben und um sumpfige, die Gesundheit bedrohende Gebiete trocken zu legen, entwarf die preußische Provinzialverwaltung eine Bewässerungsanlage, deren Bau 1850 begann. Der 1853 fertiggestellte Boker-Heide-Kanal (auch Boker Kanal genannt) wurde 30 Kilometer lang und verfügte über rund 160 Bauwerke wie Schleusen, Wasserüberleitungen und Brücken. Die Erwartungen hat er voll erfüllt, der Landstrich wurde fruchtbar. Heute kann man entlang der weitgehend erhaltenen Anlage unter schattigen Bäumen wandern oder radeln.
In direkter Nachbarschaft zum Boker Kanal findet man nahe Sudhagen das „Gastliche Dorf", ein Ensemble historischer Bauernhäuser, die anderenorts abgebaut und hier in privater Initiative restauriert und wieder aufgebaut wurden. In historischer Atmosphäre kann man hier diverse gastronomische Angebote genießen.
Das Steinhorster Bekken, westlich des gleichnamigen Delbrücker Ortsteil gelegen, gilt mit einer Fläche von 82 Hektar als das größte von Menschen geschaffene Biotop in Nordrhein-Westfalen. Kernstück ist die aufgestaute Ems, an der sich ein buntes Geflecht von Wasserflächen, Inseln, Grünflächen, Röhricht und Schilf entwickelt hat. Zahllose Vögel finden hier Lebensraum und Rastmöglichkeit. Zoos sind im Paderborner Land eine Seltenheit – der einzige größere ist Nadermanns Tierpark, er wird privat betrieben und liegt zwischen Delbrück-Schöning und Rietberg-Westerwiehe. Unweit der Ems trifft man hier auf Löwen und Tiger, Lamas und Kamele, Affen oder Zebras. Angeschlossen sind eine große Gastronomie und Spielplätze.

Kultur

Weit über den Ort hinaus hat sich die moderne und wandlungsfähige Delbrücker Stadthalle als Veranstaltungszentrum einen Namen gemacht, je nach Event stehen bis zu tausend Besucherplätze zur Verfügung. Musik, Theater, Kleinkunst, Lesungen oder Kabarett usw. sind das tägliche Brot, aber auch als Tagungsort ist die Stadthalle nutzbar.

Brauchtum, Feste, Traditionen

Die Kreuzverehrung und die „Delbrücker Kreuztracht" am Karfreitag sind seit 1671 ein wesentlicher Punkt des religiösen Lebens in der Pfarrgemeinde St. Johannes Baptist. Damals wurde ein Kreuzpartikel, den Ritter Philipp von Hörde aus dem benachbarten Boke einst überlassen hatte, wieder aufgefunden. Aus einer eher bescheidenen Karfreitags-

prozession entwickelte sich – typisch für die barocke Frömmigkeit des Paderborner Landes – ein imposantes Mysterienspiel, dessen Ausmaße der beunruhigte Fürstbischof einschränken musste. Gleichwohl ist die Kreuzverehrung in Delbrück bis heute lebendig, am Karfreitag begleiten zahllose Gläubige den Kreuzträger auf dem Weg zur Kreuzkapelle.
Jährlich am dritten Septemberwochenende findet der Delbrücker Katharinenmarkt statt, der auf eine über 300-jährige Tradition als Vieh- und Krammarkt zurückblicken kann. Musik, Gaudi, bunte Unterhaltung im Festzelt und die große Kirmes stehen heute im Mittelpunkt, daneben eine große Wirtschafts- und Verkaufsschau; in der Delbrücker Innenstadt findet man samstags und sonntags den Bauernmarkt, an dem vor allem selbstvermarktende Landwirte teilnehmen. Der Katharinenmarkt lockt heute gut 200.000 Besucher in die Delbrücker Innenstadt.
Delbrück gilt neben Rietberg als traditionelle Karnevalshochburg Ostwestfalens, Delbrücks Karnevalsverein Eintracht von 1832 ist der älteste in Westfalen. Der Kinderumzug am Sonntag und der große Rosenmontagszug, einer der längsten weit und breit, finden mit vielen tausend begeisterten Narren und Zuschauern statt.
Im Mai startet das Stadt- und Spargelfest. Zwei Tage lang dreht sich alles um das weiße Feinschmeckergemüse, das inzwischen zu den typischen Produkten der Delbrücker Landwirte gehört.

Wirtschaft

Wenn die Klimaanlage Ihres Autos die Zufuhr von Außenluft abriegelt, sobald Sie – beispielsweise – durch eine nach Gülle stinkende Gegend fahren, dann haben Sie das vermutlich einer Delbrücker Firma zu verdanken: Paragon, Hersteller von Elektronik-Komponenten für den Automobilbau und Weltmarktführer bei Geruchssensoren. Daneben haben sich weitere Auto-Zulieferer in Delbrück etabliert. Einer der Delbrücker Automobil-Unternehmer hat mit „Artega" inzwischen sogar eine kleine, feine Sportwagen-Firma gegründet. Mit anderen Worten: Delbrück ist Autostadt.
Noch vor den Auto-Zulieferern hat sich die schon seit längerem hier ansässige Möbelindustrie stark entwickelt. Außerdem ist Delbrück Sitz und Produktionsstandort eines der größten europäischen Hersteller für hochwertige Badewannen und Duschtassen. Die Bette KG (rund 300 Mitarbeiter in Delbrück) fertigt auf Kundenwunsch sogar nach Maß.
Am 30. Juni 2006 waren in Delbrück insgesamt 6.970 Personen sozialversicherungspflichtig beschäftigt. Davon waren 3.493 im verarbeitenden Gewerbe tätig, 1.151 im Handel und 677 im Baugewerbe.

Information

Stadt Delbrück, Lange Str. 41, 33129 Delbrück, 05250/996-0, info@stadt-delbrueck.de, www.stadt-delbrueck.de.

Sport und Freizeit

Bekanntester Verein ist der Delbrücker SC, dessen erste Herrenmannschaft in der Fußball-Oberliga Westfalen kickt. Starkes Interesse findet in Delbrück der Reitsport, was angesichts der agrarisch geprägten Struktur Delbrücks nicht verwundert.

Der Boker Kanal zwischen Delbrück und Sudhagen.

Detmold

Kreis Lippe

Acker-Bürger: Detmolds Einwohner waren bis ins 19. Jahrhundert meist Handwerker oder Wanderarbeiter mit einem Acker außerhalb der Stadt und Viehhaltung. Städtische Weidefläche für die Kühe der Bürger war das Bruch im Westen der Stadt.
Bildungs-Bürger: Spätestens seit 1946 die Musikakademie gegründet und 1947 die Bezirksregierung nach Detmold verlegt worden war, gewann eine andere Bevölkerungsschicht an Bedeutung: die Bildungsbürger. Detmold galt als typische „Beamtenstadt", was der lebendigen Kulturstadt heute jedoch nicht mehr gerecht wird.

Geografische Lage/Verkehrsanbindung

Die Stadt Detmold liegt im südlichen Kernbereich des Kreises Lippe und ist umgeben von allesamt lippischen Städten und Gemeinden. In Norden grenzt Detmold an Lemgo, im Osten an Blomberg, im Südosten an Horn-Bad Meinberg, im Süden an Schlangen und im Westen an Augustdorf und Lage. Das südliche Stadtgebiet erstreckt sich mit den Stadtteilen Pivitsheide, Hiddesen, Heiligenkirchen und Berlebeck bis auf die Höhen des Lippischen Waldes, höchste Erhebung ist der Johannaberg im Düsterlau mit 417 Metern über NN. Der tiefste Punkt mit 110 Metern liegt bei Bollerbruch im Werretal.
In ost-westlicher Richtung durchquert Detmold die B 239 von Höxter nach Bad Salzuflen – in Lage zweigt von ihr die B 66 ab und verbindet Detmold mit der A 2 in Bielefeld, in Horn-Bad Meinberg zweigt die B 1 ab und sorgt für den Anschluss nach Paderborn und zur A 33. In der Detmolder Stadtmitte beginnt die B 238 nach Lemgo als wichtigste Süd-Nord-Straße. Im Schienennetz liegt Detmold an der Hauptbahn Herford–Lage–Altenbeken, die im Stundentakt bedient wird; zudem binden zu den Hauptzeiten ebenfalls stündlich verkehrende Züge der Relation Detmold–Lage–Bielefeld die Stadt schnell an das nahe gelegene Oberzentrum Bielefeld an.

Wichtige Daten und Wappen

Zum 1. Januar 1970 wurde die Kernstadt Detmold mit den sie umgebenden 25 Gemeinden Barkhausen, Bentrup, Berlebeck, Brokhausen, Dehlentrup, Hakedahl, Heidenoldendorf, Heiligenkirchen, Hiddesen, Hornoldendorf, Jerxen-Orbke, Leistrup-Meiersfeld, Loßbruch, Mosebeck, Niederschönhagen, Nienhagen, Niewald, Oberschönhagen, Oettern-Bremke, Pivitsheide (Vogtei Heiden), Pivitsheide (Vogtei Lage), Remmighausen, Schönemark, Spork-Eichholz und Vahlhausen zur neuen Stadt Detmold zusammengeschlossen. Das Stadtgebiet umfasst eine Gesamtfläche von 129 Quadratkilometern, davon sind gut 41 Quadratkilometer Waldgebiet. Ende 2007 zählte Detmold 73.583 Einwohner. Angaben zur Konfessionsverteilung liegen nicht vor. An den allgemeinbildenden Schulen der Stadt besuchen 62 Prozent der Schülerinnen und Schüler den evangelischen, 13 Prozent den katholischen Religionsunterricht; 25 Prozent gehören einer anderen oder keiner Konfession an.
Die Stadt Detmold hat mit Genehmigung vom 23. Februar 1970 das Wappen der ehemaligen Stadt Detmold übernommen, das in dieser Form 1955 eingeführt worden war. Es zeigt vor einem roten Hintergrund eine historische Stadtbefestigung, zwischen zwei Türmen ist die lippische Rose zu sehen.

Aus der Ortsgeschichte

Detmold ist heute die deutlich größte Stadt im Kreis und damit auch in der ehemaligen Grafschaft Lippe. Lange Zeit hatte Detmold jedoch im Schatten vor allem von Blomberg und Lemgo gestanden, erst nachdem 1511 Graf Simon III. seine Residenz dauerhaft nach

Das fürstliche Schloss im Zentrum der Stadt.

Detmold verlegt hatte, begann die Stadt zu wachsen und schickte sich an, die anderen zu überholen.
Detmold wurde 783 als „Theotmalli" erstmals erwähnt, wobei es sich aber wohl nicht um eine Siedlung, sondern um die Versammlungs- und Gerichtsstätte eines sächsischen Kleingaues handelte. 783 soll hier eine Schlacht zwischen Karl dem Großen und den Sachsen stattgefunden haben. Für das 9. Jahrhundert sind Kirchen für „Detmelle" und Heiligenkirchen bezeugt. Dieser Ort Detmelle an der alten Handelsstraße von Paderborn nach Lemgo erhielt 1263/65 vom Edlen Herrn Bernhard III. zur Lippe Stadtrechte nach Lippstädter Vorbild. Die älteste erhaltene, von Rat und Bürgerschaft ausgestellte und besiegelte Urkunde ist datiert vom 2. Mai 1305. Seit etwa 1300 war die Stadt durch Graben, Wall und Mauer gesichert. In Detmold wurde das übliche lippische Dreistraßensystem modifiziert: Hier teilten innerhalb eines Rings von etwa 500 Meter Durchmesser zwei sich kreuzende Hauptstraßen den Ort in vier Stadtviertel, wobei das nordwestliche Viertel die Burg des Landesherrn enthielt. Die Nord-Süd-Achse bildete die heutige Lange Straße, die Ost-West-Achse waren die heutige Schülerstraße und die Bruchstraße.
Um 1450 besaß Detmold erst 350 Einwohner und war damit die kleinste der lippischen Städte. Gründe für die zögerliche Stadtentwicklung waren Zerstörungen und Brände, insbesondere durch die Soester Fehde 1447. Danach baute man die Stadt zu einer starken Festung aus. Die Burg wurde ab 1547 zu einem Schloss im Stil der Weserrenaissance umgestaltet. Um 1590 hatte Detmold etwa 700 Einwohner.
Unter Bernhard VIII. schloss sich Lippe der lutherischen Reformation an, das kirchlich bis dahin zum Bistum Paderborn gehörende Detmold wurde Sitz der Lippischen Landeskirche. 1605 führte der calvinistisch geprägte Graf Simon VI. dann das reformierte Bekenntnis ein.
Zwischen 1625 und 1637 wüteten in der Stadt mehrere Pestepidemien, die etwa 900 Todesopfer forderten, zudem tobte der Dreißigjährige Krieg. Ein langer wirtschaftlicher Niedergang war die Folge, von dem sich Detmold in der zweiten Hälfte des 17. Jahrhunderts mühsam erholte. Als Symbol eines wieder erwachten Selbstbewusstseins erscheint

da die planmäßig erfolgende Anlegung der Neustadt im Süden Detmolds Anfang des 18. Jahrhunderts. Graf Friedrich Adolf ließ das Palais (1708–1719) und das Friedrichstal mit Orangerie und Park erbauen. Dazu ließ er einen Kanal anlegen, über den diese Orte vom Schloss aus auf dem Wasserweg mit flachen Schiffen zu erreichen waren. Nachdem im 18. Jahrhundert die Stadtbefestigung mehr und mehr abgetragen wurde, konnte die Stadt nun über alte Grenzen hinauswachsen. Auch innerhalb des alten Stadtrings kamen viele Neubauten im zeitgemäßen klassizistischen Stil hinzu, so auch das neue Rathaus am Marktplatz (1828–1831).
Zu Beginn des 19. Jahrhunderts machte Lippe bzw. Detmold durch schulische und soziale Reformen von sich reden. Im Mittelpunkt stand dabei Fürstin – 1789 waren die Grafen zur Lippe vom Kaiser zu Fürsten erhoben worden – Pauline zur Lippe, die 1802 bis 1820 regierte und sich um die allgemeine Volksbildung und die Verbesserung der Lebensverhältnisse der Armen und Bedürftigen kümmerte. So entstanden in Detmold eine Pflegeanstalt, ein freiwilliges Arbeitshaus, eine Industrieschule, die erste Ausbildungsstätte für Lehrerinnen und eine Krankenstube. 1802 wurde einer der ersten Kindergärten Deutschlands eröffnet, der 1856 den Namen Paulinenanstalt erhielt und bis heute existiert. Modern war Detmold auch in anderen Belangen: 1809 führte die Stadt die Straßenbeleuchtung ein. Neue Straßen wurden angelegt, 1825 das heutige Landestheater erbaut. 1835 war Detmold mit 4.137 Einwohnern die bevölkerungsreichste Stadt in Lippe. Aber trotz so herausragender Köpfe wie Christian Dietrich Grabbe und Albert Lortzing hatte das kulturelle Leben weiterhin eher provinzielles Niveau – Detmold war keine Weltstadt. Aber man bemühte sich. Fürst Leopold III. – er regierte von 1851 bis 1875 – förderte das Theater- und Konzertleben, holte Clara Schumann sowie den jungen Johannes Brahms als Klavierlehrer der fürstlichen Familie und als Solisten für öffentliche Konzerte nach Detmold. Leopolds Nachfolger jedoch, Fürst Woldemar, strich kurz nach Amtsantritt 1875 die Kulturausgaben radikal und erhöhte dafür die Ausgaben für Repräsentation. 1875 wurde das Hermannsdenkmal eingeweiht, aber erst 1880 erreichte aus Herford kommend die Eisenbahn Detmold; 1895 wurde die Strecke nach Altenbeken verlängert. An Industrieansiedlungen in der Residenzstadt war das Fürstenhaus nicht interessiert. Dennoch entwickelte sich Detmold von einer Handwerkerstadt zu einer modernen Landeshauptstadt, die 1910 schon über 14.000 Einwohner hatte. Bis 1918 blieb Detmold fürstlich-lippischer Regierungssitz, nach Abdankung des Fürsten wurde die Stadt Sitz des Freistaates Lippe.
In der Weimarer Republik erhielten die radikalen Parteien erhebliche Stimmenzuwächse, die lange dominierende SPD verlor ihre Mehrheit im Landtag. Am 10. Januar 1932 triumphierte die NSDAP bei den Kommunalwahlen in Lippe. Im Januar 1933 mobilisierte sie für den Landtagswahlkampf alle Kräfte, allein Adolf Hitler sprach sechzehnmal auf Kundgebungen. Die Nazis wollten mit einem klaren Wahlsieg in Lippe deutschlandweit ihren Machtanspruch und ihre Schlagkraft demonstrieren. Tatsächlich kam die NSDAP auf 39,5 Prozent und konnte mit rechten Koalitionspartnern eine Minderheitsregierung im Lippischen Landtag bilden – wenn auch nur für wenige Wochen bis zur Gleichschaltung des Landes. Am 10. November 1938 brannte die Synagoge völlig aus, 162 jüdische Bürger aus Detmold wurden im Verlauf der nationalsozialistischen Gewaltherrschaft getötet.
Sieht man von einem Luftangriff auf die Bahnanlagen am 24. März 1945 ab, blieb die Stadt vom Bombenkrieg weitgehend verschont. Am 4. April besetzten amerikanische Truppen Detmold, übergaben die Kontrolle aber schon nach wenigen Tagen an britische Einheiten. Der Detmolder Flugplatz – 1933 bis 1939 waren mehrere Kasernen, darunter ein Fliegerhorst, gebaut worden – wurde zur Nachschubbasis ausgebaut, landende und startende schwere Frachtflugzeuge gehörten nun zum ständigen Bild. Später war die Stadt Garnison der 20. Panzerbrigade der Britischen Rheinarmee, die den Flugplatz als Hubschrauberlandeplatz, später auch für den Senkrechtstarter Harrier nutzte – 1995 verließen die Briten den Standort Detmold.
Das wohl wichtigste Ereignis der jüngeren Geschichte Detmolds fand nur zwei Jahre

Im Freilichtmuseum sind historische Bauernhäuser aus ganz Westfalen zu sehen.

nach Kriegsende statt: Nach langwierigen Verhandlungen mit Niedersachsen und Nordrhein-Westfalen entschied sich Landespräsident Heinrich Drake für den Anschluss des Landes Lippe an NRW. Daraufhin wurde Detmold zum zunächst vorläufigen Sitz des gleichnamigen Regierungsbezirks erhoben. Den Lippern wurden der Erhalt des ehemaligen Landesvermögens wie Wälder, Domänen oder die Staatsbäder Salzuflen und Meinberg sowie soziale und kulturelle Einrichtungen zugesichert. Der neu gegründete Landesverband Lippe wurde mit deren Pflege und Erhaltung beauftragt – und kommt dieser Aufgabe bis heute nach. Seit 1972 ist Detmold auch Sitz der Kreisverwaltung Lippe.

Sehenswürdigkeiten

Das Fürstliche Residenzschloss Detmold liegt im Herzen der Stadt. Die Mauern des markanten Turmes stammen noch vom Bergfried einer 1366 erstmals erwähnten Burg in Detmold. Nach Zerstörung von Burg und Stadt in der Soester Fehde 1447 wurde die alte Burg teilweise wieder aufgebaut und mit einer mächtigen Wallanlage bewehrt. Seit dem frühen 16. Jahrhundert diente sie den lippischen Landesherren als Residenz. Graf Bernhard VIII. berief 1549 den Baumeister Jörg Unkair nach Detmold, von ihm stammt das Konzept einer vierflügeligen Anlage, das er bereits beim Bau des Schlosses Neuhaus bei Paderborn verwirklicht hatte. Nach dem Tod Unkairs 1554 fügte der flämische „Steinschneider" Johann Robin im Schlosshof die berühmte Renaissancegalerie zwischen den beiden Treppentürmen ein, Baumeister Kord Tönnies vollendete den Neubau. Erst im 18. Jahrhundert wurde das Schloss teilweise barockisiert. Ab 1780 wurden die Befestigungsanlagen im Eingangsbereich beseitigt, um Raum für den Schlossplatz zu schaffen. Das Schloss ist zu besichtigen, täglich werden mehrere Führungen angeboten (www.schloss-detmold.de).

Wichtigster Kirchenbau der Stadt ist die evangelisch-reformierte Erlöserkirche am Markt. Sie wurde nach dem großen Brand von 1547 in der Mitte der Stadt im spätgotischen Stil wieder aufgebaut; der zuletzt angefügte Turm trägt die Jahreszahl 1564.

Das Rathaus an der Nordseite des Marktplatzes wurde von 1828 bis 1830 im klassizistischen Stil errichtet. Auffällig ist die doppelte Freitreppe und der dorische Säulenportikus aus Sandstein vor dem Gebäude. 1902 wurde das Rathaus durch einen Anbau an der Rückseite erweitert.

Das Palais (auch Neues Palais) wurde von 1706 bis 1708 in der Neustadt erbaut. Es handelt sich um einen zweigeschossigen Hauptbau mit flügelartigen Pavillons. Ursprünglich diente das Palais als Witwensitz der lippischen Fürstinnen, heute ist es Sitz der Hochschule für Musik. An das Palais schließt sich der sehenswerte Palaisgarten an.

Das Landestheater bietet 650 Zuschauern Platz.

Das Landestheater Detmold entstand 1825 auf Veranlassung Fürst Leopolds II. unweit von Marktplatz und Schloss. 1912 brannte es bis auf die Grundmauern nieder, wurde aber noch während des Ersten Weltkriegs nach Plänen von Bodo Ebhardt im klassizistischem Stil neu errichtet. 1945 richtete die englische Besatzungsmacht hier ihr Casino ein. Erst 1952 wurde der Spielbetrieb wieder aufgenommen. Im Lippischen Landestheater finden 650 Zuschauer Platz.

Nur zwei Kilometer südlich der Innenstadt, inmitten von Wäldern, Wiesen und Feldern, wartet das Freilichtmuseum des LWL auf seine Besucher. Auf mehr als 90 Hektar – es ist das größte Freilichtmuseum Deutschlands – sind über 100 historische Gebäude mit Gärten und Feldern, Mühlen und Schmieden, mit Lippegans und Bentheimer Landschwein zu sehen. Hier kann man Wind- und Wassermühlen in Funktion erleben, sich in einzelnen Häusern die Lebensgeschichten der Bewohner erläutern lassen – vom Kaufmann bis zum Pastor. Im Museum werden sowohl Denkmäler der Alltags- und Arbeitskultur erhalten, zugleich auch ländliche Haus- und Wohnformen gezeigt. 1960 fiel der Gründungsbeschluss für das Freilichtmuseum, die ersten Teile konnten 1971 eröffnet werden (www.freilichtmuseum-detmold.de).

Der Vogelpark Heiligenkirchen präsentiert in großen Volieren und Freigehegen über 1.000 Vögel und Säugetiere in 300 Arten aus aller Welt. Als Attraktion gilt die Streichelwiese für Papageien. In der Aufzuchtstation lassen sich Hühnerküken beim Schlupf beobachten oder die Fütterung der Papageienbabys (www.vogelpark-heiligenkirchen.de).

Mit etwa 200 Tieren aus rund 50 Arten gilt die Adlerwarte in Berlebeck als artenreichste Greifvogelwarte Europas. Auch als Auffang- und Aufzuchtstation genießt sie internationalen Ruf. Den Uhu-Nachzuchten der Adlerwarte ist es zu verdanken, dass dieser Vogel im Teutoburger Wald wieder heimisch ist. Von einer Abflugtribüne kann man die Flugvorführungen der Greifvögel erleben (www.adlerwarte-berlebeck.de).

Auf dem 386 Meter hohen Teutberg im Detmolder Stadtteil Hiddesen erhebt sich weithin sichtbar inmitten einer alten Ringwallanlage (der „Grotenburg") das Hermannsdenkmal. Hermann der Cherusker – der überlieferte Name lautet eigentlich Arminius – regte seit der Wiederentdeckung der Schriften des Tacitus 1508 die Fantasie der Zeitgenossen an, besonders kräftig jedoch im Zeitalter des Nationalismus in der zweiten Hälfte des 19. Jahrhunderts. Ernst von Bandel (1800–1876), der lange Jahre in Hannover und Berlin als Bildhauer und Architekt tätig war, machte den Bau eines Denkmals zu seinem Lebensziel. Ein Jahr vor seinem Tod wurde es nach 37-jähriger Bauzeit im Beisein des Deutschen Kaisers eingeweiht. Das Hermannsdenkmal besteht aus einem 27 Meter hohen Unterbau und dem Standbild, das bis zur Schwertspitze eine Höhe von 26,6 Meter hat; allein das Schwert ist sieben Meter lang. Bandel ging davon aus, dass die von Arminius angeführte Schlacht gegen die römischen Legionen in Sichtweite des Denkmals stattgefunden haben muss – heute spricht vieles für einen Schlachtort in Kalkriese im Osnabrücker Land (www. hermannsdenkmal.de).

Bildung und Verwaltung

Die Hochschule für Musik Detmold, 1946 als „Nordwestdeutsche Musikakademie Detmold" gegründet, gilt weltweit als eine der renommiertesten Ausbildungsstätten. Seit mehr als 60 Jahren unterrichten hier internationale Spitzenmusiker in einem außergewöhnlichen Ambiente, derzeit sind rund 600 Studierende eingeschrieben. In mehr als 350 Konzerten pro Jahr zeigen die Studierenden ihr Können. Die Hochschule hat nicht nur zu einer außerordentlichen Belebung der Detmolder Kultur beigetragen, sondern der Stadt auch zu einem überregional bekannten Namen verholfen (www.hfm-detmold.de).
Detmold ist einer von drei Standorten der Hochschule Ostwestfalen-Lippe (siehe dazu: Lemgo) und hat den Schwerpunkt auf den Fachdisziplinen rund um das Bauwesen. Die Innenarchitektur und der internationale Studiengang Wirtschaftsingenieurwesen Bau werden hier exklusiv in Nordrhein-Westfalen angeboten. Detmold ist ferner Standort einer Fachschule für Holzbetriebstechnik und der Bundesforschungsanstalt für Ernährung und Lebensmittel.
Seit 1947 ist Detmold Sitz einer der fünf Regierungsbezirke in Nordrhein-Westfalen. Die Bezirksregierungen sind als staatliche Mittelinstanzen die zentrale Schnittstelle zwischen der Landesregierung und der kommunalen Selbstverwaltung. Während die Behörden auf der obersten und der unteren Ebene nach fachlichen Gesichtspunkten getrennt sind (z.B. Verkehr, Bauen und Wohnen, Schule und anderes mehr), vereinigt die Bezirksregierung als „Bündelungsbehörde" fast alle Verwaltungszweige, bringt regionale Interessen und Besonderheiten ein und sorgt für einen Ausgleich zwischen den unterschiedlichen Belangen. Leiterin der Behörde ist seit 2005 die FDP-Politikerin Marianne Thomann-Stahl (www.bezreg-detmold.nrw.de).

Kultur

Das Lippische Landesmuseum ist das größte und älteste Museum Ostwestfalen-Lippes und liegt im Zentrum von Detmold. Gegründet 1835 aus privaten Sammlungen als Naturhistorisches Museum und bereichert durch Gaben weitgereister Lipper entwickelte es sich zu einer bedeutenden Sammlung von Kulturgütern aus den Bereichen Naturkunde, Ur- und Frühgeschichte, Landesgeschichte, Volkskunde, Kunst, Möbel, Innenarchitektur sowie Völkerkunde (www.lippisches-landesmuseum.de).
Das Landestheater Detmold, die fleißigste Reisebühne Europas, ist ein Mehrsparten-Haus, das sowohl Oper als auch Ballett und Schauspiel zeigt, zudem verfügt es über ein eigenes Orchester. Allein vier Spielstätten hat es in Detmold: das Landestheater selbst mit 650 Plätzen, die Kleine Bühne im Grabbe-Haus mit 99 Plätzen, das Hoftheater sowie das Detmolder Sommertheater. Die Hälfte der fast 600 Vorstellungen pro Spielzeit werden jedoch außerhalb von Detmold absolviert. Damit erfüllt das Landestheater seinen kulturpolitischen Auftrag, Städte und Gemeinden,

Das Lippische Landesmuseum verbindet historische und moderne Architektur.

Das Hermannsdenkmal erinnert an die Varusschlacht.

die über kein eigenes Ensemble verfügen, mit Theaterkultur zu erfreuen.
Das städtische „KulturTeam" Detmold ist Veranstalter so unterschiedlicher Veranstaltungen wie der Detmolder Jazznächte (jährlich im April), der Kabarett-Reihe „Lach den November", des Bluesfestes Detmold – jährlich im Oktober – oder der Detmolder Sommerbühne, jährlich im Juli/August auf dem Marktplatz (kulturteam@detmold.de).
Mit einer besonderen Bevölkerungsgruppe befasst sich das Museum für russlanddeutsche Kulturgeschichte. Das vor allem in seinen östlichen Bereichen relativ dünn besiedelte Ostwestfalen-Lippe war Ende des 20. Jahrhunderts ein Zuwanderungsschwerpunkt, einen großen Anteil daran hatten die Russlanddeutschen. Seit 1996 präsentiert das Museum eine Reise in die Vergangenheit der deutschen Minderheit in Russland und seinen Nachfolgestaaten. Außerdem können Einblicke in das häusliche Milieu, das religiöse Leben und die wirtschaftlichen Leistungen der Russlanddeutschen gewonnen werden (www.russlanddeutsche.de).

Brauchtum, Feste, Traditionen

Jährlich vom letzten Mittwoch im November bis einschließlich 1. Advent findet in der Innenstadt (Fußgängerzone und Kronenplatz) die Andreasmesse statt, einer der größten und wegen der Umgebung schönsten vorweihnachtlichen Jahrmärkte der Region. Er wird bereits seit 1604 veranstaltet.

Sport und Freizeit

Detmolds bekanntestes Sportereignis ist der Hermannslauf am letzten Aprilsonntag, der am Hermannsdenkmal beginnt und teilweise über den Hermannsweg zur Bielefelder Sparrenburg führt (31,1 Kilometer). Das Höhenprofil ist stark wechselnd und umfasst insgesamt 515 Höhenmeter Anstiege sowie 710 Höhenmeter Gefälle. Der 1972 zum ersten Mal ausgetragenen Volkslauf wird vom TSVE Bielefeld veranstaltet. Mittlerweile nehmen über 7.000 Läufer, Walker und Wanderer teil, womit der Hermannslauf zu den größten Laufveranstaltungen in Deutschland gehört. Typisch für den Lauf ist die großartige Naturlandschaft, in der er ausgetragen wird – diese lässt sich natürlich auch an allen anderen Tagen des Jahres und ohne sportliche Ambitionen erwandern.
2007 gab es in Detmold über 69 Sportvereine, in denen 80 verschiedene Sportarten angeboten wurden. Die bekanntesten Vereine sind der TSV Detmold von 1911 und der Detmolder Turnverein von 1860. Größter Erfolg des TSV Detmold war der Gewinn der Westdeutschen Fußballmeisterschaft am 10. Juni 1950 – errungen mit einem 5:1 gegen Wuppertal-Cronenberg vor 14.000 Zuschauern auf dem Sportplatz unter den Pinneichen. Der Detmolder Turnverein von 1860 ist mit etwa 1.000 Mitgliedern der

größte Verein in Detmold und bietet unter anderem Kunstturnen, Basketball, Handball und Fechten an.

Wirtschaft

Behörden, Bildungseinrichtungen und kulturelle Institutionen drücken seit Jahrzehnten auch dem wirtschaftlichen Leben in Detmold ihren Stempel auf. Industriebetriebe haben demgegenüber immer eine weniger bedeutende Rolle gespielt.
Zu Beginn des 20. Jahrhunderts entwickelte sich wie im übrigen Lippe auch in Detmold die Möbelindustrie, die erste deutsche Tischlerfachschule wurde hier gegründet. Während Ende des 20. Jahrhunderts die Möbelindustrie einen Niedergang erlebte, stiegen andere Branchen zu großer Bedeutung auf. Einer der größten Arbeitgeber ist die Firma Weidmüller, Hersteller von Komponenten für die elektr(on)ische Verbindungstechnik. Am Stammsitz in Detmold arbeiten etwa 1.300 der weltweit rund 3.500 Mitarbeiter.
Zu den führenden Schuhproduktions- und -vertriebsunternehmen in Europa gehört die in Detmold ansässige Wortmann-Holding. Sie ist mit eigenen Gesellschaften an zahlreichen Standorten in Europa und Asien vertreten.
Ein bekanntes, ehemals in Detmold ansässiges Unternehmen war die 1907 gegründete Sinalco AG, die unter wechselnden Inhabern und Namen bis 1987 in Detmold einen Betrieb unterhielt. In einer neuen Getränkegruppe wird Sinalco noch heute vertrieben.
Am 30. Juni 2006 waren in Detmold 26.151 Personen sozialversicherungspflichtig beschäftigt. Davon waren 7.124 im Gesundheits-, Erziehungs- und Sozialwesen tätig, 5.134 im verarbeitenden Gewerbe, außerdem 3.540 im Handel.

Persönlichkeiten

Christian Dietrich Grabbe wurde am 11. Dezember 1801 in Detmold als Sohn eines Zuchthausaufsehers geboren und starb – nach langer Krankheit – in Detmold am 12. September 1836. Grabbe gilt neben Büchner als der bedeutendste Erneuerer des deutschsprachigen Dramas seiner Zeit. In seinen Dramen, die durch eine düstere Weltsicht charakterisiert sind, löste er die strenge Form des klassischen Dramas auf und wurde zum Wegbereiter des Realismus auf der Bühne. Heute werden vor allem „Napoleon oder die hundert Tage" und „Hannibal" als bedeutende Dramen des Vormärz gewertet. In Detmold wurde ein Gymnasium nach Grabbe benannt, zudem wird von der Stadt zusammen mit der Grabbe-Gesellschaft und dem Landesverband Lippe seit 1994 der Christian-Dietrich-Grabbe-Preis für neue dramatische Literatur vergeben.
1810 wurde der Dichter und Schriftsteller Ferdinand Freiligrath als Sohn eines Lehrers in Detmold geboren. Von 1825 bis 1832 erlernte er in Soest den Beruf des Kaufmanns, zugleich versuchte er sich mit ersten Versen. Im Jahre 1839 begann in Unkel am Rhein, wo noch heute das Freiligrathhaus an diese Schaffensperiode erinnert, sein Leben als freier Schriftsteller. Mit Levin Schücking veröffentlichte er 1840 „Das malerische und romantische Westphalen". Wegen seiner radikalpolitischen Ziele verfolgt, ging er 1845 nach Brüssel, wo er Karl Marx begegnete; für kurze Zeit war er Mitherausgeber der Neuen Rheinischen Zeitung von Marx und Engels. 1851 musste er Deutschland aus politischen Gründen verlassen und ging nach London, wo er bis 1868 lebte. Freiligrath starb am 18. März 1876 bei Stuttgart. Als bedeutend gelten vor allem sein Idealismus und sein politischer Einsatz, mit dem er gegen die Zustände seiner Zeit das geschriebene Wort erhob. Die Lippische Landesbibliothek Detmold betreut das literarische Erbe Freiligraths.
Frank-Walter Steinmeier, seit 2005 Bundesaußenminister und seit 2007 auch Vizekanzler der Bundesrepublik Deutschland, wurde am 5. Januar 1956 als Sohn eines Tischlers und einer Fabrikarbeiterin in Detmold geboren. Seit Oktober 2007 ist Steinmeier stellvertretender Bundesvorsitzender der SPD, 2008 wurde er als Kanzlerkandidat bestimmt.

Information

Stadt Detmold, Marktplatz 5, 32756 Detmold 05231/977-0, info@detmold.de, www.detmold.de.
Tourist-Information, Rathaus am Markt, 32756 Detmold, 05231/977-328, Tourist-info@detmold.de.

Dörentrup

Kreis Lippe

Niemand ...: In den 1960er-Jahren warb der Prediger Werner Heukelbach im Ruhrgebiet für seine Veranstaltungen mit Plakaten: „Niemand kommt an Gott vorbei"
... außer Stan: Ein Fußballfan schrieb unter das Plakat den Zusatz „... außer Stan Libuda". Der legendäre Flügelstürmer Reinhard „Stan" Libuda stammt aus dem Dörentruper Ortsteil Wendlinghausen und ist der berühmteste Sohn der Gemeinde.

Geografische Lage/Verkehrsanbindung

Die Gemeinde Dörentrup liegt im Nordosten des Kreises Lippe. Im Westen grenzt sie an Lemgo, im Norden an Kalletal, im Nordosten an Extertal, im Südosten an Barntrup und im Süden an Blomberg (alle Kreis Lippe). Dörentrup wird in Ost-West-Richtung von der Bega durchflossen, die bei Barntrup entspringt und sich in Bad Salzuflen mit der Werre vereinigt. Dem Lauf der Bega folgte die Bundesstraße 66 von Bielefeld über Lemgo nach Barntrup mit Anschluss nach Hameln, die Dörentrups wichtigste Verkehrsader ist. Die Bahnstrecke Bielefeld–Lemgo–Hameln ist im Gemeindegebiet ohne Personenverkehr. Nächstgelegene Bahnstation ist Lemgo-Lüttfeld, Endstation der im Stundentakt bedienten Strecke nach Bielefeld.
Das Gemeindegebiet umfasst 49,8 Quadratkilometer, davon sind 12,6 Quadratkilometer Wald. Der höchste Punkt im Gemeindegebiet ist der Steinberg mit 388 Metern über NN, der tiefste Punkt liegt an der Bega an der Grenze zu Lemgo mit 116 Metern über NN.

Wichtige Daten und Wappen

Im Zuge der kommunalen Neuordnung wurden mit Wirkung vom 1. Januar 1969 Bega, Hillentrup, Humfeld, Schwelentrup und Wendlinghausen zur Gemeinde Dörentrup zusammengefasst. Einen Ort dieses Namens gab es bis dahin gar nicht. Die Gründungsväter haben sich bei der Namensfindung von dem Gedanken leiten lassen, dass die landesweit bekannten „Dörentruper Sand- und Thonwerke GmbH" dazu beitragen würden, dass auch die Gemeinde Dörentrup in der Bundesrepublik einen gewissen Bekanntheitsgrad erhalten werde.

Am 31. Dezember 2007 zählte die Gemeinde Dörentrup 8.746 Einwohner. 67 Prozent der Bevölkerung sind evangelisch, neun Prozent katholisch, die übrigen gehören anderen oder keinen Glaubensrichtungen an.
Das Wappen der 1969 gebildeten Gemeinde ist eine Neuschöpfung, genehmigt am 30. April 1973. Das Wappensymbol spielt auf eine mögliche Deutung des ersten Teils des Ortsnamens an, danach wird „Dören" die Bedeutung Dornen unterlegt. Die Anzahl der Dornen soll auf die in der neuen Gemeinde aufgegangenen fünf ehemaligen Dörfer hinweisen.

Aus der Ortsgeschichte

Die fünf Gemeinden können jeweils auf eine über 700-jährige Geschichte zurückblicken. Die ältesten urkundlichen Erwähnungen der Dörfer stammen aus dem 13. bzw. 14 Jahrhundert: für Wendlinghausen von 1228, für Bega von 1231, für Hillentrup von 1279, für Humfeld von 1284 und für Schwelentrup von 1350. Die rein landwirtschaftliche Prägung der Orte endete zu Beginn des 19. Jahrhunderts, als Bodenschätze entdeckt wurden, die für nahezu zwei Jahrhunderte zum maßgeblichen Wirtschaftsfaktor werden sollten. Entdeckt wurden diese, als Landwirte auf ein größeres Sandvorkommen stießen, das sich überwiegend auf fürstlich lippischem Terrain befand. Nachdem die Rohstoffförderung und -vermarktung zunächst ausschließlich in der

Blick vom Dörenberg in Richtung Südosten.

Hand der bald eingerichteten „Fürstlichen Grube" lag, erwuchs dieser später private Konkurrenz. Die sich über Jahre erstreckenden Bemühungen zur Zusammenlegung führten schließlich 1901 zur Gründung der Dörentruper Sand- und Thonwerke GmbH.
Die Vielzahl der vor Ort vorhandenen Rohstoffe – neben dem zunächst abgebauten Kristall-, Ton- und Quarzsand von hohem Reinheitsgehalt später auch Lehm, Braunkohle und Schieferton – führte zu einer Ausweitung der geschäftlichen Aktivitäten; es entstand eine Industriekulisse von beträchtlichen Ausmaßen. Dörentruper Sand fand als Ausgangsstoff unter anderem für Kristall- und Gebrauchsglas, keramische Erzeugnisse, Kunstmarmor, Steingutwaren, Produkte der chemischen und der Farbindustrie, Putz- und Scheuermittel sowie im Baugewerbe Verwendung. Die Eröffnung der Eisenbahnstrecke Lemgo–Barntrup–Hameln 1896 brachte eine erhebliche Verbesserung; allein der Sand-Verkehr brachte es in Spitzenzeiten auf bis zu 30 Wagenladungen am Tag. Auf der südlichen Seite des Bahnhofs entstand ab 1897 die Lippische Tonwarenfabrik.
Die zweite Hälfte des 20. Jahrhunderts war für den Dörentruper Betrieb von Umstrukturierungen und einem stetigen Rückgang der Absatzmengen gekennzeichnet. Das Quarzsand-Vorkommen war Ende der 1960er-Jahre erschöpft, 1981 wurde die Ziegelei stillgelegt. Auch die Eisenbahn ging Dörentrup bald verloren. Nachdem 1980 bereits der Schienenpersonenverkehr eingestellt worden war, folgte 1996 auch der Güterverkehr. Die Sand- und Thonwerke verfügten über eine eigene schmalspurige Werkbahn, deren Größe eine Vorstellung von den Ausmaßen der Gruben und Fabriken gibt: 1926 umfasste der Bestand 22 elektrische Zugmaschinen und 250 Kippwagen, die auf rund 27 Kilometern Gruben- und Werksgleisen verkehrten.

Sehenswürdigkeiten

1539 vermählte sich Hilmar von Münchhausen mit Lucia von Reden. Deren Sohn – auch er hieß Hilmar – erbaute in den Jahren 1613 bis 1616 im Stil der Spätrenaissance das Wasserschloss Wendlinghausen, das mit dem Gut bis heute eine das Ortsbild prägende Einheit bildet. Hilmar von Münchhausens Vetter, der berühmte „Lügenbaron", war hier oft zu Gast. Das Anwesen befindet sich bis heute im Familienbesitz, seit rund dreihundert Jahren in dem der Familie von Reden. Schloss Wendlinghausen ist von 2001 bis 2003 umfassend saniert worden. Neben dem Schloss beeindruckt der Schlosspark durch die Fülle seltener Pflanzen. Mit ihrer Größe von über

Schloss Wendlinghausen ist umgeben von einer sehenswerten Parkanlage.

drei Hektar zählt die ursprünglich nach englischem Stil angelegte Gartenlandschaft zu den ökologischen Besonderheiten der Region (www.schloss-wendlinghausen.de).

Brauchtum, Feste und Traditionen

Schloss und Gut Wendlinghausen stehen im Mittelpunkt regelmäßig wiederkehrender oder besonderer Veranstaltungen – vom Oldtimertreffen bis hin zur zeitgenössischen Kunstausstellung, vom Schlossfest bis zum Theaterspektakel. Musikfreunde können hier hochklassige Konzertveranstaltungen erleben (www.schloss-wendlinghausen.de). Auch das Literatur- und Musikfest „Wege durch das Land" ist im Schloss zu Gast (www.wege-durch-das-Land.de)

Wirtschaft

Die heute noch mit rund 45 Mitarbeitern vor Ort ansässigen Nachfolgefirmen der Sand- und Thonwerke sind unter dem Dach der CB-Holding GmbH zusammengefasst, von der auch Betriebe in Niedersachsen geführt werden. Die Dörentrup Feuerfestprodukte GmbH & Co. stellt saure und basische Feuerfesterzeugnisse sowie Fertigtiegel für die Eisen-, Stahl-, und Gießereiindustrie her. Die Firma Dörentrup Ceramic produziert Klinkerplatten- und Fliesenelemente.

Dörentrup liegt im Herzen des lippischen Berglandes, das Schonklima ist gut geeignet, um Erkrankungen der Atemwege und Erkältungen zu lindern. Besondere Akzente für gesundheitsbewusste Touristen setzten der staatlich anerkannte Erholungsort Schwelentrup und der Erholungsort Hillentrup durch einen Kurpark, einen Landschaftspark, ein Haus des Gastes an andere Einrichtungen.

In Dörentrup waren am 30. Juni 2006 insgesamt 1.049 Personen sozialversicherungspflichtig beschäftigt, 362 davon im Gesundheits-, Erziehungs- und Sozialwesen, 245 im verarbeitenden Gewerbe und 123 im Baugewerbe.

Persönlichkeiten

Der Fußballer Reinhard Libuda, genannt „Stan", wurde am 10. Oktober 1943 in Wendlinghausen geboren. Libuda bestritt zwischen 1963 und 1971 insgesamt 26 Länderspiele mit der A-Mannschaft, in der Fußball-Bundesliga spielte er für Schalke 04 und Borussia Dortmund. Seinen Spitznamen bekam er in Anlehnung an den englischen Rechtsaußen Sir Stanley Matthews, den Erfinder des Matthews-Tricks (links antäuschen, rechts vorbeigehen), den „Stan" Libuda perfekt beherrschte. Höhepunkt seiner Karriere war der dritte Platz mit der deutschen Nationalmannschaft in Mexiko 1970 – das deutsche Team hatte sich nur durch Libudas 3:2-Siegtor gegen Schottland qualifizieren können. Der als schüchtern und pressescheu geltende Reinhard Libuda starb am 25. August 1996 in Gelsenkirchen.

Information

Gemeinde Dörentrup, Hauptstraße 2, 32694 Dörentrup, 05265/739-0, info@doerentrup-lippe.de, www.doerentrup-lippe.de.

Enger

Kreis Herford

Wittekind, der Star: Die frühmittelalterliche Geschichte Engers ist besonders mit dem Namen „Widukind" (auch Wittekind) verbunden. Der sächsische Adelige kämpfte seit 777 gegen Karl den Großen, 785 gab er jedoch seinen Widerstand auf und ließ sich taufen. Der Sage nach soll er in der Stiftskirche begraben liegen.
Eisenbahnertraum wird wahr: Enger lag an den Strecken der Herforder Kleinbahn und der Bielefelder Kreisbahnen. Ein reger Verein will diese Geschichte lebendig erhalten und baut ein Kleinbahn-Museum.

Geografische Lage/Verkehrsanbindung

Die Stadt Enger liegt in der Ravensberger Mulde, eingebettet zwischen Wiehengebirge im Norden und dem Teutoburger Wald im Süden. Das Stadtgebiet grenzt im Westen an Spenge, im Norden an Bünde, im Osten an Hiddenhausen und Herford (alle Kreis Herford), im Süden an die kreisfreie Stadt Bielefeld. Der höchste Punkt liegt mit 137 Metern über NN im Ortsteil Westerenger, der niedrigste Punkt mit 65 Metern im Ortsteil Siele an der Sieler Beeke. Im Stadtgebiet gibt es weder eine Autobahn, noch eine Bundesstraße oder einen Bahnhof. Wichtigste Verkehrsverbindung ist die Landstraße von Herford über Enger nach Melle, nächste Autobahnanschlüsse sind Bünde und Hiddenhausen an der A 30. Busverbindungen gibt es nach Bielefeld, Herford, Spenge und Bünde.

Wichtige Daten und Wappen

Die Stadt Enger besteht aus neun Stadtteilen, die vor der Neugliederung des Landkreises 1968 eigenständige Gemeinden im Amt Enger waren. In den Stadtteilen Belke-Steinbeck, Besenkamp, Dreyen, Enger, Herringhausen (West), Oldinghausen, Pödinghausen, Siele und Westerenger lebten am Jahresende 2007 genau 20.092 Einwohner; davon waren 61 Prozent evangelisch, 13 Prozent katholisch und 26 Prozent anderen Glaubens oder konfessionslos.

Enger hat eine Fläche von insgesamt 41 Quadratkilometern, davon sind 68 Prozent landwirtschaftlich genutzt.
Das Stadtwappen zeigt drei gestielte blaue Seerosenblätter, die auf einem goldenen (bzw. gelben) Hintergrund aus einem blauen Wellenfluss wachsen. Es stammt vermutlich aus der Zeit der Stadtwerdung um 1719, die Symbolik ist dem Wappen des sächsischen Herzogtums Engern entlehnt. Die Seerosenblätter finden sich auch im Wappen der nahen Stadt Löhne.

Aus der Ortsgeschichte

948 wird Enger erstmals in einer Stiftungsurkunde Ottos des Großen als „Angeri" erwähnt. Darunter verstand man einen Ort am „Anger", an Wiesen und sumpfigen Bruch. Enger trägt auch den Namen „Widukindstadt", denn seine frühe Geschichte ist eng mit dem sächsischen Adeligen verbunden, der Karl dem Großen von 777 bis 785 erbitterten Widerstand leistete. Die Lebensbeschreibung der Königin Mathilde erzählt davon, dass Widukind nach seiner Taufe 785 in Enger eine Kirche gegründet hat; spätere Quellen besagen, dass er in der Stiftskirche auch begraben wurde. Ältestes Zeugnis dieser Annahme ist eine um 1100 entstandene Grabplatte hinter dem Altar, eine der ältesten deutschen Grabplastiken.
Eine Nachfahrin von Widukind, Königin Mathilde – die Ehefrau von Heinrich I. –, gründete vor 947 in Enger ein Kanonikerstift, das mit erheblichem Besitz ausgestattet war. Die Gebäude des Stifts sind nicht mehr vorhanden, allerdings prägten sie die Bebauung rund um die heutige Kirche. Nach Mathildes Tod 968 wurde das Dionysiusstift unselbst-

Die Stiftskirche mit freistehendem Turm geht auf das 9. Jahrhudnert zurück. Folgende Seite: Mittelalterliche Grabplatte in der Stiftskirche, möglicherweise auf dem Grab Widukinds.

ständig und dem Erzbistum Magdeburg übertragen. 1414 wurde es aus Sicherheitsgründen in das gesicherte Herford umgesiedelt – ein Schlag für die wirtschaftliche Entwicklung der Stadt. Erst 1719 erhielt Enger, inzwischen preußisch, von König Friedrich Wilhelm I. das Stadtrecht und 1734 die Erlaubnis, eine Steuer zu erheben. Mitte des 18. Jahrhunderts hatte Enger etwa 650 Einwohner, 1818 waren es etwa 1.229.

Beim großen Stadtbrand vom 2. Mai 1747 wurden 53 Häuser zerstört. Zehn Jahre später besetzten französische Truppen im Siebenjährigen Krieg die Stadt; 1811 wurde Enger in das französische Kaiserreich eingegliedert, ab 1813 war es aber wieder preußisch.

1900 später nahm die Herforder Kleinbahn ihren Betrieb auf, 1901 erreichte auch die Strecke der Bielefelder Kreisbahn den Bahnhof Enger. Die Strecke nach Bielefeld wurde 1954 aufgegeben, die nach Herford 1966.

Sehenswürdigkeiten

Die ältesten Bauabschnitte der historischen Stiftskirche gehen auf das frühe 9. Jahrhundert zurück. Eine Besonderheit ist der freistehende Turm. Sehenswert ist auch der gotische Flügelaltar von Hinrik Stavoer aus dem Jahre 1525. Gleich hinter dem Altar befindet sich ein Grabmal mit einer Reliefplatte aus dem 12. Jahrhundert. Dargestellt ist der Sachsenherzog Widukind im Königsornat. An der hinteren Chorwand werden in einem hölzernen Schrein Gebeine aufbewahrt, die als Relikte von Widukind verehrt wurden – in den 1970er-Jahren stellte sich heraus, dass sie einer jungen Frau gehörten.

Rund um die Kirche sind Reste einer Kirchringbebauung mit Fachwerkhäusern aus dem 18. Jahrhundert erhalten; markant ist vor allem der östliche Ring mit sechs aneinander gebauten Häusern. Im ehemaligen Haus Rosenbaum ist das Widukind-Museum untergebracht. Im Haus Kirchplatz 2 befindet sich heute die Sonnenapotheke – das gebäude von 1741 wurde 1970 abgerissen, die Eigentümerin hat es jedoch originalgetreu wieder aufbauen lassen.

Auf einer Höhe von 118 Metern thront die Liesbergmühle im südlichen Teil der Stadt. Friedrich der Große ließ sie 1756 als Zwangsmühle erbauen, um die Bevölkerung mit Mehl zu versorgen. „FR 1756" steht über dem Türbogen eingemeißelt. Die Mühle bildet mit dem Motorenhaus und einem Fachwerkkotten ein Denkmalensemble, das von den Naturfreunden Enger betreut wird.

Als Denkmäler bäuerlicher Baukunst sind die Sattelmeierhöfe zu nennen, von denen fünf noch erhalten sind; Meyer-Johann in Oldinghausen, Ebmeyer in Oldinghausen, der Ringsthof und der Baringhof in Westerenger und der Nordhof am westlichen Rand des Stadtkerns. Die Besitzer der Höfe mussten dem Landesherrn für Botendienste zur Verfügung stehen und im Kriegsfall ein gesatteltes

Pferd bereit stellen. Zudem waren die Sattelmeier verpflichtet, dem Landesherrn bei seinen Besuchen in Ravensberg Geleit zu geben.

Kultur

Ein Stadttheater sucht man in Enger vergebens. Aber die Bewohner machen ihr Theater selbst: Aus einer ehemaligen Theater-AG des Widukindgymnasiums enstand das Ensemble „Cucumber Company". Mundartliches Theater zeigt eine plattdeutsche Theatergruppe unter Leitung von Wilhelm Bockermann. Das Kabarett „Made in Enger" tritt im „Jugend- und Kulturzentrum Kleinbahnhof" auf. Hier findet in unregelmäßigen Abständen auch die Hip-Hop-Jam „Beat The Mass" statt (Bahnhofstr. 54, 32130 Enger, 05224/7755, www.kleinbahnhof.de).

Alle zwei Jahre bietet der „Kulturherbst Enger" musikalische Klangwelten an – eine Reihe in Zusammenarbeit mit der Kirchengemeinde.

Wie der Name schon sagt, widmet sich das Widukind-Museum ganz der Geschichte des Sachsenherzogs. 2006 wurde das Museum nach fünfjähriger Planungs- und Umbauphase auf drei Ebenen neu eröffnet. Es zeigt, wie sich jede Zeit ihr eigenes Bild von Widukind machte. Sein Mythos erwies sich als formbar – selbst die Nationalsozialisten versuchten, die Taten des sächsischen Adeligen für ihre Sache zu nutzen (05224/910995, www. widukind-museum-enger.de).

Tradition haben auch die Stadtrundgänge, die das Widukind-Museum in Zusammenarbeit mit einer Agenda-Gruppe anbietet (Kulturamt der Stadt, 05224/980011).

In der ehemaligen Gerberei Sasse ist ein Gerberei-Museum untergebracht. Als 1995 Heinrich Sasse seine Gerberei schloss, um in den Ruhestand zu gehen, bedeutete dies das Ende einer über 250-jährigen Tradition; seit 1740 war am Ufer des Bolldammbaches Leder hergestellt worden. Der 1998 gegründete Verein „Gerbereimuseum Enger e.V." setzte sich für den Erhalt und die Restaurierung der Gerberei ein. Das Museum zeigt den Arbeitsprozess des Gerbens und erläutert die Geschichte des Handwerks (Hasenpatt 4, 05224/977970, info@gerberei-museum.de).

Noch im Entstehen ist das Kleinbahn-Muse-

um – zur Erinnerung an die Zeit, als Enger gemeinsamer Bahnhof der Herforder Kleinbahn und der Bielefelder Kreisbahnen war. Träger des Museums ist der Verein Kleinbahnmuseum Enger e.V., untergebracht sein wird es in einem Anbau an einen Discountmarkt im Bereich des ehemaligen Bahnhofs, gezeigt werden sollen eine Diesellok, zwei Waggons sowie zahlreiche kleinere Objekte aus der Kleinbahnzeit. Auch eine alte Eisenbahnwerkstatt soll nachempfunden werden (Kontakt und Führungen: H.-Hermann Flachmann, 05224/9377952).

Brauchtum, Feste, Traditionen

Jedes Jahr am 6. Januar wird in Enger das „Timpkenfest" gefeiert – als Timpken bezeichnet man Weißbrotzipfelchen. Dabei wird zur Erinnerung an den Tod des Sachsenherzogs Widukind seine Beisetzung in symbolischer Weise wiederholt. Seinen Ursprung hat das Fest in einer mittelalterlichen Erinnerungsfeier und ist heute noch verbunden mit einer Essens-Spende an die Armen und die Kinder. Nach dem Gottesdienst werden an den Ausgängen der Kirche „Timpken" ver-

Die Geschichte der Kleinbahn fasziniert Groß und Klein. Ein reger Verein arbeitet am Aufbau eines Museums.

teilt, zudem serviert die Kaufmannschaft eine deftige Erbsensuppe.
Am letzten Wochenende im April findet das Kirschblütenfest statt. Es ist das jährliche Stadtfest im Innenstadtbereich und wird vom Kultur- und Verkehrsverein veranstaltet.

Sport und Freizeit

Die Sportvereine Engers sind im Stadtsportverband organisiert. Der TV Concordia hat über 1.500 Mitglieder, der Fußballverein SV Enger-Westerenger über tausend.
Wer sich für die Engersche Bahngeschichte interessiert, kann diese auch „erfahren": Die BahnRadRoute Weser-Lippe verläuft entlang der alten Trassen der Herforder Kleinbahnen und der Bielefelder Kleinbahnen. Die Mitglieder des Vereins Kleinbahnmuseum Enger e.V. haben entlang der Radelroute Nachbildungen aus der Kleinbahnzeit aufgestellt.

Wirtschaft

Den Schwerpunkt bildet das verarbeitende Gewerbe, hier waren zum 30. Juni 2006 von 4.730 sozialversicherungspflichtig Beschäftigten 2.380 Personen registriert. Im Handel arbeiteten dieser Statistik zufolge 652 Männer und Frauen, 571 im Gesundheits-, Erziehungs- und Sozialwesen.
Früher wurden in Enger – wie im benachbarten Bünde – Zigarren gefertigt, heute ist die Möbelindustrie wichtigste Branche. Größter Arbeitgeber ist der Küchenhersteller Wellmann mit 700 Mitarbeitern, gefolgt von den Küchenherstellern RWK (150 Mitarbeiter) und Ebke (130 Mitarbeiter). Ehlebracht mit 200 Mitarbeitern fertigt Beschläge, Puhlmann (60 Mitarbeiter) Polstermöbel. In Oldinghausen befindet sich der Hauptsitz der Alligator-Farbwerke mit 160 Beschäftigten.

Persönlichkeiten

Die heilige Mathilde soll um 895 in Enger oder Umgebung geboren worden sein, die spätere Gemahlin König Heinrichs I. war eine Nachfahrin Widukinds. Mathilde wurde nach ihrer Erziehung im Kloster ihrer Großmutter in Herford 909 in Wallhausen mit Herzog Heinrich von Sachsen, dem späteren deutschen König, vermählt. Nach dem Tod ihres Mannes 936, der auf dem Burgberg in Quedlinburg bestattet wurde, gründete sie auf ihren Besitztümern Stifte und Klöster – um 947 auch ein Kanonikerstift in Enger. Mathilde starb am 14. März 968 in Quedlinburg.
Weitaus weltlicher sind Bernd Gössling und Frank Sorgatz, die 1960 und 1961 in Enger geboren wurden. Unter dem Namen Bernhard Lloyd und Frank Mertens wurden sie als Keyboarder der Band Alphaville bekannt. Heute lebt und arbeitet Lloyd hauptsächlich als Musikproduzent in Berlin, Mertens in Köln, wo er sich ganz einem Projekt namens „Maelstrom" widmet. Unter diesem Titel produziert er elektronische Musik, Gemälde und Skulpturen.

Information

Stadt Enger, Bahnhofstr. 44, 32130 Enger
05224/98 00-0, info@enger.de,
www.enger.de.

Espelkamp

Kreis Minden-Lübbecke

Flucht mit Ziel: Nach dem Krieg fanden auf dem Gelände einer ehemaligen Munitionsfabrik mehr als zehntausend Flüchtlinge in Espelkamp eine neue Heimat.
Glück im Spiel: Die Merkursonne ist schon von weitem zu sehen: Der Glücksspielautomaten-Hersteller Gauselmann ist größter Arbeitgeber in Espelkamp.

Geografische Lage/Verkehrsanbindung

Die Stadt Espelkamp liegt im Nordwesten des Kreises Minden-Lübbecke. Die Stadt grenzt im Osten an Hille, im Süden an Lübbecke, im Südwesten an Preußisch Oldendorf, im Nordwesten an Stemwede und im Norden an Rahden (alle Kreis Minden-Lübbecke). Die Samtgemeinde Uchte, die Espelkamp im Nordosten für wenige hundert Meter berührt, gehört bereits zu Niedersachsen. Die südliche Stadtgrenze bildet der Mittellandkanal. Das Stadtgebiet ist flach; der höchste Punkt mit 70 Metern über NN findet sich auf dem Isenstedt-Fabbenstedter Rücken, der niedrigste mit 40 Metern im Tal der Kleinen Aue.
Die Bundesstraße B 239 von Herford nach Diepholz durchzieht die Stadt in Süd-Nord-Richtung. Nördlich des Stadtkerns kreuzt sie die für Espelkamp ebenfalls wichtige Landstraße von Minden nach Bohmte und Osnabrück. Der Bahnhof Espelkamp liegt an der Bahnstrecke von Rahden nach Bünde; hier fährt stündlich die „Ravensberger Bahn" (RB 71) von Rahden nach Bielefeld. Regionalbusse fahren nach Lübbecke, Rahden und Preußisch Oldendorf.

Wichtige Daten und Wappen

Seit der Gebietsreform von 1973 gehören folgende Gemeinden zum Stadtgebiet von Espelkamp: Alt-Espelkamp, Fabbenstedt, Fiestel, Frotheim, Gestringen, Isenstedt, Schmalge und Vehlage. Die Stadt hat eine Fläche von 84 Quadratkilometern, 63 Prozent davon sind landwirtschaftlich genutzt. Ende 2007 wohnten in Espelkamp 25.593 Menschen, davon sind 48 Prozent evangelisch, neun Prozent katholisch, 37 Prozent gehören zu anderen Glaubensrichtungen oder sind konfessionslos.

Das Wappen zeigt in der oberen Hälfte auf silbernem (weißem) Grund drei fächerförmig gestellte grüne Espenblätter mit schwarzen Stielen, unten auf schwarzem Grund ein durchgehendes silbernes (weißes) Kreuz. Die Espenblätter sind ein redendes Zeichen für den Namen „Espelkamp". Die Farben Schwarz-Weiß und Grün-Weiß knüpfen an die Farben des Deutschen Ordens, Preußens und Sachsens an und erinnern an die Herkunft der Bürger aus Ost- und Mitteldeutschland. Das Kreuz weist auf die kirchliche Initiative zur Entstehung der neuen Flüchtlings- und Vertriebenenstadt hin.

Aus der Ortsgeschichte

Im Jahre 1229 wurde Espelkamp erstmals vom Mindener Bischof als „Aspelecampe" erwähnt, der Name leitet sich vermutlich vom im Rahdener Land ansässigen Rittergeschlecht „de Aspelkamp" her. Während Espelkamp über die Jahrhunderte klein und unbedeutend blieb, erhielt es am 1. Oktober 1899 immerhin einen eigenen Bahnhof und lag fortan an der Eisenbahnstrecke zwischen Bünde und Rahden. Am 1. April 1910 wurde Espelkamp, bis dahin Teil der Landgemeinde Großendorf (Rahden), eine selbstständige Gemeinde.
In der Gemarkung „Mittwald", einer 250 Hektar großen Waldfläche im Süden des Dorfes Espelkamp, begann 1938/39 der Bau einer Heeresmunitionsanstalt („Muna"). Dort wurden Granaten, Zünder und Geschossrohlinge hergestellt. Am Kriegsende fiel sie den Engländern unzerstört in die Hände. Auf Drängen des Pastors Karl Pawlowski vom

Bronzeskulptur vor der evangelischen Thomaskitrche.

Beginn der Besiedlung bestand die Bevölkerung überwiegend aus Vertriebenen und Flüchtlingen, die hauptsächlich aus den deutschen Ostgebieten und der russischen Besatzungszone stammten – das ist heute noch deutlich an den Straßennamen zu erkennen. Zur Zeit des Wirtschaftswunders kamen dann viele Gastarbeiter in den Ort, in den 1980er- und 1990er-Jahren Spätaussiedler aus den Staaten des ehemaligen Ostblocks.

Evangelischen Hilfswerk Westfalen (heute Evangelisches Johanneswerk e.V.) und des schwedischen Pfarrers Birger Forell konnte eine Sprengung verhindert werden, um Flüchtlingen Unterkunft zu bieten. 1949 entstand in Zusammenarbeit staatlicher und kirchlicher Stellen die „Aufbaugemeinschaft Espelkamp GmbH". Mit ihrer Hilfe wurde es möglich, in Espelkamp-Mittwald Flüchtlingen und Heimatvertriebenen eine neue Heimat zu geben, durch Ansiedlung von Gewerbe und durch Förderung sozialer und karitativer Einrichtungen gleichzeitig dringend benötigte Arbeitsplätze zu schaffen. In den 1950er-Jahren entwickelte sich Espelkamp zum industriellen Kern des Altkreises Lübbecke. Die zunächst für 5.000, später 10.000 Einwohner geplante neue Siedlung hatte nach zehnjähriger Aufbauarbeit bereits 13.000 Einwohner. 1959 bekam Espelkamp die Bezeichnung Stadt verliehen. Das bis dahin so genannte Dorf Espelkamp wird heute Alt-Espelkamp genannt.
Aufgrund seiner Geschichte ist die Bevölkerungsstruktur Espelkamps heterogen. Zu

Sehenswürdigkeiten

Hauptkirche der evangelischen Martins-Kirchengemeinde ist die Thomaskirche mit sehenswertem „Vertreibungsfenster". Die Kirche wurde 1960 bis 1963 nach einem Entwurf von Gerhard Langmaack erbaut.
Schon von weitem ist der Westturm der evangelischen Kirche im Ortsteil Isenstedt sichtbar. Die in den Jahren 1878 bis 1880 im preußisch-spätklassizistischen Stil der Schinkelschen Bauschule erbaute Emporenkirche aus rotem Backstein hat eine hervorragende Akustik. Finanziert wurde die Kirche durch eine Schenkung der verwitweten Gutsherrin Agathe Stille (Gut Renkhausen, Lübbecke).
Die Fachwerkkapelle „Alte Klus" befindet sich im Ortsteil Frotheim. Sie ist ein schlichter Fachwerkbau mit dreiseitigem Chor und einem Glockenreiter über der Fassade. Genutzt wird sie unter anderem für kulturelle Veranstaltungen.
Über die Entwicklung der Stadt können sich Besucher in der ortsgeschichtlichen Dauerausstellung „Espelkamp in Zeit und Raum" auf den Fluren des Rathauses informieren (Wilhelm-Kern-Platz 1, Besichtigung nach Anmeldung, 05772/562-180).
In Gestringen lohnt ein Besuch von Schloss Benkhausen. Der ehemalige Rittersitz (seit

Hell strahlt es in der Provinz: das Theater von Espelkamp.

1510) entstand durch Erbteilung des Ellerburgbesitzes. Benkhausen ist eine der beiden ehemaligen Wasserburgen im Stadtgebiet mit schlichtem Schlossbau (1683), geräumiger Vorburg, turmgeschmücktem Renteihaus und sehenswertem, öffentlich zugänglichem Schlosspark. Ab 1773 war das Gut im Besitz der Adelsfamilie von dem Bussche Münch, der letzte Baron Alhard von dem Bussche Münch, der 1971 starb, war ein großer Freund Espelkamps. Seit 1962 ist das Schloss Außenstelle der diakonischen Behinderteneinrichtung „Wittekindshof". Gut Ellerburg im Ortsteil Fiestel – die zweite Wasserburg – ist verfallen.

Kultur

Espelkamp hat ein vielseitiges Kulturangebot. Im Neuen Theater wird ein breites Spektrum von Musik, Tanz und Schauspiel und Kabarett von namhaften Tourneetheatern geboten. Das Theater mit 647 Sitzplätzen wurde 1972 eröffnet und nach 30 Jahren Nutzung mit Unterstützung des Unternehmerehepaares Harting renoviert.

Im Bürgerhaus Espelkamp finden neben kulturellen Veranstaltungen auch Messen und Ausstellungen, Modenschauen und andere Großveranstaltungen statt. Im Herbst gibt es dort die „Nacht der Komödianten", die auch über Espelkamp hinaus bekannt ist. Für ein abwechslungsreiches Kleinkunst- und Musikprogramm sorgt der 1995 gegründete Bürgerhausverein.

In der ehemaligen Gestringer Schule hat der Bürgerverein Gestringen mit seinem Präsidenten Addi Schaefer eine Kleinkunstbühne etabliert. In der „Alten Schule mit dem Türmchen" gibt es Blueskonzerte, Lesungen, Puppentheater, indischen Tanz, Chansonabende oder Trommelfeuerwerk.

Eine Sammlung von über 800 historischen Münzautomaten findet sich im „Deutschen Automatenmuseum – Sammlung Gauselmann" (Merkur-Allee 1–15, Besichtigung nach Anmeldung, 05772/49-486, www.gauselmann.de).

Wer Interesse an seltenen und erlesenen Teppichen aus vielen Ländern zeigt, sollte im Teppich-Museum Tönsmann vorbeischauen: (General-Bishop-Str. 23, Besichtigungen nach Anmeldung, 05772/4004).

Im Fabbenstedter Dorfladen, einem kleinen, aber feinen heimatgeschichtlichen Museum, fühlt man sich in die Zeit der Tante-Emma-Läden mit ihrem breiten Sortiment an Kolonialwaren, Wäsche und Süßigkeiten zurückversetzt (Heideweg 6, Besichtigung nach Anmeldung, 05743/8589). Und die Brammeyersche Scheune in Frotheim am Westende der Stelleriege schließlich vermittelt dem Besucher einen interessanten Einblick in bäuerliches Leben und Arbeiten im 19. Jahrhundert (Besichtigung nach Anmeldung, 05743/2293 oder 05743/8263).

Schloss Benkhausen war einmal eine Wasserburg und ein Rittersitz.

Brauchtum, Feste, Traditionen

Neben den vielen Festen in den einzelnen Ortsteilen kann man zu den traditionellen Volksfesten das Espelkamper Cityfest (jährlich rund 30.000 Besucher) zählen, das in jedem Jahr am vierten Wochenende im September gefeiert wird.

Sport und Freizeit

In Espelkamp gibt es mehr als 30 Sportvereine. Wasserratten kommen im Freizeitbad Atoll oder im Waldfreibad auf ihre Kosten. Das Espelkamper Radwegenetz ist an die überregionale Bahnradroute Weser-Lippe angebunden. Auch die Landart-Route, die 70 Kunsthandwerker im Kreis Minden-Lübbecke verbindet, geht durch Espelkamp.

Wirtschaft

Espelkamp besitzt eine überregional bedeutsame Konzentration mittelständischer Unternehmen in den Bereichen Elektrotechnik, Mechatronik, Maschinen-, Anlagen- und Automatenbau. Größter Arbeitgeber vor Ort ist die Harting KGaA, Hersteller von Steckverbindern vor allem für die Nachrichten-, Verkehrs- und Medizintechnik. Das Unternehmen beschäftigt weltweit etwa 3.000 Mitarbeiter, davon rund 1.600 am Hauptsitz in Espelkamp und Minden.
Auch Deutschlands größter Spielautomatenhersteller hat seinen Sitz in Espelkamp: Gauselmann. Das Unternehmen, dessen Symbol eine gelbe Merkursonne ist, beschäftigt weltweit 5.500 Mitarbeiter.
Am 30. Juni 2006 waren in Espelkamp 8.738 sozialversicherungspflichtig Beschäftigte registriert, die Hälfte davon (4.389) im verarbeitenden Gewerbe. Im Gesundheits-, Erziehungs- und Sozialwesen waren 1.351 Menschen beschäftigt, im Handel 1.050.

Persönlichkeiten

Der Sänger und Literat Heinz Rudolf Kunze wurde am 30. November 1956 in Espelkamp geboren, die Familie stammte aus Guben (Niederlausitz). Mitte der 1970er-Jahre erhielt Kunze den ersten Preis für Kurzprosa in einem Literaturwettbewerb, beim Pop-Nachwuchs-Festival 1980 in Würzburg bekam er einen Sonderpreis, kurz danach einen Plattenvertrag. Seine größten Single-Erfolge hatte er 1985 und 1986 mit „Dein ist mein ganzes Herz" und „Mit Leib und Seele". Kunze setzt sich dafür ein, dass im Radio mehr deutsche Musik gespielt wird. Der studierte Pädagoge lehrt an der Fachhochschule Osnabrück den Studiengang Popularmusik.

Information

Stadt Espelkamp, Wilhelm-Kern-Platz 1, 32339 Espelkamp, 05772/562-0, info@espelkamp.de, www.espelkamp.de.

Extertal

Kreis Lippe

Zentrum der Macht: Bis zum Aussterben des Geschlechts der Sternberger 1418 war deren gleichnamige Burg ein Zentrum des politischen Kräftespiels im östlichen Lipperland.
Fremde Mächte: 1945 wurde das Extertal weithin bekannt, als der Oberbefehlshaber der Britischen Besatzungszone Gut Rickbruch bei Almena zu seiner Residenz wählte.

Geografische Lage/Verkehrsanbindung

Die Gemeinde Extertal liegt im Nordosten des Kreises Lippe und umfasst eine Fläche von 93 Quadratkilometern, davon sind 24 Prozent Waldgebiet. Extertal grenzt im Norden an Rinteln, im Osten an Aerzen (beide Niedersachsen), im Süden an Barntrup, im Westen an Dörentrup und Kalletal (alle drei Kreis Lippe). Namensgebend für die Gemeinde ist die Exter, die das Gemeindegebiet in Süd-Nord-Richtung durchfließt und bei Rinteln in die Weser mündet. Die Gemeindeverwaltung hat ihren Sitz im Ortsteil Bösingfeld. Höchster Punkt im Gemeindegebiet ist der Dörenberg mit 380 Metern über NN, der tiefste Punkt liegt bei Silixen an der Grenze zu Rinteln und misst 90 Meter.
Hauptverkehrsader ist heute die gut ausgebaute Extertalstraße von Barntrup nach Rinteln, die das Extertal an das überregionale Straßennetz anbindet – in Barntrup an die B 66 nach Lemgo und die B 1 nach Hameln, bei Rinteln an die B 238 und in deren Verlauf an die A 2 in Bad Eilsen. Barntrup und Rinteln verband einst auch die Extertalbahn, die aber bereits 1966 ihren Personenverkehr verlor und nur noch als Museumsbahn abschnittsweise befahren wird (siehe unten). Buslinien verbinden die Ortsteile der Gemeinde Extertal miteinander, das überörtliche Busnetz ist insbesondere auf Lemgo und Rinteln ausgerichtet.

Wichtige Daten und Wappen

Seit dem am 1. Januar 1969 wirksam gewordenen ersten kommunalen Neugliederungsprogramm bilden die ehemals selbständigen Gemeinden Almena, Asmissen, Bösingfeld, Bremke, Göstrup, Kükenbruch, Laßbruch, Meierberg, Nalhof, Rott und Schönhagen die neue Gemeinde Extertal.

Das Wappen der Gemeinde ist eine Neuschöpfung und wurde am 8. Oktober 1970 genehmigt. Der Stern, Wappenfigur der Grafen von Sternberg, verweist auf die Burg Sternberg, die im Gemeindegebiet liegt; der goldene (bzw. gelbe) Wellenbalken symbolisiert die namensgebende Exter.
Am 31. Dezember 2007 zählte die Gemeinde Extertal 13.695 Einwohner. 35,5 Prozent der Bevölkerung sind evangelisch, 9,3 Prozent katholisch, die übrigen gehören anderen oder keinen Glaubensrichtungen an.

Aus der Ortsgeschichte

Die Geschichte des Extertals und des umgebenden Berglandes kreiste seit dem Mittelalter um die Grafen von Sternberg und deren Burg, die um 1240 vermutlich von Heinrich von Schwalenberg erbaut wurde. Das Geschlecht der Sternberger starb 1418 aus, anschließend wurde die Grafschaft zum Zankapfel zwischen den Edelherren zur Lippe und den Grafen von Schaumburg. Erst nachdem 1640 auch die Schaumburger Grafen ausgestorben waren und ein rund 150 Jahre andauernder Prozess beendet war, kamen die Burg und das zugehörige Gebiet zum Haus Lippe. Auf der Burg wurde ein lippisches Forstamt eingerichtet.
Kommunale Selbstverwaltung besaß im Extertal ursprünglich nur der Flecken Bösingfeld, der auf eine städtische Gründung der Grafen von Sternberg im 13. Jahrhundert zurückgeht; die übrigen Orte erhielten erst

Das Rathaus in Bösingfeld ist Sitz der Gemeindeverwaltung von Extertal.

zwischen 1848 und 1919 die kommunalen Rechte.
Land und Forstwirtschaft prägten bis weit ins 20. Jahrhundert das Extertal und das heutige Gemeindegebiet, Industrie und Handel blieben lange schwach entwickelt. Viele Bewohner des Extertals verdingten sich – eine lippische Besonderheit (siehe dazu auch den Beitrag Lage) – in ganz Norddeutschland und den Niederlanden während der Sommermonate als Wanderziegler. Das brachte den Bewohnern zwar keinen Wohlstand, war aber immerhin eine Alternative zur dauerhaften Auswanderung. Die Bewirtschaftung der Höfe war damit für einen erheblichen Teil des Jahres Frauensache.
Nach dem Ersten Weltkrieg war zeitweise der überwiegende Teil der Bevölkerung arbeitslos, wobei sich besonders die schlechte Verkehrslage bemerkbar machte. Hier schuf der Bau der Extertalbahn, die 1927 fertiggestellt wurde, Abhilfe. Mit dieser von Anfang an elektrifizierten Bahn wurden die Dörfer des Extertals an die beiden nördlich und südlich vorbeiführenden Strecken Löhne–Rinteln–Hameln und Bielefeld–Lemgo–Barntrup–Hameln angeschlossen. 1926/28 konnte in Bösingfeld ein repräsentatives neues Rathaus errichtet werden, das seit 1969 der Gemeinde Extertal als Sitz der Verwaltung dient.
Wegen der strukturellen Schwäche und der geringen Bevölkerungsdichte wurden nach dem Zweiten Weltkrieg viele Heimatvertriebene im östlichen Lipperland angesiedelt, vor allem deshalb stieg in der zweiten Hälfte des 20. Jahrhunderts auch im Extertal die Einwohnerzahl spürbar an. Die Aufgabe der Verkehrserschließung hat inzwischen die gut ausgebaute Extertalstraße übernommen, die im wesentlichen dem Verlauf der inzwischen eingestellten Extertalbahn folgt. Dank dieser Straßenverbindung hat sich im Tal inzwischen auch eine Reihe nennenswerter Gewerbebetriebe angesiedelt.

Sehenswürdigkeiten

Städtische oder kirchliche Bauten überregionaler Bedeutung hat Extertal nicht vorzuweisen. Sehenswert ist vor allem die inmitten der Wälder gelegene Burg Sternberg, die sich als kultureller Treffpunkt einen Namen gemacht hat (siehe unten). Die – im Wortsinne – herausragenden Sehenswürdigkeiten sind die Berge und stillen Täler des Lipperlandes.

Kultur

Burg Sternberg, die seit 1948 dem Landesverband Lippe – als Nachfolger des Freistaates – gehört, ist Treffpunkt von Musikliebhabern. Der Instrumentenbauer Peter Harlan, der das alte Gemäuer gepachtet hatte, baute und sammelte hier alte Instrumente. Heute hat der Verein „Musikburg Sternberg" das Erbe der Harlans angetreten und füllt das 2001 renovierte Gemäuer, das auch Übernachtungsmöglichkeiten bietet, mit Leben: Konzerte, Ausstellungen, Puppenspiel, Clownerie, Zauberei, Gauklerspektakel und noch einiges mehr stehen auf dem Programm (www.burg-sternberg.de).
Die Bewahrung eines ganz anderen Stücks Zeitgeschichte hat sich der „Freundeskreis der Extertalbahn – Landeseisenbahn Lippe e.V." auf die Fahnen geschrieben. Auf der reizvollen Extertalbahn, die keinen planmäßigen Verkehr mehr hat, bietet er zwischen Bösingfeld und Barntrup regelmäßig Sonderfahrten mit alten Dampf- und Elektroloks an. Außerdem kann man von Rinteln bis Barn-

Burg Sternberg wurde jüngst umfassend renoviert.

trup-Alverdissen per Draisine Strecke und Landschaft erkunden (www.extertalbahn.de).

Sport und Freizeit

Wanderer, Radfahrer und Reiter finden in der Gemeinde ein attraktives Angebot vor, wobei die landschaftliche Schönheit der Region den besonderen Reiz ausmacht. Dominante Sportart ist ansonsten auch hier der Fußball.

Wirtschaft

Vor allem nach dem Zweiten Weltkrieg entwickelte sich eine Vielzahl kleinerer und mittelgroßer Betriebe, wobei Bösingfeld als Kernort im Mittelpunkt der Entwicklung stand. Viele Berufstätige des Extertals pendeln jedoch zu den umliegenden Mittel- und Oberzentren der Region.
Bedeutendstes in Extertal ansässiges Unternehmen ist die Fa. Lenze (weltweit rund 2.500 Mitarbeiter), ein Hersteller von Elektro-Motoren, Getrieben, E-Baugruppen etc., deren Produkte im Maschinen- und Anlagenbau eingesetzt werden. Als Unterzentrum für Handel und Dienstleistung fungiert Bösingfeld, das nicht nur als Sitz der Verwaltung zentrale Funktionen ausübt.
Am 30. Juni 2006 waren im Gemeindegebiet 3.080 Personen sozialversicherungspflichtig beschäftigt, davon 1.781 im verarbeitenden Gewerbe, 331 im Gesundheits-, Erziehungs- und Sozialwesen, 311 im Handel.

Persönlichkeiten

Der Kreis Lippe gilt traditionell als „rot", mehrere bekannte Sozialdemokraten stammen aus dieser Gegend. So auch der langjährige Bundestagsabgeordnete Karl-Hermann Haack, der am 17. Februar 1940 in Extertal geboren wurde und hier eine Apotheke betreibt. Von 1998 bis 2005 war Haack Beauftragter der Bundesregierung für die Belange behinderter Menschen, seit 2005 ist er Präsident des deutschen Behindertensportverbandes.

Information

Gemeinde Extertal, Rathaus, 32695 Extertal, 05262/402-0, info@extertal.de, www.extertal.de.

Die Extertalbahn dampft von Bösingfeld nach Barntrup.

Gütersloh

Kreis Gütersloh

Unternehmen von Rang: Mit Bertelsmann und Miele haben gleich zwei Global Player ihren Sitz in Gütersloh.
Instrumente mit Klang: Gütersloh lag im Einflussbereich der Ravensberger Erweckungsbewegung und war daher über lange Jahre stark protestantisch-pietistisch geprägt. 1871 gründete Johannes Kuhlo in Gütersloh den ältesten Posaunenchor der evangelischen Kirche in Deutschland.

Geografische Lage/Verkehrsanbindung

Die Stadt Gütersloh liegt am nordöstlichen Rand der Westfälischen Bucht südwestlich des Teutoburger Waldes. Sie grenzt im Osten an Verl, im Südosten an Rietberg, im Südwesten an Rheda-Wiedenbrück, im Westen an Herzebrock-Clarholz, im Nordwesten an Harsewinkel und im Norden an Steinhagen (alle Kreis Gütersloh), im Nordosten grenzt Gütersloh an die kreisfreie Stadt Bielefeld. Der niedrigste Punkt des Stadtgebietes liegt mit 64 Meter über NN in den Emsniederungen nahe des Flughafens, der höchste Punkt mit 105 Metern im Ortsteil Friedrichsdorf.
Gütersloh hat eine eigene Anschlussstelle an der Autobahn A 2 vom Ruhrgebiet nach Hannover. Die Bundesstraße 61, die von Gütersloh aus nach Rheda-Wiedenbrück und Bielefeld führt, verläuft vierspurig durch die Stadt und hat hier die Funktion eines Stadtrings. Die B 513 verbindet die Stadt mit Harsewinkel, weitere Hauptstraßen führen nach Halle und nach Verl bzw. Paderborn.
Der Hauptbahnhof liegt an der Strecke von Hamm nach Minden. Im Fernverkehr halten hier im Zweistundentakt IC-Züge der Linie Köln–Wuppertal–Hannover–Leipzig; auch einige ICE halten in Gütersloh. Im Nahverkehr besteht ein 30-Minuten-Takt zwischen Gütersloh und Hamm, nach Bielefeld gibt es stündlich drei Fahrtmöglichkeiten. In Gütersloh halten die Linien RE 6 von Düsseldorf nach Minden, RB 67 von Münster nach Bielefeld und RB 69 von Münster über Hamm nach Bielefeld. Einen weiteren Haltepunkt hat die Stadt im Ortsteil Isselhorst-Avenwedde an der Strecke nach Bielefeld.

Wichtige Daten und Wappen

Seit der Kommunalreform von 1970 gehören zur Stadt Gütersloh die sieben bis dahin selbständigen Gemeinden Avenwedde, Friedrichsdorf, Spexard, Isselhorst, Niehorst, Ebbesloh und Hollen; die fünf alten Bauernschaften Blankenhagen, Kattenstroth, Nordhorn, Pavenstädt und Sundern wurden bereits 1910 eingemeindet. Die Gesamtfläche der Stadt beträgt 112 Quadratkilometer, gut die Hälfte davon wird landwirtschaftlich genutzt. Ende 2007 waren 96.383 Menschen mit Wohnsitz in der Stadt registriert. Davon waren 34 Prozent katholisch, 33 Prozent evangelisch, ebenfalls 33 Prozent waren konfessionslos oder gehörten anderen Religionen an – darunter mit rund 3.000 Personen eine nicht unbedeutende Zahl Aramäer.
1844 verlieh der preußische König dem seit 1825 mit den Stadtrechten ausgestatteten Gütersloh das bis heute gültige Wappen. Auf einem grünen Hintergrund, der von einem schwarz-silbern gestückten Rand eingefasst ist, befinden sich drei silberne Wellenschrägbalken, die mit einem roten, sechsspeichigen Spinnrad belegt sind. Die Wellenbalken symbolisieren die Lage der Stadt in der gewässerreichen Landschaft zwischen Ems, Dalke und Lutter. Das Spinnrad steht für die früher in Gütersloh beheimatete Garnspinnerei und symbolisiert Fleiß und Fortschritt; Grün und Weiß sind seit 1843 die festgelegten Stadtfarben. Schwarz und Weiß im Schildrand sind die Landesfarben, die sich vom Mantel der Deutschordensritter herleiten.

Luftbild des alten Stadtkerns.

Aus der Ortsgeschichte

Eines der ältesten Zeugnisse menschlicher Besiedlung in Gütersloh ist der „Pavenstädter Riesenbecher", der auf das 17. Jahrhundert vor Christus datiert wird. Der 1951 entdeckte, 40 Zentimeter hohe Tonbecher ist heute im Stadtmuseum zu sehen. 1184 wurde das Dorf erstmals in einer Urkunde des Bischofs von Osnabrück erwähnt. Bis 1808 gehörte das Dorf zur Herrschaft Rheda.

1815 fiel Gütersloh mit der Herrschaft Rheda an Preußen. Am 14. November 1825 verlieh König Friedrich Wilhelm III. Gütersloh die Stadtrechte. Die Einführung der Ratsverfassung (Stadtverordnetenversammlung, Magistrat, gewählter Bürgermeister) erfolgte mit Annahme der Städteordnung 1842.

Es war lange still um das kleine Heidedorf, das seinen Kern am heutigen Alten Kirchplatz hatte und unter anderem vom Fuhrgewerbe lebte. Carl Bertelsmann gründete am Alten Kirchplatz 1824 eine der ersten Steindruckereien Westfalens. 1847 wurde der Bahnhof eröffnet und Gütersloh erhielt Anschluss an die Köln-Mindener Eisenbahn. Die verkehrsgünstige Lage direkt an der Eisenbahnstrecke führte zur Ansiedelung bedeutender Unternehmen und zu einem starken Wachstum der Stadt. 1907 verlegte die Firma Miele ihren Sitz aus dem kleinen Ort Herzebrock nach Gütersloh und eröffnete in der Nähe des Kirchplatzes eine „Centrifugen- und Haushaltsgerätefabrik".

Seit 1851 wird am Evangelisch Stiftischen Gymnasium gelehrt, 1861 wurde die evangelische Martin-Luther-Kirche, damals Neue Kirche, eingeweiht. 1862 eröffnete das Gaswerk, 1864 das Rathaus und 1868 die Brauerei. 1885 nahm das Kaiserliche Postamt seine Tätigkeit auf. Schon 1871 wurde der Gymnasial-Posaunenchor Gütersloh durch Johannes Kuhlo gegründet, er gilt heute als ältester Posaunenchor Deutschlands.

Während der Novemberpogrome 1938 wurden in Gütersloh drei Wohnhäuser und die Synagoge abgebrannt, ab 1941 die jüdischen Bewohner in Konzentrationslager verschleppt. Auch die Psychiatrische Provinzial-Heilanstalt Gütersloh – die heutige LWL-Klinik – spielte damals eine unrühmliche Rolle: Zwischen 1940 und Kriegsende wurden 1.017 Patienten im Rahmen der nationalsozialistischen „Euthanasie"-Programme deportiert, nur 220 von ihnen überlebten.

Die großzügige Stadtbibliothek wird von der Stadt Gütersloh und der Bertelsmann-Stiftung betrieben.

Die Wehrmacht nutzte zwischen 1935 und 1945 den Flughafen Gütersloh und eine Luftnachrichtenkaserne. Seit 1940 war Gütersloh Ziel alliierter Luftangriffe – 290 Menschen wurden getötet, ein Viertel der Gebäudesubstanz zerstört. Am 1. April 1945 besetzten US-amerikanische Truppen die Stadt, vier Monate später wurden Stadt und Flughafen an die Britische Rheinarmee übergeben, die eine bis heute bestehende Garnison einrichtete.

Einen wesentlichen Entwicklungsschub verzeichnete die Stadt nach dem Zweiten Weltkrieg, als die Stadt mit Miele und Bertelsmann wuchs. Von Anfang der 1950er bis Anfang der 1970er-Jahre stieg die Bevölkerungszahl von 45.000 auf 80.000. Seit dem 1. Januar 1973 ist Gütersloh als Kreisstadt Wirtschafts- und kulturelles Zentrum für über 330.000 Einwohnerinnen und Einwohner.

Sehenswürdigkeiten

Der Alte Kirchplatz rund um die evangelische Apostelkirche zeigt einen traditionellen westfälischen Dorfkern, die Kirchringbebauung mit Fachwerkhäusern des 17. und 18. Jahrhunderts ist nahezu vollständig erhalten. Die Kirche entstand spätestens im 13. Jahrhundert, geweiht war sie zunächst dem Heiligen Pankratius. Im 15. Jahrhundert wurde sie wesentlich erweitert und im 19. Jahrhundert umgebaut. Nach der Einführung der Reformation kam es zwischen den Konfessionen zum Streit um die einzige Kirche. Seit 1655 wurde sie von Katholiken (meist aus dem Gütersloher Gebiet des Amtes Reckenberg) und Protestanten (aus dem Gütersloher Gebiet der Herrschaft Rheda) gemeinsam benutzt. 1890 endete dieses Nebeneinander durch den Bau der katholischen St. Pankratius-Kirche Unter den Ulmen. Die gotische Hallenkirche wurde 1944 durch Bomben bis auf den Westturm zerstört, 1952 entstand die Kirche in vereinfachter Form neu.

Die evangelische Martin-Luther-Kirche wurde 1857 bis 1861 von Christian Heyden errichtet, es handelt sich um eine neugotische Hallenkirche mit Westturm. Das Innere ist mit umlaufenden Emporen versehen. Sehenswert ist der Taufstein von 1860 in der Form eines

lebensgroßen, knienden Engels, der eine Muschel als Taufschale empor hält. Das Original des Taufengels von Bertel Thorvaldsen befindet sich in Kopenhagen, in Gütersloh steht der wahrscheinlich einzige existierende Abguss in Deutschland. Der Engel ist ein Geschenk des späteren Kaisers Friedrich III. als Dank dafür, dass er am 21. Januar 1851 ein schweres Eisenbahnunglück in Gütersloh-Isselhorst überlebte. Die Martin-Luther-Kirche ist mit über tausend Sitzplätzen bis heute die größte Kirche der Stadt.
Beim Wettbewerb „Deutschlands schönster Park" belegte der Gütersloher Stadtpark mit seinem Botanischen Garten 2006 den dritten Platz. Er entstand 1908/09 in einer Größe von 12,5 Hektar auf einem Gelände an der Dalke. Eine Besonderheit ist die Eiswiese an der südlichen Grenze der Anlage, eine Natureisfläche, die bei entsprechenden Temperaturen ein besonderes Freizeitvergnügen bietet. 1912 wurde der Park um einen drei Hektar großen Botanischen Garten erweitert, dessen Anlage der städtische Gärtner und spätere Gartenoberinspektor Karl Rogge (1884–1958) übernahm. Er schuf einen Schaugarten, einen Blumengarten mit typischen Grundzügen der englischen Gartenkunst. Der Kern der Anlage ist bis heute erhalten und wird von geometrischen Wasserbecken, Laubengängen mit Sitznischen und hohen Hainbuchenhecken bestimmt. 1998 wurde noch ein Apothekergarten mit Heilpflanzen angelegt.

Bildung und Verwaltung

In den Räumen der Bertelsmann AG gibt es ein Studienzentrum der Fachhochschule für Oekonomie & Management (kurz: FOM). Die FOM ist eine private, staatlich anerkannte Fachhochschule mit Hauptsitz in Essen, die ein breites Spektrum an Wirtschafts-Studiengängen anbietet.
Ebenfalls in der Bertelsmann-Hauptverwaltung untergebracht ist eine private Berufsschule: das Berufskolleg der Bertelsmann AG. Bertelsmann-Verleger Reinhard Mohn gründete die betriebseigene Schule 1962 als „Private Berufsschule des Bertelsmann Verlages" – nicht zu verwechseln mit dem vom Kreis getragenen Reinhard-Mohn-Berufskolleg in der Innenstadt.
Wie es sich für die Heimatstadt von Bertelsmann gehört, verfügt Gütersloh seit 1984 über eine ausgesprochen großzügige, mit rund 138.000 Medien ausgestattete Stadtbibliothek im Stadtzentrum. Die Bibliothek wird als GmbH von der Stadt und der Bertelsmann-Stiftung gemeinsam betrieben.
1997 wurde das neue Kreishaus im Ortsteil Pavenstädt eingeweiht. Sieben bis dahin verstreute Ämter konnten umziehen. Direkt neben dem neuen Kreishaus bezog die Kreispolizeibehörde neue Räumlichkeiten.

Kultur

Die Stadt Gütersloh baut gerade ein neues Theater mit 530 Sitzplätzen, das im Herbst 2009 eröffnet werden soll. Das alte Theater

Die Blütenpracht des botanischen Gartens zieht viele Besucher an.

der Stadt musste im Jahr 2003 aus Sicherheitsgründen geschlossen werden. Eine Renovierung der Paul-Thöne-Halle hatte die Politik abgelehnt, stattdessen befürwortete eine große Stadtratsmehrheit einen Theaterneubau. Nachdem ein Bürgerentscheid den zunächst geplanten Neubau 2003 abgelehnt hatte, votierte der Rat 2006 für eine kostengünstigere Variante.
Seit Schließung des alten Theaters finden die meisten Theateraufführungen in der benachbarten Stadthalle statt. Außerdem ist die Stadthalle Schauplatz für Konzerte, Kabarett, Messen und den Landespresseball NRW. Sie ist Austragungsort des alle zwei Jahre stattfindenden Wettbewerbes „Neue Stimmen" der Bertelsmann-Stiftung (Stadthalle, Friedrichstraße 10, www.stadthalle-guetersloh.de, 05241/2113636).
Gütersloh ist auch im Jazz-Bereich eine Größe: In der langjährigen Konzertreihe „Jazz in Gütersloh" traten Miles Davis, Ray Charles oder B. B. King auf. Die Jazzreihe wurde vor mehr als 25 Jahren auf Initiative des Jugendkulturringes ins Leben gerufen. Der 1956 gegründete Jugendkulturring stellt jedes Jahr ein von Stadt und Sponsoren gefördertes Musik- und Kleinkunstprogramm auf die Beine, das für Jugendliche günstig angeboten wird, aber auch Erwachsenen offen steht.
Ein weiterer wichtiger Veranstaltungsort für Musikveranstaltungen im Rock-Pop-Bereich, für Disko oder Partys, aber auch für Kabarettauftritte, Theateraufführungen und Lesungen ist das Kulturzentrum „Die Weberei". Auf dem Gelände der ehemaligen Firma Greve und Güth (1874 als erste mechanische Baumwoll-Weberei in Gütersloh gegründet) befinden sich auch ein Jugendzentrum, eine Kneipe, ein Programmkino und Diskoräume. (Die Weberei, Bogenstraße 1–8, www.dieweberei.de, 05241/234780).
Sommerleichte Kultur bietet der „Gütersloher Sommer" auf der Freilichtbühne Mohns Park. An den Wochenenden in den Sommerferien gibt es Musik, Theater und Kleinkunst in der Arena unter Bäumen mit 1.100 Plätzen. Der Eintritt ist frei und das Motto des veranstaltenden Verkehrsvereins lautet „Ohne Schlips und Kragen" (www.guetersloh.de, www.verkehrsverein-guetersloh.de).
Ebenfalls von einem Verein getragen wird die „Woche der Kleinen Künste", die den Dreiecksplatz belebt. Die Kulturgemeinschaft Dreiecksplatz hat sich zu einem ganzjährigen Kulturanbieter entwickelt – ein Projekt ist die im Mai stattfindende „langennachtderkunst", in der über 20 Kulturanbieter die Innenstadt verzaubern (www.langenachtderkunst.de).
1871 wurde am Evangelisch Stiftischen Gymnasium von Johannes Kuhlo der erste Posaunenchor Deutschlands ins Leben gerufen: Der „Gymnasial-Posaunenchor Gütersloh" wird seit seiner Gründung nur durch Schülerhand ohne das Mitwirken von Lehrern verwaltet und stellt in Deutschland durch sein Alter eine einmalige Institution da. Zu erwähnen ist auch die 1990 gegründete Westfälische Kammerphilharmonie Gütersloh, die zu den führenden freien Orchestern in Nordrhein-Westfalen gehört.
Das Stadtmuseum Gütersloh liegt mitten in der Innenstadt an der Kökerstraße 7. Es bietet eine umfangreiche Dauerausstellung zur Geschichte der Stadt, zeigt neben der Industrie- vor allem die Medizingeschichte. Beim Zahnarztstuhl von anno dazumal bekommt man schon beim Ansehen Zahnschmerzen! (05241/26685) Entzückend ist auch das Museumscafé in einem Fachwerkhaus.
Im Miele-Museum, Carl-Miele-Str. 29, wird die Geschichte des Hausgeräteherstellers Miele von 1899 bis heute gezeigt. Die einzelnen Miele-Produkte werden im zeitgeschichtlichen Kontext der gesellschaftlichen Ereignisse und technischen Entwicklungen vorgestellt. Überrascht ist der Besucher, wenn er entdeckt, dass unter dem Namen Miele vor dem Ersten Weltkrieg sogar Automobile produziert wurden (geöffnet mittwochs 14 bis 16 Uhr, 05241/892520).

Wirtschaft

Auf dem wenig ertragreichen Gütersloher Sandboden lebten die Menschen frühzeitig vom Spinnen und Weben. Im 19. Jahrhundert jedoch verdrängte billiges Baumwollgarn und die Maschinenweberei die Gütersloher Qualitätsprodukte – ideenreicher Unternehmergeist war gefragt.
Am 1. Juli 1835 gründete der Drucker Carl Bertelsmann den Verlag C. Bertelsmann mit

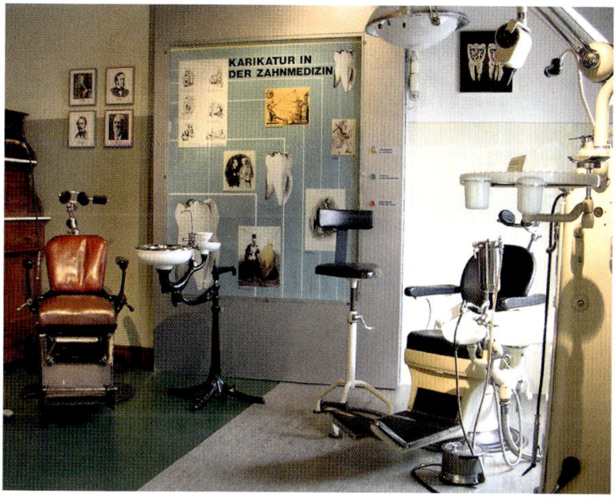

Das Gütersloher Stadtmuseum zeigt zahlreiche Exponate der Medizingeschichte.

eigener Buchdruckerei. Zunächst auf erbauliche christliche Lieder und Texte ausgerichtet, öffnete sich der Verlag 1850 unter Heinrich Bertelsmann auch für Belletristik. Heute ist der Medienkonzern Bertelsmann einer der größten der Welt und beschäftigt (einschließlich der Tochterfirmen) am Standort Gütersloh und im Kreis Gütersloh gut 10.000 Mitarbeiter – weltweit sind es mehr als 100.000.
Im Juli 1899 gründeten Carl Miele und Reinhard Zinkann ein Unternehmen zur Herstellung von Milchzentrifugen – mit dem komplizierten Namen „Spezialfabrik für Milchzentrifugen, Buttermaschinen, Wasch-, Wring- und Mangelmaschinen". Heute wird das Familienunternehmen von den Urenkeln der Gründer geführt: Die Familie Miele besitzt 51 und die Familie Zinkann 49 Prozent des Unternehmens. Im Gütersloher Stammwerk des Hausgeräteherstellers Miele arbeiten etwa 5.000 Beschäftigte.
Beide Unternehmen besitzen weitere Arbeitsstätten rund um Gütersloh und sind die größten privaten Arbeitgeber der Region OWL.
Neben diesen beiden Großunternehmen sind noch über 5.000 mittelgroße und kleine Unternehmen in Gütersloh gemeldet – die meisten davon familiengeführt.
Zum 30. Juni 2006 waren in Gütersloh 45.914 sozialversicherungspflichtig Beschäftigte registriert, davon 13.744 im verarbeitenden Gewerbe, 10.023 im Bereich der Grundstücks-, Wohnungswesen und Dienstleistungen für Unternehmen, 7.922 im Gesundheits-, Erziehungs- und Sozialwesen.

Brauchtum, Feste, Traditionen

Die Gütersloher Schützenvereine halten den Brauch des Schützenwesens hoch. Das erste Fest der Gütersloher Schützengesellschaft fand 1832 statt..
Die Martin-Luther-Kirche ist Heimat des Nachtsanggeläuts, einer Tradition, die sich seit etwa 1790 nachweisen lässt. Es stellt den Sieg des Guten über das Böse dar. Vom 31. Oktober (Reformationstag) bis zum 2. Februar (Mariä Lichtmess) wird an jedem Samstagabend um 19 Uhr und vor jedem Feiertag geläutet. Die elektronische Steuerung wird dann abgekoppelt und die Glocken werden manuell betätigt – dann legt sich ein Klangteppich aus Kirchenglocken über Gütersloh.
Im November ist die Zeit der Martinsumzüge. Rund um den Martinstag veranstalten Kinder und Kindergärten Umzüge und klingeln an den Haustüren. Der größte Martinszug wird am 11. November in der Innenstadt veranstaltet.
Die Tradition des Adventsblasens hängt mit dem Gymnasial-Posaunenchor zusammen. In den frühen Morgenstunden der Adventssonntage spielt der Posaunenchor an verschiedenen Stellen im Stadtgebiet Weihnachtslieder – ab drei Uhr dreißig in der Früh! Höhepunkt

der Weihnachtszeit ist dann das „Turmblasen" am Heiligabend: Dann spielt der Posaunenchor um Mitternacht vom Türmchen und Balkon des Evangelisch Stiftischen Gymnasiums vor mehreren tausend Zuhörern.
Gefeiert wird in Gütersloh auch: Los geht's in der zweiten Märzhälfte mit dem „Gütersloher Frühling". Dabei präsentieren in der Innenstadt unter anderem die ortsansässigen Gartenbaubetriebe alles rund um Haus und Garten. An Pfingsten gibt es auf dem Kolbeplatz den Gütersloher Weinmarkt: Zu probieren gibt es Weine aus deutschen Anbaugebieten. Gleichzeitig ist auf dem Marktplatz Pfingstkirmes. Ende September beginnt die „Michaeliswoche" mit der großen Michaeliskirmes. Alle zwei Jahre findet außerdem der Michaelisumzug statt, bei dem sich viele Vereine, Institutionen und Spielmannszüge als Fußgruppen und auf Festwagen präsentieren.
Kulinarisch wird es im Oktober: Beim Gütersloher Schinkenmarkt gibt es vier Tage lang herzhafte Spezialitäten; bis zu 100.000 Besucher schlemmen dann in der Innenstadt. Zu den Höhepunkten des Schinkenmarktes zählen ein großer Kutschenkorso und ein Holzschuhlauf mit den Symbolfiguren der westfälischen Städte.

Sport und Freizeit
In Gütersloh gibt es 95 Sportvereine mit insgesamt 25.000 Mitgliedern. Die Stadt verfügt über 24 Sportplätze und 39 Sporthallen, über drei Frei- und zwei Hallenbäder. Das 1929 erbaute Parkbad wurde nach der Fertigstellung des Feizeitbades „Welle" geschlossen. Nachdem es unter Denkmalschutz gestellt wurde, wird es von der Arbeitslosenselbsthilfe betrieben und begeistert an heißen Sommertagen besonders junge Familien. Das historische Wapelbad ist mit seiner Liegewiese, einem Kinderbecken und einem gemütlichen Café heute Ziel vieler Rad-Touristen und Wanderer.
Der bekannteste Sportverein der Stadt ist der FC Gütersloh 2000, der mit seiner ersten Herrenmannschaft von 1996 bis 1999 unter dem damaligen Namen FC Gütersloh in der 2. Fußball-Bundesliga spielte. Nach dem Abstieg und der Insolvenz im Jahr 2000 heißt der Verein jetzt „FC Gütersloh 2000" und spielt in der Oberliga. Spielort ist das Heidewaldstadion, in dem 2006 die portugiesische Nationalmannschaft trainierte. Das 1933 eröffnete Heidewaldstadion wurde in den 1930er- und 1940er Jahren auch als Radsportstadion genutzt, da es zu der Zeit ein großes Interesse am Radsport in Gütersloh gab.
Noch heute ist der Radsport, vertreten durch den RSV Gütersloh 1931 und das alljährliche Straßenradrennen der „City-Nacht", das Tausende in die Innenstadt lockt, ein fester Bestandteil im Sportleben der Stadt. Auch Freizeitradler kommen hier auf ihre Kosten – die Gegend rund um Gütersloh ist angenehm flach. Gütersloh liegt am Europaradwanderweg R1, der das französische Calais mit der estnischen Hauptstadt Tallinn verbindet. Im Westen berührt die Wellness-Radroute das Stadtgebiet. Auch der Emsradweg und die Bahn-Rad-Route Hellweg-Weser laden in Gütersloh dazu ein, sich in den Sattel zu schwingen.
Ein beliebtes Ausflugsziel für Radfahrer und Familien mit Kindern ist das Westfälische Kleinbahn- und Dampflokmuseum „Mühlenstroth" (Postdamm 166). Es wird vom Verein Dampf-Kleinbahn Mühlenstroth e. V. betrieben. Auf halber Strecke zwischen Gütersloh und dem Ortsteil Isselhorst gelegen, fahren dort im Sommer auf einem fast einem Kilometer langen Rundkurs historische Lokomotiven. Es gibt einen Gastronomiebetrieb mit Kaffeegarten und einen Kinderspielplatz. Wer möchte, kann sich mit der Bahn im offenen oder geschlossenen Wagen um das Gelände fahren lassen (www.dampfkleinbahn.de, 05241/68466).

Persönlichkeiten
Der Unternehmer Reinhard Mohn wurde am 29. Juni 1921 in Gütersloh geboren. Er übernahm 1947 in fünfter Generation das bis dahin mittelständische Familienunternehmen Bertelsmann und entwickelte es zu einem der größten Medienkonzerne der Welt. Zuvor hatte Mohn in Gütersloh sein Abitur gemacht und als Leutnant der Luftwaffe im Zweiten Weltkrieg gedient. Nach seiner Entlassung aus amerikanischer Kriegsgefangenschaft 1946 absolvierte er eine Ausbildung im Buch-

handel. 1950 gründete er den Bertelsmann-Lesering – Grundlage für den wirtschaftlichen Erfolg von Bertelsmann. Reinhard Mohn entwickelte innerhalb der Bertelsmann AG eine Unternehmenskultur, die auf partnerschaftliches Miteinander zwischen Geschäftsleitung und Mitarbeitern setzte. Seit 1970 werden alle Mitarbeiter am Unternehmensgewinn beteiligt. 1977 gründete Mohn die Bertelsmann Stiftung, der er 1993 die Mehrheit des Aktienkapitals der Bertelsmann AG übertrug. 1981 gab Mohn wegen des Erreichens der konzerninternen Altersgrenze von 60 Jahren seine Funktion als Vorstandsvorsitzender ab und übernahm den Vorsitz im Aufsichtsrat. Seit 2000 war Mohn Vorsitzender des Präsidiums der Bertelsmann Stiftung, hat sich inzwischen aber aus dem aktiven Geschäftsleben zurückgezogen; inzwischen spielt seine Ehefrau Liz eine zentrale Rolle in Konzern und in der Stiftung. Seit 1. Januar 2005 ist die Tochter Brigitte Mohn stellvertretende Vorsitzende des Vorstands der Bertelsmann Stiftung. Sie ist wie ihr Bruder Christoph (Chief Executive Officer von Lycos Europe) Mitglied im Bertelsmann-AG-Aufsichtsrat.

Eine Fahrt mit der Dampfkleinbahn Mühlenstroth ist ein Erlebnis, das Museum daher ein beliebtes Ausflugsziel für Familien.

Der Komponist Hans Werner Henze – einer der bekanntesten Komponisten zeitgenössischer Opern- und Konzertmusik – wurde am 1. Juli 1926 als Sohn eines Lehrers in Gütersloh geboren. 1942 begann Henze an der Staatsmusikschule Braunschweig Klavier und Schlagzeug zu studieren. Seine Erfahrungen im Zweiten Weltkrieg machten ihn zu einem leidenschaftlichen Gegner von Krieg und Faschismus. 1945 wurde Henze Korrepetitor am Bielefelder Stadttheater. Seine ersten Kompositionen setzten sich aktiv mit Zwölftonmusik auseinander. Seit 1953 lebt Henze in Italien. Zu seinen Werken gehören unter anderem die Opern „König Hirsch" (1956), „Der Prinz von Homburg" (1960), „Elegie für junge Liebende" (1961) und „Pollicino" (1980), Ballette, Sinfonien, Solokonzerte und Kammermusik. Henze verband eine enge Freundschaft mit der Schriftstellerin Ingeborg Bachmann. Bis in die 1990er-Jahre dirigierte er seine Werke häufig selbst.

Information

Stadtverwaltung Gütersloh, Berliner Straße 70, 33330 Gütersloh, 05241/821, www.guetersloh.de.
Gütersloh Marketing, Berliner Straße 63, 33330 Gütersloh, 05241/21136-0, www.guetersloh-marketing.de.

Halle (Westf.)

Kreis Gütersloh

Tennis-Asse: Im Juni trifft sich die Tenniselite in Halle zu den Gerry Weber Open. Beim „Wimbledon in Westfalen" gibt es Spitzentennis, bekannte Künstler und wie beim britischen Vorbild – leckere Erdbeeren.
Bonbonmasse: Naschkatzen kennen Halle auf jeden Fall – das Süßwarenunternehmen Storck ist größter Arbeitgeber der Stadt.

Geografische Lage/Verkehrsanbindung

Die Stadt Halle liegt im Norden des Kreises Gütersloh am Südhang des Teutoburger Waldes. Höchste Erhebung ist der Hengeberg mit 316 Metern über NN, die tiefste Stelle mit 70 Metern liegt an der südwestlichen Stadtgrenze. Halle grenzt im Nordwesten an Borgholzhausen, im Nordosten an Werther, im Südosten und Süden an Steinhagen, im Südwesten an Harsewinkel und im Westen an Versmold (alle Kreis Gütersloh). Über die Bundesstraße B 68 von Osnabrück nach Bielefeld ist Halle an das Fernstraßennetz angebunden. Um die Ortsdurchfahrt zu entlasten, ist seit Jahrzenten die Autobahn A 33 in Vorbereitung. Der Lückenschluss zwischen Borgholzhausen und Bielefeld ist jedoch ein Politikum, da die geplante Trasse unter anderem durch den Tatenhauser Wald führte. Mit einer Konsenstrasse soll der Lückenschluss voran getrieben werden.
Halle liegt an der im Stundentakt betriebenen Regionalbahnstrecke von Bielefeld nach Osnabrück („Haller Willem"). Neben dem Bahnhof Halle (Westf.) gibt es im Stadtgebiet noch die Haltepunkte „Künsebeck", „Halle Gerry-Weber-Stadion" und „Hesseln". Regiobusse fahren nach Bielefeld, Gütersloh, Werther, Steinhagen, Brockhagen und Versmold.

Wichtige Daten und Wappen

Die Stadt Halle in ihren heutigen Grenzen entstand am 1. Januar 1973 mit dem „Bielefeld Gesetz": Da wurde die alte Stadt Halle mit den Gemeinden Bokel, Hesseln, Hörste, Kölkebeck und Künsebeck zusammengeschlossen; Teile der Gemeinden Amshausen, Borgholzhausen, Brockhagen und Theenhausen wurden eingegliedert. Am 1. Juli 1969 waren bereits die Ortschaften Ascheloh, Eggeberg und Gartnisch eingemeindet worden. Das Stadtgebiet umfasst eine Fläche von 69 Quadratkilometern. Davon besteht der überwiegende Teil aus landwirtschaftlich genutzter Fläche (45) und Waldfläche (12 Quadratkilometer). Ende 2007 waren in Halle 21.177 Einwohner registriert. Mehr als die Hälfte der Bevölkerung ist evangelisch, etwa 15 Prozent sind römisch-katholisch.

Das Wappen zeigt auf rotem Grund drei silberne (bzw. weiße), gestielte Lilien. Darauf ist als Herzschild das Wappen der Grafschaft Ravensberg zu sehen – drei rote Sparren auf silbernem bzw. weißem Grund. Das Wappen wurde 1908 erstmals verliehen, nach der kommunalen Neuordnung wurde es unverändert übernommen. Die Sparren weisen auf die frühere Zugehörigkeit zur Grafschaft Ravensberg hin, die drei Lilien gehen vermutlich auf ein Gemeindesiegel aus dem 18. Jahrhundert zurück.

Aus der Ortsgeschichte

Im Jahre 1246 wurde die Haller Kirche erstmalig urkundlich erwähnt. Damals tauschte Bischof Engelbert von Osnabrück mit dem Kloster Iburg die am Südrand seines Bistums gelegene Kirche „tor Halle" mit allen Rechten und Zubehör gegen die Kirche in Rheda. Die Dörfer Oldendorf und Gartnisch wurden bereits Ende des 11. Jahrhunderts urkundlich erwähnt. Über die Entstehung des Namens „Halle" gibt es keine Aufzeichnungen. Eine (nicht belegte) Erklärung ist, dass er von „hale" – Salz – abgeleitet wird.

Eine annähernd ringförmige Bebauung schließt die evangelische Kirche ein – wegen ihrer Form wird der Platz auch „Haller Herz" genannt.

Im 16. Jahrhundert lebten in Halle etwa 350 Einwohner. Während sich in Ravensberg und Halle die Reformation durchsetzte, blieben einige Adelige weiterhin katholisch, darunter auch die Herren auf Schloss Tatenhausen. Noch heute besteht hier die katholische Gemeinde Stockkämpen.

Am 17. April 1719 wurden Halle vom preußischen König Friedrich Wilhelm I. Stadtrechte zugesprochen, 150 Jahre lang war Halle Kreisstadt. Bis 1807 gehörte Halle zur zuletzt preußischen Grafschaft Ravensberg, dann kam sie bis 1813 vorübergehend unter französische Herrschaft. 1816 wurde der Kreis Halle gebildet, der bis zur Eingliederung in den Kreis Gütersloh 1973 sogar ein eigenes Autokennzeichen „HW" hatte.

Bis ins 19. Jahrhundert blieb Halle landwirtschaftlich geprägt, es wurde Getreide, Flachs oder Hanf angebaut und Viehwirtschaft betrieben. In der zweiten Hälfte des 19. Jahrhunderts gewann die Stadt mit der Industrialisierung an Bedeutung. Wichtig war 1886 die Anbindung an die Bahnstrecke von Bielefeld nach Osnabrück. Es entstanden eine Branntweinbrennerei (Kisker), Fleischwarenfabriken und Holz verarbeitende Betriebe.

Sehenswürdigkeiten

Mitten im „Haller Herz", dem von Fachwerkbauten gesäumten Kirchplatz, steht die evangelische Pfarrkirche. Der ursprünglich einschiffige Gewölbebau aus dem 13. Jahrhunderts mit quadratischem Chor und Westturm wurde im 15. Jahrhundert um das südliche Seitenschiff ergänzt, der nördliche Anbau stammt von 1886. Im Inneren blieben Reste der Barockausstattung erhalten. Die Kirchringbebauung, die übrigens aus der Vogelperspektive wirklich wie ein Herz aussieht, ist von einer eindruckvollen Geschlossenheit.

Sehenswert ist das Kiskerhaus, in dem heute die Volkshochschule untergebracht ist. Es ist das Stammhaus der Kisker-Brennerei und besteht aus einem älteren Kernbau von 1692, der 1712 erweitert wurde. In der benachbarten früheren Destille hat die Brennerei bis zu ihrem Umzug ins Gewerbegebiet produziert. In der ehemaligen Remise sind wechselnde Ausstellungen zu sehen.

Im Tatenhauser Wald liegt das Wasserschloss Tatenhausen. Die heutige Anlage wurde 1540 im Stil der Weserrenaissance erbaut, Mittelteil und Westflügel wurden Mitte des 18. Jahrhunderts im Barockstil ergänzt. Die Orangerie wurde 1751 nach Plänen von Johann Conrad Schlaun erstellt. Das Schloss ist immer noch bewohnt.

Im Teutoburger Wald gibt es die „Kaffeemühle" zu sehen. Sie wurde Anfang des 20. Jahrhunderts von einer Bremer Kaufmannsfamilie gebaut, die in Halle wirkte. Der Name des Bauwerks, von dem aus man einen schönen Blick auf die Stadt hat, leitet sich von seiner

Vom Hagedorn-Denkmal aus können Wanderer die „Kaffemühle" betrachten.

Maler, Bildhauer, Fotografen und Kunsthandwerker haben sich in der ehemaligen Lederfabrik Güttgemanns zu einer Ateliergemeinschaft zusammengeschlossen. Die mehr als 20 Künstlerinnen und Künstler organisieren Ausstellungen und Präsentationen. (samstags 11 bis 15 Uhr geöffnet, 05201/16943, www.haller-lederfabrik.de)

Wirtschaft

Die Aufstellung der ersten Dampfmaschine 1860 leitete auch in Halle die Mechanisierung ein. Die zwei-Pferdestärken-Maschine stand bei der Firma Kisker, die damit Tabak schnitt. Die Unternehmen der Familie Kisker waren Ausgangspunkt und Motor für die Haller Industrie: Es gab eine Gerberei, eine Lederfabrikation, Branntweinherstellung, Tabakherstellung und Handel mit westfälischem Schinken. Erhalten geblieben ist die Schnapsbrennerei Wilhelm Kisker – in achter Generation familiengeführt. Heute gehören 35 Mitarbeiter zum Stammhaus, 100 weitere arbeiten in neun Handelsagenturen. Zu den regionalen Spezialitäten gehört der Wacholderschnaps.
Größter Arbeitgeber ist das Süßwarenunternehmen Storck – es beschäftigt rund 2.000 Mitarbeiter in Produktion, Technik und Verwaltung. 1903 wurde das Unternehmen im benachbarten Werther von August Storck, genannt Oberwelland, gegründet. Sein jüngster Sohn, Hugo Oberwelland, schuf 1934 die noch heute bekannten „Storck Riesen".
1.700 Mitarbeiter beschäftigt das Modeunternehmen Gerry Weber. Durch den Bau des gleichnamigen Tennisstadions erfuhren sowohl die Modemarke als auch die Stadt einen enormen Popularitätsschub.
Etwa 500 Mitarbeiter zählt die Zweigniederlassung von Baxter International. Das Unternehmen, das bis 2001 zum Asta Medica Konzern gehörte, produziert in Halle Medikamente gegen Krebs.
Am 30. Juni 2006 waren 8.890 sozialversicherungspflichtig Beschäftigte in Halle regi-

Ähnlichkeit mit einer Kaffeemühle her. Ebenfalls im Teutoburger Wald finden sich historische Waldgrabstätten und Relikte des Bergbaus. Diese können auf Wanderwegen, zu denen die Stadt Halle eine Broschüre herausgebracht hat, erkundet werden.

Kultur

Mitten im „Haller Herz" befindet sich das bundesweit einmalige „Museum für Kindheits- und Jugendwerke bedeutender Künstler". In ihm sind unter anderem Jugendmalereien von Künstlern wie Paul und Felix Klee, August Macke, Ernst Ludwig Kirchner und Pablo Picasso zu sehen. Das um 1246 erbaute Haus am Kirchplatz 3 blickt auf eine bewegte Geschichte zurück: Es beherbergte ein Kloster, diente zeitweilig als Kirchenraum, als Gefängnis und nun als Museum (05201/10333, www.museum-halle.de).
Im Februar finden in Halle die überregional bekannten „Haller Bachtage" statt. Innerhalb einer Woche werden Chor- und Orchesterkonzerte, Kammer- und Orgelkonzerte veranstaltet, dafür werden internationale Klassikstars verpflichtet (www.haller-bach-tage.de).

striert, davon 4.966 im verarbeitenden Gewerbe, 1.099 im Gesundheits-, Erziehungs- und Sozialwesen, 1.030 im Handel.

Brauchtum, Feste, Traditionen

An Himmelfahrt feiert Halle rund um den Bahnhof und in der Innenstadt das Stadtfest „Haller Willem". 1886 nahm die Eisenbahn zwischen Bielefeld und Halle ihren Betrieb auf. Schon bald erhielt der Zug nach einem populären Haller Fuhrunternehmer den Spitznamen „Haller Willem". Zum Stadtfest verkehrt immer eine historische Dampflok.
Im Ortsteil Hörste wird am dritten Augustwochenende das Hörster Volksfest gefeiert. Höhepunkt dieser vier Festtage ist am Montag Abend eine große Party im Festzelt, der so genannte „Hemdsärmelball".
Am ersten Adventswochenende ist auf dem Kirchplatz Nikolausmarkt. Die historischen Fachwerkhäuser bilden eine wunderschöne Kulisse für das vorweihnachtliche Treiben.

Sport und Freizeit

Halle ist jedes Jahr im Juni Austragungsort der Gerry Weber Open, des einzigen ATP-Rasentennisturniers in Deutschland. Tennisprofis nutzen das Turnier zur Vorbereitung auf Wimbledon – das Turnier trägt wegen seiner einmaligen Atmosphäre auch den Beinamen „Wimbledon in Westfalen". Ein attraktives Rahmenprogramm bieten bekannte Musiker und Künstler.
2007 war das Gerry-Weber-Stadion Spielort der Handball-Weltmeisterschaft der Herren. Auch der Golfsport liegt Gerhard Weber und Udo Hardieck, den Leitern des Modeunternehmens Gerry Weber am Herzen: Halle verfügt über einen schön gelegenen 27-Loch-Golfplatz.
Über die Höhen des Teutoburger Waldes führt auch bei Halle der Hermannsweg; weitere Rundwanderwege hat die Stadt ausgeschildert. In Verbindung mit der Bahnstrecke „Haller Willem" steht die Bahnradroute Teuto-Senne. Außerdem gibt es die Kleeblattroute: Vier kleeblattförmig angelegte Radrundwege (HW 1 bis HW 4) starten am Bahnhof und führen an den Gemeindegrenzen entlang einmal rund um Halle.

Persönlichkeiten

Am 18. Juli 1803 wurde Ferdinand Wilhelm Brune in Halle geboren, Architekt des späten Klassizismus. Nach dem Studium an der Berliner Bauakademie wurde er Baukondukteur in Detmold, 1830 erhielt er das Amt des Landbaumeisters im Fürstentum Lippe und blieb ab 1847 bis zu seinem Tode 1857 Baurat. Zu seinen Bauwerken gehören zahlreiche Gebäude in Lippe, darunter das Schlammbad in Bad Meinberg und das Gymnasium Leopoldinum in Detmold.

Information

Stadt Halle, Ravensberger Straße 1, 33790 Halle, 05201/183-0, www.hallewestfalen.de.

Das Gerry-Weber-Stadion: Hier trifft sich alljährlich die Tennis-Elite zum „Wimbledon in Westfalen".

Harsewinkel

Kreis Gütersloh

Claas: Europas führender Hersteller von Erntemaschinen hat seinen Sitz in Harsewinkel. Das Unternehmen wurde 1913 in Clarholz gegründet und siedelte 1919 in die Nachbargemeinde über.
Spaß: Harsewinkel ist eine Hochburg des westfälischen Karnevals. Die Jecken sind sehr musikalisch: Die Karnevalsband „Die Landeier" stürmte 2001 und 2003 auf den ersten Platz der „Närrischen Hitparade" des WDR.

Geografische Lage/Verkehrsanbindung

Die Stadt Harsewinkel liegt im Westen des Kreises Gütersloh, geographisch und historisch wird sie häufig noch zum Münsterland gerechnet. Im Norden grenzt Harsewinkel an Versmold, im Nordosten an Halle und Steinhagen, im Südosten an Gütersloh, im Süden an Herzebrock-Clarholz (alle Kreis Gütersloh), im Südwesten an Beelen und im Westen an Sassenberg (Kreis Warendorf). Die höchste Erhebung des Stadtgebietes bilden die Boomberge mit 80 Metern, niedrigster Geländepunkt ist das Emstal bei Greffen mit 56 Metern über NN.
Durch das Stadtgebiet führt als wichtigste Verkehrsachse die Bundesstraße 513, die Harsewinkel mit Gütersloh und (über Sassenberg) Warendorf verbindet. Busverbindungen bestehen nach Gütersloh, Versmold und Warendorf. Die durch Harsewinkel verlaufende Bahnstrecke der Teutoburger Wald-Eisenbahn (Ibbenbüren–Hövelhof) wird nur noch im Güterverkehr betrieben.

Wichtige Daten und Wappen

Seit 1973 bildet Harsewinkel mit den drei Ortsteilen Harsewinkel, Greffen und Marienfeld eine Stadt mit einer Gesamtfläche von 100 Quadratkilometern; 66 Prozent der Fläche wird landwirtschaftlich genutzt.
Ende 2007 wohnten in der Stadt 24.220 Einwohner. 53 Prozent der Bürgerinnen und Bürger gehören der römisch-katholischen Kirche an, 18 Prozent der evangelischen.

Das Stadtwappen zeigt auf goldenem (bzw. gelbem) Grund einen roten Wellengöpel, der von den Symbolen der drei Ortsteile begleitet wird. Während der Pferdekopf als Symbol für Harsewinkel einer Deutung des Ortsnamens als „Horsawinkel" (= Pferdewinkel) folgt, gehen die beiden anderen Symbole auf historische Vorlagen zurück. Das Greffener Symbol des Kammes ist einem Siegel der Familie de Grevene entnommen, der steigende Löwe für Marienfeld geht auf das Wappentier des Edelherrn Widukind von Rheda zurück. Der Wellengöpel steht für den Wasserreichtum der Gegend, die Farben rot und gold stammen aus dem Wappen des Fürstbistums Münster.

Aus der Ortsgeschichte

Harsewinkel wird zum ersten Mal in einer Heberolle des Klosters Freckenhorst aus der Zeit um 1090 erwähnt.1185 wurde das Zisterzienser-Kloster Marienfeld durch den Münsteraner Bischof Hermann II. und mehrere westfälische Adelige gegründet. Das Kloster beherrschte nicht nur das kirchliche Leben, es besaß als Grundherr fast aller Bauernhöfe in Harsewinkel auch entscheidenden wirtschaftlichen Einfluss. 1770 gelang es den Einwohnern des Dorfes Harsewinkel, sich aus der klösterlichen Abhängigkeit zu befreien. 1803 wurde das Kloster aufgelöst, zugleich endete die Zugehörigkeit zum Fürstbistum Münster. Ab 1803 gehörte Harsewinkel – mit einer siebenjährigen Unterbrechung in napoleonischer Zeit – zum Königreich Preußen. Nach 1815 wurde eine eigene kommunale Verwaltung aufgebaut, die ihren Sitz in der Stadt Harsewinkel hatte und zu deren Bezirk die Nachbargemeinden Marienfeld und Greffen gehörten.

Innenraum der Klosterkirche in Marienfeld.

1883 wurde Harsewinkel mit Gütersloh und Warendorf durch gepflasterte Straßen verbunden, wodurch sich die wirtschaftliche Lage verbesserte und die Abwanderung vieler Einwohner gebremst wurde. 1900 folgte durch den Bau der Teutoburger Wald-Eisenbahn der Anschluss an das Eisenbahnnetz. Die industrielle Entwicklung in Harsewinkel begann, als sich 1919 der Landmaschinenhersteller Claas in Harsewinkel angesiedelt hatte.

Sehenswürdigkeiten

Bedeutendstes Architekturdenkmal ist die spätromanische Kirche des ehemaligen Zisterzienserklosters Marienfeld. Die Architektur der 1222 geweihten Kirche hat den Dom zu Münster ebenso beeinflusst wie die Marienkirche in Lippstadt und das Münster in Herford. Aus der mittelalterlichen Epoche des Klosters sind das hochgotische Sakramentshaus, die seitlichen Chorschranken und vor allem die Apostelskulpturen Evert van Rodens erhalten. Das Kirchenschiff wird von barocken Ausstattungsstücken der Kirche geprägt.
Außer der Klosterkirche sind noch die Wirtschaftsgebäude und das bald nach 1700 gebaute Abteigebäude erhalten. (Führungen: 05247/935-200).
Im Zentrum von Harsewinkel steht die katholische Pfarrkirche St. Lucia. Die neugotische Hallenkirche entstand 1858 bis 1860 nach Plänen von Emil von Manger, den Westturm fügte man 1903/04 hinzu. Aus dem romanischen Vorgängerbau wurde der Taufstein übernommen, der aus der ersten Hälfte des 13. Jh. stammt. Wertvolle Ausstattungsstücke aus dem 19. und frühen 20. Jahrhundert birgt die Schatzkammer im Turm.
Am Kirchplatz 6 steht die Alte Dechanei. Der eingeschossige Fachwerkbau mit Walmdach wurde 1693 errichtet und 1716 umgebaut. Ebenfalls am Kirchplatz befindet sich die jetzt als Bibliothek genutzte ehemalige Mädchenschule. Der stattliche zweigeschossige Fachwerkbau mit Ziegelausfachung wurde 1812 erstellt.
Seit dem 27. November 1962 steht auf dem Harsewinkeler Rathausplatz ein Spökenkiekerdenkmal. „Spökenkieker" – so nannte man Menschen mit dem „zweiten Gesicht". Was sie für die Zukunft erblickten, war im Allgemeinen nicht erfreulich: Sie kündigten Tod, Verderben und Kriege an. Spricht man in Harsewinkel vom Spökenkieker, so denkt man in der Regel an den „alten Stümpel", der von 1830 bis 1904 in der Emsstadt lebte. Der Schäfer und Tagelöhner Anton Westermann prophezeite einen großen Krieg, Brände, den Bau der Eisenbahnlinie, den Tod eines Kindes und sah auch sein eigenes Ende 1904 voraus.

Kultur

In der Marienfelder Abteikirche erklingen mehrmals im Jahr Konzerte auf der von Johann Patroklus Möller 1751 erbauten Orgel.
Weit bekannt ist der Farmhouse Jazzclub – er wurde 1963 gegründet. Deutsche und internationale Größen geben alle vierzehn Tage eine Session, Open Air oder in der urigen Fachwerksatmosphäre des Jazz-Kottens.
Breit gefächert ist auch das Angebot des Kultur- und Bildungsvereins: Seine Veranstal-

Blick in die Zukunft: Die Skulptur des „Spökenkikers" steht auf dem Platz vor dem Rathaus.

tungen reichen von Rock- und Folkkonzerten über Autorenlesungen und Kinovorstellungen bis hin zu Theater- und Kabarett.
Im Heimatmuseum in Marienfeld lässt sich die Geschichte des Ortes anhand handwerklicher und landwirtschaftlicher Geräte nacherzählen. Zur Zeit sind im Museum rund 1.200 Ausstellungsstücke vom Webstuhl über Kartoffelsortierer, einen gut erhaltenen Pferdeschlitten bis hin zu einer kompletten Seilerei zu sehen (05247/304175, www.heimatmuseum-marienfeld.de).
Im Greffener Motorrad- und Puppenmuseum sammelt das Ehepaar Beckmann seit über zwanzig Jahren alte Motorräder, die Sammlung umfasst inzwischen über 180 Fahrzeuge. Gleich nebenan im Puppenmuseum hat Christa Beckmann rund 700 historische Puppen liebevoll arrangiert und ausgestellt (Beelener Straße 32, 02588/1381, www.motorradmuseum-beckmann.de).
Im Ortsteil Marienfeld zeigt Franz-Josef Jung seine Ikonenausstellung: Der Steinmetz- und Steinbildhauermeister hat im Laufe der vergangenen 20 Jahre unter anderem rund 100 Großikonen produziert (05247/8455).

Wirtschaft

Harsewinkel zählt heute mehr als 700 gewerbliche Betriebe und freiberuflich Selbständige, die über 8.600 Mitarbeiter beschäftigen. Größtes Unternehmen ist die Claas KGaA, Europas führender Hersteller von Erntemaschinen. In den 1930er-Jahren entwickelte die 1919 gegründete Firma den ersten europäischen Mähdrescher, mit dessen Produktion ihr nach 1945 der Durchbruch auf dem internationalen Markt gelang. Jeder dritte in Europa verkaufte Mähdrescher stammt aus Harsewinkel. Die Weltmarktführerschaft besitzt Claas bei den selbstfahrenden Feldhäckslern. Tochterunternehmen der Bertelsmann AG sind in Harsewinkel ebenso angesiedelt wie die beiden Modeunternehmer Kleine und Bessmann, deren Modehäuser in Marienfeld an der Bundesstraße 513 genau gegenüber liegen.
Im mittelständischen Bereich haben sich Metall- und Werkzeugmaschinenbauer als Zulieferer der Autoindustrie einen Namen gemacht. Einen weiteren Schwerpunkt bilden die Fleisch- und Wurstwarenproduzenten.
Am 30. Juni 2006 waren 8.292 sozialversicherungspflichtig Beschäftigte in Harsewinkel registriert, davon 4.759 im verarbeitenden Gewerbe, 1.119 im Handel sowie 722 im Gesundheits-, Erziehungs-, und Sozialwesen.

Brauchtum, Feste, Traditionen

Der Karnevalsumzug am Sonntag vor Rosenmontag eröffnet die jährliche Festsaison. Seit Mitte der 1970er-Jahre hat sich Harsewinkel zu einer Hochburg des westfälischen Karnevals entwickelt. Mehrere 10.000 Menschen säumen alljährlich die Straßen, wenn die von den Vereinen gestalteten Wagen durch die Innenstadt rollen.
Zwei Wochen nach Ostern folgt der Kleesamenmarkt, eine Kirmes, die auf einen mehr als 180 Jahre alten Markt zurückgeht. Jünger ist die Herbstkirmes Ende Oktober, für die die Harsewinkeler Symbolfigur, der Spökenkieker, namensgebend wurde.
Seit 1991 findet regelmäßig die „Spökenkiekerfahrt" statt. Zu der in Deutschland einma-

ligen Veranstaltung lädt das Motorradmuseum Beckmann Motorradbegeisterte aus dem In- und Ausland am Samstag vor Pfingsten zu einer Schaufahrt durch die ostwestfälische Landschaft ein, zu der nur Motorrad-Oldies zugelassen sind, die vor dem Ersten Weltkrieg gebaut wurden.

Sport und Freizeit

Harsewinkel liegt im Schnittpunkt regionaler und überregionaler Fahrradwege: Neben dem Europaradweg R 1 kreuzen auch die Bahnradroute Hellweg-Weser und der Emsradweg das Stadtgebiet.
Mehrmals im Jahr wird Harsewinkel zum Mekka der Motorsportfans. Rasante Sandbahnrennen mit PS-starken Motorrädern und spannende Cart-Rennen locken Zehntausende in das Emstalstadion. Ähnlich bekannt wie die Motorradrennen ist der Harsewinkeler Triathlon im Frühsommer. Tradition hat auch der Ikarus-Luftzirkus, zu dem der Flugzeug-Modellbauverein Ikarus zu Pfingsten einlädt. Das rund 10.000 Quadratmeter große Ikarus-Gelände, in der Nähe der Ems gelegen, hat die Starts und Landungen vieler spektakulärer „Flugmaschinen" erlebt.

Persönlichkeiten

Der Maler Johann Christoph Rincklake, geboren am 19. Oktober 1764 in Harsewinkel, war von 1790 bis zu seinem Tod in Münster 1813 der bedeutendste Portraitist der führenden gesellschaftlichen Schichten in Münster und im Münsterland.
Seine Bilder sind ein Zeugnis des sich bei Adel und Bürgertum an der Schwelle zur Moderne wandelnden Menschenbildes.

Der Kirchenbaumeister Bruder Adrian Wever wurde 1832 als Antonius Wewer in Harsewinkel geboren. Mit 22 Jahren trat er in den Franziskanerorden ein. Im Jahre 1862 reiste er nach Illinois, um hier gemeinsam mit anderen Mönchen aus Ostwestfalen die Arbeit der dortigen Diözese zu unterstützen. In der Folge entwickelte er sich zu einem der bedeutendsten Kirchenbauer in Amerika und entwarf mehr als 100 Kirchengebäude. Er starb 1914 in San Francisco.
Der Bildhauer Peter Pöppelmann wurde 1866 als Sohn eines Tischlermeisters in Harsewinkel geboren. Er absolvierte eine Ausbildung zum Steinmetz und Holzbildhauer. 1886 arbeitete er als Geselle in verschiedenen Tischlereien Münsters, ehe er bei dem Bildhauer Heinrich Fleige in Münster eine künstlerische Ausbildung aufnahm. Werke von Pöppelmann stehen unter anderem in der Staatlichen Kunstsammlung in Dresden sowie in Museen in Leipzig, Karlsruhe und Oldenburg. Pöppelmann schuf Figurenschmuck für das Dresdener Rathaus, für die Christuskirche in Dresden und die Jakobikirche in Freiberg/Sachsen. Er starb 1947 in Dresden. In seiner Geburtsstadt Harsewinkel steht seit 2001 seine Skulptur „Die Badende".

Information

Bürgerbüro der Stadt Harsewinkel,
Stadt Harsewinkel, Münsterstraße 14,
33428 Harsewinkel. 05247/935-200,
www.harsewinkel.de.

Beim Sandbahnrennen röhren große Maschinen im Emslandstadion.

Herford

Kreis Herford

Frauenpower: Die Stadt entstand um 800 aus der ältesten Frauenklostergründung in Westfalen. Hier führten Frauen – die Äbtissinnen der Reichsabtei – in enger Verbindung zum Kaiserhaus das Regiment.
Erbauer: Verehrt wird in Herford der berühmte Sohn der Stadt: Matthäus Daniel Pöppelmann, der Erbauer des Dresdner Zwingers.

Geografische Lage/Verkehrsanbindung

Die Stadt Herford liegt im Süden des gleichnamigen Kreises, im Ravensberger Hügelland zwischen Teutoburger Wald und Wiehengebirge. Die ehemalige Hansestadt grenzt im Westen an Enger und Hiddenhausen, im Norden an Löhne, im Nordosten an Vlotho (alle Kreis Herford), im Südosten an Bad Salzuflen (Kreis Lippe), im Südwesten an die kreisfreie Stadt Bielefeld.
Herfords höchste Erhebung ist der Dornberg im Stadtteil Schwarzenmoor mit 240 Metern über NN, der niedrigste Punkt mit 56 Metern liegt im Werretal im Stadtteil Falkendiek. Die Aa mündet nördlich des Stadtzentrums in die Werre, die das Stadtgebiet in Süd-Nord-Richtung durchfließt.
Die Autobahn 2 streift das Stadtgebiet im Osten. Dort befinden sich die Anschlussstellen Herford Ost, Herford/Bad Salzuflen und Ostwestfalen-Lippe sowie die Raststätten Herford Süd und Herford Nord. Die Bundesstraßen 239 (von Lübbecke nach Detmold) und 61 (von Löhne nach Bielefeld) leiten den Fernverkehr über die Umgehungsstraße ins Umland.
Der Herforder Bahnhof liegt an der Strecke Hamm–Minden, der Hauptverbindung aus dem Ruhrgebiet nach Hannover und Berlin. Hier zweigt einerseits die Verbindungsstrecke Herford–Kirchlengern ab, die den Anschluss an die Strecke Osnabrück–Minden herstellt, andererseits die Bahnstrecke über Detmold nach Altenbeken. Täglich fahren alle zwei Stunden InterCity-Züge von und nach Köln und Leipzig. Morgens, abends und nachts halten in Herford ICEs nach Hannover, Berlin, Köln und Basel.

Im Nahverkehr ist Herford nach Bielefeld der zweitgrößte Eisenbahnknotenpunkt Ostwestfalens mit stündlich neun ankommenden und abfahrenden Zügen. Regionalzüge fahren täglich im Stundentakt nach Düsseldorf und Minden (RE 6, Westfalen-Express), nach Minden-Hannover-Braunschweig (RE 70, Weser-Leine-Express) oder Minden-Nienburg (RE 78, Porta-Express), nach Bad Bentheim (RB 61, Wiehengebirgs-Bahn), nach Rahden (RB 71, Ravensberger Bahn) und nach Detmold-Altenbeken-Paderborn (RB 72, Ostwestfalenbahn). Mit Ausnahme der „Ostwestfalenbahn" sind alle Linien nach Bielefeld durchgebunden, somit gibt es stündlich vier Nahverkehrsverbindungen nach Bielefeld. Zentrale Bus-Treffpunkte sind der Alte Markt und die Bus-Station am Bahnhof. Das Herforder Stadtbusnetz besteht aus sechs Linien und wird von den Verkehrsbetrieben Minden-Ravensberg (VMR) und der Stadtverkehr Herford GmbH (SVH) betrieben. Regionalbusse fahren die umliegenden Städte an.

Wichtige Daten und Wappen

Am 1. Januar 1969 wurden die Gemeinden Diebrock, Eickum, Elverdissen, Falkendiek, Herringhausen Ost (der westliche Teil, Herringhausen Dorf, gehört zu Enger), Laar, Schwarzenmoor und Stedefreund in die Stadt Herford eingegliedert. Die Gesamtfläche der Stadt beträgt 79 Quadratkilometer, die Hälfte davon ist Landwirtschaftsfläche. Ende 2007 lebten in Herford 65.019 Menschen, davon waren 50 Prozent als evangelisch und 15 Prozent als katholisch registriert, 35 Prozent haben einen anderen Glauben oder sind konfessionslos.

Das Panorama der Stadt mit Rathausturm, Johanniskirche (Mitte) und Münster.

Das Wappen der Stadt zeigt auf einem goldenen (gelben) Schild ein rotes, gotisches Tor, in dem ein aufrechter schwarzer Schlüssel steht. Auf der Giebelspitze des Tors ist ein rotes Kreuz zu sehen, flankiert von zwei Fahnen, die rechte rot-silbern, die linke schwarz-silbern. Das Wappen führt die Stadt seit 1899. Das Bild ist dem ältesten Siegel der Altstadt entnommen, das zuerst aus dem Jahre 1231 mit der Umschrift: „Sigillum civium Hervordensium" überliefert ist und seither mit geringen Abweichungen beibehalten wurde.

Aus der Ortsgeschichte

An günstiger und auch militärisch nicht unwichtiger Position gelegen, entstand Herford um 789 aus der Gründung des ersten Frauenklosters in Westfalen. Drei schon vorher bestehende größere Hofanlagen sorgten für die Versorgung. Das Frauenstift Herford wurde 823 von Kaiser Ludwig dem Frommen unter persönlichen Schutz genommen, Otto der Große bestätigte 973 Markt- und Zollrechte, die bereits im 9. Jahrhundert verliehen worden waren. Herford gehört damit zu den ältesten Märkten in Deutschland.
Im 10. Jahrhundert fand in Herford nach alter Überlieferung die älteste bekannte Marienerscheinung nördlich der Alpen statt. Der Legende nach machte ein Hirte mit seinen Schafen Rast auf dem heutigen Luttenberg. Dort erschien ihm Maria in Gestalt einer weißen Taube. Sie setzte sich auf seinen Hirtenstab, den er in den Boden gesteckt hatte. Maria trug ihm auf, die Nonnen im Kloster zu einem gottgefälligeren Leben aufzufordern. Der Hirte lief in die Stadt und erzählte dies den Stiftsdamen, die ihn daraufhin verschiedenen Proben aussetzten. Als der Hirte und die Stiftsdamen auf den Berg gingen, war aus seinem Hirtenstab ein Baum gewachsen. Am Ort der Vision wurde 1011 die Marienkirche erbaut und das Stift auf dem Berge vor Herford gegründet. Die Marienkirche war bis zur Reformation ein Wallfahrtsort mit hoher Anziehungskraft. Aus der Wallfahrt entstand der bis heute gefeierte Jahrmarkt , die Herforder „Vision".
Herford war im Mittelalter ein bedeutendes geistliches und geistiges Zentrum. Es war eine der am besten befestigten deutschen Städte mit fünf Stadttoren und 14 Türmen, deren Unterhaltung den verschiedenen Zünften zugeordnet waren. Als 1765 die Stadtbefestigung nicht mehr benötigt wurde, wurde das Material versteigert; heute umschließt der Stadtwall die Innenstadt.
Das Stift Herford war reichs- und papstunmittelbar. Um 1170 bildete sich eine Bürgerge-

Weihnachtsmarkt vor dem Rathaus.

meinde, das Stadtrecht orientierte sich am Dortmunder Vorbild. Um 1220 ist die früheste Erwähnung des Herforder Stadtrates nachweisbar. 1256 schlossen Abtei und Bürgerschaft einen Vertrag über den Schutz der Abtei durch die Stadt. Aus dieser Konstruktion entstand das Herrschaftsmodell des „Kondominats", Stadt und Stift regelten in gemeinsamer Verantwortung alle inneren und äußeren Angelegenheiten. Auf dieser Grundlage verhielt sich die Stadt wie eine Reichsstadt, ohne dafür aber jemals eine offizielle Bestätigung erhalten zu haben. Von 1342 bis ins 17. Jahrhundert war Herford Hansestadt. Im Schutz der politisch und wirtschaftlich starken Stadt ließen sich zahlreiche geistlichen Einrichtungen nieder, so das vom „heiligen Herford" (Sancta Herfordia) gesprochen wurde. Im kaufmännischen Bereich waren die Tuchproduktion und der Leinenhandel besonders wichtig

Nach der Reformation entzog die Äbtissin der Stadt einige Hoheitsrechte. Gleichzeitig versuchte aber das Deutsche Reich, Herford als Reichstadt einzustufen und entsprechende Steuereinnahmen zu bekommen. Nach langen Prozessen entschloss sich 1631 die Stadt – um einer Rekatholisierung zu entgehen – schließlich, Reichstadt zu werden.

Bis 1634 war die Neustadt selbstständig und hatte neben der Altstadt einen eigenen Bürgermeister. Am Ende des Dreißigjährigen Krieges wurde die Stadt 1647 aufgrund von Erbfolgeauseinandersetzungen von Brandenburg besetzt, sie verlor die Selbstständigkeit und wurde preußische Landstadt. Nach der Säkularisierung der Klöster wurde in den früheren Abteigebäuden 1808 eine maschinenbetriebene Spinnerei mit späterem Wasserturbinenantrieb und Gasbeleuchtung eingerichtet. 1816 wurde Herford Kreisstadt innerhalb der preußischen Provinz Westfalen. Ab Mitte des 19. Jahrhunderts prägte die Industrialisierung die Stadt. 1847 erhielt Herford Anschluss an die Köln-Mindener Eisenbahn. Im August 1900 wurde die Herforder Kleinbahn nach Enger (später Wallenbrück) eröffnet, 1902 kam eine Strecke über Bad Salzuflen und Exter nach Vlotho hinzu. Die Schmalspurbahn wurde in den 1930er-Jahren elektrifiziert. 1962/63 wurde der Betrieb nach Vlotho eingestellt, 1966 nach Spenge.

1911 wurde Herford kreisfrei. Während des Zweiten Weltkriegs wurde der Ort durch Fliegerangriffe nicht sehr stark zerstört, so dass der mittelalterliche Grundriss bis heute nachvollziehbar ist.

Im Zuge der kommunalen Neuordnung wurde die Stadt am 1. Januar 1969 wieder in den Kreis Herford eingegliedert. Dabei wur-

In der Innenstadt sind zahlreiche alte Fachwerkhäuser zu entdecken – hier das Remensniderhaus in der Brüderstraße.

den acht umliegende Gemeinden eingemeindet, wodurch die Einwohnerzahl von 55.000 auf über 67.000 anstieg, die Fläche des Stadtgebiets verdreifachte sich.
Am 25. Juni 1983 wurde in Herford der Westfälische Hansebund gegründet. Ihm gehören 43 ehemalige Hansestädte aus Westfalen und dem angrenzenden Niedersachsen und Hessen an. 2013 soll der internationale Hansetag in Herford stattfinden.
Seit 1935 war Herford Garnisonsstadt. In den in den 1930er-Jahren erbauten Kasernen sind heute britische Truppen stationiert. Zurzeit leisten in Herford 870 Soldaten ihren Dienst; mit Zivilpersonal und Familien leben 2.200 Briten in der Stadt.

Sehenswürdigkeiten

Die evangelische Münsterkirche ist die ehemalige Frauenstiftskirche und liegt in der Keimzelle der Stadt. Die heutige, spätromanische Hallenkirche wurde von etwa 1220 bis 1270 über einem ottonischen Vorgängerbau erbaut und ist der erste Großbau einer Hallenkirche in Westfalen. Im Turm verbirgt sich eines der umfangreichsten Geläute des Landes. Das ehemalige hochadelige Frauenstift erstreckte sich vom Marktplatz über das Terrain des Rathauses bis über den Stephanplatz, wo heute Mauern die Grundrisse der Gebäude aus dem 10. Jahrhundert andeuten. Auch die Wolderuskapelle steht auf diesem Gebiet. In der Kapelle ist der Gründer des ältesten Damenstifts in Westfalen, der Adelige und spätere heilige Waltger (Wolderus, gestorben 825), begraben. Der heutige schlichte Saalbau wurde 1735 errichtet und ist seit 1962 griechisch-orthodoxe Nektarios-Kapelle.

Die St. Jakobi-Kirche ist die Pfarrkirche des Herforder Stadtteils Radewig, eine gotische Hallenkirche aus dem 14. Jahrhundert. Sie war Pilgerkirche der Jakobspilger auf ihrem Weg nach Santiago de Compostela, wurde 1530 in dieser Funktion aber geschlossen und 1590 als evangelische Kirche wiedereröffnet. Noch heute wird aus diesem Anlass das Radewiger Kohlfest gefeiert.
Zwei weitere gotische Hallenkirchen aus dem 14. Jahrhundert sind St. Johannis und St. Marien, die Kirche des 1011 gegründeten niederadeligen Stiftes auf dem Berge vor Herford. Die St. Johanniskirche ist die evangelisch-lutherische Pfarrkirche der um 1220 gegründeten Herforder Neustadt und war Sitz des Stiftes St. Johann und Dionys. Bemerkenswert sind die Glasmalereien der Chorfenster aus dem 14. Jahrhundert.
Sehenswert ist das in unmittelbarer Nähe der Münsterkirche gelegene Rathaus, ein großer neobarocker schlossartiger Bau mit Seitenflügeln und anschließender Markthalle. Es wur-

Steinalt., aber wunderschön: das Kantorenhaus am Münster.

de 1913 bis 1917 nach Plänen des hannoverschen Architekten P. Kanold anstelle der ehemaligen Abteigebäude erbaut. Die Erinnerung an die Abtei soll der Brunnen mit Stiftsdame und Delphin wach halten. Das Neustädter Rathaus am Neuen Markt entstand um 1600. Es ist ein steinernes Giebelhaus mit mittelalterlichem Kern. Sein 1930 abgerissener Schaugiebel aus der Zeit der Weserrenaissance wurde 1988/89 rekonstruiert.
Für Herfords Innenstadt sind die vier mittelalterlichen Stadtkerne, die Altstadt, das Abteigelände rund um die Münsterkirche, die Neustadt und die Radewig prägend. Mittelalterliche Fachwerkhäuser und Steinhäuser finden sich auch entlang der Fußgängerzone und in den Seitenstraßen. Hervorzuheben sind in der Brüderstraße das mit Schnitzarbeiten verzierte Remensniderhaus sowie das Kantorenhaus am Münster, die zu den ältesten ihrer Art in Westfalen zählen. Ebenfalls sehenswert am Neuen Markt ist auch das Wulferthaus.

Bildung und Verwaltung

1948 wurde in Herford die Landeskirchenmusikschule der evangelischen Kirche von Westfalen gegründet, die 1991 in die Evangelische Hochschule für Kirchenmusik der Evangelischen Kirche von Westfalen umgewandelt wurde. Die Institution an der Parkstraße mit derzeit 39 Studierenden gehört zu den drei zentralen Ausbildungsstätten für die evangelische Kirchenmusik in Deutschland. Die Hochschule bietet Studiengänge mit den Abschlüssen „Kirchenmusik B", „Kirchenmusik A" an und bereitet zudem auf die Künstlerische Reifeprüfung in den Fächern Orgel, Orgelimprovisation, Chorleitung, Klavier und Historische Tasteninstrumente vor. Als einzige kirchliche Hochschule Deutschlands besitzt Herford außerdem eine eigene Abteilung für Kirchliche Bläserarbeit. (05221/991450, www.hochschule-herford.de)
Die Stadt Herford beheimatet ein Studienzentrum der FernUniversität Hagen und eines der Hamburger Fern-Hochschule.
Herford ist Sitz der Verwaltung für den Kreis Herford. An der Straße „Auf der Freiheit" befindet sich das Amtsgericht, an der Elverdisser Straße das Arbeitsgericht und an der Eimterstraße die Justizvollzugsanstalt für Jugendliche. Von 1949 bis 1984 hatte das Oberste Rückerstattungsgericht seinen Sitz in Herford. Dieses internationale Gericht entschied als oberste Rechtsmittelinstanz über Streitigkeiten bei Anträgen auf Rückerstattung der zwischen dem 30. Januar 1933 und dem 8. Mai 1945 einem Eigentümer unter politischem Zwang entzogenen, identifizierbaren Vermögensobjekte. 1984 wurde der Sitz nach München verlegt, im Dezember 1990 wurde die Einrichtung aufgelöst.
Das Kreiswehrersatzamt, zuständig für die Wehrpflichtigen der Stadt Bielefeld und der

Kreise Gütersloh, Herford, Lippe und Paderborn hat seinen Sitz in der Wittekindstraße.

Kultur

Das Stadttheater Herford mit fast 700 Sitzplätzen präsentiert als Mehr-Sparten-Haus Oper, Operette, Musical, Schauspiel, Tanz und Ballett sowie Kinder- und Jugendtheater. Hinzu kommt das Sommerprogramm spettacolo teatrale. Seit 1990 zeigt es nationale sowie internationale Straßentheatergruppen auf den Straßen und Plätzen zwischen Rathaus, Neuer Markt und Gänsemarkt. (Stadttheater Herford, Mindener Str. 11, 05221/ 50007, www.theater.herford.de)

In der Nähe des Neuen Marktes, hat seit Anfang 2005 die „Landesarbeitsgemeinschaft (LAG) Spiel und Theater e.V." ihren Sitz. In der ehemaligen Leinenmanufaktur befindet sich neben dem Büro und einer theaterpädagogischen Fachbibliothek ein Theatersaal für Proben, Workshops und Aufführungen. Es finden unterschiedliche Angebote für Kinder und Jugendliche sowie landesweite theaterpädagogische Fortbildungen statt. Außerdem ist die „manufactur" Ausgangspunkt für mobile Theaterprojekte (LAG, Frühherrrenstraße 11, 05221/342730, www.spiel-und-theater-nrw.de).

Die Nordwestdeutsche Philharmonie, 1950 als Städtebundorchester in Nordrhein-Westfalen gegründet, gibt jährlich 120 Konzerte – die meisten in NRW. Die Philharmonie spielt in Herford im StadtPark-Schützenhof. Hier gibt es mehrere Säle und Räume für Veranstaltungen. (05221/98380, www.nwd-philharmonie.de.)

Durch die Hochschule für Kirchenmusik und die ihr verbundenen Kirchengemeinden verfügt die Stadt Herford über ein überregional bedeutsames kirchenmusikalisches Angebot. Mit der Westfälischen Kantorei ist der Hochschule ein Gesangsensemble von internationalem Rang verbunden. Jährlich wird der Orgelsommer mit Orgelkonzerten in den Kirchen der Stadt veranstaltet. 2006 fand erstmalig der durch die Ernstmeier-Stiftung geförderte Internationale Orgelwettbewerb in der Marienkirche statt.

Das Museum „MARTa" wurde von Frank O. Gehry erbaut, es ist das einzige öffentliche Museumsgebäude des amerikanischen Architekten in Deutschland. Das Ausstellungskonzept ist auf einen spannenden Dialog der traditionell getrennten Bereiche Kunst, Design und Architektur ausgerichtet. Seit 2001 befindet sich auch eine MARTa-eigene Sammlung im Aufbau. Zu jeder Wechselausstellung werden begleitend Künstlergespräche, Vorträge, Filme, Konzerte, Performances, Pädagogenveranstaltungen, Workshops und Kurse für alle Altersgruppen, Architektur- und Ausstellungsführungen, sowie spezielle Kinder-, Familien- und Seniorenführungen angeboten (05221/9944300, www.marta-herford.de).

Das Daniel-Pöppelmann-Haus ist ein Ensemble, bestehend aus der historischen Villa Schönfeld und der modernen Ausstellungshalle des Architekten Oesterlen. Der 1955 gegründete Herforder Kunstverein zeigt im Oesterlenbau jährlich zwei bis vier Ausstellungen. Dabei liegt der Schwerpunkt neben der zeitgenössischen Kunst vor allem auf der Klassischen Moderne. Das Städtische Museum präsentiert hier ab 2009 Wechselausstellungen zur Stadtgeschichte (Daniel-Pöppelmann-Haus, 05221/189689, www.herforder-kunstverein.de).

2005 wurde in den Kellergewölben des Herforder Rathauses (Rathausplatz 1) die Gedenk-, Dokumentations- und Begegnungsstätte Zellentrakt eingerichtet. Diese erinnert an die Verfolgung und Vernichtung von Minderheiten in der Vergangenheit und soll Tendenzen und Umgang mit diesem Thema in der Gegenwart aufzeigen.

Wirtschaft

Die Möbelindustrie ist ein wichtiges Thema für Herford. Mit dem Kompetenzzentrum der Holz-, Möbel- und Kunststoffindustrie im Museum MARTa sind zahlreiche Fachverbände der Holz- und Möbelindustrie in Herford ansässig. Seit 2004 befindet sich in dem Gebäude außerdem eine Prüflabor- und Beratungsstelle des Möbelprüfinstituts LGA QualiTest GmbH, einer Tochtergesellschaft der Landesgewerbeanstalt Bayern.

Heute ist die wichtigste Branche für Herford die Textilindustrie. In der Stadt haben drei der fünf größten europäischen Herrenbekleidungsunternehmen ihren Sitz: Erstens die

Ahlers AG (zweitgrößter europäischer Herrenbekleidungsproduzent, knapp 3.000 Mitarbeiter, davon 550 in Herford. Marken: Baldessarini, Pierre Cardin, Otto Kern, Jupiter, Gin Tonic, Pionier Sportive, Pionier Workwear, Pioneer Authentic Jeans. Die Hemdenmarke Eterna wurde 2006 verkauft), zweitens die F. W. Brinkmann GmbH (Herrenbekleidung, 1.250 Mitarbeiter, davon 350 in Herford. Marken: Bugatti, Doris Hartwich, Wilvorst, Eres, Pikeur, Odermark, Eduard Dressler), sowie schließlich die Bernward Leineweber GmbH & Co. KG (Herren- und Damenhosen, Damenstrickwaren, Brax-Hosen und –Strickwaren, 1.527 Mitarbeiter, davon etwa die Hälfte in Herford). Weitere große Firmen sind in den Bereichen Kunststoff, Holzverarbeitung (Möbel), Nahrungsmittelproduktion und Maschinenbau tätig.

Insgesamt waren am 30. Juni 2006 genau 29.810 sozialversicherungspflichtig Beschäftigte für Herford gemeldet. 7.939 davon waren im verarbeitenden Gewerbe tätig, 5.660 im Gesundheits-, Erziehungs- und Sozialwesen, 4.984 im Handel. Größter Arbeitgeber mit rund 1.400 Arbeitsplätzen ist das Klinikum Kreis Herford. In der gewerblichen Wirtschaft liegt die Firma Leineweber mit etwa 725 Arbeitsplätzen vorn, gefolgt von der Sparkasse Herford (665) und dem Briefverteilzentrum der Deutschen Post AG (650).

Weltklasse-Architektur: das MARTa.

Brauchtum, Feste, Traditionen

Das wichtigste Herforder Stadtfest ist das Hoeker-Fest. Es findet seit 1973 im August (in der Woche nach den Sommerferien) mit zahlreichen Bands, Ständen und kulinarischen Angeboten statt. Das Wort hoekern ist plattdeutsch und bedeutet soviel wie kaufen oder handeln.

Im Frühling findet auf der Kiewiese die Oster-Kirmes statt. Im Mai wird seit über zehn Jahren die Jazztime gefeiert.

Im Juni wird die Visions-Kirmes veranstaltet. Die Herforder Vision geht auf die älteste Marienerscheinung nördlich der Alpen zurück – im zehnten Jahrhundert soll ein Hirte die Jungfrau Maria gesehen haben. Die Vision findet jedes Jahr in der Woche um den Jahrestag am 16. Juni rund um den Münsterkirchplatz statt – unter dem Motto Kirche–Kirmes–Kultur.

Im Oktober wird im Bereich Alter Markt/Münsterkirchplatz/Rathausplatz die Citykirmes gefeiert. Das Radewiger Kohlfest im Dezember erinnert an die Wiedereröffnung der Radewiger St. Jakobikirche am Donnerstag nach dem 1. Advent im Jahre 1590.

Ebenfalls im Dezember findet der Weihnachtsmarkt „Weihnachtslicht" in der Innenstadt statt.

Sport und Freizeit

In Herford gibt es 65 Sportvereine mit 18.000 Mitgliedern. Die Turngemeinde Herford (TGH) ist der älteste, mit 4.000 Mitgliedern auch größte Sportverein der Stadt. Die Bundesligamannschaft der Herren im Sportkegeln wurde Deutscher Meister und Weltmeister – ein leistungssportliches Aushängeschild. Gleiches gilt für die Fußball-Damenmannschaft des Herforder Sportvereins Borussia Friedenstal, die in der ersten Bundesliga spielt. Die Gesundheits- und Behindertensportgemeinschaft Herford (GBSG Herford e. V.) wurde im Mai 1951 als eine der ersten Versehrtensportgemeinschaften in NRW gegründet. Was zunächst zur Selbsthilfe von Kriegsversehrten vorgesehen war, entwickelte sich bald zum Sportverein für alle, die von Behinderungen betroffen oder bedroht sind. Die Integration von geistig Behinderten durch Spiel und Sport hat sich die GBSG Herford seit mehr als zwanzig Jahren zur besonderen Aufgabe gemacht.

Eine große Rolle spielt in Herford der Reitsport. Der Reit- und Fahrverein „von Lützow" ist mit 721 Mitgliedern der mitgliederstärkste Reitverein Nordrhein-Westfalens. Außerdem gibt es drei weitere Reitvereine in der Stadt. Seit 1999 findet in Herford alle zwei Jahre das internationale Jugendreitturnier German Friendships statt.

Auch zwei recht erfolgreiche Radsportvereine gibt es in Herford. Jedes Jahr am 1. Mai veranstaltet der RC Endspurt Herford im Bereich der Wiesestraße ein Straßenrennen. Auch nicht professionelle Radler kommen in Herford auf ihre Kosten: Am Bahnhof befindet sich ein Fahrrad-Parkhaus. In und um Herford gibt es ein ausgeschildertes Radwegenetz und mehrere lokale Fahrradrouten, die BahnRadRoute Weser-Lippe verläuft durch die Stadt. Landschaftlich schöne Strecken sind die Fuß- und Radwege direkt an der Werre nach Bad Salzuflen bzw. Bad Oeynhausen sowie die Route über die ehemalige Kleinbahntrasse nach Enger. Herford ist Mitglied der Arbeitsgemeinschaft fahrradfreundliche Städte und Gemeinden Nordrhein-Westfalen.

Die größte Herforder Sportanlage ist das Jahnstadion mit Plätzen für 18.400 Zuschauer. Es gibt das Sport- und Freizeitbad H20, das eine große Saunalandschaft hat und eine Eishalle. Die Stadtbibliothek Herford mit integriertem Lesecafe „Leselust" im Erich-Gutenberg-Haus stellt über 80.000 Medien zur Ausleihe bereit (05221/189-8040, www.bibliothek.herford.de).

Persönlichkeiten

Die bekannteste in Herford geborene Persönlichkeit ist der Architekt und Baumeister Matthäus Daniel Pöppelmann, der Erbauer des Dresdner Zwingers. Pöppelmann wurde am 3. Mai 1662 in Herford geboren, er stammte aus einer Kaufmannsfamilie. 1680 trat Pöppelmann in das sächsische Bauamt ein. Seine Karriere begann 1705, als er zum Landbaumeister befördert wurde und die Planung eines neuen Residenzschlosses übertragen bekam. 1718 wurde Pöppelmann Oberlandbaumeister. Neben dem Dresdner Zwinger (1711–1722), seinem Hauptwerk, schuf Pöppelmann unter anderem Schloss Pillnitz (1720–1723) und Schloss Großsedlitz (seit 1720). Pöppelmann starb am 17. Januar 1736, er wurde in der Dresdener Matthäuskirche beigesetzt.

Der ehemalige Fußballspieler und heutige Sportmoderator Thomas Helmer wurde am 21. April 1965 in Herford geboren. Seine ersten Fußballtore schoss er für den SC Bad Salzuflen, 1984 wechselte er ins Profi-Geschäft zu Arminia Bielefeld. Zwei Jahre später kam er zu Borussia Dortmund, 1992 wechselte er im bis dahin teuersten Transfer der Bundesligageschichte für 7,5 Millionen Mark zum FC Bayern München. Dort etablierte er sich als einer der besten Abwehrspieler Europas und war unverzichtbare Stütze der Mannschaft. Zum Ende seiner Karriere wechselte der 68-fache Nationalspieler nach England zum FC Sunderland und spielte auch kurzzeitig für Hertha BSC.

Information

Stadt Herford, Rathausplatz 1, 32052 Herford
05221/189-0, www.herford.de
PRO HERFORD GmbH, Auf der Freiheit 1, 32052 Herford, 05221/189-150
Tourist-Information, Bäckerstr. 30, 32052 Herford, 05221/189-1526, www.proherford.de

Herzebrock-Clarholz

Kreis Gütersloh

Bindestrich: Erst seit 1985 trägt die Gemeinde den Namen Herzebrock-Clarholz. Nach der kommunalen Neugliederung im Jahre 1970 hieß der Ort zunächst nur Herzebrock. *Klösterlich:* Sowohl Herzebrock als auch Clarholz sind durch alte Klosteranlagen geprägt. Ein Besuch der wieder neu angelegten Klostergärten ist lohnenswert.

Geografische Lage/Verkehrsanbindung

Die Gemeinde Herzebrock-Clarholz liegt im Westen des Kreises Gütersloh an der Grenze zum Münsterland. Die Gemeindegrenzen im Westen und Nordwesten werden weitgehend von der Ems gebildet. Das Gemeindegebiet grenzt im Norden an Harsewinkel, im Osten an Gütersloh, im Südosten an Rheda-Wiedenbrück (alle Kreis Gütersloh), im Südwesten an Oelde, im Westen an Beelen (beide Kreis Warendorf). Der höchste Punkt der Gemeinde liegt mit 81 Metern über NN im Süden an der Hofstelle Eusterbrock, der niedrigste Punkt mit 59 Metern an der Hofstelle Westfechtel-Kalthof im äußersten Norden in der Nähe der Ems.
Früher führte die Poststrecke Münster–Paderborn durch Clarholz und Herzebrock, in der ersten Hälfte des 19. Jahrhunderts wurde sie zur Chaussee ausgebaut. Bis heute ist die Verbindung (inzwischen als Bundesstraße 64) die Hauptverkehrsader der Gemeinde. 1887 wurde die parallel zur Chaussee angelegte Eisenbahnstrecke von Münster nach Lippstadt eröffnet. die „Warendorfer Bahn" verkehrt heute stündlich zwischen Münster und Bielefeld. Busse fahren von beiden Ortsteilen nach Warendorf, Gütersloh und Oelde.

Wichtige Daten und Wappen

Seit der kommunalen Neugliederung 1970 setzt sich die Gemeinde Herzebrock-Clarholz aus den beiden früher selbstständigen Gemeinden Herzebrock und Clarholz zusammen. Zu Herzebrock-Clarholz gehören die Bauerschaften Bosfeld, Bredeck, Brock, Groppel, Heerde, Holzhof, Oelkerort, Pixel, Quenhorn, Samtholz, Sundern und die Kapellengemeinde Möhler. Das Ortsgebiet umfasst 79 Quadratkilometer, davon sind 57 Quadratkilometer landwirtschaftliche Fläche. Ende 2007 lebten 16.161 Menschen in Herzebrock-Clarholz, davon waren 63 Prozent römisch-katholisch, 19 Prozent evangelisch und 18 Prozent anderen Glaubens oder konfessionslos.

Das Wappen der Gemeinde trägt oben einen silbernen (weißen) Wellenbalken, darunter ist es schräg geteilt. Im oberen, grünen Feld sieht man ein springendes Pferd, im silbernen (weißen) Feld einen grünen Eichbaum. Die Wappensymbole leiten sich von etymologischen Erklärungen der Ortsnamen her: Herzebrock von Horsabruch (Pferdeweide), Clarholz von Claholte und Cleholte (Wald auf Kleiboden). Der Wellenbalken weist auf die wasserreiche Gegend am Rande der Ems hin.

Aus der Ortsgeschichte

Herzebrock wurde erstmalig 860 bei der Gründung des Kanonissenstiftes genannt. Im Jahre 976 erhielt das Kloster von Kaiser Otto II. das Privileg der Immunität sowie der freien Äbtissinnen- und Vogtwahl und eine eigene Gerichtsbarkeit. 1208 wurde das Kanonissenstift in ein Benediktinerinnenkloster umgewandelt.
Clarholz wird 1133 bei der Gründung eines Prämonstratenserklosters erstmals erwähnt. Die Edelherren zu Lippe – schon im Besitz der Vogtei über Marienfeld – erwarben zwischen 1271 und 1297 auch die Vogtei über Clarholz und Herzebrock. Auf dieser Basis bildeten sie eine Landesherrschaft um die Burg Rheda aus, die so genannte Niedergrafschaft

Hier kann man auch heute noch Ruhe und Entspannung finden: das Kloster in Herzebrock.

Lippe. Diese kam 1364 an den Grafen von Tecklenburg und 1557 an die Grafen von Bentheim. Während 1695 in Herzebrock mit dem Neubau eines recht bescheidenen, zweigeschossigen Klosters begonnen wurde, ließ das Stift Clarholz 1705/1706 durch den Lippstädter Baumeister Nikolaus Wurmstich einen repräsentativen Neubau der Propstei errichten. Bei der Säkularisation 1803 wurden beide Klöster aufgehoben.
Herzebrock, Clarholz und das benachbarte Lette bildeten eigenständige Mairien (Bürgermeistereien). An dieser lokalen Verwaltungsstruktur wurde auch festgehalten, nachdem die ehemalige Herrschaft Rheda in das Königreich Preußen eingegliedert worden war. Herzebrock und Clarholz, von einem Bürgermeister gemeinsam verwaltet, gehörten zum Landkreis Wiedenbrück im Regierungsbezirk Minden. 1851 wurden die beiden Bürgermeistereien zum Amt Herzebrock-Clarholz zusammengefasst, das aus den drei selbstständigen Gemeinden Herzebrock, Clarholz und Lette bestand.
Nach der kommunalen Neugliederung wurde aus dem Ortsteil Clarholz die Forderung laut, der Zweipoligkeit der Gemeinde müsse durch einen Doppelnamen Genüge getan werden. So verlieh der Innenminister des Landes NRW der Gemeinde mit Wirkung vom 26. April 1985 den Namen Herzebrock-Clarholz.

Sehenswürdigkeiten

Vom Benediktinerinnenkloster Herzebrock sind noch Teile der Gebäude aus der Neubauphase am Ende des 17. und zu Beginn des 18. Jahrhunderts vorhanden. Betritt man den Klosterhof durch den barocken Torbogen, so steht auf der linken Seite der 1696 errichtete Abtei- und Konventsbau, in dem sich die Wohnung der Äbtissin, das Dormitorium und das Refektorium befunden haben. Der lang gestreckte rechteckige Hauptbau hat einen vorspringenden Ostflügel und besteht aus Bruchsteinen. An der Westseite sind die Reste des Kreuzgangs vorhanden. Gegenüber steht das 1712 fertig gestellte Wohngebäude für den Pfarrer, den Beichtvater der Nonnen und den Prokurator des Klosters. Ortsmittelpunkt von Herzebrock ist die 1900/1901 neugotisch erweiterte Pfarrkirche St. Christina aus dem späten 15. Jahrhundert.
Südwestlich der B 64 liegen die Pfarrkirche St. Laurentius (sehenswert: die alten Gewölbemalereien), die Gebäude des 1133 gegrün-

Das barocke Probsteigebäude des Klosters in Clarholz.

Schloss Möhler schmückt das gleichnamige Dorf im Süden der Gemeinde Herzebrock-Clarholz.

deten Prämonstratenserklosters Clarholz sowie das alte Dorfzentrum. Den mit Linden bestandenen Kirchplatz betritt man durch einen Torbogen rechts neben dem Gasthaus Rugge (1667). Bedeutendstes profanes Gebäude ist das 1843 nach Plänen von Conrad Niermann in einfachen klassizistischen Formen errichtete Haus Samson.
Die Klostergebäude liegen südlich und westlich der Kirche. Das frühere Konventshaus dient heute als Pfarramt und Gemeindezentrum. Durch eine Mauer vom Kirchplatz abgetrennt ist der Propsteihof mit dem barocken Propsteigebäude aus rotem Ziegelstein von 1705/07. Über eine Freitreppe gelangt man in das Vestibül und den sehenswerten Kapitelsaal (Besichtigung nur nach Voranmeldung beim Freundeskreis Propstei Clarholz, Familie Pavenstädt-Westhoff, 05245/5646). Hinter dem Tor des Propsteihofs liegt der Wirtschaftshof des Klosters, von dem noch die beiden seitlichen Flügel stehen. Die ehemalige Zehntscheune dient heute als Begegnungszentrum, außerdem wird dort die Ortsgeschichte dokumentiert.
Etwa vier Kilometer vom Herzebrocker Ortskern entfernt, im Südwesten des Gemeindegebietes, liegt das Dorf Möhler. Sehenswert ist das Wasserschloss, dessen Ursprünge als Rittergut bis in 13. Jahrhundert zurückgehen. Heute steht nur noch das Haupthaus des ehemals zweiflügeligen Barockbaues. Leider kann das Schloss nicht von innen besichtigt werden, die Räume werden gewerblich genutzt (www.schloss-moehler.de).

Kultur

Der Freundeskreis Propstei Clarholz hat in den historischen Räumen der „Kellnerei" 2007 das „Museum in der Kellnerei" eröffnet, in dem wechselnde Ausstellungen zu sehen sind. Ansprechpartner ist Familie Pavenstädt-Westhoff (05245/5646).
Der Heimatverein Herzebrock unterhält in einem Gebäudeteil des ehemaligen Klosters eine Heimatstube, in der Exponate zur Klostergeschichte und zur Geschichte des Dorfes Herzebrock (Landwirtschaft, Handwerk und Industrie) gezeigt werden (geöffnet sonntags 15 bis 17 Uhr und nach Absprache, Erwin Kriesche, Telefon 05245/2785).
2006 gab es im Klostergarten Herzebrock erstmalig den „KunstGenuss" am Kloster. Dieses kulturelle Programm mit Musik und Illumination, organisiert vom Heimatverein, findet alle zwei Jahre statt, jeweils am Samstag vor dem „Tag des offenen Denkmals" im Spätsommer.

Wirtschaft

1887 wurden die Orte Herzebrock und Clarholz an das Eisenbahnnetz mit der Verbindung von Münster nach Lippstadt angeschlossen. Auf dieser Grundlage entwickelten sich in den landwirtschaftlich geprägten Orten erste gewerbliche Aktivitäten. In Clarholz wurde die Firma Claas gegründet, die 1919 nach Harsewinkel übersiedelte, in Herzebrock 1899 die Firma Miele, die 1907 ihren Sitz nach Gütersloh verlegte. Seit den 1920er-Jahren entwickelte sich aus handwerklichen

Tischlereien eine Möbelindustrie. In den letzten Jahren haben jedoch etliche dieser Betriebe ihre Produktion aufgegeben.
Heute ist Herzebrock-Clarholz durch mittelständische Unternehmen geprägt. Metall und Kunststoff verarbeitende Unternehmen sowie Unternehmen der Elektrobranche und des Maschinenbaus sind für die Wirtschaft der Gemeinde von Bedeutung. Von den 6.045 am 30. Juni 2006 in Herzebrock-Clarholz sozialversicherungspflichtig beschäftigten Arbeitnehmern waren 3.243 im verarbeitenden Gewerbe tätig, im Bereich Verkehr und Nachrichtenübermittlung arbeiteten 710 Männer und Frauen, 539 im Baugewerbe. Die größten Arbeitgeber der Gemeinde sind das Familienunternehmen Paul Craemer GmbH mit 570 und die Firma Weeke GmbH mit 600 Arbeitnehmern.

Brauchtum, Feste, Traditionen

Die Feste in Herzebrock-Clarholz beginnen im April mit der Möhler Kirmes, die vom Löschzug und der Dorfgemeinschaft veranstaltet wird. Anfang August ist in Clarholz Laurentius-Kirmes auf dem Marktplatz und im September im Zentrum von Herzebrock die Christinen-Kirmes.
Anziehungspunkt für Tausende von Besuchern ist der Umzug in Clarholz am Erntedanktag. Traditionell am zweiten Advent findet in Herzebrock auf dem Kirchplatz der Weihnachtsmarkt statt.

Sport und Freizeit

Wasserfreunde kommen im Hallenbad mit seiner 83 Meter langen Rutsche auf ihre Kosten. Anfang 1999 wurde ein Skatepark auf dem Gelände der Real- und Hauptschule erbaut. Wer lieber auf zwei Rädern unterwegs ist, fährt über die Radwege R 18 und R 19 oder sucht sich in der immer noch durch Wiesen und Felder geprägten Landschaft seinen eigenen Weg. Die Gemeinde liegt im Übrigen am Emsradweg. Dieser führt von der Quelle in Hövelhof bis zur Einmündung in die Nordsee in Emden.

Persönlichkeiten

Der deutsche Bildhauer Caspar von Zumbusch wurde am 23. November 1830 in Herzebrock geboren. Er gilt als der wichtigste Monumentalplastiker der Gründerzeit in Österreich. Ab 1873 war er in Wien tätig. Bedeutendstes Werk in seiner westfälischen Heimat ist das Standbild des Kaisers Wilhelm an der Porta Westfalica. Von 1873 bis zu seiner Emeritierung 1901 war Zumbusch Professor an der Akademie der Bildenden Künste Wien. 1908 zog er sich in den Chiemgau zurück, wo er am 27. September 1915 im Alter von 84 Jahren starb.

Information

Gemeinde Herzebrock-Clarholz, Am Rathaus 1, 33442 Herzebrock-Clarholz, 05245/444-0, www.herzebrock-clarholz.de.

Größter Arbeitgeber am Ort: die Paul Craemer GmbH.

Hiddenhausen

Kreis Herford

Klein, aber Kultur: Unter der Überschrift „Kultur in der Provinz" hat sich in Hiddenhausen ein exquisites Kulturprogramm etabliert.
Turm mit der Uhr: Der Uhrenturm der abgerissenen Margarinefabrik ist das Wahrzeichen des Ortsteils Lippinghausen.

Geografische Lage/Verkehrsanbindung

Die Gemeinde Hiddenhausen liegt in der Mitte des Kreises Herford zwischen Teutoburger Wald und Wiehengebirge. Hiddenhausen grenzt im Nordwesten an Bünde, im Norden an Kirchlengern, im Nordosten an Löhne, im Osten und Süden an die Stadt Herford und im Westen an Enger (alle Kreis Herford). Hiddenhausens tiefster Punkt befindet sich mit 55 Metern über NN im Norden, wo die Werre das Gemeindegebiet verlässt. Höchste Erhebung ist der 185 Meter hohe Schweichler Berg. Ganz im Nordwesten berührt die Autobahn A 30 das Gemeindegebiet, hier liegt die Anschlussstelle Hiddenhausen. Am östlichen Gemeinderand verläuft die Bundesstraße 239 von Herford nach Lübbecke, sonst wird Hiddenhausen mit Land- und Kreisstraßen erschlossen. Im Bahnhof Hiddenhausen-Schweicheln hält im Stundentakt die „Wiehengebirgsbahn" von Bad Bentheim über Osnabrück nach Bielefeld (RB 61) und die „Ravensberger Bahn" von Rahden über Herford nach Bielefeld (RB71).

Wichtige Daten und Wappen

Die heutige Gemeinde Hiddenhausen wurde durch das Gesetz zur Neugliederung des Landkreises und der kreisfreien Stadt Herford vom 12. Dezember 1968 errichtet. Sie besteht seit 1969 aus den bis dahin selbständigen Kommunalgemeinden Eilshausen, Hiddenhausen, Lippinghausen, Oetinghausen, Schweicheln-Bermbeck und Sundern, die alle zum Amt Herford-Hiddenhausen gehörten. Verwaltungssitz ist Lippinghausen, hier steht seit 1974 das Rathaus der Gemeinde. Hiddenhausen ist mit knapp 24 Quadratkilometern (davon die Hälfte landwirtschaftlich genutzt) die der Fläche nach kleinste Gemeinde im Kreis Herford, die Bevölkerungsdichte ist mit 858 Einwohnern je Quadratkilometern jedoch die höchste. 20.800 Menschen leben in Hiddenhausen, davon sind 64 Prozent evangelisch, zehn Prozent katholisch, 16 Prozent sind konfessionslos oder gehören einer anderen Religionsgemeinschaft an.

Das 1973 verliehene Wappen beruht auf dem der Adelsfamilie von Consbruch. Ihr Wappen zeigt vor blauem Hintergrund über einem silbernen (weißen) gewellten Schildfuß einen goldenen Greif, im linken Fang trägt er einen silbernen (weißen) Schild mit einem (hinzugefügten) sechsspeichigen Schaufelrad. Das Mühlrad steht für die Wassermühle Bustedt, die Wellen symbolisieren die Werre.

Aus der Ortsgeschichte

Eine kontinuierliche Besiedlung des Gemeindegebietes ist seit dem Ende des Sachsenkrieges um 800 fassbar. Damals waren bereits alle heutigen Ortsteile als kleine, sächsische Bauernschaften vorhanden. In diese Zeit fällt auch die Gründung der ältesten Kirche im Ortsteil Hiddenhausen. Sie war dem heiligen St. Gangolf geweiht – ein Indiz dafür, dass die Gründung im frühen 10. Jahrhundert erfolgte. Das zugehörige Kirchspiel umfasste die Dörfer Hiddenhausen, Eilshausen, Oetinghausen, Lippinghausen, später auch Bustedt. Die Ländereien und Bauernhöfe gehörten zumeist zur Reichsabtei Herford; im Waldgebiet Sundern hatte die Äbtissin ihren Sommersitz. Als weltliche Schutzherren fungierten zunächst die Edelherren zu Köln, später dann die Grafen von Ravensberg, deren Ritter

Die Kirche St. Gangolf – der Altar von 1520 lohnt einen Besuch.

Heinrich Ledebur die Burg Bustedt 1415 baute. 1614 fiel die Grafschaft und damit auch das heutige Gemeindegebiet an Brandenburg-Preußen. Im 17. und 18. Jahrhundert begann der Flachsanbau und die Verarbeitung zu Leinen. 1798 wurde der Besitz des Frauenstiftes, darunter Wald und bisher gemeinschaftlich genutzte Flächen, aufgeteilt. Im Zuge dieser Aufteilung wurde Sundern selbständige Gemeinde. Nur von kurzer Dauer war in napoleonischer Zeit die Zugehörigkeit Hiddenhausens zum Königreich Westfalen (1808 bis 1810) und zu Frankreich (1810 bis 1813). 1843 wurden die fünf Gemeinden des Kirchspiels mit elf weiteren Gemeinden des Landkantons Herford, darunter auch Schweicheln-Bermbeck und Sundern, unter dem Namen „Amt Herford-Hiddenhausen" zu einem Verwaltungsbezirk zusammengefasst. Dieses Amt hat bis Ende 1968 bestanden, also 125 Jahre.
Bis zur Mitte des 19. Jahrhunderts lebten die Bewohner Hiddenhausens vorwiegend von der Landwirtschaft; Spinnen und Weben waren Nebenerwerbsquellen. In der zweiten Hälfte des Jahrhunderts schuf die Industrialisierung einen grundlegenden Wandel. Wegbereiter war die Zigarrenindustrie: Um 1860 verlegten Zigarrenfabrikanten aus Enger und Bünde erste Filialbetriebe nach Hiddenhausen. Innerhalb weniger Jahrzehnte folgten weitere Betriebe, um 1900 wagten die ersten Werkmeister den Sprung zum selbstständigen Unternehmer. Auf dem Höhepunkt der Entwicklung, zwischen 1920 und 1930, stellten etwa 70 Firmen (einschließlich Filialen) in Hiddenhausen Zigarren her.
1878 wurde die Brauerei Felsenkeller gegründet, 1894 das Margarinewerk Meyer, das Teile von Hiddenhausen auch mit Strom versorgte. Nach und nach entwickelte sich die Möbelherstellung und löste die Tabakindustrie in ihrer Bedeutung ab. Eisenbahnanschluss hatte das Gemeindegebiet schon 1847 erhalten, 1900 folgte die Eröffnung der Strecke Herford–Bünde und der das südliche Gemeindegebiet durchquerenden Herforder Kleinbahnen (1966 eingestellt). 1959 wurde in Hiddenhausen nach einer langen Trockenperiode ein eigenes Wasserwerk erbaut. 1976 erfolgte die Eröffnung eines Schulzentrums, in dem sich heute die Olof-Palme-Gesamtschule Hiddenhausen befindet.

Sehenswürdigkeiten

Die Kirche St. Gangolf in Hiddenhausen war eine romanische Pfarrkirche aus der Zeit der Christianisierung um 800 und damit eine der ältesten der Umgebung. Im Dreißigjährigen Krieg verwüstet, wurde sie bis 1665 wieder aufgebaut und in den Jahren darauf mit barockem Inventar ausgestattet. Sehenswert im Inneren sind die Turmuhr von 1884, der spätgotische Altar von 1520 sowie zahlreiche Bildtafeln.
Die Wasserburg Gut Bustedt liegt im Nordwesten der Gemeinde, sie wurde 1415 vom Ritter Heinrich Ledebur als Wasserburg er-

Das Holzhandwerkmuseum ist in den Wirtschaftsgebäuden von Haus Hiddenhausen zu finden.

baut. Das Herrenhaus mit Wohnturm entstand in den Jahren 1649 bis 1662, dabei wurden mittelalterliche Reste verwendet. 1982 zog ein Biologiezentrum in das Gut, hier können Schulklassen in die Welt der Natur eintauchen. Außerdem können sich Paare im Gut trauen lassen. Zum Biologiezentrum auf Gut Bustedt gehört ein rund 3,5 Hektar großer Park im Tal des Brandbaches. Die Gartenanlage enthält noch Teile aus dem 19. Jahrhundert, ist aber überwiegend eine moderne Schau- und Mustergartenanlage, die zur Schulung dient (Biologiezentrum Bustedt, Gutsweg 35, 05223/87031, www.gutbustedt.de).

Haus Hiddenhausen ist seit 1701 im Besitz der Familie von Consbruch. Die Familie stellte den Amtmann von Enger; das Haus war damit Verwaltungssitz für die Gemeinden Spenge, Enger und Hiddenhausen. Die Gebäude mit dem Herrenhaus als Mittelpunkt stammen aus dem 17. und 18. Jahrhundert und sind im Barockstil erbaut. In drei Fachwerkscheunen wurden die Abgaben (Zehnten) der Bauern der Umgebung eingelagert. In diesen Wirtschaftsgebäuden ist heute das Holzhandwerkmuseum untergebracht. Zum Gut gehört ein 2,5 Hektar großer Gutspark.

Wahrzeichen von Lippinghausen ist der Uhrenturm auf der abgerissenen Margarinefabrik H. Meyer-Lippinghausen. Der Uhrenturm ist als einziges Element der Fabrik erhalten worden. Einst war er ein Dachreiter auf dem Kontorhaus von 1905.

Kultur

Unter dem Stichwort „Kultur in der Provinz" hat sich in Hiddenhausen ein buntes Kulturprogramm etabliert. Veranstaltungsorte sind u. a. die Aula und die Kleinkunstbühne der Olof-Palme-Gesamtschule, das Haus der Jugend, die Gemeindebücherei, das Gut Bustedt im Ortsteil Hiddenhausen. Ausstellungen finden in der Galerie des Rathauses statt. Auf der Kleinkunstbühne der Gesamtschule treten regelmäßig bekannte Kabarettisten auf.

In der Gutsanlage Haus Hiddenhausen, Maschstraße 16, ist das Erlebnismuseum des Holzhandwerks Hiddenhausen untergebracht. Im Museum sind neben einer Tischlerei sechs weitere Holzhandwerke (Holzschuhmacherei, Holzbildhauerei, Zimmerei, Stellmacherei, Drechslerei und Böttcherei) werkstattgerecht dargestellt und vermitteln die alten Arbeitsweisen und -techniken (sonntags 14 bis 17 Uhr und nach Vereinbarung, Heinrich Möhlmann, 05221/62049).

Im Gemeindeteil Schweicheln befindet sich in der Blumenstraße 60 die Museumsschule Hiddenhausen, in der man Unterricht wie vor 150 Jahren erleben kann. Das Fachwerkhaus von 1847 war bis 1903 die Volksschule Schweichelns. Hier befinden sich neben dem Klassenraum, in der die Kinder zwischen sechs und 14 Jahren gemeinsam unterrichtet wurden, die zeitgenössisch ausgestattete Lehrerwohnung, eine Deele mit Kuhstall und ein Backofen. Im Schulgarten werden alte Kräuter-, Gemüse-, Obst- und Rosensorten gezogen (Gemeinde Hiddenhausen, Regina Wachowiak, 05221/964-3 38).

Wirtschaft

Im 19. Jahrhundert begann die Industrialisierung in den verschiedenen Gemeindeteilen. Durch die Gründung der Brauerei Felsenkeller auf der Ortsgrenze zwischen Sundern und Schweicheln und der Margarinefabrik in Lippinghausen wurde ein Schwerpunkt auf das Nahrungsmittelgewerbe gelegt. Daneben

In der Brauerei Felsenkeller wird Herforder Pils gebraut.

spielte und spielt bis heute die mit mehreren Betrieben vertretene Möbelindustrie eine wichtige Rolle – darunter die Holzbearbeitungsfirma Heckewerth mit 220 Mitarbeitern. Größter Arbeitgeber ist die Brauerei mit 360 Mitarbeitern, deren Hauptmarke „Herforder Pils" ist. Weitere große Arbeitgeber sind die Lackfabriken Peter Lacke (220 Mitarbeiter) in Schweicheln-Bermbeck und 3H-Lacke (200 Mitarbeiter) in Oetinghausen.
Am 30. Juni 2006 waren in Hiddenhausen insgesamt 4.689 sozialversicherungspflichtig Beschäftigte verzeichnet, davon 1.775 im verarbeitenden Gewerbe, 955 im Gesundheits-, Erziehungs- und Sozialwesen sowie 712 im Handel.

Brauchtum, Feste, Traditionen

Alle zwei Jahre findet in Lippinghausen der Hiddenhausener Treff statt. Das ist eine kleine Kirmes mit Autoscooter, Kettenkarussell und allerlei Verkaufsständen.

Sport und Freizeit

Die größten Sportvereine sind der TuS Blau-Weiß Hiddenhausen (Fußball), SV 06 Oetinghausen, TSV Sundern (Tennis), TC Hiddenhausen 1973 (Tennis), SuS Schweicheln (u.a. Volleyball), Spvg Hiddenhausen (Fußball) und SG Schweicheln 1919 (Fußball, Turnen, Karate). Von Mai bis Oktober ist das Waldfreibad Hiddenhausen geöffnet. Und Radler kommen bei der Bahn-Rad-Route Weser-Lippe, die von Bremen nach Paderborn durch Hiddenhausen führt, auf ihre Kosten.

Persönlichkeiten

Der deutsche Organist, Kantor und Kirchenmusikdirektor Eduard Büchsel wurde am 1. Mai 1917 in Schweicheln geboren, sein Vater war dort Anstaltspfarrer. Mit 18 Jahren begann Büchsel sein Musikstudium in Leipzig am Landeskonservatorium der Musik, dort wurde ihm bereits als Student 1936 die Stelle des stellvertretenden Organisten an der Thomaskirche übertragen. Nach dem Krieg wurde er Organist und Kantor in Gütersloh, wo er unter anderem den Bachchor gründete. 1960 ging er als Kirchenmusikdirektor nach Dortmund, dort starb Büchsel 1980 nach langer Krankheit.

Information

Gemeinde Hiddenhausen, Rathausstraße 1, 32120 Hiddenhausen, 05221/964-0, www.hiddenhausen.de.

Das große Gespann der Brauerei Felsenkeller.

Hille

Kreis Minden-Lübbecke

Moor: Naturfreunde finden im „Großen Torfmoor" einen reizvollen Landschaftstyp, der den Lebensraum für eine vom Aussterben bedrohte Flora und Fauna bildet.
Tor: In Hille und Umgebung wird mit Begeisterung Handball gespielt. Jeder Sportverein hat eine Handballabteilung.

Geografische Lage/Verkehrsanbindung

Die Gemeinde Hille liegt im Zentrum des Kreises Minden-Lübbecke. Das Gemeindegebiet berührt im Nordosten Petershagen, im Osten Minden, im Süden Bad Oeynhausen und Hüllhorst, im Westen Espelkamp und Lübbecke (alle Kreis Minde-Lübbecke), im Norden die niedersächsische Samtgemeinde Uchte. Höchster Punkt der Gemeinde ist auf dem Kamm des Wiehengebirges der Lübber Berg in Oberlübbe mit 251 Metern über NN, in der Tiefebene liegt der niedrigste Punkt im Moor bei der Ortschaft Hartum mit 48 Metern.
Die Infrastruktur der Gemeinde Hille wird durch den von Osten nach Westen verlaufenden Mittellandkanal geprägt. Der Hafen in Hille ist für den Güterverkehr mit der Mindener Kreisbahn vernetzt. Durch das südliche Gemeindegebiet verläuft die Bundesstraße 65 von Hannover nach Osnabrück. Nächstgelegene Bahnhöfe im Fernverkehr sind Minden und Bad Oeynhausen, im Nahverkehr zudem Lübbecke an der Ravensberger Bahn. Die Ortschaften können mit Regional- und Anrufbussen von Minden, Lübbecke, Espelkamp oder Bad Oeynhausen erreicht werden.

Wichtige Daten und Wappen

Die Großgemeinde Hille wurde zum 1. Januar 1973 im Rahmen der Kommunalreform geschaffen. Dabei wurden die bis dahin eigenständigen Gemeinden Eickhorst, Hartum, Hille, Holzhausen II, Nordhemmern und Südhemmern aus dem Amt Hartum sowie Oberlübbe, Rothenuffeln und Unterlübbe aus dem Amt Dützen im Altkreis Minden zusammengeschlossen. Die Gemeinde Hille ist Rechtsnachfolgerin des Amtes Hartum, als Rathaus wurde das alte Amtshaus Hartum bestimmt.

Das Gemeindegebiet umfasst 103 Quadratkilometer, 74 Prozent davon sind landwirtschaftliche Flächen. 16.451 Einwohner leben in Hille, zur Konfessionsverteilung gibt es keine Angaben. An den Schulen im Gemeindegebiet besuchen 77 Prozent den evangelischen Religionsunterricht, fünf Prozent den katholischen. Die übrigen 17 Prozent gehören einer anderen oder keiner Religionsgemeinschaft an.
Das Wappen zeigt in Silber (Weiß) aus einem roten Wellenschildfuß wachsend drei rote Moorkolben, darüber vier rote, schräg gestellte Windmühlenflügel. Die Windmühlenflügel stammen aus dem Wappen des ehemaligen Amtes Hartum, auf dessen Gebiet es zahlreiche Windmühlen gab und noch heute gibt. Die Moorkolben stammen aus dem Wappen der Gemeinde Hille, in deren Gebiet sich das Hiller Moor befindet, dessen Nutzung für das Wirtschaftsleben der Gemeinde früher von Bedeutung war. Die Verbindung von Rot und Silber soll an die alte Zughörigkeit des Gebietes zum Fürstbistum Minden erinnern.

Aus der Ortsgeschichte

1170 wird der Ortsname Hille erstmals urkundlich erwähnt. 1523 wurde der westliche Teil der heutigen Kirche erbaut, 1550 erreichte die Reformation das Dorf. Bis 1945 war Hille rein protestantisch, erst mit Flüchtlingen und Vertriebenen kamen auch Katholiken hinzu. Die Altgemeinde Hille bekam 1564 das Marktrecht verliehen, vier Jahre später gab Bischof Hermann seine Einwilligung zur Errichtung eines Dorfkruges (Gasthaus Pöhler).

Blick auf Rothenuffeln, ein Ortsteil von Hille.

Das 17. Jahrhundert war geprägt durch Katastrofen: 1676 brannten in Südhemmern 96 Gebäude ab; ein Jahr später kamen die Franzosen. 1680 vernichtete am 14. Juni ein Hagelgewitter die Ernte – seitdem wird in Hartum alljährlich an diesem Tage ein Bußtag (Hagelfeiertag) begangen.
Hille ist bis heute geprägt durch seine landwirtschaftliche Struktur. Neben den großen Bauernhöfen, die bedingt durch den guten Lößboden vor allem auf der Hartumer Lößplatte entstanden, gab es bis ins 19. Jahrhundert hinein viele kleinen Heuerlingsstätten, die sich ein Zubrot durch handwerkliche Arbeiten wie zum Beispiel die Leinenweberei verdienten. Ende des 19. Jahrhunderts kam die Zigarrenmacherei auch in Hille auf. Viele Hiller wanderten im 19. Jahrhundert in die USA aus, andere gingen in den Sommermonaten als „Hollandgänger" zu Fuß bis in die Niederlande, um dort Gras zu mähen.
Mitte des 19. Jahrhunderts wurde die Infrastruktur durch ein Straßenbauprogramm des Mindener Landrates Carl von Schlotheim ausgebaut. Diese Arbeitsbeschaffungsmaßnahme verhalf dem Kreis zu einem wirtschaftlichen Aufschwung. 1903 eröffneten die Mindener Kreisbahnen eine Schmalspurstrecke von Minden über Hille bis Eickhorst, 1907 wurde sie bis Lübbecke verlängert, später auf Normalspur umgestellt. Der Abschnitt von Lübbecke bis Hille wurde 1967 stillgelegt, zwischen Hille (Hafen) und Minden findet noch heute Güterverkehr statt.

Sehenswürdigkeiten

In der Gemeinde Hille gibt es in fünf Ortschaften Windmühlen, die zur Westfälischen Mühlenstraße gehören. Ihre Pflege haben der Kreis-Mühlenverein und örtliche Mühlengruppen übernommen. An speziellen Mahl- und Backtagen öffnen einige ihre Pforten. Die Holländer-Windmühle in Südhemmern entstand 1880. Sie hat einen konischen Feldbrandsteinturm mit einem angeschütteten Erdwall und einer Durchfahrt, zwei Schrotgänge und einen Beutelgang. Die Mühle und das noch vorhandene Backhaus sind noch in Betrieb (Werner Steinkamp, Mühlengruppe Südhemmern, 05703/1408). In der Heimatstube im Müllerhaus führt der Heimatverein an den Mahl- und Backtagen frühere Arbeiten vor: Flachsverarbeitung, Spinnen, Weben, Reepschlagen und Zigarrenmachen (Öffnung nach Vereinbarung, Heimatverein Südhemmern, Hermann Peithmann, 05703/91200).
Die Holländer-Windmühle in Eickhorst, auch Storcks Mühle genannt, ist von 1848. Mühle, Backhaus (1879) und Speicher (1858) sind noch in Betrieb (Helmut Wüllner, 05703/2520, www.Windmuehle-Eickhorst.de).
Der ehemalige von-Oeynhausen'sche Hof ist als Bau- und Kulturdenkmal ein beeindruckendes Beispiel eines barocken Gräftenhofes. Er ging 1882 in den Besitz der Familie Reimler über.
Am Nordhang des Wiehengebirges hat sich das alte Bauernbad Rothenuffeln mit seinen schwefelhaltigen Quellen etabliert. Hier findet

Die Holländer-Windmühle in Südhemmen entstand 1880.

sich ein alter Kurpark, der Kurgäste zum Wandeln einlädt. Das große Torfmoor, etwa 500 Hektar groß, ist eines der letzten erhaltenen in Ostwestfalen. 1980 wurde das Moor zum Naturschutzgebiet erklärt. Geführte Wanderungen werden durch die Gemeindeverwaltung (0571/4044-249 oder -250) vermittelt.

Kultur

Das Heimathaus Hartum zeigt Leben und Arbeit in der „guten alten Zeit". In Hartum steht das ehemalige Amtsgefängnis. Ein Teil des Gebäudes wurde als Feuerwehrgerätehaus genutzt (Führungen nach Vereinbarung, Heimatverein Hartum, 0571/42917).
In der Moorgalerie Haseloh an der Eickhorster Mühle können Landschafts- und Naturfotografien aus dem Hiller Moor, dem Wiehengebirge und der näheren Umgebung betrachtet werden. Öffnungszeiten an den Mahl- und Backtagen und nach Vereinbarung (Friedhelm Haseloh, 05703/2431).
Im Kurpark Rothenuffeln wurde ein Fachwerkensemble errichtet, bestehend aus einem Heuerlingshaus, einem Küchengebäude und der Kulturscheune. In der Kulturscheune veranstaltet der Heimatverein Lesungen, Konzerte, und (kleine) Theaterabende (Besichtigung Dienstag 14 bis 17 Uhr).
Das Industriemuseum „ehemalige Brennerei Meyer" ist ein mehrgeschossiges Gebäude, das als Kornbrennerei (gegründet 1721) gedient hat. Hier wurde der bekannte „Hiller Moorbrand" hergestellt. Große Teile der Brennereiausstattung – darunter eine Dampfmaschine von 1892 – sind noch vorhanden, so dass der interessierte Besucher den Brennvorgang vom Getreideboden bis zum Zolllager nachvollziehen kann (Besichtigung nach Vereinbarung, Gemeinde Hille, 0571/40440).

Wirtschaft

Seit 1931 gibt es die Möbelfabrik Friedrich Priess GmbH & Co. KG in Hille. Als Möbelzulieferer ist zudem die Prieß, Horstmann & Co. Maschinenbau, GmbH & Co. KG aus Unterlübbe tätig. Die R. Bücker EDV-Beratung Datentechnik GmbH ist ein mittelständiges IT-Unternehmen aus Hille, die UPHOFF Schlosserei GmbH ein Stahlbau und Schlossereibetrieb. Weiterhin gibt es die im Fensterbau tätige dtH Tiemann GmbH. In Unterlübbe findet sich die ESKATE Rohrverbindungstechnik GmbH. Im Hafen Hille am Mittellandkanal hat das Logistikunternehmen Rhenus GmbH eine Niederlassung. Auf dem Gebiet der Gemeinde Hille liegt heute die vom Kreis betriebene Abfalldeponie Pohlsche Heide mit 74 Mitarbeitern (www.pohlsche-heide.de). Zum 30. Juni 2006 waren für die Gemeinde Hille 2.920 sozialversicherungspflichtig Beschäftigte verzeichnet, die meisten davon (1.086) im verarbeitenden Gewerbe. Es folgte der Handel mit 466 Beschäftigten vor dem Bereich des Gesundheits-, Erziehungs- und Sozialwesens mit 396 Beschäftigten.

Brauchtum, Feste, Traditionen

Seit 725 Jahren findet jeweils im April und September der Hiller Markt statt. Der ursprüngliche Vieh- und Krammarkt hat sich im Laufe der Zeit zu einer Vergnügungsveranstaltung mit umfassender Gewerbeausstellung während des Frühjahrsmarktes entwickelt.

Sport und Freizeit

Hille und Umgebung ist ein Schwerpunkt der deutschen Handballszene; die Nationalspieler Dieter Waltke und Frank von Behren kommen aus Hille. Jeder der örtlichen Sportvereine hat eine eigene Handballabteilung; 109 von 410 im Mühlenkreis gemeldeten Mannschaften kommen aus Hille. Fast jede Ortschaft verfügt zudem über einen eigenen Brieftaubenverein. Im Norden der Gemeinde liegt das neu geschaffene Naherholungsgebiet Mindenerwald. Die rund 47 Hektar große Wald- und Wiesenlandschaft rund um den „Sonnenhügel" bietet Möglichkeiten zum Wandern und Entspannen. Einer der sieben Teiche des Naherholungsgebietes wurde als Badesee ausgebaut (Badebetrieb von Mai bis Mitte September). Ein 2,2 Kilometer langer, gut ausgebauter Rundweg ist mit Informations- und Übersichtstafeln versehen, die Wanderer auf die Pflanzenwelt der wald- und seenreichen Gegend aufmerksam machen.
Das ausgedehnte und gut ausgebaute Wander- und Radwegenetz bietet sehr gute Möglichkeiten zum Laufen, Walken, Inlineskaten und Radfahren. Radler können ihrem Hobby außerdem auf den Radfernwegen Bremen-Bad Oeynhausen, der Mühlenroute und der Wellness-Radroute nachgehen.

Persönlichkeiten

Der evangelische Theologe Johann Heinrich Volkening wurde am 10. Mai 1796 in Hille geboren. Der Sohn eines Windmüllers studierte nach dem Abitur in Jena und Halle. 1822 wurde Volkening als Pfarrer der Kirchengemeinde Schnathorst bei Lübbecke eingeführt. Dort machte er sich bald durch seine Predigten einen Namen, seine Gottesdienste füllten die Kirchen. 1827 wurde Volkening Pfarrer in Gütersloh, wo er ebenfalls großen Zulauf hatte – seine Forderung nach einem Verbot der Schützenfeste stieß jedoch auf keine große Gegenliebe. In den Jahren 1838 bis 1869 lebte und wirkte Volkening als Pfarrer in Jöllenbeck, heute ein Stadtteil von Bielefeld. Er schlug das Amt des Generalsuperintendenten der Evangelischen Kirche von Westfalen, das ihm 1856 von König Friedrich Wilhelm IV. angeboten wurde, aus, um bei seiner Gemeinde bleiben zu können. Volkening, der auch als „Pietistengeneral" bekannt ist, starb am 25. Juli 1877 in Bad Holzhausen unterm Limberge, Stadt Preußisch Oldendorf.

Information

Gemeinde Hille, Am Rathaus 4, 32479 Hille
0571/4044-0, info@hille.de, www.hille.de.

Barocker Gräftenhof, seit 1882 im Besitz der Familie Reimler.

Horn-Bad Meinberg

Kreis Lippe

Straßenbahn: Von 1912 bis 1953 konnte man in Horn Straßenbahn fahren: nach Detmold, nach Paderborn – mitten zwischen den Externsteinen hindurch – und in Richtung Blomberg. Betrieben wurde die Straßenbahn zunächst von der Leag (Lippische Elektrizitäts-AG), dann von der Paderborner Elektrizitäts- und Straßenbahn AG (Pesag).
Gummibahn: In der Saison verbindet heute der „Naturpark-Bus" Horn-Bad Meinberg mit Schieder und dem Freizeitzentrum Schieder-See. Der Clou: Der Bus hat einen Anhänger, auf dem man Fahrräder mitnehmen kann, so dass sich der Naturpark auch auf zwei Rädern erkunden lässt.

Geografische Lage/Verkehrsanbindung

Die Stadt Horn-Bad Meinberg liegt im Süden des Kreises Lippe. Sie grenzt im Westen an Schlangen und Detmold, im Norden an Blomberg, im Osten an Schieder-Schwalenberg (alle Kreis Lippe), im Südosten an Steinheim (Kreis Höxter) sowie im Süden an Altenbeken und Bad Lippspringe (beide Kreis Paderborn). Im Stadtgebiet von Horn-Bad Meinberg stoßen das von Süden nach Norden verlaufende Eggegebirge mit seinem nördlichen Ende und das östliche Ende des von Westen nach Osten verlaufenden Teutoburger Waldes zusammen. Im Gemeindegebiet befinden sich die beiden höchsten Berge des Eggegebirges, der (oder, das ist umstritten: „die") Lippische Velmerstot mit 441 Metern und der (oder die) Preußische Velmerstot mit 468 Metern über NN. Der niedrigste Punkt im Stadtgebiet liegt an der Napte bei Beller mit 127 Metern über NN. Von Südwesten nach Nordosten wird Horn-Bad Meinberg von der Bundesstraße 1 durchquert, die in den letzten Jahren zur modernen Fernstraße ausgebaut wurde. Sie bietet rund 25 Kilometer südlich von Horn Anschluss an die Autobahn A 33 (Paderborn-Elsen). In ostwestlicher Richtung durchquert die B 239 von Höxter nach Herford das Stadtgebiet, sie bietet im Westen Anschlüsse an die A 2.

Durch Horn-Bad Meinberg führt die Eisenbahnstrecke Herford–Lage–Altenbeken, auf der die Regionalzuglinien Herford–Paderborn und Münster–Bielefeld–Altenbeken verkehren. Die Züge halten auch im Bahnhof des Stadtteils Leopoldstal. Ein umfangreiches Regionalbusnetz bindet die Stadtteile bzw. Nachbarorte an Stadt und Bahnhof Horn-Bad Meinberg an.

Wichtige Daten und Wappen

Die zuvor eigenständige Stadt Horn wurde mit der Gebietsreform zum 1. Januar 1970 mit den Gemeinden Belle, Bellenberg, Billerbeck, Fromhausen, Heesten, Holzhausen-Externsteine, Leopoldstal, Bad Meinberg, Schmedissen, Vahlhausen, Veldrom, Wehren, Kempenfeldrom, Teilen der Gemeinde Oberschönhagen (Ortsteil Fissenknick) und Teilen der Gemeinde Schönemark (Ortsteil Wilberg) zusammengefasst. Die neue Stadt trug laut Gesetz zur Neugliederung des Kreises Detmold vom 2. Dezember 1969 den Namen „Bad Meinberg-Horn". Massiver Protest unter den Einwohnern der ehemaligen Stadt Horn führte dann am 10. September 1970 zur Umbenennung der Stadt in Horn-Bad Meinberg.
Das Stadtgebiet umfasst eine Fläche von 90 Quadratkilometern, 33 davon sind bewaldet. Am 31. Dezember 2007 zählte die Stadt 19.039 Einwohner. 51 Prozent der Bevölkerung sind evangelisch, 16 Prozent katholisch, die übrigen gehören anderen oder keinen Glaubensrichtungen an.
Für das neue Stadtwappen, genehmigt am 5. Juni 1973, wurden die beiden wesentlichen Wappensymbole der Stadt Horn und der Gemeinde Bad Meinberg gewählt. Die alte

Die Externsteine südwestlich von Horn.

Stadt Horn trug seit dem 13. Jahrhundert im Stadtsiegel ein Horn, das an der lippischen Rose aufgehängt war. Das Wappensymbol des Ortsteils Bad Meinberg – der Brunnen-„Tempel" des Kurparks – nimmt die untere Hälfte des Wappens ein.

Aus der Ortsgeschichte

Aus der ältesten urkundlichen Erwähnung geht hervor, dass die Gründung der Stadt Horn um 1248 erfolgt sein muss. Die Burg Horn ist 1348 fertiggestellt worden, sie wurde als Wehr- und Wohnbau der Edelherren und späteren Grafen zur Lippe genutzt. „Diesseits des Waldes" war Horn damals die einzige Residenz, allerdings besaßen die Edelherren „jenseits des Waldes" auch Lippstadt, Rheda und Holzminden, so dass der lippische Herrscher nicht nur in Horn residiert hat. Später wurde die Burg von Witwen des Hauses Lippe als Alterssitz genutzt, zuletzt 1666 bis 1673 von Gräfin Amalie zur Lippe.
Im Jahr 1864 wurden große Teile der Horner Innenstadt bei einem Brand zerstört; 60 Häuser wurden Opfer der Flammen. 1865/66 wurde ein neues Rathaus errichtet, das im neugotischen Stil gestaltet wurde.
Einen Bahnanschluss erhielt Horn 1895; der außerhalb des Stadtkerns in Richtung Bad Meinberg gebaute Bahnhof liegt an der Strecke Detmold – Altenbeken. Der Schienenanschluss war auch Grundlage für die industrielle Entwicklung Horns im Bereich der Holzverarbeitung.
Die erste urkundliche Erwähnung Meinbergs datiert aus dem Jahre 978, aus dem Schatten Horns tritt der Ort aber erst mit dem Aufleben des Kurbetriebs. Das Heilwasser war bereits im späten Mittelalter bekannt, aber noch ohne wirtschaftliche Bedeutung, der Meinberger Gesundbrunnen wurde nur von den Bauern gebraucht. Ab 1762 forcierten die lippischen Grafen die Untersuchung des Wassers und seine Nutzung für den Kurbetrieb. 1767 wurde Meinberg zum „Curort" erhoben, man zählte in diesem Jahr bereits 413 Kurgäste, Hotels und Geschäfte wurden gebaut. Mit der Entdeckung und Entwicklung der Moorkur begann im frühen 19. Jahrhundert ein gewisser Aufschwung, der sich jedoch erst gegen 1900 voll entfaltete. Am 6. Oktober 1903 wurde durch besondere fürstliche Order bekannt gegeben: „Die Ortschaft Meinberg wird hinfort die Bezeichnung Bad Meinberg führen". 1921 wurde der Name des Kurbetriebs in „Staatliches Bad Meinberg Aktiengesellschaft" geändert, auch wurde systematisch nach weiteren Quellen gebohrt, die Trinkkuren (Kohlensäure-Quellen) entwikkelten sich neben dem Moor zum wichtigsten Standbein.
Nach dem Zweiten Weltkrieg erlebte Bad Meinberg einen massiven Aufschwung, im Rekordjahr 1991 kamen fast 38.000 Kurgäste in das Bad; die höchste jemals erreichte Gästezahl seit Bestehen des Bades. Dann

Das Rathaus von Horn entstand kurz nach dem großen Brand von 1864.

jedoch ging durch die Sparmaßnahmen im Gesundheitswesen die Nachfrage stark zurück, drei Klinken mussten schließen, zeitweise war sogar die gesamte Existenz des Bades bedroht. Durch neue Angebote – so wurde Ende 2003 „Europas größtes Yoga-Seminarhaus" eröffnet – erschließt sich Bad Meinberg neue Märkte.

Sehenswürdigkeiten

Horn-Bad Meinberg liegt im vielleicht schönsten Teil des Naturparks Teutoburger Wald/Eggegebirge. Im Stadtgebiet befinden sich die beiden höchsten Berge des Eggegebirges, der Lippische und der Preußische Velmerstot (441 und 468 Meter über NN). Auch die höchste Erhebung des Teutoburger Waldes, der Barnacken südlich der Externsteine (446 Meter über NN), liegt in Horn-Bad Meinberg. Die beiden Mittelgebirgszüge Eggegebirge und Teutoburger Wald werden nur durch das romantische Tal des Silberbachs getrennt.
Horn bietet ein noch teilweise erhaltenes historisches Stadtbild mit sehenswerten Bauten. Die ehemalige Burg – sie dient heute als Heimatmuseum und beherbergt Dienststellen der Stadtverwaltung bzw. der Polizei – liegt unmittelbar an der Stadtmauer. Sie wurde zwischen 1656 und 1659 stark umgebaut. Im Zuge der zwischen 1983 und 1989 durchgeführten Restaurierungsmaßnahmen erhielt der Turm wieder seine oberen Geschosse und ein neues Dach, man kann ihn heute besteigen und den Blick über Horn genießen.
Das stattliche neugotische Rathaus wurde 1865/66 erbaut, nachdem der Vorgängerbau zwei Jahre zuvor durch einen Brand zerstört worden war. Ursprünglich zweiflügelig, wurde er 1956 durch rückwärtige Anbauten erweitert. Geprägt wurde das Stadtbild früher wesentlich von giebelständigen Fachwerk-Dielenhäusern. Einige schöne Beispiele haben sich bis heute an der Nord- und an der Mittelstraße erhalten.
Die Externsteine, eine markante, bis zu 40 Meter hohe Sandstein-Felsformation im Stadtteil Holzhausen-Externsteine, gelten als eine nicht nur im Wortsinne herausragende Natursehenswürdigkeit in Deutschland. Zwischen einer halben und einer Million Menschen kommen jedes Jahr hierher.
Aus dem direkten Umfeld der Felsen gibt es archäologische Funde aus der Altsteinzeit (um 10.000 v. Chr.) und der Mittelsteinzeit, insbesondere Feuerstein-Spitzen und -Abschläge. Seit wann die Externsteine auch kultisch-spirituell genutzt wurden, ist bislang nicht eindeutig zu bestimmen und bietet so Raum für teilweise ausufernde Spekulationen. Großes Interesse brachten die Nationalsozialisten den Externsteinen entgegen – für sie waren sie eine germanische Kultstätte und damit ein frühes Element der so genannten Völkischen Bewegung. Aus ihrer Sicht waren die Externsteine ein Kristallisationspunkt der germanischen bzw. nordischen Hochkultur, die sich von den antiken Hochkulturen des Mittelmeerraums bewusst abgrenzte; wissenschaftliche Beleg dafür fehlen indes.
Seit Ende der 1990er-Jahre gibt es im Rahmen des Stadtmarketings vor Ort verschiedene Überlegungen – von einer sanften Vermarktung bis zu esoterischen Großveranstaltungen –, den Platz an den Externsteinen

zum Event-Ort auszubauen. Diese Pläne wurden bislang aber nicht umgesetzt und von Natur- und Denkmalschützern stark kritisiert.

Brauchtum, Feste, Traditionen
Die Externsteine werden von verschiedenen esoterischen Gruppen als „Kraftort" mit außergewöhnlichen spirituellen Eigenschaften angesehen. Zur Walpurgisnacht und Sommersonnenwende finden an den Externsteinen die deutschlandweit größten, informell organisierten Treffen vieler Gruppen und Personen aus dem esoterischen Spektrum statt.

Sport und Freizeit
Horn-Bad Meinberg bietet Menschen, die die Natur erleben, erwandern oder erfahren wollen, außergewöhnlich viel. Hier treffen der dem Teutoburger Wald folgende, 156 Kilometer lange Hermannsweg und der Eggeweg, ein 70 km langes Teilstück des Europäischen Fernwanderwegs E 1 Schweden – Italien, aufeinander. Auch die Radfernwege Römerroute und Wellness-Radroute sowie die Bahn-Rad-Route Weser-Lippe führen durch das Gemeindegebiet. Außerdem verläuft der Europaradwanderweg R 1 auf seinem Weg von Calais (Frankreich) nach Tallinn (Estland) direkt an den Externsteinen vorbei.

Der Brunnentempel im Kurpark von Bad Meinberg ist auch im Wappen zu sehen.

Wirtschaft
Die Wirtschaft von Horn-Bad Meinberg ist wesentlich von den Themen Gesundheit, Wellness und Tourismus charakterisiert, die industrielle Entwicklung blieb eher schwach und konzentrierte sich auf die Holzverarbeitung. Größter Arbeitgeber mit rund 750 Beschäftigten ist der zu einem portugiesischen Konzern gehörende Holzwerkstoffhersteller GHP GmbH. Dieses Unternehmen ist aus der 2001 in Insolvenz gegangenen Hornitex-Gruppe hervor gegangenen, die 1926 als Sperrholzwerk Gebr. Künnemeyer gegründet und 1958 in Hornitex Werke Gebr. Künnemeyer umbenannt wurde.
Am 30. Juni 2006 waren in Horn-Bad Meinberg 4.232 Personen sozialversicherungspflichtig beschäftigt. Davon waren 1.431 im verarbeitenden Gewerbe tätig, 1.021 im Gesundheits-, Erziehungs- und Sozialwesen, 444 im Handel.

Information
Stadt Horn-Bad Meinberg, Marktplatz 4, 32805 Horn-Bad Meinberg, 05234/201-0, post@horn-badmeinberg.de, www.horn-badmeinberg.de.
Stadtmarketing Horn-Bad Meinberg GmbH, Parkstraße 2, 32805 Horn-Bad Meinberg 05234/98903, stadtmarketing@horn-badmeinberg.de, www.horn-badmeinberg.de.

Hövelhof

Kreis Paderborn

Mittendrin: Hövelhof liegt im Städtedreieck Bielefeld/Paderborn/Gütersloh. Diese 15 bis 30 Kilometer entfernten Städte sind schnell zu erreichen, was sich als wichtiger Motor für das seit langem anhaltende Wachstum Hövelhofs erweist.
Nah am Rand: Nach Osten hin legt sich der Truppenübungsplatz Senne vor Hövelhof. Aber am Wochenende (meist auch ab 16.30 Uhr in der Woche) steht dessen Ringstraße auch Zivilisten offen und erlaubt den schnellen Weg nach Lippe – mitten durch die faszinierende Senne-Landschaft.

Geografische Lage/Verkehrsanbindung

Die Gemeinde Hövelhof liegt ganz im Norden des Kreises Paderborn. Im Südosten grenzt Hövelhof an Bad Lippspringe, im Süden an den Paderborner Stadtteil Sennelager, im Westen an Delbrück (alle Kreis Paderborn), ebenfalls im Westen an Verl, im Norden an Schloß Holte-Stukenbrock (beide Kreis Gütersloh) und schließlich im Nordosten an Schlangen (Kreis Lippe). Der höchste Punkt liegt mit 158 Metern über NN im Truppenübungsplatz, der tiefste an der Ems westlich von Espeln mit 94 Metern. Die Gemeinde hat eine Fläche von 71 Quadratkilometern, 20 davon gehören zum Truppenübungsplatz. Von Süd nach Nord durchquert die Autobahn A 33 Paderborn–Bielefeld die Gemeinde Hövelhof. In etwa gleicher Richtung liegt die Eisenbahnstrecke Paderborn–Bielefeld, auf der heute die „Nordwestbahn" im Stundentakt fährt. Hövelhof liegt an den Quellen der Ems. Der Fluss entspringt im Naturschutzgebiet Moosheide an der Gemeindegrenze zu Schloß Holte-Stukenbrock und mündet nach 371 Kilometern in die Nordsee.

Wichtige Daten und Wappen

Die Gemeinde Hövelhof besteht aus dem Kernort Hövelhof und fünf umliegenden Ortsteilen: Staumühle im Osten, Klausheide im Süden, Espeln im Westen, Riege im Nordwe-

sten und Hövelriege im Norden. In der heutigen Form ist die Gemeinde am 1. Januar 1975 entstanden, wobei ihr von der (Delbrück zugeteilten) Gemeinde Ostenland die Ortsbereiche Espeln und Klausheider Siedlung zugeschlagen wurden. Das Wappen der Gemeinde zeigt im oberen Feld das Bischofskreuz der Fürstbischöfe von Paderborn, die seit dem Mittelalter Landesherren waren. Das Jagdhorn symbolisiert das 1661 gebaute Jagdschloss, die Wellenlinie den Reichtum Hövelhofs an Wasserläufen. Das Grün steht für den Waldreichtum.
Mit Stand vom 30. Juni 2008 zählte die Gemeinde Hövelhof 15.687 Einwohner. An den Schulen im Gemeindegebiet besuchen 62 Prozent der Schüler den katholischen Religionsunterricht, 20 Prozent den evangelischen, 17 Prozent gehören einer anderen oder keiner Religionsgemeinschaft an.

Aus der Ortsgeschichte

Hövelhof ist eine junge Gemeinde. Bis ins 19. Jahrhundert war selbst das Gebiet des heutigen Kernortes nur dünn besiedelt. Auf wenigen verstreuten Höfen versuchten die Menschen, dem kargen Sandboden der Senne Erträge abzugewinnen. Urhof und Namensgeber der Gemeinde war der „Hövelhof", ein alter Vollmeierhof, der 1446 erstmals urkundlich erwähnt wurde, aber mindestens auf das Jahr 1000 zurückgeht.
1661 baute der Paderborner Fürstbischof Dietrich Adolph von der Recke am Hövelhof ein Jagdschloss, um von dort aus in der Senne auf die Pirsch zu gehen. Erst 1715 gründete man eine eigene (katholische) Kirchengemeinde. Die politische Gemeinde ist noch erheblich jünger, sie wurde erst 1807 von der

Die katholische Kirche St. Johannes im Zentrum Hövelhofs.

Regierung des Königreichs Westphalen unter Napoleons Bruder Jérôme Bonaparte konstituiert, indem man von der Gemeinde Ostenland (heute ein Stadtteil von Delbrück) den nordöstlichen Teil abtrennte. Allerdings verlief die neue Ortsgrenze sehr unglücklich – zu nah am Hövelhofer Ortskern, so dass für viele Menschen, deren Lebensmittelpunkt Hövelhof war, weiterhin die Gemeindeverwaltung Ostenland zuständig blieb; erst 1958 wurde durch die Abtretung von vier Quadratkilometern Ostenländer Gebiets dieser Mangel geheilt.
Im 19. Jahrhundert blieb Hövelhof ein vergleichsweise weltabgeschiedener Ort, erst durch den Bau der Eisenbahn von Bielefeld nach Paderborn 1902 (Preußische Staatseisenbahnen) und der Strecke Hövelhof–Gütersloh 1903 (Teutoburger-Wald-Eisenbahn, heute nur noch Güterverkehr) fand man Anschluss an die weite Welt. Noch vor dem Zweiten Weltkrieg begann mit dem Bau einer Möbelfabrik das Industriezeitalter; bis dahin war Hövelhof rein agrarisch strukturiert. Der expandierende Straßenverkehr förderte die gewerbliche Entwicklung seit etwa 1960 nachhaltig. Heute gehört Hövelhof zu den gewerbereichsten und am stärksten wachsenden Gemeinden Ostwestfalens.
Mitte der 1930er-Jahre wurde im Rahmen der Aufrüstungspolitik der Truppenübungsplatz Sennelager, der Hövelhof anfangs nur am Rande berührt hatte, nach Westen ausgedehnt – die Erweiterung sollte sich noch bis in die 1970er-Jahre fortsetzen. 1939 musste dafür der Ortsteil Hövelsenne geräumt werden, für etwa 800 Hövelhofer bedeutete dies den Verlust der Heimat. Bis 1945 wurde der Übungsplatz auf 10.000 Hektar ausgedehnt, heute umfasst er sogar 11.600 Hektar.

Sehenswürdigkeiten

Bei den Sehenswürdigkeiten ist an erster Stelle die Landschaft selbst zu nennen. In der Moosheide, rund um die Emsquellen, ist die ursprüngliche Sennelandschaft mit ihren Bachtälern, Dünen und Heidevegetation noch erhalten – und für jedermann zugänglich, was auf dem Truppenübungsplatz mit seiner ebenfalls urtümlichen Landschaft nur bedingt der Fall ist. Der „Senne-Parcours Hövelhof" verbindet auf ausgeschilderten Wegen Natur und Kultur. Mehr als tausend Heidschnucken werden ganzjährig als „vierbeinige Rasenmäher" eingesetzt, um die typischen Heide- und Moorflächen zu erhalten.
Am Furlbach befinden sich zwei gut erhaltene Mühlen, die um 1700 erbaute Henkenmühle und die Furlmühle. Hier wurde ursprünglich Hanf und Flachs geklopft, später dienten sie als Handels- und Schrotmühlen.
Der „Plattdeutsche Kreis" betreut im „Heimatzentrum OWL" das „Heimathaus" und das „Haus des historischen Handwerks". Hier kann man handwerkliche Tätigkeiten und das Leben vergangener Tage kennen lernen.

Bildung und Verwaltung

Historischen Unterricht nach der alten preußischen Schulordnung kann man in der alten Dorfschule – heute ein denkmalgeschütztes Museum – in Ortsteil Riege hautnah miterleben. Ein bemerkenswerter Träger der Weiter-

Typisches Fachwerkhaus der Sennelandschaft.

bildung ist das Volksbildungswerk Hövelhof, das in Form eines Vereins die Aufgaben einer Volkshochschule wahrnimmt.

Brauchtum, Feste, Traditionen

Die bewusst gelebte Verbundenheit mit der eigenen Geschichte zeigt sich auch im Charakter der wichtigsten Hövelhofer Feste: beim Hövelmarkt (einer Kirmes mit großem kulturellen Beiprogramm jeweils am ersten Oktober-Wochenende), beim Erntedankfest mit großem Festumzug in Espeln (Anfang September) und natürlich beim Schützenfest (immer am vierten Juni-Wochenende). Der Schützenverein ist der mitgliederstärkste Verein in Hövelhof und einer der größten Schützenvereine des Paderborner Landes.

Sport und Freizeit

Die weite, parkähnliche Landschaft lädt zu Wanderungen und Radtouren ein. Viele Kilometer Rad- und Wanderwege auf gut ausgeschilderten Rundkursen oder überregionale Radwanderstrecken warten auf Erkundung – der Europa-Radweg R1, der Ems-Radweg und die BahnRadRoute Teuto-Senne. Außerdem sind im Gemeindegebiet sieben örtliche Radwege ausgeschildert. Die Pisten für Radler weisen so gut wie keine Steigungen auf und sind großenteils baumbeschattet.
Wanderer erreichen Hövelhof auf den Fernwanderwegen X 3 (Diemel-Ems-Weg) und dem Ems-Weg. Auf Nordic-Walker warten im Hövelhofer Wald und in der Moosheide gut ausgeschilderte, ebene Wege. Zwei neu ausgewiesene Routen für Inline-Skater (8, 16 und 24 Kilometer) machen Lust, den Ort auf kleinen Rollen zu erkunden.
Hövelhof ist eine Gemeinde der Pferdefreunde. Die zweimal jährlich stattfindenden Reitertage sind für Spring- und Dressurreiter sowie Voltigierer weit über Ostwestfalen hinaus bekannt. Wer sich lieber auf Blech fortbewegt und Freude an kuriosem Spektakel hat, kommt beim Espelner Mofarennen, das jeweils im April auf brachliegenden Äckern ausgetragen wird, auf seine Kosten.

Wirtschaft

Hövelhof steht auf Sand. Ein örtlicher Unternehmer hat daraus ein besonderes Geschäft gemacht und exportiert ihn sogar in die arabische Wüste; und zwar für den Reitplatzbau – für edle Reitplätze ist der Sennesand geeignet wie kein anderer.
Hövelhofs Gewerbe sind mittelständisch und ausgesprochen jung, die Struktur ist vielfältig und stark expandierend: von Zulieferern für die Automobilindustrie über Hersteller und Vertreiber von Nahrungsmitteln bis zu Produzenten von Bauelementen. Besonders stark ist der Maschinenbau, rund die Hälfte der Betriebe ist in der Metallbearbeitung tätig. Größte Arbeitgeber sind die Firma Kaimann, die Isoliersysteme herstellt, und der Holzwerkstoff-/Möbel-Hersteller Formaplan/Geha.
Am 30. Juni 2006 waren in Hövelhof 4.007 Personen sozialversicherungspflichtig beschäftigt – 2.115 davon im verarbeitenden Gewerbe, 579 im Gesundheits-, Erziehungs- und Sozialwesen, 478 im Handel.

Information

Gemeinde Hövelhof, Schloßstraße 14, 33161 Hövelhof, 05257/5009-0, buergermeister@hoevelhof.de, www.hoevelhof.de.
Verkehrsverein Hövelhof, Schloßstrasse 14, 33161 Hövelhof, 05257/5009-215, Verkehrsverein@hoevelhof.de.

Höxter

Kreis Höxter

Am Ende: In Corvey liegt das Grab des 1874 verstorbenen Dichters Hoffmann von Fallersleben, der als Bibliothekar die Fürstliche Bibliothek des Herzogs von Ratibor und Fürsten von Corvey betreute. Die Herzöge von Ratibor sind bis heute Eigentümer von Schloss Corvey und der darin befindlichen Bibliothek.
Am Anfang: Beim Kloster Corvey befinden sich Reste der Stadt Corvey, die als Konkurrenz für das nahe Höxter gegründet und 1265 von den Bürgern der Stadt Höxter und dem Bischof von Paderborn zerstört wurde.

Geografische Lage/Verkehrsanbindung

Die Kreisstadt Höxter liegt an der Ostgrenze des gleichnamigen Kreises. Ebenfalls zum Kreis Höxter gehören die im Westen angrenzenden Städte Marienmünster und Brakel sowie das im Süden sich anschließende Beverungen. Im Osten grenzt Höxter an die Samtgemeinde Bevern, die Stadt Holzminden und die Samtgemeinde Boffzen (alle Niedersachsen), im Norden an Lügde (Kreis Lippe) und die Samtgemeinde Polle (Niedersachsen). Der Großteil der Ostgrenze Höxters wird durch die Weser markiert, auf der rechten (östlichen) Flussseite liegt der Ortsteil Lüchtringen. Höxter ist die am östlichsten gelegene Stadt Nordrhein-Westfalens. Sieht man vom weiten Flusstal der Weser ab, wird das Stadtgebiet geprägt von den typischen Höhenzügen des Weserberglands. Höxter hat eine Größe von 158 Quadratkilometern, davon sind 60 Quadratkilometer Wald, 76 werden landwirtschaftlich genutzt. Der höchste Punkt im Stadtgebiet liegt unter dem Gipfel des Köterbergs (siehe: Lügde) bei 470 Metern über NN, der niedrigste an der Weser bei Stahle mit 87 Metern.
In Süd-Nord-Richtung wird Höxter durchquert von den hier vereinten Bundesstraßen 64 Paderborn–Seesen und 83 Kassel–Hameln, in der Kernstadt trifft auf diese die B 239 Herford–Detmold–Höxter. Durch Höxter führt die Eisenbahnstrecke Altenbeken–Holzminden,

die von der Nordwestbahn im Stundentakt bedient wird. Im Bahnhof der Ortschaft Ottbergen zweigt die Strecke nach Northeim bzw. Göttingen ab, hier wird ein Zweistundentakt angeboten. Die als Bundeswasserstraße ausgewiesene Weser spielt als Verkehrsweg heute nur noch für den Freizeitverkehr eine Rolle, die Frachtschifffahrt ist zum Erliegen gekommen. In der Sommersaison wird neben Charter- und Rundfahrten auch eine Linienverbindung ins flussaufwärts gelegene Bad Karlshafen angeboten. Höxters Hafen in unmittelbarer Nähe des Schlosses Corvey wird vorwiegend von Sportbooten genutzt. Etwa Zweieinhalb Kilometer nordwestlich der Stadt liegt oberhalb der Ortschaft Brenkhausen der Luftlandeplatz Höxter-Holzminden.

Wichtige Daten und Wappen

Die heutige Stadt Höxter entstand am 1. Januar 1970 durch das Gesetz zur Neugliederung des Kreises Höxter aus den elf Gemeinden des ehemaligen Amtes Höxter-Land (Albaxen, Bödexen, Bosseborn, Brenkhausen, Fürstenau, Godelheim, Lüchtringen, Lütmarsen, Ottbergen, Ovenhausen und Stahle), der Kernstadt Höxter sowie der Gemeinde Bruchhausen aus dem Amt Beverungen. Am 31. Dezember 2007 zählte Höxter 33.720 Einwohner, damit ist Höxter vor Warburg die einwohnerstärkste Stadt des Kreises. Zur römisch-katholischen Kirche bekannten sich 59 Prozent der Einwohner, zur evangelischen 23 Prozent; die übrigen gehörten anderen oder keiner Glaubensgemeinschaft an. Nach der Kernstadt mit 15.253 Einwohnern sind Lüchtringen (3.422) und Stahle (2.711) die größten Ortschaften.

Rathaus und Kilians-Kirche im Zentrum.

Das Wappen der Stadt, genehmigt am 1. Juli 1970, lehnt sich an ein Siegel Höxters aus dem Mittelalter an und zeigt vor einem roten Hintergrund einen silbernen (bzw. weißen) Torbau mit Stadtmauer, Türmen und Spitzgiebel –Symbole einer befestigten Stadt.

Aus der Ortsgeschichte

Höxters erste urkundliche Erwähnung stammt aus dem Jahr 823, die Siedlung zählt damit zu den ältesten in Norddeutschland. Vor der Etablierung der Stadt bestand hier eine Siedlung namens Huxori, deren Entstehung von der weitgehend hochwasserfreien Lage in der Weserniederung und einer in der Nähe aufgeschwemmten Furt begünstigt wurde.

Ins Licht der schriftlich festgehaltenen Geschichte tritt der Raum Höxter mit der Bekehrung der Sachsen durch die von Westen heranrückenden Franken. Bereits um 800 bestand im heutigen Höxter eine Missionskirche, die dem heiligen Kilian geweiht war.

Zentraler Impuls für die weitere Entwicklung war die Gründung der nur rund einen Kilometer vom heutigen Stadtkern entfernten Abtei Corvey. Kaiser Ludwig der Fromme erwarb die Siedlung Huxori mitsamt Ländereien und übertrug sie 823 an das Kloster.

Corveys und Höxters Entwicklung verliefen in ständiger Wechselwirkung, mal zum Vorteil, oft zum Nachteil Höxters. Ursprünglich hatte Ludwig der Fromme 815 auf Veranlassung seines Vaters Karls des Großen ein Kloster unweit Corveys gegründet, das von Benediktinermönchen aus Corbie an der Somme bezogen und Corbeia nova, neues Corbie, genannt wurde. Die Mönche verlegten den Sitz 822 an die Stelle des heutigen Corvey, wo es sich im 9. und 10. Jahrhundert zu einem der bedeutendsten Zentren der christlichen Kultur Nordwesteuropas entwickelte. 833 erhielt das Kloster das älteste überlieferte Münzprivileg östlich des Rheins, womit die Gründung eines Marktes einherging; dieser befand sich an der Furt in Höxter.

Die positive Entwicklung Höxters stützte sich auf zwei Fernhandelsstraßen: der vom Rheinland über das heutige Ruhrgebiet und Soest zu den Silbergruben in Goslar und dem Harzvorland führende „verlängerte" Hellweg zum einen, die der Weser folgende von Kassel nach Bremen zum anderen. 1115 wird erstmalig von einer Brücke berichtet, sie war der erste feste Weserübergang überhaupt. Im 12. Jahrhundert verfügte Höxter bereits über eine Stadtbefestigung, die der heute noch erkennbaren Stadtmauer entsprach. Mit dem Ausbau der Siedlung ging die Ausbildung einer kommunalen Selbstverwaltung einher, aus dem Jahr 1234 wird erstmals ein Rat überliefert. Seit dieser Zeit gelang es den Bürgern, sich zunehmend aus der Herrschaft des Corveyer Abtes zu befreien. 1533 schlossen sich die Bürger der Reformation an, während der Corveyer Abt und die umliegenden Orte katholisch blieben; diese Glaubensspaltung sollte noch Jahrhundert nachwirken. In dieser Epoche weitreichender städtischer Autonomie entstanden zahlreiche prächtige Fachwerkbauten der Weserrenaissance, die das Bild Höxters bis heute prägen, auch der Umbau des Rathauses zwischen 1608 bis 1618 fällt in diese Zeit.

Allerdings hatten sich die wirtschaftlichen Rahmenbedingungen längst verändert, da schon im 13. und 14. Jahrhundert der West-Ost-Weg über Höxter zugunsten neuer Brücken-Orte an Bedeutung verlor. Die Stadt wandelte sich vom Fernhandelsplatz zum regionalen Marktort, der die umliegenden Dörfer versorgte. Als Brückenort war Höxter gleichwohl weiterhin von Bedeutung, was die Stadt im Dreißigjährigen Krieg schmerzlich zu spüren bekam. Höxter und der Corveyer Kleinstaat wurden von allen kriegführenden Mächten besetzt oder erobert, den traurigen Höhepunkt bildete das so genannte „Blutbad von Höxter", dem 1634 etwa 1.500 Einwohner zum Opfer fielen. Auch das Kloster Corvey wurde zerstört, anschließend in seiner heutigen Form barock wieder aufgebaut. Der Brand vernichtete eine der damals bedeutendsten Bibliotheken der Welt. Auch nach 1648 hielten die Konflikte an, der Kleinstaat wurde zum Spielball großer Mächte. 1673 zerstörten französische Truppen die Weserbrücke, sie konnte erst 150 Jahre später wieder aufgebaut werden.

Ende des 18. Jahrhunderts geriet die Reichsabtei in Nöte. Da Corvey nur adlige Kandidaten aufnahm und es kaum noch Bewerber gab, versuchte man dem wirtschaftlichen Untergang durch die Erhebung zum Bistum zu entgehen: 1794 wurde die Urkunde durch den Kaiser ausgestellt und das neue Bistum Corvey, das lediglich ein paar Quadratkilometer umfasste, der Kirchenprovinz Mainz unterstellt. Die weltliche Herrschaft des neuen Bistums ging schon 1802/03 zu Ende, Corvey und Höxter wurden zunächst Nassau-Oranien zugeschlagen, 1807 dem Königreich Westfalen unter Napoleons Bruder Jerome, ehe der Wiener Kongress schließlich beide dem Königreich Preußen zusprach. Höxter wurde nun Kreisstadt des gleichnamigen Landkreises – und ist es bis heute geblieben. Das geistliche Bistum Corvey blieb noch bis zum Tod des letzten Bischofs Ferdinand von Lüninck 1825 bestehen.

Im östlichsten Kreis der Provinz Westfalen begann in der zweiten Hälfte des 19. Jahrhunderts mit der Eröffnung der Eisenbahnstrecke Altenbeken–Holzminden 1864, mit dem Wiederaufbau der Garnison und der Ansiedlung erster moderner Gewerbebetriebe eine neue Zeit. Höxters Bebauung durchbrach nun die Grenzen der mittelalterlichen Stadtmauer, mit dem König-Wilhelm-Gymna-

In Höxters Innenstadt stehen zahlreiche Fachwerkbauten mit eindrucksvollem Schnitzwerk.

sium (1867) und der ersten Preußischen Baugewerkschule (1864), aus der die heutige Hochschule hervorging, wurden überregional bedeutende Bildungseinrichtungen geschaffen.
Als Folge der deutschen Niederlage verlor Höxter 1918 seine Garnison und damit einen wichtgen Wirtschaftsfaktor. Doch das sollte sich bald wieder ändern, denn im Zuge der NS-Rüstungspolitik wurde auch Höxter wieder Militär-Standort – und ist es trotz mehrerer Neustrukturierungen der Bundeswehr bis heute geblieben. Den Zweiten Weltkrieg überstand Höxter weitgehend unzerstört. Allerdings wurden sowohl die Straßen- als auch die Eisenbahnbrücke über die Weser in den letzten Kriegstagen gesprengt.
Durch den Zuzug von Flüchtlingen aus den ehemaligen deutschen Ostgebieten vergrößerte sich die Bevölkerungszahl nach dem Krieg erheblich – von 8.543 im Jahr 1939 auf 13.020 im Jahr 1946. In den 1950er- und 1960er-Jahren erforderte dies den Bau neuer Siedlungen und verlieh der weiteren Entwicklung alles in allem einen kräftigen Schub.

Sehenswürdigkeiten

Die Kernstadt Höxter hat sich ihre mittelalterliche Stadtstruktur, die von Fachwerkbauten und bedeutenden Beispielen der Weserrenaissance geprägt ist, weitgehend erhalten. Überragt wird die Altstadt von der Sankt Kiliani-Kirche, die um 1100 entstanden ist. Die Marienkirche von 1283 gilt als der früheste gotische Bau in Westfalen. Herausragend sind auch das Küsterhaus von 1565, das Adam-und-Eva-Haus von 1571 in der Stummrigestraße und die alte Dechanei von 1561 auf dem Marktplatz mit ihren über 60 unterschiedlich geschnitzten Halbrosetten. Das Historische Rathaus erhielt bei einem Umbau zu Beginn des 17. Jahrhunderts sein heutiges Erscheinungsbild, es wird jetzt vor allem als kulturelles Zentrum genutzt und beherbergt die Tourist-Information der Stadt. Zusammen mit den direkt benachbarten Fachwerkhäusern und der nahen Kilianikirche bildet es ein herausragendes Ensemble.
In Corvey beeindruckt heute zunächst die barocke Schlossanlage (siehe auch: Kultur) mit dem weithin bekannten Kaisersaal. An das Schloss schließt direkt die barocke Abteikirche aus dem späten 17. Jahrhundert an. Vom älteren Kirchenbau sind noch das imposante, spätgotischen Westwerk aus dem Jahre 885 und die Krypta aus karolingischer Zeit erhalten. Südwestlich von Schloss und Abteikirche werden bis heute die weitläufigen historischen Wirtschaftsanlagen (Scheunen, Ställe etc.) landwirtschaftlich genutzt.
In Corvey findet man das Grab des Dichters Hoffmann von Fallersleben, der als Bibliothekar die – bis heute erhaltene – Fürstliche Bibliothek des Herzogs von Ratibor und Fürsten von Corvey mit etwa 74.000 Bänden betreute; die Herzöge von Ratibor sind bis heute Eigentümer von Schloss Corvey. In der Nähe des Klosters stieß man bei Grabungen auf Reste der Stadt Corvey, die als Konkurrenz zum nahegelegenen Höxter gegründet worden war. 1265 wurde sie von den Bürgern der Stadt Höxter und von Söldnern des Bischof von Paderborn zerstört.
Schloss und Abteikirche Corvey sind auf Besucher gut vorbereitet, auch das in Privateigentum befindliche Schloss kann besichtigt werden. Führungen werden samstags und sonntags oder nach Voranmeldung angeboten (www.schloss-corvey.de).

Bildung und Verwaltung

Höxter ist Hochschulstandort: An der Hochschule Ostwestfalen-Lippe (siehe: Lemgo) wird anwendungsorientierte Forschung und Lehre betrieben. Jeder Standort – Detmold, Höxter, Lemgo – hat sein eigenes Profil, in Höxter spielen ökologische Aspekte eine zentrale Rolle. Hier zuhause sind die Fachbereiche 8 (Umweltingenieurwesen und Angewandte Informatik) sowie 9 (Landschaftsarchitektur und Umweltplanung).
Obwohl es im Zuge der Zusammenlegung der Kreise Warburg und Höxter starke Bestrebungen gab, die Kreisverwaltung in eine zentral gelegenen Stadt zu legen (siehe Brakel), konnte sich Höxter letztlich durchsetzen und ist seit 1975 Sitz des neuen Kreises.

Kultur

In der Abteikirche bzw. im Kaisersaal von Schloss Corvey finden jährlich im Mai und Juni die Corveyer Musikwochen statt, ein

Romanischer Westbau der Abteikirche in Corvey.

herausragendes kulturelles Ereignis im oberen Weserraum. Schwerpunkte sind Orchester- und Chor-Konzerte, Kammermusik und Liederabende. Namhafte Interpreten nationalen und internationalen Rangs geben den Musikwochen den besonderen Klang.
In den Wintermonaten bietet Höxter in der modernen Stadthalle ein interessantes Theaterprogramm an. Ein Höhepunkt im Herbst ist das jährliche Honky-Tonk-Musikfestival in den Kneipen der Altstadt.

Brauchtum, Feste, Traditionen

Im April locken die Flößer- und Fischertage in die Innenstadt, am letzten Septemberwochenende sorgt der Huxori-Markt in der City für großen Trubel, in der Markstraße findet in anheimelnder Umgebung über vier Wochen der Weihnachtsmarkt statt. In der Kernstadt wie in den Ortschaften sorgen von Mai bis August die Schützen für ihr „Fest des Jahres".
Corvey ist jährlich Schauplatz des Park- und Gartenfestes, für das auch die Parkanlagen geöffnet werden. In Erinnerung an das Wirken Hoffmann von Fallerslebens findet am 1. Mai im Kaisersaal zu Corvey die alljährliche Hoffmann-Rede mit einem prominenten Redner statt. Am 1. Adventswochenende lädt der Kulturkreis Höxter-Corvey e.V. (auch Veranstalter der Musikwochen und des Park- und Gartenfestes) ein zur Corveyer Weihnacht.

Sport und Freizeit

Höxter ist ein „Drehkreuz" attraktiver Radler-Routen. Hier treffen die Radfernwege R 1 (Europaradwanderweg von Boulogne-sur-Mer bis St. Petersburg), der Weserradweg (R 99) von Hannoversch Münden bis Cuxhaven und die Wellness-Radroute aufeinander. Die Stadt und ihre Gastronomie sind auf die Zweiradfahrer gut vorbereitet.
Natürlich ist in Höxter auch das Thema Wassersport wichtig. Neben der Weser spielt hier auch die Freizeitanlage Godelheimer Seen (zwischen Höxter und Godelheim) mit ihren weitläufigen Stränden eine Rolle. Über den Seen und der Weser gehören an schönen Sommertagen zahllose Drachen- und Gleitschirmflieger zum inzwischen gewohnten Bild, die sich vom steil zur Weser hin abfallenden Ziegenberg in die Lüfte stürzen.

Wirtschaft

Höxter hat nie als Industriestadt von sich reden gemacht. Was früher als Mangel empfunden wurde, gilt heute auch als Vorteil – Höxter erfreut sich einer „heilen" Landschaft, setzt auf Erholung, Freizeit und Tourismus. Bedeutendstes Industrieunternehmen ist der 1872 als Höxtersche Gummifädenfabrik Emil

Die Husenmühle gehört zur Hofanlage „Gut Husen" und beherbergt heute ein Restaurant.

tum über. Ab 1816 gehörte Hüllhorst dem Kreis Bünde, später dem Kreis Rahden und ab 1934 dem Kreis Lübbecke an; seit 1973 ist Hüllhorst dem Kreis Minden-Lübbecke angeschlossen.
In früherer Zeit hatte die Gemeinde eine fast ausschließlich bäuerliche Bevölkerung. Erst nach und nach entwickelte sich das Handwerk des Spinnens und Webens. Ende des 18. Jahrhunderts hielt dann die Zigarrenfabrikation Einzug und sicherte den Bewohnern für eine gewisse Zeit einen kleinen Wohlstand.

Sehenswürdigkeiten

Am nördlichen Anfang des Nachtigallentales steht die 200 Jahre alte Hofanlage „Gut Husen". Sie war im Mittelalter Sitz der Familie von Schloen, genannt Tribbe, die Kirchenpatrone der Kirche zu Hüllhorst waren. Ferner befindet sich hier die ursprünglich zur Hofanlage gehörende „Husenmühle", die letzte von ehemals vier Wassermühlen im Ortsteil Hüllhorst. Die Mühle wird als Café und Restaurant genutzt.
Im Ortsteil Schnathorst wurde die „Windmühle im Struckhof" wieder aufgebaut. Es handelt sich um eine 1883 gebaute Holländerwindmühle mit konischem Bruchsteinturm. Sie kann nach Anmeldung besichtigt werden (Manfred Bänsch, 05744/2133).
Die älteste „Rossmühle" in Norddeutschland steht auf dem Hof des Landwirts Meyer zu Kniendorf im Ortsteil Oberbauerschaft. Die im Urzustand erhaltene, 1797 entstandene Mühle stellt sich als markanter achteckiger Fachwerkbau unter rundem Strohdach dar. Im Inneren befindet sich eine Zugvorrichtung für sechs Pferde – das hölzerne Kammrad hat einen Umfang von 32 Metern (Besichtigungen nach Vereinbarung, 05741/8532).

Kultur

Die Mitglieder der nach dem Zweiten Weltkrieg noch bestehenden Dorfkapelle entschlossen sich 1947, auf der am sonnigen Südhang des Wiehengebirges gelegenen Waldkuppe der Kahlen Wart eine plattdeutsche Freilichtbühne aufzubauen, die heute vom Heimatverein Oberbauerschaft betrieben wird. Die Kahle-Wart-Spiele werden von Juni bis August jeweils samstags und sonntags aufgeführt (Jürgen Hahn, 05741/90711 oder 5925, www.kahlewart.de).
In den Wintermonaten werden vom „Heimatverein Singkreis Ahlsen-Reineberg" in der Grundschule Ahlsen und von den „Naturfreunden Büttendorf" in der Grundschule Büttendorf plattdeutsche Theaterstücke aufgeführt. Beim Kultursommer-Angebot des Kreises Minden-Lübbecke, dem so genannten LandArt-Festival, finden auch immer Veranstaltungen in Hüllhorst statt.
In einer ehemaligen Schule befindet sich das Hüllhorster Heimatmuseum. Das 1910 gegründete Museum präsentiert in drei Abteilungen die Alltagskultur der Bevölkerung im 19. Jahrhundert in Hüllhorst und den anderen Ortsteilen, die vierte Abteilung zeigt die Geschichte der Gemeinde Hüllhorst. Das Museum kann jederzeit nach Vereinbarung besichtigt werden (Schnathorster Str. 3, Dr. Eckhard Struckmeier, 05744/1525 oder Gemeinde Hüllhorst, 05744/9315-12).

Die Windmühle Struckhof im Ortsteil Schnathorst ist ein Wall-Holländer von 1883.

Im Ortsteil Oberbauerschaft besteht eine in privater Trägerschaft stehende Heimatstube (Alfred Grönemeier, 05741/5947) sowie im Ortsteil Schnathorst ein Spielzeug- und Puppenmuseum (Familie Israel, 05744/3862).

Wirtschaft

Nach dem Strukturwandel der letzten Jahrzehnte ist die Bedeutung der Landwirtschaft stark zurückgegangen. Holzverarbeitende Industrie, Dachkeramikherstellung, Metallbau-, und Maschinenbauindustrie, Kunststoffverarbeitung, die Herstellung von Waren-, Zigaretten- und Musikautomaten sowie Computer- und EDV-Anlagen und andere elektronische Erzeugnisse prägen heute die Struktur der lokalen Wirtschaft. Größter Arbeitgeber ist der Computerhersteller Wortmann AG mit über 300 Beschäftigten.
Am 30. Juni 2006 waren für die Gemeinde Hüllhorst 2.787 sozialversicherungspflichtig Beschäftigte verzeichnet, die meisten davon (1.055) im verarbeitenden Gewerbe. Es folgte der Handel mit 717 Beschäftigten vor dem Baugewerbe mit 293 Beschäftigten.

Brauchtum, Feste, Traditionen

Alljährlich zum 1. Advent organisiert der Gewerbeverein Hüllhorst e. V. die „Bunte Adventstraße" entlang der Hauptstraße im Ortsteil Hüllhorst. Die Veranstaltung ist Einkaufserlebnis und Spendensammlung für gemeinnützige Einrichtungen zugleich.
Seit 1933 wird im Ortsteil Oberbauerschaft alljährlich das Heimat- und Erntefest veranstaltet. Höhepunkt ist die Proklamation des Erntekönigspaares unter dem Erntekranz. Den Regenten wird die Krone sowie „Der Alte", das heißt die letzte Erntegarbe, überreicht. Alle fünf Jahre findet ein großer Festumzug mit mehr als 80 Festwagen statt. Die traditionelle Maifeier im Ortsteil Tengern fand erstmalig 1950 statt. Mehrere tausend Besucher treffen sich seither am 30. April, um zusammen in den Mai zu tanzen. Am 1. Mai findet ein Umzug mit vielen geschmückten Wagen der örtlichen Gruppen und Vereine statt. Der Festumzug wurde viele Jahre durch ganz Tengern und Tengerholz gefahren, die heutige Route beschränkt sich auf das Ortszentrum von Tengern. Alljährlich wird auch ein Maikönigspaar gekürt.

Sport und Freizeit

14 Sportvereine bieten in den einzelnen Hüllhorster Ortsteilen ein breit gefächertes Sportangebot bis hin zu Gleitschirmfliegen. Das Jugendcafé „Ilex" ist an fünf Tagen in der Woche geöffnet. Hier finden regelmäßig Sonderveranstaltungen der Jugendpflege statt, zum Beispiel Kinderfilmwochen und Graffiti-Workshops.
Die Mühlenroute des Kreises Minden-Lübbecke führt auch durch die Gemeinde Hüllhorst. Sie ist in mehreren Etappen auch bequem mit dem Rad zu bewältigen. Rund um den Wittekindsweg gibt es auch ein kilometerlanges Wanderwegenetz (Fremdenverkehrsverein Hüllhorst, 05744/9315-0).

Information

Gemeindeverwaltung Hüllhorst, Löhner Str. 1, 32609 Hüllhorst, 05744/9315-0, www.huellhorst.de.

Kalletal

Kreis Lippe

Acker: Sie nannten ihn „Acker". Gemeint ist Altbundeskanzler Gerhard Schröder, der in seiner aktiven Zeit als Fußballer für den TuS Talle stürmte.
Asche: Fußball ist in Kalletal noch heute Sport Nummer eins. Zu den vielen Asche-Plätzen sind in den letzten Jahren aber zahlreiche Tennis-Sand-Plätze hinzugekommen.

Geografische Lage/Verkehrsanbindung

Die Gemeinde Kalletal liegt ganz im Norden des Kreises Lippe. Die Nordgrenze der Gemeinde bildet die Weser, auf der gegenüberliegenden Seite liegt Porta Westfalica (Kreis Minden-Lübbecke). Im Osten grenzt Kalletal an Rinteln (Landkreis Schaumburg, Niedersachsen) und Extertal, im Süden an Dörentrup und Lemgo (alle Kreis Lippe), im Westen an die Stadt Vlotho (Kreis Herford).
Die Grenze zur Gemeinde Dörentrup verläuft unterhalb der Spitze des 360 Meter hohen Kleebergs; hier passiert man auf dem Kalletalpfad die höchste Erhebung mit 356 Metern über NN. Der niedrigste Punkt befindet sich in Hellinghausen mit 46 Metern. Die Gemeinde Kalletal wird in Süd-Nord-Richtung durchquert von der B 238 von Lemgo nach Rinteln, die in Bad Eilsen Anschluss an die A 2 bietet. Im Ortsteil Langenholzhausen stößt die B 514 aus Bad Oeynhausen auf die B 238. Die nächsten Bahnhöfe sind Vlotho und Rinteln im Norden (Strecke Löhne–Hameln) sowie Lemgo im Süden (Strecke Lemgo–Bielefeld); auf beiden Strecken wird Stundentakt geboten.

Wichtige Daten und Wappen

Die Gemeinde Kalletal, die ihren Namen den Bächen Westerkalle und Osterkalle verdankt, ist zum 1. Januar 1969 aus den bis dahin selbstständigen Ortschaften Asendorf, Bavenhausen, Bentorf, Brosen, Erder, Heidelbeck, Henstorf, Hohenhausen, Kalldorf, Langenholzhausen, Lüdenhausen, Osterhagen, Stemmen, Talle, Varenholz und Westorf entstanden. Am 31. Dezember 2007 zählte die Gemeinde 16.009 Einwohner. 64 Prozent der Bevölkerung sind evangelisch, sieben Prozent katholisch, die übrigen gehören anderen oder keinen Glaubensrichtungen an.

Das Gemeindegebiet umfasst 112 Quadratkilometer, davon sind 28 Prozent Wald, 58 Prozent werden landwirtschaftlich genutzt.
Das Wappen der Gemeinde ist eine Neuschöpfung und wurde 1972 genehmigt. Im Wappen vereinigen sich symbolhaft zwei bedeutsame historische Bezüge: Das Andreaskreuz war Symbol der Herren von Vornholte, die bis zum Verkauf der Burg Varenholz an die Edelherren zur Lippe im Jahre 1323 ausgedehnten Besitz in und um Varenholz besaßen. Der Fisch soll an Stephan Ludwig Jacobi (1711–1784) aus dem Ortsteil Hohenhausen erinnern, den Pionier der künstlichen Fischzucht.

Aus der Ortsgeschichte

Die 16 Ortschaften, aus denen die Gemeinde Kalletal besteht, haben eine sehr unterschiedliche Bedeutung und Geschichte. Das ursprünglich direkt an der – inzwischen hier begradigten – Weser gelegene Schloss Varenholz wurde bereits 1188 genannt. Bereits im 12. Jahrhundert erwähnt (im Güterverzeichnis der Abtei Herford) wird Westorf, es war das „Dorf im Westen" von Hohenhausen. Das Kirchdorf Hohenhausen wird erstmals um 1015 verzeichnet, die ursprüngliche Form seines Namens Hodarnhusen führt zurück in die altsächsische Zeit. Auch Lüdenhausen gab es schon zur Sachsenzeit und hieß damals Luidinghausen. In Kalldorf wurde 1453 die erste lippische Glashütte gebaut, und auf dem heutigen Gelände der Firma Meyra (siehe unten) entstand 1603 eine der

Die Weser bei Varenholz.

ersten lippischen Papiermühlen, die bis 1928 betrieben wurde.

Sehenswürdigkeiten

Das Renaissanceschloss Varenholz, ursprünglich direkt an der Weser gelegen, wurde 1188 erstmals als Besitz der Herren Vornholte genannt. Lange Zeit war die Burg in der Hand der Ritter de Wend, deren Politik im Mittelalter die Entwicklung der Ortsteile in Kalletal entscheidend bestimmte. Zwischen 1591 und 1600 ließ Graf Simon der VI. die heutige Schlossanlage zu einem bedeutenden Bauwerk der Weserrenaissance erweitern. Von 1945 bis 1949 hatte sich die UFA-Filmgesellschaft hier niedergelassen, danach richtete Elisabeth Engels hier ein Internat ein. Heute steht das Schloss im Besitz des Landesverbandes Lippe und beherbergt eine private Realschule mit Internat.
Sehenswert ist die evangelische Kirche Varenholz, ein um 1500 entstandener kreuzförmiger Saalbau mit flachgedecktem Schiff, einem gewölbten Nordflügel aus dem 14. Jahrhundert und einem Südflügel mit Portal von 1839. Die „Varenholzer Straße" prägen bis heute mehrere unter Denkmalschutz stehende Fachwerkhäuser. In der Weseraue zeugt eine vierbogige Bruchsteinbrücke von 1753 davon, dass das Wasser früher andere Wege nahm als heute. Die Fähre Veltheim erspart in der Sommersaison Wanderern und Radfahrern einen größeren Umweg. 1925 ereignete sich hier das größte Unglück in der Friedensgeschichte des deutschen Heeres: 81 Soldaten ertranken beim Übersetzen von Veltheim nach Varenholz.
Im romantischen Tal der Westerkalle zeigt bei Hohenhausen der Tierpark Kalletal einheimische und exotische Tiere. Derzeit befindet sich die Anlage in einer Phase der Neukonzeption, großzügige Landschaftsgehege lösen kleinere Käfigbauten und Gehege ab. Regelmäßig angeboten werden die „Kalletaler Wolfsabende". Durch die Fütterung und Vorführung der trainierten Wölfe soll die Faszination für diese Tiere wach gehalten werden (www.tierparkkalletal.de).
Das Wald- und Forstmuseum Heidelbeck e.V., 1992 in gemeinsamer Trägerschaft der Gemeinde Kalletal und des Landesverbandes Lippe entstanden, dokumentiert jagdliche, forsttechnische und forstbiologische Aspekte der lippischen Landschaft. Seine Schausammlung gliedert sich in drei Teile: Heimische Tierwelt, Jagdwaffen und Forstwirtschaft. Außerdem ist hier die Ausstellung über historisches Fischereiwesen in Lippe zu sehen, die besonders die Errungenschaften des Begründers der künstlichen Fischzucht, Stephan-Ludwig Jacobi (1711–1784), würdigt (www.landesverband-lippe.de/heidelbeck).

Brauchtum, Feste, Traditionen

Jährlich am 1. Mai ist Saisonauftakt bei der Windmühle Brink in Kalletal-Bentorf, der letzten betriebsfähigen Windmühle im Weserbergland (1889 aus Bruchsteinen errichtet).

Kirche in Kalletal-Hohenhausen.

Die Veranstaltung wird umrahmt von einem Bauernmarkt, Vorführungen ländlicher Bauern- und Handwerkskunst, musikalischen und anderen Darbietungen.

Sport und Freizeit

Das Weserfreizeitzentrum in Varenholz ist mit vielfältigen Spiel- und Sportmöglichkeiten ein lohnendes Ziel für Aktivurlauber. Hier finden Camper, Wasserskiläufer, Angler, Schwimmer, Kanufahrer und Motorbootfahrer ein reichhaltiges Freizeitangebot. Für die sportliche Betätigung sind weiterhin in Kalletal ein beheiztes Freibad, Reiterhöfe, Tennisplätze, Minigolfanlagen, eine Skateranlage und Sport- und Spielplätze vorhanden. Wanderer finden ein breites Angebot an Wanderwegen, Rad- und Motorradfahrer wissen die vielen kleinen, oft nur wenig frequentierten Straßen zu schätzen.

Wirtschaft

1936 gründete der junge Schlossermeister Wilhelm Meyer in Vlotho eine kleine Werkstatt für Krankenfahrzeuge und konstruierte seinen ersten Krankenstuhl, noch im selben Jahr baute er den ersten Rollstuhl mit Motorantrieb in Deutschland. Diese technischen Neuheiten stießen auf reges Interesse, die Marke Meyra machte Karriere. Der Betrieb expandierte rasch, der bisherige Stammsitz reichte nicht mehr aus und das Unternehmen zog nach dem Zweiten Weltkrieg ins benachbarten Kalldorf um. 1993 übernahm Meyra das Unternehmen Ortopedia aus Kiel, das sich mit ähnlichen Produkten beschäftigte. Seit 2005 tritt die Meyra-Ortopedia Unternehmensgruppe, die rund 1.000 Mitarbeiter umfasst, gemeinsamen am Markt auf. In Kalletal sind rund 500 Mitarbeiter beschäftigt.
Freizeit, Erholung und Sport spielen in der Gemeinde Kalletal heute eine große Rolle, Tourismus und Freizeit haben sich damit zu einem beachtlichen Wirtschaftsfaktor entwikkelt. Am 30. Juni 2006 waren in der Gemeinde 2.478 Personen sozialversicherungspflichtig beschäftigt; 1.014 davon im verarbeitenden Gewerbe, 453 im Gesundheits-, Erziehungs- und Sozialwesen, 343 im Handel.

Persönlichkeiten

Gerhard Schröder, ehemaliger Bundeskanzler, geboren am 7. April 1944 in Blomberg-Mossenberg, verbrachte einen Großteil seiner Kinder- und Jugendzeit (1956 bis 1971) in Osterhagen und Talle, dem heutigen Kalletal. „Acker", wie ihn seine Mitspieler vom TUS Talle riefen, war begeisteter Fußballer und beidfüßiger Mittelstürmer seines Clubs.

Information

Gemeinde Kalletal, Rintelner Str. 3, 32689 Kalletal, 05264/644-0, info@kalletal.de, www.kalletal.de.

Kirchlengern

Kreis Herford

Herrenhaus: Es steht neben der evangelischen Pfarrkirche Stift Quernheim und diente dem Damenstift Quernheim als Äbtissinnenhaus. Heute ist hier die Biologische Station Ravensberg untergebracht und die Gemeinde bietet einen Raum als Trauzimmer an.
Badehaus: Ganz museal gibt sich das Bauernbad Rehmerloh, das im September 2002 wieder eröffnet wurde. Das historische Bade- und Logierhaus von 1883 ist damit nicht nur am Tag des offenen Denkmals zu sehen.

Geografische Lage/Verkehrsanbindung

Die Gemeinde Kirchlengern liegt im Norden des Kreises Herford. Sie grenzt im Norden an Hüllhorst (Kreis Minden-Lübbecke), im Osten an Löhne, im Süden an Hiddenhausen und im Westen an Bünde (alle Kreis Herford). Der Süden der Gemeinde Kirchlengern liegt in den Niederungen der Else und der Werre, die beide einen Teil der Grenze zu Löhne im Osten bilden und hier zusammenfließen. Am Zusammenfluss liegt mit 52 Metern über NN zugleich der tiefste Punkt der Gemeinde. Höchste Erhebung ist der „Kahle Berg" (Reesberg) mit 148 Metern über NN im Süden der Gemeinde.
Durch das südliche Gemeindegebiet verläuft in Ost-West-Richtung die Autobahn A 30 mit eigener Anschlussstelle „Kirchlengern", die Bundesstraße B 239 von Herford nach Diepholz durchquert Kirchlengern von Süd nach Nord und stellt die Verbindung zur Autobahn her. Der Bahnhof Kirchlengern liegt an der Strecke von Bad Bentheim nach Minden, von der hier eine Querverbindung zur Bahnstrecke Hamm–Minden–Hannover abzweigt. In Kirchlengern halten die Züge des Ems-Leine-Express (RE 60) von Rheine über Minden nach Braunschweig, die Wiehengebirgsbahn (RB 61) von Bad Bentheim bis Bielefeld, die Ravensberger Bahn (RB 71) von Rahden bis Bielefeld und die Weserbahn (RB 77) von Bünde bis Hildesheim. Regionalbusse fahren nach Herford und Bünde.

Wichtige Daten und Wappen

Die heutige Gemeinde entstand während der Gebietsreform 1969 aus dem Amt Kirchlengern. Die ehemals selbstständigen Gemeinden im Amt – Häver, Kirchlengern, Klosterbauerschaft, Quernheim, Rehmerloh und Stift Quernheim sowie Südlengern-Dorf und Teile der Gemeinde Spradow – verloren dadurch ihre Unabhängigkeit. Das Gemeindegebiet umfasst 34 Quadratkilometer, 63 Prozent davon sind landwirtschaftliche Fläche. Kirchlengern hat 17.000 Einwohner. Die Bevölkerung ist überwiegend evangelisch (66,7 Prozent). 8,53 Prozent sind katholisch, 24,9 Prozent sind einer anderen Konfession anhängig oder sind konfessionslos.
Das 1972 verliehene Wappen zeigt ein Schild von Rot und Silber geteilt; oben drei aus einem Stiel hervorwachsende Eicheln, unten einen roten Balken. Die Eicheln weisen auf den ehemaligen Wirtschaftsverband der Quernheimer Mark hin, dessen Grenzen sich nach Ausschluss der Gemeinde Spradow im Wesentlichen mit denen des früheren Amtes Kirchlengern deckten, das ein identisches Wappen führte. Rot ist die Farbe des Territoriums Minden, Silber weist auf die Beziehungen zur Grafschaft Ravensberg hin.

Aus der Ortsgeschichte

Die erste schriftliche Erwähnung eines Teils der heutigen Gemeinde Kirchlengern stammt aus dem 12. Jahrhundert. Im Jahre 1147 hatte vermutlich der Bischof von Osnabrück das Kloster zu Quernheim für Augustinerinnen gegründet. Die Stiftskirche aus dem 12. Jahrhundert hatte einen sakralen Vorgängerbau, so dass schon vor der Kloster-

Das Zentrum von Kirchlengern aus der Luft.

gründung eine Siedlung bestanden haben muss. Im frühen 17. Jahrhundert erfolgte die Umwandlung in ein freiweltliches Damenstift, das 1810 aufgehoben wurde; die Besitzungen fielen 1815 an den preußischen Staat, der sie bis 1832 als Domäne verwaltete. Zunächst Gut, dann Rittergut Quernheim, ließ Gutsbesitzer und Ortsbürgermeister Wilhelm Bacmeister den ehemaligen Stiftsbesitz ab 1860 parzellieren und an Privatleute verkaufen. So entstand durch Neusiedler aus den Stiftsländereien seit 1860 die 161 Hektar umfassende Gemeinde Stift Quernheim mit Wohnhäusern und bäuerlichem Kleinbesitz. Die heutigen Ortsteile Häver, Kirchlengern und Quernheim werden in der ältesten Herforder Heberolle um 1150, Südlengern 1151 und Rehmerloh am Ende des 12. Jahrhunderts schriftlich erwähnt. Der Name Klosterbauerschaft ist erst im 18. Jahrhundert aufgekommen.

1648 fielen das Fürstentum Minden und die Grafschaft Ravensberg – also das gesamte Gebiet der heutigen Gemeinde Kirchlengern – an Brandenburg. Um 1780 begannen die Bauern mit der Markenteilung. Am 1. Dezember 1810 wurde das adelige Damenstift zu Quernheim aufgelöst, ferner das 1816 etablierte Landgericht zu Quernheim 1832 nach Bünde verlegt. Im Zeitraum 1847 bis 1850 wurde in großer wirtschaftlicher Notlage die Chaussee von Herford über Kirchlengern nach Lübbecke ausgebaut, die heutige B 239. Auch der Bau der Eisenbahnstrecke von Löhne nach Osnabrück im Jahre 1855 verschaffte Arbeitsmöglichkeiten.

Von 1843 bis 1918 gehörte Kirchlengern zum Amtsbezirk Gohfeld-Mennighüffen, 1919 wurde ein eigenständiges Amt Kirchlengern gegründet. 1929 wurden die bis dahin selbstständigen Gutsbezirke Oberbehme und Steinlacke aufgelöst und kamen zum Amtsbezirk.

Sehenswürdigkeiten

Die Kirche in Stift Quernheim, der Keimzelle Kirchlengerns, ist ein romanischer Bau aus dem 12. Jahrhundert. Im 16. Jahrhundert wurde das Mittelschiff im Stil der Spätgotik nach Norden erweitert und neu gewölbt. Beeindruckend ist ein mehrteiliger, spätgotischer Flügelaltar aus der Zeit um 1525. Gleich neben der Stiftskirche steht das Herrenhaus genannte Äbtissinnenhaus von 1676. Es wurde zunächst als Wohnhaus für etwa 30 Vorsteherinnen des Damenstifts Quernheim gebaut. Nach Aufhebung des Stiftes 1810 beherbergte es zeitweise eine Zigarrenmanufaktur. Seit 1993 ist im Herrenhaus die Biologische Station Ravensberg im Kreis Herford beheimatet. In einem Raum mit

historischem Deckengemälde werden seit 1998 Trauungen vorgenommen.
Das Gut Oberbehme ist eine ehemalige Wasserburg im Süden von Kirchlengern. Das im Werretal gelegene Anwesen wurde erstmals 1450 erwähnt. Die Wasserburg wurde im 18. und 19. Jahrhundert zu einem eingeschossigen Herrenhaus umgebaut und 1911 erweitert. Das dreiflügelige Hauptgebäude ist von Gräften umgeben. Der historische Landschaftspark zeichnet sich neben den Gräften durch ausgedehnte Rasenflächen und einen alten Baumbestand aus.
Die Brausemühle im Ortsteil Südlengern war eines der ersten Kraftwerke im Elsetal und versorgte Süd- und Kirchlengern mit Strom. Rund um das alte Gebäude an der Else ist es sehr idyllisch.

Kultur

Im Feuerwehrmuseum in Quernheim werden historische Feuerwehruniformen, Geräte und Spritzenwagen ausgestellt. Highlights der Sammlung sind die Fahrzeuge und Drehleitern, die allesamt einsatzbereit sind. Die Pferdedrehturmleiter von 1903 mit ihren 26 Metern Auszug ist die größte und schwerste ihrer Art in Deutschland. Das Feuerwehrmuseum in einem umgebauten Bauernhaus aus dem 18. Jahrhundert ist am ersten und letzten Sonntag im Monat (11 bis 17 Uhr) zu besichtigen (Hans Kleemeier, 05223/73792).
Das Bauernbad Rehmerloh ist ein historisches Bade- und Logierhaus von 1883; es diente als öffentliches Reinigungsbad für die ländliche Bevölkerung. Gebadet wurde von diesen meist am Wochenende, so dass unter der Woche Heilbäder mit „gesunden" Badezusätzen durchgeführt wurden. Es war bis 1973 in Betrieb, wurde von 1996 bis 2002 saniert und ist seitdem Besuchern als museale Einrichtung zugänglich (05744/2489, www.bauernbad-rehmerloh.de).
Das „Lichtblick" ist das einzige Programmkino des Kreises in kommunaler Trägerschaft und seit 1987 in Betrieb. Neben feinster Kino-Kultur und Unterhaltungsstreifen in allen Genres bietet es ein besonderes Filmprogramm für Kinder und Sondervorstellungen. Dass der Laden läuft, dafür sorgt ein Team von neugierigen jungen Menschen (www.lichtblick-kirchlengern.de).

Weihnachtsmarkt in Kirchlengern.

Das „Lichtblick" in Kirchlengern ist ein Kino in kommunaler Trägerschaft.

Wirtschaft

Kirchlengern hat eine vielfältige Wirtschaftsstruktur mit Metall-, Holz-, Glas-, Fördertechnik- Verpackungs-, Möbel-, High-Tech- und grafischer Industrie. Für Kirchlengern waren am 30. Juni 2006 insgesamt 5.164 sozialversicherungspflichtige Arbeitsplätze registriert. 2.965 Beschäftigte waren im verarbeitenden Gewerbe tätig, es folgte das Grundstücks- und Wohnungswesen mit 578 Beschäftigten und der Handel mit 487 Beschäftigten.
Größter Arbeitgeber ist die Firma Hettich. Die Unternehmensgruppe mit Hauptsitz in Kirchlengern ist ein Zulieferer und Dienstleister der Möbelbranche und hat insgesamt 5.800 Mitarbeiter, 2.500 davon an vier Standorten im Kreis Herford – außer Kirchlengern noch in Spenge, Vlotho und Vlotho-Exter. Die E.ON Westfalen-Weser AG betreibt ein Kraftwerk in der Nähe des Bahnhofs. Mit 150 Mitarbeitern produziert Dewert elektromotorische Antriebssysteme für den Pflege-, Hospital- und Möbelbereich. Die Großfleischerei Spengemann, bekannt für ihre Bratwurst, hat ebenfalls ihren Sitz in Kirchlengern.

Brauchtum, Feste, Traditionen

Das Sommerfest wird alljährlich an der Alten Schule gefeiert. Veranstalter ist die Gemeinde. Das Feuerwehrfest in Südlengern findet Anfang August statt. Clou ist der „Holskenball": Wer mit den alten bäuerlichen Holzpantinen zum Fest kommt, hat freien Eintritt. Der Weihnachtsmarkt findet am zweiten Advent im Ortskern Kirchlengern statt.

Sport und Freizeit

26 Vereine mit rund 5.100 Mitgliedern haben sich im Gemeindesportverband Kirchlengern zusammengeschlossen. Auf der Kartbahn im Ortsteil Kirchlengern kann auf einer 610 Meter langen Rennstrecke Motorsport betrieben werden. Das Freizeitbad Aqua Fun bietet ein Innen- und Außenbecken mit Solebecken, Whirlpool, Riesenrutsche, Kinderplanschecke und Saunalandschaft.
Durch das Gemeindegebiet verläuft unter anderem der Else-Werre-Radweg (55 Kilometer von Melle bis zur Werremündung in Bad Oeynhausen), die Bahn-Rad-Route Weser-Lippe, die 350 Kilometer von Bremen nach Paderborn führt, und der Werreradweg von Horn-Bad Meinberg bis Bad Oeynhausen (über 100 Kilometer).

Persönlichkeiten

Ernst Heinrich Lindemann wurde am 25. Januar 1833 in Kirchlengern geboren. Von 1859 bis 1868 war er Bürgermeister von Essen, anschließend Direktor bei der Westdeutschen Versicherungs-Aktienbank. Zwischen 1878 und 1886 war er Oberbürgermeister der Stadt Dortmund und anschließend bis 1898 der Stadt Düsseldorf. Lindemann starb am 8. Mai 1900 in Düsseldorf.

Information

Gemeinde Kirchlengern, Rathausplatz 1, 32278 Kirchlengern, 05223/7573-0, www.kirchlengern.de.

Lage

Kreis Lippe

Süß: Wenn von Oktober bis Dezember die Rübenkampagne läuft, ziehen die Dampfwolken der Zuckerfabrik über die Stadt. Auch ganz spezielle – aber nicht unangenehme – Gerüche entweichen dabei und geben Lages Luft ein ganz spezielles Aroma.
Sauer: Ganz und gar nicht zufrieden war die traditionsreiche Eisenbahn-Stadt mit dem Zustand ihres Bahnhofs. Erst nachdem ein privater Investor das große Empfangsgebäude übernommen hatte, konnte es wieder attraktiv hergerichtet werden.

Geografische Lage/Verkehrsanbindung

Die Stadt Lage liegt in der westlichen Hälfte des Kreises Lippe, nördlich des Teutoburger Waldes in einer von sanften Hügeln geprägten Landschaft. Der Stadtteil Hörste erstreckt sich bis in die Höhenzüge des Lippischen Waldes, wo mit 365 Metern über NN der höchste Punkt erreicht wird; der tiefste Punkt liegt an der Bega im Norden bei 78 Metern. Von Südost nach Nordwest durchfließt die Werre das 76 Quadratkilometer umfassende Stadtgebiet und die Kernstadt Lage. Lage grenzt im Norden an Bad Salzuflen, im Nordosten an Lemgo, im Südosten an Detmold, im Süden an Augustdorf, im Südwesten an Oerlinghausen und im Westen an Leopoldshöhe. Alle Nachbarn gehören zum Kreis Lippe.
In Lage kreuzen die beiden Bundesstraßen B 66 von Bielefeld nach Barntrup (mit Anbindung an die B 1 nach Hameln) und B 239 von Höxter nach Herford, die auch die wichtigsten Verkehrsadern der Stadt sind. Über die B 66 ist 14 Kilometer vom Stadtzentrum Lage entfernt die A 2 in Bielefeld zu erreichen.
Der Bahnhof Lage ist Schnittpunkt der Eisenbahnstrecken Herford–Detmold–Altenbeken und Bielefeld–Lemgo, auf denen moderne Regionalzüge einen dichten Taktverkehr anbieten. Regionalbuslinien nach Lemgo, Detmold, Bad Salzuflen und Oerlinghausen ergänzen die sehr gute Anbindung Lages an die Nachbarn.

Wichtige Daten und Wappen

Mit dem Gesetz zur Neugliederung des Kreises Detmold vom 2. Dezember 1969 wurde zum 1. Januar 1970 die Stadt Lage mit den zuvor selbstständigen Gemeinden Billinghausen, Ehrentrup, Hagen, Hardissen, Hedderhagen, Heiden, Heßloh, Hörste, Kachtenhausen/Wellentrup, Müssen, Ohrsen, Pottenhausen, Waddenhausen und Wissentrup zur heutigen Stadt Lage zusammengeschlossen. Am 31. Dezember 2007 zählte die Stadt 37.961 Einwohner.
51 Prozent der Bevölkerung sind evangelisch, zehn Prozent katholisch, die übrigen gehören anderen oder keiner Glaubensrichtung an.
Die 1969 neu gebildete Kommune hat das alte Stadtwappen von Lage übernommen. Die Bedeutung des Wappensymbols ist nicht zweifelsfrei geklärt. Es spricht vieles dafür, in dem stilisierten Gerät einen Grabstockpflug als Symbol für den hier seit jeher intensiv betriebenen Landbau zu sehen – man kann es aber auch als Initiale „L" des Namens erklären. Die Farben des Wappens, gelb und blau, sind seit den 1930er-Jahren üblich.

Aus der Ortsgeschichte

Lage gehört nicht zu den typischen lippischen Stadtgründungen des 12. und 13. Jahrhunderts, sondern hat sich über einen langen Zeitraum hinweg vom Kirchdorf über den Marktflecken zur Stadt entwickelt; erst 1843 erfolgte die Verleihung der Stadtrechte durch Fürst Paul-Alexander-Leopold. Das 19. Jahrhundert war für Lage auch insofern prägend, als sich in der zweiten Jahrhunderthälfte die besondere Stellung der Stadt als wichtigster lippischer Industrie-Standort und als Verkehrsknotenpunkt herausbildete.

Marktkirche im Zentrum von Lage.

Das älteste bekannte Schriftstück, in dem Lage Erwähnung findet, ist eine Urkunde, die am 1. Februar 1274 in Lemgo ausgestellt wurde. Aus ihr geht hervor, dass Lage zu dieser Zeit schon der zentrale Ort eines Kirchspiels war. Schon um 900 wurde auf dem Sporn an der Werre, wo heute die Marktkirche steht, eine Pfarrkirche gegründet. Mitte des 14. Jahrhundert sprechen die Quellen bereits von dem Dorf Lage und von einer Mühle an der Werre. Im 16. Jahrhundert erlangte das Gemeinwesen erstmals Rechte zur Selbstverwaltung, so ist die Wahl des Bürgermeisters urkundlich ab 1539 nachweisbar. Nach heutigen Maßstäben waren die Dimensionen bescheiden: 1609 wurden bei einer Volkszählung acht Spännerhöfe und 29 Alteingesessene registriert.
Um 1700 nahm das Ziegeleiwesen einen großen Aufschwung; für rund 200 Jahre war es prägend für Lage, in abgeschwächter Form auch für viele andere Orte in Lippe. Auf dem Marktplatz in Lage fand zwischen dem 18. und dem 20. Jahrhundert alljährlich im Frühjahr der „Mäckelmarkt" der Ziegler statt. Die Ziegler zogen anschließend in die Fremde „auf Ziegelei" und kehrten erst im Herbst wieder zurück. Den Zieglern bot die karge Heimat kein ausreichendes Einkommen, so dass sie ihr Glück in der Fremde suchen mussten. Die für Lippe so typische Wanderarbeit war eine erhebliche Belastung für die getrennten Familien, aber für lange Zeit die einzige Alternative zur dauerhaften Auswanderung.
1776 klapperten auch in Lage die ersten Webstühle, das Spinnen und Weben gewann – ähnlich wie im benachbarten Ravensberg – auch in Lippe an Bedeutung. 1791 erreichte der Flecken Lage nach einem 25-jährigem Rechtsstreit eine stadtähnliche Rechtsstellung. 1843 erfolgte die Verleihung der Stadtrechte, 1863 der Bau des Rathauses als Symbol städtischen Selbstbewusstseins. Wenige Jahre später begann der Aufstieg Lages zum Eisenbahnknoten: 1880 wurde die Strecke Herford–Lage–Detmold (– Altenbeken) eröffnet, 1896 Lage–Lemgo–Hameln, 1903/1904 Lage–Oerlinghausen–Bielefeld. Der Bahnhof Lage, der 1902 sein noch heute existierendes, großzügiges Empfangsgebäude erhielt, war damit der weitaus größte in Lippe. Die Eisenbahn war auch bedeutend für die Standortwahl der Zuckerfabrik, die südöstlich des Bahnhofs in Form einer Aktiengesellschaft einheimischer Bauern entstand. 1889 wurde die Molkerei, die größte und modernste im Kreis Lippe, gegründet. Ein weiterer bis heute wichtiger Industriezweig ist die Holz- und Möbelindustrie. Der Bahnhof zog weitere – kleinere – Betriebe an, die Entwicklung der Stadt verlief rasant: Wurden 1841 noch rund 1.500 Einwohner gezählt, so waren es 1951 schon rund 11.600.

Bildung und Verwaltung

Lage hat eine ins 19. Jahrhundert zurückreichende Tradition als Standort beruflicher Bildungseinrichtungen. 1925 wurde der im neoklassizistischen Stil gehaltene Neubau des Technikums (Ingenieurschule) eröffnet, 1971 wurde das überregional bekannte Institut in die Fachhochschule Lippe eingegliedert, aber bereits 1981 aufgelöst.

Sehenswürdigkeiten

In der Altstadt von Lage sind einige schöne Fachwerkhäuser erhalten geblieben. Das Alte Gefängnis in der Plaßstraße, 1786 als Spritzenhaus gebaut, ist ein kleines Gebäude im Stile eines Kottens und diente ab 1824 der Unterbringung der Angeklagten für die Dauer der Verhandlung am alten Amtsgericht. Das Amtsgericht selbst, dessen Gebäude von 1879 bis 1881 in klassizistischen Formen entstand, wurde 1979 aufgelöst und das Gebäude einer neuen Nutzung zugeführt.
Die Marktkirche St. Johann wurde nach zahlreichen Umbauten im 15. Jahrhundert zur heutigen spätgotischen, dreischiffigen Hallenkirche umgebaut. Eine Besonderheit ist die barocke Orgel aus dem Jahr 1707, die 1947 erneuert und 2006 umfassend restauriert wurde.
Einen Abstecher lohnt das unweit der Werre als Wasserburg angelegte Herrenhaus von Gut Iggenhausen im Ortsteil Pottenhausen.

Kultur

Das in der Kernstadt gelegene Gebäude der ehemaligen Ingenieurschule hält heute als „Kulturzentrum Technikum" ein breitgefächertes Angebot bereit, hier sind heute unter anderem die Volkshochschule Lippe, die städtische Musikschule und die Kunststiftung Sibylle Dotti zuhause.

Vermutlich aufgrund der verkehrsgünstigen Position wurde Lage zum Organisationszentrum der lippischen Wanderziegler. Wie man Ziegel herstellte, hatten die Männer in den örtlichen Ziegeleien gelernt, aber diese konnten nicht alle ernähren. Noch Anfang des 20. Jahrhunderts zogen von den 70.000 Einwohnern Lippes Jahr für Jahr 15.000 als Wanderziegler in die Fremde. In Lage ließen sie sich auf dem Mäckelmarkt von Ziegelmeistern für die Arbeitssaison im Ruhrrevier, im Rheinland, in den Niederlanden, in Dänemark, in Schweden und sogar in Russland anwerben. An die lippische Ziegelindustrie und die Wanderziegler erinnert das LWL-Industriemuseum Ziegelei Lage. Dessen Kernstück ist eine historische Fabrikanlage aus dem frühen 20. Jahrhundert mit komplett erhaltenem Inventar. In dem 1909 gegründeten und 1979 stillgelegten Betrieb wurden anfangs die Ziegel in Handarbeit hergestellt, ab 1922 erfolgte die Umstellung auf Maschinenproduktion. In einem historischen Zieglerkotten erfahren Besucher, wie die Zieglerfamilien ihren Alltag meisterten, während die Männer in der Fremde arbeiteten. Zweimal im Jahr setzt das Museum für mehrere Tage die alte Maschinenziegelei in Gang und stellt bis zu 10.000 Ziegel her.

Sport und Freizeit

Unter Leichtathleten hat Lage einen herausragenden Ruf. Immer wieder werden in der Werrestadt internationale Wettkämpfe abgehalten, im Mittelpunkt stehen dabei meistens die Mehrkämpfer. Die 1963 gegründete

Wichtig für die wirtschaftliche Entwicklung der Stadt Lage: Der Bahnhof und die Zuckerfabrik (im Hintergrund).

Schloss Iggenhausen im Ortsteil Pottenhausen ist von einer Gräfte umgeben.

LG Lage-Detmold gilt als die älteste Leichtathletikgemeinschaft Deutschlands. Das Sportzentrum Werreanger ist ein Leistungsstützpunkt des Deutschen Leichtathletik-Verbandes. Beste Wander- und Erholungsmöglichkeiten bietet der Luftkurort Hörste im Süden Lages mit seinen ausgedehnten Wäldern. Dort ist auch das Städtische Verkehrsamt Lage zu Hause.

Wirtschaft

Nach wie vor für das östliche Stadtbild Lages bestimmend ist die Zuckerfabrik. Sie gehört heute zum Konzern Pfeiffer & Langen und kann täglich 7.500 Tonnen Rüben verarbeiten; der Zucker wird vor allem in der Industrie (z. B. für Getränke) verwendet. Lages Wirtschaft ist bis heute durch mittelständische Betriebe geprägt, wobei auch holzverarbeitende Unternehmen weiterhin eine Rolle spielen. Am 30. Juni 2006 waren in Lage 5.999 Personen sozialversicherungspflichtig beschäftigt, davon 2.294 im verarbeitenden Gewerbe, 1.169 im Handel und 759 im Gesundheits-, Erziehungs- und Sozialwesen.

Information

Stadt Lage, Lange Straße 72, 32791 Lage, 05232/601-0, epost@lage.de, www.lage.de
Städtisches Verkehrsamt, Freibadstr. 3, 32791 Lage, 05232/8193, verkehrsamt@lage.de.

Auf dem Gelände des Ziegeleimuseums in Lage-Sylbach fährt wieder eine Feldbahn – statt Lehm transportiert sie nun allerdings die Besucher.

Langenberg

Kreis Gütersloh

Brauerei: In Langenberg steht die einzige Privatbrauerei des Kreises Gütersloh: Die Brauerei Hohenfelder. Gegründet wurde sie 1845 von Konrad Hermann Lappmann.
Spielerei: Bereits Mitte des 19. Jahrhunderts soll in Langenberg Theater gespielt worden sein. 1968 entstand die Laienspielschar erneut und bringt seither jeden Herbst ein neues Stück auf die Bühne.

Geografische Lage/Verkehrsanbindung:

Die Gemeinde Langenberg liegt im südlichen Teil des Kreises Gütersloh. Im Norden grenzt die Gemeinde an Rheda-Wiedenbrück, im Osten an Rietberg (beide Kreis Gütersloh), im Süden an Lippstadt (Kreis Soest), im Westen an Wadersloh und Oelde (beide Kreis Warendorf). Der höchste Punkt befindet sich an der Westfeldstraße mit 112 Metern über NN, der niedrigste Punkt mit 75 Metern liegt am Forthbach (Jordanstraße). Durch Langenberg und den Ortsteil Benteler führt in Süd-Nord-Richtung die Bundesstraße 55 von Lippstadt nach Rheda-Wiedenbrück, die im Norden den Anschluss an die Autobahn A 2 herstellt. Die einstmals durch die Gemeinde laufende Bahnstrecke Münster–Rheda–Lippstadt ist stillgelegt, die Nachfolge der Bahn haben Regionalbusse angetreten.

Wichtige Daten und Wappen

Am 1. Januar 1970 ist aus den bis dahin selbstständigen Gemeinden Benteler im Kreis Beckum und Langenberg im Kreis Wiedenbrück die Gemeinde Langenberg entstanden. Das Gemeindegebiet umfasst eine Fläche von gut 38 Quadratkilometern, davon sind 76 Prozent Landwirtschaftsfläche. Mit 8.148 Einwohnern ist Langenberg die kleinste Gemeinde im Kreis Gütersloh. 65 Prozent der Einwohner sind katholisch, 19 Prozent evangelisch, 16 Prozent konfessionslos oder anderen Glaubens.
Das Wappen der Gemeinde Langenberg zeigt vor einem silbernen (bzw. weißen) Hintergrund links zwei übereinanderstehende Kornblumen, rechts einen blauen Flankenpfahl.

Die beiden Blüten weisen auf die Entstehung der neuen Gemeinde aus den Ortskernen Langenberg und Benteler hin, deren Vereinigung sich im Flankenpfahl als stilisierter Nord-Süd-Achse zeigen soll.

Aus der Ortsgeschichte

In den Quellen taucht der Name Langenberg erstmals 1180 auf, als die kleine Ansiedlung auf einem der Höhenausläufer der Oelder und Stromberger Berge dem Fürstbistum Osnabrück zugeschlagen wurde. Seitdem wurde Langenberg von den Drosten und Amtmännern auf dem Wiedenbrücker Reckenberg verwaltet. Auch in der preußischen Kreiseinteilung von 1816 blieb Langenberg im Amtsverband Reckenberg, dessen Nachfolger bis 1970 bestehen blieben.
Ähnlich verlief die Entwicklung im Ortsteil Benteler, der 1130 erstmals Erwähnung fand. Bis zur kommunalen Neuordnung gehörte der Ort dem Amt Liesborn-Wadersloh an, das ebenfalls 1816 entstanden war. Im Jahre 1998 konnte Benteler das 100-jährige Jubiläum von Kirchengemeinde und Dorfgemeinschaft feiern.
An der 1828 vollendeten Chaussee von Wiedenbrück nach Lippstadt gründete 1845 Amtmann Konrad Hermann Lappmann auf seinem Gut Hohenfelde eine „Bayerische Bier- und Exportbrauerei" – damit entstand im landwirtschaftlich geprägten Gemeindegebiet der erste größere Gewerbebetrieb. Heute ist die „Privatbrauerei Hohenfelde" die letzte aktive Brauerei des Kreises Gütersloh. Die zweite Langenberger Brauerei, 1867 von den Braumeistern Johann und Georg Ditt-

Die katholische Pfarrkirche St. Lambertus in Langenberg.

mann ins Leben gerufen, hat inzwischen ihren Betrieb eingestellt.

Sehenswürdigkeiten

Sehenswert ist die katholische Pfarrkirche St. Lambertus in Langenberg. Dabei handelt es sich um einen 1892 zur Hallenkirche erweiterten Saalbau aus dem Beginn des 16. Jahrhunderts mit einem romanischem Westturm. Im Innern befindet sich ein Taufstein von 1220 bis 1240. Rund um die Kirche blieb ein malerisches Ortskernensemble erhalten. Prägend für den Ortsteil Benteler ist die St. Antoniuskirche. Sie wurde 1856 bis 1859 auf Drängen der Bewohner als kleine Kapelle erbaut, 1897 wurde sie zur Pfarrkirche einer selbstständigen katholischen Pfarrgemeinde Benteler. 1913 erfolgte die Grundsteinlegung zur Erweiterung der Kapelle um das Querschiff und den Turm an der Ostseite. Die Einweihung der neuen Pfarrkirche St. Antonius erfolgte im Jahre 1921.

Kultur

Auf eine lange Tradition blickt die Laienspielschar Langenberg zurück. Jedes Jahr wird ein Theaterstück einstudiert, das dann im Herbst aufgeführt wird (05248/822730, www.laienspielschar-langenberg.de).
Das schöne Anwesen Gut Geissel in Ostlangenberg dient ebenfalls als Bühne für kulturelle Veranstaltungen. Hier finden am ersten Wochenende im Juni die Langenberger Kulturtage statt, die Kunst, Konzert und Kulinarisches miteinander verbinden. Der von Gräften und Waldungen umgebene Hof Geissel, dessen Geschichte sich bis ins 13. Jahrhundert zurückverfolgen lässt, ist selbst ein eindrucksvollstes Beispiel bäuerlicher Kultur im Kreis Gütersloh. Das heutige Fachwerkensemble mit seiner kleinen barocken Gartenanlage stammt aus dem 18. Jahrhundert (Besichtigungen nach Anmeldung).
In der Heimatstube Benteler, Vornholzstraße 3, ist das Inventar eines ehemaligen Schulraumes sowie landwirtschaftliches Arbeitsgerät zu sehen. Außerdem stellen hier heimische Künstler aus (geöffnet nach Vereinbarung, 05248/609258).

Brauchtum, Feste, Traditionen

Alljährlich findet der mittlerweile traditionelle „Langenberger Frühling“ am Sonntag vor Frühlingsanfang statt. Gewerbetreibende der unterschiedlichsten Branchen aus Langenberg und Umgebung bieten ihre Waren und Dienstleistungen an. Abgerundet wird das

St. Antoniuskirche im Ortsteil Benteler.

Ereignis durch zahlreiche Attraktionen. Veranstalter ist der Gewerbeverein Langenberg-Benteler. Neben den Schützenfesten im Mai in Benteler und im Juli in Langenberg ist die Lambertuskirmes ein großes Fest. Dazu gehört ein Krammarkt, der stets am Montag vor Mariä Geburt (8. September) im Ortskern von Langenberg stattfindet, die Eröffnung der Kirmes erfolgt zwei Tage vorher (Samstag). Ebenfalls rund um die Lambertuskirche finden am 1. Advent die Nikolaustage und der Weihnachtsmarkt statt. Veranstalter ist der Gewerbeverein Langenberg.

Wirtschaft

Ein wichtiger Industriezweig innerhalb der Gemeinde Langenberg war das holzverarbeitende Gewerbe. Die Voraussetzungen hierfür schufen kurz nach dem Ersten Weltkrieg weitblickende Unternehmer, die sich bei der Herstellung von Möbeln auf die Serienfertigung verlegten. Heute haben sich die Schwerpunkte bei den einzelnen Industriezweigen verlagert. Eine Vielzahl von kleineren und mittleren Industrie- und Gewerbebetrieben in beiden Ortsteilen bieten Arbeitnehmern Beschäftigung. Der bekannteste Arbeitgeber in Langenberg ist die Hohenfelder Privatbrauerei mit 35 Beschäftigten. Die Brauerei kann auch besichtigt werden (www.hohenfelder.de). Von den 1.574 sozialversicherungspflichtig Beschäftigten am 30. Juni 2006 waren 475 im verarbeitenden Gewerbe tätig, 299 im Bereich Verkehr und Nachrichtenübermittlung und 296 im Handel.

Sport und Freizeit

Nahezu 70 Vereine und Verbände bieten ein buntes Veranstaltungsprogramm und fördern den Zusammenhalt in der Gemeinde. Für größere Veranstaltungen wird die Mehrzweckhalle genutzt. Weitere Freizeitaktivitäten sind auf Sport- und Tennisplätzen sowie in Turnhallen, einer Kleinschwimmhalle, Reithallen und einer Tennishalle möglich. Durch Langenberg führt die Bahnradroute Hellweg-Weser: Auf historischen Hansewegen kann von Soest über Bielefeld bis Hameln geradelt werden. Darüber hinaus gibt es noch weitere Radwander- und Wanderwege, Nordic-Walking-Routen, Spiel- und Bolzplätze, Kletterwände, ein Beachvolleyballfeld, eine Skateranlage und ein Fußballminispielfeld.

Information

Gemeinde Langenberg, Klutenbrinkstr. 5, 33449 Langenberg, 05248/5080, www.langenberg.de.

Lemgo

Kreis Lippe

Nonnen: Eine Urkunde von 1149 nennt in „Limego" zwei Häuser als Besitz des Nonnenklosters Willebadessen. Von städtischen Rechten ist aber noch nicht die Rede.
Hexen: Wegen der Hexenverfolgungen im 16. und 17. Jahrhundert, die zur Amtszeit des Bürgermeisters Hermann Cothmann (1667-1683) ihren Höhepunkt erreichten, wurde Lemgo zeitweilig als „Hexennest" tituliert. 1681 wurde zum letzten Mal eine Hexe angeklagt, 1715 mit der Verbrennung des Hexenbuches ein Schlussstrich gezogen.

Geografische Lage/Verkehrsanbindung

Lemgo liegt in der Mitte des Kreises Lippe. Im Nordosten grenzt die Stadt an Kalletal, im Osten an Dörentrup und Blomberg, im Süden an Detmold, im Südwesten an Lage, im Westen an Bad Salzuflen – alle diese Kommunen gehören zum Kreis Lippe. Nur im Norden hat Lemgo eine kurze gemeinsame Grenze mit dem zum Kreis Herford gehörenden Vlotho. Die höchste Erhebung in Lemgo ist der Windelstein nördlich der Kernstadt mit 347 Metern über NN, der tiefste Punkt liegt an der Bega bei Lieme mit 83 Metern. Das Stadtgebiet umfasst eine Fläche von 101 Quadratkilometern, davon sind 22 Quadratkilometer Wald, weitere 47 werden landwirtschaftlich genutzt.
Durch Lemgo führen in West-Ost-Richtung die Bundesstraßen B 66 von Bielefeld nach Barntrup (und weiter über die B 1 bis Hameln), die „Ostwestfalenstraße" von Brakel zur Bundesautobahn A 2 bei Bad Salzuflen sowie in Süd-Nord-Richtung die B 238 von Detmold nach Rinteln, die bei Bad Eilsen ebenfalls an die A 2 anschließt. In Lemgo-Lüttfeld, unweit des Stadtteils Brake, beginnt die Eisenbahnstrecke über Lage nach Bielefeld, die im Stundentakt bedient wird; bis 1980 führte die Strecke nach Hameln, an eine Reaktivierung bis Barntrup ist gedacht. Lemgo verfügt über ein als richtungsweisend geltendes Stadtbus-System, vor der Kirche St. Johann an der Fußgängerzone befindet sich ein überdachter Busbahnhof, der als Treffpunkt aller Stadtbuslinien dient. Die Regionalbusse halten am Bahnhof.

Wichtige Daten und Wappen

Die zum 1. Januar 1970 neu gebildete Stadt Lemgo entstand durch Eingemeindung der benachbarten Ortschaften und umfasst heute neben der Kernstadt die Stadtteile Brake, Brüntorf, Entrup, Hörstmar, Leese, Lieme, Rhiene, Lüerdissen, Matorf-Kirchheide, Trophagen, Vossheide, Wahmbeck, Welstorf und Wiembeck. Die neu gebildete Stadt Lemgo hat mit Genehmigung vom 20. Januar 1972 das alte Lemgoer Stadtwappen übernommen: eine blaue, fünfblättrige Rose ohne Kelchblätter auf silbernem (bzw. weißem) Grund. Die blaue Rose wird bereits mindestens seit dem 16. Jahrhundert als Wappenemblem benutzt. Am 31. Dezember 2006 zählte Lemgo 41.958 Einwohner. Angaben zur Religionsverteilung macht die Stadt nicht, doch besuchen nach amtlicher Statistik an den allgemeinbildenden Schulen der Stadt rund 68 Prozent den evangelischen, zehn Prozent den katholischen Religionsunterricht, 22 Prozent gehören einer anderen oder keiner Konfession an.

Aus der Ortsgeschichte

„Limgauwe" und „Limga" wurden schon Anfang des 11. Jahrhunderts erwähnt. Wenn es sich dabei auch um keine Siedlung, sondern um eine Gaubezeichnung handelte, so gilt doch der Zusammenhang mit dem Gaumittelpunkt, der Kirche St. Johann vor dem Johannistor, wo später das Gogericht abgehalten wurde, als unverkennbar. Schon vor

Die „ungleichen Brüder", die Türme der St. Nikolai-Kirche.

der Stadtwerdung Lemgos gab es eine dörfliche Siedlung etwa an gleicher Stelle. Die älteste im Stadtarchiv aufbewahrte Urkunde stammt erst aus dem Jahre 1245. Bernhard III., Edelherr zur Lippe, bestätigte darin der Stadt Lemgo die ihr von seinem Vater und Großvater verliehenen Rechte und städtischen Privilegien. Man hat daraus geschlossen, dass Bernhards Großvater, Bernhard II., die Stadt 1190 gegründet haben muss.

Lemgo hatte im 13. Jahrhundert schon eine beachtliche wirtschaftliche Stellung, Ende des 13. Jahrhunderts werden Beziehungen zur Hanse deutlich. Die Kontakte der Kaufleute reichten über Lübeck bis Stockholm und Finnland, über Bremen und Elberfeld nach Flandern. Tuche, Leinen und Garn waren die wichtigsten Handelsartikel Lemgos.

Schon vor 1265 dürfte die Lemgoer Neustadt gegründet worden sein, die 1283 ihr Stadtprivileg erhielt. Bis 1365 war die Neustadt selbstständig und von der Altstadt getrennt, dann wurden sie vereinigt. Durch die Vereinigung erreichte Lemgo eine Größe, die der von Herford oder Lippstadt entsprach. Wohlstand und Wirtschaftskraft Lemgos zeigten sich insbesondere 1447, als die Stadt in der „Soester Fehde" durch Zahlung von rund 25.000 Gulden ihre Belagerung und Zerstörung abwenden konnte.

Über die Herforder Fraterherrn gelangten die Gedanken der Reformation nach Lemgo, die sich 1533 gegen den altgläubigen Rat und Landesherrn durchsetzten. Lemgo blieb auch lutherisch, als Simon VI. zur Lippe für sein Land das reformierte Bekenntnis einführte. Aus dem 16. Jahrhundert stammen eine Reihe prächtiger Bürgerhausbauten in Lemgo, gleichzeitig ging jedoch der Fernhandel zurück; Zahlungen aus Lemgo an die Hanse erfolgten bis 1622. Der Dreißigjährige Krieg brachte den wirtschaftlichen Niedergang; die Einwohnerzahl betrug nach dem Kriege nicht einmal ein Drittel der Vorkriegszeit. Andererseits stieg die Zahl der Gewerbetreibenden auf dem Lande. Hinzu kamen noch Seuchen und die starken Hexenverfolgungen, wobei seit 1666 der „Hexenbürgermeister" Hermann Cothmann eine unheilvolle Rolle spielte (siehe unten).

Im 18. Jahrhundert blieb eine wirtschaftliche Erholung aus, Lemgo stieg zur Ackerbürgerstadt ab – „von der ehemaligen Größe einer Hansestadt zu einem eingemauerten Dorfe", wie es in einem Bericht von 1789 hieß. Steigende Bevölkerungszahlen führten erst um 1870/1880 zu einer Erweiterung der Siedlung über den ursprünglichen Stadtkern hinaus. Neue wirtschaftliche Möglichkeiten eröffnete

Das Rathaus entstand in mehreren Epochen.

der Eisenbahnanschluss 1896. Durch den Rückgang der Weberei und Spinnerei mussten neue Beschäftigungsmöglichkeiten gesucht werden – um 1860 gab es in Lemgo sechs Unternehmen der Tabak- und Zigarrenfabrikation. Der Eisenbahnanschluss förderte zudem die Holzindustrie. Neben kleineren Betrieben gab es in Lemgo um 1900 sechs Möbelfabriken, zwei Polstergestellfabriken und sieben Sägewerke.
Die Bevölkerungszahl Lemgos wuchs nach dem Zweiten Weltkrieg durch Flüchtlinge und Vertriebene stark an und erreichte 1949 fast 20.000 Einwohner – zehn Jahre zuvor waren es erst 13.489 gewesen. Nach Eingliederung von 13 bis dahin selbstständigen Gemeinden 1970 zählte Lemgo 37.953 Einwohner.

Sehenswürdigkeiten

Weil Lemgos Innenstadt im Zweiten Weltkrieg von Zerstörungen verschont blieb, ist das besondere städtebauliche Gesamtbild weitgehend erhalten geblieben. Ein Bau- und Kunstwerk von europäischem Rang ist das Rathaus, dessen einzelne Bauteile zu verschiedenen Zeiten entstanden: Der älteste Teil, ein langgestreckter Saalbau, reicht bis ins 13. Jahrhundert zurück; der mittlere Gebäudeteil mit der Ratskammer ist gotisch und stammt aus der Zeit um 1480/90. Unter der Ratskammer befindet sich die Gerichtslaube, ein offener Bereich des Erdgeschosses, in dem im Mittelalter die öffentlichen Gerichtsverhandlungen stattfanden. Die jüngsten Bauglieder sind der Weserrenaissance zuzurechnen und stammen aus dem 15. und 16. Jahrhundert. Ein Prunkstück ist der „Apothekenerker" mit seiner reichen Formensprache, ähnlich die Ratslaube mit der Kornherrenstube im Obergeschoss auf der Nordseite.
Das bekannteste Haus Lemgos ist vermutlich das „Hexenbürgermeisterhaus" mit seiner beeindruckenden Weserrenaissance-Fassade. Seinen Namen verdankt es Bürgermeister Cothmann, der im 17. Jahrhundert den Hexenwahn nutzte, um politische Gegner aus dem Feld zu räumen. Prägend für die Fassade sind die im unteren Bereich zur Straße vorhandene „Utlucht" und der Erker.
Im Stadtkern hat sich eine beachtliche Reihe von Kaufmannshäusern aus Spätgotik und Renaissance erhalten. Die bedeutendsten Bürgerhäuser befinden sich entlang der Mittelstraße, der lebendigen Hauptstraße der Stadt. In der Breiten Straße – der Hauptstraße der Neustadt – sind neben dem Hexenbürgermeisterhaus vor allem die Häuser Nr. 57 (erbaut 1580, Fassade stark verändert) und 67 (erbaut um 1580) sowie die sogenannten Neustädter Zwillinge (Nr. 45 und 47, zwei Fachwerkhäuser der Zeit um 1580 mit annähernd identischen Schnitzgiebeln) hervorzuheben. In der Papenstraße findet man Zeughaus und Ballhaus; in der Echternstraße beeindrucken vor allem die ehemaligen Adelshöfe. Daneben finden sich vor allem in der

Die Fassade des Hexenbürgermeisterhauses gilt als herausragendes Beispiel der Weserrenaissance.

Altstadt zahllose kleinere Fachwerkhäuser aus der Zeit vom 15. bis zum 19. Jahrhundert.
Ein Wahrzeichen der Stadt sind die „ungleichen Brüder", die Türme der St. Nicolai-Kirche direkt neben dem Rathaus. Die heutige evangelisch-lutherische Stadtpfarrkirche wurde 1210 als Basilika begonnen und ab 1300 zur Hallenkirche umgebaut. Geweiht ist sie – wie in vielen norddeutschen Kaufmannsstädten – dem Hl. Nikolaus als Schutzpatron der Seefahrer und Fernkaufleute.
Der Innenraum von St. Nicolai enthält einige bedeutende plastische Kunstwerke, darunter das Grabmal des Franz von Kerssenbrock. 1597 schuf der Lemgoer Bildhauer Georg Crosman diese aufwändige Taufanlage, 1863 wurde sie vor das Kerssenbrock-Epitaph im Südost-Chor versetzt. Die beiden Glocken des Südturmes zählen wegen ihres Klangs zu den wertvollsten in Westfalen und zu den schönsten Glockenpaaren des 13. Jahrhunderts. Beide sind schmucklos und wurden vermutlich schon beim Bau der Westtürme gegossen.
Lemgos Stadtbefestigung wurde im 18. und 19. Jahrhundert größtenteils abgetragen. Heute finden sich nur noch geringe Reste der Stadtmauer, der Pulverturm (Neue Straße) und der teilweise rekonstruierte Hohe Turm (Im Rembken). Am Kastanienwall hat sich eine Bastion erhalten, der Stadtgraben wurde an der Südseite entlang des Abteigartens vor einigen Jahren wieder freigelegt. Hier gibt das mächtige Erdwerk der Wallanlagen (Lindenwall, Hoher Wall) noch einen Eindruck von der Größe der früheren Befestigung.
Östlich der Innenstadt liegt Schloss Brake, das ab 1597 als Residenz der Grafen zur Lippe im Stil der Renaissance ausgebaut wurde. Bauherr war Graf Simon der VI. zur Lippe (1553–1614), ein gebildeter und weltoffener Renaissancefürst. Das Wasserschloss wurde auf den Grundmauern einer der größten mittelalterlichen Burgen Norddeutschlands angelegt. Durch Umbauten im 19. Jahrhundert erhielt das Bauwerk seine heutige Gestalt. 1973 wurde Schloss Brake vom Landesverband Lippe übernommen.

Kultur

1986 wurde in einem Teil von Schloss Brake das „Weserrenaissance-Museum Schloss Brake" eröffnet. Gezeigt werden Kunst, Kultur und Leben zur Zeit der Weserrenaissance, also im 16. und frühen 17. Jahrhundert. Ausgewählte Objekte der Bereiche Architektur, Malerei, Grafik, Möbel, Festwesen, Tafelzier, Küche, Religion, Wissenschaft und Wirtschaft werden ergänzt durch Inszenierungen aus der Frühzeit der Naturwissenschaften – wie ein alchemistisches Laboratorium oder eine Kunst- und Wunderkammer. Das Museum konserviert zwei historische Weserlastkähne,

Das „Alte Backhaus" in der Echternstrasse ist ein Bau der Spätrenaissance aus dem Jahre 1591. Die Fassade zeigt reiche Schnitzereien.

die Zeugnis von den internationalen Beziehungen der Weserregion in der Frühen Neuzeit ablegen. Wechselausstellungen ergänzen das Angebot. Sehenswert ist auch die unmittelbare Umgebung des Schlosses mit der Ölmühle (www.wrm.lemgo.de).
Das Junkerhaus ist ein mit zahlreichen kunstvollen Schnitzereien versehenes Werk des Künstlers Karl Junker aus dem Jahre 1891, es ist heute ein städtisches Museum. Die Städtische Galerie Haus Eichenmüller zeigt Wechselausstellungen mit Werken zeitgenössischer Künstler.
Das Städtische Museum Hexenbürgermeisterhaus zeigt als Ausstellungsschwerpunkt die Stadtgeschichte, unter anderem dokumentiert es Leben und Werk des aus Lemgo stammenden Forschers und Asien-Reisenden Engelbert Kaempfer (siehe unten).

Bildung und Verwaltung

Lemgo ist Hochschulstandort. Die Hochschule Ostwestfalen-Lippe wurde als Fachhochschule Lippe am 1. August 1971 gegründet, zum 1. Januar 2002 wurde die Abteilung Höxter der Universität-Gesamthochschule Paderborn eingegliedert, es entstand die „Fachhochschule Lippe und Höxter"; inzwischen beschloss der Senat jedoch die Umbenennung in „Hochschule Ostwestfalen-Lippe" zum 1. Januar 2008. Die Hochschule Ostwestfalen-Lippe betreibt an ihren drei Standorten Lemgo, Detmold und Höxter Forschung und Lehre, der Verwaltungssitz ist in Lemgo. Es werden ungefähr 4.800 Studierende von rund 160 Professorinnen und Professoren betreut. An der Hochschule OWL wird Anwendungsorientierung groß geschrieben, insbesondere auf dem Gebiet der industriellen Informationstechnik und der Lebensmittelsicherheit. Jeder Standort hat sein eigenes Profil – in Lemgo sind die Ingenieurdisziplinen (Produktions-, Maschinen-, Elektrotechnik und Technische Informatik) zu Hause, ergänzt um weitere Angebote wie Medienproduktion, Holztechnik, Wirtschaft und exklusiv in NRW die Lebensmitteltechnologie.

Brauchtum, Feste, Traditionen

Jährlich vom ersten Donnerstag im Dezember bis zum folgenden Sonntag findet das Volksfest „Kläschen" statt – es ist der größte Weihnachtsmarkt in der Region.
Jedes Jahr im Sommer wird der Lemgoer „Sommertreff" ausgerichtet. „Umsonst und draußen" gibt es dann auf dem historischen Marktplatz u. a. Straßentheater und -kunst, Kabarett und Livemusik verschiedenster Art.

Wirtschaft

Lemgo gehörte lange zu den wichtigen Standorten der lippischen Möbelindustrie, deren Bedeutung jedoch stark zurückgegan-

Im Schloss Brake ist heute unter anderem das Weserrenaissance-Museum zu Hause.

gen ist. Namhafte und global ausgerichtete, bis heute in Lemgo ansässige Unternehmen sind beispielsweise Zumtobel (Hersteller hochwertiger Beleuchtungssysteme), Brasseler (Hersteller von Dentalinstrumenten) und Isringhausen (Fahrersitze für LKW, Busse und Nutzfahrzeuge). Am 30. Juni 2006 waren in Lemgo 14.509 Personen sozialversicherungspflichtig beschäftigt, davon 4.951 im verarbeitenden Gewerbe, 4.151 im Gesundheits-, Erziehungs- und Sozialwesen, 1.947 im Handel.

Sport und Freizeit

Sportliches Aushängeschild der alten Hansestadt sind die Handballer des Erstligisten TBV Lemgo, deren Mannschaft seit Jahren zur nationalen und internationalen Spitzenklasse zählt. 1997 holte der TBV den DHB-Pokal, 2003 die Deutsche Meisterschaft.
Herausragend ist Lemgo auch in den Disziplinen Kunstradfahren, Einrad und Radball (RSV Tempo Lieme 1904), zahlreiche Siege bei deutschen und internationalen Meisterschaften zeugen davon.

Persönlichkeiten

Heinrich Drake, geboren am 20. Dezember 1881 in Lemgo, war bis 1933 Präsident der Lippischen Landesregierung, dann enthoben die Nationalsozialisten ihn des Amtes. 1947 wurde unter seiner Führung mit den „Lippischen Punktationen" eine entscheidende Vereinbarung zwischen Nordrhein-Westfalen und der lippischen Landesregierung getroffen: das Land Lippe schloss sich NRW an. Drake war in der günstigen Situation, zwischen Angeboten aus NRW und Niedersachsen wählen zu können – letztlich boten die Düsseldorfer Lippe mehr. Ab dem 1. April 1947 war Drake Regierungspräsident des neu geschaffenen Regierungsbezirks Minden-Lippe, der zum 2. Juni 1947 in den Regierungsbezirk Detmold umbenannt wurde. Von 1949 bis 1966 war er – mit Unterbrechungen – Vorsteher des Landesverbandes Lippe. Heinrich Drake starb am 12. Juni 1970 in Detmold.
Engelbert Kaempfer, geboren am 16. September 1651 in Lemgo, war Arzt und Forschungsreisender. Als Ergebnis einer zehnjährigen Reise leistete er wichtige Beiträge zur Erforschung der Länder Asiens und prägte das europäische Japanbild des 18. Jahrhunderts. Kaempfer starb am 2. November 1716 im heutigen Lemgoer Ortsteil Lieme.

Information

Alte Hansestadt Lemgo, Rathaus, 32655 Lemgo, 05261/213-0, info@lemgo.de, www.lemgo.net.
Lemgo-Information, Kramerstr. 1, 32657 Lemgo, 05261/9887-0, info@lemgo-marketing.de.

Leopoldshöhe

Kreis Lippe

Gut: Besondere Bedeutung erlangte im heutigen Leopoldshöhe die Pflanzenzüchtung, vor allem die Rübenzucht. Der 1849 gegründete namhafte Pflanzenzuchtbetrieb des Gutes Eckendorf besteht bis heute.
Mut: Wer sich traut, kann dies in herrschaftlichem Ambiente auf Gut Eckendorf tun: Teile des kleinen Schlosses und des Parks werden oft für Hochzeiten genutzt, die Leopoldshöher Standesbeamtin kommt gerne hinzu.

Geografische Lage/Verkehrsanbindung

Die Gemeinde Leopoldshöhe liegt nördlich des Teutoburger Waldes in einer zumeist sanft hügeligen Landschaft, ganz im Westen des Kreises Lippe. Im Norden grenzt die Gemeinde an Bad Salzuflen, im Osten an Lage, im Süden an Oerlinghausen (alle Kreis Lippe), im Westen an die kreisfreie Stadt Bielefeld. Das Gemeindegebiet hat eine Fläche von 37 Quadratkilometern, davon werden 67 Prozent landwirtschaftlich genutzt, neun Prozent sind Wald. Höchste Erhebung ist der Merkslohberg im Süden der Gemeinde mit 246 Metern über NN, der tiefste Punkt befindet sich mit 79 Metern im Norden der Gemeinde an der Werre.
Ganz im Süden, im Ortsteil Asemissen, wird das Gemeindegebiet von der B 66 von Bielefeld nach Barntrup durchquert. Hauptverkehrsweg ist die Landstraße 751, die in Nord-Süd-Richtung von Bad Salzuflen über Leopoldshöhe und Oerlinghausen zur Autobahn A 33 bei Schloß Holte-Stukenbrock führt. Näher liegen für den Ort jedoch die Autobahnanschlüsse „Bielefeld Zentrum" und „Ostwestfalen-Lippe" an der A 2. Im Ortsteil Asemissen liegt an der Strecke Bielefeld–Lage–Lemgo der Bahnhof „Oerlinghausen". Er wird von zwei im Stundentakt verkehrenden Regionalbahnlinien bedient und bietet eine gute Verkehrsanbindung sowohl nach Bielefeld als auch an Lage, Lemgo und Detmold. Eine Ortsbuslinie („Pendel-Leo") verbindet den Bahnhof mit den wichtigsten Ortsteilen, Regionalbuslinien fahren nach Bielefeld, Bad Salzuflen, Oerlinghausen und Lage.

Wichtige Daten und Wappen

Zum 1. Januar 1969 erfolgte der Zusammenschluss der bis dahin selbstständigen Gemeinden Asemissen, Bechterdissen, Bexterhagen, Greste, Krentrup, Leopoldshöhe, Nienhagen und Schuckenbaum zu der neuen Großgemeinde Leopoldshöhe. Nur der namensgebende Ortsteil sowie Asemissen haben eine annähernd städtische Infrastruktur, die anderen lassen bis heute ihre dörflichen Ursprünge erkennen. Zählte die Gemeinde am Gründungstag gerade mal 10.200 Einwohner, so waren es am 1. Januar 2008 bereits 17.227. Rund 52 Prozent der Bevölkerung sind evangelisch, zwölf Prozent katholisch, die übrigen gehören sonstigen oder keiner Religionsgemeinschaft an.
Das Wappen ist eine Neuschöpfung und wurde am 3. März 1971 genehmigt. Die silberne (bzw. weiße) Rübe ist ein Symbol für die Landwirtschaft, insbesondere für die bedeutende Rübensamenzucht. Das goldene Zahnrad deutet mit seinen acht Zähnen auf die Anzahl der früheren Gemeinden hin, zugleich ist es Symbol für den Gewerbefleiß. Das silberne Wellenband steht für die durch die Gemeinde fließende Windwehe.

Aus der Ortsgeschichte

Die erste urkundliche Erwähnung des Gebietes stammt aus dem Jahr 1036, als der Bischof von Paderborn dem Kloster Busdorf den Hof Niederbarkhausen und das Vorwerk Eckendorf zum Lehen übergab. Die Besiedlung bestand zunächst aus großbäuerlichen Höfen und Höfeweilern; im Laufe der Jahr-

Die 1850/51 erbaute Kirche bildet bis heute das Zentrum von Leopoldshöhe.

hunderte wurde zwischen diesen Höfen mehr und mehr Land erschlossen, auf dem dann Kötterhöfe entstanden. Die ersten urkundlichen Erwähnungen der heutigen Leopoldshöher Ortsteile, die 1841 aus den bisherigen Bauerschaften entstanden, fanden in folgenden Jahren statt: 1385 Krentrup, 1467 Asemissen, 1488 Greste, 1539 Bechterdissen, 1617 Schuckenbaum. Nienhagen und Bexterhagen entstanden bereits im 13. Jahrhundert als Hagenhöfe (geschützte, umfriedete Höfe).
Die niedere Gerichtsbarkeit und die Verwaltung waren bis Anfang des 17. Jahrhunderts zwischen den Amtsmeiern in Niederbarkhausen (bei Oerlinghausen) und Heerse bzw. Bexten (bei Salzuflen) aufgeteilt. Im Rahmen einer Flurbereinigung nach der Reformation kamen beide Ämter 1607 durch einen Vertrag zwischen dem Bischof von Paderborn und den Edelherren zur Lippe zum Fürstentum Lippe.
Das Kirchdorf Leopoldshöhe wurde erst 1850/51 auf einer Anhöhe in ungefähr gleicher Entfernung zu den Kirchen in Schötmar, Oerlinghausen und Heepen gegründet, um den Bewohnern der umliegenden Höfe den Kirchgang zu erleichtern. Der lippische Fürst Leopold II. verlieh ihm bei der Einweihung der neuen Kirche den bis heute gebräuchlichen Namen. Wie bescheiden die Siedlungen noch bis ins 20. Jahrhundert waren, zeigte sich auch daran, dass beim Bau der Eisenbahn von Bielefeld nach Lage der in Asemissen angelegte Bahnhof ohne weiteren Zusatz mit „Oerlinghausen" bezeichnet wurde. Inzwischen ist das einst rein ländliche Gebiet erwacht: Seine zentrale Lage, die gute Verkehrsanbindung und die günstigen Baulandpreise machen Leopoldshöhe gerade bei jungen (Pendler-)Familien zu einem beliebten Wohnort.

Sehenswürdigkeiten

Die evangelisch-reformierte Pfarrkirche Leopoldshöhe wurde 1850/51 errichtet. Sie

Bauernhöfe und Gutsanlagen prägen noch immer das Bild der Gemeinde.

diente als Vorbild für eine ganze Reihe weiterer Pfarrkirchen in Lippe (Bega, Almena, Augustdorf und Schlangen).
Das Gut Eckendorf wurde bereits 1036 als Schenkung des Paderborner Bischofs Meinwerk an das Kloster Busdorf erwähnt. Der Meyer zu Eckendorf gehörte im Mittelalter zu den vier Amtsmeiern des Amtes Barkhausen. Die Blütezeit des Gutes begann mit dem Erwerb durch die Familie von Borries 1774, die es bis heute besitzt. Insbesondere unter Wilhelm von Borries (1815–1890) entwickelte sich das Gut zu einem der modernsten landwirtschaftlichen Betriebe in der Region. Die kleine Schlossanlage liegt auf einer Gräfteninsel, der Park geht heute in den forstwirtschaftlich genutzten Waldteil über. Gutshaus und Park sind nicht öffentlich zugänglich, können aber von Privat für Veranstaltungen genutzt werden.

Kultur, Brauchtum, Traditionen

Der Heimathof in Leopoldshöhe, der ehemalige Hof Eickmeyer, war bis in die 1980er-Jahre ein landwirtschaftlicher Vollerwerbsbetrieb. Der Heimatverein Leopoldshöhe restauriert die Hofgebäude Stück um Stück und baute das Wohnhaus zu einem Heimatmuseum aus (1999 eröffnet). Hier werden Gegenstände aus den verschiedensten Bereichen des Lebens und Arbeitens im ländlichen Raum der letzten etwa 150 Jahre präsentiert.
Der Heimathof wird auch von der Gemeinde Leopoldshöhe oder anderen Vereinen und

Gut Eckendorf ist umgeben von einer sehenswerten Parkanlage.

Organisationen für Veranstaltungen genutzt. So finden z. B. Konzerte oder Lesungen auf der Museumsdeele statt. Am Himmelfahrtstag führen die evangelischen Kirchengemeinden einen Gottesdienst unter freiem Himmel durch, am Ostersonntag entzündet der Heimatverein eines der größten Osterfeuer in Lippe.

Wirtschaft

Aufgrund der hohen Pendlerzahlen und der stetigen Zunahme der Bevölkerung ist die Gemeinde bestrebt, die Arbeitsplatzsituation und die Wirtschaftsstruktur vor Ort zu verbessern. Die günstige Verkehrslage ist dabei ein wichtiger Faktor. Zahlreiche neue Handwerks- und Industriebetriebe haben in den letzten Jahren in neuen Gewerbegebieten eine Heimat gefunden. Charakteristisch für Leopoldshöhe ist jedoch nach wie vor ein stark landwirtschaftlich geprägter Einschlag.
Am 30. Juni 2006 waren in Leopoldshöhe 3.767 Personen sozialversicherungspflichtig beschäftigt. Davon waren 1.843 im verarbeitenden Gewerbe tätig, 811 im Handel und 288 im Grundstücks- und Wohnungswesen.

Information

Gemeinde Leopoldshöhe, Kirchweg 1, 33818 Leopoldshöhe, 05208/991-0, info@leopoldshoehe.de, www.leopoldshoehe.de.

Lichtenau

Kreis Paderborn

Wind: Aufsteigend aus der Münsterländischen Bucht pfeift ein kräftiger Wind über die Paderborner Hochfläche. Einer der größten deutschen Windparks befindet sich deshalb auf Lichtenauer Stadtgebiet – lange Zeit der größte abseits der Küsten.
Still: Weit und breit wird man kaum einen stilleren Winkel finden als das kleine Tal, in dem Kloster Dalheim liegt – jedenfalls, wenn das heutige Museum seine Pforten schließt und die Besucher wieder gegangen sind.

Geografische Lage/Verkehrsanbindung

Die Stadt Lichtenau liegt im Südosten des Kreises Paderborn. Während der Westen des Stadtgebiets zur Paderborner Hochfläche gehört, liegen der Osten und Süden im Eggegebirge bzw. stoßen ans Sauerland. Lichtenau grenzt im Südwesten an Bad Wünnenberg, im Westen an Borchen, im Nordwesten an Paderborn, im Norden an Altenbeken (alle Kreis Paderborn), im Nordosten an Bad Driburg, im Osten an Willebadessen, im Südosten an Warburg (alle Kreis Höxter), ganz im Süden an Marsberg (Hochsauerlandkreis).
Der höchste Punkt befindet sich mit 407 Metern über NN bei Blankenrode, während sich an der Altenau bei Henglarn der tiefste mit 179 Metern befindet. Blankenrode ist das höchstgelegene Dorf des Kreises Paderborn.
Wichtigste Verkehrsader Lichtenaus ist die B 68 von Paderborn nach Warburg. Südlich des Stadtgebiets liegt die Autobahn 44 von Dortmund nach Kassel, an die Lichtenau durch die gleichnamige Anschlussstelle angebunden ist. Im Nordosten führt die hier neu trassierte DB-Strecke Altenbeken–Kassel über Lichtenauer Gebiet, allerdings ohne Bahnhof. Nächste Stationen sind Willebadessen an derselben Strecke und der gut 15 Kilometer entfernte Hauptbahnhof Paderborn.

Wichtige Daten und Wappen

Durch das so genannte Sauerland-Paderborn-Gesetz vom 5. November 1974 wurde zum 1. Januar 1975 aus den Gemeinden des Amtes Lichtenau und dem überwiegenden Teil der Gemeinden des ehemaligen Amtes Atteln – Asseln, Atteln, Blankenrode, Dalheim, Ebbinghausen, Grundsteinheim, Hakenberg, Henglarn, Herbram, Holtheim, Husen, Iggenhausen, Kleinenberg und Lichtenau – die heutige Stadt Lichtenau gebildet. Sie umfasst 192 Quadratkilometer und ist damit flächenmäßig eine der größten in Nordrhein-Westfalen. 95 Quadratkilometer sind Landwirtschaftsfläche, weitere 81 mit Wald bestanden. Am 31. März 2008 hatte die Stadt Lichtenau insgesamt 11.803 Einwohner. 79 Prozent davon waren katholisch, zwölf Prozent evangelisch, die übrigen gehören einer anderen oder keiner Religionsgemeinschaft an.

Das Wappen der Stadt, 1976 genehmigt, zeigt vor blauem Hintergrund eine beiderseits ansteigende Zinnenmauer mit einem offenen Tor, in dem eine Lilie gezeigt wird. Es ist eine Abwandlung des im 19. Jahrhundert eingeführten Lichtenauer Wappens, das wiederum auf dem seit dem 14. Jahrhundert verwendeten Siegel der Stadt beruht.

Aus der Ortsgeschichte

Die Nähe zu Hessen bzw. Waldeck hat über Jahrhunderte das Schicksal der Menschen im Gebiet der heutigen Stadt Lichtenau geprägt, immer wieder hielten kriegerische Auseinandersetzungen, vor allem zwischen dem Bistum Paderborn und Waldeck, die Region in Atem. 1326 wurde die Stadt Lichtenau unter anderem mit der heute eingemeindeten Stadt Kleinenberg und der damals noch bestehenden Stadt Blankenrode (sie lag 1,5 Kilometer östlich des heutigen Dorfes Blankenrode)

Die „Burg" in Lichtenau.

erstmals erwähnt. Die Städte wurden vom Paderborner Bischof zur Sicherung der Landesherrschaft gegen die Grafschaft Waldeck errichtet. 1474 stürmte Otto von Waldeck die Stadt Lichtenau, tötete oder verschleppte viele Einwohner. Zu dieser Zeit war Blankenrode nach mehreren Auseinandersetzungen bereits aufgegeben worden, Kleinenberg lag danieder, weil es mehrfach von Raubrittern geplündert worden war, wurde aber nicht völlig aufgegeben. Im Dreißigjährigen Krieg wurde Lichtenau gleich zweimal, 1633 und 1642, von hessischen Soldaten in Brand gesteckt, 1636 wütete die Pest. Auch litt die Stadt mehrfach unter Feuersbrünsten, eine zerstört 1721 Lichtenau fast völlig. Als 1802/03 das Hochstift vom Königreich Preußen besetzt wurde, waren Lichtenau, Kleinenberg und die Dörfer im heutigen Stadtgebiet völlig verarmt. Damit nicht genug: Im November 1806 lagert Napoleons Bruder Louis Bonaparte mit rund 30.000 Soldaten bei Lichtenau und plündert die Stadt.

Erst 1815, erneut unter – nunmehr dauerhafter – preußischer Herrschaft, zog Frieden ein. Lichtenau und Umgebung wurden dem 1816 gegründeten Kreis Büren zugeteilt. Wohlstand kam indes nicht in die Stadt, denn 1831, 1842, 1885 und 1903 erlitt Lichtenau weitere Brandkatastrophen. Bis weit ins 20. Jahrhunderts blieb die Stadt von den Segnungen der modernen Zeit weit entfernt: Es entwickelte sich keine Industrie, und nur ganz im Norden des heutigen Stadtgebiets wurde Lichtenau von der Eisenbahn berührt, nämlich in Nachbarschaft des Bahnhofs Neuenheerse an der Eisenbahnstrecke Altenbeken – Kassel (siehe: Willebadessen). Hier wurde Ende der 1930er-Jahre ein verstecktes Militär-Tanklager errichtet, auf dessen Gelände ab 1950 Wohnhäuser für Waldarbeiter und Heimatvertriebene entstanden, die sich als eigenes kleines Dorf etablieren: Herbram-Wald. Mit Herbram-Wald stimmt dann die Rechnung, die als Leitsatz des heutigen Lichtenau gilt: „15 Dörfer – eine Stadt".

Sehenswürdigkeiten

Prägendes Bauwerk im Kernort Lichtenau ist die so genannte Burg. Das rechteckige Turmhaus stammt wohl noch aus dem 14. Jahrhundert, wurde 1710 erneuert und 1853 im Inneren ausgebaut. Sehenswert sind im Kernort auch die zahlreichen Fachwerkbauten. Kleinenberg ist einer der ältesten Marienwallfahrtsorte in Westfalen. Die Wallfahrt gründet sich auf eine mittelalterliche Legende, wonach ein Marienbild dreimal über einer Eiche geschwebt habe, woraufhin eine Klause und später Wallfahrtskapellen gebaut wurden. Die heutige barocke Wallfahrtskirche „Helferin vom Kleinen Berge" entstand 1742 bis 1758 und bildet zusammen mit dem Wallfahrtsgelände die Hauptsehenswürdigkeit Kleinenbergs.

Im Süden Lichtenaus liegt in einem Seitental der Altenau das ehemalige Augustiner-Chorherren-Kloster Dalheim. 1803 säkularisiert, beheimatet es heute das europaweit erste Museum für Klosterkultur. Mitte des 15. Jahrhunderts beschlossen die hier schon länger ansässigen Augustiner-Chorherren, eine vollständig neue Klosteranlage aufzubauen. Um

Wallfahrtskirche im Ortsteil Kleinenberg.

1500 lebten hier 24 Mönche und 100 Laienbrüder, bis zur Säkularisation galt Dalheim als das geistliche und wirtschaftliche Zentrum des südlichen Paderborner Landes.
Nach Plünderungen im Dreißigjährigen Krieg folgte ab 1700 eine neue Blütezeit, die in einer regen Bautätigkeit Ausdruck fand; die damals errichtete Klosteranlage ist bis heute weitgehend erhalten.
Um 1800 gehörten zum Kloster Dalheim fast 21.000 Morgen Land, die Dörfer Oesdorf und Meerhof sowie rund 200 Landarbeiter, die 1.250 Morgen Land bestellten. Mit der Säkularisation wurde die Anlage zu einem staatlichen Gutshof. Einige Wirtschaftsgebäude wurden abgerissen oder zu Stallungen umgebaut – so auch die Klosterkirche. 1838 brannte der spätmittelalterlich-barocke Kern der Anlage aus und wurde in vereinfachter Form neu errichtet. 1979 erwarb der Landschaftsverband Westfalen-Lippe den Komplex, um ihn zu einem Museum umzugestalten. Im Westflügel und im barocken Gästetrakt entstanden Ausstellungsräume und Gastronomie (samt Klosterbrauerei), der barocke Konventgarten wurde rekonstruiert. Dalheim ist heute eine herausragende Sehenswürdigkeit der Region.

Kultur

Im Kloster – drinnen und draußen – findet im Sommer jeden Jahres unter dem Namen „Dalheimer Sommer" eine ausgesprochen vielfältig angelegte Veranstaltungsreihe mit überregionaler Bedeutung statt. Schwerpunkte sind Konzerte alter und neuer Musik, Theateraufführungen und Lesungen/Rezitationen klassischer Literatur.

Brauchtum, Feste , Traditionen

Jeweils im Spätsommer lädt der Dalheimer Klostermarkt ein, dann kommen Ordensleute aus vielen Ländern Europas und bieten das an, was – von Bier bis Weihrauch – in ihren Klöstern hergestellt wird, aber auch ihre Lehren und Weisheiten.
Wald, Wild und Wind sind die Themen, die beim „Wildschütz-Klostermann-Markt", der jährlich im Frühherbst in Lichtenau stattfindet, im Mittelpunkt stehen. Der Traditions- und Trachtenumzug ist einer der Höhepunkte, geboten wird zudem u.a. eine Waldarbeiter-Meisterschaft – für Profis!
Die Hauptwallfahrtsfeste in Kleinenberg sind jeweils am 2. Juli (Mariä Heimsuchung) und dem darauf folgenden Wochenende, sowie am 8. September (Mariä Geburt) und dem anschließenden Wochenende.

Wirtschaft

Mitte der 1990er-Jahre entstand im Stadtgebiet von Lichtenau der damals größte Binnenwindpark Europas. Vor dem Hintergrund dieses wachsenden Marktes wurde in Private-Public-Partnership das Technologiezentrum für Zukunftsenergien Lichtenau GmbH (TZL) gegründet. Daraus entwickelte sich ein Netzwerk weltweit verbundener Technologiezentren zum Thema Zukunftsenergien, Lichtenau wird seitdem als „Energiestadt" wahrgenom-

men. Die Kommune ist hier wegweisend, mehr als das vierfache des Strombedarfs im Stadtgebiet wird durch die Windenergie bereitgestellt. Ob Photovoltaik, Geothermie oder Windkraft, ob Planung, Messtechnik oder Qualitätsmanagement – im TZL und den hier tätigen Unternehmen spiegelt sich die ganze Bandbreite der Arbeitsmöglichkeiten im Bereich der neuen Energien wider. Der weitere Ausbau der Zukunftsenergie ist Leitziel Lichtenaus.
Am 30. Juni 2006 waren in Lichtenau 1.708 Personen sozialversicherungspflichtig beschäftigt – 748 davon im verarbeitenden Gewerbe, 209 im Baugewerbe und 190 im Handel.

Oben: Kloster Dalheim im Winter;
unten: Klostermarkt in einer der Scheunen.

Persönlichkeiten
In Lichtenau wurde am 2. Oktober 1861 mit Friedrich Simon Archenhold einer der bekanntesten deutschen Astronomen geboren. Archenhold war Mitbegründer der 1896/98 aufgebauten, seit 1946 nach ihm benannten Sternwarte in Berlin Alt-Treptow. Archenhold starb am 14. Oktober 1939 in Berlin.

Information
Stadt Lichtenau, Lange Str. 39, 33165 Lichtenau, 05295/890, www.lichtenau.de, stadt@lichtenau.de.

Löhne

Kreis Herford

Küchen: Löhne ist bedeutender Standort der Möbelindustrie und nennt sich selbstbewusst „Weltstadt der Küchen".
Mennighüffen: Bis 1969 war der Löhner Ortsteil Mennighüffen eine eigene Gemeinde. Seine rund 10.500 Einwohner bilden ein knappes Viertel der Bevölkerung.

Geografische Lage/Verkehrsanbindung

Die Stadt Löhne liegt im Nordosten des Kreises Herford. Nachbarstädte und -gemeinden sind Hüllhorst im Norden, Bad Oeynhausen im Osten (beide Kreis Minden-Lübbecke), Vlotho im Südosten, Herford im Süden, Hiddenhausen im Südwesten und Kirchlengern im Westen. Die Werre bildet die südwestliche Stadtgrenze und durchquert mittig das Stadtgebiet. Bei ihrem Übergang auf Oeynhausener Gebiet findet sich mit 48 Metern über NN der niedrigste Punkt; das Stadtgebiet steigt auf der Dornberger Heide nahe der Grenze zu Vlotho und Herford auf 177 Meter an.
Löhne hat drei Anschlussstellen an der A30, die das Stadtgebiet in West-Ost-Richtung durchquert. Vom Dreieck Löhne führt die Bundesstraße 61 über Herford nach Bielefeld und Gütersloh. Die A 2 verläuft knapp drei Kilometer südöstlich des Stadtgebietes, die Bundesstraße 239 (Herford–Diepholz) unweit der Westgrenze. Demnächst wird voraussichtlich mit dem Bau der Nordumgehung begonnen, mit der, ausgehend vom Dreieck Löhne, die A 30 auf Oeynhausener Stadtgebiet Anschluss an die A 2 erhalten soll. Der Bahnhof Löhne liegt an der Magistrale Bielefeld–Hannover, hier zweigen die Hauptstrecken nach Osnabrück und Hameln ab. Löhne selbst wird nur im Nahverkehr bedient, Direktverbindungen bestehen nach Bielefeld bzw. ins Ruhrgebiet, Minden–Hannover–Braunschweig, Hameln–Hildesheim und Osnabrück–Rheine.

Wichtige Daten und Wappen

Löhne gliedert sich in die fünf Stadtteile Gohfeld, Löhne-Ort, Mennighüffen, Obernbeck und Ulenburg, die auf die bis 1969 bestehenden selbstständigen Landgemeinden zurückgehen. Das Stadtgebiet umfasst 59 Quadratkilometer, davon ist gut die Hälfte Landwirtschaftsfläche. Rund 41.300 Menschen leben in Löhne, davon sind 64 Prozent evangelisch, neun Prozent katholisch und 27 Prozent anderen Glaubens oder konfessionslos.

Das Löhner Wappen zeigt im grünen Feld einen schräg von links unten nach rechts oben verlaufenden silbernen (oder weißen) Wellenbalken, der mit drei Seeblättern belegt ist. Es versinnbildlicht die Werre als Trennfluss und gleichzeitig Verbindung zwischen den früheren Ämtern Gohfeld und Mennighüffen, die bis Ende 1968 das Amt Löhne bildeten. Die roten Seeblätter sind dem Wappen der Sachsenherzöge entnommen und stehen für das sächsischen Herzogtum Engern.

Aus der Ortsgeschichte

Die früheste überlieferte Erwähnung mit Bezug auf das Löhner Gebiet datiert auf das Jahr 993. Seit dem Hochmittelalter gehörte der Raum zum Hochstift Minden und gelangte mit diesem 1648 für knapp dreihundert Jahre an (Brandenburg-)Preußen. Innerhalb Preußens gehörte Löhne ab 1719 zu Minden-Ravensberg, ab 1815 zum Kreis Bünde und ab 1832 zum Kreis Herford innerhalb der Provinz Westfalen.
Die bäuerlichen Siedlungsstrukturen sind mittelalterlichen Ursprungs. Zwischen 1200 und 1500 wurde die besiedelte Fläche wesentlich erweitert, die bäuerlichen Gruppen der Erbkötter, Markkötter und Brinksitzer bildeten sich heraus. Das dem Meierstand entstammende Adelsgeschlecht derer von

Quernheim erbaute die Rittersitze Beck und Ulenburg, die um 1600 an wechselnde Besitzer übergingen. Größte Grundherren waren ab 1648 – als neue Fürsten von Minden – die brandenburgischen Kurfürsten bzw. preußischen Könige. Im Rahmen der Verwaltung des Hochstifts bzw. des Fürstentums Minden war Gohfeld als Vogteisitz Verwaltungsmittelpunkt für ein größeres Umland. 1682 wurden die Ortschaften zu neun Bauerschaften zusammengefasst.
Schon früh, wohl um 1530, setzte sich die Reformation durch, das Gebiet wurde lutherisch. Ab etwa 1750 verdingte sich ein stetig wachsender Teil der Bevölkerung, die Heuerlinge, in Heimarbeit mit der Herstellung von Leinen. Deren Niedergang führte im 19. Jahrhundert zu Verelendung und Hunger; angesichts der Notlage wanderte bis 1860 jeder zehnte Einwohner nach Amerika aus, andere gingen auswärtig Saisonarbeit nach, etwa als Hollandgänger.
Der Bau der Köln-Mindener Eisenbahn in den Jahren 1846/47 bedeutete für den Löhner Raum den Beginn eines neuen Zeitalters. Vorherrschend war zunächst die Zigarrenindustrie, ab 1920 kam die bis heute bedeutende Möbelindustrie hinzu. Mit dem Bau der Strecke von Löhne nach Osnabrück und weiter nach Emden wurde Löhne zu einem wichtigen Knotenpunkt im Eisenbahnnetz. Umfangreiche Gleisanlagen und ein ausgedehnter Rangierbahnhof entsprachen der Bedeutung des Ortes; zahlreiche Einwohner waren bei der Bahn beschäftigt. Die Bedeutung des Bahnknotens wurde Löhne im Zweiten Weltkrieg zum Verhängnis. Um den Nachschub der Wehrmacht zu unterbinden, flogen alliierte Luftstreitkräfte am 14. März 1945 einen schweren Angriff auf den Bahnhof. Etwa 130 Menschen starben, über 500 Gebäude wurden zerstört oder beschädigt. Am 3. April 1945 besetzten amerikanische Truppen kampflos das Amtsgebiet.

Das im Stil der Weserrenaissance erbaute Schloss Uhlenburg gehört heute der diakonischen Stiftung Wittekindshof.

Sehenswürdigkeiten

Schloss Ulenburg ist ein Wasserschloss im Stil der Weserrenaissance, das die Herren von Quernheim errichteten. 1299 erstmalig erwähnt, erhielt der Rittersitz zwischen 1568 bis 1570 sein aktuelles Aussehen. Heutiger Besitzer ist die Diakonische Stiftung „Wittekindshof". An die Anlage schließt sich auf einer Insel zwischen Gräften und Mühlenbach

der Ulenburger Schlosspark an, der in der zweiten Hälfte des 19. Jahrhunderts als Landschaftspark angelegt wurde. Sehenswert ist auch die zwei Kilometer lange Ulenburger Allee mit Eichen, Kastanien, Linden, Eschen und Robinien, teilweise aus dem 18. Jahrhundert. Sie verbindet die Ulenburg mit dem anderen alten Löhner Rittersitz Haus Beck, der sich in Privatbesitz befindet.
Die Rürupsmühle in Löhne-Wittel (Loher Straße 6) ist 400 Jahre alt. Es handelt sich um die einzige Wassermühle im Kreis Herford, die noch durch ein Wasserrad angetrieben wird. Zum Ensemble gehört ein Backhaus von 1841, ein Fachwerkspeicher und ein reetgedecktes Bauernhaus aus dem Jahre 1727 (www.ruerupsmuehle.de).
Im Jahr 2000 war Löhne zusammen mit Bad Oeynhausen Schauplatz der Landesgartenschau. Unter dem Motto „Aqua Magica" wurde der „Park der Magischen Wasser" 1997 von den französischen Landschaftsarchitekten Henri Bava und Olivier Philippe entworfen. Der rund 20 Hektar große Park bezieht unter anderem die solehaltigen, warmen Heilquellen ein, die Oeynhausen zum Bad machen. Highlight ist ein 18 Meter tiefer Krater, aus dem eine Wasserfontäne bis über den Kraterrand hinaus aufsteigt.

Kultur

Die Werretalhalle, eine Veranstaltungshalle in Bahnhofsnähe, ist Schauplatz verschiedenster Kulturveranstaltungen auswärtiger wie einheimischer Künstler. Die Galerie in der Werretalhalle zeigt namhafte interessante Kunstausstellungen (Alte Bünder Straße 14, 05732/1 00-5 61).
Das internationale Literaturfest „Poetische Quellen" auf dem ehemaligen Landesgartenschaugelände Aqua Magica widmet sich jedes Jahr einem anderen literarischen Länder- oder Themenschwerpunkt. Am letzten vollständigen Augustwochenende finden Lesungen und Gespräche mit international bekannten Autoren in der Parklandschaft statt. Ebenfalls im Park der Magischen Wasser gibt es alljährlich das Sommerfest der Kleinkunst (www.aquamagica.de).
Das Heimatmuseum Löhne, Alter Postweg 300, zeigt Exponate aus der Umgebung der Stadt, etwa aus der eiszeitlichen Tierwelt, der Stein- und Bronzezeit sowie den so genannten Gohfelder Einbaum aus dem 6. Jahrhundert. Außerdem gibt es Ausstellungen zum Leinengewerbe, zum bäuerlichen Wohnen, zur Zigarrenmacherzeit und zum alten Löhner Brauchtum (Joachim Kuschke, 05732/3172 oder 100317).
Die Wassermühle Kemena am Mittelbach ist seit 1996 ein voll funktionsfähiges kleines Museum. Die Mühle stammt aus dem Jahr 1893, wurde jedoch auf einem Bau von 1655 errichtet (Koblenzer Straße 56, Besichtigung nach Vereinbarung, 05731/84047).

Wirtschaft

Die Löhner Wirtschaft ist mittelständisch geprägt. Seit 2005 nennt sich Löhne „Weltstadt der Küchen", da hier fünf große Küchenmöbelhersteller ansässig sind. Größte Arbeitgeber sind die Küchenhersteller Nolte,

Die Heinrich-Schneider-Brücke über die Werre in den frühen Morgenstunden.

SieMatic, Bauformat, Geba und Nieburg, die insgesamt etwa zweitausend Arbeitsplätze bieten. Weitere tausend Arbeitsplätze bestehen bei Zulieferern der Küchenindustrie. Am 30. Juni 2006 waren in Löhne 12.302 sozialversicherungspflichtig Beschäftigte registriert, davon 5.783 im verarbeitenden Gewerbe, 2.005 im Handel und 1.581 im Gesundheits-, Erziehungs- und Sozialwesen.

Brauchtum, Feste, Traditionen

Die Städte Löhne und Bad Oeynhausen feiern jedes Jahr im Park der Magischen Wasser der Aqua Magica ein Bürgerfest. Auf drei Bühnen präsentieren sich dann Vereine und andere Einrichtungen der beiden Nachbarstädte. Im Mai gibt es am Heimatmuseum den Löhner Gartenflohmarkt und auf dem Festplatz in der Innenstadt wird Anfang Oktober mit Kirmes und Gewerbeschau das Oktoberfest gefeiert. Der Löhner Sommerzauber ist ein Kulturfest, das immer am letzten Wochenende im Juli in der Innenstadt, Lübbecker Straße, gefeiert wird.

Sport und Freizeit

Wichtigste Vereine sind die Fußballvereinigungen SV Löhne-Obernbeck, FC Löhne-Gohfeld und VfL Mennighüffen, TuRa Löhne, der Leichtathletikverein LG Bünde/Ahle-Löhne, der Handballclub HSG Löhne-Obernbeck, der Schwimmclub „Aquarius" Löhne und das Löhner Kulturforum.

Löhne hat einen 18-Loch Golfplatz sowie ein Frei- und ein Hallenbad. Die Stadt liegt am Else-Werre-Radweg (durch das Else- und Werre-Tal von der Else-Bifurkation bis zur Weser) und am Soleweg.

Persönlichkeiten

Der deutsche Komponist, Liedertexter und Musikverleger Ralf Arnie wurde am 14. Februar 1924 als Artur Niederbremer in Löhne geboren. Aus seiner Feder stammt unter anderem der Schlager „Tulpen aus Amsterdam". Nach Abitur und Kriegseinsatz kehrte Arnie 1948 aus russischer Kriegsgefangenschaft zurück und ließ sich in Hamburg nieder. Er komponierte und textete über tausend Lieder für nahezu alle namhaften Schlagersänger der 1950er- bis 1980er-Jahre. Er entdeckte und produzierte unter anderem Udo Lindenberg und Otto Waalkes. Arnie starb am 19. Januar 2003 in Hamburg.

Information

Stadtverwaltung Löhne; Oeynhausener Str. 41; 32584 Löhne; 05732/100-0; www.loehne.de.

Das Literaturfest „Poetische Quellen" auf dem ehemaligen Landesgartenschaugelände Aqua Magica lockt alljährlich namhafte Schriftsteller nach Löhne – wie hier im Bild Roger Willemsen.

Lübbecke

Kreis Minden-Lübbecke

Bierglas: Die Privatbrauerei Barre hat mit „Barres Brauwelt" das einzige Brauereimuseum in OWL geschaffen. Hier gibt's zu sehen, wie seit der Mitte des 19. Jahrhunderts Bier gebraut wurde. Na dann: Prost!
Theaterspaß: Im Ortsteil Nettelstedt erfreuen die Akteure der Freilichtbühne ihre Zuschauer. Die ersten Aufführungen gehen auf das Jahr 1919 zurück – damit ist es eines der ältesten Amateur-Freilichttheater Deutschlands.

Geografische Lage/Verkehrsanbindung

Die Stadt Lübbecke liegt in der westlichen Hälfte des Kreises Minden-Lübbecke am Fuße des Wiehengebirges. Der Kamm des Gebirges bildet auf rund zehn Kilometer Länge die südliche Stadtgrenze, der Mittellandkanal auf ebenfalls rund zehn Kilometern Länge die nördliche. Im Norden grenzt Lübbecke an Espelkamp, im Osten an Hille, im Süden an Hüllhorst und im Westen an Preußisch Oldendorf – alle Nachbarn gehören zum Kreis Minden-Lübbecke. Die höchsten Berge Lübbeckes sind der Heidbrink (320 Meter über NN) und der Wurzelbrink (319 Meter); nach Norden fällt das Gelände auf etwa 50 Meter am Mittellandkanal ab.
Lübbecke liegt an der Kreuzung der Bundesstraßen B 65 (Minden–Osnabrück) und 239 (Herford–Diepholz), nächste Autobahn ist die A 30 in Kirchlengern. Der Bahnhof Lübbecke liegt an der „Ravensberger Bahn" genannten Strecke Bielefeld–Herford–Bünde–Rahden, auf der die Regionalbahn 71 im Stundentakt verkehrt. Außerdem gibt es eine Schnellbuslinie nach Minden und Regionalbusse nach Espelkamp, Rahden und Preußisch Oldendorf.

Wichtige Daten und Wappen

Durch die kommunale Gebietsreform zum 1. Januar 1973 wurde das Stadtgebiet Lübbecke um die ehemals selbstständigen Gemeinden Blasheim (mit den Ortschaften Stockhausen und Obermehnen), Gehlenbeck, Eilhausen, Nettelstedt und die Bauerschaft Alswede vergrößert. Neben der Kernstadt hat Lübbecke heute sieben Ortsteile: Alswede, Blasheim, Eilhausen, Gehlenbeck, Nettelstedt, Obermehnen und Stockhausen.

Das Stadtgebiet umfasst 65 Quadratkilometer, die Hälfte davon ist Landwirtschaftsfläche. Ende 2007 waren in Lübbecke 26.044 Einwohner gemeldet. Angaben zur Konfessionsverteilung liegen nicht vor – an den allgemeinbildenden Schulen der Stadt zeigt sich aber bis heute die stark protestantische Tradition: 72 Prozent der Schüler besuchen den evangelischen Regligionsunterricht, sieben Prozent den katholischen; 21 Prozent sind anders oder nicht konfessionell gebunden.
Das Wappen zeigt vor silbernem (bzw. weißem) Hintergrund einen roten Torbau mit zwei gezinnten Türmen und einem blauem, offenen Tor mit zwei schräggestellten Schlüsseln, zwischen den Türmen steht ein goldener (gelber) sechsstrahliger Stern. Letzterer steht für den Mindener Bischof Volquin von Schwalenberg, der Lübbecke 1279 das Stadtrecht verliehen hat. Die gekreuzten Schlüssel (des Petrus) symbolisieren das Bistum Minden, zu dem Lübbecke zu der Zeit gehörte. Der Torbau ist dem großen Stadtsiegel entnommen und weist auf die befestigte Stadt hin.

Aus der Ortsgeschichte

Lübbecke wurde 775 erstmals als „Hlidbeki" in den fränkischen Reichsannalen erwähnt, Grund der Erwähnung war ein sächsischer Überfall auf ein fränkisches Heerlager. 1279 erhielt Lübbecke das Stadtrecht durch den Bischof von Minden. Die Landesburg Reineberg vor den Toren der Stadt wurde überwiegend mit Rittern aus der mindischen Ministerialität besetzt, die auf Burglehen – den Burg-

Blick vom Wiehengebirge auf Lübbecke, vorn die Altstadt mit der St. Andreas-Kirche.

mannshöfen – in der Stadt saßen. Die Burgmannen hatten den bestimmenden Anteil im Stadtrat. Das Rathaus, erstmals um 1460 erwähnt, fiel 1705 einem Stadtbrand zum Opfer und wurde 1709 neu errichtet. Der neugotische Stufengiebel stammt von 1861. Die Stadtbefestigung wurde zu Beginn des 19. Jahrhunderts abgetragen, die Wälle in Promenaden umgewandelt. Nach der preußischen Kreiseinteilung von 1816 gehörte Lübbecke zunächst zum Kreis Rahden, 1832 wurde die Stadt Sitz eines eigenen Kreises. Einen spürbaren wirtschaftlichen Aufschwung konnte Lübbecke verzeichnen, als August Blase 1863 eine Zigarrenfabrik gründete, die 1938 etwa 6.000 Beschäftigte im Hauptbetrieb in Lübbecke und in den zahlreichen Filialen aufwies. 1899 hatte die Stadt auch einen Eisenbahnanschluss erhalten, die heute vor der Landesgrenze in Rahden endende Strecke war damals bis Bremen durchgebunden.

Der Zweite Weltkrieg ging ohne erhebliche Schäden an der Stadt vorüber. Nach dem Einmarsch der Alliierten bezog die britische Zonenhauptverwaltung ihren Sitz in Lübbecke. Die britische Garnison blieb der Stadt auch nach Gründung der Bundesrepublik erhalten, Anfang der 1980er-Jahren wurde sie dann aber aufgelöst.

Sehenswürdigkeiten

Sehenswert ist die evangelische Pfarrkirche St. Andreas, deren Anfänge in das späte 8. Jahrhundert zurückgehen, nachdem der sächsische Stamm der Engern von den Franken unterworfen worden war; Lübbecke wurde Mittelpunkt einer Urpfarre. Um 1100 bestand eine romanische Kirche auf kreuzförmigem Grundriss, die bis 1350 zu einer dreischiffigen Hallenkirche im gotischen Stil erweitert wurde. Bei Restaurierungen wurden Reste von Wand- und Gewölbemalereien freigelegt, die zum Teil aus dem 12. Jahrhundert stammen. Zur Ausstattung gehören ein romanischer Taufstein in Pokalform und ein lebensgroßes, um 1100 gefertigtes Kruzifix.

Der Marktplatz bildet mit dem um 1460 erstmals erwähnten Alten Rathaus, das seit der 2007 abgeschlossenen Umgestaltung als Kultur- und Medienzentrum genutzt wird, und dem Burgmannshof das ursprüngliche Zentrum der Stadt.

Unter den älteren Wohnbauten ragt das Haus der Fabrikantenfamilie Hecht, Ostertorstr. 7 hervor. Der klassizistische Putzbau mit Mittelrisalit wurde um die Mitte des 19. Jahrhunderts erbaut.

Eine interessante Geschichte hat die Bürgerbegegnungsstätte „Altes Amtsgericht“, Gerichtsstraße 5. Sie präsentiert sich heute als schlichter siebenachsiger Putzbau mit Mansarddach. Der südliche Gebäudeteil war einst das Herrenhaus des Grappendorffschen Burgmannshofes, 1812 gelangte die Anlage

Das alte Rathaus am Marktplatz wird heute als Kultur- und Medienzentrum genutzt.

in bürgerlichen Besitz. 1828 wurde der Bau vom Fiskus erworben, um ihn als Stadtgericht nutzen zu können. 1845/46 erweiterte man das Gebäude um einen nördlichen, ebenfalls siebenachsigen Anbau, der als Kreisgefängnis diente. 1988 wurde das Amtsgericht in ein größeres Gebäude verlegt, das alte Gericht wurde zu einer Bürgerbegegnungsstätte.
Dem „Mühlenkreis" wird auch Lübbecke gerecht: Die Eilhauser Königsmühle, erbaut 1748, ist eine Holländer-Windmühle mit Segelflügeln und Windrose. Die beiden Mahlgänge sind noch in Betrieb und können an Mahl- und Backtagen besichtigt werden (Fritz Schöphörster, 05741/6961). Die Wassermühle Eilhausen ist für die Mitte des 17. Jahrhunderts bezeugt, ist jedoch älter. Sie hat ein kleines, oberschlächtiges Wasserrad; das Gebäude wird heute als Lager genutzt.
Einzigartig in NRW ist das Große Torfmoor: Das nördlich von Gehlenbeck, Eilhausen, Nettelstedt und der Nachbargemeinde Hille gelegene, 500 Hektar große Hochmoorgebiet ist das wichtigste Naherholungsgebiet der Region. Über 400 verschiedene Pflanzen und Dutzende Vogelarten machen es zu einem einzigartigen Refugium.

Kultur

Die Stadthalle Lübbecke bietet Raum für das Theaterprogramm des Kulturrings, für Bälle, Konzerte und Ausstellungen (Informationen zum Programm: 05741/2349999). Besonderer Clou in Lübbecke: Falls der Babysitter ausfällt, werden die lieben Kleinen während der Theatervorstellung betreut.
Im Ortsteil Nettelstedt gibt es eine Freilichtbühne mit 900 Sitzplätzen – sie ist eine der ältesten Amateurtheaterbühnen Deutschlands. Pro Saison – von Pfingstsonntag bis zum letzten Sonntag im August – werden an jedem Samstag ein Theaterstück für Erwachsene und an jedem Sonntag ein Kinder- und Familienstück präsentiert (05741/370192, www.freilichtbuehne-nettelstedt.de).
Beim Rundgang durch das Museum der Stadt, das im Alten Rathaus seinen Platz hat, lassen Museumsralleys und Spielstationen Geschichte lebendig und – im wahrsten Sinne des Wortes – „begreifbar" werden. Dabei setzt die Ausstellung in der Steinzeit ein und erzählt die Stadtgeschichte bis in die Gegenwart (Führungen und gezielte thematische Angebote unter 05741/232034).
Das einzige Brauereimuseum in OWL ist „Barre's Brauwelt". Die Brauerei an sich ist schon sehenswert: Die ältesten Gebäudeteile wurden kurz nach der Gründung 1842 errichtet. Überragt wird sie von dem mit einem gotisierenden Turm geschmückten Sudhaus. Zu sehen sind eine komplette historische Brauerei und Exponate zur Entwicklung der Bierproduktion im 19. und 20. Jahrhundert (05741/2304950, www.barres-brauwelt.de).
Aus einem der früheren Kernhöfe Lübbeckes entwickelte sich der Burgmannshof am Markt. Ursprünglich bestehend aus einem Herrenhaus und mehreren Wirtschaftsgebäuden war das ganze Hofgelände mit einer Mauer umschlossen, von der heute nur noch ein Rest vorhanden ist. Im alten Kornspeicher präsentiert der Kunstverein Lübbecke Ausstellungen heimischer und überregionaler Künstler (05741/12942).

Wenn in Lübbecke gefeiert wird, ist die Innenstadt gut gefüllt.

Wirtschaft

Neben der Zigarrenindustrie entwickelten sich in Lübbecke im 19. Jahrhundert das Brauereiwesen, die Textil- und Papierverarbeitung, Maschinenherstellung, Holzverarbeitung und die Herstellung von Chemieprodukten zu Großbetrieben. Der industrielle Bereich wurde nach dem Zweiten Weltkrieg durch die Anlage eines Industriegebietes im Norden der Stadt beiderseits der B 239 gefördert. Größter Arbeitgeber ist das Krankenhaus mit 800 Mitarbeitern und 70 Auszubildenden. Es gehört zum Klinikverbund im Mühlenkreis und ist akademisches Lehrkrankenhaus der medizinischen Hochschule Hannover.
Wichtige Unternehmen für Lübbecke sind die Fußpflegeprodukte herstellende Firma Eduard Gerlach GmbH Chemische Fabrik, die Privatbrauerei Ernst Barre, der Spielautomatenhersteller Gauselmann AG, die IMA Klessmann GmbH Holzbearbeitungssysteme, das Wellpappenwerk Smurfit Kappa und die Westfleisch e.G.
Am 30. Juni 2006 waren für Lübbecke insgesamt 11.212 sozialversicherungspflichtig Beschäftigte registriert, 4.246 davon im verarbeitenden Gewerbe. 2.115 sind im Gesundheits-, Erziehungs- und Sozialwesen tätig, 1.631 im Grundstücks- und Wohnungswesen.

Brauchtum, Feste, Traditionen

Am ersten Maiwochenende lädt das Kinderfest zu Spiel und Spaß. Mitte Mai kommen die Erwachsenen beim Weinfest auf ihre Kosten.
Das Bürgerschützen-Bataillon von 1492 bezieht sich auf die erste schriftliche Erwähnung des Festes im ausgehenden Mittelalter. Das Bürgerschützenfest ist ein ausgesprochenes Volksfest, das Königsschießen findet alle zwei Jahre sonntags statt. Zwischen April und August finden auch in anderen Stadtteilen Schützenfeste statt.
Mitte August verwandelt sich Lübbecke in einen riesigen Biergarten: Dann wird auf Einladung der Privatbrauerei Barre und der Stadt das Bierbrunnenfest gefeiert. Das dreitägige Stadtfest mit viel Livemusik auf mehreren Bühnen sorgt in der Innenstadt für Partystimmung. Höhepunkt ist der Sonntag, der „Tag des Bierbrunnens", an dem „Gambrinus", der Schutzpatron der Bierbrauer, die Besucher grüßt.
Größtes Fest mit fast 400.000 Besuchern ist der Blasheimer Markt, der auf das Kirchweihfest des Ortes zu Ehren Mariens zurückgeht. Heute ist es eine vier Tage dauernde Kirmes, die am ersten Freitag, Samstag und Sonntag im September sowie am vorangehenden Donnerstag stattfindet. Am Freitag öffnet der traditionelle Kleintiermarkt seine Pforten, an

Die Eilhauser Königsmühle kann an Mahl- und Backtagen besichtigt werden.

allen vier Tagen gibt es eine Gewerbeschau. Auf dem Blasheimer Marktplatz an der B 65 sind jährlich ungefähr 300 Geschäfte zu finden (www.blasheimer-markt.de). Auf dem Marktplatz und dem Burgmannshof am Markt stehen Ende September beim Bauernmarkt Spezialitäten und Kunstgewerbe aus dem Lübbecker Land im Mittelpunkt.
Ende Oktober findet in der Fußgängerzone der Wurstmarkt statt. Der Bürgermeister schneidet zum Auftakt eine Riesenwurst an, die heimischen Fleischer zeigen ihr Können. Den Jahresabschluss bildet der fünftägige Weihnachtsmarkt Anfang Dezember in der Fußgängerzone.

Sport und Freizeit

In Lübbecke gibt es rund 30 Sportvereine. Der Handballbundesligist TuS N-Lübbecke ist in der Stadt beheimatet. Der Freeway-Cup, die „inoffizielle deutsche U-16-Fußball-Hallenmeisterschaft", findet jährlich Mitte Januar in der Kreissporthalle statt. Wasserratten können in der kalten Jahreszeit im Lübbecker Hallenbad an der B 65, im Sommer im Freibad in Gehlenbeck abtauchen.
Die Stadtführer des Stadtmarketing e.V. präsentieren in Zusammenarbeit mit dem Stadtarchiv zu festen Terminen und nach Vereinbarung die Geschichte und Geschichten der Stadt Lübbecke und ihrer Einwohner (Kontakt: 05741/276150).
Für Wanderer sind der Mühlensteig, der Wittekindsweg und der Arminiusweg interessant. Radler kommen auf ausgeschilderten Fahrradrouten auf ihre Kosten: Die Mühlenroute, LandArt-Route, Bahn-Rad-Route Weser-Lippe und Wellnessradroute führen zu den schönsten Plätzen. Der „Lübbecker Landweg" verbindet die Sehenswürdigkeiten der Stadt und ihrer Ortsteile auf einer landschaftlich interessanten Route über 40 Kilometer. Der Heimatverein Stockhausen bietet auch einen Fahrradverleih an (05741/12690). Skater finden im westlichen Stadtgebiet drei Skate-&-Rail-Routen (www.muehlenkreis-skaterail.de).

Persönlichkeiten

Die Politikerin Antje Vollmer (Bündnis 90/Die Grünen) wurde am 31. Mai 1943 in Lübbecke geboren. Sie war von 1994 bis 2005 Vizepräsidentin des Deutschen Bundestages. Die Theologin wurde 1983 Mitglied des Bundestages und gehörte der ersten Grünen-Bundestagsfraktion an. Insgesamt war Vollmer fast zwanzig Jahre lang Mitglied des Deutschen Bundestags.

Information

Stadt Lübbecke, Kreishausstraße 2–4, 32312 Lübbecke, 05741 276-0, www.luebbecke.de.

Lügde

Kreis Lippe

Im Dunkeln: Woher stammt eigentlich der Name Lügde? Die Forschung ist sich uneins, ob das Wort aus alten Begriffen für „Licht" oder „Leute" abgeleitet wurde.
Im Feuerschein: Am Abend des Ostersonntags wird Lügde zum Ziel tausender Schaulustiger, wenn die sechs lichterloh brennenden Osterräder vom Osterberg ins Tal hinabrollen.

Geografische Lage/Verkehrsanbindung

Die Stadt Lügde liegt im äußersten Osten des Kreises Lippe und grenzt im Norden an Bad Pyrmont, im Osten an Polle (beide Niedersachsen), im Süden an Höxter und Marienmünster (beide Kreis Höxter), im Westen an Schieder-Schwalenberg und Blomberg (Kreis Lippe). An der Grenze zu Höxter erhebt sich der Köterberg, mit 496 Metern über NN die höchste Erhebung in Ostwestfalen-Lippe. Der tiefste Punkt im Stadtgebiet liegt mit 98 Metern an der Grenze zu Bad Pyrmont am Flüsschen Emmer, das Lügde von Süd nach Nord durchfließt. Das Stadtgebiet umfasst eine Fläche von 89 Quadratkilometern, 44 davon sind Waldgebiet, weitere 34 Quadratkilometer landwirtschaftlich genutzte Fläche.
Im Süden wird das Lügder Stadtgebiet von der B 239 Detmold–Höxter durchquert, die Kernstadt Lügde ist durch Landstraßen nach Rischenau bzw. Schieder an die B 239 angebunden. Am stärksten frequentiert ist die durch die Kernstadt Lügde verlaufende L 614 nach Bad Pyrmont. Der Bahnhof Lügde ist Planhalt der S-Bahn-Linie Hannover–Hameln–Paderborn, die im Stundentakt (sonntags Zweistundentakt) bedient wird. Regionalbuslinien ergänzen das Angebot öffentlicher Verkehrsmittel.

Wichtige Daten und Wappen

Zum 1. Januar 1970 wurde aus der alten Stadt Lügde und den neun Gemeinden Harzberg, Elbrinxen, Falkenhagen, Hummersen, Köterberg, Niese, Sabbenhausen, Rischenau und Wörderfeld die neue Großgemeinde „Stadt Lügde" gebildet und dem Kreis Detmold zugeordnet, der sich wiederum später mit dem Kreis Lemgo zum neuen Kreis Lippe zusammenschloss.

Mit der Neuordnung schied das ehemalige Amt Lügde (Stadt Lügde und Gemeinde Harzberg) aus dem Kreis Höxter aus.
Das Wappen der Stadt zeigt links über der lippischen Rose ein rotes Ankerkreuz, rechts auf blauem Hintergrund einen silbernern (bzw. weißen) Schlüssel. Grundlage für das 1971 genehmigte Wappen ist das seit dem 13. Jahrhundert nachweisbare Siegel der Stadt Lügde mit den Symbolen der einstigen Stadtherren, dem Ankerkreuz der Grafen von Pyrmont und dem Schlüssel des Erzstifts Köln.
Am 31. Dezember 2007 zählte Lügde 11.220 Einwohner. 43 Prozent der Einwohner bekennen sich zur evangelischen Kirche, 39 Prozent zur katholischen, die anderen gehören einer anderen oder keiner Glaubensrichtung an.

Aus der Ortsgeschichte

Der erste schriftliche Hinweis auf eine Siedlung im Raum Lügde bezieht sich auf das Jahr 784, als Karl der Große das Weihnachtsfest am Emmerfluss in der – zwischen Lügde und Bad Pyrmont-Holzhausen gelegenen – Siedlung „Luihidi" verbrachte. Darüber hinaus wird es noch weitere, verstreut liegende Wohnplätze und Höfe gegeben haben. Wann die Siedlung Lügde entstand und wann sie Stadtrechte erhielt, ist durch kein schriftliches Zeugnis belegt. Eine 1195 in Lügde geprägte Münze des Grafen Gottschalk I. von Pyrmont könnte darauf schließen lassen, dass der Ort zu dieser Zeit schon Stadtrechte besaß. Mit dem Bau der Befestigungsanlagen ist kurz vor 1240 begonnen worden, fertiggestellt

wurden sie gegen 1246. Als spätestes Datum der Verleihung der Stadtrechte wird man dieses Jahr annehmen müssen. Der Ortskern in seiner heutigen Anlage entstand um 1245. In diese Zeit fällt auch der Bau der teilweise noch erhaltenen Befestigungsanlage aus Stadtmauer, Wehrtürmen und Wallgrabenanlage. Angelegt wurde die Stadt nach dem lippischen Modell dreier möglichst parallel laufender Straßen. Bis 1255 befand sich Lügde im Eigentum der Pyrmonter Grafen, die dann die Hälfte der Stadt an den Erzbischof von Köln abtraten.
Der Raum um die heutigen Orte Elbrinxen, Falkenhagen, Hummersen, Köterberg, Niese, Rischenau, Sabbenhausen und Wörderfeld verblieb um 1180 bei der Restgrafschaft Schwalenberg. Gegen Ende des 13. Jahrhunderts gründeten die Schwalenberger Grafen Burg und Stadt Rischenau. In der Eversteiner Fehde (1407) bzw. in der Soester Fehde (1447) wurden Falkenhagen und Rischenau sowie viele umliegende Dörfer zerstört und blieben lange Zeit unbewohnt, manche verschwanden für immer.
Ab 1668 gehörte Lügde als Exklave zum katholischen Fürstbistum Paderborn. Dieses kam 1802/03 zu Preußen und wurde 1815 in die neu gebildete preußische Provinz Westfalen eingegliedert. So bildete Lügde lange eine katholische und preußische Exklave auf protestantischem, lippischem Gebiet.
Aus seiner etwas abgeschiedenen Lage rückte Lügde mit Eröffnung der Hannover-Altenbekener Eisenbahn im Jahre 1872. Ungünstig für die Wohnqualität der Kernstadt wirkte sich Ende des 20. Jahrhunderts der dichte Straßenverkehr aus. Die Eröffnung der zum Teil im Tunnel liegenden Ortsumgehung ist für das Frühjahr 2009 geplant, dann wird der Ortskerns vom starken Durchgangsverkehr entlastet werden.

Sehenswürdigkeiten

Die planmäßig angelegte Stadt ist trotz mehrerer Großbrände im Grundriss erhalten geblieben. Die Altstadt wird geprägt durch die Wall- und Grabenzone mit zwei komplett erhaltenen Stadttürmen und Stadtmauer und die Fachwerkackerbürgerhäuser. Letztere entstanden nach dem letzten großen Brand von 1797 und wurden in den 1980er-Jahren erneuert.
Inmitten eines früher befestigten Friedhofes, einer der ältesten Ruhestätten weit und breit, steht südlich der heutigen Stadt die St. Kilianskirche, die in die Zeit der Sachsenkriege Karls des Großen zurückweist. Um 1200 wurde die Kirche verlängert und im Westturm erhöht. Es entstand die heutige Kilianskirche,

Stadtmauer und Wallgraben.

Die St. Kilianskirche geht auf die Zeit der Sachsenkriege zurück.

eine romanische kreuzförmige Gewölbebasilika mit hohem Mittelschiff und niedrigen Seitenschiffen, Ostquerhaus und Chorquadrat. Die Kilianskirche war früher Grablege für bedeutende Persönlichkeiten, darunter Graf Moritz von Pyrmont, der 1494 als Letzter des Schwalenberger Geschlechts in Lügde starb.
Im Ortskern von Lügde befindet sich das 1749 bis 1752 erbaute Franziskanerkloster und die bis 1756 entstandene Kirche mit dem typischen Barockgiebel. Das Kloster wurde durch Jerome, den König des kurzlebigen Königreichs Westphalen, 1812 aufgehoben und verkauft. 1859 erwarb es die katholische Kirchengemeinde und baute es zu einem Krankenhaus um, das bis 1958 betrieben wurde. Seit dem Umbau von 1974/75 werden Kirche und Gebäude als Pfarr- und Jugendheim genutzt.
Im Süden der historischen Altstadt befindet sich auf der Hinteren Straße 86 seit 1987 das Lügder Heimatmuseum. Zwei Jahre nach dem vernichtenden Stadtbrand vom 17. September 1797 wurde das Haus errichtet. Das Museum zeigt den ursprünglichen Zustand und die Nutzung eines Ackerbürgerhauses. Im Obergeschoss befinden sich neben dem Museumscafe die früheren Schlafräume und die Kornkammer. Ergänzt worden ist die Ausstellung im Obergeschoss um die Darstellung der damals üblichen Nebenerwerbsquellen wie Klöppelspitzenherstellung und Zigarrenmacherei (www.luegde-heimatmuseum.de).

Brauchtum, Feste Traditionen

Ein weit über Lügdes Grenzen hinaus bekanntes Ereignis ist der Osterräderlauf, der am Abend des ersten Ostertages stattfindet. Überlieferungen zufolge soll bereits beim Besuch Karl des Großen die Tradition bestanden haben, mit Stroh ausgestopfte Eichenholzräder zum Osterfest brennend die Berge herunterrollen zu lassen. Heute stellt sich das Ereignis so dar: Gegen 21 Uhr werden sechs brennende Räder vom Osterberg abgestoßen, Böllerschüsse, Feuerwerk und Glockenläuten umrahmen das Ereignis. Der Überlieferung nach ist mit einer guten Ernte zu rechnen, wenn alle Räder im Tal ankommen.

Sport und Freizeit

Mit 496 Metern ist der Köterberg, von manchen auch liebevoll „Monte WauWau" genannt, der höchste Berg im Umkreis. In den Wintermonaten lockt er die Wintersportler. Auf seiner Spitze bietet er bei guter Witterung rundum eine großartige Fernsicht; auch als Treffpunkt für Radfahrer und Motorradfans ist er bekannt. Auf dem Gipfel hat sich ein Gasthaus etabliert. Durch den imposanten Funkturm auf der nicht bewaldeten Bergspitze ist der Köterberg schon von Ferne von anderen Bergen leicht zu unterscheiden.

Wirtschaft

Mit der Firma SH Elektrodraht GmbH ist in Lügde Europas größter Hersteller von Kupfer-

Der Köterberg ist mit 496 Metern die höchste Erhebung in Ostwestfalen-Lippe.

lackdraht (für Elektromotoren etc.) zu Hause, in Lügde und Blomberg beschäftigt das 1838 gegründete Unternehmen rund 225 Mitarbeiter. Die Firma begann ursprünglich mit der Herstellung von Zigarren, die längst aufgegebem wurde. Am 30. Juni 2006 waren in Lügde 1.888 Personen sozialversicherungspflichtig beschäftigt, davon 567 im verarbeitenden Gewerbe, 510 im Handel und 273 im Baugewerbe.

Persönlichkeiten

Der Kartograph, Mediziner, Mathematiker und Physiker Johannes Gigas (eigentlich Riese) wurde 1582 in Lügde geboren. 1603 wurde ihm in Basel der Doktortitel verliehen, 1607 wurde er Professor für Mathematik und Medizin an der Hohen Schule zu Burgsteinfurt. Gigas zog nach Münster, konvertierte zum Katholizismus und wurde Leibarzt des Bischofs. Er stellte als erster maßstabsgetreue Karten her. Weil sein Plan eines Weltatlasses seine Kräfte jedoch weit überstieg, widmete er sich der ärztlichen Praxis und dem Kalendermachen. Gigas starb 1637 in Münster.

Information

Stadt Lügde, Am Markt 1, 32676 Lügde
05281/7708-0, info@luegde.de,
www.luegde.de.

Das ehemalige Kloster Falkenhagen liegt an der Landstraße nach Polle.

Marienmünster

Kreis Höxter

Rätsel: Die Namensgebung für die 1970 aus 13 Kommunen neu gegründete Stadt gestaltete sich schwierig: Bredenborn hat(te) die meisten Einwohner, Vörden war schon damals Sitz der Verwaltung und des Amtes.
Lösung: Die historischen, kulturellen und wirtschaftlichen Beziehungen, die jede der Gemeinden mit dem Kloster Marienmünster verband, waren ausschlaggebend, der neuen Stadt den Namen Marienmünster zu geben.

Geografische Lage/Verkehrsanbindung

Marienmünster liegt am Nordrand des Kreises Höxter und ist mit 64 Quadratkilometern die kleinste Kommune des Kreises; 46 Quadratkilometer werden landwirtschaftlich genutzt. Im Norden grenzt Marienmünster an die Städte Schieder-Schwalenberg und Lügde (beide Kreis Lippe), im Osten an Höxter, im Süden an Brakel und im Westen an Nieheim (alle Kreis Höxter). Der westliche Teil des Stadtgebietes gehört noch zur Steinheimer Börde, ist sanft gewellt und von Landwirtschaft geprägt, nach Osten hin prägen zunehmend Berge das Bild. Höchste Erhebung ist der Hungerberg (324 Meter ü. NN), der tiefste Punkt liegt im Stadtteil Bredenborn an der Grenze zu Nieheim mit 190 Meter ü. NN. Im Nordosten (Stadtteil Löwendorf) wird Marienmünster von der B 239 Höxter–Detmold durchquert, in Löwendorf zweigt die gut ausgebaute, die Ortskerne umgehende Landesstraße nach Steinheim (Anschluss an die „Ostwestfalenstraße" B 252) ab, die wichtigste Anbindung der Stadt an das überörtliche Straßennetz. Die nächstgelegenen Bahnhöfe sind Steinheim und Höxter.

Wichtige Daten und Wappen

Die Stadt Marienmünster wurde am 1. Januar 1970 durch Zusammenschluss der bis dahin selbstständigen Titularstädte Bredenborn und Vörden mit den Gemeinden Altenbergen, Born, Bremerberg, Eilversen, Großenbreden, Hohehaus, Kleinenbreden, Kollerbeck mit Langenkamp, Löwendorf mit Saumer, Münsterbrock mit Abtei und Oldenburg sowie Papenhöfen mit Bönekenberg gebildet. Die Stadtverwaltung hat ihren Sitz in Vörden.

Das Recht, ein eigenes Wappen zu führen, verlieh der Regierungspräsident Detmold der Stadt schon 1973. Allerdings beschloss der Rat erst am 23. Mai 1993, das von einem Heraldiker entworfene Hoheitszeichen einzuführen. Es zeigt eine rote Kirche mit schwarzbedachten Türmen, der mittlere Turm mit einer barocken Haube. Zwischen den Seitentürmen steht ein goldener (oder gelber) achtstrahliger Stern. Dargestellt werden das Kloster Marienmünster, der Stern weist auf die Zugehörigkeit eines Teiles des Stadtgebiets zum Herrschaftsbereich der Grafen von Schwalenberg hin, die das Benediktinerkloster Marienmünster 1128 gestiftet hatten.
Ende 2007 zählte die Stadt Marienmünster 5.523 Einwohner. Angaben zur Konfessionsverteilung liegen nicht vor. Von den Schülern der Stadt besuchen 68 Prozent den katholischen, 20 Prozent den evangelischen Religionsunterricht. 12 Prozent der Schüler gehören sonstigen oder keiner Religionsgemeinschaft an.

Aus der Ortsgeschichte

Im Jahr 1128 stifteten Widekind I. Graf von Schwalenberg und seine Frau Lutrud auf Anraten des Paderborner Bischofs Bernhard I. die Benediktinerabtei Marienmünster. Sie stellten dafür in unmittelbarer Nähe ihrer Stammburg, der Oldenburg, Grund und Boden zur Verfügung, ließen Kirche und Gebäude errichten und statteten das Kloster mit Gütern zum Lebensunterhalt der Mönche aus.

Die Kirche der ehemaligen Abtei Marienmünster.

Die geistliche Betreuung übernahmen Mönche aus der Benediktinerabtei Corvey.
Im 12. und 13. Jahrhundert erreichte das Kloster seine Blütezeit. Ende des 13. Jahrhunderts wurde die Umgegend durch Zerstörungen von Höfen und Dörfern wüst – Abt Hermann sicherte das Kloster, indem er Vörden und Bredenborn mit einer Burg befestigte. Im 15. Jahrhundert begann ein langsamer Niedergang des Klosters, der Dreißigjährige Krieg schließlich legte die Anlagen größtenteils in Trümmer. Der in der zweiten Hälfte des 17. Jahrhunderts begonnene Wiederaufbau wurde im Siebenjährigen Krieg wieder zunichte gemacht, erneut verfielen die Anlagen, ehe mit der Säkularisation 1803 das Kloster aufgehoben wurde. Die Ländereien wurden verkauft, vom Klosterleben blieb nur eine kleine Pfarrei für die umliegenden Gemeinden.
1967 übernahmen Patres der Kongregation der Kleriker des heiligen Kreuzes und Leidens unseres Herrn Jesus Christus aus den Niederlanden die Seelsorge in der Abtei und den Pfarreien. Sie betreuen heute auch die umliegenden Gemeinden und Krankenhäuser.
Vörden, heute Sitz der Stadtverwaltung, wurde um 1340 mit Stadtrechten ausgestattet und galt im Mittelalter als Hansestadt; vermutlich nahmen jedoch nur vereinzelt Kaufleute an Hansetagen teil oder Vörden musste Gesandtschaftskosten an Paderborner Handelsreisende zahlen. Dennoch wird Vörden zu den über 200 historischen Hansestädten gezählt.
Bredenborn ist heute mit rund 1.600 Einwohnern der größte Stadtteil Marienmünsters, schon vor 1334 erhielt der Ort Stadtrechte. Ebenso wie Vörden war es eine so genannte Titularstadt, also eine kleine (Minder-) Stadt, der nicht alle wesentlichen Stadtrechte vom Landesherrn übertragen wurden. Nach 200 Jahren im klösterlichen und 300 im bischöflichen Eigentum wurde Bredenborn ab 1618 unter der Herrschaft des Paderborner Domkapitels verwaltet. Im Zuge der Säkularisation wurde die Stadt ebenso wie ihre Nachbarstadt mit ihren nicht einmal 800 Einwohnern in das Königreich Preußen eingegliedert.

Sehenswürdigkeiten

Die Abteikirche Marienmünster erhielt ihre heutige Form in der zweiten Hälfte des 19. Jahrhunderts. So wurden ab 1854 die beiden Westtürme nach dem Vorbild der Kilianikirche zu Höxter völlig neu errichtet. Bereits im 17. Jahrhundert war die Kirche grundlegend umgebaut worden, von der alten romanischen Pfeilerbasilika blieben nur das Mittelschiff, das Querschiff, der Vierungsturm und die Westtürme. Bekannt ist die Abteikirche insbesondere für ihre von Johann Patroclus Möller 1737 erbaute Orgel. Organisten aus dem gesamten Bundesgebiet kommen nach

Blick vom Schlosspark auf das Herrenhaus in Vörden.

Marienmünster, um die Orgel zu bespielen. Zu den wenig bekannten Herrensitzen Westfalens gehört Schloss Vörden, das um 1730 an der Stelle der alten Burg als barockes Herrenhaus entstanden ist. Westlich des Schlosses erstreckt sich ein kleiner Park. Das Gebäude befindet sich im Besitz der Familie von Haxthausen, der Vörden 1582 vom Paderborner Bischof übertragen worden war. Der Park ist frei zugänglich.
Stammsitz der Grafen von Schwalenberg ist die Oldenburg (an der Straße von Kollerbeck zur Abtei), die um 1100 angelegt wurde. In ihrem Zentrum liegt ein mächtiger Wohnturm, der vermutlich in der zweiten Hälfte des 14. Jahrhunderts errichtet und 1687 erneuert wurde; heute wird er privat genutzt.
Der Hungerberg (324 m ü. NN) trug in der ersten Hälfte des 19. Jahrhunderts einen optischen Telegrafen der Linie von Berlin nach Koblenz (näheres dazu siehe unter Nieheim). Nach der Außerbetriebsetzung verfiel die Anlage, an ihrer Stelle entstand eine Kapelle. Im Mai 2008 wurde hier ein 26 Meter hoher Aussichtsturm eröffnet, der einen grandiosen Ausblick in die Umgebung ermöglicht und an die Telegrafenlinie Köln – Koblenz erinnert.

Kultur

Die im Frühjahr 2006 gegründete gemeinnützige Kulturstiftung Marienmünster hat sich zur Aufgabe gemacht, den Erhalt der Klosteranlage zu sichern und Wissenschaft, Kunst und Kultur zu fördern. Das Kloster soll zu einer öffentlichen Begegnungs- und Bildungsstätte mit musikalischem Schwerpunkt ausgebaut werden. Vom ersten Bauabschnitt – denkmalpflegerische Instandsetzung und Ausbau von drei Wirtschaftsgebäuden – ist das Ackerhaus bereits fertiggestellt und im September 2007 seiner Bestimmung übergeben worden.

Wirtschaft

Traditionell spielt die Landwirtschaft im Gebiet der Stadt Marienmünster eine große Rolle, auch wenn die Zahl der hier Beschäftigten heute gering ist. Die Stadt Marienmünster hat inzwischen einen ausgeprägten Fremdenverkehr, den man weiter ausbauen möchte. Vörden wurde 1999 mit dem Titel „Staatlich anerkannter Luftkurort" ausgezeichnet.
Am 30. Juni 2006 waren in Marienmünster 986 Personen sozialversicherungspflichtig beschäftigt, davon 355 im verarbeitenden Gewerbe, 167 im Gesundheits-, Erziehungs- und Sozialwesen, 136 im Baugewerbe.

Information

Stadt Marienmünster, Schulstraße 1, 37696 Marienmünster, 05276/9898-0, info@marienmuenster.de, www.marienmünster.de.

Minden

Kreis Minden-Lübbecke

Imposante Kreuzung: Bei Minden macht der Mittellandkanal einen Sprung über die Weser. Eine Schachtschleuse sorgt dafür, dass beide Wasserstraßen miteinander verbunden sind.
Ehemalige Festung: Minden war seit alters her wegen seiner Lage an der Weserfurt von strategischer Bedeutung und stark befestigt. Im 19. Jahrhundert wurde die Stadt zur preußischen Landesfestung ausgebaut – heute sind die Glacisanlagen ein Grüngürtel.

Geografische Lage/Verkehrsanbindung:
Die Stadt Minden an der Weser bildet das Zentrum des Mindener Landes und ist Sitz der Kreisverwaltung Minden-Lübbecke. Minden berührt im Osten die Stadt Bückeburg im niedersächsischen Landkreis Schaumburg. Im Norden grenzt Minden an Petershagen, im Westen an Hille und im Süden an Bad Oeynhausen und Porta Westfalica (alle Kreis Minden-Lübbecke). Der höchste Punkt liegt mit 180 Metern über NN im Stadtteil Haddenhausen, der niedrigste mit 40 Metern im Stadtteil Leteln.
Minden wird von den Bundesstraßen B 65 (Hannover–Osnabrück) und B 61 (Hamm–Bassum) durchkreuzt, die teilweise autobahnähnlich ausgebaut sind. Südlich von Minden führt die B 61 durch den Weserauentunnel nach Porta Westfalica und weiter nach Bad Oeynhausen zur A 30. Östlich des Stadtgebietes verläuft die Bundesstraße 482 vom Anschluss der A 2 in Richtung Nienburg/Weser. Minden ist auch Verkehrsknotenpunkt für die Schifffahrt. Hier kreuzen sich die als Bundeswasserstraße ausgebaute Weser und der Mittellandkanal, sie bilden eines der wenigen Wasserstraßenkreuze in Deutschland. Schleusen überwinden den Höhenunterschied von 13 Metern. Der Bahnhof Minden liegt an der Magistrale Ruhrgebiet–Hannover–Berlin, aber nur ein Teil der Fernzüge legt hier einen Halt ein – darunter die IC von Berlin nach Amsterdam, die in Löhne auf die Strecke nach Osnabrück wechseln. Im Nahverkehr

wird die Stadt von den Regionallinien RE 6 Düsseldorf–Essen–Hamm–Bielefeld–Minden, RE 60/70 Bielefeld/Rheine–Osnabrück–Minden–Hannover–Braunschweig, RE 78 Bielefeld–Bad Oeynhausen–Minden–Nienburg und RB 76 Minden–Verden–Rotenburg (mit Anschlüssen nach Bremen und Hamburg) bedient. Seit dem Expo-Jahr 2000 ist Minden auch Haltepunkt der S-Bahn nach Hannover. Neben den zahlreichen Stadtbussen gibt es Regionalbusse nach Bad Oeynhausen, Lübbecke und Espelkamp.

Wichtige Daten und Wappen
Im Rahmen der kommunalen Neuordnung wurden zum 1. Januar 1973 die Gemeinden Aminghausen, Bölhorst, Dankersen, Dützen, Haddenhausen, Hahlen, Häverstädt, Kutenhausen, Leteln, Meißen, Päpinghausen, Stemmer und Todtenhausen der Stadt Minden eingegliedert. Dabei wurde das bis dahin für die ländliche Umgebung im Südosten zuständige Amt Dützen aufgelöst. Minden wurde Sitz des neu gebildeten Kreises Minden-Lübbecke, der aus den alten Kreisen Minden und Lübbecke entstand.
Am Jahresende 2007 lebten in Minden 83.028 Menschen, von denen 54 Prozent evangelisch, 12 Prozent katholisch und 34 Prozent anderen Glaubens oder konfessionslos waren. Die Gesamtfläche der Stadt umfasst 101 Quadratkilometer, die Hälfte davon wird landwirtschaftlich genutzt.
Das Wappen der Stadt ist in zwei Hälften gespalten. Die linke Seite zeigt einen schwarzen, doppelköpfigen Adler mit roten Zungen und einer Kaiserkrone vor goldenem (oder gelbem) Hintergrund. Die rechte Seite zeigt

Der Dom St. Gorgonius, eine wunderschöne Hallenkirche des 13. Jahrhunderts.

vor rotem Hintergrund zwei gekreuzte Schlüssel mit abgewandten Bärten. Dieses Stadtwappen ist seit 1853 in Gebrauch. Der Reichsadler war der Stadt nach dem Dreißigjährigen Krieg als Zeichen des besonderen Schutzes verliehen worden, da die Stadt unter großen Opfern kaiserliche Truppen aufgenommen und versorgt hatte. Die Schlüssel stammen aus dem Wappen des ehemaligen Stadtherren, des Bischofs von Minden.

Aus der Ortsgeschichte

798 hielt Karl der Große, wie die Reichsannalen berichten, in „Minda" eine Reichsversammlung ab. Diese erste Erwähnung des Namens nahm die Stadt 1998 zum Anlass, ihre 1200-Jahr-Feier zu begehen. Die Ursprünge der Siedlung an der Weser liegen jedoch noch weiter zurück, Funde im heutigen Stadtgebiet reichen bis ins dritte Jahrhundert zurück. Zu den frühen Siedlungskernen von Minden gehört die Fischerstadt, die vermutlich schon um 800 bestand. Ein wichtiges Ereignis für das Entstehen einer städtischen Ansiedlung war die Verleihung des Markt-, Münz- und Zollrechts 977. Kaiser Otto II. übertrug diese Privilegien auf den Mindener Bischof Milo, der am kaiserlichen Hof in hohem Ansehen stand. Der Bischof durfte einen Wochenmarkt mit Gegenständen des täglichen Bedarfs abhalten, eigene Münzen prägen und Zoll einziehen. Dazu erhielt er gerichtliche Befugnisse, die es ihm ermöglichten, Marktbetrieb und öffentliche Ordnung zu schützen. Diese Rechte sicherten ihm Einkünfte, der Markt kam aber auch der Entwicklung der Stadt zugute. Dass Minden um die Jahrtausendwende bereits ein bedeutender Handelsort war, zeigt die bis in diese Zeit zurückgehende Marktkirche St. Johannis Baptist. Im 14. Jahrhundert schloss sich Minden der Hanse an. 1552 erhielt Minden von Kaiser Karl V. das Recht der freien Schifffahrt auf der Weser. Das Stapelrecht wurde 1627 von Kaiser Ferdinand II. verliehen – jeder Transport von Getreide und Holz auf der Weser musste in Minden unterbrochen werden, um die Waren zum Verkauf anzubieten. Es entstanden prächtige Bauten im Stil der Weserrenaissance, die den Wohlstand der Stadt zeigten. Im Dreißigjährigen Krieg wurde die Stadt von schwedischen Truppen besetzt. 1648 fiel das ehemals selbständige Fürstbistum Minden dauerhaft an das Kurfürstentum Brandenburg. Nun begann eine neue Epoche der Mindener Stadtgeschichte, die über zwei Jahrhunderte durch brandenburgisch-preußisches Militär und Beamtenschaft geprägt wurde. Minden verlor nach seiner wirtschaftlichen nun auch seine eigenständige politische Position, die Einwohnerzahl sank. Gleichzeitig wurden die Festungswerke der Stadt kontinuierlich ausgebaut. Der lang-

Die Alte Münze begegnet den Besuchern bei einem Gang durch die Altstadt.

same Wiederaufstieg der Stadt bis zur Mitte des 18. Jahrhunderts wurde vom Siebenjährigen Krieg (1756–1763) unterbrochen. Nach den Befreiungskriegen wurde Minden 1815 Verwaltungsmittelpunkt und Regierungssitz des neugebildeten preußischen Regierungsbezirks Minden – bis 1947 blieb die Stadt Sitz der Bezirksregierung. Die Hoffnung vieler Bürger zu Beginn des 19. Jahrhunderts auf eine Aufhebung der Festung und der damit verbundenen Militärlasten erfüllten sich jedoch nicht. Im Gegenteil: Minden wurde ab 1815 planmäßig neu befestigt, da es an der Grenze zum Königreich Hannover lag, das von England regiert wurde. Aus dieser Zeit stammen einige bis heute erhaltene Großbauten des preußischen Klassizismus. Die Neubefestigung Mindens benachteiligte die Wirtschaftsentwicklung der Stadt, da im engen Festungsstadtbereich kein Platz für die Errichtung größerer Industriebetriebe war. Da half es auch nicht, dass Minden bereits 1847 Endpunkt der Köln-Mindener Eisenbahn geworden war. 1873 konnte – nach der Annexion Hannovers durch Preußen – ein neuer Abschnitt in der Mindener Stadtgeschichte beginnen; die Festung wurde endlich aufgehoben. Zu Beginn des 20. Jahrhunderts konnten sich nun vermehrt Industrie- und Gewerbebetriebe ansiedeln. 1915/16 wurde Minden durch den Mittellandkanal und das Wasserstraßenkreuz an das europäische Kanalwegesystem angeschlossen, moderne Häfen wurden angelegt.

Sehenswürdigkeiten

Obschon von den Zerstörungen des Zweiten Weltkrieges insbesondere die Altstadt betroffen war, hat Minden den Charakter einer preußischen Beamtenstadt bewahrt.

Der Dom St. Gorgonius gilt als eine der schönsten Hallenkirchen des 13. Jahrhunderts in Deutschland. Seine Geschichte beginnt Ende des 8. Jahrhunderts mit dem Bau einer schlichten Saalkirche auf dem Domhügel. Dieser Gründungsbau wurde später durch ein dreischiffiges Langhaus mit Ostquerhaus und einem Chor ersetzt. Im 10. Jahrhundert kam ein Westwerk hinzu, das im 12. Jahrhundert seine heutige Form erhielt. Vor der Mitte des 13. Jahrhunderts errichtete man ein spätromanisches Chorjoch mit reich profilierten Fensterwänden, daran wurde dann die neue gotische Halle mit ihren berühmten Maßwerkfenstern angeschlossen. In dieser Form wurde das Gebäude nach den schweren Schäden des Zweiten Weltkriegs im Wesentlichen wiederhergestellt. In der Domschatzkammer werden das Mindener Kreuz (1070), der Petrischrein (1071), die Silbermadonna (1230) sowie eine Vielzahl wertvoller musealer Kostbarkeiten verwahrt (www.dom-minden.de).

Im Wasserstraßenkreuz wird der Mittellandkanal über die Weser geführt.

heutigen Grünanlagen wurden.
In zentraler Lage, westlich des Stadtkerns, liegt der fast sechs Hektar große Botanische Garten, der auf dem Areal des Alten Friedhofs angelegt wurde.

Am Marienkirchplatz steht die evangelische St. Marienkirche, die ehemalige Kirche des 993 gegründeten Benediktinerinnenklosters. Von dem zwischen 1036 und 1043 geweihten Gründungsbau ist nichts erhalten. Der Kern der heutigen Kirche stammt aus dem 12. Jahrhundert, im 14. Jahrhundert wurde sie zu einer dreischiffigen Hallenkirche erweitert.
Das Rathaus hat einen vierjochigen Laubengang aus dem 13. Jahrhundert – es ist der älteste seiner Art in Westfalen. Das Obergeschoss aus dem 17. Jahrhundert wurde nach 1945 neu errichtet.
Bekanntestes Werk der Weserrenaissance ist das Haus „Hagemeyer", erbaut vom Großkaufmann Thomas von Kampen. Auch das Gebäude der alten Bezirksregierung Minden und das Haus Hill in der Bäckerstraße sind in diesem Stil gehalten.
Einen Spaziergang lohnt die historische Altstadt mit der Museumszeile, dem „Windloch", der Alten Münze, der reformierten Petrikirche und St. Simeonis, sowie die am Weserufer gelegene Fischerstadt mit Teilen der alten Stadtbefestigung. Die Altstadt wird von einer 20 Hektar großen historischen Wallanlage umschlossen, den Glacisanlagen. Nach Schleifung der mittelalterlichen Befestigungsanlagen 1763 hatten die Preußen zwischen 1814 und 1830 ein neues Befestigungssystem erbaut, aus dem ab 1873 die

In Minden befindet sich das – nach Magdeburg – zweitgrößte Wasserstraßenkreuz Deutschlands; hier wird der Mittellandkanal über die Weser geführt. Die 1911 bis 1914 erbaute Schachtschleuse stellt westlich der Kanalbrücke die kürzeste Verbindung zwischen dem Kanal und dem etwa 13 Meter tiefer liegenden Fluß her. Kernstück des Wasserstraßenkreuzes ist eine 341 Meter lange Trogbrücke, mit der der Mittellandkanal die Weser überquert.
Im Ortsteil Haddenhausen steht das Wasserschloss Gut Haddenhausen und die dazugehörige Kapelle. Die Ursprünge des Gutes liegen wohl im 11. Jahrhundert, denn bereits 1254 erwarb es der Bischof von Minden. Johann v. d. Bussche ließ zwischen 1613 und 1616 das heutige Schloss im Stil der Weserrenaissance errichten, Baumeister war Eberhard Wilkening, der auch das Rattenfängerhaus in Hameln baute. Südlich des Schlosses liegen Wirtschaftsgebäude sowie die Kapelle aus dem frühen 17. Jahrhundert. Das Gut wird privat genutzt, es ist am Tag des offenen Denkmals oder bei Konzerten zugänglich.
Wie es sich für den Mühlenkreis Minden-Lübbecke gehört, befinden sich auch in den Mindener Ortsteilen zahlreiche sehenswerte Windmühlen. Nicht vom Wind, sondern vom Wasser wird dagegen die Schiffsmühle auf der Weser angetrieben. Sie ist die 1998 erbaute Rekonstruktion einer Schiffmühle, wie sie bis ins 19. Jahrhundert auf der Weser in

Der Bahnhof stammt noch von 1847, dem Eröffnungsjahr der „Cöln-Mindener-Eisenbahn".

Minden gelegen und gemahlen hat. Sie ist die einzige Korn mahlende Schiffmühle auf einem Fluss in Deutschland. Mit unterschlächtigem Wasserrad und Stockrädern aus Holz sowie einem funktionstüchtigen Mahlgang mit Beutelkasten entspricht sie dem technischen Standard des 18. Jahrhunderts (www.schiffmuehle.de).

Bildung und Verwaltung

Minden ist Standort der Fachhochschule Bielefeld für die Fachbereiche Architektur, Bauingenieurwesen und Projektmanagement. Außerdem verfügt die FernUniversität Hagen hier über ein Studienzentrum.
Die Stadt ist Sitz der Kreisverwaltung des Kreises Minden-Lübbecke. Während die früher in Minden ansässige Bezirksregierung 1947 nach Detmold verlegt wurde, gibt es heute in Minden immerhin noch eines von sieben Verwaltungsgerichten in NRW, das Amtsgericht Minden und das Arbeitsgericht Minden.

Kultur

Das Stadttheater in Minden verfügt über kein eigenes Ensemble, es dient als Spielstätte für Tourneetheater und wird als Konzertsaal genutzt; regelmäßig gastiert hier die Nordwestdeutsche Philharmonie (0571/82 83 90, www.stadttheater-minden.de).
Zahlreiche Veranstaltungen finden in Kultureinrichtungen in privater Trägerschaft statt: Im Kulturzentrum BÜZ, in der ehemaligen Johanniskirche, treten seit vielen Jahren sowohl Nachwuchskünstler als auch etablierte Kabarettisten auf. Das „Kleine Theater am Weingarten" in Trägerschaft der Volkshochschule Minden verfügt über 99 Plätze. Hier wird Schauspiel auf die Bühne gebracht.
Das kleinste Theater Deutschlands ist „Das kleine Burk-Theater" von Burkhard Hedtmann. Es hat 20 Sitzplätze und finanziert sich durch Spenden. Von Januar bis Juni und von Oktober bis Dezember finden freitags und samstags Veranstaltungen wie Kleinkunst, Kabarett, Chansons oder Komik statt. (0571/4 51 53). Die freie Theatergruppe „Neues Theater Minden" bietet Kleinkunst, Schauspiel, Kinder- und Jugendtheater an wechselnden Spielstätten an (Jürgen Wiemer, 0171/165730). Auf plattdeutsche Theaterstücke und Heimatabende ist die Laienbühne Hahlen abonniert (Heinrich Siebeking, 05 71/4 55 99).
Der Jazzclub Minden ist im nordwestdeutschen Raum bekannt. Hier geben sich internationale Größen wie Paul Kuhn oder Dizzy Gillespie die Klinke in die Hand. 1953 gegründet gehört er zu den ältesten Clubs in Deutschland und veranstaltet pro Jahr rund 50 Konzerte. (www.jazz-minden.de).
Die Europäische Autorenvereinigung „Die Kogge" wurde 1924 in Bremen gegründet, 1933 verboten und 1953 in Minden wiederbelebt. Heute sind rund 170 Autorinnen und Autoren aus 17 Ländern Mitglied. Höhepunkt ist die jährliche Zusammenkunft in Minden und die Verleihung des Literaturpreises der

Stadt Minden auf Vorschlag der Kogge (www.diekogge.eu).
Minden ist Gründungsort und Sitz des bundesweit bekannten Amateurkabaretts „Mindener Stichlinge". Es wurde 1966 gegründet und ist das älteste aktive Amateur-Kabarett Deutschlands (www.mindener-stichlinge.de). Seit 1994 vergibt die Stadt Minden alle zwei Jahre den nationalen Kabarett-Förderpreis Mindener Stichling für literarisch-politisches Kabarett.
Herausragend für die Museumslandschaft Mindens ist das Preußen-Museum Nordrhein-Westfalen, das in der ehemaligen Defensionskaserne am Simeonsplatz untergebracht ist. Dieses imposante Gebäude aus dem Jahre 1829 bietet den richtigen Rahmen für das Museum. Die 350-jährige preußische Vergangenheit Mindens und Westfalens wird auf 1.500 Quadratmetern dargestellt (0571/8372824, www.preussenmuseum.de).
Das Mindener Museum für Landes- und Volkskunde (Ritterstraße 23–33), liegt zentral in der „Oberen Altstadt" Mindens. Ein Häuserkomplex aus dem 16. Jahrhundert, der im Stil der Weserrenaissance errichtet wurde, bildet den reizvollen Rahmen für eine der traditionsreichsten westfälischen Sammlungen. Schon lange vor der Eröffnung des Mindener Museums 1922 wurden umfangreiche Sammlungen zu Geschichte, Landes- und Volkskunde zusammengetragen. Heute erwartet die Besucher auf mehr als tausend Quadratmetern eine Dauerausstellung zur Stadtgeschichte und zu kulturgeschichtlichen Themen wie Kaffee, Trachten und Mode (0571/8 96 67).
Das Puppenmuseum befindet sich ebenfalls in der Ritterstraße, Hausnummer 38. Das älteste Stück der Sammlung ist eine Brotteigpuppe aus dem Jahr 1750. Außerdem gibt es französische Porzellankopfpuppen, Käthe Kruse-Puppen, deutsche Charakterpuppen, Schildkröt-Puppen, Steiff-Puppen, Musikautomaten, Puppenstuben und Kaufläden (0571/58 05 38, www.puppenmuseumscafe.de).
Die Museums-Eisenbahn Minden e.V. verkehrt auf Teilstrecken der Mindener Kreisbahnen mit historischem Lok- und Wagenmaterial, dabei hat man sich vor allem auf die Erhaltung preußischer Fahrzeuge spezialisiert. Der Verein wurde 1977 von Eisenbahnfreunden gegründet (www.vereine-minden.de/mem, Hans Schweinefuß, 0571/5 83 00).
Wissenswertes zum deutschen Wasserstraßennetz zeigt das Informationszentrum am Wasserstraßenkreuz Minden. Die Besichtigung der Schachtschleuse ist im Eintritt des Informationszentrums enthalten. Die Mindener Fahrgastschifffahrt bietet Fahrten durch das Wasserstraßenkreuz an, ein vier Kilometer langer Rundweg führt ab der Schachtschleuse rund um das Kreuzungsbauwerk. Informationstafeln stellen die einzelnen Bauwerke vor (Wasser- und Schifffahrtsamt Minden, 0571/64581112, www.wsa-minden.de).

Wirtschaft

Rund 4.700 Unternehmen und Betriebe haben ihren Sitz in Minden. Der Schwerpunkt liegt auf dem Metall verarbeitenden Gewerbe, der chemischen Industrie, Papier-, Holz- und Kunststoffindustrie sowie Firmen der Elektrotechnik und Nahrungsmittelindustrie. Eine Reihe bekannter Unternehmen haben ihren Sitz in Minden: Die Edeka-Minden-Hannover, das Elektrotechnikunternehmen Harting, der Fertighaushersteller Kampa-Haus, der Büromöbelhersteller Drabert, die Melitta-Gruppe und die WAGO-Kontakttechnik. Die Deutsche Bahn hat mit der DB Systemtechnik (ehemals Bundesbahn-Zentralamt) eine wichtige Einrichtung in Minden. Die Mindener Häfen an Weser und Mittellandkanal verzeichnen in letzter Zeit steigenden Umsatz, hier ist vor allem der Ausbau des Industriehafens im Zusammenhang mit dem steigenden Containerumschlag zu nennen, der von der guten Verbindung mit den Seehäfen Bremerhaven und Hamburg profitiert. Am Mittellandkanal östlich der bisherigen Häfen ist ein neuer Containerhafen in Planung.
Große Bedeutung für den Mindener Arbeitsmarkt hat das Klinikum Minden – hier sind 2.500 Menschen beschäftigt. Das ehemalige Stadtkrankenhaus der Stadt Minden an der Friedrichstraße (Klinikum I) und das ehemalige Kreiskrankenhaus des Altkreises Minden an der Portastraße (Klinikum II) wurden 2008 geschlossen, die Kliniken zogen in einen Neubau, das Johannes Wesling-Klinikum. Das Klinikum Minden wurde dabei von 1.073

Das Preußen-Museum ist in der „Defensions-caserne“ von 1829 unter-gebracht.

Betten auf 864 Betten reduziert. Zum 30. Juni 2006 waren in Minden 32.159 sozialversicherungspflichtig Beschäftigte registriert, davon 7.474 im Gesundheits-, Erziehungs- und Sozialwesen, 7.426 im verarbeitenden Gewerbe und 5.791 im Handel.

Brauchtum, Feste, Traditionen

Alle zwei Jahre kehrt Preußenkönig Friedrich der Große nach Minden zurück, wenn das Freischießen in der historischen Altstadt gefeiert wird. Nachdem Schießübungen im 17. Jahrhundert für alle Mindener zur Pflicht geworden waren, beschloss die Stadtvertretung, im Rahmen eines Festes den besten Schützen zu ermitteln und ihn ein Jahr lang von der Steuer zu befreien: Der Begriff des „Freischießens“ war geprägt. Das Mindener Bürgerbataillon pflegt diese Tradition bis heute mit einem mehrtägigen Fest, das bei Bürgern und Gästen großen Anklang findet. Immer im Sommer findet die Kultursommerbühne in Minden statt; Höhepunkt ist das Klassik-Open-Air vor der Kulisse des Mindener Doms. Am ersten Wochenende im September lockt das Wassersportfest „Blaues Band der Weser“: Alle zwei Jahre strömen dabei über 3.000 Kanuten, Ruderer und Schwimmer aus dem In- und Ausland in die Weserstadt, um sich in Wettkämpfen zu messen. Die Parkanlagen an der Weser und das ehemalige Festungsglacis sind mit unzähligen bunten Lichterketten geschmückt.
Musikliebhaber pilgern zur Jazz-Summer-Night auf dem Marktplatz. Die „Mindener Messe“ ist ein Jahrmarkt mit Kirmes, der zwei Mal jährlich im Mai und November auf Kanzlers Weide veranstaltet wird. Das Stadtfest, das alljährlich auf dem Marktplatz stattfindet, wird vom Kulturzentrum BÜZ, dem Jazzclub Minden und der VivaStadtfest GmbH gemeinsam ausgerichtet.

Sport und Freizeit

Minden ist sportbegeistert. Das beweist nicht nur der hohe Organisationsgrad in Vereinen, der bei 32 Prozent liegt. Die 136 Sportvereine haben 27.085 Mitglieder, der älteste und größte Verein ist der MTV 1860 Minden. Die bekanntesten Sportler sind die Handballer des GWD Minden-Hannover, sie spielen in der Bundesliga. Ihre Heimat ist die Kampa-Halle, eine große Sport- und Veranstaltungshalle. Die Fußballer von Union Minden und FT Dützen spielen in der Landesliga. Der Kanuverein KSG Minden ist Veranstalter des Mindener Weserdrachencups: Einmal im Jahr messen Drachenboot-Teams aus dem ganzen Bundesgebiet ihre Kräfte auf der Weser.
Vor den Toren Mindens an der Bergkirchener Straße 99 liegt der Freizeit- und Erlebnispark Potts Park. Neben Wildwasserbahn und Ach-

terbahn ist auch Mitmachen gefordert. In einer 500 Quadratmeter großen Riesenwohnung können Eltern erleben, wie sich ein zweijähriges Kind in unserer Wohnwelt fühlt, in der die Tischkanten bis zur Nasenspitze reichen. Im Potts Park ist auch ein Knopfmuseum beheimatet, das Knöpfe aus allen Materialien und Epochen zeigt (0571/5 10 88, www.pottspark-minden.de).
Ein besonderes Erlebnis ist der Stadtrundgang mit Helga Simon, der „poetischen Nachtwächterin". Sie beginnt ihre Stadtführungen immer donnerstags um 20 Uhr auf dem Mindener Marktplatz an der Rathauslaube (0571/23569, ww.nachtwaechterin-minden.de).
Die Stadt Minden liegt an den Radfernwegen Mühlenroute und Weserradweg. Sie ist außerdem Ausgangspunkt der Wellness-Radroute. Am Bahnhof gibt es eine Fahrradstation mit Service-Einrichtungen.

Persönlichkeiten
Der Verleger Franz Cornelsen wurde am 22. Juli 1908 in Minden geboren. Nach dem Studium der Wirtschaftswissenschaften, Sprachen und Elektrotechnik arbeitete er als Diplomingenieur in der Auslandsabteilung der Siemens AG. 1946 gründete er in Berlin den Cornelsen Verlag, der zu einem der führenden

Im Licht des Weihnachtsmarktes glänzen die historischen Fassaden am Marktplatz.

Schulbuchverlage im gesamten Bundesgebiet wurde. Cornelsen starb 1989.
Der Fernsehmoderator und Autor Peter Hahne wurde am 9. November 1952 als Sohn eines Drogisten in Minden geboren. Der Diplom-Theologe Hahne begann seine Karriere als freier Mitarbeiter beim Saarländischen Rundfunk, der ihn 1977 in die Chefredaktion berief. Er moderierte Talkshows im WDR sowie im Hörfunk das von ihm entwickelte „Städtequiz". 1985 wechselte Hahne in die Hauptredaktion „Aktuelles" beim ZDF, wo er zum moderierenden Redakteur des „heute-journal" aufstieg und ab 1989 regelmäßig die Nachrichtensendung präsentierte. Seit 1999 ist Hahne stellvertretender Leiter des Hauptstadtstudios Berlin und in der Leitung des ZDF-Politmagazins „Berlin direkt". 1996 übernahm er in „Bild am Sonntag" eine regelmäßige Kolumne, zudem ist er Autor mehrerer Bücher.

Information
Stadt Minden, Kleiner Domhof 17, 32423 Minden, 05 71/89-0, www.minden.de.
Tourist-Information, Domstraße 2, 32423 Minden, 0571/82 90 65 9.

Nieheim

Kreis Höxter

Gesucht: Durch Generationen zog sich die Legende, die Varusschlacht habe bei Nieheim stattgefunden. Hobby-Archäologen vermuteten bei Himmighausen unter einem auffälligen Hügel die Überreste tausender Soldaten. Ein Bagger brachte es 2005 an den Tag: Unter der Grasnarbe ist nichts als Felsgestein.
Gefunden: Reiner Zufall – im Sommer 2007 wurde in einer stillgelegten Tongrube im Stadtteil Sommersell ein fast vollständig erhaltenes Saurierskelett gefunden. Nur vom Kopf fehlt bislang jede Spur.

Geografische Lage/Verkehrsanbindung

Die Stadt Nieheim liegt im Norden des Kreises Höxter. Im Norden grenzt sie für ein kurzes Stück an Schieder-Schwalenberg und damit an den Kreis Lippe, alle anderen Nachbarn gehören zum Kreis Höxter: Im Osten Marienmünster, im Süden Brakel und Bad Driburg, im Westen Steinheim. Das Stadtgebiet umfasst eine Fläche von 80 Quadratkilometern. Während der nördliche Stadtbereich eher hügelig und von Feldern geprägt ist, erheben sich im Süden Nieheims dicht bewaldete Höhen. Höchster Punkt im Stadtgebiet ist der Fahrenberg mit 340 Metern über NN, der tiefste an der Mündung des Hollenbachs in die Emmer mit 138 Metern.
Das Stadtgebiet wird von der „Ostwestfalenstraße" B 252 Warburg–Blomberg (– Herford/Bad Salzuflen) durchquert, die Anschluss an die Autobahnen A 44 und A 2 bietet. Im Westen berührt die Eisenbahnstrecke Hannover–Altenbeken Nieheimer Stadtgebiet, im dort liegenden Bahnhof Himmighausen halten aber keine Züge mehr. Die nächste Bahnstation ist heute das etwa acht Kilometer vom Zentrum entfernte Steinheim an der Hannover–Altenbekener Eisenbahn, die werktags im Stundentakt bedient wird.

Wichtige Daten und Wappen

Mit dem Gesetz zur kommunalen Neugliederung des Kreises Höxter vom 2. Dezember 1969 schlossen sich die Gemeinden des Amtes Nieheim, nämlich Entrup, Erwitzen, Eversen, Himmighausen, Holzhausen, Merlsheim, Oeynhausen, Schönenberg, Sommersell und die Stadt Nieheim am 1. Januar 1970 zur neuen Stadt Nieheim zusammen.

Das 1974 bestätigte Wappen zeigt in Rot ein goldenes (bzw. gelbes) Kreuz und vier goldene (gelbe) Kugeln. Das Kreuz und die Farben entstammen dem Wappen des Hochstifts Paderborn, zu dessen Gebiet die Stadt über Jahrhunderte gehörte. Die Kugeln sind als die Brote des heiligen Nikolaus zu verstehen.
Mit Stand vom 31. Dezember 2007 zählte die Stadt Nieheim 6.843 Einwohner. 74 Prozent der Bevölkerung sind katholisch, 14 Prozent evangelisch, die übrigen gehören sonstigen oder keiner Religionsgemeinschaft an.

Aus der Ortsgeschichte

Wie für viele Städte in Westfalen ist auch für Nieheim keine Urkunde zur Stadterhebung überliefert. So erfahren wir von der Stadtgründung erst aus einer vom 2. Februar 1275 datierenden Urkunde, in der Steinheim einige Jahre nach Nieheim vom Paderborner Bischof zur Stadt erhoben wurde. Nieheims Gründungsjahr wird für etwa 1243 angenommen. Bischof Bernhard ging es damals darum, den kurkölnischen Expansionsbestrebungen etwas entgegenzusetzen: eine befestigte Stadt, in der die verstreut lebenden Bauern Schutz suchen und eine sichere Existenz aufbauen konnten. Die Entwicklung der kleinen Stadt wurde mehrmals durch Fehden, Kriegsereignisse und Seuchen zurückgeworfen, im 17. und 18. Jahrhundert entwickelt sich jedoch ein gewisser Wohlstand, der sich am Rathaus

Blick auf Nieheim und die Steinheimer Börde, links die Pfarrkirche St. Nikolaus.

(1610), am Richterhaus (1701) sowie an einigen schönen Ackerbürgerhäusern ablesen lässt. Seit der Gründung gehörte Nieheim mit kurzen Unterbrechungen zum Hochstift Paderborn, ehe es zu Preußen kam. 1815/16 wurde die kleine Stadt Amtssitz, vereinigt mit Steinheim zum Amt Nieheim-Steinheim. 1936 wurde das Amt getrennt, danach bestand das Amt Nieheim bis 1970.
Die Kriegsereignisse des 20. Jahrhunderts ließen Nieheim unberührt, nach 1945 waren die Folgen um so spürbarer: Weil die Region dünn besiedelt war, wurde Nieheim Ziel vieler Flüchtlinge und Vertriebener, die Zahl der Einwohner des Amtes stieg um etwa 2000. Nach Nieheim ausgelagert war im Krieg die Hauptverwaltung der Barmer Ersatzkasse, erst 1956 kehrte sie nach Wuppertal zurück, mit ihr kehrten etwa 600 Einwohner Nieheim den Rücken – das kleine Nieheim fiel wieder in die Stille eines Landstädtchens zurück. Inzwischen weiß man das als Vorteil zu nutzen: 1994 gewann Nieheim den dritten Bundeswettbewerb „Familienferien in Deutschland", 1995 erhielt die Stadt die staatliche Anerkennung als Luftkurort, 2003 als Heilklimatischer Kurort.

Sehenswürdigkeiten

In der Kernstadt Nieheim gibt es zahlreiche historische Bauwerke, allen voran das im Stil der Weserrenaissance errichtete Rathaus aus dem Jahre 1610. Gleich nebenan steht der Ratskrug von 1712, ein stattliches Fachwerkgebäude. An der anderen Seite des Rathauses ergänzt die katholische Pfarrkirche Sankt Nikolaus – mit ihren ältesten Gebäudeteilen stammt sie aus dem 13. Jahrhundert – das Stadtbild. Einen Katzensprung entfernt liegt an einer Nebenstraße das im Jahre 1701 erbaute Richterhaus (Fachwerk).
Im Ortsteil Holzhausen findet man das gleichnamige Gut und Schloss, die auf eine 1312 erbaute Burg zurückreichen. Das heutige, klassizistische Herrenhaus wurde 1802 bis 1809 neu erbaut. Auch im Ortsteil Merlsheim kann man eine solche Verbindung aus Gutsanlage und Herrenhaus bzw. Schloss samt Gräfte bewundern – Haus Merlsheim ist ein Schmuckstück der Weserrenaissance. Ein außergewöhnliches Baudenkmal ist auch die Grevenburg in Sommersell, ein Wasserschloss, dessen ältester Bereich 1566 bis 1579 entstand. Es befindet sich – wie die anderen hier aufgeführten Schlösser – in Familienbesitz.
In Himmighausen entstand im frühen 17. Jahrhundert eine Gutsanlage, der nach 1710 ein Schloss hinzugefügt wurde, das jedoch unvollendet blieb. Unweit des Gutes beeindruckt heute das (Fachwerk-) Geburtshaus des Heimatdichters Fritz Kukuk (1905–1987), das sich als uriges Gasthaus einen Namen gemacht hat („Zum Kukuk").

Ein Baudenkmal ganz anderer Art ist die Telegrafenstation auf der Finnstätte. Es handelt sich um die vom Heimatverein Oeynhausen wieder aufgebaute optische Telegraphenstation Nr. 32 der Telegrafenlinie Berlin–Koblenz. Die Anlage ging 1832 in Betrieb und wurde in Abschnitten noch bis 1852 betrieben. Auf 600 Kilometern wurden 62 Signalanlagen mit drei beweglichen Flügelpaaren errichtet, wofür man teilweise vorhandene Bauwerke wie Kirch- und Schlosstürme nutzte. Bei guten Bedingungen war es möglich, eine Nachricht innerhalb von etwa 1,5 Stunden von Berlin nach Koblenz zu melden.

Bildung und Verwaltung

Das Weberhaus Nieheim ist eine Kolping-Bildungsstätte am Ortsrand. Kernzelle ist das ehemalige Wohnhaus des Dichters, Arztes und Politikers Friedrich Wilhelm Weber (1813–1894), der lange Zeit in Nieheim gelebt hat und hier 1894 gestorben ist (zu Weber siehe: Bad Driburg). Zum Weberhaus gehört auch eine Ausstellung, die dem Andenken an den Dichter gewidmet ist, sie umfasst Einrichtungsgegenstände aus seinem Haushalt und die Bibliothek des Literaten.

Kultur

Unterhalb der katholischen Kirche befindet sich im alten Kornhaus das Heimatmuseum, in dem sich auch das Deutsche Sackmuseum befindet. Ausstellungsschwerpunkte sind im Erdgeschoss die Stadtgeschichte und landwirtschaftliche Themen. Im Ober- und Dachgeschoss beherrschen Säcke, Beutel und Tüten die Ausstellungsflächen. Hierbei wird deutlich, dass der Sack, einer der ältesten Transportbehälter der Menschheit, bis heute aus dem Alltag nicht fortzudenken ist (www.sackmuseum.de).

Alle zwei Jahre lädt Nieheim zum Käsemarkt ein.

Das 2006 eröffnete Westfalen-Culinarium erhielt noch im gleichen Jahr den Deutschen Tourismuspreis in der Kategorie „Innovatives Tourismusprodukt". In einer kleinen Straße von nur 250 Meter Länge sind mit dem Deutschen Käsemuseum, dem Westfälischen Brotmuseum mit Schaubäckerei, dem Westfälischen Schinkenmuseum sowie dem Westfälischen Biermuseum mit kleiner Brauerei und dem „Erlebnis Schnaps" gleich fünf Erlebniswelten entstanden, die das kulinarische Erbe Westfalens erleb- und erfahrbar machen. Hier werden alle Fragen zu den fünf „westfälischen Grundnahrungsmitteln" Brot, Käse, Schinken, Bier und Schnaps „geschmackvoll" beantwortet (www.westfalen-culinarium.de).

Brauchtum, Feste, Traditionen

Kulinarisches hat sich fest in Nieheims Veranstaltungskalender eingenistet. Alle zwei Jahre (gerade Jahreszahlen) am ersten Wochenende im September lädt Nieheim zum Deutschen Käsemarkt ein – 2006 fanden neben 70 Händlern rund 60.000 Gäste ihren Weg in die Stadt. Nieheims eigene Käsesorte, den Nieheimer, gibt es in der Käserei Pott und in der Schaukäserei Menne.

Nieheim und Steinheim sind karnevalistische Hochburgen, die Rosenmontagszüge der Nachbarstädte genießen einen lockenden Ruf in ganz Ostwestfalen. Weiterer Höhepunkt des Jahres ist in Nieheim das Schützenfest, das am ersten Juli-Wochenende gefeiert wird. Die Alte Schützengesellschaft reicht mit ihrer Tradition bis weit ins 17. Jahrhundert zurück.

Nachgebauter optischer Telegraf der Linie Berlin–Koblenz.

Wirtschaft

Nieheim und Umgebung sind ein Gebiet mit ländlicher Struktur. Während aber noch vor etwa einem halben Jahrhundert der Anteil der in der Land- und Forstwirtschaft Beschäftigten bei rund 50 Prozent lag, ist er inzwischen auf nicht einmal mehr zehn Prozent gesunken. Die meisten Nieheimer pendeln zu auswärtigen Arbeitsplätzen, größere Industriebetriebe gibt es bis heute in Nieheim nicht. Dagegen versucht die Stadt, sich mit den Bereichen Gesundheit, Wellness und Tourismus neue wirtschaftliche Möglichkeiten zu erschließen. Als Heilklimatischer Kurort setzt man auf die reizvolle Luft und die liebenswerte Landschaft, kombiniert mit vielseitigen therapeutischen und gastronomischen Angeboten. Für Kneippkuren stehen in Nieheim die Innenanlage neben dem Tourismusbüro und die Außenanlage in der Lehmkuhle (Tretbecken und Armbäder) zur Verfügung. Im Kurbereich der Lehmkuhle im Süden der Stadt Nieheim sprudelt seit Mai 1999 heilendes Wasser aus der Erde, die Nikolausquelle. Im Haus des Gastes befindet sich eine öffentliche Trinkstelle, die zu den Öffnungszeiten des Tourismusbüros nutzbar ist.
Am 30. Juni 2006 waren in Nieheim 887 Personen sozialversicherungspflichtig beschäftigt, davon 279 im verarbeitenden Gewerbe, 242 im Gesundheits-, Erziehungs- und Sozialwesen, 124 im Handel.

Persönlichkeiten

Internationale Anerkennung erlangte Dietrich von Nieheim (zwischen 1338 und 1348 nahe Nieheim geboren, gestorben 1418 in Maastricht), der drei Päpsten diente und sich für eine Reform der Kirche einsetzte. Am Konstanzer Konzil von 1415 nahm er als Bischof für die „Deutsche Nation" teil, in Rom erwarb er sich Verdienste um das Hospiz „Anima", eine Zuflucht für arme Pilger.
Auf Gut Externbrock bei Nieheim wurde 1898 der Jesuitenpater, Religionsphilosoph und Meditationslehrer Hugo Lasalle geboren; als japanischer Staatsbürger nannte er sich später auch Makibi Enomiya-Lassalle. Er ist der Erbauer der Friedenskirche in Hiroshima. Als Lebenswerk des 1990 Verstorbenen gilt die Erschließung der japanischen Zen-Praxis als Weg zu einer tiefen Glaubenserfahrung für Christen.
Aus der zu Nieheim gehörenden Ortschaft Erwitzen stammt der Dichter Peter Hille (1854–1904), der als literaturhistorisch bedeutendste Persönlichkeit der Region gilt und mit dem Roman „Die Hassenburg" seiner Zeit ein literarisches Denkmal gesetzt hat. Seine letzten Lebensjahre verbrachte Hille in Berlin, sein Geburtshaus in Erwitzen wurde zu einer Gedenk- und Begegnungsstätte ausgebaut. Um die weitere Erforschung seines literarischen Wirkens kümmert sich die Peter-Hille-Gesellschaft.

Information

Stadt Nieheim, Marktstraße 28, 33039 Nieheim, 05274/982-0, info@nieheim.de, www.nieheim.de
Tourismusbüro Nieheim, Haus des Gastes, Am Teich 5, 33039 Nieheim, 05274/8304, tourismus@nieheim.de, www.nieheim.de.

Oerlinghausen

Kreis Lippe

Einmalig: Außer Oerlinghausen ist weltweit keine andere Stadt bekannt, die ein Segelflugzeug in ihrem Wappen trägt. Die Stadt verfügt über einen der größten Segelflugplätze Europas.
Unzählig: Die Altstadt von Oerlinghausen liegt am Berghang, verwinkelte Treppen verbinden die Wege und Straßen untereinander. Wer hat all die Stufen je gezählt?

Der Stadtbus Oerlinghausen bietet gute Anbindungen an das Bus- und Stadtbahnnetz des Oberzentrums Bielefeld.

Geografische Lage/Verkehrsanbindung

Die Stadt Oerlinghausen im Westen des Kreises Lippe liegt mit ihrem Kern an einer Pass-Stelle auf dem Kamm des Teutoburger Waldes. Im Norden grenzt Oerlinghausen an Leopoldshöhe, im Osten an Lage und Augustdorf (alle Kreis Lippe), im Süden an Schloß Holte-Stukenbrock (Kreis Gütersloh) sowie im Westen an die kreisfreie Stadt Bielefeld. Mit einer Fläche von 33 Quadratkilometern – rund 60 Prozent davon sind Waldgebiet – ist Oerlinghausen die kleinste Stadt Lippes. Die höchste Erhebung ist der Tönsberg mit 334 Metern über NN, der tiefste Punkt befindet sich mit 119 Metern bei Helpup.
Vier Kilometer westlich der Kernstadt verläuft in Nord-Süd-Richtung die Autobahn A 2, die über die das nördliche Stadtgebiet durchquerende Bundesstraße 66 rasch zu erreichen ist. Knapp südlich der Stadtgrenze befindet sich die Anschlussstelle Schloß Holte-Stukenbrock der A 33, von Oerlinghausen aus über die im Stadtgebiet als Umgehungsstraße ausgebaute, in Nord-Süd-Richtung verlaufende L 751 sehr gut zu erreichen.
Eisenbahnanschluss hat Oerlinghausen an der Strecke Bielefeld–Lage–Lemgo/Detmold, auf der zwei Regionalbahnlinien jeweils im Stundentakt Verbindungen zwischen Bielefeld und dem Lipperland anbieten. Der Bahnhof Oerlinghausen befindet sich jedoch im Tal zu Füßen der „Bergstadt" und liegt bereits auf dem Gebiet der Gemeinde Leopoldshöhe. Der Bahnhof ist Knoten zahlreicher Busverbindungen für Oerlinghausen und Leopoldshöhe.

Wichtige Daten und Wappen

Am 1. April 1926 verlieh das lippische Landespräsidium der Dorfgemeinde Oerlinghausen die Stadtrechte. Durch Zusammenschluss mit den Gemeinden Helpup und Lipperreihe entstand 1969 die jetzige Stadt Oerlinghausen. Nach dem Stand vom 31. Dezember 2007 zählte Oerlinghausen 18.715 Einwohner. 51 Prozent der Bevölkerung sind evangelisch, 15 Prozent katholisch, die übrigen gehören einer anderen oder keiner Religionsgemeinschaft an.
Das Wappen wurde am 21. April 1978 genehmigt. Das Segelflugzeug weist auf die Bedeutung Oerlinghausens als Segelfliegerzentrum hin. Symbolisiert werden außerdem die drei Stadtteile mit ihrem jeweiligen Berg: der Tönsberg für Oerlinghausen, der Iberg für Helpup und der Menkhauser Berg für Lipperreihe. Farbwahl und Rose dokumentieren die Zugehörigkeit zu Lippe.

Aus der Ortsgeschichte

Mit Datum vom 25. Mai 1036 ist die Existenz des Siedlungsplatzes Oerlinghausen zum ersten Mal urkundlich erwähnt. Der Paderborner Bischof Meinwerk stattete das Kloster Busdorf mit dem Zehnten verschiedener Haupthöfe und Vorwerke aus (siehe auch Leopoldshöhe), in dieser Urkunde wird erstmalig die Bezeichnung „Orlinchusen" erwähnt. Aber auch schon in vorgeschichtlichen Zeiten diente der Platz am Tönsberg, der den Übergang über den Teutoburger Wald beherrscht, als Wohn-, Wehr- und Fluchtplatz.

Das Pfarrhaus neben der evangelisch-reformierten Kirche von Oerlinghausen.

In den folgenden Jahrhunderten fehlen exakte Zeugnisse für die weitere Entwicklung des Siedlungsplatzes „Orlinchusen". Sicher ist, dass die Gemeinde im Dreißigjährigen Krieges schwer in Mitleidenschaft gezogen wurde. Für das Jahr 1642 sind nur 24 Hausstellen verzeichnet, die die Verwüstungen und Plünderungen überstanden haben.
Mit Herstellung und Handel von Leinenstoffen wurde im 17. Jahrhundert der Grundstock für die weitere Entwicklung Oerlinghausens geschaffen. 1750 gab es schon wieder 62 Hausstellen, 1824 wurden bereits 1430 Dorfeinwohner gezählt. Die schon früh begonnene Herstellung von feinem Leinen – im Gegensatz zu dem überwiegend groben Leinen im übrigen Lippe – und der Handel mit dieser Ware brachte der Bevölkerung zwar ein Auskommen, aber keinen Wohlstand, da es an Verkehrs- und Absatzwegen mangelte. Erst um die Mitte des 19. Jahrhunderts brachte der Bielefelder Unternehmer Carl David Weber den Leinenhandel zu neuer Blüte – die Villen und Fabriken der Familien Weber und des Schwiegersohns Müller prägen noch heute das Stadtbild mit. Ungefähr zur gleichen Zeit entwickelt sich in Oerlinghausen auch eine handwerkliche Zigarrenherstellung, in der bis zum Ende des Zweiten Weltkrieges zeitweilig hundert Menschen Arbeit finden.

Sehenswürdigkeiten

Oerlinghausens „Hausberg" ist der Tönsberg (334 Meter über NN). Auf ihm findet man einen massiven Windmühlenstumpf, im Volksmund liebevoll „Kumsttonne" (Kumst = Kohl) genannt, ein Wahrzeichen der Stadt. Die Mühle aus dem Jahr 1753 verlor bei einem Sturm die Flügel und blieb in diesem Zustand stehen. Vom Tönsberg aus führen zahllose Treppenstufen auf unterschiedlichen Wegen hinunter in die Stadt.
Das Archäologische Freilichtmuseum Oerlinghausen macht auf eineinhalb Hektar Fläche die Vorgeschichte lebendig und bietet vom Sommerlager eiszeitlicher Rentierjäger bis zur frühmittelalterlichen Hofanlage einen Einblick in den prähistorischen Alltag. In speziellen Gehegen werden mittelalterliche Weideschweine und Ziegen gehalten, in Gärten das Verhältnis der Menschen zur Umwelt ihrer Zeit vermittelt (Am Barkhauser Berg 2–6, 05202/2220).

Bildung und Verwaltung

Das Gymnasium der Stadt Oerlinghausen trägt seit dem Jahre 2000 den Namen Niklas-Luhmann-Gymnasium. Wie auch andere Größen der Universität Bielefeld wählte der Soziologe Luhmann, der als deutscher Begründer der „Systemtheorie" gilt, die Bergstadt Oerlinghausen zum Wohnsitz. Luhmann, der zunächst als Verwaltungsjurist tätig gewesen war und sich anschließend den Sozialwissenschaften verschrieben hatte, war erster Professor der 1969 gegründeten Universität Bielefeld und blieb dort bis zu seiner Emeritierung 1993. Das Niklas-Luhmann-Gymnasium sieht sich durch ein weites gesellschaftswissenschaftliches Angebot seinem Namensgeber verpflichtet.

Kultur

Vom Kunstverein Oerlinghausen werden regelmäßig Ausstellungen zeitgenössischer Künstler in der ehemaligen Synagoge veran-

Die Weggabelung an der alten Schlosserei zeigt, warum Oerlinghausen „Bergstadt" genannt wird.

staltet. Ausstellungen verschiedener Art sind auch im Bürgerhaus zu sehen. Theateraufführungen und Musikveranstaltungen finden in der Aula des Schulzentrums Oerlinghausen statt.

Sport und Freizeit

Oerlinghausen verfügt über einen der größten Segelflugplätze Europas. Durch seine Flugschule sowie zahlreiche Segelflug-Veranstaltungen hat sich die in der Senne-Landschaft südlich des Teutoburger Waldes gelegene Anlage weltweit einen überregional herausragenden Namen gemacht.
Der beliebte und bekannte „Hermannsweg" (vom Velmerstot über das Hermannsdenkmal und Bielefeld nach Rheine) führt über den Tönsberg und damit mitten durch Oerlinghausen. Mit weiteren Wander- und Spazierwegen, z. B. im Schopketal, verfügt die Stadt über ein Netz von etwa 120 Kilometern Wegen. Auch südlich des Teutoburger Waldes in der Heide- und Kiefernlandschaft der Senne gibt es ausgedehnte Wanderwege und Erholungsmöglichkeiten.

Wirtschaft

Vor allem nach dem Zweiten Weltkrieg hat die industrielle Entwicklung Oerlinghausens einen enormen Aufschwung erlebt. Ein wichtiger Faktor war dabei, dass Großbetriebe aus der benachbarten Stadt Bielefeld sich hier niederließen. In Oerlinghausen produzieren namhafte Elektro-Hersteller (Hanning bzw. Hanning & Kahl), Druckereien und Papierverarbeiter (Gundlach) und Unternehmen der Lebensmittelindustrie (Dr. Oetker). Größter Arbeitgeber ist die Fa. Hanning mit ca. 600 Arbeitsplätzen.
Am 30. Juni 2006 waren in Oerlinghausen 3.745 Personen sozialversicherungspflichtig beschäftigt, davon 2.055 im verarbeitenden Gewerbe, 569 im Gesundheits-, Erziehungs- und Sozialwesen, 309 im Grundstücks- und Wohnungswesen.

Persönlichkeiten

Der Bildhauer Berthold Müller-Oerlinghausen (1893–1979), Sohn einer alteingesessenen Oerlinghauser Kaufmannsfamilie, erhielt hier

Die 1803 gebaute Synagoge von Oerlinghausen, heute Ausstellungsraum für Kunst.

Ein Haus aus der Jungsteinzeit (Rösnerkultur), Nachbau im Archäologischen Freilichtmuseum.

wichtige Impulse für sein Schaffen. Zahlreiche Arbeiten des Künstlers sind in Oerlinghausen zu sehen, darunter die Skulpturen „Harmonie" und „Abschied" im Weberpark, das Ehrenmal auf dem Tönsberg und die Antoniuskapelle.
Marianne Weber (geb. Schnitger) wurde am 2. August 1870 als Tochter eines Landarztes in Oerlinghausen geboren. Nach dem Tod der Mutter 1873 zog sie mit dem Vater nach Lemgo, besuchte die dortige Töchterschule (das heutige Marianne Weber Gymnasium). Nach einigen Jahren in Oerlinghausen zog sie 1892 nach Berlin zu Verwandten ihrer Mutter, Max und Helene Weber, den Eltern ihres späteren Mannes Max Weber jun., den sie 1893 heiratete. Nach ihrem Umzug nach Freiburg 1894 begann sie, sich in der Frauenbewegung zu engagieren. Nach ersten Buchveröffentlichungen erschien 1907 ihr Hauptwerk „Ehefrau und Mutter in der Rechtsentwicklung". 1919 wurde sie für die DDP Abgeordnete im Badischen Landtag. Von 1919 bis 1923 war sie Vorsitzende des Bundes deutscher Frauenvereine. Ihre bekannte Biographie „Max Weber: Ein Lebensbild" veröffentlichte sie 1926. Bis zu ihrem Tod 1954 war sie in Heidelberg als Wissenschaftlerin und Autorin aktiv.

Information

Stadt Oerlinghausen, Rathaus, Rathausplatz 1, 33813 Oerlinghausen, 05202/493-0, info@oerlinghausen.de, www.oerlinghausen.de.

Oerlinghausen ist ein regelrechtes Mekka für Sport- und Segelflieger.

Paderborn

Kreis Paderborn

Regen: Die Paderborner Hochfläche zählt zu den niederschlagreichsten Gebieten Westfalens. Als Pader tritt das Wasser in zahlreichen Quellen wieder zu Tage.
Segen: Direkt über den Quellen erhebt sich mit dem Dom einer der eindrucksvollsten norddeutschen Sakralbauten.

Geografische Lage/Verkehrsanbindung

Die Stadt Paderborn bildet auch geografisch das Zentrum des gleichnamigen Kreises. Im Norden grenzt sie an Hövelhof und Bad Lippspringe, im Osten an Altenbeken, im Süden an Lichtenau und Borchen, im Westen an Salzkotten und Delbrück; sie alle gehören dem Kreis Paderborn an. Die Stadt entstand am Fuße der Paderborner Hochfläche an den Quellen der Pader, wo das auf der karstigen Hochfläche versickerte Wasser in zahlreichen, teilweise starken Quellen wieder hervortritt. Nach nur vier Kilometern vereinigt sich die Pader in Schloß Neuhaus mit der deutlich wasserärmeren, aber längeren Lippe. Die Pader gilt als der kürzeste Fluss Deutschlands. Der größte Teil des Stadtgebiets gehört zum Tiefland der Westfälischen Bucht, im Osten steigt es über die Hochfläche zum Eggegebirge hin an. Der tiefste Punkt im Stadtgebiet befindet sich an der Lippe bei Sande mit 94 Metern über NN, der höchste bei Neuenbeken mit 347 Metern. Die Stadt umfasst eine Fläche von 179 Quadratkilometern, rund 45 Prozent davon werden landwirtschaftlich genutzt.
In Paderborn kreuzen die Bundesstraßen B 1 (Aachen–) Soest–Hameln (–Berlin), B 64 von Münster nach Höxter und B 68 von Bielefeld nach Warburg. Der Westen des Stadtgebiets wird von der Autobahn A 33 (Bielefeld–Wünnenberg-Haaren) durchquert, die im Stadtgebiet fünf Anschlussstellen aufweist. Der Hauptbahnhof Paderborn liegt an der Hauptstrecke Hamm–Paderborn–Kassel, die im Zweistundentakt mit IC-Zügen der Relation Ruhrgebiet–Kassel–Neue Bundesländer (so genannte Mitte-Deutschland-Verbindung) bedient wird. In Richtung Hamm und Altenbeken verkehren in dichtem Takt Züge des Regionalverkehrs.

Der Paderborner Hauptbahnhof ist Endpunkt der S-Bahnlinie 5 von Hannover Flughafen (über Altenbeken und Hameln), zudem zweigt hier die Sennebahn nach Bielefeld ab (werktags Stundentakt), an der noch im Stadtgebiet die Stationen Paderborn-Kasseler Tor, Paderborn Nord, Paderborn-Schloß Neuhaus und Paderborn-Sennelager bedient werden.
Rund 18 Kilometer südwestlich des Stadtzentrums liegt der Flughafen Paderborn/Lippstadt (siehe: Büren), der über die Bundesstraße 1 und den so genannten Flughafenzubringer erreichbar ist; zwischen Flughafen und dem Hauptbahnhof verkehrt eine Schnellbuslinie. Im Süden der Stadt befindet sich der Flugplatz Paderborn-Haxterberg, an dem hauptsächlich Sport- und Individualluftverkehr stattfinden. Den Nahverkehr auf der Straße besorgen die Busse des „PaderSprinters“. Regionalbusse fahren unter anderem nach Bad Lippspringe, Borchen, Büren, Delbrück, Hövelhof und Warburg.

Wichtige Daten und Wappen

Paderborn besteht aus der Kernstadt sowie den Ortsteilen Benhausen, Dahl, Elsen, Marienloh, Neuenbeken, Schloß Neuhaus/Sande (mit Sennelager), und Wewer. Bei den Ortsteilen handelt es sich um 1969 (Marienloh und Wewer) und 1975 im Rahmen der Gebietsreform eingegliederte, ehemals selbstständige Gemeinden.
Paderborn zählte am 30. Juni 2008 insgesamt 142.334 Einwohner, davon sind 54 Prozent katholisch. 19 Prozent evangelisch,

Blick auf die Innenstadt mit dem Dom, der Marktkirche, dem Turm des ehemaligen Jesuitenkollegs und (im Vordergrund) einem Turm der alten Stadtbefestigung.

die übrigen gehören einer anderen oder keiner Glaubensgemeinschaft an. Die Bevölkerungszahl Paderborns ist in den letzten 30 Jahren kontinuierlich gestiegen, unmittelbar nach der Kommunalreform von 1975 hatte sie noch bei 103.000 Einwohnern gelegen. Zudem hat Paderborn eine im Vergleich zum Landesdurchschnitt junge Bevölkerung.
Das Wappen der Stadt Paderborn besteht aus einem roten Wappenschild, das im oberen Teil ein goldenes (bzw. gelbes) Kreuz trägt – das Wappenbild der Fürstbischöfe von Paderborn. Im unteren Teil sind vier goldene senkrechte Pfähle, deren Bedeutung unklar ist. Das in der heutigen Form 1975 genehmigte Wappen erscheint zum ersten Mal 1328 in einem Bannersiegel; die Farben, Zahl der Pfähle und Form des Kreuzes wechselten jedoch im Laufe der Jahrhunderte.

Aus der Ortsgeschichte

Zahlreiche Bodenfunde weisen auf eine Besiedlung rund um die Paderquellen schon seit der Steinzeit hin. Ins Licht der Weltgeschichte tritt das Gebiet im 8. Jahrhundert. Zu dieser Zeit gehörte das Paderborner Land zum westlichen Siedlungsraum der Sachsen und war ab 772 von den Sachsenkriegen Karls des Großen betroffen. Nach Unterwerfung der Sachsen entstand hier die Karlsburg mit einer Pfalz und Kirche oberhalb der Paderquellen. 777 hielt Karl hier die erste Reichsversammlung auf dem unterworfenen Territorium ab, weitere sollten folgen. 799 trafen in Paderborn Karl und Papst Leo III. zusammen – hier versprach der Frankenkönig dem aus Rom vertriebenen Papst militärische Hilfe, im Gegenzug willigte Leo III. ein, Karl zum Kaiser zu krönen. Zugleich wurde beschlossen, in Paderborn, das damals die östliche Grenze des Frankenreichs markierte, ein Bistum zu gründen, erster Bischof wurde 806 der Sachse Hathumar. Da sich das Frankenreich im frühen 9. Jahrhundert rasch weiter nach Osten ausdehnte (Gründung des Klosters Corvey und des Bistums Hildesheim), büßte Paderborn an Bedeutung bald ein. Allerdings folgten im 10. und 11. Jahrhundert weitere Aufenthalte deutscher Kaiser an der Pader.
Die Verleihung von Stadtrechten fand sehr wahrscheinlich erst um das Jahr 1000 statt. Nach mehreren Stadtbränden, Wiederaufbauphasen und Erweiterungen erreichte Paderborn im 11. und 12. Jahrhundert seine vorläufig größte Ausdehnung.

Der Paderborner Dom ist Mittelpunkt der Stadt und ein weithin sichtbares Wahrzeichen der Region.

Seit 1295 ist Paderborn als Mitglied der Hanse nachgewiesen. Das wachsende Selbstbewusstsein der Bürger löste seit dem frühen 13. Jahrhundert immer wieder Spannungen mit den Paderborner Bischöfen als Herren der Stadt aus; dies führte 1275 zur Verlegung der bischöflichen Residenz nach Neuhaus. Nachdem die Stadt zwei Pestzüge durchstanden hatte, fiel sie 1506 einem Großbrand zum Opfer, der 300 Häuser vernichtet. Aufruhr und Ausschreitungen herrschten 1528, als die Reformation hier ihren Anfang nahm. Die Stadt und ihre Bürgerschaft waren fortan bis zum Beginn des 17. Jahrhunderts überwiegend evangelisch. 1580 rief das Domkapitel den Jesuitenorden nach Paderborn, die Gegenreformation begann. Durch die Wahl Dietrichs von Fürstenberg zum Bischof 1585 gewann diese an Schärfe – Dietrich nutzte seine lange Amtszeit von 33 Jahren mit allen Mitteln zur Wiederherstellung des alten Glaubens und der landesherrlichen Gewalt der Bischöfe. Bürgerschaft und Magistrat wurden schließlich 1604 mit Gewalt unterworfen, der Bürgermeister Liborius Wichard hingerichtet. Auf dem Gelände des ehemaligen Minoritenklosters am Kamp wurde 1592 das Jesuitenkolleg eingerichtet, das kurz darauf einen Neubau erhielt. Weitere Neubauten der Zeit waren das Gymnasium Theodorianum, das Kapuzinerkloster und das Rathaus im Stil der Weserrenaissance. Mit der Gegenreformation einher ging die Gründung der Jesuitenuniversität 1614; damit ist sie die älteste Hochschule in Westfalen.

Im Dreißigjährigen Krieg war Paderborn Besatzungen, Belagerungen und Plünderungen ausgesetzt. Der Domschatz sowie die Bevölkerung wurden ausgeraubt, der Liborischrein eingeschmolzen. Während der Besatzungszeit wurde Paderborn auch noch einmal für wenige Monate evangelisch. Die Besatzungstruppen sorgten jedoch selbst dafür, dass der Protestantismus in Paderborn (vorerst) allen Kredit verspielt hatte, nach dem Abzug wurde der katholische Glauben wieder hergestellt, alle Protestanten aus der Stadt vertrieben. Nach dem Dreißigjährigen Krieg war Paderborn auf die Bedeutung einer Ackerbürgerstadt herabgesunken. Wechselnde Besatzungen und Truppendurchzüge während des Siebenjährigen Krieges (1756–1763) führten zum erneuten wirtschaftlichen Niedergang. 1802 wurde das Fürstbistum Paderborn aufgehoben und fiel an das Königreich Preußen,

gehörte kurz zum Königreich Westphalen und wurde 1813 wieder preußisch – erst jetzt entstand auch wieder eine evangelische Gemeinde. 1816 wurde im inzwischen zur Kreisstadt ernannten Paderborn eine Garnison eingerichtet. Die Preußen verfügten 1818 die Aufhebung der Universität, die als theologische Lehranstalt weitergeführt wurde.
Der Anschluss an das Eisenbahnnetz 1850 (Strecke Hamm–Kassel) läutet den Eintritt Paderborns ins Industriezeitalter ein. Die Stadt galt aber noch lange als – wie man heute sagen würde – „strukturschwach". Der preußische Staat förderte die wirtschaftliche Entwicklung durch den Bau zweier Eisenbahn-Ausbesserungswerke; eines davon, das am Nordbahnhof, besteht bis heute, in das am Hauptbahnhof ist inzwischen ein großes Industrieunternehmen (Benteler AG) eingezogen. In die Zeit um 1900 fällt auch der Aufbau des Truppenübungsplatzes Sennelager, der sich ebenfalls als bedeutender Faktor für die Stadt erweisen sollte.
Während der Weimarer Republik wurde das Bistum Paderborn zum Erzbistum und zur Zentrale der mitteldeutschen Kirchenprovinz erhoben. Während des Dritten Reiches traten an die Stelle der bisher überwiegend durch die Zentrumspartei gestellten Politiker und Beamten überzeugte Nationalsozialisten. In diese Zeit fällt die Zerstörung der Synagoge im November 1938; zwischen 1941 und 1943 wurden die jüdischen Einwohner in die Konzentrations- und Vernichtungslager deportiert. Der Zweite Weltkrieg fand im Frühjahr 1945 seinen dramatischen Abschluss durch mehrere Luftangriffe, die 85 Prozent der historischen Altstadt Paderborns zerstören. Bereits 1946 wurde die spätere Pädagogische Hochschule gegründet, die später in der Universität-Gesamthochschule (Vorgängerin der heutige Uni) aufging. Nachdem der Wiederaufbau 1955 im Wesentlichen abgeschlossen war, wurden 1964 bis 1970 die Reste der karolingischen und ottonisch-salischen Kaiserpfalz an den Paderquellen freigelegt. Die Rekonstruktion der salischen Kaiserpfalz ist 1978 abgeschlossen worden. Einen außerordentlichen Impuls erfuhr Paderborn in den 1960er-Jahren, nachdem Heinz Nixdorf sein „Labor für Impulstechnik" von Essen in seine Heimatstadt Paderborn verlegte. Paderborn wurde rasch zu einem Zentrum der Informationstechnologie, was wiederum entscheidende Impulse für den Aufbau der Gesamthochschule, der heutigen Universität, gab. Bis heute sind Informationstechnologien für den Wirtschaftsstandort Paderborn prägend, ihr Beitrag zum kontinuierlichen Wachstum der Stadt ist kaum zu überschätzen.

Sehenswürdigkeiten

Paderborns weithin sichtbares Wahrzeichen ist der Dom, dessen Ursprünge auf das Jahr 815 zurück gehen. Das heutige Bauwerk erhielt sein Aussehen im Wesentlichen zwischen 1220 und 1280, das dreischiffige Langhaus gilt als der erste gotische Bau Westfalens. Das westliche der beiden Querschiffe schließt nach Süden mit dem romanischen Paradiesportal ab.
In Sichtweite des Doms befinden sich weitere bedeutende Kirchenbauten. Am Marktplatz steht die um 1180 erbaute Gaukirche St. Ulrich, eine romanische Basilika, die als Pfarrkirche der Stadt gegründet wurde. Charakteristisch ist der achteckige Turm über dem Langhaus. Zum Marktplatz hin wurde 1746 bis 1749 eine barocke Vorhalle hinzugefügt. Westlich des Doms erhebt sich die evangelische Abdinghofkirche mit ihren charakteristischen Doppeltürmen. Sie gehörte ursprünglich zum 1014 gegründeten Benediktinerkloster Abdinghof, nach Aufhebung des Klosters wurde die Kirche 1867 bis 1870 als evangelische Gemeindekirche erneuert. Im Innern ist die ursprüngliche Basilika noch gut zu erkennen.
Wenige Schritte entfernt findet man die Alexius-Kapelle, deren heutige Form von 1728/29 stammt; sie geht auf eine gleichnamige Kapelle von 1017/18 zurück. Erhalten blieb dagegen die Bartholomäuskapelle nördlich des Doms, die 1017 von byzantinischen Bauleuten errichtet wurde. Sie gilt als älteste Hallenkirche Deutschlands. 1036 gründete Bischof Meinwerk am östlichen Rand der Stadt das Kanonikerstift Busdorf, zu dem eine (später mehrfach veränderte) Kirche gehörte. Die heutige Busdorfkirche mit ihren auffallenden runden Chortürmen hat mit dem ursprünglichen Bau nur noch wenig gemein. An

Das Rathaus gehört zu den schönsten Bauten der Weserrenaissance.

der Südseite befindet sich ein romanischer Kreuzgang aus dem 12. Jahrhundert.
Südlich des Rathauses liegt die katholische Marktkirche. Sie wurde zusammen mit dem benachbarten Kolleggebäude von den Jesuiten erbaut. Die barock ausgestattete Kirche mit ihrem beeindruckenden Altar entstand von 1682 bis 1692, im Kolleggebäude war die 1614 gegründete (Jesuiten-) Universität zuhause; heute ein Gymnasium. Nur wenige Jahre älter ist die 1668 bis 1671 erbaute Franziskanerkirche mit dem Franziskanerkloster. Während die zur Westernstraße (Paderborns wichtigster Geschäftsstraße) hin gelegene Hauptfassade prächtig geriet, ist das Innere auffallend schlicht gehalten.
1964 fand man unmittelbar nördlich des Domes die Grundmauern der Pfalzanlage Karls des Großen aus dem späten 8. Jahrhundert. Bei den bis 1977 dauernden Ausgrabungen legten die Archäologen auch das Mauerwerk der wesentlich besser erhaltenen Pfalz Heinrichs II. frei. Diese Anlage, fertiggestellt im frühen 11. Jahrhundert, war so gut erhalten, dass ein Wiederaufbau unter Einbeziehung der historischen Bausubstanz möglich war. Heute dient die Kaiserpfalz als Museum und als Ort für Konzerte, Vorträge und festliche Veranstaltungen.
Obwohl Paderborns Innenstadt wenige Wochen vor Kriegsende durch Luftangriffe zu 85 Prozent zerstört wurde, sind noch heute bemerkenswerte Profanbauten zu sehen. Herausragend ist das durch Fürstbischof Dietrich von Fürstenberg 1613 bis 1620 erbaute Rathaus im Stil der späten Weserrenaissance; nach der Zerstörung wurde es von 1947 bis 1958 wieder aufgebaut.
Unweit der so genannten Dielenpader unterhalb des Doms ist neben vielen kleineren Fachwerkbauten das Adam-und-Eva-Haus zu finden. Paderborns ältestes und schönstes Fachwerkhaus entstand im 16. Jahrhundert und beeindruckt durch figürliche Schnitzereien und bunte Malereien an der Fassade, wie die Darstellung der Vertreibung aus dem Paradies – hier ist das Museum für Stadtgeschichte untergebracht.
Vier Kilometer westlich des Paderborner Stadtkerns liegt am Zusammenfluss von Pader und Lippe das Schloss Neuhaus. Die ehemalige bischöfliche Residenz zählt zu den bedeutendsten Wasserschlössern Westfalens. In seinen Ursprüngen geht es auf das 14. Jahrhundert zurück, zur heutigen Vierflügel-

anlage mit runden Ecktürmen und Gräfte baute man es jedoch erst im 16. Jahrhundert aus. Im historischen Remter befindet sich die ständige Ausstellung zur Baugeschichte des Schlosses. Der barocke Marstall aus dem 18. Jahrhundert erhielt mit Einrichtung der Museen für Naturkunde bzw. Geschichte eine vollkommen neue Funktion. Das Schloss bildet mit Nebengebäuden und Barockgarten den Mittelpunkt des Schloss- und Auenparks, in dem von Mai bis Oktober der „Paderborner SchlossSommer" stattfindet.

Bildung und Verwaltung

Die 1614 als Jesuiten-Universität gegründete Universität war ursprünglich die älteste Hochschule Westfalens. Die 1818 von den preußischen Behörden angeordnete Aufhebung wurde erst 1844 umgesetzt, die Einrichtung durfte als theologische Lehranstalt weitergeführt werden. 1966 verlieh ihr Papst Paul VI. den Status einer Theologischen Fakultät.
1972 erfolgt die Gründung der Universität-Gesamthochschule Paderborn, seit 2002 ist sie ausschließlich Universität. Geboten werden den über 13.000 Studierenden heute mehr als einhundert Studiengänge. Die Hochschule zählt besonders im Fach Informatik zur Forschungsspitze Deutschlands. Bemerkenswert sind die Joint-Ventures von Uni und Industrie – die Universität Paderborn hat die

Schloss Neuhaus, eine ehemalige Bischofsresidenz, zählt zu den bedeutendsten westfälischen Wasserschlössern.

zweithöchste Ausgründerrate ganz Nordrhein-Westfalens.
Die Katholische Fachhochschule Nordrhein-Westfalen wurde 1971 ins Leben gerufen; neben Paderborn hat sie noch Standorte in Aachen, Köln und Münster. Die Fachhochschule der Wirtschaft (FHDW) wurde 1993 gegründet. Die staatlich anerkannte Hochschule in privater Trägerschaft hat weitere Standorte in Bergisch Gladbach, Hannover, Gütersloh und Bielefeld. In der Trägerschaft des Kreises arbeiten fünf Berufskollegs.
Für den zweiten Bildungsweg steht das Westfalen Kolleg zur Verfügung, für die Weiterbildung nach Feierabend die Volkshochschule, das Liborianum (Bildungsstätte des Erzbistums Paderborn) und das Studienzentrum Paderborn der FernUniversität Hagen.
Paderborn ist Sitz der Kreisverwaltung. Mit einem Land- und Amtsgericht ist die Stadt zudem überregionaler Gerichtssitz.

Kultur

Paderborns Theater sind die Westfälischen Kammerspiele, die von der Stadt, dem Kreis, dem Land sowie vom Landschaftsverband getragen werden. Im Mittelpunkt steht das

Schauspiel, aber auch Jugendtheater und Kleinkunst werden geboten. Neben den Profis der Kammerspiele, der Studiobühne an der Universität und dem Amalthea-Theater (ein kleines Lesetheater in der Jühengasse) beeindruckt eine vielfältige Amateurtheater-Szene: von der Freilichtbühne Schloß Neuhaus über das „junge amateur theater" bis zur Heimatbühne und dem Theater der Jugend, das alle zwei Jahre in Paderborn die Theatertage europäischer Kulturen veranstaltet. Stark entwickelt ist die Puppenspielszene, die zu den alljährlichen Puppenspielwochen Ensembles aus ganz Deutschland und darüber hinaus an die Pader lockt.
Gastspielbühnen treten in der Paderhalle auf. Vor allem aber finden dort Konzerte aller Art – von modern bis klassisch –, Opern, Operetten, Musicals, Kabarettveranstaltungen und Bälle statt. Für Kammer- und Solistenkonzerte sind der Audienzsaal der ehemaligen fürstbischöflichen Residenz Schloss Neuhaus oder die Kaiserpfalz ein beliebter Rahmen.
Zum Paderborner Orgelsommer kommen Jahr für Jahr Interpreten aus aller Welt in die Abdinghofkirche. Orgelzyklen mit namhaften Organisten und Chorkonzerte werden im Dom veranstaltet. Für Jazz-, Rock-, Folk- und Bluesfreunde ist die Kulturwerkstatt in der Bahnhofstraße die richtige Adresse.
Von 1972 bis 1975 entstand an der Südwestseite des Domes über den Gewölben des mittelalterlichen Bischofspalastes in moderner Architektur das Diözesanmuseum. Es beherbergt eine umfangreiche Sammlung sakraler Kunst des 10. bis 20. Jahrhunderts, die zu den bedeutendsten ihrer Art in Westfalen zählt. Der Grundstock der Sammlung wurde bereits 1913 gelegt, heute umfasst sie rund 6.000 Exponate, von denen etwa tausend gezeigt werden. Neben einem Kernbestand eigener Stücke sind es Leihgaben aus vielen Pfarreien der Erzdiözese. Das Museum veranstaltet Wechselausstellungen zu Themen christlicher Kunst und Kultur.
In der ehemaligen Zentrale der Nixdorf Computer AG findet man heute das Heinz Nixdorf MuseumsForum, das größte Computermuseum der Welt. Auf 6.000 Quadratmetern Ausstellungsfläche präsentieren sich Geschichte, Gegenwart und Zukunft der Informationstechnik von der Entstehung der Zahl und Schrift bis ins Computerzeitalter. Die mehr als 2000 ausgestellten Objekte werden in einem breit angelegten sozial- und wirtschaftshistorischen Kontext gezeigt, so dass die Ausstellung nicht nur für Computerspezialisten interessant ist. Das Forum ergänzt die Ausstellung durch ein umfangreiches Veranstaltungsangebot. Das MuseumsForum wird getragen durch die von Heinz Nixdorf gegründete Stiftung Westfalen.
Technik ganz anderer Art kann man im Deutschen Traktoren- und Modellauto-Museum bewundern, das aus einer privaten Sammlung hervorgegangen ist. Gezeigt werden Traktoren, Zug- und Antriebsmaschinen im Original und tausende Autos im verkleinerten Modell, Anfang Mai findet hier eine Modell-Börse für Sammler statt.
Neben der historischen Abdinghofkirche am Rande des Paderquellgebietes bildet die moderne Museumsarchitektur der Städtischen Galerie Am Abdinghof einen interessanten Kontrast. Die Galerie beherbergt Kunstwerke des 20. Jahrhunderts, darunter annähernd einhundert Werke von Ella Bergmann-Michel und Robert Michel. Beide zählen zur bildnerischen Moderne und gelten in der Fachwelt als Pioniere der Bildcollage. Im Mittelpunkt der Sammlung „Graphik des Expressionismus" stehen Vertreter der „Brücke" wie Kirchner, Heckel, Pechstein und Schmidt-Rottluff. Im Erweiterungsbau werden Wechselausstellungen gezeigt. Der Themenschwerpunkt liegt in der internationalen Kunst nach 1945 bis zur Gegenwart.

Brauchtum, Feste, Traditionen

Das Ereignis des Jahres in Paderborn heißt Libori. Gefeiert wird dieses Fest zur Erinnerung an die Ereignisse des Jahres 836, als zur Festigung des neuen christlichen Glaubens die Reliquien des heiligen Liborius – Schutzpatron des Bistums und der Stadt Paderborn – von Le Mans nach Paderborn überführt wurden. Darauf basiert auch die Beziehung der Städte Le Mans und Paderborn, die als älteste Städtepartnerschaft in Europa gilt. Das heutige Libori-Fest ist eine imposante Mischung aus Kirmes, Kirche und Kultur, sie zieht rund eineinhalb Millionen Besucher an.

Das Heinz Nixdorf Museum-Forum ist ein weltweit bedeutendes Computer-Museum.

Das Fest dauert neun Tage und beginnt in der Regel am ersten Samstag nach dem 23. Juli, dem Fest des Hl. Liborius. Höhepunkte der kirchlichen Feiern bilden die Aussetzung des goldenen Schreins mit den Reliquien des Heiligen am ersten Libori-Samstag sowie die Beisetzung des Schreins am Libori-Dienstag. Für Atmosphäre sorgt die zwei Kilometer lange Kirmesmeile auf dem Liboriberg, der Pottmarkt auf dem Dom- und Marktplatz, Konzerte, Straßenmusik, Kleinkunst usw. Den krönenden Abschluss bildet am Sonntag ein Feuerwerk über den Paderquellen.
Ende Oktober wird Herbstlibori gefeiert. Hierbei handelt es sich um eine reine Kirmesveranstaltung, die wie im Sommer auf dem Liboriberg stattfindet, nur kleiner. Gefeiert wird die Rückkehr der Reliquien nach Paderborn, nachdem sie im Dreißigjährigen Krieg geraubt worden waren.
Das Schützenfest wird traditionell am zweiten Wochenende im Juli gefeiert. Veranstalter ist der Paderborner-Bürger-Schützenverein von 1831 (PBSV), mit über 4.000 Mitgliedern der größte Verein der Stadt. Zum Schützenfest gehört ein dreitägiges Volksfest für die gesamte Bevölkerung. Einen ähnlich großen Stellenwert wie in der Kernstadt genießen die Schützenfeste auch in den Paderborner Stadtteilen.
Jeden Sommer wird das Neuhäuser Schloss mit seinem Barockgarten zum Mittelpunkt eines vielfältigen Veranstaltungsprogramms. Zum „SchlossSommer" wird hier vom 1. Mai bis zum 3. Oktober jeden Sonn- und Feiertag ein abwechslungsreiches Programm mit Musik, Tanz, Kleinkunst, Märkten, Ausstellungen, Workshops, Vorträgen usw. geboten. Zusätzlich zum regelmäßig stattfindenden Programm locken wechselnde größere Tages- oder Abendveranstaltungen.

Sport und Freizeit

Paderborn versteht sich als „Sportstadt" – zu Recht: In mehr als 120 Sportvereinen sowie bei privaten Anbietern können weit über 100 Sportarten ausgeübt werden. Ob Wintersport in Neuenbeken oder Segeln auf dem Lippesee in Sande, Nordic Walking oder Wasserski (Nesthauser See), Radwandern oder Kanutour auf der Lippe – die Paderborner Sportszene hat viel Raum für das Besondere.
Ein Faible hat man für aus Nordamerika kommende Sportarten. Die Paderborn Baskets mischen in der ersten Basketball-Bundesliga mit, desgleichen die Paderborn Untouchables im Baseball. In die erste Liga streben auch die Paderborn Dolphins im American Football.
Die erfolgreichsten Teams findet man jedoch beim Squash. Der Paderborner Squash Club freut sich über mehrere deutsche Meistertitel im Team und im Einzel. Über Fachkreise hinaus wenig bekannt, gleichwohl erfolgreich sind beispielsweise die Sportschützen des SSV St. Hubertus Elsen, die 2008 Dritte der Deutschen Meisterschaft wurden.
Spitzenleistungen bringen auch Paderborns Leichtathleten, voran die weiblichen; hier ist in erster Linie der Siebenkampf zu nennen, Lilli Schwarzkopf und Claudia Tonn vom Paderborner LC gehören seit Jahren zur deutschen und internationalen Spitze.
Ein Eckpfeiler im Sportgeschehen ist der Ahorn-Sportpark, ein Geschenk von Heinz Nixdorf an die Paderbornerinnen und Paderborner. Der Sportpark, der jedermann auch ohne Vereinszugehörigkeit offen steht, ist

eine gelungene Mischung aus Trainings- und Ausbildungsstützpunkt für Leistungssportler (z.B. Leichtathletik) und einer modernen Anlage für Breitensportler.
Die größte Anziehungskraft entwickelt auch in Paderborn der Fußball. Der Drittligist SC Paderborn trägt seine Heimspiele in der nagelneuen, rund 15.000 Zuschauer fassenden „paragon-arena" aus. Der Höhepunkt des Paderborner Sportjahres steigt jährlich am Ostersamstag: zum Osterlauf kommen tausende Aktive – Profis wie Amateure – in der Domstadt zusammen, um ihre Kräfte über unterschiedliche Distanzen zu messen.

Wirtschaft

Die besondere Bedeutung der IT-Branche für die Entwicklung Paderborns in den letzten Jahrzehnten ist bereits mehrfach angeklungen. Neben den Branchenriesen Fujitsu-Siemens und Wincor-Nixdorf (einer der weltgrößten Anbieter von Bankautomaten und Kassensystemen) mit jeweils vierstelligen Mitarbeiterzahlen in Paderborn hat sich eine außergewöhnliche Vielfalt kleinerer Anbieter etabliert. Viele junge Unternehmen findet man in direkter Nähe zur Uni im Technologiepark Paderborn, zwei Drittel der Unternehmen dort sind Ausgründungen aus der Universität Paderborn.
Paderborn verfügt über eine starke Industrie im Bereich Automobilzulieferer, hier ragt die Benteler AG heraus, Paderborns größter Arbeitgeber. Benteler fertigt in Paderborn in mehreren Werken neben der Autotechnik (darunter Achsen oder komplette Fahrwerkselemente) auch Röhren.
Einen starken Aufschwung hat in den letzten Jahrzehnten auch die Nahrungsmittelindustrie erlebt, deren Produkte – voran Säfte und Konfitüren der Fa. Stute – überall in Deutschland in den Regalen der Discounter stehen.
Paderborn ist als Oberzentrum der Kreise Paderborn und Höxter auch beliebte Einkaufsstadt mit weit reichender Attraktivität auch in den Kreis Soest (Altkreis Lippstadt) und Teile des Hochsauerlandkreises (Altkreis Brilon) hinein.
Paderborn-Sennelager ist die größte Garnison der Britischen Streitkräfte in Deutschland. Zeitweise waren hier bis zu 10.000 Soldaten stationiert, die mit ihren Familienangehörigen in der Stadt wohnten; hinzu kommen zahlreiche Zivilangestellte. Die BFG (British Forces in Germany) sind damit auch ein bedeutender Wirtschaftsfaktor für Paderborn.
Am 30. Juni 2006 waren in Paderborn 61.547 Personen sozialversicherungspflichtig beschäftigt, davon 16.624 im verarbeitenden

Die Universität Paderborn zählt heute rund 13.00 Studierende.

Gewerbe, 12.961 im Gesundheits-, Erziehungs- und Sozialwesen, 11.198 im Grundstücks-, Wohnungswesen und bei Dienstleistungen für Unternehmen.

Persönlichkeiten

Am 9. April 1925 kam in Paderborn Heinz Nixdorf zur Welt. Zur Zeit seines plötzlichen Todes (am 17. März 1986) galt Nixdorf als Sinnbild eines begnadeten Technik-Pioniers, der zugleich als Unternehmer herausragende Erfolge feiert. Nach dem kriegsbedingt verspäteten Abitur 1946 in Paderborn studierte Nixdorf von 1947 bis 1952 Physik in Frankfurt, als Werkstudent kam er dabei mit den Grundlagen der Computertechnik in Kontakt. 1952 brach er das Studium ab und gründete das „Labor für Impulstechnik" in Essen, das sich zum Zulieferer elektronischer Rechenwerke für Büromaschinenhersteller entwickelte. 1959 verlegte Nixdorf den Firmensitz nach Paderborn. 1964 brachte er mit der Wanderer Logatronik einen Vorgänger der Nixdorf 820, seines ersten selbstentwickelten Kleincomputers heraus, der in klein- und mittelständischen Betrieben mit Erfolg vermarktet wurde. Hierdurch ermutigt, baute er ab 1967 ein eigenes Vertriebsnetz auf, kaufte seinen bis dahin größten Kunden, die Wanderer-Werke, und gliederte sie in die 1968 neu gegründete Nixdorf Computer AG mit Firmensitz Paderborn ein. Nun begann die wirtschaftlich erfolgreichste Zeit: Die Nixdorf Computer AG wurde Marktführer in Deutschland und viertgrößter Computerhersteller in Europa. Auf dem Höhepunkt 1986 beschäftigte die Nixdorf Computer AG 25.500 Mitarbeiter in 44 Ländern und erzielte einen Jahresumsatz von 4,5 Mrd. DM. Heinz Nixdorf starb im selben Jahr beim Eröffnungsball der Computer-Messe CeBIT. Zu dieser Zeit erfasste ein grundlegender Wandel in der Computerbranche. Der Siegeszug der PC (Personal Computer) deckte sich nicht mit Nixdorfs Maßstäben, da er den PC als dem professionellen Einsatz nicht gewachsen sah. Das war eine Fehleinschätzung, die Geschäfte erlitten bald scharfe Einbrüche, man musste Partner suchen. 1990 wurde die Nixdorf Computer AG mit dem Bereich Daten- und Informationstechnik der Siemens AG in der Siemens Nixdorf Informationssysteme AG zusammengefasst. 1999 wurden Teile des Unternehmens aus dem Siemens-Konzern herausgelöst, von Beteiligungsgesellschaften übernommen und als Wincor Nixdorf International neu aufgestellt. Der PC-Bereich firmiert heute unter Fujitsu Siemens Computers GmbH.

Blick auf den Stadtteil Neuenbeken.

Information

Stadt Paderborn, Am Abdinghof 11, 33098 Paderborn, 05251/88-0, info@paderborn.de, www.paderborn.de
Tourist Information Paderborn, Marienplatz 2a, 33098 Paderborn, 05251/882980, tourist-info@paderborn.de, www.paderborn.de.

Petershagen

Kreis Minden-Lübbecke

Von der Weser geprägt: Die Weser geht mitten durch Petershagen – der Fluss prägte neben einer wunderschönen Landschaft auch die Weserkirchen und ein Schloss im Stil der Weserrenaissance.
An die Kette gelegt: In Petershagen können Radwanderer in einem alten Gefängnis übernachten. 1993 entstand ein Verein, der das 1913 erbaute Gebäude vor dem Verfall schützen wollte. So wurde die Idee für „Rast im Knast" geboren.

Geografische Lage/Verkehrsanbindung:

Die Stadt Petershagen bildet die nordöstliche Spitze des Kreises Minden-Lübbecke, sie ist flächenmäßig die größte Kommune des Mühlenkreises. Im Süden grenzt Petershagen an Minden, im Südwesten an Hille (Kreis Minden-Lübbecke), im Westen an Uchte, im Norden an Stolzenau und Leese, im Osten an Rehburg-Loccum, Niedernwöhren und Bückeburg (alle Niedersachsen). Der höchste Punkt liegt in der Ortschaft Neuenknick mit 79 Metern über NN, der niedrigster Punkt in der Ortschaft Wasserstraße mit 27 Metern. Das Stadtgebiet wird geteilt durch die Weser.
Die Bundesstraße 61 führt auf der westlichen Seite der Weser durch das Stadtgebiet, die B 482 auf der östlichen Seite. Die als Umgehungsstraße gut ausgebaute L 770 verbindet die beiden Weserseiten und stellt günstige Verbindungen nach Niedersachsen her. Im Stadtteil Lahde hat Petershagen einen Bahnhof, er wird werktags alle zwei Stunden vom „Porta-Express" Nienburg–Minden–Bielefeld, an Wochenenden im gleichen Takt von der „Weser-Aller-Bahn" Rotenburg (Wümme)–Verden–Nienburg–Minden bedient.

Wichtige Daten und Wappen

Das heutige Stadtgebiet wurde am 1. Januar 1973 aus den einst unabhängigen Ämtern Petershagen und Windheim zu Lahde geschaffen. Die Stadt besteht aus insgesamt 29 Ortschaften und umfasst eine Fläche von 212 Quadratkilometern, 24 davon sind Waldfläche. Petershagen hat 27.200 Einwohner, von denen 70 Prozent evangelisch, sechs Prozent katholisch und acht Prozent anderen Glaubens oder konfessionslos sind.

Das Wappen zeigt in Rot über einem silbernen (bzw. weißen) Wellenfuß eine silberne Pfeilerbrücke, darüber zwei silberne gekreuzte Schlüssel. Die Wappenfarben Rot und Silber und die gekreuzten Schlüssel weisen auf die Zugehörigkeit der Stadt zum alten Fürstentum Minden hin, dessen Residenz Petershagen zeitweilig gewesen war. Die Brücke und der Wellenfuß sollen die Lage der Stadt zu beiden Seiten der Weser symbolisieren.

Aus der Ortsgeschichte

Erstmals erwähnt wurde die Stadt, als Karl der Große 784 durch ein Hochwasser an der Überquerung der Weser gehindert wurde. Die Anfänge der Besiedlung gehen jedoch weiter zurück, wie vorgeschichtliche Funde zeigen. 1306 baute der Mindener Bischof Gottfried von Waldeck an der Weser eine Burg, die er nach dem heiligen Petrus, dem Schutzpatron des Bistums, Petershagen benannte. Zum Schutz gegen die Angriffe der Grafen von Hoya ließ Bischof Ludwig 1335 weserabwärts eine weitere Burg, die Schlüsselburg, bauen. Als das Fürstbistum Minden 1648 durch den Westfälischen Frieden brandenburgisch wurde, huldigten 1650 die Stände des Fürstentums Minden dem Großen Kurfürsten im Schloss Petershagen, das bis 1669 Sitz der Regierung des Fürstentums Minden blieb und von 1649 bis 1659 Residenz des brandenburgischen Statthalters war.
Die alte Verwaltungsgliederung in Ämter und Vogteien blieb bis zur napoleonischen Zeit

Beherrschendes Bauwerk des alten Stadtkerns ist das direkt an der Weser gelegene Schloss Petershagen.

bestehen. Nach dem Frieden von Tilsit zunächst ganz zum Königreich Westphalen gehörend, wurde 1810 das Gebiet der Ämter Petershagen und Schlüsselburg aufgeteilt: die links der Weser liegenden Teile wurden zum Kaiserreich Frankreich geschlagen, aus dem Gebiet rechts der Weser wurde der Königlich Westfälische Kanton Windheim. Nach den Befreiungskriegen wieder unter preußischer Verwaltung, wurde das alte Amt Petershagen aufgelöst. Rechts der Weser blieb der Kanton Windheim als Königlich-Preußisches Amt des neuen Kreises Minden bis 1972 erhalten; links der Weser wurde aus der Vogtei Hofmeister das neue Amt Petershagen gebildet. Das Amt Schlüsselburg blieb noch bis 1934 bestehen, dann wurde es auf die Ämter Petershagen und Windheim aufgeteilt.
Ein erster Schritt zur Bildung der heutigen Stadt Petershagen erfolgte durch den Bau der Weserbrücke im Jahre 1970 – damals wurde der Fährbetrieb eingestellt. 1973 folgte dann die Vereinigung von Petershagen und Lahde. Bis heute ist die Verwaltung der Stadt Petershagen allerdings in zwei Rathäusern – Lahde und Petershagen – untergebracht.

Sehenswürdigkeiten

Im Schloss Petershagen ist heute ein Hotel untergebracht. Das 1306 vom Mindener Bischof Gottfried von Waldeck erbaute Schloss wurde 1544 bis 1547 vom Baumeister Jörg Unkair zu einem prächtigen Schloss der Weserrenaissance umgebaut. Durch Bilder, Dokumente und die Schlossräume selbst kann der Besucher etwas über die Geschichte der Region vom Mittelalter bis ins 19. Jahrhundert erfahren.
Petershagen liegt an der „Westfälischen Mühlenstraße“, die über 40 Wind-, Wasser- und Rossmühlen verbindet. Nirgendwo in Deutschland gibt es noch eine solche Vielzahl funktionstüchtiger Mühlen unterschiedlichster Bauarten – allein in Petershagen sind elf Mühlen restauriert worden. Von April bis Oktober finden an den Wochenenden die beliebten „Mahl- und Backtage“ statt. Fachkundige Mühlenführer stellen die Anlagen im Betrieb vor, frisches Brot und leckerer Platenkuchen laden zum Verweilen ein.
Das Scheunenviertel Schlüsselburg besteht aus 25 Fachwerksbauten, entstanden nach einem Brand von 1617. Das Ensemble ist kultur- und agrargeschichtlich einmalig in Nordwestdeutschland.
In den einzelnen Ortschaften findet man die typischen Weserkirchen. In Buchholz steht eine spätromanische Saalkirche aus dem frühen 13. Jahrhundert. Eine einzigartige Kostbarkeit stellt die Glocke der Kirche dar, die vermutlich die älteste Westfalens ist. In Heimsen befindet sich ein romanischer Saalbau aus dem 13. Jahrhundert, in Ovenstädt ein ähnlich alter Saalbau, der im 17. und 18. Jahrhundert verändert wurde. Der Kernbau der Weserkirche Windheim stammt aus dem frühen 13. Jahrhundert und wurde 1769 erweitert.

Der Glasherstellung auf der Spur: Das Industriemuseum Glashütte Gernheim im Ortsteil Ovenstädt.

Kultur

Im Kulturzentrum „Altes Amtsgericht" finden Theater-, und Kinoaufführungen, aber auch Kunstausstellungen, Musikveranstaltungen, Kabarett und Lesungen statt. Im dazugehörigen Gefängnis von 1913 gibt es unter dem Motto „Rast im Knast" originelle Übernachtungsmöglichkeiten (05707/800120, www.rast-im-knast.de).

Die ehemalige Synagoge in Petershagen stammt aus den Jahren 1845/46. Seit 2003 ist hier ein Informations- und Dokumentationszentrum für die jüdische Orts- und Regionalgeschichte eingerichtet, das über das Leben der jüdischen Minderheit vom Mittelalter bis in die heutige Zeit informiert (05702/822160, www. synagoge-petershagen.de).

Im LWL-Industriemuseum Glashütte Gernheim in Ovenstädt ist die Sozialgeschichte der Glasherstellung im 19. und 20. Jahrhundert zu sehen. Der 1812 gegründete Glasmacherort war zeitweilig eine der bedeutendsten Glasfabriken in Nordwestdeutschland mit über 200 Mitarbeitern. Erhalten sind neben dem Glasbrennturm zwei Arbeiterhauszeilen, das Fabrikantenwohnhaus, die Verwalterei, das Wirtshaus, die frühere Korbflechterei und die Schule (05707/93110, www.glashuette-gernheim.de).

Im Heimat- und Heringsfängermuseum Heimsen wird die Geschichte der binnenländischen Heringsfänger dargestellt (05768/941855, www.heringsfaengermuseum.de).

Sehenswert sind auch die Ilser Webstube (www.webstube-ilse.de) sowie das Westfälische Storchenmuseum im Ortsteil Windheim (www.westfaelisches-storchenmuseum.de).

Wirtschaft

Die wichtigsten Branchen für Petershagen sind der Handel, Dienstleistungen, Baugewerbe, Energieversorgung und Maschinenbau. In Petershagen-Lahde befindet sich das Kraftwerk Heyden mit dem größten Steinkohleblock Europas. Größter Arbeitgeber der Stadt ist das Diakonische Werk Minden mit seinen verschiedenen Einrichtungen.

Zum 30. Juni 2006 waren für Petershagen 3.404 sozialversicherungspflichtig Beschäftigte registriert, davon 933 im Gesundheits-, Erziehungs- und Sozialwesen, 503 im verarbeitenden Gewerbe und 488 im Handel.

Brauchtum, Feste, Traditionen

Im April lädt der Gewerbe- und Verkehrsverein Petershagen an einem Wochenende zum Frühjahrsmarkt auf den Marktplatz. Ein ähnliches Fest, organisiert vom Gewerbe- und Marktverein, findet im April im Ortsteil Windheim statt. Im Mai ist im Ortsteil Lahde die

Glaubt die Kleine wohl noch an den Klapperstorch? Im Storchenmuseum in Windheim erfährt sie alles über den großen Vogel.

Sportboot- und Wasserskifahrer haben den Schiffsanleger Heisterholz für sich entdeckt und können hier auf der Weser ihrem Hobby nachgehen. Ein zehn Hektar großer Freizeit- und Badesee im Ortsteil Lahde bietet Gelegenheiten zum Baden, Surfen, Paddeln und Angeln. Weitere Bademöglichkeiten bestehen im beheizten Freibad Lahde und Hallenbad der Kurklinik Bad Hopfenberg.
Eine skurrile Besonderheit für Ausflügler versteckt sich in einem kleinen Wäldchen bei Neuenknick: Der Findlingswald. Durch die Sammelleidenschaft Heinrich Rodes wurden hier rund zweitausend Findlinge in nahezu jeder Größe zusammengetragen. Das schwerste Stück wiegt immerhin 12,5 Tonnen. Inmitten des Waldes ist eine Schutz- und Grillhütte entstanden, hier gibt es Rastplätze für das Picknick im Grünen.

„Lahder Maile", im September ist das Altstadtfest Petershagen mit großem Flohmarkt. In Petershagen, Lahde und Windheim finden jeweils im Oktober/November große Herbstmärkte statt.

Sport und Freizeit

65 Sportvereine mit 12.726 Mitgliedern und zahlreiche Sportstätten prägen das sportliche Leben der Stadt. Durch Petershagen verlaufen die überregionalen Radwanderwege „Mühlenroute", „Weser-Radweg" (450 Kilometer vom Weserbergland bis zur Nordsee) sowie der „Fernradweg Dümmer-Steinhuder Meer". Die Sehenswürdigkeiten im Stadtgebiet werden durch gut ausgeschilderte Radwege wie etwa der „Storchenroute" erschlossen.
Der Weseranleger in Heisterholz wird von Anfang Juni bis Mitte Oktober an Sonn- und Feiertagen zweimal von der Mindener Fahrgastschifffahrt angefahren.

Persönlichkeiten

Der Chemiker, Biologe, Geologe und Unternehmer Wilhelm Normann wurde am 16. Januar 1870 in Petershagen geboren. Er entwickelte ein Verfahren, mit dem minderwertige Öle in wertvolle Speisefette umgewandelt und zur Margarineherstellung verwendet werden konnten. Normanns Vater war Volksschullehrer, der Sohn trat 1888 in die „Herforder Maschinenfett und Ölfabrik Leprince & Siveke" ein. Nach dem Studium der Chemie in Wiesbaden forschte Normann zur Fetthärtung, ließ sich seine Entdeckungen patentieren und baute schließlich entsprechende Anlagen. 1939 starb er in Chemnitz, beigesetzt wurde er in Herford.

Information

Stadt Petershagen, Bahnhofstraße 63, 32469 Petershagen, 05702/822-0, www.petershagen.de.

Porta Westfalica

Kreis Minden-Lübbecke

Denkmal: Wahrzeichen der Stadt Porta Westfalica ist ein Denkmal zu Ehren von Kaiser Wilhelm dem Ersten. Es steht weithin sichtbar an der Ostflanke des Wittekindsberges.
Schau mal: Im Besucherbergwerk im Stadtteil Kleinenbremen wird die Arbeit des Bergmanns lebendig. Wer sie sehen will, muss aber nicht auf, sondern unter das Wesergebirge – in die Eisenerzgrube Wohlverwahrt.

Geografische Lage/Verkehrsanbindung:
Die Stadt Porta Westfalica liegt im Südosten des Kreises Minden-Lübbecke zu beiden Seiten des Wiehen- bzw. Wesergebirges. Im Süden grenzt Porta Westfalica an Kalletal (Kreis Lippe) und Vlotho (Kreis Herford), im Westen an Bad Oeynhausen, im Norden an Minden (beide Kreis Minden-Lübbecke), im Norden, Osten und Südosten an Bückeburg und Rinteln im Landkreis Schaumburg (Niedersachsen). Der niedrigste Punkt liegt an der Weser an der Grenze zu Minden mit rund 40 Metern über NN, die höchste Erhebung ist der Papenbrink mit 303 Metern.
Porta Westfalica wird von der Autobahn A 2 in West-Ost-Richtung durchzogen, die Stadt hat eine eigene, gleichnamige Anschlussstelle. Die Bundesstraße B 482 führt von der Autobahn ins Stadtzentrum, die B 61 von Minden nach Bad Oeynhausen passiert das Zentrum auf der westlichen Weserseite. Im Verlauf der B 61 befindet sich parallel zum Fluss der knapp zwei Kilometer lange, zweiröhrige Weserauentunnel, der 2002 eingeweiht wurde und den Ortsteil Barkhausen vom Durchgangsverkehr entlasten soll.
Der Bahnhof Porta Westfalica liegt an der Magistrale Hamm–Minden–Hannover. Er wird stündlich von RE-Zügen der Linien Düsseldorf–Bielefeld–Minden und Rheine–Osnabrück–Hannover–Braunschweig bedient. Direkte Busverbindungen bestehen insbesondere nach Minden. Im Ortsteil Vennebeck befindet sich der für Kleinflugzeuge geeignete Flugplatz Porta Westfalica.

Wichtige Daten, Wappen

Die Stadt Porta Westfalica wurde im Rahmen der Gebiets- und Verwaltungsreform am 1. Januar 1973 durch den Zusammenschluss von 15 Gemeinden gegründet; die Ortsteile sind Barkhausen, Costedt, Eisbergen, Hausberge, Holtrup, Holzhausen, Kleinenbremen, Lerbeck, Lohfeld, Möllbergen, Nammen, Neesen, Veltheim, Vennebeck und Wülpke. Zum Sitz von Rat und Verwaltung wurde der alte Amtssitz Hausberge bestimmt, Hausberge wurde zugleich zum Stadtkern. Auf einer Fläche von rund 105 Quadratkilometern, von denen die Hälfte Landwirtschaftsflächen sind, leben 36.840 Einwohner. Von ihnen sind 63 Prozent evangelisch, acht Prozent katholisch, 29 Prozent anderen Glaubens oder konfessionslos.
Das Wappen der Stadt Porta-Westfalica ist durch einen Zinnenschnitt in eine Hälfte mit rotem und eine mit einem silbernen (weißen) Hintergrund geteilt. Es zeigt oben drei silberne (weiße) Zinnentürme, unten einen roten Adlerflügel mit goldenem (gelbem) Kleestengel. Es ist das Wappen des ehemaligen Amtes Hausberge. Die Mauern und Türme beziehen sich auf die Schalksburg, den Sitz der Edelherren vom Berge, aus deren Wappen auch der Adlerflügel stammt. Die Farben Rot und Silber sind die des Fürstbistums Minden.

Aus der Ortsgeschichte
Die Siedlungen auf dem heutigen Stadtgebiet lassen sich, wenngleich sicher oft älteren Ursprungs, bis ins Mittelalter zurückverfolgen. Für die Stelle des späteren Hausberges stammt die älteste Überlieferung aus dem Jahr 1098, als erstmalig die Schalksburg

Blick vom Wesergebirge auf den namensgebenden Fluss. Auf der gegenüberliegenden Seite ist das Kaiser-Wilhelm-Denkmal auf dem Wiehengebirge zu erkennen.

urkundlich erwähnt wurde; sie war damals im Besitz der Herren vom Berge. Um diese herum entwickelte sich der heutige Stadtkern von Porta Westfalica. Erstmalig 1353 wurden auch Burgleute bekundet, welche in der nunmehr „Haus zum Berge" genannten Burg residierten; die umgebende Siedlung wurde nach der Burg „Hausberge" genannt. Die Marktrechte wurden 1618, die Stadtrechte 1720 vergeben. Der Ort lag abseits der Hauptverkehrswege und entwickelte sich nur langsam. Ein größeres Wachstum setzte erst mit dem Bau der Köln-Mindener-Eisenbahn im 19. Jahrhundert ein.
Der Name Porta Westfalica stammt aus dem 18. Jahrhundert, als die lateinische und französische Sprache bei den Adeligen in Mode war. Mit dem Namen Porta Westfalica („Westfälische Pforte") wurde das Durchgangstal der Weser zwischen Weser- und Wiehengebirge bezeichnet, nicht aber eine Siedlung. Das änderte sich amtlich erst mit der Gebietreform von 1972, am 1. Januar 1973 wurde die neu gebildete Stadt zusammenfassend als „Porta Westfalica" bezeichnet. Porta Westfalica – oft kurz einfach Porta genannt – wurde zur einzigen Stadt der Bundesrepublik mit einem lateinischen Namen.

Sehenswürdigkeiten

Weithin sichtbares Wahrzeichen der Stadt ist das Denkmal zu Ehren von Kaiser Wilhelm I. (1797–1888) auf dem Wittekindsberg; Architekt war Bruno Schmitz, das Kaiserstandbild hat Kaspar von Zumbusch entworfen. Das tempelartige, aus Porta-Sandstein erbaute Bauwerk ist dreigeteilt in Ringterrasse, Baldachin und Standbild. Das Standbild zeigt den Kaiser barhäuptig, die linke Hand auf den Palasch gestützt, die rechte Hand erhoben – gwissermaßen das vor ihm liegende Westfalenland segnend.
Sehenswert ist die „Wittekindsburg" auf dem Kamm des Wiehengebirges, ein Café und Restaurant mit sehr schönem Ausblick. Ganz in der Nähe befinden sich die Fundamente einer alten Kreuzkirche, die um 1000 entstanden sein muss (Informationen und Führungen: wittekindburg@gefao.de).
Hartings Mühle in Kleinenbremen wurde 1809 gegründet, der heutige Bau mit oberschlächtigem Wasserrad stammt aus der Zeit um 1900 (Kontakt: 05722/90 450). Röckemanns Mühle in Eisbergen wurde um 1855 erbaut. Es handelt sich um eine Holländerwindmühle mit konischem Mühlenturm aus Bruch- und Werksteinen mit Jalousieflügeln (Kontakt: 05751/85 36 und 83 71). Die Windmühle Holzhausen ist ein verputzter Bruchsteinturm mit Erdwall am Platz einer schon 1740 beurkundeten königlichen Wind- und Rossmühle (Kontakt: 0571/70 871).
Die Dorfkapelle Barkhausen wurde zwischen 1530 und 1560 erbaut. Der Platz, auf dem

Das Denkmal zu Ehren von Kaiser Wilhelm I. steht auf dem zum Wiehengebirge gehörenden Wittekindsberg.

sie steht, liegt etwas erhöht, es ist anzunehmen, dass sie sich im Mittelpunkt der ursprünglichen Dorfsiedlung befindet. Die Wittekinds-Kapelle, auch Margarethen-Klus genannt, steht nah der seit den 1930er-Jahren durch Bergbau versiegten Wittekindsquelle auf dem Kamm des Wiehengebirges. Der zweijochige Saalbau aus Porta-Sandstein wurde um 1000 erbaut.

Kultur

Im Ortsteil Barkhausen befindet sich in einem ehemaligen Steinbruch, direkt unterhalb des Kaiser-Wilhelm-Denkmals, die Goethe-Freilichtbühne. In den Sommermonaten wird dort je ein Erwachsenen- und ein Kinderstück aufgeführt (www.portabuehne.de). „Spektakulär" ist eine Gruppe von Künstlern aus Porta Westfalica und Umgebung, die sich auf Improvisationstheater und Kleinkunst spezialisiert hat. Spielstätte ist das Theater „Spek Spek" in Kleinenbremen (www.spekspek.de). Bergbau zum Anfassen gibt es im Besucherbergwerk Kleinenbremen: Riesige Hohlräume in den bis zu zwölf Meter dicken erzführenden Gesteinsschichten, mächtige Bohrwagen und andere Förder- und Ladegeräte in den Abbaufeldern vermitteln Vorstellungen von der Arbeit im Inneren des Wesergebirges (0571/9344438, www.bergwerk-kleinenbremen.de). Seit 1995 ist ein Museum für Bergbau und Erdgeschichte Bestandteil des Bergwerks. Hier werden Informationen über den mehr als 100 Jahre alten Eisenerzbau gegeben (05722/90223).

Auf dem Jakobsberg befindet sich ein 142 Meter hoher Fernmeldeturm (Typenturm) mit Aussichtsplattform. Im Innern ist ein Bismarck-Gedenkraum eingerichtet; er kann nach Anmeldung besichtigt werden (0571/710351).

Wirtschaft

Größter Arbeitgeber ist die Porta-Möbelgruppe mit aktuell rund 660 Arbeitnehmern in Porta Westfalica, bundesweit werden etwa 5.200 Mitarbeiter beschäftigt. Zur Porta-Möbel-Gruppe gehören insgesamt 21 Möbelhäuser in Deutschland sowie 75 Fillialen des Discounters „Möbel Boss". Weiterhin in Porta Westfalica beheimatet sind die Breco Antriebstechnik GmbH, die Zahnriemen und Zahnscheiben aus Metall und Kunststoff herstellt und vertreibt, Grohe Sanitärsysteme sowie die Großbäckerei Schäfers Brot. Außerdem befindet sich in Porta das von E.ON betriebene, mit Steinkohle befeuerte Gemeinschaftskraftwerk Veltheim.

Am 30. Juni 2006 waren in Porta Westfalica insgesamt 10.414 sozialversicherungspflichtig Beschäftigte gemeldet, davon 3.804 im verarbeitenden Gewerbe, 2.505 im Handel und 1.113 im Gesundheits-, Erziehungs- und Sozialwesen.

Nicht nur im Winter sehenswert: die Wittekindsburg.

Brauchtum, Feste, Traditionen

„Porta tischt auf" heißt es alljährlich am letzen Wochenende im Mai (wenn Pfingsten auf diesen Termin fällt eine Woche später). Die heimische Gastronomie und Hobbyköche bieten zu günstigen Preisen leckere Gerichte an. Ein kleines kulturelles Rahmenprogramm rundet die Sache ab. Das älteste „Umsonst & Draußen-Festival" findet in Porta Westfalica-Veltheim statt (www.festivalkult.de).
Die jährlich wiederkehrenden Veranstaltungen der zahlreichen Sport- und Schützenvereine sind unter www.portawestfalica.de aufgeführt.
Die am Ort früher üblichen bäuerlichen Trachten sind zum Teil eine Ableitung der Bückeburger Tracht. Mehrere Tanzgruppen in der Stadt pflegen die Tradition und ermöglichen durch ihre Auftritte, die alten Tänze und Trachten zu erleben. Beim Porta-Fest an Pfingsten, das als großes Tanzfest mit vielen Trachtengruppen überregional bekannt ist, treffen sich Volkstanzgruppen aus dem näheren und weiteren Umland unterm Kaiser-Wilhelm-Denkmal. Pfingstmontag lädt der Volkstanzkreis Weserland zum Zuschauen und Mittanzen ein (Kontakt: Rüdiger Berndt, 05703/31 37).

Sport und Freizeit

Die Freizeitanlage „Großer Weserbogen" bietet umgeben von viel Natur und Wasser eine schöne Camping- und Freibadeanlage. Der Campingplatz ist ganzjährig geöffnet.
Wer nicht auf dem Weserradweg – Deutschlands beliebtestem Fernradweg – durch Porta-Westfalica radelt, kann von hier aus zu schönen Touren durch den Kreis Minden-Lübbecke starten. Auf ausgebauten und gut beschilderten Radwegen verbindet die „Mühlenroute" 42 funktionstüchtige Mühlen auf einem Rundkurs von rund 300 Kilometer Länge. An Mahl- und Backtagen können traditionell hergestellte Backprodukte genossen werden. Die LandArt-Route verknüpft Kunsthandwerk wie Töpfern und Korbflechten mit Kunstausstellungen, Museen, Galerien und Architektur. Für Wanderer gibt es im Stadtgebiet zahlreiche Rundwanderwege, Wassersport ist auf der Weser ebenfalls möglich. Aber auch Luftsportbegeisterte kommen gerne nach Porta-Westfalica: Vor allem Drachen- und Segelflieger nutzen die thermisch guten Aufwinde.

Persönlichkeiten

Der Wissenschaftler und CDU-Politiker Ulrich Daldrup wurde am 27. September 1947 in Porta Westfalica geboren. Er war von 1994 bis 1999 Oberbürgermeister der Stadt Aachen. Daldrup studierte in Aachen an der RWTH Chemie und promovierte zum Dr. rer. nat. Daldrup hat lange Jahre in der Entwicklungshilfe gearbeitet.

Information

Stadt Porta Westfalica, Kempstraße1, 32457 Porta Westfalica, 0571/791-0, www.portawestfalica.de.

Preußisch Oldendorf

Kreis Minden-Lübbecke

Kuren: Zur Stadt Preußisch Oldendorf gehören gleich drei anerkannte Kurorte – das Heilbad Bad Holzhausen und die Luftkurorte Preußisch Oldendorf und Börninghausen mit zusammen rund 1.000 Gästebetten.
Touren: Neben Rad- und Wandertouren empfehlen die Häuser des Gastes auch Planwagenfahrten oder Ausflüge mit einer nostalgischen Dampflokomotive nach Bohmte. Da Fahrräder kostenlos befördert werden, bietet sich eine kombinierte Dampfzug-/Radtour an.

Geografische Lage/Verkehrsanbindung:

Die Stadt Preußisch Oldendorf liegt im Westen des Kreises Minden-Lübbecke am Nordrand des Wiehengebirges. Sie grenzt im Norden an Stemwede und Espelkamp, im Osten an Lübbecke und Hüllhorst (alle Kreis Minden-Lübbecke), im Süden an Rödinghausen (Kreis Herford) und im Westen an die niedersächsischen Gemeinden Melle und Bad Essen im Landkreis Osnabrück. Der höchste Punkt mit 289 Metern über NN ist der Glösinghauser Berg, der Norden des Gemeindegebietes liegt mit rund 50 Metern am tiefsten.
Durch den Norden des Gemeindegebietes führt in west-östlicher Richtung der Mittellandkanal. Preußisch Oldendorf ist über die Landstraße 557 Richtung Süden an die Autobahn 30 angebunden; die Bundesstraße 65 von Osnabrück nach Minden durchquert den Ort in west-östlicher Richtung. Der Bahnhof „Holzhausen-Heddinghausen" liegt an der Ravensberger Bahn, auf der die Regionalbahn 71 von Bielefeld nach Rahden verkehrt. Die in Bad Holzhausen-Heddinghausen nach Bohmte abzweigende Strecke ist bis Preußisch Oldendorf außer Betrieb, von dort an wird bis Bohmte Güterverkehr (Verkehrsbetriebe Landkreis Osnabrück) und gelegentlicher Museumsbetrieb (Museumseisenbahn Minden) durchgeführt. Busse fahren in Richtung Lübbecke und Espelkamp (Busverkehr Ostwestfalen GmbH) und in Richtung Bohmte über Bad Essen.

Wichtige Daten und Wappen

Zum 1. Januar 1973 wurde das Amt Preußisch Oldendorf aufgelöst und eine neue Stadt gleichen Namens mit zehn Stadtteilen gebildet: Holzhausen, Börninghausen, Engershausen, Getmold, Harlinghausen, Hedem, Lashorst, Offelten, Preußisch Oldendorf und Schröttinghausen. Das Stadtgebiet umfasst 70 Quadratkilometer, davon sind 63 Prozent Landwirtschaftsfläche und 19 Prozent Wald. Preußisch Oldendorf hat 13.759 Einwohner. 68 Prozent von ihnen sind evangelisch, sechs Prozent katholisch, weitere 26 Prozent sind anderen Glaubens oder konfessionslos.
Das 1910 genehmigte Wappen zeigt auf einem silbernen (bzw. weißen) Hintergrund einen roten Sparren, darüber zwei sechsstrahlige rote Sterne, darunter zwei schräggekreuzte, abgewendete rote Schlüssel. Die roten Schlüssel erinnern an die Zugehörigkeit zum Bistum Minden bis zum Übergang an die Grafen von Ravensberg – auf deren Herrschaft weist der Sparren im Wappen hin. Die beiden Sterne sind wohl nur heraldischer Schmuck.

Aus der Ortsgeschichte

Das Kirchspiel Oldendorf wurde um 800 gegründet, zwischen 969 und 996 wurde es als „Aldenthorpe" erstmals urkundlich genannt. Im 14. Jahrhundert erwarben die Ravensberger Grafen die Burg Limberg, 1535 wurde das ravensbergische Amt Limberg erwähnt. Bereits 1570 wurde Oldendorf als „Flecken" bezeichnet, ein Mittelding zwischen Stadt und Dorf. 1701 war es ein „freies Wigbold", also ein Gemeinwesen, das die Stadtrechte nicht ganz erreichte. 1719 wurde es dann

von König Friedrich Wilhelm I. zur Stadt erhoben. Im Jahre 1783 verzeichnete Oldendorf 41 Handwerker und Kaufleute, die von ihren Besitzungen aus nebenher Landwirtschaft betrieben. Leinenhandel und Leinenspinnerei waren ein bedeutender Wirtschaftsfaktor. 1669 richtete der Große Kurfürst in Oldendorf eine Leinenlegge ein, also eine staatliche Prüfstelle für die erzeugten Leinenstoffe. Als im 19. Jahrhundert das Leinengewerbe zusammenbrach, suchten viele Oldendorfer ihr Glück in Nordamerika. Doch mit der Tabakverarbeitung, der Möbelindustrie, der Margarineherstellung und der Ziegelei entstanden um 1900 neue Erwerbsmöglichkeiten. 1899 erhielt Preußisch Oldendorf im Ortsteil Holzhausen-Heddinghausen Anschluss an den Eisenbahnverkehr. 1905 wurde dem Ortsnamen der Zusatz „Preußisch" auch amtlich hinzugefügt, um ihn im Bahn- und Postverkehr besser unterscheiden zu können.

Sehenswürdigkeiten

In Preußisch Oldendorf befindet sich die 969 erwähnte St. Dionysius-Kirche, eine spätgotische, 1510 erbaute Hallenkirche mit Schnitzaltar und Barockorgel (1662). Es handelt sich um die älteste Kirche der Stadt (Kirchengemeinde Preußisch Oldendorf, 05742/5929). Die St. Ulricus-Kirche in Börninghausen entstammt dem 13. Jahrhundert, sie ist die älteste Wehrkirche des Ravensberger Landes. Ihr spätromanischer Ursprung ist noch heute erhalten und im Altarraum erkennbar. Das

Preußisch Oldendorf liegt idyllisch eingebettet zwischen Hügeln und Wiesen – hier ein Blick auf den Ortsteil Börninghausen.

Gotteshaus war zunächst eine adelige Eigenkirche und wurde zwischen 1220 und 1237 durch den Mindener Bischof Konrad von Rüdenberg gegründet. Hervorzuheben sind die teilweise erhaltenen, um 1460 entstandenen gotischen Wandmalereien. Die zwischen 1200 und 1250 errichtete Kirche in Bad Holzhausen wurde 1906 im neugotischen Stil erneuert.
Im Norden von Preußisch Oldendorf befindet sich in Hedem – in Privatbesitz – das Schloss Hollwinkel. Es besteht aus einem Rundturm, Wasseranlage und einem Vierflügelherrenhaus auf spätmittelalterlicher Grundlage. Schloss Hollwinkel war im Ursprung eine Grenzburg der Bischöfe von Minden gegen das Bistum Osnabrück und die Grafschaft Ravensberg und wird 1350/1370 im Mindener Lehnsregister urkundlich erwähnt.
Das Schloss Hüffe in Lashorst (erbaut 1775 bis 1784) ist in der Region das einzige Bauwerk im Stil des spätbarocken Klassizismus. In der „Belle Etage" des Mittelbaus befindet sich ein „Spiegelsaal", der letzte Nachklänge des Rokoko zeigt. Das Schloss befindet sich in Privatbesitz (Führungen: Touristik Preußisch Oldendorf, 05742/931130). Sehenswert ist auch der frei zugängliche, sieben Hektar große Schlosspark – ehemals ein Barockgarten, jetzt ein Landschaftspark.

In Engershausen liegt das um 1500 gegründete Gut Groß-Engershausen, ein zweigeschossiges Herrenhaus mit Park und Wasseranlage. Zu sehen ist ferner im Park ein Mausoleum aus dem Jahre 1805. In unmittelbarer Nähe befindet sich das im 14. Jh. gegründete Haus Klein-Engershausen. Hier handelt es sich um ein reizvolles eingeschossiges Fachwerkherrenhaus mit Wasseranlage. Beide Häuser sind in Privatbesitz.
In Bad Holzhausen steht das Rittergut Holzhausen mit fünf Hektar großem Kurpark, das 1529 erbaut wurde und seit 1981 als Haus des Gastes dient (05742/4224).
In Börninghausen liegt im Bereich eines Naturparkes die Burgruine Limberg aus dem 13. Jahrhundert. Von der baulichen Anlage sind heute noch der Turm – der zwölf Meter hohe Bergfried – einige Umfassungsmauern und Reste des Torhauses erhalten geblieben. Der Turm mit einer Wandstärke von drei Metern konnte erhalten werden und kann auch von innen besichtigt werden.

Kultur

Kulturelle Veranstaltungen finden in der Kulturaula in der Hauptschule Preußisch Oldendorf statt. Außerdem gibt es Kurkonzerte und in den Häusern des Gastes Ausstellungen, Lesungen und Vorträge. In der Galerie Novalis hat die Diplom-Ingenieurin Johanna Hespe eine Schule für Kunst, Musik, Psychologie und Yoga eingerichtet. In der ehemaligen Möbelfabrik ihrer Eltern sind auch Ausstellungen zu sehen.
In der alten Dorfschule im Stadtteil Schröttinghausen (Dahlinghauser Straße 5) ist ein Feuerwehrmuseum untergebracht. Die Ausstellung reicht von der Brandglocke aus dem Jahre 1570 über pferdegezogene Einsatzwagen, Dienstvorschriftensammlungen, Schutz- und Dienstkleidung verschiedener Epochen, bis hin zu einem Borgward-Tanklöschfahrzeug aus dem Jahre 1959 (geöffnet Mai bis September an Sonn- und Feiertagen, 05742/931122).

Wirtschaft

Die Stadt Preußisch Oldendorf besitzt gleich drei anerkannte Kurorte: das Heilbad Bad Holzhausen sowie die Luftkurorte Preußisch Oldendorf und Börninghausen. Die Kurorte bieten zusammen eintausend Gästebetten und kommen auf 135.000 Übernachtungen jährlich. Während der Tourismus vor allem im südlichen Bereich der Stadt Bedeutung hat, sind im Nordbereich auch Landwirtschaft, Gewerbe und Industrie prägend. So wurde vor Jahren in mehreren Bauabschnitten im Stadtteil Getmold am Mittellandkanal ein Industriehafen angelegt. Mit der Ausweisung von rund 60 Hektar Industriegelände und

Schloss Hollwinkel befindet sich in Privatbesitz.

Die Dorfschule Schröttinghausen beherbergt das Feuerwehrmuseum.

einer 817 Meter langen Kaimauer hat sich die Anlage zum größten Industriehafen zwischen Minden und Osnabrück entwickelt. Zehn Europaschiffe (je 1.350 Tonnen) können gleichzeitig anlegen. Vorherrschende Branchen in der Stadt Preußisch Oldendorf sind die Holz- und Möbelindustrie, Metallverarbeitung, Maschinenbau, Handel, Chemie, Tourismus, Holzimport, Baugewerbe, Kunststoffverarbeitung, Textilindustrie und ein Margarinewerk. Letzteres ist auch der größte Arbeitgeber – das Lebensmittelunternehmen Vortella mit 300 Mitarbeitern.
Zum 30. Juni 2006 waren in Preußisch Oldendorf 2.900 sozialversicherungspflichtig Beschäftigte registriert, davon 1.270 im verarbeitenden Gewerbe, 584 im Handel und 415 im Gesundheits-, Erziehungs- und Sozialwesen.

Brauchtum, Feste, Traditionen

Traditionell werden in einigen Ortsteilen Ende April die Maibäume aufgestellt. Am ersten vollen Wochenende nach dem 1. Mai wird von Samstag bis Sonntag der Maispaß in der Preußisch Oldendorfer Innenstadt gefeiert. Highlight ist der Holzhauser Markt im Juli, am Wochenende vor dem zweiten Dienstag des Monats. Flohmarkt, Verkaufsstände und ein großer Bauernmarkt laden in der Innenstadt und der Bahnhofstraße zum Bummeln ein. Weihnachtsmärkte sind am ersten Dezemberwochenende in Bad Holzhausen und am zweiten in Preußisch Oldendorf.

Sport und Freizeit

Rund 70 Vereine bestimmen das kulturelle, sportliche und gesellschaftliche Leben in der Stadt Preußisch Oldendorf. Für Radler gibt es vier Rad-Rundwanderwege von 20 bis 27 Kilometern Länge. Neben der Wandermöglichkeit im Wiehengebirge gibt es ab Bad Holzhausen/Sportgelände drei attraktive Routen im Rundkurs mit unterschiedlichen Längen- und Höhenprofilen für Nordic-Walker. Schwimmer können im Sommer das beheizte Waldschwimmbad in Preußisch Oldendorf, mit ärztlicher Verordnung auch das warme Bewegungsbad in der Wiehengebirgsklinik Holsing besuchen.

Persönlichkeiten

Einer der bedeutendsten Astronomen und Astrophysiker des 20. Jahrhunderts, Wilhelm Heinrich Walter Baade, wurde am 24. März 1893 im Ortsteil Schröttinghausen geboren, er war der Sohn des dortigen Dorfschullehrers. 1919 bis 1931 war Baade als Observator an der Sternwarte in Hamburg tätig, wo er 1931 zum Professor ernannt wurde. Von 1931 bis zu seiner Pensionierung forschte er in den USA am Mount Wilson und Palomar-Observatorium mit den derzeit größten Teleskopen der Welt. Er untersuchte die Struktur unserer Milchstraße und anderer Galaxien und fand heraus, dass die veränderlichen Sterne in den Spiralarmen der Galaxien andere Leuchtkräfte besitzen als die im Zentrum befindlichen. Er ordnete die Sterne in Populationen ein und korrigierte die kosmische Entfernungsskala. Nahezu jeder seiner Aufsätze zog weit reichende Konsequenzen in der Fachwelt nach sich. Er starb am 25. Juni 1960 in Göttingen.

Information

Stadt Preußisch Oldendorf, Rathausstraße 3
32361 Preußisch Oldendorf, 05742/931130
www.preussischoldendorf.de.

Rahden

Kreis Minden-Lübbecke

Großer Stein: Der größte bekannte Findling Norddeutschlands ist in Rahden-Tonnenheide zu besichtigen. Für Gruppen gibt's am Backhaus nebenan leckeren Platenkuchen mit Blick auf den Stein.
Feier muss sein: 2008 feierte Rahden das 975-jährige Jubiläum; 1033 wurde die Stadt erstmals in einer Urkunde erwähnt.

Geografische Lage/Verkehrsanbindung

Die Stadt Rahden liegt im Norden des Kreises Minden-Lübbecke und ist die nördlichste Kommune in Nordrhein-Westfalen. Die Stadt grenzt im Süden an Espelkamp und im Westen an Stemwede (beide Kreis Minden-Lübbecke), im Osten an die Samtgemeinde Uchte und im Norden an die Gemeinde Wagenfeld (beide Niedersachsen). Der höchste Punkt ist mit 59 Metern über NN am Krankenhaus zu finden, der niedrigste mit 37 Metern befindet sich im nordöstlichen Stadtgebiet im Bereich der Großen Aue.
Rahden ist über die das Stadtgebiet in Süd-Nord-Richtung durchquerende Bundesstraße 239 (Herford–Diepholz) an das Fernstraßennetz angebunden. Der Bahnhof Rahden liegt an der Ravensberger Bahn, auf der im Stundentakt die Eurobahn nach Bünde, Herford, Bielefeld und weiter bis Lemgo verkehrt. Die Bahnstrecke führte früher über Bassum bis Bremen; gelegentlich wird eine Reaktivierung dieser Verbindung diskutiert. Auf der in Rahden abzweigenden ehemaligen Bahnstrecke nach Uchte fährt in den Sommermonaten eine Museumseisenbahn. Regiobusse fahren nach Espelkamp, Hille, Lübbecke, Stemwede, Diepenau und Uchte.

Wichtige Daten und Wappen

Im Zuge der Kommunalen Gebietsreform 1973 wurde das alte Amt Rahden aufgelöst und die ehemals selbstständigen Gemeinden Rahden, Kleinendorf, Varl, Sielhorst, Preußisch Ströhen, Wehe und Tonnenheide zur neuen Stadt Rahden zusammengeschlossen. Das Stadtgebiet umfasst 138 Quadratkilometer, davon sind 79 Prozent Landwirtschaftsfläche. Rahden hat rund 17.000 Einwohner, von denen 73 Prozent evangelisch, sechs Prozent katholisch und 21 Prozent konfessionslos oder anderen Glaubens sind.

Das Wappen der Stadt zeigt oben einen silbernen bzw. weißen Schildhaupt mit drei blauen, fünfblättrigen Rosen, darunter in Rot zwei schräggekreuzte silberne (weiße) Haken mit Griff. Die Rosen sollen die blauen Blüten des Flachses darstellen, die Haken sogenannte „Schafhaken", mit denen Schafe aus der Herde eingefangen werden konnten. Flachsanbau und Schafhaltung waren einmal die bedeutendsten Wirtschaftszweige der Landwirtschaft in Rahden.

Aus der Ortsgeschichte

Rahden wird erstmals 1033 in einer Urkunde des Kaisers Konrad II. genannt. Zu dieser Zeit machten Rodungen in den umfangreichen Wäldern Platz für die wachsende Bevölkerung – der Name Rahden, früher Roden oder Rothen, weist darauf hin. Im 14. Jahrhundert errichteten die Bischöfe von Minden als Landesherren eine Wasserburg beim heutigen Mühlendamm in Kleinendorf. Die Burg war Jahrhunderte hindurch Sitz des bischöflichen Drosten und später, in brandenburgisch-preußischer Zeit, des Amtsmannes und der königlichen Domänenverwaltung. Im Schutz der Burg entstanden die Ansiedlungen Mühlendamm und Bauerbrink. 1353 stiftet Bischof Gerhard I. eine neue Kirche, die zum Kern des Ortes Rahden wurde. 1572 wird zum ersten Mal der Rahdener Markt urkundlich erwähnt. Im Jahre 1772 wurde mit dem Bau des „Neu-

Blick in den Bauerngarten des Museumshofes Rahden.

en Canals", der heutigen Kleinen Aue, begonnen. Mit dieser und weiteren Entwässerungsmaßnahmen veranlassten die preußischen Behörden die Schaffung erträglicher Bedingungen für die Landwirtschaft. Ermöglicht wurde damit vor allem die bäuerliche Leinenerzeugung im Rahdener Land, an über tausend Webstühlen wurde das grobe „Löwend-Leinen" gewebt. Nicht selten liefen jährlich über 500.000 Ellen Leinen durch die Rahdener Legge. Aber nicht nur Stoff wurde erzeugt. Die „Rahdener Kiepenkerle", zu Fuß reisende Wanderhändler, waren in ganz Minden-Ravensberg bekannt. Sie verkauften Löffel und allerlei „hölten Tüges", das im Rahdener Land im Winter geschnitzt wurde. Als im 19. Jahrhundert das Hausgewerbe den wirtschaftlichen und technischen Umwälzungen erlag, setzte eine Auswanderungswelle nach Amerika ein, die erst um 1900 verebbte. Am 1. Oktober 1899 wurde die Eisenbahnstrecke von Bünde nach Rahden eröffnet. Dank weiterer von hier ausgehender Linien entwickelte sich der Ort zeitweise zu einer „Eisenbahnerstadt". Am 1. Januar 1973 erhielt Rahden das Stadtrecht.

Sehenswürdigkeiten

In Preußisch Ströhen liegt der nördlichste Punkt von Nordrhein-Westfalen. Am NRW-Nordpunkt befinden sich eine amtliche geeichte Wetterstation und eine Sonnenuhr, außerdem ein Ausflugslokal. Der Nordpunkt wird vor allen von Radfahr- und Motorradgruppen besucht (www.der-nordpunkt.de).
Die Immanuelkirche in Preußisch Ströhen wurde am 25. Oktober 1857 eingeweiht. Seit 2005 ist sie eine offene Kirche und speziell für Radwander gedacht, geöffnet täglich von 9 bis 18 Uhr (www.preussisch-stroehen.de).
Das Dach der St. Johannis-Kirche in Rahden wird von zwölf eichenen Säulen getragen, die für die zwölf Apostel stehen; sie wurde im ausgehenden 18. Jahrhundert eingeweiht.
Die Bockwindmühle Wehe ist die älteste Windmühle im Mühlenkreis Minden-Lübbecke, die noch an ihrem ursprünglichen Standort steht und betriebsbereit ist. Der Grundaufbau stammt aus der Zeit um 1650. Sie zeigt die typische Anordnung aller Bockwindmühlen, die auf dem Unterbau drehbar gelagert sind und in den Wind gestellt werden können (Heimatverein Wehe, 05771/3560, www.rahden-wehe.de).
Im Ortsteil Tonnenheide ist Norddeutschlands größter Findling zu sehen. Der „Große Stein" ist rund zehn Meter lang, sieben Meter breit und drei Meter hoch. Das Gewicht beträgt schätzungsweise 350 Tonnen, das Alter etwa eine Milliarde Jahre (www. heimatverein-tonnenheide.de).
Die Windmühle in Tonnenheide, ein Galerie-Holländer, wurde 1878 erbaut. Ihr verputzter „steinerner Achtkant" auf dem ebenfalls achteckigen zweigeschossigen Unterbau ist äußerst auffällig. Die windgängigen Segelflügel und der Stert machen die weithin sichtbare Windmühle zu einem begehrten Foto-

Hier ist Schluss: Der nördlichste Punkt von Nordrhein-Westfalen liegt in Rahden.

objekt. Seit 1995 befindet sich im zweiten Obergeschoss der Tonnenheider Mühle ein Trauzimmer (Standesamt Rahden, 05771/7316, g.hantel@rahden.de). Der Schnakenpohl in der Ortschaft Varl südwestlich von Rahden ist ein Heideweiher mit besonderer Flora, der bereits 1936 als Naturschutzgebiet ausgewiesen wurde und damit das älteste in Westfalen darstellt (www.varl.de).

Kultur

Im kulturellen Bereich bieten der Kulturverein „KUL-TÜR" und das VHS-Theater im Pavillon Wehe ein vielfältiges Programm. Gezeigt werden Schauspiel, Musiktheater, Kleinkunst, Kinder- und Jugendtheater; hundert Sitzplätze stehen im Pavillon Wehe zur Verfügung (Detthard Wittler, 05771/4558, www.kul-tuer.de, info@kul-tuer.de).
Der Museumshof Rahden ist eine vollständig eingerichtete Bauernhofanlage, die das Landleben im 19. Jahrhundert zeigt. Alle Gebäude sind in der überlieferten Weise eingerichtet und mit altem Hausrat ausgestattet. Mit besonderer Sorgfalt wurden die Geräte für die Flachsbearbeitung restauriert, da dieses Hausgewerbe im Rahdener Land einst eine wichtige Erwerbsquelle war. Im Lütken Hus zeigen die Dauerausstellungen „Vom Flachs zum Leinen" die Leinenerzeugung und die bäuerliche Kleidung im alten Amt Rahden. Mehrmals im Jahr finden an Sonn- und Feiertagen Mahl- und Backtage statt. Dann ist auch die Rossmühle in Betrieb, im alten Steinofen aus dem 16. Jahrhundert wird Brot und Butterkuchen gebacken und auf dem Gelände werden verschiedene alte bäuerliche Ernte- und Handwerksarbeiten gezeigt (Gaby Brockschmidt, Museumshof 1, 05771/2282, j.kameier@rahden.de).
Die Museumseisenbahn Rahden-Uchte e. V. befährt mit ihren historischen Fahrzeugen die rund 25 Kilometer lange Strecke zwischen Rahden und Uchte unter dem Motto „Mit Volldampf in die Vergangenheit". Die Fahr dauert knapp eine Stunde und führt durch eine ruhige Parklandschaft mit vielen alten Bauernhöfen, vorbei an grasenden Viehherden. Unterwegs wird mehrmals gehalten, so dass sich Bahnfahrt, Wanderungen und Radtouren verbinden lassen (Wilfried Wagenfeld, 05771/3304, www. museumseisenbahn-rahden.de).

Wirtschaft

Rahden ist nach dem Rückgang der Landwirtschaft vor allem eine Handels- und Dienstleistungsstadt geworden. Die wichtigsten Branchen sind der Maschinenbau, Metallverarbeitung, Dachziegelherstellung, Holzverarbeitung, Gießereiindustrie, Elektro- und Compu-

Das Gewicht des „Großen Steins" von Tonnenheide, Norddeutschlands größtem Findling, wird auf 350 Tonnen geschätzt.

tertechnik sowie der Fremdenverkehr. Größter Arbeitgeber ist die Kolbus GmbH & Co. KG mit rund 1.300 Mitarbeitern.
Neben den Gewerbebetrieben bleibt das Rahdener Krankenhaus ein wichtiger wirtschaftlicher Faktor. Rahden hat sich in den letzten Jahren zudem als Standort für Pflege- und Altenheime entwickelt.
Am 30. Juni 2006 waren 4.516 sozialversicherungspflichtig Beschäftigte in Rahden registriert. 2.288 Menschen waren im verarbeitenden Gewerbe tätig, 739 im Gesundheits-, Erziehungs- und Sozialwesen, 595 im Handel.

Brauchtum, Feste, Traditionen

Als jährliche Ereignisse finden in Rahden im März die „Automesse", im Juni die gemeinsamen Veranstaltungen „Stadtfest und Rahdener Markt", im September der „Trödelmarkt" als einer der größten Ostwestfalens, im Oktober „Rahden kocht über" und am ersten Adventswochenende der Weihnachtsmarkt „Dezemberträume" rund um die St. Johannis-Kirche Rahden statt. Weitere Veranstaltungshöhepunkte sind in der Ortschaft Preußisch Ströhen das „Himmelfahrtsturnier", der „Preußisch Ströher Markt" im September sowie im Dezember der „Weihnachtsmarkt".

Sport und Freizeit

In und um Rahden liegen rund 90 Kilometer gut ausgebaute Inline-Skate-Strecken mit ausgeschilderter Gastronomie und Sehenswürdigkeiten. Alle Start- und Endpunkte der verschiedenen Strecken sind mit der Regionalbahn „Eurobahn" zu erreichen (www.muehlenkreis-skaterail.de).
Die Landschaft rund um Rahden lässt sich auch sehr gut mit dem Fahrrad erkunden, in den letzten Jahren wurden viele neue Radwege gebaut. Am NRW-Nordpunkt vorbei führt beispielsweise der Fernradweg von Bremen nach Bad Oeynhausen, die Bahn-Rad-Route Weser-Lippe sowie ein innerstädtischer Radweg. Für begeisterte Schwimmer bietet Rahden ein Hallen- und ein Freibad. Das Freibad lockt unter anderem mit einer Breitwasserrutschbahn, einem Wasserpilz und Wasserkanonen.

Persönlichkeiten

Die Buchautorin und Fernsehmoderatorin Christine „Tine" Wittler wurde am 2. April 1973 in Rahden geboren. Nach dem Abitur in Espelkamp studierte sie Kultur- und Kommunikationswissenschaften in Lüneburg und Glamorgan. Ab 1998 begann sie als Redakteurin für verschiedene Formate, beispielsweise Bravo TV, zu arbeiten. Sie veröffentlichte drei Romane, die alle an ihrem Wohnort Hamburg-Ottensen spielen. Seit Oktober 2003 moderiert Wittler die RTL-Sendung „Einsatz in 4 Wänden", bei der sie Wohnungen verschönert. Zu dieser Sendung hat sie mehrere Ratgeber veröffentlicht.

Information

Stadt Rahden, Lange Straße 9, 32369 Rahden, 05771/73-0, www.rahden.de.

Rheda-Wiedenbrück

Kreis Gütersloh

Blütenpracht: 1988 war Rheda-Wiedenbrück Veranstaltungsort der Landesgartenschau in Nordrhein-Westfalen. Der rund dreieinhalb Kilometer lange Landschaftspark entlang der Ems verbindet seitdem als grünes Band die alten Stadtkerne Rheda und Wiedenbrück. *Kreuztracht:* Am Karfreitag veranstaltet der Konvent des Franziskanerordens in Wiedenbrück die traditionelle Kreuztracht, die den Gläubigen das Leiden und Sterben Christi näher bringen soll. Die Franziskaner kamen im Jahr 1644 nach Wiedenbrück, seit 1663 sind sie Hüter der Kreuztracht.

Geografische Lage/Verkehrsanbindung

Die Stadt Rheda-Wiedenbrück liegt im Kreis Gütersloh an der Ems. Im Nordwesten grenzt das Stadtgebiet an Herzebrock-Clarholz, im Nordosten an Gütersloh, im Osten an Rietberg, im Süden an Langenberg (alle Kreis Gütersloh), im Westen an Oelde (Kreis Warendorf). Der höchste Punkt mit 105 Metern über NN liegt bei Stromberg, der tiefste Punkt mit 66 Metern in der Emsniederung an der Ortsgrenze zu Herzebrock-Clarholz. Rheda-Wiedenbrück hat eine eigene Auffahrt an der Autobahn A 2 vom Ruhrgebiet nach Hannover. Die Bundesstraße B 55 verbindet den Ort mit Lippstadt und Meschede, die B 61 mit Beckum und Bielefeld, die B 64 mit Münster und Paderborn. Der Bahnhof liegt an der ICE-Strecke Hamm–Bielefeld–Hannover, Fernverkehrszüge halten hier aber nicht. Angeschlossen ist Rheda-Wiedenbrück durch den RE 6 „Westfalen-Express" Düsseldorf–Hamm–Bielefeld–Minden, die RB 69 „Ems-Börde-Bahn" Münster–Hamm–Bielefeld und die RB 67 „Der Warendorfer" Münster–Warendorf–Bielefeld. Die ehemalige Bahnstrecke nach Lippstadt ist stillgelegt. Regionalbusse fahren nach Gütersloh und Lippstadt.

Wichtige Daten und Wappen

1970 wurde Rheda-Wiedenbrück im Rahmen der Kommunalreform als Zusammenführung der selbstständigen Städte Rheda und Wiedenbrück sowie der Gemeinden Batenhorst, Lintel, Nordrheda-Ems und St. Vit gebildet.

Bis zum 1. Januar 1973 war der heutige Stadtteil Wiedenbrück Kreisstadt. Von den 47.000 Einwohnern sind 24 Prozent evangelisch, 53 Prozent katholisch, 23 Prozent konfessionslos oder anderen Glaubens. Die Gesamtfläche der Stadt umfasst 87 Quadratkilometer, davon sind 60 Prozent landwirtschaftlich genutzt. Das Wappen zeigt einen in Silber (bzw. Weiß) und Rot gespaltenen Schild. Links ist ein schwarzer, gekrönter Löwe zu sehen, rechts ein goldenes (gelbes) Rad mit sechs Speichen. Das Wappen trägt die Symbole der ehemaligen Städte Rheda und Wiedenbrück. Der Löwe ist das Wappentier der Herrschaft Rheda, das Rad Siegelbild des früheren osnabrückischen Amtes Reckenberg zu Wiedenbrück.

Aus der Ortsgeschichte

785 erfolgte die erste Nennung von Wiedenbrück und die vermutliche Gründung einer Kirche am Ort der heutigen Aegidiuskirche. 860 wurde der Wiedenbrücker Sprengel als zum Bistum Osnabrück gehörig genannt, Kaiser Otto erteilte 952 dem Osnabrücker Bischof für den Ort das Markt-, Münz- und Zollrecht. Aus dem Jahr 985 sind in Wiedenbrück ausgestellte Urkunden von Otto III. bekannt, vermutlich hat es hier in dieser Zeit einen Königshof gegeben. 1088 werden der Oberhof Rethe und das Forwerch Retthe erstmals urkundlich erwähnt, 1170 der Edelherr Widukind von Freckenhorst als Vogt von Rheda. Er baute die Burg Rheda aus und wurde 1185 Hauptgründer des Klosters Marienfeld. Nach dessen Tod belehnte Bi-

In der Mitte von Rheda steht die kleine, spätgotische evangelische Stadtkirche. Die wesentlich größere, katholische St. Clemenskirche im Hintergrund wurde 1910 fertig.

schof Herrmann II. von Münster nun Bernhard II. zur Lippe mit den Rechten der Edlen von Rheda. 1221 wurde die Burgmannssiedlung vor der Burg angelegt, 1230 der romanische Torturm mit der Burgkapelle errichtet. 1225 erhielt Bischof Engelbert von Osnabrück die Gogerichte zu Wiedenbrück und anderen Städten. Aus den Jahren um 1230 sind die ältesten Münzen aus Wiedenbrück überliefert, 1231 wurde der Ort „civitas" genannt. Im Jahr 1249 wurde die Neustadt gegründet, ein Jahr später erstmals die Burg Reckenberg genannt. 1259 entstand das Wiedenbrücker Kollegiatstift, dem die Pfarreien Wiedenbrück, St. Vit, Langenberg, Rheda, Gütersloh und Neuenkirchen unterstellt wurden. Um 1462 entstand in Wiedenbrück eine erste Stadtverfassung nach dem Vorbild von Osnabrück.

Rheda erhielt 1355 Stadtrechte. 1365/66 entbrannte zwischen den Häusern Lippe und Tecklenburg ein jahrzehntelanger Erbfolgekrieg um den Besitz Rhedas, erst 1491 verzichteten die Lipper endgültig auf ihre Ansprüche. 1525 begann Konrad von Tecklenburg, der „tolle Cord", mit dem Bistum Osnabrück einen Krieg über die Rechte und Grenzen der Herrschaft Rheda, der erst 1565 im „Bielefelder Vertrag" endgültig beigelegt wurde. 1543 war Wiedenbrück reformiert worden, 1565 galt die Stadt als überwiegend lutherisch – nun konnte der Konflikt beendet werden, die Grenzen zwischen dem Amt Reckenberg, zu dem Wiedenbrück zählte, und Rheda wurden festgelegt, damit erstmals zwei selbstständige Hoheitsbereiche anerkannt.

Nachdem im Jahr 1624/25 erste Schritte zu einer Gegenreformation erfolgten, wurde Wiedenbrück 1626 von den Dänen besetzt. Als 1628 der Bischof Franz Wilhelm von Wartenberg seine Regierung antrat, setzte er die Gegenreformation fort. Hessische Truppen fielen 1631/32 und wieder 1635 in Rheda ein. 1637 wurde in Wiedenbrück das Gymnasium Marianum, 1644 das Franziskanerkloster gegründet. Drei Jahre später wurde Wiedenbrück von den Schweden eingenommen, aber nach Schleifung der Festung zwei Monaten später wieder geräumt.

1664 begann nach Aufforderung Ernst August I. die Wiederbefestigung der Stadt. Während des siebenjährigen Krieges 1756/63 leiden Rheda und Wiedenbrück wiederholt unter Einquartierungen mit entsprechenden Kontributszahlungen.

Als Folge der Umwandlung des Hochstifts in das Fürstentum Osnabrück wurde Wiedenbrück 1802 vorerst Kur-Hannover zugeschlagen, 1807 fiel die Stadt an das Königreich Westfalen. Das Kapitel des Kollegiatenstifts wird 1810 aufgehoben. Nach dem Wiener Kongress 1815 wurde das Amt Reckenberg mit Wiedenbrück an Preußen abgetreten und der neuen Provinz Westfalen zugeordnet. Damit trennte sich Wiedenbrück vom Bistum Osnabrück, die katholischen Gemeinden des

In Wiedenbrück blieb das historische Stadtbild weitgehend erhalten – hier der Marktplatz mit dem Rathaus und der katholischen St. Aegidiuskirche.

ehemaligen Osnabrücker Amtes Reckenberg kamen zum Bistum Paderborn. Die Herrschaft Rheda wurde ebenfalls Preußen zugeschlagen, die gräfliche Familie aber immerhin in den preußischen Fürstenstand erhoben. Reckenberg, Rheda und Rietberg bildeten nun den Kreis Wiedenbrück. Seit 1816 war die Stadt Sitz des nach ihr benannten Kreises, aber auch nach dessen Auflösung 1973 bis 1997 Sitz der Verwaltung des neuen Kreises Gütersloh.
1847 wurde Rheda durch die Köln-Mindener Eisenbahn an das Schienennetz angebunden, 1887 folgte die Bahnlinie von Münster nach Lippstadt; 1902 die Bahnlinie nach Sennelager. Seit 1937 trennt die Autobahn Rheda und Wiedenbrück. Eine neue Verbindung zwischen den beiden Orten stellte dagegen 1988 die Landesgartenschau dar. Das Grüne Band wird weiterhin gepflegt und brachte der Stadt weitere Preise ein.

Sehenswürdigkeiten

Das 60 Hektar große Gelände der Landesgartenschau von 1988, heute als Flora Westfalica bezeichnet, ist ein weitläufiger Landschaftspark im Stadtgebiet, der eine grüne Verbindung der beiden Stadtteile darstellt. In Rheda ist der Schlossgarten mit dem dazugehörigen Orangeriegarten das Kernstück der gärtnerischen Anlagen, der historische Ziergarten von Schloss Rheda wurde nach alten Plänen rekonstruiert. Ein Apothekergarten und ein Rosengarten runden das Ensemble ab. Die Anlage ist frei zugänglich (www.flora-westfalica.de).
Das Wasserschloss Rheda, Residenz des Fürstenhauses zu Bentheim-Tecklenburg, ist ebenfalls sehenswert. Es ist erstmals 1170 urkundlich bezeugt und vereint mehrere Baustile: einen Kapellenturm aus dem 13. Jahrhundert, einen Renaissancetrakt mit Galerie und einen Barockflügel. Historischer Kernpunkt ist die Schlosskapelle, einer der bedeutensten Sakralbauten der Romanik (Schloß Rheda, Fürstliche Kanzlei, 05242/94710. www.schloss-rheda.de).
Trotz seiner wechselvollen Geschichte blieb Wiedenbrück ein historisches Stadtbild erhalten, das sich besonders am Gebäudeensemble des Marktplatzes zeigt. Bei den älteren Wohnhäusern handelt es sich zumeist um giebelständige Fachwerk-Dielenhäuser, die zum Teil mit Schnitzereien versehen sind. Charakteristisch ist die hohe zweigeschossige Diele mit einem großen Tor zur Straße.
Die katholische Pfarrkirche St. Ägidius in Wiedenbrück mit ihrem wuchtigen, dreischiffigen Langhaus gehörte zu einem 1259 gegründeten und 1810 aufgehobenen Kollegiatstift. Sie ist eine der Urpfarreien des Bistums Osnabrück. Bemerkenswert ist die Kanzel des frühen 17. Jahrhunderts.
Die katholische Kirche St. Marien ist eine Wallfahrtskirche und wird wegen des angeschlossenen Klosters der Franziskaner bei den

Einheimischen auch Paterskirche genannt. Die 1470 erbaute dreischiffige Hallenkirche wurde nicht vom Orden selbst erbaut, erst 1644 wurden die Franziskaner zur Organisation der Marienwallfahrt nach Wiedenbrück gerufen. 1667 begann der Bau des Klosters, das durch den Klosterbogen mit der Kirche verbunden ist.
Das Wiedenbrücker Rathaus wurde 1619 als zweigeschossiger Fachwerkbau errichtet. Bei der Erneuerung von 1790 erhielt es eine massive Fassade zum Markt hin und wurde mit einem Krüppelwalmdach versehen.

Kultur

Die Stadt baut gerade eine multifunktionale Stadthalle, die ab 2010 Raum für viele Kulturveranstaltungen bietet. Bislang finden die zahlreichen Vorstellungen (z.B. die Theaterreihe der VHS, Konzerte) an wechselnden Orten (Aulen der Gymnasien, Stadthaus, Reethus) statt. Über 200 Veranstaltungen hat die Flora Westfalica jährlich im Programm: Theater, Konzerte, Kleinkunst, Comedy, Jazz, Volksmusik und immer wieder Open-Air-Spektakel. Schon Tradition haben der Flora-Klassik-Sommer und die Rhedaer Orgeltage (www.flora-westfalica.de).
Das Collegium Musicum ist ein Streichorchester ambitionierter Laien, das von der Volkshochschule Reckenberg-Ems gemeinsam mit der Kammermusikvereinigung Rheda-Wiedenbrück getragen wird. Neben vielen kleineren Auftritten im Umland gestaltet das Orchester ein Sommer- und ein Winterkonzert im Einzugsbereich der VHS Reckenberg-Ems.
Im Museum „Wiedenbrücker Schule", Hoetger-Gasse 1 in Wiedenbrück, kann man sich auf die Spuren der Geschichte der Stadt vom Mittelalter bis zur frühen Neuzeit begeben. Schwerpunkt ist die reiche künstlerische Tradition der Stadt – rund 20 Werkstätten schufen um 1900 sakrale und weltliche Kunstwerke. Altäre aus Wiedenbrück wurden in alle Welt exportiert (Herr Schumacher, 05242/963289 oder 36571).
Das Westfalia Automuseum zeigt Produkte des gleichnamigen Autozulieferers aus dessen über 150-jähriger Firmengeschichte; außerdem wird das Thema Camping beleuchtet. Das Museum kann während der Öffnungszeiten des Kundencenters besucht werden (www. westfalia-van.de).
Im Radio-und Telefonmuseum (Eusterbrockstraße 44 in St. Vit) wird eine Sammlung von Radios, Fernsehern, Telefonen, Vermittlungstechnik, Fernschreibern, Funktechnik, Tonbandgeräten, Rundfunkzubehör und vieles mehr ausgestellt. Der Sammler Richard Kügeler hat diese Exponate zusammengetragen (samstags und Sonntags 14 bis 18 Uhr, 05242/44330, www.radiosammlung.de).
Im Rhedaer Schloss befinden sich ein Kutschen- und ein Theatermuseum. Die Ausstellungsstücke stammen aus dem Besitz der fürstlichen Familie zu Bentheim-Tecklenburg (www.schloss-rheda.de).
Das Leinewebermuseum (Kleine Straße 11 in Rheda) zeigt eine Privatsammlung aus der Geschichte der Stoffherstellung. Handwerksgeräte zur Flachsverarbeitung sowie eine Wäsche- und Trachtensammlung lassen die alten Zeiten lebendig werden (Familie Blomberg, 05242/47335).

Wirtschaft

Wichtige Wirtschaftsfaktoren in Rheda-Wiedenbrück stellen die Holz verarbeitende und die Möbelindustrie sowie die Kraftfahrzeugindustrie dar. Mehr als 770 Firmen haben hier ihren Sitz, darunter so bekannte Namen wie Baumhüter (Textil), Der Club Bertelsmann, COR Sitzmöbel, interlübke (Möbelindustrie), Prophete GmbH & Co. KG (Fahrräder, Motorroller), Westag & Getalit AG (Holz und Kunststoff), Westfalia (Anhängerkupplungen und Wohnmobile) Musterring (Möbelhandel) und das Tönnies Fleischwerk. Größte Arbeitgeber mit einigen tausend Beschäftigten sind die Westag & Getalit AG und die B&C Tönnies GmbH.
Zum 30. Juni 2006 waren in Rheda-Wiedenbrück 13.912 sozialversicherungspflichtig Beschäftige registriert, davon 5.603 im verarbeitenden Gewerbe, 2.276 im Handel und 1.836 im Gesundheits-, Erziehungs- und Sozialwesen.

Brauchtum, Feste, Traditionen

Alljährlich am Karfreitag findet die Wiedenbrücker Kreuztracht. Dabei zieht eine Prozession mit Darstellern des Jesus und einem des

Im Wasserschloss Rheda – hier der Blick auf den Kapellenturm – wohnt die Fürstenfamilie zu Bentheim-Tecklenburg.

Simon von Cyrene in entsprechender Verkleidung durch die Altstadt. Die Darsteller tragen ein schweres Holzkreuz auf seinen Schultern. Auf diese Weise gedenken die Gläubigen der Passion Jesu Christi und seines Wegs durch Jerusalem, bevor er gekreuzigt wurde. Die Prozession wurde 1663 von den Franziskanern nach Wiedenbrück gebracht und wird von ihnen seither durchgeführt.
In Rheda-Wiedenbrück wird kräftig Karnveval gefeiert: Der Rosenmontagsumzug beginnt in Rheda und endet in Wiedenbrück. Das Altstadtfest in Rheda findet alljährlich am zweiten Wochenende im September statt. In Wiedenbrück findet am ersten Oktoberwochenende die Herbstkirmes, am ersten Wochenende im Juni das Stadtfest statt. Die Andreaskirmes findet am zweiten Wochenende im November in Rheda statt.
Ein besonders uriges Flair hat der Christkindl-Markt Wiedenbrück, der in der Vorweihnachtszeit auf dem Marktplatz aufgebaut wird. Das Adventskrämchen rund um Rathausplatz und Stadtkirche Rheda findet jährlich am zweiten Wochenende im Dezember statt.

Sport und Freizeit

Im Stadtsportverband Rheda-Wiedenbrück sind 39 Sportvereine mit 13.295 Mitgliedern organisiert. Die Bahnradroute Weser-Lippe von Soest über Bielefeld nach Hameln führt durch die Stadt. Die Landesgartenschauroute verbindet die LGS-Städte Hamm, Oelde, Rheda-Wiedenbrück, Rietberg und Paderborn auf einer ansprechenden Trasse, die teilweise mitten durch die Parks führt. Insgesamt sechs Themenrouten und viele Radrundwege werden Radlern angeboten.

Persönlichkeiten

Die Unternehmerin Liz Mohn wurde am 21. Juni 1941 als Elisabeth Beckmann in Wiedenbrück geboren. Sie repräsentiert gemeinsam mit ihrem Ehemann Reinhard Mohn die fünfte Generation der Eigentümerfamilien Bertelsmann/Mohn an der Spitze der Bertelsmann AG. Zunächst arbeitete Liz Mohn als Telefonistin im Bertelsmann-Konzern, bevor sie die Lebensgefährtin und 1982 die Ehefrau Reinhard Mohns wurde. Während sich Reinhard Mohn aus dem aktiven Geschäftsleben zurückzog, wuchs Liz Mohn eine immer wichtigere Rolle in der Gesellschafterversammlung und der Bertelsmann Stiftung zu, die 76,9 Prozent des Aktienkapitals der Bertelsmann AG kontrolliert. Weiterhin ist sie Gründerin und Präsidentin der 1993 entstandenen „Stiftung Deutsche Schlaganfall-Hilfe".

Information

Stadtverwaltung Rheda-Wiedenbrück, Rathausplatz 13, 33378 Rheda-Wiedenbrück, 05242/9630, www.rheda-wiedenbrueck.de.
Flora Westfalica, Mittelhegge 11, 33378 Rheda-Wiedenbrück, 05242/93010, www.flora-westfalica.de.

Rietberg

Kreis Gütersloh

Giebel: Durch seine größtenteils im 16. und 17. Jahrhundert entstandenen Häuser im Stadtkern hält Rietberg den Beinamen „Stadt der schönen Giebel".
Bibel: In einem „Bibeldorf" werden Besuchern der Lebensalltag und die Überzeugungen aus biblischer Zeit nahe gebracht.

Geografische Lage/Verkehrsanbindung:

Die Stadt Rietberg liegt im Süden des Kreises Gütersloh am Oberlauf der Ems. Im Westen grenzt die Stadt an Langenberg und Rheda-Wiedenbrück, im Norden an Gütersloh und im Nordosten an Verl (alle Kreis Gütersloh), im Osten an Delbrück (Kreis Paderborn), im Süden an Lippstadt (Kreis Soest). Der höchste Punkt mit 94 Metern über NN liegt im Osten an der Grenze zu Paderborn, der niedrigste mit 73 Metern im Westen an der Grenze zu Rheda-Wiedenbrück. Rietberg wird in West-Ost-Richtung von der Bundesstraße B 64 durchquert, die Münster mit Paderborn verbindet. Nächstgelegene Autobahn ist die A 2 mit ihren Abfahrten Rheda-Wiedenbrück und Gütersloh. Die einstmals durch Rietberg führende Bahnstrecke Wiedenbrück–Sennelager ist abgebaut, die nächsten größeren Bahnhöfe sind Gütersloh, Lippstadt und Bielefeld.

Wichtige Daten und Wappen

Seit der kommunalen Neugliederung von 1970 besteht die Stadt Rietberg aus den sieben Stadtteilen Bokel, Druffel, Mastholte, Neuenkirchen, Rietberg, Varensell und Westerwiehe. Die Stadt hat rund 30.000 Einwohner, von denen etwa 64 Prozent katholisch, zwölf Prozent evangelisch und 24 Prozent anderen Glaubens oder konfessionslos sind. Die Gesamtfläche der Stadt umfasst 110 Quadratkilometer, davon sind 75 Prozent landwirtschaftlich genutzt.
Das Wappen der Stadt zeigt oben einen goldenen (bzw. gelben) Adler auf rotem Grund, unten zwei rote, ineinander geschlungene Seerosenblätter auf goldenem Grund. Der Adler ist das Symbol der ehemaligen Grafen von Rietberg. Die Seerosen weisen auf die moorige mit Ried bewachsene Landschaft hin – der Name Rietberg wird auch als „Burg im Ried" erklärt.

Aus der Ortsgeschichte

Die erste Nennung von Rietberg erfolgte als „Rietbike" um 1100. Bereits im 11. Jahrhundert war hier eine Burganlage errichtet worden – wohl als Grenzburg der Grafen von Werl-Arnsberg gegen Paderborn. Durch die Abspaltung eines Teils der Grafschaft Arnsberg unter Konrad von Arnsberg, die ab 1237 als Grafschaft Rietberg eine selbstständige Herrschaft wurde, ging der Name der Burg auf die Familie der Grafen von Rietberg über. Gleichzeitig wurde planmäßig eine Stadt angelegt – Rietberg war seit dem 13. Jahrhundert damit Hauptstadt eines eigenständigen Territoriums. Das Herrschaftsgebiet erstreckte sich von Schloß Holte/Liemke im Norden bis Mastholte im Süden; im Osten grenzte es an das Fürstbistum Paderborn, im Westen an das zum Fürstbistum Osnabrück gehörende Amt Reckenberg in Wiedenbrück. Nach dem Stadtbrand von 1457 entstand ab 1483 die neue Pfarrkirche St. Johannes Baptist. Die Reformation wurde 1537 in Rietberg eingeführt.
Die kleine, bis 1807 bestehende Grafschaft verfügte über eigenes Militär, eigene Währung, Gesetzgebung und im gewissen Rahmen auch eigenständige Politik. Die Landesregierung hatte bis zum 18. Jahrhundert ihren Sitz auf dem bis zur Mitte des 14. Jahrhunderts errichteten, südlich der Stadt gelegenen Schloss Rietberg, das 1803 abgebrochen wurde; erhalten sind lediglich Reste der

Ein besonderes Schmuckstück ist der zweigeschossige Fachwerkbau des Rathauses.

Wallanlagen sowie die im Jahr 1748 geweihte Johanneskapelle. Außer der Stadt Rietberg bestand die Grafschaft nur aus Kirchhöfen und Bauernschaften, die nach Auflösung des Territoriums ab 1815 selbständige Landgemeinden wurden. 1843 wurde das Amt Rietberg gebildet, das außer der ehemaligen Landeshauptstadt die sieben Landgemeinden Bokel, Druffel, Mastholte, Moese, Neuenkirchen, Varensell und Westerwiehe umfasste – 1970 schlossen sich diese Gemeinden zur neuen Stadt Rietberg zusammen. 1973 wurde der Kreis Wiedenbrück und damit auch Rietberg dem neu gebildeten Kreis Gütersloh eingegliedert.

Sehenswürdigkeiten

Der Historische Stadtkern zeichnet sich durch zahlreiche gut erhaltene Fachwerk-Dielenhäuser aus, die sich zumeist mit dem Giebel zur Straße wenden. Die vielen liebevoll restaurierten Fachwerkgebäude gaben Rietberg den Beinamen „Stadt der schönen Giebel".
In der Klosterstraße befindet sich die Franziskanerkirche St. Katharina. Der Grundstein für den lang gestreckten Saalbau mit Maßwerkfenstern wurde 1618 gelegt. 1975 lösten die Franziskaner das Kloster auf, es dient heute als Jugendwerk.
Die in der Nähe des ehemaligen Schlosses gelegene Johanneskapelle wurde von einem mährischen Baumeister ab 1747 erbaut; wegen vieler Ähnlichkeiten mit der Clemenskirche in Münster wurde sie fälschlicherweise Johann Conrad Schlaun zugeschrieben. Sie ist dem Schutzheiligen der Grafschaft Rietberg, St. Johannes von Nepomuk, geweiht.
Der zweigeschossige Fachwerkbau des Rathauses wurde 1805 errichtet; der gedeckte Treppenaufgang wurde 1915 hinzugefügt. 1977 wurde das Gebäude vollständig abgebrochen und in den alten Formen versetzt wieder aufgebaut. Das Alte Gericht, Rathausstr. 18, ist ein verputzter klassizistischer Massivbau mit dreiachsigem Mittelrisalit. Es wurde 1806 unter Verwendung von Steinen des abgebrochenen Schlosses errichtet.
Sehenswert ist auch das Bibeldorf, ein erfahrungsbezogener und erlebnisorientierter Lernort zur Welt und Umwelt der Bibel, der 2003 auf dem Gelände des ehemaligen Klärwerks entstanden ist (www.bibeldorf.de).
2008 war Rietberg Veranstaltungsort der Landesgartenschau. Sie umfasste ein Areal von rund 4,5 Kilometern Länge und zog sich vom Süden der Stadt bis Neuenkirchen.

Kultur

Für die Landesgartenschau 2008 kaufte die Stadt Rietberg die „RheinOperMobil" (ROM), die in Düsseldorf als temporäre Spielstätte für die Deutsche Oper am Rhein gedient hatte. Das Gebäude wurde am Rande des historischen Stadtkernes, direkt neben dem Gymnasium Nepomucenum Rietberg aufgebaut und trägt nun den Namen „cultura – Sparkassen-Theater an der Ems". Die cultura ist ein moderner Nachbau des 1599 von Shakespeare am Südufer der Themse in London erbauten

Das älteste Haus Rietbergs steht in der Münzstraße und stammt aus dem Jahr 1692.

Globe-Theaters. Auf drei Etagen finden 800 Personen Platz, die maximale Entfernung zwischen Bühne und Zuschauer beträgt aufgrund der Rundtheateranordnung 15 Meter. „Rietberg kulturig" ist eine Veranstaltungsreihe des Kultur-Vereins „kulturig e. V.". Weit gespannt ist der Bogen von Jazz, Folk und Klassik über Kabarett, Comedy und Literatur bis hin zu Tanz- und Figurentheater. Veranstaltungsorte sind das Heimathaus, die Aula im Schulzentrum, das alte Progymnasium, der Klosterinnenhof und die cultura.
Im Juni 2007 wurden der „Klostergarten – Skulpturenpark Wilfried Koch" und das „Kunsthaus Rietberg – Museum Wilfried Koch" eröffnet. Die Stiftung Dr. Wilfried und Hilde Koch präsentiert hier das Werk des 1929 in Duisburg geborenen und im Rietberger Stadtteil Varensell ansässigen Künstlers Wilfried Koch. Das „Kunsthaus" ist parallel zu den Öffnungszeiten der Stadtbibliothek Rietberg geöffnet.
Wer sich für Heimatkunde interessiert, kommt in den Heimathäusern Rietberg und Mastholte auf seine Kosten. In Mastholte liegt der Schwerpunkt auf dem Thema Landwirtschaft (Gisbert Schnitker, 02944/598614). Das Heimathaus Rietberg befindet sich in einem 1645 erbauten, 1899 erweiterten Ackerbürgerhaus. Im Innern sind unter anderem eine Wohnstube und eine Schlafkammer des 19. Jahrhunderts zu sehen (Mittwoch und Sonntag, 15 bis 18 Uhr).

Wirtschaft

Die Wirtschaftsstruktur Rietbergs ist von kleinen und mittelständischen Unternehmen geprägt. Insbesondere die Möbel- und Maschinenbauindustrie sind hier ansässig, in den letzten Jahren haben sich zudem Unternehmen des Dienstleistungssektors sowie mit dem Schwerpunkt regenerative Energien angesiedelt.
Im Jahr 2000 wurde die Stadt mit der „Goldenen Dampfwalze" für die beste Wirtschaftsförderung in OWL ausgezeichnet. Die Rietbergwerke (Teil der Seppeler Gruppe, 750 Mitarbeiter) sind die größte Feuerverzinkerei Europas. In Westerwiehe arbeitet eine der modernsten Ziegelbrennereien; dieser Stadtteil ist auch für seine Geflügelzuchtbetriebe bekannt. Größter Arbeitgeber in Rietberg ist die Heinrich Kuper GmbH mit rund 400 Mitarbeitern am Stammsitz in Rietberg. Das Unternehmen entwickelt, produziert und vertreibt Maschinen und Anlagen für die Industrie und das Handwerk.
Zum 30. Juni 2006 waren in Rietberg 9.743 sozialversicherungspflichtig Beschäftigte registriert, davon 5.257 im verarbeitenden Gewerbe, 1.863 im Handel und 759 im Gesundheits-, Erziehungs- und Sozialwesen.

Brauchtum, Feste, Traditionen

Rietberg gehört zu den Karnevalshochburgen in Westfalen – von Altweiberdonnerstag bis Aschermittwoch ist die Stadt fest in der Hand der Karnevalisten. Auf Altweiber und am Rosenmontag säumen bis zu 50.000 Zuschauer die Straßen im Rietberger Stadtkern, um sich die Karnevalsumzüge anzuschauen.

Auf dem Gelände der Landesgartenschau.

Von Mai bis September finden in den sieben Stadtteilen die Schützenfeste statt.
Der „Rietberger Sommer" wird mit Open-Air-Veranstaltungen, Straßentheater, Großkino, Konzerten und Seifenkistenrennen gefeiert. Beim Rietberger Stadtbummel, jährlich am Sonntag vor Pfingsten, verschönern Straßenkünstler den verkaufsoffenen Sonntag. Am zweiten Wochenende im September ist im historischen Stadtkern Stoppelmarkt mit vielen gastronomischen Angeboten, Walk Acts, Livemusik und verkaufsoffenem Sonntag. Alle zwei Jahre findet das Stadtbürgerfest Rietberg statt, unter anderem mit Heißluftballonstarts, Kutschen- und Oldtimerkorso, Musik- und Tanzgruppen.
Beim Tommy Emmanuel Gitarrenfestival, das am dritten Wochenende im August steigt, gibt es Konzerte, Workshops und Ausstellungen mit internationalen Stars der Gitarrenszene. Livemusik in allen Kneipen des Stadtkerns erklingt beim alljährlichen Kneipenfestival „Hänky-Pänky". In Mastholte wird im Juli Jakobi-Markt gefeiert, am ersten Wochenende im Mai ist in Neuenkirchen Maikirmes.

Sport und Freizeit

Rietberg und seine Stadtteile haben 38 Sportvereine, der größte und bekannteste ist der TuS Viktoria Rietberg. Sämtliche Vereine in Rietberg – Schützen, Tierzüchter etc. – haben zusammen mehr als 10.000 aktive Mitglieder. Durch Rietberg führt der Emsradweg, 370 Kilometer von den Emsquellen bei Hövelhof bis zur Mündung bei Emden. Auch die Wellness-Radroute, die BahnRadRoute Hellweg-Weser und die Radroute Historische Stadtkerne führen durch Rietberg. Außerdem geht die „Landesgartenschau-Route" durch Rietberg, ein Radweg, der fünf ehemalige Landesgartenschau-Gelände miteinander verbindet – vom Seepark Lünen über den Maximilianpark Hamm, den Vier-Jahreszeiten-Park Oelde, die Flora Westfalica in Rheda-Wiedenbrück und die Landesgartenschau in Rietberg bis zum Paderborner Schloss- und Auenpark.

Persönlichkeiten

Der Barockbaumeister Franz Christoph Nagel wurde 1699 in Rietberg geboren. Nagel war ein Zeitgenosse Johann Conrad Schlauns, mit dem er fast zeitgleich das Theodoranium in Paderborn besuchte. Etwa seit 1725 war Nagel in Paderborn als Hof- und Landbaumeister tätig. Er war für das gesamte Bauwesen im Hochstift zuständig und hatte sich um den Straßen-, Wege- und Brückenbau ebenso zu kümmern, wie um die Regulierung von Flüssen und den Bau von Kirchen und Stallungen. Mit dem Marstall in Schloß Neuhaus entstand 1729 sein erstes Werk. Hier trat er auch als Gartenarchitekt in Erscheinung. Er starb 1764 vermutlich in Paderborn.

Information

Stadt Rietberg, Rügenstraße 1, 33397 Rietberg, 05244/986-0, www.stadt-rietberg.de, info@stadt-rietberg.de.

Rödinghausen

Kreis Herford

Gute Luft: Seit 1980 ist Rödinghausen staatlich anerkannter Luftkurort – der viereinhalb Hektar große Kurpark lohnt einen Besuch. *Süßer Duft:* Im Kurpark wächst eine Rosen-Sorte mit Namen „Rödinghausen".

Geografische Lage/Verkehrsanbindung:

Die Gemeinde Rödinghausen liegt im Nordwesten des Kreises Herford. Nachbargemeinden sind Bünde im Südosten (Kreis Herford), die niedersächsische Stadt Melle im Westen, sowie die zum Kreis Minden-Lübbecke gehörenden Kommunen Preußisch Oldendorf und Hüllhorst im Norden. Der Nonnenstein im Nordwesten der Gemeinde ist mit 274 Metern über NN die höchste Erhebung, das Tal der Else stellt mit 68 Metern die tiefste Niederung dar.

Rödinghausen ist über die Landstraße L 557 von Stemwede über Enger nach Bielefeld mit der A 30 in Bruchmühlen angebunden. Der Bahnhof Bieren-Rödinghausen und der Haltepunkt Neue Mühle liegen an der im Stundentakt bedienten Ravensberger Bahn von Bielefeld nach Rahden. Der nahegelegene, auf Meller Gebiet liegende Bahnhof Bruchmühlen liegt an der Bahnstrecke Bad Bentheim–Minden, auf der im Stundentakt die „Wiehengebirgs-Bahn" von Bad Bentheim über Osnabrück nach Bielefeld verkehrt.

Wichtige Daten und Wappen

Rödinghausen besteht aus fünf Ortsteilen, die bis zur kommunalen Gebietsreform 1969 selbstständige Gemeinden bildeten: Bruchmühlen (bis 1969 Westkilver), Rödinghausen, Schwenningdorf, Bieren und Ostkilver. Das knapp über 10.000 Einwohner zählende Rödinghausen ist die kleinste Gemeinde im Kreis Herford. 69 Prozent der Einwohner sind evangelisch, acht Prozent katholisch und 23 Prozent anderen Glaubens oder konfessionslos. Die Gemeindefläche beträgt 36 Quadratkilometer, davon sind 64 Prozent Landwirtschaftsfläche.

Das Wappen zeigt stilisiert den Aussichtsturm auf dem Nonnenstein auf dem Kamm des Wiehengebirges. Die roten Sparren darüber bezeugen die ehemalige Zugehörigkeit zur Grafschaft Ravensberg.

Aus der Ortsgeschichte

Rödinghausen blickt auf eine lange Geschichte zurück – schon im Jahr 851 wurde Haus Kilver erstmals schriftlich erwähnt. Die einzelnen Ortschaften sind wenig jünger: Schwenningdorfs Geburtsstunde fällt in das Jahr 1088, Rödinghausens in das Jahr 1147. Bieren wurde zum ersten Mal im 12. Jahrhundert erwähnt, Ostkilver 1150. Bis zum Ende des Mittelalters war die Geschichte Rödinghausens von Land-, Vieh- und Waldwirtschaft bestimmt, ab dem Ende des 15. Jahrhunderts von Flachsanbau und der Flachsverarbeitung. Mit der Industrialisierung verschwand die Flachsverarbeitung aus Rödinghausen, ab etwa 1860 begannen auch viele Rödinghauser mit der Herstellung von Zigarren in Handarbeit. Seit den 1950er-Jahren kam es zu einer Zweiteilung: Der südliche Teil der Gemeinde – mit den Ortschaften Bruchmühlen und Ostkilver sowie Schwenningdorf im Norden – entwickelte sich zu Schwerpunkten von Gewerbe und Industrie. Der nördlich, am Wiehengebirge gelegene Teil wurde zu einem Kur- und Urlaubsgebiet. 1980 wurde Rödinghausen zum „Staatlich anerkannten Luftkurort" ernannt.

Sehenswürdigkeiten

Die erstmals 1233 erwähnte evangelisch-lutherische Bartholomäus-Kirche ist die größte in Rödinghausen. Die Ursprünge der Pfarr-

Die Bartholomäus-Kirche wurde 1233 erstmals erwähnt.

kirche reichen vermutlich bis ins 9. Jahrhundert zurück. Die ältesten Teile stammen aus dem späten 12. und dem 13. Jahrhundert, im 16. Jahrhundert wurde die Kirche im Stil der Gotik umgebaut. Sehenswert sind das Kruzifix von 1400, der schöne Schnitzaltar und die Renaissance-Kanzel.
Wahrzeichen Rödinghausens ist der 14 Meter hohe Aussichtsturm auf dem Berg Nonnenstein. Errichtet wurde das Bauwerk 1897 als Kaiser-Wilhelm-Turm. Hundert Meter entfernt wurde 1911 der Bismarckturm errichtet, eine sechs Meter hohe Sandsteinsäule mit quadratischem Grundriss und einem Bismarck-Medaillon an der Vorderseite.
Die längste Geschichte besitzt der Herrensitz Haus Kilver, der 851 erstmals erwähnt wurde und den ältesten schriftlich belegten Siedlungskern von Rödinghausen darstellt; die Bauerndörfer Westkilver und Ostkilver leiten ihren Namen vom Haus Kilver ab. Zweiter erhaltener Herrensitz ist Gut Böckel, die Wasserburg wurde 1350 erstmals erwähnt. Die heutige Barockanlage mit zwei charakteristischen Ecktürmen stammt aus dem Jahr 1682. 1917 war auch der Dichter Rainer Maria Rilke zu Gast auf Gut Böckel. Das Gut befindet sich in Privatbesitz und kann von außen besichtigt werden (www.gutboeckel.de).
Der viereinhalb Hektar große Kurpark im Ortsteil Rödinghausen entstand in den 1960er-Jahren, als sich die Gemeinde zum ersten Mal um den Titel Luftkurort bewarb, 1981 wurde die Anlage mit dem Bau des Konzertpavillons abgeschlossen. Mittelpunkt ist der große Teich und die ihn überspannende Holzbogenbrücke. Im Kurpark wächst auch eine Rosensorte namens „Rödinghausen".

Kultur

Herausragende Kulturveranstaltungen finden auf Gut Böckel im Ortsteil Bieren statt. Dazu zählt vor allem die Konzertreihe „Russischer Sommer" mit Spitzenorchestern wie The Royal Philharmonic Orchestra aus London. Die Konzerte finden im 120 Jahre alten ehemaligen Kuhstall oder im Gutspark statt. Daneben gibt es im Sommer auf Gut Böckel das Literatur- und Musikfest „Wege durch das Land" mit Konzerten, Lesungen und Vorträgen. Zu diesen Anlässen besteht im Roggenhaus des Gutes ein Gastronomieangebot.

Wirtschaft

Als 1956 das Maschinenverbot für die Zigarrenindustrie aufgehoben wurde, brach die manuelle Zigarrenherstellung zusammen. Auch die Nachfrage sank, denn die Menschen rauchten lieber Zigaretten als Zigarren. Dadurch entfiel die wirtschaftliche Grundlage vieler Rödinghauser. Einen Ausweg boten die Fabriken der Möbelindustrie, die sich aus der Zigarrenkistenherstellung entwickelten. Noch heute sind die größten Arbeitgeber in Rödinghausen Küchenhersteller. Zu nennen sind vor allem die Küchenhersteller Häcker in Schwenningdorf mit 850 Mitarbeitern und Ballerina in Ostkilver mit 250 Mitarbeitern. Eine weitere Einnahmequelle für die Gemeinde ist der Tourismus.

Der Herrensitz Haus Kliver – hier nahm die Geschichte Rödinghausens ihren Anfang.

Auf den 25 Kilometern der Radkulturroute können Touristen die schönsten Landschaften und Sehenswürdigkeiten der Gemeinde entdecken. Durch die Gemeinde führt außerdem die Wellness-Route Teutoburger Wald, die BahnRadRoute Weser-Lippe, die aus dem Kreis Minden-Lübbecke hereinragende Mühlenroute und der Else-Werre-Radweg. Am Haus des Gastes im Zentrum von Rödinghausen beginnen und enden drei Nordic Walking Strecken. Ein Kino hat Rödinghausen im Ortsteil Bruchmühlen: die Else-Lichtspiele.

Am 30. Juni 2006 waren für Rödinghausen 2.587 sozialversicherungspflichtig Beschäftigte registriert, davon 1.563 im verarbeitenden Gewerbe, 287 im Gesundheits-, Erziehungs- und Sozialwesen, 247 im Handel.

Brauchtum, Feste, Traditionen

Um das Ravensberger Platt nicht in Vergessenheit geraten zu lassen, werden in Rödinghausen manchmal Gottesdienste auf Niederdeutsch abgehalten, Schüler der Grundschule Rödinghausen lernen Plattdeutsch in einer Arbeitsgemeinschaft, und im Rahmen des Kulturfrühstücks gibt es alljährlich mindestens eine plattdeutsche Veranstaltung.
Zu den jährlich stattfindenden Festen gehört der Kilver Markt mit Fahrgeschäften, historischem Bauernmarkt und Ausstellungen zur historischen Landwirtschaft. Er findet Ende August in Westkilver statt.
Während der Kurparkbeleuchtung Mitte August wird der Kurpark im Ortsteil Rödinghausen festlich illuminiert.

Sport und Freizeit

Rödinghausen hat über 60 Vereine, darunter den Tischtennisclub TTC Rödinghausen, die Sportvereine SV Rödinghausen und TUS Bruchmühlen, den Karate-Verein Asahi Rödinghausen, die Handball-Mannschaften des CVJM Rödinghausen und den Tennisclub TC Rödinghausen e. V. Einzige größere Turnhalle ist die Dreifachsporthalle der Gesamtschule in Schwenningdorf mit außen liegendem Tartan-Sportplatz und Laufbahn.

Persönlichkeiten

Die Schriftstellerin Hertha Koenig wurde am 24. Januar 1884 auf Gut Böckel in Rödinghausen-Bieren geboren. Von 1905 bis 1921 lebte sie zeitweise in München. Während dieser Zeit, in der sie begann, eigene Gedichte zu veröffentlichen, war sie Gastgeberin eines literarischen Salons, in dem bedeutende Schriftsteller und bildende Künstler der Zeit verkehrten. Ab 1915 verband sie eine Freundschaft mit Rainer Maria Rilke. Nach dem Tod ihres Vaters übernahm sie 1927 die Verwaltung der Güter Böckel und Waghorst. Auf Gut Böckel, das auch als Veranstaltungsort privater kultureller Veranstaltungen diente, entstand eine umfangreiche Kunstsammlung. Hertha Koenig starb am 12. Oktober 1976 in Rödinghausen. 1994 kam es auf Gut Böckel zur Gründung der Hertha-Koenig-Gesellschaft, die sich der Pflege von Werk und Nachlass der Autorin widmet.

Information

Gemeinde Rödinghausen, Haus des Gastes, Pemberville Platz 1, 32289 Rödinghausen, 05746/948-200, www.roedinghausen.de.

Salzkotten

Kreis Paderborn

Salz: Noch heute sprudelt Salzwasser am Kütfelsen unweit des Rathauses aus dem Untergrund. Das hat heute allerdings nur noch dekorative Zwecke, eine wirtschaftliche Nutzung der Sole findet nicht mehr statt. *Wasser:* Zwei Kilometer weiter südlich findet man im Stadtteil Upsprunge die Quellen der Heder, die mit bis zu 3.300 Litern pro Sekunde zu den ergiebigsten Westfalens gehören.

Geografische Lage/Verkehrsanbindung

Die Stadt Salzkotten liegt im Westen des Kreises Paderborn. Während der östliche Teil des 110 Quadratkilometer umfassenden Stadtgebiets der Paderborner Hochfläche zuzurechnen ist, erstreckt sich der westliche weit in die Lippeniederung hinein. An der Lippe bei Mantinghausen befindet sich mit 81 Metern über NN der niedrigste Punkt des Stadtgebiets, der höchste liegt im Südosten bei Niederntudorf mit 263 Metern. Salzkotten grenzt im Norden an die Stadt Delbrück, im Nordosten an Paderborn, im Südosten an Borchen, im Süden an Bad Wünnenberg und Büren (alle Kreis Paderborn), im Westen an Geseke und Lippstadt (beide Kreis Soest). Salzkotten wird in Ost-West-Richtung von der Bundesstraße 1 durchquert, die die wichtigste Verkehrsader der Stadt ist. Unmittelbar südlich der Stadt verläuft die A 44, unmittelbar östlich die A 33, an die Salzkotten günstig angebunden ist. Ebenfalls in Ost-West-Richtung durchquert die DB-Strecke Paderborn–Hamm die Stadt. Die im Stundentakt verkehrenden Regionalbahnen halten in Salzkotten selbst und im Ortsteil Scharmede. Nächster Halt im Fernverkehr ist der zwölf Kilometer entfernte Hauptbahnhof von Paderborn.

Wichtige Daten und Wappen

Die heutige Stadt Salzkotten entstand im Zuge der kommunalen Gebietsreform zum 1. Januar 1975 durch Zusammenschluss der früheren Stadt Salzkotten und der Gemeinden Mantinghausen, Niederntudorf, Oberntudorf, Scharmede, Schwelle, Thüle, Upsprunge, Verlar und Verne. Das 1976 genehmigte Wappen der Stadt zeigt auf rotem Grund ein goldenes (bzw. gelbes) Dreiblatt. Das Dreiblatt ist bereits seit 1634 im Stadtsiegel nachweisbar, seine Bedeutung jedoch unklar – man nimmt an, dass es aus drei Sälzerschaufeln entstanden ist. Am Jahresende 2007 zählte die Stadt Salzkotten 24.928 Einwohner. Angaben zur Konfessionsverteilung liegen nicht vor, jedoch besuchen an den Schulen im Stadtgebiet 64 Prozent den katholischen, 18 Prozent den evangelischen Religionsunterricht. Weitere 18 Prozent der Schüler gehören anderen oder keiner Religionsgemeinschaft an.

Aus der Ortsgeschichte

Die erste nachweisbare Erwähnung des Namens Salzkotten stammt aus dem Jahr 1160, als in einer Urkunde dem Kloster Hardehausen drei Häuser zum Salzsieden bei „Saltcoten" zugesprochen werden. Rund einhundert Jahre später zwang Bischof Simon I. zur Lippe zum Schutze der Westgrenze des Bistums Paderborn die Bewohner der umliegenden Dörfer, sich an diesen Salzquellen anzusiedeln. Aus den Bauern wurden Bürger, zusammen mit den Sälzern bildeten diese die Bewohner der neu entstehenden Stadt: 1247 wurden Salzkotten die Stadtrechte verliehen. Acht Jahre nach der Stadtgründung wurde Bischof Simon von Paderborn durch den Erzbischof von Köln gefangen genommen. 1256 muss er sich einem Vertrag unterwerfen, der Salzkotten bis 1294 unter gemeinsame Herrschaft des Kölner Erzbischofs und des Paderborner Bischofs stellte und die Schleifung der Burg Vielsen bei Salzkotten verlangte. Nachdem beim großen Brand von 1340 die

Die Pfarrkirche St. Johannes im Zentrum der Stadt Salzkotten.

Stadtrechtsurkunde verloren ging, erneuerte Bischof Bernhard von Paderborn das Stadt- und Bürgerrecht. In Salzkotten ließen sich in der Folgezeit Handwerker und Kaufleute nieder, auch siedelte der Bischof zum Schutz der Westgrenze seines Territoriums Burgmannen aus dem niederen Adel an, die er mit Sonderrechten ausstattete. Die Burgmannen führen die Schützen an, welche Stadt und Land zu verteidigen haben, dies verlor im Laufe der Zeit aber an Bedeutung.
Im ausgehenden Mittelalter warf die Pest Salzkotten und die umliegenden Dörfer weit zurück, einige Siedlungen wurden nicht wieder aufgebaut. Weitere schwere Rückschläge brachte der Dreißigjährige Krieg, 1633 wurde Salzkotten verwüstet. Doch schon bald erholte sich die Stadt, was nicht zuletzt dem Salzhandel zu verdanken war. Seinen Höhepunkt erreicht dieser im 19. Jahrhundert durch technische Verbesserungen, die Philipp Korte, Pfarrer in Salzkotten von 1758 bis 1803, nach einer Studienreise durch das Salzkammergut einführte. Schon bald danach kam das weitaus billigere Steinsalz auf den Markt und entzog den Sälzern die wirtschaftliche Basis – dafür war nicht zuletzt die Eisenbahn verantwortlich, die das Steinsalz kostengünstig zu den Kunden bringen konnte. 1850 erhielt Salzkotten durch die Strecke von Hamm nach Paderborn Eisenbahnanschluss, von dem die allgemeine Gewerbesituation des Ortes profitierte. 1908 wurde die Salzgewinnung in Salzkotten eingestellt, 1919 bis 1921 riss man die fast 600 Meter langen Gradierwerke ab.
Bis weit ins 20. Jahrhundert waren Salzkotten und seine Umgebung agrarisch geprägt. Die ersten entstehenden, meist kleinen Industrieunternehmen waren oft der Landwirtschaft sehr nahe, wie etwa Brotfabriken, Landmaschinenfabriken etc. Die Aufnahme von Flüchtlingen nach dem Zweiten Weltkrieg führte zu einem raschen Anwachsen der Einwohnerzahl, es entstanden neue Siedlungen am Stadtrand und zahlreiche neue Gewerbebetriebe, aus einigen entwickeln sich mittelständische Unternehmen. Salzkotten liegt heute verkehrsgünstig und wächst deshalb dynamisch, seit dem Zusammenschluss von 1975 wuchs die Bevölkerungszahl von 17.000 auf heute rund 25.000.

Sehenswürdigkeiten

An alte Zeiten erinnern in Salzkottens Innenstadt neben der Pfarrkirche St. Johannes – eine romanisch-frühgotische Hallenkirche – noch viele Fachwerkhäuser aus vergangenen Jahrhunderten, Wehrtürme und Reste der Stadtmauer. Die Zeit der Salzgewinnung ruft der Neubau eines 50 Meter langen Gradierwerkes in einem kleinen Park an der Heder in

Die Ruine der Vernaburg an der Heder in Verne.

Erinnerung. Aber nicht nur in Salzkotten selbst, auch in einigen Ortsteilen, beispielsweise in Niederntudorf, haben sich sehenswerte historische Kerne bewahrt.
Der Quellhügel über der Salzquelle „Up den Küten" unweit des Rathauses ist ein bedeutendes Naturdenkmal, über Jahrtausende haben sich hier mineralische Ablagerungen der Sole bis zu einer Höhe von vier Metern aufgebaut.
In Upsprunge findet man mit den 18 Wasseraustritten der Heder eine der ergiebigsten Quellen Westfalens, sie schütten durchschnittlich 1.880 Liter pro Sekunde, manchmal sogar bis 3.300 Liter aus. Das Wasser entstammt großenteils der Alme, aus der in Büren-Brenken große Wassermengen versickern, die 23 Stunden später in Upsprunge wieder ans Tageslicht kommen.
In Verne steht direkt an der Heder die Ruine der Vernaburg. 1607 durch Wilhelm von Krewet erbaut, verfiel die Wasserburg schon im 18. Jahrhundert. Verne hat überdies eine lange Tradition als einer der bedeutendsten Marienwallfahrtsorte Westfalens.
Wer aus Richtung Paderborn über die B 1 nach Salzkotten kommt, entdeckt am Ortseingang links das frisch restaurierte Gut Dreckburg. Von der einstigen, aus dem 14. Jahrhundert stammenden Burg ist ein imposanter Wohnturm übrig geblieben, ihn umgeben neuere Anbauten sowie zahlreiche Wirtschaftsgebäude. Der Komplex ist Salzkottens jüngstes kulturelles Veranstaltungszentrum.
Der Förderverein für kulturhistorische Bauten Salzkotten baute auf der „Handwerksinsel" im Franz-Kleine-Park zur Erinnerung an die alte Salzkottener Ölmühle (die jedoch woanders lag) eine ebensolche wieder auf, deren historische Technik einer Anlage aus Wewelsburg entstammt. Neben der voll funktionsfähigen Ölmühle sind auf der „Handwerksinsel" eine Holzschuhmacherwerkstatt, ein Backhaus sowie eine Stellmacherei mit Schmiede zu besichtigen.
Im alten Salzkottener Bahnhofsgebäude von 1849 wurde eine Sammlung von Exponaten rund um die Polizeigeschichte Deutschlands und anderer Länder zusammengetragen, einschließlich des Bundesgrenzschutzes und der Bahnpolizei. Der Fundus umfasst neben Uniformen, Polizeitechnik und Polizeiliteratur auch alte Dienstfahrzeuge und Original-Einrichtungsgegenstände.

Kultur

Im Dachgeschoss des ältesten Fachwerkbaus in Salzkotten von 1575, dem so genannten Ackerbürgerhaus, hat der Kunstkreis Salzkotten ein Atelier eingerichtet. Der Kunstkreis, ein Zusammenschluss von örtlichen Künstlern und Kunstinteressierten, veranstaltet dort Workshops und Ausstellungen.
Das heutige Kultur-Gut Winkhausen in der Ortschaft Schwelle war in früheren Zeiten ein weitläufiger, um 1800 erbauter Gutshof, zu dem neben dem Herrenhaus eine kleine Kapelle, ein Backhaus, Fachwerkscheunen, ein

Wie neu: Gut Dreckburg im Osten Salzkottens.

Spritzenhaus sowie Schaf- und Schweineställe gehören. Die lange ungenutzte Anlage wurde nach umfangreichen Renovierungsarbeiten zum Kultur-Gut Winkhausen umfunktioniert. In landschaftlich schöner Umgebung werden Workshops, Seminare (zu Philosophie, Sprache, Literatur, Wirtschaftswissenschaften etc.), Lesungen, Ausstellungen, Musikveranstaltungen und Feste angeboten.

Brauchtum, Feste, Traditionen

Jedes Jahr zum Palmsonntag verwandelt sich die B 1 in Salzkottens Innenstadt beim Sälzerfest zu einer autofreien Verkaufs- und Flaniermeile. Spaß, Musik und Kleinkunst gibt es zum Nulltarif.
Salzkottens traditionelles Stadtfest ist das Hederauenfest jeweils am letzten Wochenende im August. Musik für jeden Geschmack, Shows und Spiele in den Hederauen, buntes Treiben auf dem Marktplatz und in der Innenstadt sorgen für drei ereignisreiche Festtage.
Die traditionelle Salzkottener Herbstkirmes, der Martinimarkt, findet immer im November, jeweils drei Sonntage vor dem 1. Advent, auf und um den Marktplatz statt. Ein Fackelzug mit Martinspiel sowie kulturelle Veranstaltungen runden das Programm ab.
Salzkottens Ortsteil Scharmede hat sich einen Namen als Karnevalshochburg gemacht, am Tag vor Rosenmontag strömen Jahr für Jahr tausende von Besuchern zum dortigen Sonntagszug.

Sport und Freizeit

Lange Zeit Mitglied der Zweiten Bundesliga, gelten die Basketballer des TV 1864 Salzkotten als renommierteste Sportler der Sälzerstadt. 2008/2009 hat man sich einen Spitzenplatz in der Regionalliga zum Ziel gesetzt – und möglichst rasch den Wiederaufstieg in die Bundesliga.
Mit dem Hederauenlauf und dem Klingenthal-Marathon bietet Salzkotten namhafte Veranstaltungen für Langstreckenläufer. Über die Stadtgrenzen hinaus bekannt ist Salzkotten auch für seine Reitturniere.

Wirtschaft

Salzkottens Wirtschaft wächst ebenso dynamisch wie die Einwohnerzahl. Geprägt ist sie von mittelständischen Industriebetrieben (dominant sind der Maschinenbau und die Oberflächentechnik) sowie von Handelsunternehmen. Salzkotten ist Sitz der Klingenthal-Unternehmensgruppe (vier Klingenthal-Modekaufhäuser, rund 40 Minipreis-Verbrauchermärkte, Südring-Einkaufscenter Paderborn, WTG/Westfälische Textilgesellschaft).
Die Klingenthal-Unternehmen reichen bis ins Jahr 1833 zurück, als sich Friedrich Klingenthal als Stoffdrucker und Blaufärber in Salzkotten niederließ.
Am 30. Juni 2006 waren in Salzkotten 5.880 Personen sozialversicherungspflichtig beschäftigt. Davon waren 2.045 im verarbeitenden Gewerbe tätig, 1.117 im Gesundheits-, Erziehungs- und Sozialwesen, 1.067 im Handel.

Information

Stadt Salzkotten, Marktstr. 8, 33154 Salzkotten, 05258/507-0, stadtverwaltung@salzkotten.de, www.salzkotten.de.

Schieder-Schwalenberg

Kreis Lippe

Kunst: „Schwalenberg, die Künstlerstadt" – wer von Schwalenberg aus schon einmal den Blick über die Steinheimer Börde hinaus zu Eggegebirge und Teutoburger Wald auf sich hat wirken lassen, der kann nachvollziehen, warum sich zahlreiche Künstler von dieser Idylle im Lipperland haben faszinieren lassen.
Kommerz: Das Wort „Schieder" ist eng mit der Möbelindustrie verbunden. Trotz der Insolvenz der „Schieder-Möbel-Gruppe", einst einer der größten Europas, bleibt Schieder ein wichtiger Standort der Möbelproduktion.

Geografische Lage/Verkehrsanbindung

Die Stadt Schieder-Schwalenberg liegt im Osten des Kreises Lippe. Westlicher Nachbar ist Horn-Bad Meinberg, nordwestlich schließt sich Blomberg an, östlich Lügde (alle Kreis Lippe). Im Süden grenzt die Stadt an Marienmünster und Nieheim, im Südwesten an Steinheim (alle Kreis Höxter). Höchste Erhebung im Stadtgebiet ist der Große Pulskopf im Schwalenberger Wald (446 Meter über NN), der tiefste Punkt liegt im Emmertal an der Grenze zu Lügde mit 109 Metern. Das Stadtgebiet umfasst eine Fläche von 60 Quadratkilometern, davon sind je 25 Quadratkilometer Waldgebiet beziehunsgweise landwirtschaftlich genutzte Fläche.
Wichtigste Verkehrsanbindung ist die B 239 von Herford über Detmold nach Höxter, die in Bad Meinberg die B 1 kreuzt und mit Schieder und Schwalenberg auch die beiden bedeutendsten Stadtteile verbindet. Etwa vier Kilometer westlich von Schieder ist bei Wöbbel die „Ostwestfalenstraße" B 252 von Warburg über Brakel und Lemgo nach Herford zu erreichen, wichtigster Zubringer zu den Bundesautobahnen A 2 und A 44. Durch das Emmertal führt die Eisenbahnstrecke Paderborn–Altenbeken–Hameln–Hannover (Hauptbahnhof und Flughafen), auf der die S 5 von Hannover nach Paderborn im Stundentakt mit Halt am Bahnhof Schieder verkehrt.

Wichtige Daten und Wappen

Die Stadt Schieder-Schwalenberg entstand zum 1. Januar 1970 aus den sechs selbstständigen Gemeinden Brakelsiek, Lothe, Ruensiek (mit Kreienberg), Schieder (mit Glashütte), Siekholz und Wöbbel sowie der Stadt Schwalenberg. Der Verwaltungssitz befindet sich in Schieder.
Am 31. Dezember 2007 zählte die Stadt 9.435 Einwohner. Angaben zur Konfessionsverteilung liegen nicht vor, doch besuchen an den Schulen im Stadtgebiet 60 Prozent der Schüler den evangelischen und elf Prozent den katholischen Religionsunterricht; 29 Prozent der Schüler gehören einer anderen oder keiner Religionsgemeinschaft an. Die Stadt ist Sitz einer starken Mennoniten-Brüdergemeinde.
Das Wappen der Stadt wurde am 14. April 1972 genehmigt und zeigt die Symbole und Hauptfarben der Orte Schieder und Schwalenberg. Der Stern und die Schwalbe stammen aus dem Schwalenberger Wappen. Für Schieder steht die Krone als Wappenfigur, da der Ort eine der ältesten fürstlichen Besitzungen in diesem Gebiet ist. Die Wellenleiste symbolisiert die Emmer, die das Stadtgebiet durchfließt.

Aus der Ortsgeschichte

Schieder wurde 889 erstmals urkundlich erwähnt. Alt-Schieder bestand aus einer Hauptburg und einer Vorburg ungewissen Alters, sie könnte bereits aus karolingischer Zeit stammen. Die jüngere Hauptburg stammt aus ottonischer Zeit. Im 13. Jahrhundert wurde die Anlage aufgegeben und die Siedlung weiter ins Tal in die Siedlung Barkhof verlegt – sie ist heute vom SchiederSee

Das historische Rathaus in Schwalenberg.

überflutet. Von 1703 bis 1708 wurde das Schloss in Schieder als Sommerresidenz des Lippischen Adels von Graf Rudolf zur Lippe erbaut. Als 1872 die Hannover-Altenbekener Eisenbahn eröffnet wurde, erhielt Schieder Lippes ersten Bahnhof – natürlich mit einem Fürstenzimmer. Von Schieder aus wurde eine Zweigstrecke nach Blomberg errichtet. Mit der Eisenbahn wurden auch die Grundlagen für die moderne wirtschaftliche Entwicklung geschaffen, denn nun konnte Lippes wichtigster Rohstoff, das Holz, günstiger abtransportiert bzw. industriell weiterverarbeitet werden.

Stadt und Burg Schwalenberg wurden um 1231 von Graf Volkwin III. gegründet; er machte Schwalenberg zu seiner Residenz und verließ die Oldenburg bei Marienmünster. Zu Füßen der Burg wurde planmäßig die Stadt Schwalenberg angelegt. Die Schwalenberger Grafen waren als Raubritter eher berüchtigt als berühmt. Als im 14. Jahrhundert nach dem Tod Heinrichs VII. das Schwalenberger Geschlecht erlosch, wurde der Besitz geteilt und fiel an die Edelherren von Lippe und das Fürstbistum Paderborn. Die Burg verfiel und wurde erst Anfang des 20. Jahrhunderts als Wohnsitz für Gräfin Friedrike zur Lippe völlig neu aufgebaut. In den 1960er-Jahren erfolgte der Umbau zum Hotel und Restaurant.

Sehenswürdigkeiten

„Wie ein Schwalbennest", so ist oft zu lesen, liegt die kleine Fachwerkstadt Schwalenberg am Berghang unterhalb der Burg. Es sind vor allem Häuser aus dem 16. bis 18. Jahrhundert, die bis heute das geschlossene Bauten-Ensemble prägen. Bedeutendstes Bauwerk des Ortes ist das Fachwerk-Rathaus. Der zweigeschossige Kernbau wurde 1579 erbaut; seine Hölzer sind überreich mit Schnitzereien der Weserrenaissance versehen. Der linke Anbau wurde 1603 hinzugefügt, um eine heizbare Ratsstube zu erhalten; 1907 wurde das Gebäude auf der rechten Seite nochmals erheblich erweitert.

Sehenswerte historische Wohn- und Geschäftshäuser sowie die typischen Ackerbürgerhäuser findet man in der gesamten Altstadt; einige weisen bis heute die für die Weserregion typische Deckung aus dünnen Sandsteinen auf, die aus dem Solling stammen. In der Alten Torstraße beeindruckt das alte Amtshaus, ein zweigeschossiges Giebelhaus, das wohl 1595 errichtet wurde. Sehenswert ist auch die kleine Kirche mit ihrem reichen Inventar.

Ende des 16. Jahrhunderts ließ in Wöbbel an der Emmer die Familie von Donop ein Land-

schloss errichten, das im Dreißigjährigen Krieg zerstört und durch ein ab 1690 gebautes Barockschloss ersetzt wurde. Dieser Bau befindet sich heute in Privatbesitz und ist nicht zugänglich, gemeinsam mit der benachbarten Kirche und den gut erhaltenen Wirtschaftsgebäuden bildet er aber ein beeindruckendes Ensemble.
Schloss Schieder, ein schlichter zweigeschossiger Barockbau, dient heute als „Haus des Gastes" und Sitz der Tourist-Information. Auch die weitläufige Parkanlage, deren barocke Strukturen wieder sichtbar gemacht wurden, sowie die Bauten der dem Schloss benachbarten Domäne werden heute öffentlich genutzt; der weitläufige Park grenzt direkt an die Erholungslandschaft SchiederSee. Im traditionell zu Schieder gehörenden Ortsteil Glashütte, westlich oberhalb des Emmertals gelegen, befindet sich die Herlingsburg, eine Fluchtburg der vorrömischen Eisenzeit, von der bis heute noch die Wallanlagen erhalten blieben.

Kultur

Schwalenbergs Geschichte als Malerstadt und Künstlerkolonie beginnt im späten 19. Jahrhundert, als die Kleinstadt aufgrund der Schönheit der Landschaft und der außergewöhnlichen Lichtverhältnisse zum Geheimtipp impressionistischer Landschaftsmaler wurde. Künstler kamen für Freilichtstudien nach Schwalenberg und sorgten dann mit der Präsentation ihrer Werke in den Großstädten für die Popularität Schwalenbergs, das bald als „Malerstadt" und „Malerkolonie" bezeichnet wurde. Die Blütezeit der Malerstadt endete spätestens mit dem Zweiten Weltkrieg, nach 1945 kamen nur noch wenige Künstler in die Stadt. Seit 1978 knüpfen der Landesverband Lippe und die Stadt Schieder-Schwalenberg mit regelmäßigen Kunstausstellungen und Kunst-Events an die Tradition wieder an, um die alte Malerstadt mit neuem künstlerischen Leben zu erfüllen. Im Mittelpunkt stehen dabei eine Vielzahl an Ausstellungen, die in der Städtischen Galerie und dem Robert-Koepke-Haus stattfinden. Dabei ist das Robert-Koepke-Haus der Präsentation zeitgenössischer Kunst von teils jungen Künstlern vorbehalten, während in der Städtischen Galerie das Werk der alten lippischen Maler und Kunst aus verschiedenen Stilepochen gezeigt wird.
Jedes Jahr im Sommer findet die Schwalenberger Sommerakademie für Bildende Kunst statt. Kunstinteressierte können hier an Kursen unter der Leitung renommierter Künstlerinnen und Künstler in den Bereichen Malerei, Zeichnen, Druckgrafik und Bildhauerei teilnehmen.

Brauchtum, Feste, Traditionen

Am SchiederSee finden in den Sommermonaten regelmäßige Veranstaltungen statt. Die älteste und populärste ist „SchiederSee in Flammen". Alle zwei Jahre veranstaltet die Schwalenberger Trachtengilde das Internationale Trachtenfest (gerade Jahre, jeweils im August). Schwalenberg ist auch bekannt für sein Schützenfest (jährlich an Pfingsten).

Schloss Schieder wurde als Sommerresidenz errichtet und ist heute „Haus des Gastes".

Blick über den Schiedersee zum Ortsteil Glashütte.

Sport und Freizeit

Ende der 1970er-Jahre begann die Umgestaltung des Emmertals in Schieder, der kleine Fluss wurde 1983 zum „SchiederSee" aufgestaut und bildet heute eine See-, Park- und Freizeitlandschaft mit vielfältigen Sport und Erholungsmöglichkeiten, wobei naturgemäß Wassersportarten – Segeln, Rudern, Kanu, Schwimmen – im Vordergrund stehen. Rund um den See, der überall öffentlich zugänglich ist, führt ein etwa acht Kilometer langer Wanderweg, der auch für Inliner geeignet ist (www. schiedersee.com).
Darüber hinaus lädt die waldreiche Mittelgebirgs- und Kulturlandschaft zum Wandern und zu anspruchvollen Radtouren ein.

Wirtschaft

Noch vor dem starken Tourismus ist die Möbelindustrie der Hauptwirtschaftszweig Schieder-Schwalenbergs. Einer der größten Hersteller in Europa war – bis zur Insolvenz 2007 – die Schieder Möbel Holding, die ihren Firmensitz in Schieder und Herford hatte. Einzelne Unternehmen haben sich bereits aus der Holding gelöst und neu aufgestellt. Für die Schieder-Möbelwerke konnte 2008 ein neuer Investor gefunden werden, der den Betrieb unter der Bezeichnung „CottA Möbelwerke" weiterführt. Mit Müller-Umwelttechnik hat ein international agierendes, mittelständiges Unternehmen aus dem Bereich Nassabfallfahrzeugbau seinen Platz in Schieder-Schwalenberg. Dazu gesellen sich kleine und mittlere Handwerksbetriebe und Gewerbetreibende aus verschiedenen Branchen. Im sozialen Bereich ist das SOS-Kinderdorf in Schwalenberg mit mehr als 50 Arbeitsplätzen zu erwähnen.
Am 30. Juni 2006 waren in Schieder-Schwalenberg 2.023 Personen sozialversicherungspflichtig beschäftigt, davon 579 im verarbeitenden Gewerbe, 407 im Handel und 296 im Gesundheits-, Erziehungs- und Sozialwesen.

Persönlichkeiten

Johann Christian Lünig, geboren 1662 zu Schwalenberg, war nach verschiedenen Reisen und Studien Stadtschreiber in Leipzig, wo er 1740 verstarb. Seine häufigen Aufenthalte in Bibliotheken und Archiven nutzte er zu umfassenden Aufzeichnungen zu Urkunden und Staatsschriften, die bis dahin kaum erschlossen waren. So entstand sein Hauptwerk, das „Teutsche Reichsarchiv", das zwischen 1710 und 1722 in 24 Folianten erschien und bis heute eine Fundgrube staatsrechtlichen Wissens darstellt.

Information

Stadt Schieder-Schwalenberg, Domäne 3, 32816 Schieder-Schwalenberg, 05282/601-0, info@schieder-schwalenberg.net, www.schieder-schwalenberg.de.
Tourist-Information, Im Kurpark 1, 32816 Schieder-Schwalenberg, 05282/601-71, tourismus@schieder-schwalenberg.net.

Schlangen

Kreis Lippe

Allein: Etwa 500 Meter vom Kern des ehemaligen, dem Truppenübungsplatz geopferten Dorfes Haustenbeck entfernt steht allein auf weiter Flur ein mächtiger Turm – 1941 als Beobachtungsturm für das Militär gebaut.
Zu zweit: Der 41 Meter hohe Haustenbecker Turm ist nicht ohne – entfernte – Verwandte: Er ist dem Kirchturm der St. Kilian Kirche in Büren-Brenken nachempfunden.

Geografische Lage/Verkehrsanbindung

Die Gemeinde Schlangen liegt im Süden des Kreises Lippe, schon auf der Südseite des Teutoburger Waldes und erstreckt sich bis in die Senne. Schlangens Nachbarn im Norden sind Augustdorf und Detmold, im Osten Horn-Bad Meinberg (alle Kreis Lippe), im Süden Bad Lippspringe und im Westen Hövelhof (beide Kreis Paderborn). Der höchste Punkt im Gemeindegebiet liegt bei etwa 433 Metern über NN am Hohlestein, der tiefste Punkt bei etwa 130 Metern beim ehemaligen Dorf Haustenbeck.
Schlangen liegt an der Bundesstraße 1, die hier heute in einem weiten Bogen auf neuer Trasse an den Ortskernen Schlangen und Kohlstädt vorbeiführt; zehn Kilometer südwestlich von Schlangen mündet die B 1 in die Anschlussstelle Paderborn-Elsen der Autobahn A 33. Nächstgelegene Bahnhöfe sind Paderborn Hauptbahnhof im Fernverkehr, Sennelager (Strecke Paderborn–Bielefeld) und Horn-Bad Meinberg (Strecke Herford–Altenbeken) im Nahverkehr. Schlangen ist an die im Takt verkehrenden Regionalbusse der Linie Paderborn–Horn angeschlossen.

Wichtige Daten und Wappen

Anfang 1970 wurden im Rahmen der kommunalen Neuordnung die bis dahin selbstständigen Orte Schlangen, Kohlstädt und Oesterholz-Haustenbeck zur Gemeinde Schlangen zusammengeschlossen. Das Gebiet der Gemeinde Schlangen umfasst 76 Quadratkilometer, ein Großteil davon gehört zum Truppenübungsplatz Senne. Nach dem Stand vom 1. Januar 2008 zählt Schlangen 9.059 Einwohner, davon sind 51 Prozent evangelisch, 21 Prozent katholisch, die übrigen gehören sonstigen oder keiner Religionsgemeinschaft an.

Schlangens Wappen zeigt auf einem silbernen (bzw. weißen) Grund eine S-förmig gebogene blaue Schlange, die oben eine Eichel mit zwei grünen Blättern, unten eine fünfblättrige rote Rose umschlingt. Das Wappen entspricht dem der ehemaligen Gemeinde Schlangen, das 1950 verliehen wurde. Schlange und Eicheln geben eine Deutung des Namens, zum einen durch die Form und den Anfangsbuchstaben, zum anderen durch die für wahrscheinlich gehaltene Erklärung der ältesten Namensform Lanchel als Langeloh (langes Gehölz). Die Rose dokumentiert die Zugehörigkeit zu Lippe.

Aus der Ortsgeschichte

Als Lanchel, Colstidi und Astanholte wurden die Orte Schlangen, Kohlstädt und Oesterholz gemeinsam in einer Urkunde aus der Zeit zwischen 1009 und 1036 verzeichnet. Dabei handelt es sich um die erste urkundliche Erwähnung für Schlangen und Kohlstädt, während Oesterholz als „Astonholteimarki" schon um 850 schriftlich festgehalten wurde. Die Geschichte des Sennedorfes Haustenbeck, das vor dem Zweiten Weltkrieg der Erweiterung des Truppenübungsplatzes weichen musste und dessen Rest 1957 Oesterholz angegliedert wurde, begann erst im Jahre 1659 als Gründung des Grafen Hermann Adolph zur Lippe.
Der Name Kohlstädt erklärt sich leicht: Im Mittelalter wurde aus den Wäldern Holzkohle

Der Ortskern von Schlangen weist einige schön restaurierte Bauten auf.

Das gesamte ehemals Haustenbecker Gebiet ist heute unbewohnt und gehört zum Truppenübungsplatz Senne. Heute befinden sich im alten Ortskern nur noch die Ruine der Kirche, eine Gedenkstätte auf dem alten Friedhof sowie vereinzelte Mauerreste.

gewonnen; die Kohlenmeiler rauchten bis in die 1930er-Jahre. Eine kleine, zwischen 1000 bis 1200 entstandene Burg kontrollierte den Pass entlang der Strothe über den Teutoburger Wald, von ihr blieben nur Mauerreste. Oesterholz fand erste Erwähnung um 850 unter dem Namen Astonholteimarki. Auf einer Insel entstand ein Jagdschloss, das Ende des 16. Jahrhunderts von Graf Simon VI. zur Lippe errichtet wurde. Ab 1921 war Oesterholz selbstständige Gemeinde.
Der Dreißigjährige Krieg richtete in Schlangen erhebliche Verwüstungen an. Kaum hatte man sich etwas erholt, legte am 2. Mai 1678 ein Großfeuer das Dorf bis auf 20 Häuser in Schutt und Asche. Bei einer weiteren Brandkatastrophe am 18. August 1904 vernichteten die Flammen 80 Gebäude.
Haustenbeck musste ab 1937 der Erweiterung des Truppenübungsplatzes Senne weichen, als ein neues Erprobungsgelände für Panzer errichtet wurde. Zu diesem Zeitpunkt hatte Haustenbeck etwa 1.300 Einwohner, die bis 1939 umgesiedelt wurden, die meisten fanden in Moorlage in Horn-Bad Meinberg, in Isenbüttel oder in Blumenberg (Magdeburger Börde) eine neue Heimat. Die zunächst noch verbliebene Randsiedlung Haustenbeck war noch bis 1957 eine politisch eigenständige Gemeinde und wurde danach Oesterholz angegliedert. Auch die Randsiedlung wurde bis 1971 von ihren Bewohnern geräumt.

Sehenswürdigkeiten

Vom Jagdschloss Oesterholz, heute als Altenheim genutzt, sind ein Fachwerkwohnhaus, das Eingangsportal von 1665 und einige Mauerreste erhalten geblieben. Als standesgemäße Zufahrt zum Jagdschloss ist in der ersten Hälfte des 18. Jahrhunderts die so genannte Fürstenallee von Detmold nach Oesterholz angelegt worden. Buchen und Eichen säumen in langen Reihen die alte, großzügig angelegte Straße. Auf einigen Abschnitten innerhalb des Truppenübungsplatzes, aber auch im „zivilen" Bereich auf rund zwei Kilometer Länge unmittelbar vor Oesterholz ist die beeindruckende Baumreihe, die in Westfalen ihresgleichen sucht, erhalten geblieben.
Der archäologische Lehrpfad Oesterholz führt über ein kleines Gräberfeld aus der Bronzezeit (etwa 1700 bis 700 v. Chr.). Hier wurden die Toten mit Beigaben in Hügelgräbern bestattet. In der jüngeren Bronzezeit wurden dagegen Feuerbestattungen üblich, wobei man die Urnen in kleinen Flachgräbern beisetzte. Einige der insgesamt zehn archäologisch untersuchten Gräber sind mit Informationstafeln versehen, die einen kurzen Rundweg schließen und Einblicke in die Bronzezeit gewähren.
Rund um die evangelische Kirche in Schlangen und das benachbarte Rathaus findet man einen sehenswerten Ortskern mit schön restaurierten Bauten. Im romanischen Kirch-

Die Ruine der Kirche von Haustenbeck, rechts der einem Kirchturm nachempfundene militärische Beobachtungsturm.

turm wurde 1970 unter Farbschichten ein Christopherus-Wandbild aus dem 13. Jahrhundert entdeckt; es gilt als älteste Christopherus-Darstellung Westfalens. 1969 stieß man bei Grabungen im Kirchenschiff auf die Fundamente eines Gotteshauses aus dem 9. oder 10. Jahrhundert.

Brauchtum, Feste, Traditionen

In den ungeraden Jahren findet in Haustenbeck das Haustenbecker Treffen statt, eine Wiedersehensfeier alter Haustenbecker und Freunde. Ausgerichtet wird das Treffen durch den Heimat- und Verkehrsverein Oesterholz-Haustenbeck. Höhepunkt des kulturellen Lebens in Schlangen ist der alljährlich im Oktober/November stattfindende „Schlänger Markt", der mit seinem bunten Marktgeschehen und Kirmestrubel alte und junge Schlänger, ehemalige Schlänger Bürger und Gäste von nah und fern gleichermaßen anlockt.

Wirtschaft

Schlangen ist in erster Linie eine Pendler-Gemeinde, große Industriebetriebe sind am Ort nicht zu finden. Der Schwerpunkt liegt im produzierenden Gewerbe, vor allem in der Holzverarbeitung und bei Bauunternehmen. Am 30. Juni 2006 waren in Schlangen 1.366 Personen sozialversicherungspflichtig beschäftigt, davon 594 im verarbeitenden Gewerbe, 203 im Handel und 185 im Gesundheits-, Erziehungs- und Sozialwesen.

Information

Gemeindeverwaltung Schlangen, Kirchplatz 6, 33189 Schlangen, 05252/981-0, info@gemeinde-schlangen.de.

Der archäologische Lehrpfad mit Hügelgräbern der Bronzezeit.

Schloß Holte-Stukenbrock

Kreis Gütersloh

Spätes Stadtrecht: Erst seit dem 1. Januar 2003 darf sich Schloß Holte-Stukenbrock „Stadt" nennen – zuvor war die notwendige 25.000-Einwohner-Marke über längere Zeit gehalten worden.
Nazi-Unrecht: Im Ortsteil Stukenbrock-Senne erinnert die Dokumentationsstätte Stalag 326 daran, dass am Rande des Truppenübungsplatzes in den Jahren 1941 bis 1945 ein Kriegsgefangenenlager für Russen war.

Geografische Lage/Verkehrsanbindung

Die Stadt Schloß Holte-Stukenbrock liegt ganz im Osten des Kreises Gütersloh am Südhang des Teutoburger Waldes. Sie grenzt im Nordwesten an die kreisfreie Stadt Bielefeld, im Norden an Oerlinghausen, im Osten an Augustdorf (beide Kreis Lippe), im Süden an Hövelhof (Kreis Paderborn) und im Westen an Verl (Kreis Gütersloh). Der höchste Punkt mit 168 Metern über NN liegt auf dem Truppenübungsplatz Senne, der niedrigste mit 99 Metern über NN in Liemke.
In Nord-Süd-Richtung verläuft die Autobahn A 33 durch das Gemeindegebiet und trennt die beiden namensgebenden Ortsteile. Die Stadt hat zwei Anschlussstellen zur A 33: Schloß Holte-Stukenbrock und Stukenbrock-Senne. Die Regionalbahn von Bielefeld nach Paderborn („Senne-Bahn", RB 74) bedient im Stundentakt den Bahnhof in Schloß Holte.

Wichtige Daten und Wappen

1970 wurde aus der Gemeinde Stukenbrock (Amt Neuhaus, Kreis Paderborn) und der Gemeinde Schloß Holte sowie Teilen der Gemeinde Sende (beide Amt Verl, Kreis Wiedenbrück) die Gemeinde Schloß Holte-Stukenbrock gebildet. Am 1. Januar 2003 erhielt die Gemeinde Stadtrechte. Die fünf Stadtteile heißen Liemke, Schloß Holte, Sende, Stukenbrock und Stukenbrock-Senne. Schloß Holte-Stukenbrock hat gut 27.000 Einwohner, von denen 25 Prozent evangelisch, 44 Prozent katholisch und 31 Prozent konfessionslos oder anderen Glaubens sind.

Die Stadt ist 67 Quadratkilometer groß, davon sind 36 Prozent Wald und 34 Prozent landwirtschaftlich genutzte Fläche.
Das Wappen der Stadt zeigt oben ein gespaltenes Schildhaupt, darin rechts ein goldenes (bzw. gelbes) Kreuz, links ein goldener (gelber) Adler. Der größere, untere Teil des Wappens wird von einer grünen Eiche mit zwei Eicheln eingenommen. Das Kreuz erinnert an die frühere Zugehörigkeit Stukenbrocks zum Fürstbistum Paderborn, der Adler an die frühere Zugehörigkeit Schloß Holtes zur Grafschaft Rietberg, der Baum symbolisiert den Waldreichtum.

Aus der Ortsgeschichte

Die erste urkundliche Erwähnung der Stukenbrocker Urhöfe „Brechtme" und „Gokersterteshusen" (Brechmann und Gauksterdt), der Sender Höfe „Ebbekenhusen" und „Godesloh" (Ebbinghaus und Gassel) sowie zweier „Lindbikehöfe" (vermutlich Obermeier und Johannliemke) in Liemke stammt aus dem Jahr 1153. Seit 1531 ist die Bezeichnung „Stukenbroike" überliefert.
Im 14. Jahrhundert entstand am Ostrand des Holter Waldes das Haus „Holte", eine Wehrburg, die 1556 durch Bernhard von der Lippe zerstört wurde. Der heutige Renaissancebau wurde durch Graf Johann III. von Rietberg und Ostfriesland als Jagdschloss errichtet.
Die Bewohner lebten ursprünglich von der Landwirtschaft, was in der kargen Senne nicht leicht war. Als Friedrich Ludwig Tenge 1839 neben dem Schloss die „Holter Hütte" errichtete, in der man ab 1842 das hier vorkommende Raseneisenerz verhüttete, begann auch in Schloß Holte-Stukenbrock das Zeitalter der Industrialisierung.

Das Holter Schloss diente den Grafen von Rietberg und Ostfriesland als Jagdschloss.

Sehenswürdigkeiten

Im Ortsteil Stukenbrock lohnt der Besuch der Barockkirche Johannes-Baptist. Die flach gedeckte Saalkirche von 1614 mit integriertem Westturm wurde ab 1683 erweitert. Das Querschiff fügte man 1820 hinzu, den Ostteil 1936. Zur Ausstattung gehören ein 1683 gestifteter Hochaltar, zwei 1774 vom Paderborner Hofbildhauer Johann Jakob Pütt geschaffene Rokoko-Seitenaltäre, die 1666 bezeichnete Kanzel, der um 1680 geschaffene Taufstein, das Orgelgehäuse von 1696 sowie eine Mater Dolorosa von 1636.
Im Ortsteil Schloß Holte steht der gleichnamige Adelssitz. Das Wahrzeichen der Stadt ist das ehemalige Jagdschloss der Grafen von Rietberg und Ostfriesland. In seiner jetzigen Form entstand es zwischen 1608 und 1616. Seit 1822 befindet es sich im Privatbesitz der Kaufmannsfamilie Tenge-Rietberg. Es kann nicht besichtigt werden, nur die Kapelle ist im Rahmen einer Stadtführung zugänglich.
Im Holter Wald in der Nähe des Ölbaches steht das Naturdenkmal „1000-jährige Eiche“. Das wahre Alter ist unbekannt, denn bereits um 1800 wurde der Baum als „1000-jährige Eiche“ bezeichnet.

In Schloß Holte-Stukenbrock entspringt die Ems, mit 370 Kilometer der längste innerdeutsche Fluss. Das Quellgebiet liegt im Naturschutzgebiet Moosheide, einer wunderschönen Sand- und Heidelandschaft. Mit etwas Glück sieht man auch die Senner Pferde, eine uralte Rasse, die vor einigen Jahren versuchsweise wieder ausgewildert wurde.

Bildung und Verwaltung

Das Polizeiausbildungsinstitut „Erich Klausener“ und die Landespolizeischule für Diensthundeführer haben ihren Sitz in Schloß Holte-Stukenbrock.

Kultur

Im Ortsteil Stukenbrock-Senne befindet sich die Dokumentationsstätte Stalag 326 und der sowjetische Ehrenfriedhof. Auf dem Gelände der heutigen Landespolizeischule befand sich im Dritten Reich eines von insgesamt elf so genannten „Russenlagern“. Es wurde im Mai 1941 für sowjetische Kriegsgefangene errichtet, seine Ausstattung widersprach allen völkerrechtlichen Gepflogenheiten. Die Gefangenen hausten anfangs in Erdlöchern, die Baracken wurden erst spater errichtet. Auf Grund schlechter Behandlung sowie Hunger und Krankheiten überlebten viele Gefangene das erste Jahr nicht. 1942 wurden die Rus-

Die St. Johannes-Kirche im Ortsteil Schloß Holte.

senlager aufgelöst und in gewöhnliche Kriegsgefangenenlager umgewandelt, denen auch Kriegsgefangene anderer Nationen zugeordnet waren. Bis zur Befreiung des Stalag 326 am 2. April 1945 durch US-Truppen durchliefen insgesamt 300.000 Männer das Lager in der Senne, von denen 9.000 die Befreiung erlebten. Zu Ehren der Toten gestalteten die Überlebenden den Friedhof ihrer Kameraden zu einem Ort des Gedenkens um und errichteten einen Obelisken. Vom Lager selbst sind heute noch die Entlausungsanstalt sowie das Arresthaus, in dem die Dokumentationsstätte untergebracht ist, erhalten. Daneben stehen noch einige wenige Baracken, von denen eine später zu einer kleinen Kirche umgebaut wurde. Die Dauerausstellung im Arrestgebäude erinnert an die Lebensbedingungen im Lager, den Arbeitseinsatz in der Region und das Verhältnis der deutschen Bevölkerung zu den Kriegsgefangenen. Daneben zeigt sie die Hintergründe des Weltanschauungskrieges gegen die Sowjetunion auf (Dokumentationsstätte Stalag 326, Lippstädter Weg 26, 33758 Schloß Holte-Stukenbrock, 05257/3033, www.stalag326.de). Das Heimathaus des Heimat- und Verkehrsverein Schloß Holte-Stukenbrock e.V. im Ortsteil Stukenbrock bietet in insgesamt zwölf Ausstellungsräumen eine Vielzahl historischer Informationen rund um Schloß Holte-Stukenbrock. Neben der Siedlungsgeschichte der Mittelsenne wird das frühere bäuerliche Leben im Senneraum gezeigt. Eine Sammlung von Öfen aus der Holter Eisenhütte, das Uhrenzimmer mit der alten Turmuhr der Pfarrei St. Johannes-Baptist sowie eine umfangreiche Heimatbücherei runden das Bild ab (Klaus Seichter, 05207/2227, www.heimat-und-verkehrsverein-shs.de).
Neben dem städtischen Kulturamt ist der Kulturkreis Schloß Holte-Stukenbrock Hauptanbieter für kulturelle Veranstaltungen. Das Angebot reicht vom Liederabend über Kleinkunst und Konzert bis zur Lesung.

Wirtschaft

Schloß Holte-Stukenbrock hat niedrige Gemeindesteuern und wurde deswegen vom Bund der Steuerzahler als Steueroase bezeichnet. Es finden sich vor allem Metall, Holz und Glas verarbeitende Betriebe. Größter Arbeitgeber ist das Unternehmen ARI-Armaturen Albert Richter GmbH & Co.KG mit knapp 800 Mitarbeitern an drei Standorten in Schloß Holte-Stukenbrock, Homberg bei Kassel und Halle an der Saale. Die Konstruktion und Herstellung von Regelarmaturen zählt zu den Hauptgeschäftsbereichen, ebenso wie Eisenguss, Maschinenbau und -handel, Werkzeug, Heizungstechnik, die Produktion von Kunststoffartikeln, fördertechnischen Einrichtungen, Treppen, aber auch Fischzucht und Textilverarbeitung.
Zum 30. Juni 2006 waren in Schloß Holte-Stukenbrock 7.219 sozialversicherungspflichtig Beschäftigte registriert, davon 3.753 im verarbeitenden Gewerbe, 1.097 im Handel und 669 im Gesundheits-, Erziehungs- und Sozialwesen.

Brauchtum, Feste, Traditionen

Neben den bekannten rheinischen Karnevalshochburgen hat sich Schloß Holte-Stukenbrock im Ostwestfälischen in den letzten 50 Jahren einen Namen als jecke Stadt gemacht. Besonders heftig wird Weiberfastnacht gefeiert; Besucher aus Nah und Fern zieht es zu den wilden Weibern und zu den Umzügen des Kinderkarnevals.
Auf eine mehr als 350-jährige Tradition blickt der „Pollhans" in Schloß Holte zurück. Jeweils am dritten Wochenende im Oktober besuchen 250.000 bis 300.000 Gäste den Pollhansmarkt, der mit Kirmes, Bauernmarkt und Wirtschaftsschau zu den größten Märkten in OWL zählt.
Ein fester Termin im städtischen Veranstaltungskalender ist auch der Erntedankumzug mit festlich geschmückten Wagen in Liemke.
Das Serengeti-Festival und sein kleiner Bruder „Holter Meeting", lockt alljährlich mehr als 10.000 Rock- und Hardrockfans an.

Sport und Freizeit

Weit über die Stadtgrenzen hinaus bekannt ist der Safari- und Hollywoodpark Stukenbrock im Süden der Kommune. Mit 70 Hektar gehört er zu den großen deutschen Freizeitparks. Neben den Fahrgeschäften sind freilaufende Wildtiere wie weiße Löwen und Tiger die großen Attraktionen.
Mehr als 19.000 Bürger sind in Schloß Holte-Stukenbrock in Vereinen organisiert, neben den Sportvereinen gibt es unter anderem fünf Schützenvereine. In der Senne gibt es einen 18-Loch-Golfplatz auf Gut Welschof.
Der Radfernweg Europaradwanderweg (R1) führt durch Schloß Holte-Stukenbrock. Der Heimat- und Verkehrsverein SHS unterhält acht lokale Rundwanderwege (Bezeichnungen A 1 bis 8) und drei Radrundwege (SHS 1 bis 3).

Persönlichkeiten

Der deutsche Fußballtrainer und ehemalige Fußballspieler Ewald Lienen wurde am 28. November 1953 in Schloß Holte-Stukenbrock geboren. Nach dem Abitur spielte er von 1977 bis 1992 in 333 Bundesligaspielen bei Arminia Bielefeld, Borussia Mönchengladbach und beim MSV Duisburg. Sein größter Erfolg als Spieler war der UEFA-Cup-Sieg 1979 mit der Borussia. Seit der Saison 2006/07 arbeitet Lienen beim griechischen Erstligisten Panionios Athen und erreichte dort am Ende der Saison den UEFA-Cup.

Information

Stadtverwaltung, Rathausstr. 2, 33758 Schloß Holte-Stukenbrock, 05207/8905-0, www.schloss-holte-stukenbrock.de.

Zum Gedenken an die Gefangenen und Opfer des Kriegsgefangenenlagers „Stalag 326" findet jährlich im September der Antikriegstag des Arbeitskreises „Blumen für Stukenbrock" statt.

Spenge

Kreis Herford

Auf ins Moor: Das Hücker Moor, ein zwölf Hektar großer Moorsee, lässt sich am besten per Ruderboot erkunden. Und hinterher ein Kaltgetränk in einer der Gaststätten am Ufer!
Durch das Tor: Schmuckstück des Gutes Werburg in Spenge ist das Torhaus. Hier können Paare auch den Bund fürs Leben schließen.

Geografische Lage/Verkehrsanbindung

Die Stadt Spenge liegt im Ravensberger Hügelland zwischen Teutoburger Wald und Wiehengebirge. Im Süden, wo das Gelände Richtung Teutoburger Wald hin ansteigt, wird eine Höhe von 155 Metern über NN erreicht, im Bereich des Hücker Moors liegt mit 64 Metern über NN der niedrigste Punkt. Im Westen grenzt die Stadt an die niedersächsische Stadt Melle. Weitere Nachbarn sind Bünde im Norden, Enger im Osten (beide Kreis Herford), Bielefeld im Südosten und Werther (Kreis Gütersloh) im Südwesten.
Die Autobahn A 30 verläuft wenige Kilometer im Norden an der Stadt vorbei, nächste Anschlussstellen sind Bruchmühlen und Bünde. Einen Eisenbahnanschluss gibt es nicht. Regiobusse fahren nach Bielefeld, Bünde, Enger, Herford, Halle und Versmold, ein Bürgerbus erschließt die Stadtteile Wallenbrück und Bardüttingdorf.

Wichtige Daten und Wappen

Die Stadt Spenge wurde 1969 im Zuge der kommunalen Neugliederung aus den Gemeinden Wallenbrück, Hücker-Aschen, Spenge, Bardüttingdorf und Lenzinghausen (dem Amt Spenge) gebildet. In der Stadt leben gut 15.500 Einwohner, die überwiegende Mehrheit (67 Prozent) ist evangelisch-lutherisch. Zehn Prozent der Bevölkerung bekennen sich zur römisch-katholischen Kirche; 23 Prozent geben an, konfessionslos zu sein oder sind eines anderen Glaubens. Spenge hat eine Fläche von 40,2 Quadratkilometern, davon dienen 72 Prozent der Landwirtschaft. Das Stadtwappen zeigt auf weißem Grund drei rote Sparren, darauf eine gelbe runde Spange, deren Nadel nach unten zeigt. Die Sparren erinnern an die Zugehörigkeit zur Grafschaft Ravensberg.

Aus der Ortsgeschichte

Die älteste urkundliche Erwähnung 1096 bezieht sich auf die Marienkirche in Wallenbrück, die anderen Spenger Ortsteile werden im 12. bzw. 13. Jahrhundert zuerst erwähnt. Zwei historische Wasserburgen gehören zum Stadtbild: die Mühlenburg und die Werburg. Beide gehen zurück auf die Adelsfamilie von Ledebur. Sie wurden urkundlich erstmals im Jahre 1468 erwähnt, als Heinrich Ledebur seine Güter an die Söhne übergab. Die Werburg wurde während des Dreißigjährigen Krieges 1625 durch eine kaiserliche Reiterkompanie geplündert.
Bis zur Franzosenzeit (1807 bis 1813), als Spenge Teil des Königreiches Westphalen – ab 1810 sogar Teil des Kaiserreichs Frankreich – war, waren Spenge und seine Ortsteile Teil des Amtes Limberg, das zur preußischen Grafschaft Ravensberg gehörte. Nach Ende der napoleonischen Zeit wurde die Grafschaft Ravensberg wieder preußisch.
Als die Leinenverarbeitung durch das Aufkommen mechanischer Webstühle Mitte des 19. Jahrhunderts immer unrentabler wurde und die Landbevölkerung kaum noch ernährte, bot die im nahen Bünde aufkommende Zigarrenindustrie ein Auskommen. Die Spenger rollten und pressten die Zigarren in Heimarbeit oder in Fabriken. Ebenfalls bedeutend war die Holzwirtschaft; heute ist jedoch kaum noch Wald erhalten.
Seit 1843 wurden die Gemeinden Wallenbrück, Hücker-Aschen, Spenge, Bardüttingdorf und Lenzinghausen in einem gemeinsa-

Die Kirche in Wallenbrück wurde zuerst 1096 erwähnt.

men Amt Spenge verwaltet. Soziale Spannung entluden sich Im Frühjahr 1848: Als die Märzrevolution sich herumsprach, kam es zu Auseinandersetzungen der Landbevölkerung mit den Grundherren – dem sogenannten Tumult in Spenge. Am 20. September 1900 nahm die Herforder Kleinbahn ihren Betrieb auf. Die Strecke führte von Spenge über Enger, Oetinghausen, Sundern bis zum Kleinbahnhof nach Herford – 1966 wurde sie eingestellt.

Sehenswürdigkeiten

Die evangelische Kirche St. Martin in Spenge geht auf das 9. Jahrhundert zurück; der um 1470 entstandene Martinsaltar ist ein besonders schönes Exemplar westfälischer Holzbildhauerkunst des Spätmittelalters.
St. Marien in Wallenbrück, heute ebenfalls eine evangelische Kirche, wurde 1096 erstmalig erwähnt. Sie ist ein breitgelagerter Saalbau der Spätgotik mit drei Jochen. Hier kann eine Steinplatte mit der Relieffigur eines jugendlichen Heiligen, der in der Hand ein Kirchenmodell hält, besichtigt werden. Nach einer Überlieferung handelt es sich um den im Alter von zwölf Jahren gestorbenen Kirchenstifter Gerhard.
Von der mittelalterlichen Mühlenburg sind noch die Grundmauern und ein Eckturm vorhanden, der ein Wappen mit der Jahreszahl 1705 trägt. Die Gräften der Wasserburg wurden 1858 verfüllt. Die heutigen Gebäude sind Um- und Anbauten des Historismus mit Stilelementen der Renaissance und des Barocks. Der vorbeifließende Mühlenbach trieb in der angrenzenden Mühle ein in den 1960er-Jahren demontiertes Wasserrad an. Die Anlage ist frei zugänglich.
Haus Werburg von 1468 besteht heute aus dem Herrenhaus, dem Torhaus und zwei Wirtschaftsgebäuden. Tor- und Herrenhaus wurden 1596 im Stil der Weserrenaissance errichtet. Im renovierten Torhaus sind heute das Trauzimmer des Standesamtes und das Stadtarchiv untergebracht. Seit 2008 wird das Herrenhaus renoviert, dort soll ein Museum entstehen. Das Gebäudeensemble kann jederzeit von außen besichtigt werden.
Die Windmühle Hücker-Aschen ist eine 1831 erbaute Wall-Holländer-Windmühle. Sie wurde 2005 mit neuen Flügeln ausgestattet. Die Windmühle wird ausschließlich für festliche Veranstaltungen genutzt.

Kultur

Der „Spenger Kammermusikabend" des Kulturamtes mit auch überregional bekann-

Wappen über dem Tor des Schlosses Mühlenburg.

Die Windmühle Hücker-Aschen wird heute für festliche Veranstaltungen genutzt.

ten Künstlern ist fester Bestandteil des Spenger Kulturlebens. Die Galerie im Rathaus zeigt wechselnde Ausstellungen.
Im Jugendzentrum Charlottenburg (1976 eingeweiht und damit eines der ältesten im Kreis) gibt es sonntags ein Kulturcafé und Kleinkunst. Alljährlich wird vom Jugendzentrum das „Spenger Rockfestival" in den Anlagen der „Charlottenburg" durchgeführt (05225/3735, www.charlottenburg.net).

Wirtschaft

Spenge ist von der Landwirtschaft geprägt, aber auch von Handwerk und Handel. In der Wirtschaftsstruktur sind mittlere Betriebe hervorzuheben, die Möbel und Polstermöbel, Möbelbeschläge, Textilien und Bekleidung produzieren oder Papier verarbeiten. Zu den größeren Arbeitgebern gehört der Polstermöbelhersteller Frommholz. Vollmer ist ein Hersteller von Hundenahrung, die Papierverarbeitungs Gesellschaft mbH (PVG) gehört zum Mindener Melitta-Konzern und stellt Staubsaugerbeutel her. Heinze ist ein zum Hettich-Konzern gehörendes Unternehmen zur Herstellung von Beschlägen für Möbel.

Am 30. Juni 2006 waren in Spenge 2.654 sozialversicherungspflichtig Beschäftigte registriert, davon 1.089 im verarbeitenden Gewerbe, 458 im Handel und 360 im Gesundheits-, Erziehungs- und Sozialwesen.

Brauchtum, Feste, Traditionen

Anfang Juni wird der „Spenger Poll" gefeiert. Ursprünglich ein Jahrmarkt, wird das Fest heute mit dem Schützenfest zusammen begangen. Im Frühsommer ist in der Reithalle Wallenbrück das Dorfgemeinschaftsfest. Das Spenger Stadtfest, das vom örtlichen Einzelhandelsverband augerichtet wird, steigt am zweiten Septemberwochenende.

Sport und Freizeit:

Bis zur Saison 2008 spielte der Turn- und Sportverein (TuS) Spenge in der zweiten Handballbundesliga. Das beheizte Werburger Waldbad wurde in den 1950er-Jahren errichtet. Das Freibad Lenzinghausen ist unbeheizt, hat aber eine große Liegewiese. Die Stadtbücherei im Bürgerzentrum Spenge verfügt über rund 30.000 Medien.
Das Naherholungsgebiet Hücker Moor ist ein Moorsee, der im Stadtteil Hücker-Aschen im Norden der Stadt liegt. Das Gewässer ist im Laufe des 18. und 19. Jahrhunderts durch Austorfung eines Flachmoores entstanden, das sich anschließend mit Wasser gefüllt hat. Mit einer Fläche von zwölf Hektar ist es das größte Binnengewässer im Kreis Herford.

Persönlichkeiten

Friedrich-Wilhelm Graefe zu Baringdorf wurde am 29. November 1942 in Spenge geboren. Nach einer Ausbildung zum Landwirtschaftsmeister studierte er Pädagogik und promovierte 1982. Er betreibt in Bewirtschaftungsgemeinschaft einen 50 Hektar großen Bio-Hof in Ostwestfalen. Für die Fraktion der Grünen/Freie Europäische Allianz ist er Mitglied des Europäischen Parlaments. Graefe ist Bundesvorsitzender der Arbeitsgemeinschaft bäuerliche Landwirtschaft.

Informationen

Stadtverwaltung Spenge, Lange Str. 52–56, 32139 Spenge, 05225/8768-0, info@spenge.de, www.spenge.de.

Steinhagen

Kreis Gütersloh

Red was wahr ist, trink was klar ist: Steinhagen ist die Heimat des Wachholderschnapses der Marke „Steinhäger".
Red was wahr ist – auch am Grab: Ein Witz besagt, dass Steinhagen der einzige Ort in Deutschland ist, in dem der Pastor am Grab sagt: „Der Herr hat wieder einen Steinhäger zu sich genommen."

Geografische Lage/Verkehrsanbindung

Die Gemeinde Steinhagen liegt in der nördlichen Hälfte des Kreises Gütersloh am Südhang des Teutoburger Walds. Höchste Erhebung ist der Bußberg mit 306 Metern über NN, der Kottenteich liegt mit 70 Metern am tiefsten. Steinhagen grenzt im Süden an Gütersloh, im Südwesten an Harsewinkel, im Nordwesten an Halle, im Norden an Werther (alle Kreis Gütersloh) und im Osten an die kreisfreie Stadt Bielefeld.
Steinhagen ist über die Bundesstraße 68 in Richtung Bielefeld und Osnabrück an das Fernstraßennetz angebunden. Zwischen den Ortsteilen Steinhagen und Amshausen verläuft die geplante Trasse für den Lückenschluss der A 33 – seit Jahrzehnten ein Politikum, da das Ortsgebiet durch die Autobahn zerschnitten wird. Die Bahnhöfe bzw. Haltepunkte Steinhagen (Westf.) und Steinhagen Bielefelder Straße liegen an der Bahnstrecke von Osnabrück nach Bielefeld, auf der mindestens im Stundentakt die Regionalbahn „Haller Willem" verkehrt. Außerdem fahren Regionalbusse nach Bielefeld und Halle (Westf.); alle Ortsteile können mit einem Anrufsammeltaxi erreicht werden.

Wichtige Daten und Wappen

Zum 1. Januar 1973 wurde Steinhagen im Zuge der Gebietsreform mit den Gemeinden Amshausen und Brockhagen zur neuen Gemeinde Steinhagen zusammengeschlossen. Die Landgemeinde umfasst eine Fläche von 56 Quadratkilometern, davon sind 33 Quadratkilometer landwirtschaftlich genutzt, weitere zehn Quadratkilometer sind mit Wald bestanden. Ende 2007 lebten in Steinhagen 19.938 Menschen, von denen 50 Prozent evangelisch, 14 Prozent katholisch und 36 Prozent anderen Glaubens oder konfessionslos sind.

Das Wappen von Steinhagen zeigt oben links in Blau eine goldene Ähre, rechts in Gold (bzw. Gelb) einen blauen Wacholder. Unten ist das Wappen der Grafschaft Ravensberg – drei rote Sparren auf Silber – zu sehen. Die Ähre und der Wacholder sollen die Bedeutung des Wacholderschnapses „Steinhäger" für die Gemeinde verdeutlichen.

Aus der Ortsgeschichte

Konrad III. bestätigte 1147 dem Stift Herford Besitzrechte an mehreren Hagen (also Höfen oder Hofstellen), darunter den Hofstellen „Schabbehardt" und „Burde" im Siedlungsgebiet des heutigen Steinhagen – es wird vermutet, dass diese Höfe die Keimzellen des Ortes sind.
Urkundlich belegt ist, dass ein „Hagen in Burde" mit zwölf Höfen dem Stift Herford im Jahr 1300 zu Zinsleistungen verpflichtet war. In späteren Urkunden wird „Burde" auch „Nienhagen" genannt. In einer Paderborner Urkunde des Jahres 1258 wird die Siedlung erstmals als „Steinhagen" bezeichnet – dies nahm die Gemeinde zum Anlass, 2008 ihr 750-jähriges Bestehen zu feiern. In unmittelbarer Nachbarschaft dieses Hagen wurde durch die Grafen von Ravensberg gegen Ende des 11. Jahrhunderts eine Siedlung gegründet, die aus elf freien Höfen bestand. Beide Siedlungskerne wurden 1334 vereint. Nach und nach wurden die Bezeichnungen „Burde" und „Nienhagen" zugunsten von „Steinhagen" nicht mehr verwendet.

Die evangelische Kirche steht im Mittelpunkt der Gemeinde Steinhagen.

Sehenswürdigkeiten

Seit 1334 besteht in Steinhagen eine Pfarrei. Die zweischiffige, aus dem 14. Jahrhundert stammende Hallenkirche wurde 1901 mit einer querschiffartigen Erweiterung versehen. Zur Ausstattung gehören ein Flügelaltar, der um 1450/60 im Umkreis des Johann Körbecke entstand, eine Kanzel mit spätgotischen Maßwerkfüllungen, ferner eine bemerkenswerte Inschrift über dem Haupteingang: „Und wenn die Welt voll Teufel wär" – sie bezog sich zum Zeitpunkt ihrer Erstellung auf demokratische Strömungen im Land.
Im Ortskern von Steinhagen haben sich nur wenige Fachwerkbauten des 18. und 19. Jahrhunderts erhalten; die ehemalige Kirchringbebauung wurde weitgehend durch Neubauten ersetzt. Erhalten blieb das Heimathaus Alte Kirchstraße 4. Das Dielenhaus ist am Torbalken mit „1609" bezeichnet, vermutlich ist es aber erst 100 Jahre später entstanden. 1988 wurde es zum Heimathaus umgebaut. Am Kirchplatz 22 befindet sich die Alte Schmiede, ein eingeschossiger Fachwerkbau aus der Mitte des 19. Jahrhunderts, der heute als Restaurant dient. Das am Marktplatz gelegene Brinkhaus ist ein stattliches, 1715 bezeichnetes Fachwerk-Dielenhaus, das später durch Anbauten erweitert wurde.
Auf dem Dach des Historischen Museums ist das Wahrzeichen von Steinhagen zu sehen, ein fünf Meter hoher, grüner Steinhägerkrug. Ein weiterer Steinhägerkrug mit dem Slogan „Was am Rhein der Wein, in München das Bier, ist der Steinhäger hier!" ist an der Gaststätte Steinhägerhäuschen zu sehen.
Der Leberblümchenberg ist Teil des 48 Hektar großen Naturschutzgebiets Jakobsberg in Amshausen und beheimatet ein großes Vor-

Bis ins 15. Jahrhundert reicht die Geschichte des Schnapses „Steinhäger" zurück: Damals wuchsen auf den Heideflächen an den Hängen des Teutoburger Waldes noch Wacholderbeeren in Hülle und Fülle. Die Bewohner des Bauerndorfes Steinhagen stellten aus den Beeren und Getreide ein besonderes Getränk her, dem sie heilkräftige Wirkung zuschrieben und das schon bald in der Umgebung geschätzt wurde. Steinhäger wurde zunächst als „natürliche Arznei" gegen die verschiedensten Krankheiten verwendet. Der „heilsame Klare" fand schnell zahlreiche Freunde. Als Heinrich Wilhelm Schlichte 1840 mit dem gewerbsmäßigen Brennen begann, wurde der „Steinhäger" in Holzfässern, so genannten „Ankern" mit etwa 34 Litern Inhalt oder in Tonkrügen verkauft. In der Blütezeit des Steinhägers gab es bis zu 20 Brennereien im Ort. „Steinhäger" ist seit 1989 eine durch EG-Verordnung geschützte geographische Herkunftsbezeichnung, die nur von Unternehmen des Ortes verwendet werden darf.

Der Steinhägerkrug auf dem Dach des historischen Museums ist das Wahrzeichen von Steinhagen.

kommen des Leberblümchens. Zur Blütezeit des Leberblümchens ab Mitte März ist er eine touristische Attraktion.

Kultur

Der Verein „Kulturwerk Steinhagen" sorgte für Aufführungen deutscher Tourneebühnen und Konzerte großer Orchester, die mangels eines eigenen Theatergebäudes in der Aula des Schulzentrums mit 750 Sitzplätzen zu sehen sind. Steinhagen ist ein sehr musikalischer Ort: Hier gibt es 13 weltliche und kirchliche Chöre. Das Historische Museum Steinhagen stellt in der Abfüllhalle, dem Labor, der Zollaufsicht und dem Söller der ehemaligen Brennerei Schlichte auf über 650 Quadratmetern eine Sammlung historischer Brenngeräte aus. Gezeigt wird die Geschichte des Steinhägers anhand verschiedener Utensilien zur Herstellung und zum Vertrieb des weltberühmten Wacholder-Branntweins. Auch alte Fotos, Urkunden, Trachten, Transportmittel usw. können bewundert werden. Das Museum wird von einem Trägerverein ehrenamtlich betrieben (Am Kirchplatz 26, 05204/7755, Führungen: Dieter Flöttmann, 05204/800266).

Wirtschaft

Steinhagen zeichnet sich nach dem weitgehenden Niedergang der Brennereien durch ein breit diversifiziertes Gewerbe aus. Zu den bekannten Unternehmen zählt die Hörmann KG, ein weltweit tätiges Unternehmen im Bereich Bauelemente (Türen, Tore, Zargen und Antriebe) mit insgesamt 5.500 Mitarbeiter und dem Hauptsitz in Steinhagen. Die Jung Pumpen GmbH ist mit rund 340 Mitarbeitern im Bereich Abwassertechnik weltweit tätig. Weitere große Unternehmen sind die INA Schaeffler KG, die Runge Verlagsauslieferung und der Gebäudereiniger Stoll. Zum 30. Juni 2006 waren in Steinhagen 6.050 sozialversicherungspflichtig Beschäftigte registriert, davon 2.370 im verarbeitenden Gewerbe und 1.036 im Bereich Grundstücks- und Wohnungswesen; 689 Menschen arbeiten im Handel. Die Arbeitslosenquote ist mit fünf Prozent sehr niedrig.

Brauchtum, Feste, Traditionen

Der Museumsverein Sandforth bemüht sich darum zu zeigen, wie die Landwirtschaft „anno dazumal" aussah. Dabei wird noch wie zu Großvaters Zeiten das Korn gedroschen (Gerhard Wortmann, 05201/2651). Ende September findet auf dem Ströhen das „Fittkefest" statt – eine Schau landwirtschaftlicher Erzeugnisse. Die dicksten Kürbisse und stolzesten Hähne werden präsentiert. Das Steinhagener Festjahr beginnt am 1. Mai mit den Köchemarkt „Steinhagen kocht auf". Ebenfalls im Mai sind die Steinhagener Reitertage. Sie haben überregionale Bedeutung und wurden bereits zweimal vom Club Deutscher Springreiter (CDS) als das beste

Das Rathaus der Gemeinde Steinhagen am Pulverbach.

Freilandturnier ausgezeichnet. Im März findet die Frühjahrskirmes, im August die Sommerkirmes rund um den Kirchplatz Steinhagen statt. Am ersten Septemberwochenende feiern die Steinhagener Weinmarkt und Heidefest – letzteres erinnert an den historischen Ursprung. Am ersten Adventswochenende ist rund um die Dorfkirche und auf dem Marktplatz der Steinhagener Weihnachtsmarkt. Seit über 25 Jahren ist dieser urige Markt konsequent gemeinnützig – inzwischen wurden mehr als eine Million Euro für gute Zwecke gesammelt (www.steinhagener-weihnachtsmarkt.de).

Sport und Freizeit

Größter Sportverein der Gemeinde ist die Sportvereinigung (Spvg) Steinhagen. Die Damentischtennisabteilung des Vereins wurde zwischen 1989 und 1994 sechsmal hintereinander Deutscher Meister. In Steinhagen gibt es acht Sporthallen.

Das Waldbad ist das Steinhagener Freibad. Es zeichnet sich dadurch aus, dass es kein gemauertes Becken hat, sondern ein Naturbad mit Strandanlage ist und vom Pulverbach durchflossen wird. Die Wassergüte zählt daher regelmäßig zu den Besten des Landes. In unmittelbarer Nähe des Hallenbades befindet sich das Cronsbach-Stadion, mit Rasenspielfeld inklusive Stehplatztribüne, zwei Rasen-Trainingsfeldern, einem Kunstrasen-Spielfeld sowie Leichtathletikanlagen. Größte Sportanlage ist das Steinhagener Reitsportzentrum.

Steinhagen liegt auf der Strecke der BahnRadRoute Teuto-Senne, die von Osnabrück über Steinhagen und Bielefeld nach Paderborn führt.

Auf dem Kamm des Teutoburger Waldes, also an der nördlichen Gemeindegrenze, verläuft der Hermannsweg, der als Wanderweg Rheine mit dem lippischen Velmerstot verbindet. Auf diesem Weg findet sich der Karl Carstens-Gedenkstein, der daran erinnert, dass der ehemalige Bundespräsident Karl Carstens auch Steinhagen durchquert hat.

Persönlichkeiten

Der Ex-Radsportprofi Jörg Ludewig ist gebürtiger Steinhagener; er kam hier am 9. September 1975 zur Welt. Ludewig fuhr für Bayer Worringen (1997/98), das Team Gerolsteiner (1999), Saeco (2000–2004), Domina Vacanze (2005), das T-Mobile Team (2006) und in der Saison 2007 für das Team Wiesenhof-Felt. 2003 bis 2005 nahm er an der Tour de France teil. 2007 beendete er seine aktive Radprofikarriere.

Außerdem lebt in Steinhagen der 1938 geborene Lutz Gössing. Der Spring- und Vielseitigkeitsreiter errang bei den Olympischen Spielen 1972 in München Mannschafts-Bronze in der Vielseitigkeitsdisziplin und holte sich darin zweimal den deutschen Meistertitel. Seit 1973 begleitet er als Trainer und Züchter junge Reiter zu den Europameisterschaften.

Information

Gemeinde Steinhagen, Am Pulverbach 25, 33803 Steinhagen, 05204 997/213, www.steinhagen.de.

Steinheim

Kreis Höxter

Ruhm: Der besondere Ruf Steinheims beruhte auf der Möbelindustrie, die bereits um 1900 hohes handwerkliches Können und industrielle Herstellungsmethoden verknüpfte.
Ehre: Der Historiker Reiner Reineccius, 1541 in Steinheim geboren, gilt als größter Sohn der Stadt. Seit 2007 trägt auch die Herbstkirmes seinen Namen, der Reineccius-Markt.

Geografische Lage/Verkehrsanbindung

Die Stadt Steinheim liegt im Nordwesten des Kreises Höxter inmitten der Steinheimer Börde – einer fruchtbaren, weitgehend von Feldern geprägten Hügellandschaft, zu der auch große Teile des Stadtgebiets von Nieheim und Marienmünster gehören. Die Stadt Steinheim umfasst eine Fläche von 76 Quadratkilometern, davon werden 63 Prozent landwirtschaftlich genutzt, 23 Prozent sind Wald.
Im Westen grenzt Steinheim an Horn-Bad Meinberg, im Nordosten an Schieder-Schwalenberg (beide Kreis Lippe), im Südosten an Nieheim, im Süden an Bad Driburg (beide Kreis Höxter), im Süden auch für ein kurzes Stück an Altenbeken (Kreis Paderborn). An der Grenze zu Lippe reicht das Stadtgebiet im Stadtteil Sandebeck bis auf den Kamm des Eggegebirges und somit auch auf den Preußischen Velmerstot (468 Meter über NN), der den höchsten Punkt im Stadtgebiet markiert. Der tiefste Punkt befindet sich bei Wöbbel an der Emmer mit 122 m ü. NN.
Steinheim ist an die „Ostwestfalenstraße" B 252 Warburg–Brakel–Lemgo angebunden, über diese in Bielefeld oder Bad Salzuflen auch an die Bundesautobahn A 2. Von Steinheim erreicht man zudem rasch die B 1 in Richtung Paderborn oder Hameln und damit bei Paderborn die A 44. Weiterhin besteht eine direkte Anbindung an die B 239 von Höxter nach Detmold, die ganz im Norden Steinheim berührt.
Der Bahnhof Steinheim liegt an der Strecke Hannover–Altenbeken, er wird im Stundentakt von der S-Bahnlinie Paderborn–Hameln–Hannover bedient. Im Stadtteil Sandebeck halten an der Strecke Altenbeken–Lage–Herford die Züge ebenfalls im Stundentakt.

Wichtige Daten und Wappen

Mit dem Gesetz zur Neugliederung des Kreises Höxter wurden zum 1. Januar 1970 die Gemeinden Bergheim, Eichholz, Hagedorn, Ottenhausen, Rolfzen, Sandebeck, Vinsebeck und die alte Stadt Steinheim aus dem aufgelösten Amt Steinheim sowie die Gemeinde Grevenhagen, eine Exklave des Kreises Detmold, zur neuen Stadt Steinheim zusammengeschlossen. Am 31. Dezember 2007 zählte die Stadt Steinheim 13.550 Einwohner.
61 Prozent der Bevölkerung sind katholisch, 23 Prozent evangelisch, die übrigen gehören sonstigen oder keiner Religionsgemeinschaft an.
Das Steinheimer Wappen, genehmigt am 10. November 1972, geht auf das seit dem 15. Jahrhundert nachweisbare Stadtsiegel zurück. Es zeigt auf silbernem (bzw. weißem) Grund eine rote Stadtbefestigung mit einem goldenem (gelben) Tor.

Aus der Ortsgeschichte

Die fruchtbare und wasserreiche Steinheimer Börde wurde bereits in der Steinzeit besiedelt. Schriftlich belegt ist die Existenz Steinheims aus der Zeit um 970 durch eine Schenkungsurkunde des Klosters Corvey. Eine Urkunde des Paderborner Bischofs von 1036 nennt ein Vorwerk in Steinheim, in der zweiten Hälfte des 12. Jahrhunderts wurde die bis heute stehende Kirche gebaut.
Steinheim hatte im 13. Jahrhundert bereits eine zentrale Funktion für die in der Börde verstreut liegenden Siedlungen. Um seinen

Die Pfarrkirche St. Marien ist unübersehbar der Mittelpunkt Steinheims.

Besitz zu stärken und um die Expansionsbestrebungen der Kölner Bischöfe abzuwehren, erhob Bischof Simon I. 1275 das Dorf Steinheim zur Stadt und ließ es befestigen (siehe auch: Nieheim). Die Entwicklung des städtischen Lebens wurde immer wieder zurückgeworfen – so durch die Pest in den Jahren 1349, 1541, 1618 und 1636/37, aber auch durch den Dreißigjährigen und den Siebenjährigen Krieg. Schwer gelitten hat Steinheim zudem immer wieder unter Feuersbrünsten, große Stadtbrände sind überliefert für die Jahre 1580, 1694, 1729 und 1790.

Im 19. Jahrhundert begann auch Steinheim, sich vom Charakter einer reinen Ackerbürgerstadt – in der viele Bürger zugleich Landwirte waren – zu entfernen. Nach Eröffnung der Hannover-Altenbekener Eisenbahn 1872 konnte sich die Steinheimer Möbelindustrie entwickeln, da sich die Produkte nun besser zu den Kunden transportieren ließen. Bereits einige Jahre vor Eröffnung der Eisenbahn hatte Anton Spilker 1864 seine Kunsttischlerei eröffnet, die rasch zum Lehr- und Stammbetrieb der Steinheimer Möbelindustrie aufstieg. 1903 begann die Steinheimer Möbelfabrik mit der serienmäßigen Herstellung von Möbeln.

1939 zählte Steinheim knapp 4.000 Einwohner, 1950 waren es fast 5.800 – Steinheim war nach dem Zweiten Weltkrieg zur neuen Heimat zahlreicher Vertriebener und Ausgebombter geworden. In den folgenden Jahren wurde die Stadt – auch optisch sichtbar – kräftig modernisiert, die Innenstadt erhielt ihr heutiges Gepräge. 1978 hatte die Kernstadt bereits knapp 7.000 Einwohner.

Die wirtschaftlichen Umbrüche im letzten Drittel des 20. Jahrhunderts waren tief. Die Möbelindustrie verlor mehr und mehr ihre Bedeutung, in der Landwirtschaft gingen – bei gleichbleibend hoher Ertragsleistung – hunderte Arbeitsplätze verloren. Neue Jobs entstanden im Industrie- und Gewerbegebiet Bergheim (an der Grenze zu Nieheim), aber trotzdem sind zahlreiche Einwohner zu Berufspendlern geworden.

Sehenswürdigkeiten

Die Stadtmitte von Steinheim wird dominiert von der mächtigen Pfarrkirche St. Marien und dem benachbarten spätbarocken Rathaus. Als

Der Giebel von Schloss Thienhausen ist einer der schönsten der Weserrenaissance.

Folge des großen Brandes von 1790 und der Stadtkernmodernisierung der 1970er- und 1980er-Jahre sind sonst nicht sehr viele historische Bauten erhalten geblieben. Die beindruckendsten Bauwerke findet man außerhalb der Kernstadt. Rund zwei Kilometer nördlich des Stadtteils Rolfzen liegt in einem stillen Seitental der Emmer das Wasserschloss Thienhausen. Es entstand auf einer älteren Burganlage, die die Herren von Haxthausen zu einem prächtigen, zweiflügeligen Schloss im Stil der Weserrenaissance ausbauen ließen. Der 1609 entstandene Ziergiebel des Südflügels gehört zu den schönsten seiner Art. Auf Schloss Thienhausen – bis heute im Besitz der Familie von Haxthausen – wohnte zeitweilig der Dichter Friedrich Wilhelm Weber, hier entstand sein bekanntestes Werk, das Versepos „Dreizehnlinden".

Eines der schönsten Barockschlösser Westfalens findet man in Vinsebeck. Der H-förmige und von einer Gräfte umschlossene Bau entstand 1718 bis 1720 und öffnet sich nach Osten zu einer beeindruckenden Parkanlage. Die Inneneinrichtung des Schlosses dokumentiert barocke Wohnkultur in beeindrukkender Weise. Schloss Vinsebeck befindet sich in Privatbesitz, kann aber nach Voranmeldung besichtigt werden.

Kultur

Das Möbelmuseum Steinheim, 2002 in der ehemaligen Möbelfabrik Günther eröffnet, erinnert an einen früher prägenden Industriezweig. „Steinheimer Möbel" – darunter verstand man massive Eichenmöbel mit reichem Schnitzwerk – galten einst als Qualitätsbegriff für höchste Ansprüche. Als Begründer der Steinheimer Möbelindustrie gilt Anton Spilker (1838–1892). Nach seiner Ausbildung hatte Spilker sich zunächst in Berlin niedergelassen, kehrte 1864 nach Steinheim zurück und übernahm die väterliche Werkstatt. Viele preußische Adelsfamilien zählten zu seinen Kunden. Bei Spilker Ausgebildete besuchten nach ihrer Lehrzeit Kunstgewerbeschulen oder bildeten sich bei Architekten und Bildhauern weiter, um sich anschließend in Steinheim als Kunsttischler niederzulassen. Bis 1914 wurden die Möbel dieser Fachleute als Einzelstücke nach den Wünschen der Kunden entworfen und in wochenlanger Handarbeit gefertigt; sie begründeten den Ruf Steinheims als Möbelstadt. Diese Werkstätten hatten durchschnittlich 15 bis 30 Mitarbeiter, wurden aber dennoch als „Möbelfabriken" bezeichnet. Zwischen den Kriegen wurden zwar weiterhin hochwertige Einzelmöbel hergestellt, daneben trat aber immer mehr die Serienproduktion für die anonymen Kunden der führenden Möbelhäuser in den Vordergrund (www. moebelmuseum.de).

Brauchtum, Feste, Traditionen
Steinheim ist eine Karnevalshochburg. Der Rosenmontagszug gilt als der größte und älteste in der Region Ostwestfalen-Lippe. Großer Beliebtheit erfreuen sich das Steinheimer Schützenfest, das jedes Jahr im Frühsommer ausgerichtet wird, sowie die Steinheimer Musik- und Schlemmertage, jährlich Ende April bzw. Anfang Mai.

Wirtschaft
Zwei Drittel der Fläche Steinheims wird landwirtschaftlich genutzt, was bis heute ein bestimmender Wirtschaftsfaktor ist – auch wenn in der Landwirtschaft nur noch wenige Menschen tätig sind. Brennpunkt des wirtschaftlichen Geschehens ist der Industriepark Bergheim an der Grenze zu Nieheim. Hier dominieren Baustoffe, Kunststoff- und Holzverarbeitung und Handel sowie Herstellung und Handel von Nutzfahrzeugen.
In Steinheim entsteht derzeit auf einer Fläche von zunächst 20 Hektar ein Verkehrssicherheitszentrum. Auf dem Areal können Pkw und Nutzfahrzeuge Übungsstrecken befahren, auch Fahrer von Einsatzfahrzeugen der Polizei oder Feuerwehr können hier trainieren. Clou des Zentrum sind künstlich herbeigeführte Witterungseinflüsse, Wasserhindernisse, Tunnelsimulatoren etc., die das Einüben von Reaktionen für den Ernstfall erlauben.
Am 30. Juni 2006 waren in Steinheim 3.319 Personen sozialversicherungspflichtig beschäftigt, davon 1.011 im Handel, 922 im verarbeitenden Gewerbe, 466 im Gesundheits-, Erziehungs- und Sozialwesen.

Persönlichkeiten
Der Historiker Reiner Reineccius wurde am 15. Mai 1541 in Steinheim geboren. 1578 wurde er Professor für Geschichte an der Universität Frankfurt/Oder, von dort folgte er dem Ruf nach Helmstedt, wo er am 16. April 1595 verstarb. Im Mittelpunkt seines Schaffens stand die Erforschung der Geschichte des Altertums und seiner Fürstenfamilien (Hauptwerk: „Syntagma de familiis quae in monarchiis tribus prioribus rerum potitae sunt", vier Bände, 1574–1580).
Der Schriftsteller Albert Hochheimer wurde am 5. Mai 1900 als Sohn einer jüdischen Kaufmannsfamilie in Steinheim geboren und verbrachte hier seine Jugendzeit. Unter dem Pseudonym Bert Jorat wurde Hochheimer zu einem der produktivsten deutschsprachigen Autoren von Kinder- und Jugendbüchern, Abenteuerromanen und Hörspielen („Die Geschichte der großen Ströme", „Abenteuer in der Sahara", „SOS im Atlantik" etc.). Hochheimer starb am 28. September 1976 in der Schweiz, wohin er 1942 geflüchtet war.

Information
Stadt Steinheim, Marktstraße 2, 32839 Steinheim, 05233/21-0, info@steinheim.de, www.steinheim.de.

Das Möbel-Museum Steinheim findet man in der alten Möbelfabrik Günther.

Stemwede

Kreis Minden-Lübbecke

Abstand: Stemwede gehört mit 88 Einwohnern je Quadratkilometer zu den am dünnsten besiedelten Gemeinden sowohl des Kreises als auch Nordrhein-Westfalens.
Kunst auf dem Land: Die LandArt-Route, die auch durch Stemwede geht, verbindet Kunst, Handwerk, Museen und Architektur.

Geografische Lage/Verkehrsanbindung

Die Großgemeinde Stemwede liegt im Norden des Kreises Minden-Lübbecke, im nordöstlichen Zipfel Nordrhein-Westfalens. Nachbargemeinden sind im Norden Lemförde und Wagenfeld (Kreis Diepholz) im Osten Rahden, im Südosten Espelkamp, im Süden Preußisch Oldendorf (alle Kreis Minden-Lübbecke) und im Westen Bad Essen und Bohmte (Kreis Osnabrück). Der höchste Punkt mit 181 Metern über NN ist der Stemweder Berg, der niedrigste mit 38 Metern liegt im Oppenweher Moor.
Stemwede ist über die Landesstraße L 770 (Bohmte–Espelkamp–Petershagen) an die B 51 von Diepholz nach Bohmte und an die B 65 von Minden nach Bohmte angebunden. Außerdem ist die Gemeinde über die B 239 von Herford nach Rahden gut zu erreichen. Im Nordwesten durchquert die Hauptstrecke Osnabrück–Bremen das Gemeindegebiet, jedoch ohne Bahnhof. Die nächsten Bahnstationen an dieser Hauptbahn sind Bohmte und Lemförde, nicht weit sind auch die Bahnhöfe Rahden und Lübbecke an der Regionalbahn nach Bielefeld.

Wichtige Daten und Wappen

Am 1. Januar 1973 wurden die früheren Ämter Dielingen-Wehdem und Levern zur Gemeinde Stemwede zusammengeschlossen. Das Gebiet der Gemeinde Stemwede ist seither in drei Bezirke eingeteilt: der Bezirk Levern umfasst die Ortschaften Levern, Sundern, Niedermehnen, Destel und Twiehausen, der Bezirk Dielingen die Ortschaften Drohne, Dielingen, Haldem und Arrenkamp und zum Bezirk Wehdem gehören die Ortschaften Westrup, Wehdem, Oppendorf und Oppenwehe. Das Gemeindegebiet ist 165 Quadratkilometer groß – 75 Prozent sind landwirtschaftlich genutzt, zehn Prozent sind Waldfläche. Ende 2007 hatte die Gemeinde Stemwede 14.275 Einwohner, von denen 76 Prozent evangelisch, sechs Prozent katholisch und 18 Prozent anderen Glaubens oder konfessionslos sind.

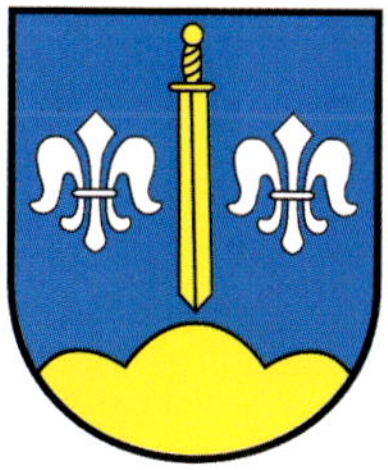

Das Wappen der Gemeinde zeigt auf blauem Grund ein senkrechtes, goldenes (bzw. gelbes) Schwert, begleitet von zwei silbernen heraldischen Lilien über einem goldenen Dreiberg. Der Dreiberg steht für den Höhenzug des Stemweder Berges. Das Schwert gibt das Siegel des Richters Gerke-Wedeham, Richter auf dem Stemwede anno 1441, wieder. Die Lilien sind als Mariensymbol zu deuten, sie stehen in enger Beziehung zum Kloster bzw. Stift Levern.

Aus der Ortsgeschichte

Urkundlich erwähnt wurden die Ortschaften Levern, Destel und Wehdem erstmals 969. In einer Urkunde wird berichtet, dass Ritter Worad dem Mindener Dom verschiedene Höfe, Leibeigene und Weiteres schenkte. 1198 wird im Osnabrücker Urkundenbuch erstmals die Bezeichnung Stemwede erwähnt. 1227 wurde ein Zisterzienserinnenkloster in Levern gegründet, im 13. Jahrhundert der Grundstein für die St. Marienkirche in Dielingen gelegt und das Schloss in Haldem durch die Bischöfe von Minden erbaut. 1368 folgte der Übergang der Gerichtsbarkeit in der Freigrafschaft Stemwede auf den Bischof und das Kapitel des Bistums Minden. 1558 wurde das Kloster in Levern in ein frei-

Die evangelische Kirche in Wehdem wurde 1801 erbaut.

weltliches, adeliges Damenstift umgewandelt, das 1810 durch Napoleon aufgelöst wurde. Der Name Stemwede wird auf die spätmittelalterliche „Freigrafschaft Stemwehde" zurückgeführt.

Sehenswürdigkeiten

Vom Damenstift in Levern sind noch zahlreiche Fachwerkstiftskurienhäuser mit den Wappen der Stiftsdamen über den Hauseingängen erhalten, sie bilden mit der weithin sichtbaren Doppelkirche (Pfarrkirche und Klosterkirche) den historischen Ortskern von Levern. Sehenswert ist auch eine reizvolle Gruppe aus drei aneinander gebauten Fachwerkhäusern auf dem Kirchplatz. Für Gruppen werden Führungen mit dem Nachtwächter oder Stiftsdamen angeboten (Fremdenverkehrsamt Stemwede, 05474/206-207).
In dem Pfarrwitwenhaus aus dem 17. Jahrhundert in der Buchhofstraße wohnte die Autorin des bekannten ersten deutschen Kochbuches „Man nehme" Henriette Davidis, die in Levern ihre ersten Kocherfahrungen in Rezepten niederschrieb.

Die evangelische Pfarrkirche St. Marien in Dielingen stammt aus dem 13. Jahrhundert. Sie ist reich ausgestattet und hat eine Barockorgel aus dem 17. Jahrhundert. Die evangelische Kirche in Wehdem wurde 1801 erbaut und hat einen für Westfalen seltenen, quergerichteten Predigtsaal. Schloss Haldem wurde im 13. Jahrhundert durch die Bischöfe von Minden angelegt und im Dreißigjährigen Krieg eingeäschert; die heutige Anlage entstand im 17. Jahrhundert. Die Gebäude werden heute als Fachklinik für Suchtkranke genutzt. Drei Mühlen gibt es in Stemwede, die Teil der Westfälischen Mühlenstraße sind. Die Bockwindmühle Oppenwehe wurde 1705 als Gutsmühle des Rittergutes Hüffe erstmals erwähnt; 1868 wurde sie abgebaut und 1873 in Oppenwehe wieder aufgebaut. Die in den 1970er-Jahren stillgelegte Mühle wurde ab 1991 teilweise wieder aufgebaut und zu einem – an den Mahl- und Backtagen – produzierenden Denkmal (Kontakt: 05474/206-207, Fremdenverkehrsamt Stemwede).
Die Kolthoffsche Hofmahlmühle wurde 1922 zur Versorgung des Hofes Kolthoff in Niedermehnen errichtet und bis 1959 genutzt. 1980 wurde sie nach Levern versetzt. Sie verfügt über einen massiven Unterbau aus Bruchsteinen und einen sechseckigen, taillierten Turm, der verbrettert und verschindelt ist.
Die Windmühle Destel ist ein Galerie-Holländer, erbaut Anfang des 19. Jahrhunderts. Die Galerie ist kaum sichtbar, weil sie von niedrig gehaltenen Bäumen umgeben ist.

Kultur

Veranstaltungen mit bekannten Künstlern bieten die Stemweder Theater- und Musiktage in der Begegnungsstätte in Wehdem. Für plattdeutsches Laienspiel sorgt die Heimatbühne Stemweder Berg, die im März/

April plattdeutsche Theaternachmittage durchführt (Marianne Hohlt, 05474/467). Die Laienspielschar Oppenwehe führt ihr Können in der ersten Adventswoche und am zweiten und dritten Adventssonntag vor (Karl-Heinz Becker, 05773/8799), die Landjugend Levern an den Wochenenden Ende Oktober/Anfang November (Dieter Rohlfing, 05745/2161).
Im ehemaligen Küsterhaus von 1704 ist das Heimathaus Levern untergebracht, das an den Mahl- und Backtagen der Leverner Mühle geöffnet ist (Karin Klanke, 05745/2774). Ein weiteres Heimathaus, ein niederdeutsches Zweiständer-Fachwerkhaus, steht in Wehdem (Fritz Möller, 05773/1597). In beiden Heimathäusern befinden sich Ausstellungen heimatlichen Kulturgutes. Auf anschauliche Weise kann nachvollzogen werden, wie frühere Generationen gelebt und gearbeitet haben.

Wirtschaft

Größter Arbeitgeber in Stemwede ist ZF Lemförder, Zulieferer der Automobilindustrie mit seinem Werk in Dielingen. Weltweit beschäftigt ZF an 120 Produktionsstätten in 25 Ländern rund 55.000 Mitarbeiter, davon etwa 1.600 im Werk Dielingen, dem Entwicklungszentrum von ZF Lemförder.
Am 30. Juni 2006 waren in Stemwede 5.488 sozialversicherungspflichtig Beschäftigte registriert, davon 2.702 im verarbeitenden Gewerbe, 966 im Gesundheits-, Erziehungs- und Sozialwesen, 708 im Handel.

Brauchtum, Feste, Traditionen

Die wichtigsten Termine im Veranstaltungskalender sind die zahlreichen Schützenfeste, das Altmaschinentreffen, der Spargelmarkt, die Frühjahrs- und Herbstmärkte sowie die Weihnachtsmärkte. Am Pfingstwochenende findet ein internationales A-Junioren-Fußballturnier in Stemwede-Wehdem statt. Auch ein Open-Air-Festival unter dem Motto „Umsonst und draußen" lockt jedes Jahr im August rund 20.000 Besucher nach Stemwede-Haldem. Einen besonderen Höhepunkt bietet der seit 1963 alle fünf Jahre stattfindende Blumenkorso im Rahmen des Schützenfestes in Levern. Etwa 20 von Vereinen, Siedlungsgruppen und Gemeinschaften mit 100.000 bunten Dahlien geschmückten Wagen, die Märchendarstellungen, historische Motive und andere Mottos zeigen, ziehen durch den Ort. Diese werden begleitet von verschiedenen Spielmannszügen und Kindergruppen.

Sport und Freizeit

Auf über 100 Kilometern ausgeschilderten Radwegen kann die Stemweder Parklandschaft erkundet werden, auch zu anderen attraktiven Zielen wie zum Dümmer See oder zur Westfälischen Mühlenstraße kann man per Rad gelangen. Die LandArt-Route führt in die ländliche Kunstszene und zu originellen Plätzen des Mühlenkreises. Wanderwege im Stemweder Berg und Oppenweher Moor vermitteln Naturerlebnisse: Das 952 Hektar

Schloss Haldem wird heute als Klinik genutzt.

Blick auf den Ortsteil Levern mit Windmühle, Fachwerkhäusern und einem alten Baumbestand.

große Naturschutzgebiet Oppenweher Moor liegt nordöstlich des Stemweder Berges. Da die Moorpflanzen extrem empfindlich auf Trittbelastung reagieren, darf der Besucher nur die markierten Wege benutzen.
Von April bis Oktober lohnt die Teilnahme an einem rustikalen Mahl- und Backtag an den Windmühlen in Levern und Oppenwehe, wo Butterkuchen und Schmalzbrote aus alten Backhäusern angeboten werden.
Im Sommer kann man versuchen in einem 30.000 Quadratmeter großen Maislabyrinth in Stemwede-Niedermehnen den richtigen Weg zu finden oder eine Nacht im Heuhotel verbringen. Zum Verweilen lädt auch ein „NaturGarten" mit verschiedenen Kunstobjekten in der Nähe ein. Für Kinder und Jugendliche gibt es das Bistro Life House.

Persönlichkeiten

Henriette Davidis wurde am 1. März 1801 in einer Pfarrerfamilie in Wengern geboren. Sie besuchte eine private Töchterschule und absolvierte eine Ausbildung als Erzieherin, anschließend arbeitete sie als Köchin auf verschiedenen Gutshöfen. Von 1838 bis 1841 lebte sie in Levern und arbeitete im Gasthof zur Post als Küchenmamsell. Hier schrieb sie ihre bisherigen Kocherfahrungen nieder, die 1845 als „Praktisches Kochbuch mit zuverlässigen und selbstgeprüften Recepten der gewöhnlichen und feinen Küche" für Anfängerinnen und angehende Hausfrauen erschienen. Das Werk, berühmt durch seine immer wiederkehrende Formulierung „Man nehme", erreichte bis heute 76 Auflagen und wurde zum Klassiker unter den Kochbüchern. Nach einer beruflichen Zwischenstation als Leiterin einer Mädchenarbeitsschule in Sprockhövel kehrte sie 1848 für etwa ein Jahr nach Levern zurück. Nach Berufsstationen in Bremen, Minden, Wengern und Dortmund starb sie am 3. April 1876 in Dortmund.
Der Politiker Gustav Niermann wurde am 15. Dezember 1919 in Wehdem geboren. Neben seiner Tätigkeit als Landwirt zog es ihn schon früh in die Politik. Mit 34 Jahren wurde er zum Landrat des Kreises Lübbecke gewählt, 1954 erfolgte seine Wahl in den Düsseldorfer Landtag. 1958 wurde er mit gerade einmal 38 Jahren nordrhein-westfälischer Agrarminister, seine Ministerzeit dauerte insgesamt acht Jahre. Niermann wird als ein Wegbereiter der Europäischen Gemeinschaft im Agrarsektor angesehen. Sein Engagement im politischen, Agrar- und Genossenschaftsbereich brachte ihm viele Ehrungen und Auszeichnungen. 1975 beendete Gustav Niermann seine politische Laufbahn und kehrte endgültig nach Wehdem zurück, wo er am 4. Februar 1989 starb.

Information

Gemeinde Stemwede, Fremdenverkehrsamt, Buchhofstraße 17, 32351 Stemwede-Levern 05474/206-207, www.stemwede.de.

Verl

Kreis Gütersloh

Schuldenfrei: Verl ist seit dem 31. Dezember 2005 eine der wenigen schuldenfreien Kommunen in Deutschland – zu diesem Zeitpunkt verfügte die Gemeinde über Rücklagen in Höhe von 24,3 Millionen Euro.
Trödelei: In der Ostwestfalenhalle Kaunitz findet an jedem ersten Samstag im Monat ein riesiger Tier- und Trödelmarkt statt. Teilnehmer und Sammler müssen früh aufstehen: Um fünf Uhr morgens geht's los.

Geografische Lage/Verkehrsanbindung

Die Gemeinde Verl liegt im östlichen Teil des Kreises Gütersloh am Südrand des Teutoburger Waldes. Im Norden grenzt Verl an die kreisfreie Stadt Bielefeld, östlich an Schloß Holte-Stukenbrock (Kreis Gütersloh), südöstlich an Hövelhof und Delbrück (beide Kreis Paderborn), im Süden an Rietberg und im Westen an Gütersloh (beide Kreis Gütersloh). Die höchste Erhebung mit 111 Metern über NN befindet sich in der St.-Heinrich Straße, der niedrigste Punkt mit 85 Metern in der Nähe des Bahnhofs Varensell.
Verl ist über die Anschlussstelle Gütersloh an die durch das Gemeindegebiet verlaufende Autobahn A 2 angeschlossen; die östlich hinter der Gemeindegrenze verlaufende A 33 ist über die Anschlussstellen Schloß-Holte Stukenbrock und Hövelhof erreichbar. Die durch den Ort führende Strecke Gütersloh–Hövelhof wird nur noch im Güterverkehr bedient, der nächste Bahnhof mit Personenverkehr ist Gütersloh. Mit Bussen ist Verl mit Bielefeld, Gütersloh, Rheda-Wiedenbrück, Rietberg, Schloß Holte-Stukenbrock, Lippstadt und Hövelhof verbunden.

Wichtige Daten und Wappen

Die heutige Gemeinde Verl wurde am 1. Januar 1970 aus den früheren Gemeinden Verl, Bornholte, Österwiehe, dem westlichen Teil der Gemeinde Sende, Teilen der Gemeinde Schloß Holte und Teilen der Gemeinde Varensell gebildet. Ende 2007 zählte der Ort

24.949 Einwohner, von denen 60 Prozent katholischen Glaubens sind, 19 Prozent evangelisch und 21 Prozent anderen Glaubensrichtungen angehören oder konfessionslos sind. Die Gesamtfläche der Gemeinde umfasst 71 Quadratkilometer, davon sind 73 Prozent Landwirtschaftsfläche.
Das Wappen der Gemeinde Verl ist in vier Felder unterteilt, in der Mitte ein goldenes Herzschild eingelassen. Die Felder oben links und unten rechts zeigen auf grünem Grund je einen silbernen (bzw. weißen) Eichenbaum mit zwei goldenen (bzw. gelben) Eicheln; in den anderen beiden Feldern sind Grün und Silber umgekehrt. Vorbild für diese Gestaltung war das 1938 verliehene Wappen des Amtes Verl. Seine Gestaltung bezog sich darauf, dass der Name Verl „vier Wälder" bedeuten soll. Diese Namensdeutung wird in jüngerer Zeit jedoch in Frage gestellt. Statt dessen wird „der weit weg (‚ver') liegende Wald (‚lo') im Sinne von „abseits gelegen" oder „abgelegen" vorgeschlagen. Die fünf Felder des Wappens versinnbildlichten die dem Amt Verl angehörenden fünf Gemeinden Verl, Bornholte, Sende, Liemke und Österwiehe.

Aus der Ortsgeschichte

Der Name Verl wird bereits im 13. Jahrhundert erwähnt – in einer Urkunde aus dem Jahre 1264 erscheint erstmals die Bezeichnung Verlo. Sie bezieht sich wohl auf den Hof Meier zu Verl, der zu einer Gruppe von vier Hofstätten gehörte, die vermutlich seit der ersten Jahrtausendwende am Rande des so genannten Verler Feldes in unmittelbarer Nähe des Ölbaches entstanden waren. Weitere urkundliche Erwähnungen von Höfen aus

Die katholische Pfarrkicrhe St. Anna im Ortskern von Verl.

den Bauerschaften des Verler Landes liegen aus dem 11. und 12. Jahrhundert vor. Im Jahr 1512 wurde in der Bauerschaft Verl eine Kapelle erbaut. Sie wurde um 1577 zur Pfarrkirche erhoben und bildete den Mittelpunkt des aus den Bauerschaften Verl, Sende und Bornholte bestehenden Kirchspiels Verl.

Unter dem letzten Fürsten von Kaunitz verlor die Grafschaft Rietberg, zu der Verl seit dem 13. Jahrhundert gehörte, ihre Selbstständigkeit, als sie im Jahr 1807 dem Königreich Westphfalen zugeschlagen wurde. Nach dem Wiener Kongress gelangte das Gebiet 1815 an Preußen und wurde 1816 in den neu gegründeten Kreis Wiedenbrück eingegliedert. 1822 verkaufte Fürst Alois von Kaunitz die Grafschaftsgüter an den Rittergutsbesitzer Friedrich Ludwig Tenge zu Niederbarkhausen. Am 1. Juli 1838 wurde die Kantonsverwaltung von Neuenkirchen nach Verl verlagert. Die zuvor zum Kanton Rietberg gehörige Gemeinde Österwiehe wurde dem neuen Kanton Verl zugeschlagen. Durch die neue preußische Landgemeindeordnung vom 31. Oktober 1841 wechselte die Bezeichnung: Aus dem Kanton wurde 1843 das Amt Verl mit 6.744 Einwohnern.

Von 1901 bis 1903 baute die Teutoburger Wald-Eisenbahn (TWE) die Strecke von Gütersloh über Verl und Kaunitz nach Hövelhof. Damit erhielt Verl einen Anschluss an die wirtschaftlich wichtige Bahnverbindung zwischen dem Ruhrgebiet und Hannover. 1978 stellte die TWE den Personenzugverkehr aufgrund der wachsenden Zahl privater Kraftwagen ein.

Sehenswürdigkeiten

Die katholische Pfarrkirche St. Anna wurde zwischen 1792 und 1801 durch den Fürsten Wenzel Anton von Kaunitz-Rietberg erbaut. Es handelt sich um eine dreischiffige, klassizistische Hallenkirche mit Ostturm; der westliche Anbau stammt von 1933. Die gesamte Innenausstattung – mit Ausnahme der Orgel – wurde vom Hofmaler und Möbelfabrikanten Philipp Ferdinand Ludwig Bartscher aus Rietberg geschaffen, hiervon ist jedoch nur noch die um 1800 entstandene Kanzel erhalten.

Den Ortskern prägen noch heute einige Fachwerkhäuser des 17. bis 19. Jahrhunderts. Die Dorfmühle soll sogar auf das Jahr 1598 zurückgehen. Ein eindrucksvoller Fachwerkspeicher in Bornholte, laut Inschrift von 1774, gehört zu den wenigen erhaltenen Speicherbauten des Verler Landes. Die Seppeler-Kapelle soll um 1745 entstanden sein und das Haupthaus des Hofes Dresselhaus stammt aus dem Jahre 1656.

In der Ostwestfalenhalle in Kaunitz darf an jedem ersten Samstag „getrödelt" werden.

Kultur

Der 1956 gegründete Musikverein Verl besteht aus dem Ostwestfalen-Blasorchester, dem Ostwestfalen-Jugendorchester sowie dem Schülerorchester mit insgesamt über 160 aktiven Musikern. Im Januar findet das Jahreskonzert des Musikvereins in der Aula der Hauptschule statt, dann präsentieren die drei zum Verein gehörenden Blasorchester ein Programm aus Marschmusik, Polka, Samba, sowie Film- und Musicalhits.

Das Verler Heimathaus (Sender Straße 8) war ursprünglich ein Ackerbürgerhaus, 1986 wurde es als Heimathaus renoviert. Zu den Ausstellungsschwerpunkten gehören die Siedlungsgeschichte des Verler Landes und landwirtschaftliche Themen (Heimatverein Verl, Regina Bogdanow, 05246/2220, www.verlerland.de).

Im Alten Bahnhof in Kaunitz organisiert der seit 2003 bestehende Kunstkreis Kaunitz Ausstellungen auswärtiger und einheimischer Künstler.

Wirtschaft

Verl ist seit dem 31. Dezember 2005 eine der wenigen schuldenfreien Gemeinden Deutschlands. Folgende wichtige Unternehmen sind in der Gemeinde beheimatet: Im Aluminiumbereich die Firmen Alulux und Heroal, das Unternehmen für Automatisierungs- und Gebäudetechnik Beckhoff, der Finanzdienstleister Bertelsmann Financial Services, die EGE Fensterbau, Teckentrup Tore und Türen, der Küchenhersteller Nobilia und der fleischverarbeitende Betrieb Kleinemas. Größter Arbeitgeber ist das Unternehmen Nobilia mit etwa 2.000 Mitarbeitern.

Zum 30. Juni 2006 waren für Verl 9.767 sozialversicherungspflichtig Beschäftigte verzeichnet, davon 4.838 im verarbeitenden Gewerbe, 1.382 im Handel und 1.177 im Baugewerbe.

Brauchtum, Feste, Traditionen

Vier Verler Schützenvereine pflegen das Brauchtum des Schützenwesens. Ihre Schützenfeste finden jährlich in den Sommermonaten statt.

Einer der größten Tier- und Trödelmärkte Deutschlands ist der Hobbymarkt, der an jedem ersten Samstag im Monat, in der Zeit von 5 bis 14 Uhr, in und um die Ostwestfalenhalle im Ortsteil Kaunitz stattfindet. Der Hobbymarkt besteht seit 1966; an manchen Tagen kommen bis zu 15.000 Besucher.

Ebenfalls in der Ostwestfalenhalle findet der Trucker-Treff statt, ein Country-Festival. Hier tragen die Männer Colt und Cowboyhut, es treten Musiker wie Tom Astor oder die Gruppe Truck Stop auf. In der Festhalle wird alljährlich am letzten Wochenende im November der größte überdachte Weihnachtsmarkt Ostwestfalens aufgebaut.

Am letzten Juni-Wochenende findet ein Lauf zur Deutschen Meisterschaft im Tractorpulling statt. Veranstalter ist das ortsansässige

Das Rathaus in Verl vereint alte und neue Bausubstanz.

Isotov-Team, das selbst mit zwei Sport-Traktoren an den Start geht. Der Tractor Pulling Team Verl e.V. fährt seit Jahren erfolgreich in deutschen und europäischen Wettbewerben – das Team war Deutscher Meister 2000 und 2004 in der freien Klasse 2,5 Tonnen, 2001 in der freien Klasse 3,5 Tonnen, außerdem Vize Europameister 2003 in der Freien Klasse 2,5 Tonnen.
Am ersten September-Wochenende findet die Kirmes „Verler Leben" statt. Mitten im Ortskern werden mehrere Straßen und Plätze den Schaustellern zur Verfügung gestellt. Offiziell beendet wird das Fest mit einem traditionellen Feuerwerk am Sonntagabend.

Sport und Freizeit

Der SC Verl spielt in der Regionalliga Nord und ist der bekannteste Sportverein am Ort. Mit der Damen- und der Herren-Mannschaft des Turnverein Verl (TV Verl) ist die Gemeinde in der Handball-Oberliga und mit dem Baseballteam Verl/Gütersloh Yaks in der Regionalliga Nordwest des Deutschen Baseball- und Softball-Verbandes vertreten. Außerdem gibt es noch den Reitverein RV Verl. Die Ortsgruppe der DLRG Verl hat auf Bundesebene Preise für die besonders gute Jugendarbeit erhalten. Die Bibliothek ist für eine Kommune der Größe außergewöhnlich gut und wurde mehrfach ausgezeichnet.
„Verl-erleben" unter diesem Motto zeigen sachkundige Natur- und Kulturführer interessierten Bürgern, Gästen und Gruppen die landschaftlichen Besonderheiten und Sehenswürdigkeiten im Verler Land. Es gibt Führungen zu Fuß, mit dem Rad und dem Bus (Kontakt: Heimathaus Verl, Sender Str. 8 , 05246/822209; heimathaus@ verlerland.de; Bernhard Klotz, 05246/2851, c-b.klotz@gmx.de; Matthias Holzmeier, 05246/936633; matthias.holzmeier@freenet.de).

Persönlichkeiten

Der Ingenieur und Manager Joachim Milberg wurde am 10. April 1943 in Verl geboren. Nach der Realschule und einer Ausbildung zum Maschinenschlosser absolvierte Milberg 1962 bis 1965 ein Studium der Fertigungstechnik an der Staatlichen Ingenieurschule Bielefeld; 1966 bis 1969 folgte ein Studium der Fachrichtung Fertigungstechnik an der Technischen Universität Berlin, 1971 die Promotion zum Dr.-Ing., anschließend war er bei der Bielefelder Gildemeister AG beschäftigt. Milberg war Professor an der Technischen Universität München und Mitglied des Vorstandes der Bayerischen Motorenwerke AG. Nach dem Abgang von Bernd Pischetsrieder wurde Joachim Milberg 1999 Vorstandsvorsitzender. Seit 2004 ist er Vorsitzender des Aufsichtsrates der BMW AG.

Information

Gemeinde Verl, Paderborner Straße 5, 33415 Verl, 05246/961-0, www.verl.de.

Versmold

Kreis Gütersloh

Ran an den Speck: Versmold ist einer der bedeutendsten Standorte für die Fleisch verarbeitende Industrie. Der neue Slogan der Stadt: „Versmold macht Appetit".
Ich bin dann mal weg: Wer kurz abtauchen will, hat dazu im Parkbad, einem kombinierten Hallen- und Freibad, Gelegenheit. Oder er bucht eine der interessanten Stadtführungen und schaut sich beispielsweise das Naturschutzgebiet Versmolder Bruch an.

Geografische Lage/Verkehrsanbindung

Die Stadt Versmold liegt im Westen des Kreises Gütersloh und bildet den westlichsten Punkt Ostwestfalens an der Grenze zum Münsterland. Das Stadtgebiet grenzt im Norden an die niedersächsischen Gemeinden Bad Laer, Bad Rothenfelde und Dissen (alle Landkreis Osnabrück), im Nordosten an Borgholzhausen, im Osten an Halle, im Süden an Harsewinkel (alle Kreis Gütersloh), im Westen an Sassenberg (Kreis Warendorf). Der höchste Punkt des Stadtgebietes mit 88 Metern über NN liegt in Bockhorst in der Nähe des Hofes Rattenholl, der niedrigste Punkt mit 65 Metern im Ortsteil Peckeloh.
Die Bundestraße 476 von Warendorf nach Borgolzhausen durchquert die Stadt und stellt den Anschluss an die Autobahn A 33 nach Osnabrück her – der Lückenschluss in Richtung Bielefeld steht noch aus, bislang stellt die B 68 die Verbindung nach Bielefeld her. Der Bahnhof Versmold dient seit 1977 nur noch dem Güterverkehr, nächstgelegene Stationen sind Borgholzhausen, Gütersloh und Warendorf. Regionalbusse fahren nach Gütersloh, Bielefeld, Halle, Borgholzhausen und Warendorf (Anrufbus).

Wichtige Daten und Wappen

Im Rahmen der Gebietsreform wurde die Stadt Versmold zum 1. Januar 1973 mit den ehemaligen Amtsgemeinden Bockhorst, Hesselteich, Loxten, Oesterweg und Peckeloh zur neuen Stadt Versmold zusammengeschlossen. In ihr leben 21.500 Menschen, von denen 61 Prozent evangelisch sind, 16 Prozent katholisch und 23 Prozent konfessionslos oder anderen Glaubens. Die Stadt hat eine Fläche von 85 Quadratkilometern, 66 davon sind landwirtschaftlich genutzt.

Das Wappen zeigt auf silbernem (bzw. weißen) Grund einen roten Sparren, darunter ein freischwebender roter Schragen. Der Sparren erinnert an die Zugehörigkeit Versmolds zur Grafschaft Ravensberg. Mit dem Kreuz wird an die historische Funktion Versmolds als Gerichtsstätte erinnert.

Aus der Ortsgeschichte

Im Jahre 1096 erstmals urkundlich erwähnt und somit seit über 900 Jahren als Kirchspiel nachweisbar, zählt Versmold zu den ältesten Siedlungen der Region. Durch die Lage im Grenzbereich zweier konkurrierender Bistümer wurde das Versmolder Gebiet im Hochmittelalter zu einem Zankapfel zwischen den Bischöfen von Münster und Osnabrück. Im 13. Jahrhundert errichteten die Versmolder ihre Petrikirche, als Gotteshaus und als Wehrkirche gleichermaßen. 1277 konnten sich die Grafen von Ravensberg die Oberherrschaft über den Versmolder Raum sichern, die damit einen Keil zwischen die Bistümer Münster und Osnabrück schoben. Versmold blieb Grenzgebiet, auch nachdem Ravensberg 1609 preußisch geworden war. 1719 verlieh König Friedrich Wilhelm I. Versmold den Titel einer Stadt. Bald ließen sich bedeutende Leinenhändler nieder, rasch entwickelte sich die Stadt zu einem Handelszentrum für die schon seit Jahrhunderten in Handarbeit betriebene Leinenweberei mit dem Schwerpunkt der Segeltuchherstellung. Durch die zur

Die evangelische Pfarrkirche St. Petri steht im Zentrum von Versmold.

Mitte des 19. Jahrhunderts übermächtig werdende Konkurrenz maschinengewebter Stoffe wurde die Existenz zahlreicher Versmolder Garnspinner und Leineweber zerstört. Als Retter in der Not erwies sich schließlich die Fleischwarenfabrikation. Rasch entwickelten sich Versmolder Schinken, Mettwürste und Speck zu Exportschlagern.
Typische Betriebsform war die um die Hofanlage als Zentrum gruppierte Wurstfabrik mit Schlachthaus, Kühlraum und Rauch – wegen ihres unmittelbaren agrarischen Ursprungs eine ungewöhnliche Form der Industrialisierung. Die Bauernhöfe mit angelagerter Fabrik zogen mehr und mehr Arbeitskräfte an. Mit Einführung der Eismaschine gelang es, auf ganzjährige Produktion umzustellen; bis 1910 verfügte praktisch jeder Betrieb über ein eigenes Kühlhaus. Die Branche florierte und Versmold war zu Beginn des Ersten Weltkrieges eines der bedeutendsten Zentren der ostwestfälischen Fleischverarbeitung.

Sehenswürdigkeiten

Die evangelische Pfarrkirche St. Petri wird 1096 erstmals erwähnt. Die jetzige Kirche war ursprünglich ein einschiffiger Gewölbebau des 13. Jahrhunderts. Im 16. Jahrhundert wurde das Langhaus erweitert, im 18. Jahrhundert erfolgte der Anbau eines zweiten, nördlichen Kirchenschiffs; aus dieser Zeit stammt der in Fachwerk errichtete Ostgiebel. Bei einer Erneuerung entstanden 1902 die Quergiebeldächer; damals erhielt auch der romanische Westturm seine neue Kupferhaube.
Die Mairie, das ehemalige Bürgermeisterhaus, ist ein zweigeschossiger klassizistischer Putzbau mit Krüppelwalmdach. Es wurde 1805 für Bürgermeister Anton Daniel Delius (1762–1826) errichtet; heute findet sich hier unter anderem das Café Pico.
Der Hof Wissmann in der Berliner Straße ist ein gut erhaltenes Fachwerkanwesen mit Backspeicher. Das Haus Kavenstroth ist eine heute als städtisches Begegnungszentrum umgebaute Hofanlage.
Versmold verfügt seit 1901 über einen Stadtpark. Er wurde ab 1843 von der Fabrikantenfamilie Delius auf einer Insel angelegt, die aus dem Aabach und einer abgezweigten Umflut gebildet wird. Zum Privatpark gehörte auch ein als Oktogon errichteter Pavillon, der 1913 durch einen neoklassizisitischen Vorbau ergänzt wurde, seitdem wurde das Gesamtensemble als Sängerhalle genutzt. Seit den 1930er-Jahren wird das Gebäude gastronomisch genutzt.
Sehenswert ist auch die kleine Bockhorster Kirche mit der Nachbildung des „Boekster

Ein Kleinod ist der Ortsteil Bockhorst.

Triumpfkreuzes", dessen Original heute im Landesmuseum Münster verwahrt wird. Es gilt als das größte und besterhaltene Exemplar seiner Art nördlich der Alpen.

Bildung und Verwaltung

Das Christliche Jugenddorfwerk Deutschland (CJD) unterhält in Versmold drei CJD-Christophorusschulen: eine Förderschule für junge Aussiedler mit Internat, eine Realschule sowie ein Gymnasium mit musischem Schwerpunkt.

Kultur

Das Versmolder Tourneetheater bietet jährlich zwei Spielpläne mit jeweils vier Aufführungen im Hauptschulzentrum und wird von einem überregionalen Publikum genutzt. Im Sommer finden jeden „Freitag Schlag vier" auf dem Marktplatz am Schweinebrunnen Kleinkunstveranstaltungen statt. Kunst- und Fotoevents sowie bedeutendere historische Ausstellungsprojekte werden regelmäßig im Versmolder Rathaus präsentiert.
Interessant sind die Ausstellungsprojekte des Kunstkreises Versmold in der „Galerie Et" in der Knetterhauser Straße und die vom Kunstkreis jährlich organisierte Kulturwoche (Ulrike Poetter, 05423/53 83, www.versmolder-kunstkreis.de). Von hohem Wert sind die von der örtlichen Buchhandlung veranstalteten Lesungen. Bedeutende Autoren lesen aus ihren Werken – auch der in Versmold aufgewachsene Hans Ulrich Treichel.

Im Gebäudekomplex des Heimatmuseums findet sich ein restauriertes Heuerlingshaus, in dem der Heimatverein unter anderem eine Sammlung zur Geschichte von Hausschlachtung und industrieller Fleischverarbeitung unterhält. Ergänzt wird die Museumsanlage durch ein Backhaus, das regelmäßig in Betrieb genommen wird. Ein Café, eine Wagenremise mit antikem bäuerlichen Arbeitsgerät und eine nach historischem Vorbild errichtete Schmiede runden das Gebäudeensemble ab (Kontakt: 05423/2115).

Wirtschaft

Versmold ist heute bekannt für seine Fleisch verarbeitende Industrie und ist Standort vieler Unternehmen rund um die Lebensmittelproduktion. Zu den bekanntesten Fleischverarbeitern zählen die Traditionsunternehmen Reinert, Wiltmann und Nölke; größter Arbeitgeber ist Wiltmann mit 850 Mitarbeitern. Die Stadt Versmold wird scherzhaft auch als die „Wurstküche Westfalens" oder als „Fettfleck Deutschlands" bezeichnet. Seit November 2006 lautet deshalb auch der neue Slogan der Stadt: „Versmold ... macht Appetit!"
Der deutsche Marktführer im Bereich der temperaturgeführten Lebensmittel-Logistik, Kraftverkehr Nagel, hat seinen Stammsitz in Versmold. In den 25 Niederlassungen sind 4.324 Mitarbeiter beschäftigt, europaweit sind es rund 8.800. Der Jahresumsatz der Nagel-Gruppe lag 2007 bei 1,3 Milliarden Euro. Mit der Kronkorkenfabrik Brüninghaus hat einer der größten Hersteller von Flaschen-

Die Stockheimer Mühle im Ortsteil Loxten.

verschlüssen Europas in Versmold seinen Sitz. Am 30. Juni 2006 waren für Versmold 8.112 sozialversicherungspflichtig Beschäftigte verzeichnet, davon 3.139 im verarbeitenden Gewerbe, 1.435 im Bereich Verkehr und Nachrichtenübermittlung und 1.321 im Handel.

Brauchtum, Feste, Traditionen

Höhepunkte im gesellschaftlichen Leben Versmolds sind die Ende Februar stattfindende Frühjahrskirmes „St.-Petri-Markt", die im Volksmund als „Sünne Peider" bekannt ist. An den drei Festtagen kommen bis zu 100.000 Besucher in die Stadt.
Das „Stadtfest Versmold", das am vierten August-Wochenende Musik, Kleinkunst und Kirmes bietet, wird ebenfalls in der Innenstadt gefeiert. Musik gibt es dann auf den Open-Air-Bühnen am Wurstträgerbrunnen und auf dem Vorplatz des Rathauses. Im Ortsteil Bockhorst ist Ende Mai „Spargelmarkt": Im historischen Dorfkern mit seinen Fachwerkensembles gibt es ein Dorffest rund um das königliche Gemüse mit allerlei Köstlichkeiten, Marktständen und altem Handwerk. Jährlich am dritten Advent steigt der Versmolder Weihnachtsmarkt im Rund der Petrikirche.

Sport und Freizeit

Etwa 20 Sportvereine sind im Stadtgebiet aktiv – Handball und Fußball, Golf und Tennis, aber auch Angel- und Schießsport werden angeboten. Das alte Versmolder Parkstadion wurde 2005 mit Unterstützung der Firma Kraftverkehr Nagel komplett saniert; seit 2007 trägt es den Namen Kurt-Nagel-Parkstadion. Zum beliebten Treffpunkt zählt auch das Parkbad, ein Frei- und Hallenbad im Herzen der Stadt. Mit dem Peckeloher „Schultenhof" verfügt Versmold über einen 18-Loch-Golfplatz. Ebenfalls im Ortsteil Peckeloh gibt es Nordic-Walking-Routen. Rund 2,8 Kilometer lang ist der Rundwanderweg durch das Naturschutzgebiet Versmolder Bruch. Darüber hinaus werden Stadtführungen zu Fuß oder per Rad angeboten.

Persönlichkeiten

Der Germanist und Schriftsteller Hans-Ulrich Treichel wurde am 12. August 1952 in Versmold geboren und lebte dort bis 1968. Den Verlust des älteren Bruders auf der Flucht aus den Ostgebieten und die traumatischen Erlebnisse der Eltern verarbeitete er unter anderem in dem Roman „Der Verlorene". Nach dem Abitur in Hanau studierte er in Berlin Germanistik, Philosophie und Politologie, 1993 wurde er habilitiert; seit 1995 lehrt er am Deutschen Literaturinstitut Leipzig. Treichel wurde unter anderem 2005 mit dem Hermann-Hesse-Preis, 2006 mit dem Eichendorff-Literaturpreis und dem Deutschen Kritikerpreis ausgezeichnet.

Information

Stadt Versmold, Münsterstraße 16, 33775 Versmold, 05423/954-0, www.versmold.de.

Vlotho

Kreis Herford

Historisch: In der historischen Innenstadt von Vlotho erinnern liebevoll restaurierte Fachwerkhäuser verschiedener Baustile an die wechselvolle Geschichte der einst bedeutenden Kaufmannsstadt Vlotho.
Sommerfrisch: Von der Höhenburg auf dem Amtshausberg, die den Fluss und ihre Stadt einstmals beherrschte, zeugt heute noch die Burgruine. Dem Gast bietet sich vom Burgplatz mit dem Burgrestaurant ein weiter Blick auf das Wesertal.

Geografische Lage/Verkehrsanbindung

Die Stadt Vltoho liegt ganz im Osten des Kreises Herford. Die Weser durchfließt das Stadtgebiet und teilt im Nordosten den Stadtteil Uffeln ab. Das Stadtgebiet grenzt im Westen an Herford und Löhne (Kreis Herford), im Norden an Bad Oeynhausen und Porta Westfalica (Kreis Minden-Lübbecke) im Südosten an Kalletal, im Süden an Lemgo und Bad Salzuflen (Kreis Lippe). Höchste Erhebung mit 335 Metern über NN ist der Bonstapel im Südosten, der niedrigste Punkt mit 43 Metern liegt an der Weser.
Durch den nordwestlichen Teil des Stadtgebiets verläuft die Autobahn A 2. Hier befindet sich die Anschlussstelle Exter, vom Zentrum der Stadt aus sind die Anschlussstellen Porta Westfalica und Kreuz Bad Oeynhausen allerdings schneller zu erreichen. Die Bundesstraße 514 führt von Kalletal über Vlotho zur A 30. Am Bahnhof Vlotho hält stündlich die „Weserbahn" (RB 77) von Bünde über Löhne und Hameln nach Hildesheim. Eine Stadtbuslinie fährt bis Exter, ein Regionalbus nach Herford. Im Stadtgebiet verkehren „Taxibusse" – wer mitfahren will, muss sich 30 Minuten vor der Fahrt in der Zentrale anmelden.

Wichtige Daten und Wappen

1969 wurde die neue Stadt Vlotho aus der alten Titularstadt Vlotho und den Gemeinden Valdorf und Exter des alten Amtes Vlotho gebildet. 1973 kam auf eigenen Wunsch die jenseits der Weser gelegene Gemeinde Uffeln hinzu, die bis dahin zum Amt Hausberge im Kreis Minden gehört hatte. Die Stadt hat 20.700 Einwohner, von denen 64 Prozent evangelisch, neun Prozent katholisch und 27 Prozent konfessionslos oder anderen Glaubens sind. Die Gesamtfläche Vlothos beträgt 77 Quadratkilometer, drei Viertel sind landwirtschaftliche Fläche oder Wald.

Das Wappen von Vlotho ist geteilt. Oben ist das Wappen der Grafschaft Ravensberg zu sehen (drei rote Sparren auf silber bzw. weiß), unten zwei silberne (weiße) gestielte Lilien. Die Teilung hat eine Wellenform als Hinweis auf die Weser. Die Lilien weisen auf das ehemalige Zisterzienser-Nonnenkloster hin.

Aus der Ortsgeschichte

Es waren Fischer und Bauern, die sich vor Jahrhunderten an einer Furt der Weser im Mündungsbereich des Forellenbaches ansiedelten. Sie nannten das Gebiet plattdeutsch „Vlothowe" (Flußaue). Daraus wurde Vlotho, das 1185 erstmals urkundlich erwähnt wurde. Die Geschichte der Stadt ist eng verbunden mit der der um 1250 errichteten Höhenburg auf dem Amtshausberg. Vlotho wurde schon im 13. Jahrhundert als Stadt bezeichnet, war mit eigenem Stadtrichter und entsprechenden Rechten versehen. 1368 fielen die Mindener ein und zerstörten die Burg und die Stadt fast völlig. In der Folge verlor das unbedeutend gewordene Vlotho die Stadtrechte und gehörte zum Gaugericht zu Herford. Erst 1650 durften die Vlothoer unter dem Großen Kurfürsten wieder jährlich einen Jahrmarkt abhalten. Große Bedeutung für die Stadt hatte der Weserhafen. Unter anderem

Die evangelische Stephans-Kirche in Vlotho gehörte ursprünglich zu einem Kloster.

mit Flößen wurden Holz und Mühlensteine stromabwärts transportiert. Mitte des 17. Jahrhunderts wurde die Vlothoer Schiffergilde gegründet, eine Vereinigung der im Ort ansässigen Binnenschiffer. Vlotho wurde zum Zentrum des Leinenhandels, erhielt 1719 städtische Rechte als Titularstadt und 1740 wieder einen eigenen Magistrat. In napoleonischer Zeit wurde Vlotho dem Königreich Westphalen zugeschlagen. 1813 kam die Stadt wieder zu Preußen und profitierte erneut von der günstigen Lage an der Weser. 1843 wurde die Köln-Mindener Eisenbahn eröffnet, durch die wichtige Warenströme an Vlotho vorbeigelenkt wurden. Erst 1875 erhielt Vlotho durch die Einrichtung der Eisenbahnstrecke Löhne–Vienenburg Anschluss an das dichter werdende Netz.

1903 erschloss die Strecke der Herforder Kleinbahnen vom Weserhafen Vlotho über Herford nach Wallenbrück neue Verkehrsströme. Vom Hafen aus wurden zeitweise durchgehende Güterzüge nach Bielefeld gefahren. 1964 wurde der Verkehr auf der Kleinbahntrasse wieder eingestellt.

Sehenswürdigkeiten

Die evangelische Stephans-Kirche war ursprünglich das Gotteshaus für die Nonnen des 1258 gegründeten Zisterzienserinnenklosters Segenstal. Reste des Klosters – unter anderem der Kreuzgang – sind noch vorhanden. Der einfache gotische Rechtecksaal mit Dachreiter wurde 1659/60 durch ein zweites Schiff im Süden erweitert. Zur Ausstattung gehören die 1660 von Hans Küchlein geschnitzte Kanzel und die Emporenbrüstungen aus dem 17. Jahrhundert. Der Altar wurde nach 1660 geschaffen.

Die Kirche im Ortsteil Valdorf ist ebenfalls mittelalterlichen Ursprungs, durch zahlreiche Umbauten ist das bestehende Bauwerk aber schwer zu datieren. Eine Urkunde aus dem Jahr 1258 markiert den Ausgangspunkt in der Geschichte der Pfarrei. Nach einer umfangreichen Renovierung stellt sich die kleine Kirche heute als wahres Schmuckstück dar.

Der Amtshausberg schließt sich unmittelbar an die Altstadt von Vlotho an, auf ihm befinden sich die Reste der seit dem 12. Jahrhundert bezeugten Burg Vlotho, die 1709 größtenteils abgetragen wurde. Zwischen 1936 und 1939 wurden die Fundamente wieder freigelegt und mit einer Aufmauerung als Burgruine gestaltet.

Im Ortsteil Exter steht auf einer Anhöhe die 1850 gebaute Windmühle aus Naturstein; 1961 wurden die Flügel durch einen Sturm beschädigt und die Mühle zum Stillstand gebracht. Der Verein „Windmühle Exter e. V."

setzt das reparaturbedürftige Bauwerk wieder instand.
Die Dorfkirche im Ortsteil Exter wurde 1959 zur ersten evangelischen Autobahnkirche geweiht. Der Turm ist noch der ursprüngliche von etwa 1676, das heute vorhandene Kirchenschiff ersetzte 1952 den ursprünglichen, verputzten Fachwerkbau.
Vlotho hat einen Kurpark, der von den Heilbädern Bad Senkelteich und Bad Seebruch gemeinsam genutzt wird. Im vier Hektar großen Park befindet sich ein Klanggarten und das Haus des Gastes. Die Anlage ist öffentlich zugänglich (www.bad-senkelteich.de).

Bildung und Verwaltung

Vlotho ist Sitz des Jugendhofs Vlotho, einer Bildungsstätte des Landschaftsverbandes Westfalen-Lippe. Weitere Bildungseinrichtungen sind das Gesamteuropäische Studienwerk (GESW) und das AKE-Bildungswerk e. V.

Kultur

In einer ehemaligen Zigarrenfabrik ist die Kulturfabrik Vlotho zu Hause. Hier finden Konzerte statt, Kabarett und Ausstellungen. In dem Gebäude an der Langen Straße 53 sind auch die Stadtbücherei, die Jugendkunstschule und die Heimatstube untergebracht.
In der Heimatstube des Heimatvereins Vlotho gibt es neben Informationen zur Stadtgeschichte regelmäßig Vorführungen wie Spinnen und Zigarrenmachen. Außerdem wurde ein typischer „Tante-Emma-Laden" rekonstruiert (Kontakt: Rudolf Klocke, 05733/8631). Der Heimatverein betreibt auch die restaurierte Hammerschmiede Gnuse in Bad Seebruch, die mit Wasserrad und kleinem Schwanzhammer vollständig erhalten ist. Geöffnet ist die Schmiede von April bis September nach Vereinbarung.
Ebenfalls in Bad Seebruch gibt es ein Kutschenmuseum (Seebruchstraße 33), das Fahrzeuge aus zwei Jahrhunderten und aus mehreren europäischen Ländern zeigt (Kontakt: 05733/925915).
Eine außergewöhnliche Sammlung von 400 Instrumenten aus aller Welt ist „Musica Curiosa": Peter und Tina Ausländer haben die Instrumente zusammen getragen, führen sie gerne vor und lassen Besucher unter Anleitung ausprobieren. Die Sammlung in Verbindung mit Vorspiel, Vortrag, Eigenversuchen, Werkstatt und Klanglabor für Kinder ist in dieser Form in NRW einmalig (Steinstr. 16, 05733/2720).

Wirtschaft

Bedeutend für die Wirtschaft in Vlotho sind neben dem Tourismus und der Gesundheitswirtschaft in den beiden Kurbädern weiterhin der Maschinenbau, die Metallverarbeitung, Möbelherstellung, Kunststoffverarbeitung, Kosmetik, Dienstleistungsbetriebe, mittelständisches Handwerk und landwirtschaftliche Betriebe.
Größter Arbeitgeber am Ort ist das Unternehmen Kannegießer, das Maschinen für industrielle Wäschereitechnik herstellt und als

Die evangelische Kirche in Valdorf.

Der Jugendhof Vlotho ist eine Bildungsstätte des Landschaftsverbandes Westfalen-Lippe.

Weltmarktführer für Fixiermaschinen gilt. Das Unternehmen beschäftigt 900 Mitarbeiter an sechs Standorten. Weitere wichtige Unternehmen sind die Finke GmbH & Co im Stadtteil Exter, die Metallblasinstrumente herstellt und die pronorm Einbauküchen GmbH im Stadtteil Uffeln.
Zum 30. Juni 2006 waren 6.009 sozialversicherungspflichtig Beschäftigte für Vlotho registriert, davon 2.939 im verarbeitenden Gewerbe, 1.094 im Handel und 746 im Gesundheits-, Erziehungs- und Sozialwesen.

Brauchtum, Feste, Traditionen

Das Festjahr beginnt am letzten Wochenende im März mit dem Brückenfest. Es wird am linksseitigen Brückenkopf der Straßenbrücke über die Weser auf dem Parkplatz Amtshof gefeiert und ist eine Frühjahrskirmes.
Anfang Mai richtet der Verein „Recken von Porta" auf der Burg einen mittelalterlichen Markt aus. Im Juni wird in der Innenstadt das Stadtfest gefeiert und im August das „Vlothoer Hafenfest" – wie der Name schon sagt im Hafenbereich an der Weser.
Am zweiten Sonntag im September ist „Tag des Bauernbades", an dem sich die beiden Kurbäder Bad Seebruch und Bad Senkelteich präsentieren. In den Moorbädern findet seit dem 19. Jahrhundert Kurbetrieb statt, seit 1968 ist Vlotho zudem staatlich anerkannter Luftkurort.

Sport und Freizeit

In Uffeln, auf dem Freizeitgelände Borlefzen, befindet sich ein 80.000 Quadratmeter großer Bootshafen mit Zugang zur Weser und ein Campingplatz. Der Vlothoer Weserhafen wird nur noch touristisch genutzt. Er ist ein Haltepunkt für Ausflugsfahrten nach Minden (es können Kombinationen mit der dortigen Museumseisenbahn gebucht werden) bzw. nach Rinteln und Hameln.
Der fünf Kilometer lange Naturlehrpfad Bonstapel führt als Rundweg auf dem gleichnamigen Berg zu vierzehn Stationen, an denen Informationstafeln über die Geschichte der Landschaft, ihre Flora und Fauna berichten.
32 Vereine sind dem Vlothoer Stadtsportverband angeschlossen. Bei Sportlern beliebt ist der Exter-Triathlon, der alljährlich seit 1989 in den Monaten Juli/August stattfindet. An dem beliebten Dreikampf Schwimmen-Radfahren-Laufen nehmen meist 400 bis 500 Menschen teil. Fernradfahrer können in Vlotho auf dem Weserradweg starten.

Information

Stadt Vlotho, Lange Str. 60, 32602 Vlotho, 05733/924-0, www.vlotho.de.

Warburg

Kreis Höxter

Alt: Im Schutze der Burg siedelten sich unter dem Wartberg immer mehr Menschen an – so entstand Ende des 12. Jahrhunderts die Warburger Altstadt.
Neu: Gleich nebenan wurde 1228/29 auf dem Berg die Warburger Neustadt gegründet. Beide waren selbständig und schlossen sich erst 1436 zusammen – das gemeinsame Rathaus entstand zwischen den Städten.

Geografische Lage/Verkehrsanbindung

Warburg liegt ganz im Süden des Kreises Höxter. Während das Stadtgebiet im Westen die Ausläufer des Sauerlandes und des Eggegebirges, im Süden das Hessische Bergland berührt, erstreckt es sich nach Norden in die fruchtbare, von nur sanften Erhebungen gekennzeichnete Warburger Börde. Im Norden grenzt Warburg an Willebadessen und Borgentreich (beide Kreis Höxter), im Osten an Liebenau und Breuna (beide im hessischen Landkreis Kassel), im Süden an Volkmarsen und Diemelstadt (beide im hessischen Landkreis Waldeck-Frankenberg), im Westen an Marsberg (Hochsauerlandkreis) und Lichtenau (Kreis Paderborn). Die höchste Erhebung ist der Humbertsberg mit 423 Metern über NN im Warburger Wald westlich von Scherfede, der niedrigste Punkt mit 149 Metern liegt im Diemeltal an der Grenze zu Liebenau. Westlich von Warburg kreuzen sich die Bundesstraßen B 7 (Hagen–Kassel) und B 252 („Ostwestfalenstraße" von Blomberg nach Warburg), über letztere erreicht man im südlichen Stadtgebiet die Anschlussstelle Warburg an der A 44 Kassel–Dortmund; für Scherfede und Umgebung liegt die Anschlussstelle Diemelstadt günstiger. Der Bahnhof Warburg liegt an der Strecke Ruhrgebiet–Paderborn–Kassel, Fern- und Nahverkehrszüge halten in der Stadt. In Warburg zweigt die obere Ruhrtalbahn nach Hagen ab, die nur im Regionalverkehr bedient wird (mit Halt im Ortsteil Scherfede). Die Strecken nach Holzminden und Volkmarsen sind stillgelegt.

Wichtige Daten und Wappen

Zum 1. Januar 1975 wurden die Stadt Warburg, die 14 Gemeinden Bonenburg, Calenberg, Dalheim, Dössel, Germete, Herlinghausen, Hohenwepel, Menne, Nörde, Ossendorf, Rimbeck, Scherfede, Welda und Wormeln aus dem Amt Warburg-Land sowie die Gemeinde Daseburg aus dem Amt Borgentreich zur neuen Stadt Warburg zusammengeschlossen. Das Gebiet der Stadt Warburg erstreckt sich über eine Fläche von 169 Quadratkilometern, 57 Prozent davon werden landwirtschaftlich genutzt, 29 Prozent sind Waldgebiet. Am 31. Dezember 2007 zählte die Stadt Warburg 23.986 Einwohner. Angaben zur Konfessionsverteilung liegen nicht vor, doch besuchen an den allgemeinbildenden Schulen im Stadtgebiet 57 Prozent den katholischen und 30 Prozent den evangelischen Religionsunterricht; 14 Prozent sind keiner oder einer anderen Konfession zugehörig.
Das Stadtwappen zeigt eine silberne (bzw. weiße) Lilie auf blauem Schild. Die Lilie taucht erstmals auf den Münzen der Stadt seit 1227 auf. Im Mittelalter wurde Warburg auch als „Liliengrund" bezeichnet.

Aus der Ortsgeschichte

Im Zuge der Ende des 8. Jahrhunderts beginnenden Christianisierung wurde das Diemelgebiet von Karl dem Großen und seinen Nachfolgern in Grafschaften eingeteilt. Der Wartberg, Warburgs heutiger Burgberg, wurde im Laufe der Zeit zu einem Grafensitz und gab der Stadt ihren Namen, der 1010 zum ersten Mal in einer Urkunde erwähnt wird. 1020 ging der Besitz an den Bischof von Paderborn über. Vom Wartberg aus hatte man einen guten Überblick über das Diemeltal

und konnte die schon in frühgeschichtlicher Zeit genutzte Diemelfurt kontrollieren, die ein Schnittpunkt alter Handelsstraßen und damit von großer Bedeutung für die weitere Entwicklung der Stadt war.
Im 11. Jahrhundert siedelten sich unterhalb der Burg Menschen an. Dies veranlasste den Bischof von Paderborn, eine Stadt anzulegen, um den Siedlern Schutz gewähren zu können und seine politische Stellung zu sichern. So entstand 1168 bis 1187 die Warburger Altstadt. Auch nördlich der Burg ließen sich Siedler nieder – meist Zuwanderer aus dem Bördeland, aber auch Kaufleute. Für sie gründete Bernhard IV. zur Lippe, Bischof von Paderborn, 1228/29 die Neustadt Warburg. Um 1239 war die Neustadt als städtisches Gemeinwesen voll ausgebaut, 1260 erhielt sie das Recht, eine Stadtmauer zu bauen – auch gegenüber der Altstadt. Die beiden Städte entwickelten sich kräftig, 1363 traten beide der Hanse bei. 1436 schlossen sich Altstadt und Neustadt dann zu einer Stadt zusammen. Das gemeinsame Rathaus „Zwischen den Städten" wurde 1568 erbaut, bis dahin tagte der Rat wechselnd im Altstadt- und Neustadt-Rathaus.
Bis Anfang des 17. Jahrhunderts war Warburg eine wohlhabende Handelsstadt, im Dreißigjährigen Krieg verarmte sie, die Handels-

Blick auf Altstadt (links) und Neustadt (rechts).

beziehung brachen zusammen. Mehrmals wechselten die Herren bzw. Besatzer, am Ende des Krieges war Warburg auf den Status einer Ackerbürgerstadt herabgesunken und sollte sich nicht so schnell wieder erholen. Während des Siebenjährigen Krieges kam es am 31. Juli 1760 zur Schlacht bei Warburg, bei der Verbündete Preußens und britische Truppen rund um Warburg gegen die französische Armee kämpften. Tausende tote Soldaten waren zu beklagen.
1802 rückten Preußische Truppen in Warburg ein, die Zeit der Paderborner Fürstbischöfe war zu Ende. 1807 bis 1813 gehörte die Stadt zum Königreich Westphalen, fiel 1815 wieder an Preußen, 1816 wurde sie zur Kreisstadt erhoben.
Mitte des 19. Jahrhunderts erhielt die Stadt – damals zählte sie rund 3500 Einwohner – Anschluss an das entstehende Eisenbahnnetz, zunächst wurde 1849 die von Kassel kommende Strecke eröffnet (Hessische Nordbahn), 1853 deren Weiterführung nach Hamm über Paderborn (Westfälische Staatseisenbahn). Die Obere Ruhrtalbahn aus Hagen erreichte Warburg 1873, die von dieser abzweigende Strecke Scherfede–Holzminden folgte 1876. Abgeschlossen wurde der Eisen-

Blick von der Altstadt zur Kirche des Gymnasiums Marianum.

bahnbau 1890 durch die Nebenbahn nach Volkmarsen.
Warburg liegt in einem seit jeher stark von der Landwirtschaft geprägten Raum. Mit der Eisenbahn bestand nun die Möglichkeit, industrielle Produktionsweisen einzuführen und neue Absatzmärkte zu erschließen. 1883 wurde am Bahnhof die Zuckerfabrik eröffnet – sie besteht noch heute –, es folgte eine Konservenfabrik. Auch die Eisenbahn selbst war ein bedeutender Arbeitgeber.
Da Warburg abseits des Kriegsgeschehens lag, keine größeren Zerstörungen erleiden musste und die Region dünn besiedelt war, erlebte die Stadt nach dem Zweiten Weltkrieg ein starkes Bevölkerungswachstum – hatten 1932 noch 6.800 Menschen in der Stadt gelebt, so waren es 1950 schon gut 10.600.

Sehenswürdigkeiten

Warburg wird gern als das „Westfälische Rothenburg" bezeichnet – aus gutem Grund, denn das historische Stadtbild mit der markanten Hanglage zwischen Alt- und Neustadt sucht in Norddeutschland seinesgleichen. Hauptkirchen sind heute die 1264 erbaute katholische Kirche St. Johannes Baptist in der Neustadt und die katholische Altstadtkirche St. Mariä Heimsuchung von 1299. Der Dominikanerkonvent Warburg war – wie das Rathaus – zwischen den Städten angesiedelt. 1628 wurde von dem aus Warburg stammenden Kanoniker H. Thöne eine städtische höhere Schule – das Gymnasium Marianum – im Kloster eingerichtet. Die Schule überstand auch das Ende des Klosters 1810, die alte Klosterkirche wird bis heute von der Schule genutzt.
Die Burganlage auf dem Wartberg ist nur noch teilweise erhalten, sie wurde überbaut und in die Befestigungswerke eingebunden. Hier findet sich auf dem Burgfriedhof die St. Andreas Kirche, deren romanische Krypta das älteste Baudenkmal der Stadt ist.
Von der Stadtbefestigung aus dem 14. Jahrhundert sind noch einige Abschnitte, fünf Wehrtürme und zwei Stadttore erhalten. Der runde Sackturm (Sachsenturm) wurde 1443 errichtet, während das benachbarte Sacktor selbst schon um 1300 erbaut wurde. Dieser Turm ist der höchste und war das Wahrzeichen Alt-Warburgs.
In der Stadt gibt es zahlreiche gut erhaltene Fachwerkbauten, einige gehören zu den ältesten in Nordrhein-Westfalen. Das so genannte Eckmänneken-Haus (wegen der Schnitzfiguren an einem Eckpfeiler), Lange Straße 2,

Innenraum der Neustadtkirche St. Johannnes Baptist mit dem Chorgestühl der Kalandbruderschaft und dem neugotischen Hochaltar.

in der Altstadt wurde 1471 erbaut und ist das älteste inschriftlich datierte Fachwerkgebäude Westfalens.
Auch außerhalb der Kernstadt bietet Warburg viel Sehenswertes. So sind in Calenberg von der ursprünglichen, 1299 entstandenen Höhenburg 1880 einige Elemente zu einem Schloss umgebaut worden (das Schloss ist in Privatbesitz). Calenberg hatte 1326 sogar Stadtrechte erhalten, im 16. Jahrhundert aber seine Bedeutung verloren.
Nur eine Ruine ist von Burg Desenberg geblieben, die vermutlich bereits im 8. Jahrhundert entstanden ist; erhalten ist unter anderem ein begehbarer Turm. Schon im 17. Jahrhundert verließen die letzten Bewohner das Anwesen. Im Wortsinne herausragend ist die Ruine gleichwohl, liegt sie doch auf dem markanten Kegel eines erloschenen Vulkans, der weithin das Bild der Warburger Börde prägt.
In Welda ließ die Familie von Haxthausen, eine der prägenden des Hochstiftes Paderborn, 1734 ein repräsentatives Barockschloss errichten. 1754 wurde es um eine Orangerie ergänzt.
Das Kloster Hardehausen liegt tief im Wald im Westen des Ortsteil Scherfede. Es wurde im 12. Jahrhundert gegründet und wird heute für die Bildungsarbeit des Erzbistums Paderborn genutzt. Zum Kloster gehörte auch ein prächtiger Landschaftspark; noch heute beeindruckt die Weitläufigkeit der Anlage.

Bildung und Verwaltung

Warburg ist schulischer Schwerpunkt für den südlichen Kreis Höxter. Neben allgemeinbildenden Schulen sind auch spezielle Einrichtungen, z.B. drei Schulen für Kinder mit Behinderung vorhanden. Berufliche Fach- und Fachoberschulen des Kreises Höxter, das Johann-Conrad-Schlaun-Berufskolleg sowie eine Fachschule für Sozialpädagogik haben ihren Standort in Warburg.
Obwohl Warburg 1975 den Kreissitz verlor, konnte die Stadt wichtige Behörden und Einrichtungen behalten, so eine Nebenstelle der Kreisverwaltung Höxter. Der Landesbetrieb Wald und Holz unterhält in Scherfede das Waldinformationszentrum Hammerhof.
Seit 1945 befindet sich im Kloster Hardehausen das Jugendhaus des Erzbistums Paderborn, seit 1949 die Landvolkshochschule Hardehausen. Ihre Bildungsangebote sprechen alle an, denen die Gestaltung des Lebens im ländlichen Raum ein Anliegen ist (www.Landvolkshochschule-Hardehausen.de).
Das 1997 gegründete Erzbistum Deutschland

der syrisch-orthodoxen Kirche hat seinen Sitz im ehemaligen Dominikanerkloster Warburg.

Kultur

Warburgs Stadtmuseum (Sammlungen/Exponate zur Ur- und Frühgeschichte, Stadtgeschichte, Wirtschafts- und Kunstgeschichte) ist das Museum im Stern, Sternstraße 35. Hier ist auch die „Grüninger-Bibel" von 1485 aus dem Besitz des ehemaligen Dominikanerklosters zu sehen. In der kunstgeschichtlichen Abteilung finden sich Werke von Antonius Eisenhoit und Arbeiten über die Bauwerke Johann Conrad Schlauns. Im Museum gibt es eine Artothek, in der Werke namhafter Künstler zusammengetragen sind.
Die „Warburger Meisterkonzerte" präsentieren ganzjährig Auftritte bekannter Solo-Künstler oder Orchester. Die Konzerte finden in der Aula oder im Innenhof des Gymnasium Marianum statt.
„Art of Darkness" ist ein seit 1994 jährlich in Warburg-Scherfede und Warburg-Germete stattfindendes Metal-Festival, welches von der Band „Burden of Grief" präsentiert wird.

Brauchtum, Feste, Traditionen

Jedes Jahr Anfang Mai wird rund um den Warburger Neustadt-Markt das Maifest veranstaltet. Das traditionelle Kälkenfest findet jedes Jahr im August in der Altstadt statt. Seinen Namen hat es von den früheren Gerbern der Altstadt, welche die Tierhäute zum Gerben mit Kalk vorbereiteten („Kälken"). Während des Festes werden Theaterstücke mit stadtgeschichtlichem Bezug aufgeführt. Seit 1999 gibt es das Warburger Mittelalter-Spektakel, das jährlich Anfang April von der Werbegemeinschaft Warburg e.V. veranstaltet wird.
Größtes Volksfest ist die Warburger Oktoberwoche, die jährlich Ende September/Anfang Oktober veranstaltet wird. Sie wird seit 1948 von der Stadt Warburg getragen und hat sich als Attraktion weit über den Warburger Raum hinaus etabliert. Zudem gibt es Ende jeden Jahres in der Adventszeit zwei Weihnachtsmärkte auf beiden Warburger Marktplätzen.

Sport

Typisch für die Region ist Kanuwandern auf der Diemel, deren Wasser (und Fische) auch Angler sehr zu schätzen wissen. Vorzüglich lässt es sich mit dem Rad auch auf der alten Bahntrasse nach Volkmarsen fahren. Zudem existiert in Warburg ein Nordic-Walking-Park mit verschiedenen Schwierigkeitsgraden.

Wirtschaft

Von den großen Nahrungsmittelproduzenten besteht nur noch die Zuckerfabrik, sie gehört heute zur Südzucker AG. Größte Industriezweige in Warburg sind heute die Automobiltechnik mit dem Unternehmen Benteler Automobiltechnik GmbH, Stahl- und Maschinenbau, Chemie mit dem Farbenunternehmen

Noch aus der Bauzeit der „Westphälischen Eisenbahn" stammt das Empfangsgebäude des Bahnhofs Warburg.

Blick zum Desenberg.

Brauns-Heitmann GmbH, Holzverarbeitung sowie die Verpackungsindustrie.
Ferner gibt es noch die Firma Germeta Heil- und Mineralquellen in Germete, einen regional starken Getränkehersteller. Der Ortsteil Germete hat sich zudem als Kur- und Erholungsort einen Namen gemacht, 1985 erhielt er die staatliche Anerkennung als Luftkurort. Am 30. Juni 2006 waren in Warburg 7.988 Personen sozialversicherungspflichtig beschäftigt, davon 3.433 im verarbeitenden Gewerbe, 2.066 im Gesundheits-, Erziehungs- und Sozialwesen, 1.087 im Handel.

Persönlichkeiten

Aus dem Ortsteil Nörde stammt mit Johann Conrad Schlaun (1695–1773) einer der bedeutendsten Baumeister des Spätbarock. Seine ersten Bauwerke errichtete Schlaun ab 1715 im Hochstift Paderborn, u.a. war er an der Jesuitenkirche in Büren beteiligt. In Münster schuf er die Clemenskirche, den Erbdrostenhof und das Residenzschloss.
Anton Eisenhoit, geboren 1553/54 in Warburg und gestorben ebendort 1603, gilt als einer der bedeutendsten Goldschmiede und Stecher des Manierismus. Zu seinen Werken zählen eine für den Paderborner Fürstbischof gefertigte silberne Altarausstattung („Herdringer Silberschatz") und Himmelsgloben, die er für Jost Bürgi, Hersteller astronomischer Geräte in Kassel gravierte.
Im 16. Jahrhundert zog eine jüdische Familie von Hessen nach Warburg und nahm dort den Namen der Stadt an – wegen der vergleichsweise günstigen Lebensbedingungen hatte die Stadt einen hohen jüdischen Bevölkerungsanteil. In der zweiten Hälfte des 18. Jahrhunderts zog die Familie nach Altona weiter, wo die Gebrüder Moses, Marcus und Gerson Warburg 1798 das Bankinstitut M. M. Warburg aufbauten. Aus der Familie stammen auch der Naturwissenschaftler Emil Warburg, der Nobelpreisträger Otto Heinrich Warburg sowie der Kunsthistoriker Aby Warburg.

Information

Stadt Warburg, Bahnhofstraße 28, 34414 Warburg, 05641/92-0, www.warburg.de
Tourist-Information, Neustadt-Marktplatz, 34414 Warburg, 05641/908-50, info-pavillon@stadtwerke-warburg.aov.de, www.warburg-touristik.de.

Werther (Westf.)

Kreis Gütersloh

Böckstiegel-Stadt: Der westfälische Expressionist Peter August Böckstiegel wurde in Werther geboren, lebte und wirkte dort. Die Stadt ehrte ihn mit einem Böckstiegel-Pfad und Böckstiegel-Lauf. Sein Wohnhaus kann besichtigt werden, der Kreis plant ein Museum. *Bonbon-Stadt:* Werther ist Namensgeber der Karamellbonbons „Werther's Original" (früher: Werthers Echte). 1903 gründete August Storck die Werther'sche Zuckerwarenfabrik – die später aber ins benachbarte Halle umzog.

Geografische Lage/Verkehrsanbindung

Die Stadt Werther liegt im Norden des Kreises Gütersloh am Nordhang des Teutoburger Waldes. Sie grenzt im Osten an die kreisfreie Stadt Bielefeld, im Süden an Halle, im Westen an Borgholzhausen (beide Kreis Gütersloh), im Nordwesten an Melle (Niedersachsen) und im Norden an Spenge (Kreis Herford). Der Hengeberg ist mit 316 Metern über NN die höchste Erhebung, der niedrigste Punkt mit 91 Metern liegt an der Warmenau kurz vor der Landesgrenze zu Niedersachsen.
In Werther kreuzen die Landesstraßen 782 von Halle nach Enger und 785 von Bielefeld nach Borgholzhausen, wo Anschluss an die Autobahn A 33 besteht. Die nächstgelegenen Bahnhöfe sind Bielefeld Hbf im Fernverkehr sowie Halle (Westf.) im Regionalverkehr. Der Busbahnhof wird im 30-Minuten-Takt von Regionalbussen nach Bielefeld bedient, weitere Verbindungen bestehen nach Halle, Borgholzhausen und Spenge. Im Stadtgebiet fährt der BürgerBus, der von ehrenamtlich tätigen Fahrerinnen/Fahrern (Träger: Bürgerbus-Verein) gefahren wird und der die Ortsteile an die Kernstadt anbindet.

Wichtige Daten und Wappen

Durch den Zusammenschluss des früheren Amtes Werther mit den Gemeinden Häger, Isingdorf, Rotenhagen, Rotingdorf, Theenhausen sowie Teilen der ehemaligen Gemeinde Schröttinghausen wurde am 1. Januar 1973 die neue Stadt Werther (Westf.) gebildet. Der überwiegende Teil des 35 Quadratkilometer großen Stadtgebietes ist landwirtschaftlich genutzte Fläche und Waldfläche, zusammen etwa 82 Prozent. Werther besteht aus den Ortsteilen Häger, Isingdorf, Rotenhagen, Rotingdorf, Theenhausen und Arrode. In ihnen leben rund 11.800 Menschen, davon sind 59 Prozent evangelisch, zwölf Prozent katholisch und 29 Prozent konfessionslos oder anderen Glaubens.

Das Stadtwappen zeigt ein in vier Felder geteiltes Schild in Rot und Silber (bzw. Weiß). Oben links befinden sich drei Dreiecke, unten rechts zwei gekreuzte Streitkolben, die anderen beiden zeigen drei rote Sparren. Die Sparren stehen für das Wappen der Grafschaft Ravensberg – ein Symbol für die frühere Zugehörigkeit. Die Dreiecke („Spickel") stammen aus dem Wappen der Ministerialenfamilie von Werther, die Streitkolben aus dem Wappen der Familie von Cappeln, der einst das Haus Werther gehörte.

Aus der Ortsgeschichte

Erstmals urkundlich erwähnt wird Werther als „Wartera" in einer Abschrift des Freckenhorster Heberegisters vor 1009. Mit dem Kirchspiel Dornberg gehörte das Kirchspiel Werther zur Vogtei Werther im Amt Sparrenberg der Grafschaft Ravensberg. Mittelpunkt der Vogtei wurde das im 14. Jahrhundert erstmals erwähnte „Haus Werther". Es bildete den Kern der „Herrschaft Werther", zu der etliche umliegende Höfe gehörten. Die alten Höfe der Stadt lagen vornehmlich an der alten Handelsstraße von Bielefeld nach Osnabrück.

Eine Saalkirche des 14. Jahrhunderts ist die evangelische Kirche in Werther.

Zwar erhielt Werther 1488 gemeinsam mit Halle und Borgholzhausen Weichbildgerechtsame (Freiheit mit städtischen Vorrechten), blieb zunächst aber unbedeutend. 1654 bestätigte der Große Kurfürst das Privileg der Weichbildgerechtsame noch einmal, nun mit größerer Wirkung. Werther bekam Handelsrechte, die sich zwar in einem bescheidenen Rahmen hielten, für die weitere Entwicklung aber dennoch eine Wende bedeuteten. Es entstand eine geschlossene Bebauung und somit eine Abkehr von der reinen Landwirtschaft.

Die Verleihung der Stadtrechte durch König Friedrich Wilhelm I. brachte 1719 positive wirtschaftliche Veränderungen: Die Handelsschranken fielen, so dass sich Gewerbetreibende jetzt frei niederlassen konnten. Im Jahre 1787 zählten die Landgemeinden um Werther 5.568, die Stadt Werther selbst 1.013 Einwohner. Rund einhundert Kaufleute und Handwerker lebten damals hier.

Zu Beginn der 19. Jahrhunderts bestimmte das wirtschaftliche Leben in der Stadt nicht mehr der Handel, sondern das Handwerk der Zigarrenmacher und der Leineweber. Der Bau der Kleinbahn nach Bielefeld 1901 brachte dem gewerblichen Leben einen gewissen Auftrieb. Die Schmalspurbahn fuhr bis 1954 über Dornberg und Schildesche zum Bielefelder Kreisbahnhof.

Sehenswürdigkeiten

Der Grundstein für die evangelische Pfarrkirche im Ortskern von Werther dürfte im 12. Jahrhundert gelegt worden sein. Sie ist eine im Kern gotische Saalkirche des 14. Jahrhunderts. 1743 wurde sie erneuert und 1876/77 nach Osten erweitert.

Im Ortskern befinden sich noch einige Fachwerkgebäude des 17. u. 18. Jahrhunderts, zum Beispiel Ravensberger Str. 41 von 1650. Am C. F. Venghauss-Platz liegt das so genannte Walbaum'sche Haus von 1621. An die alte Kleinbahn erinnert eine Brücke am Talbrückenweg.

Haus Werther ist ein altes Rittergut, das 1295 erstmals erwähnt wurde. Seit 1994 dient das Haus als Bürgerbegegnungsstätte und Bibliothek. Das Herrenhaus von 1751 ist ein massiver, zweigeschossiger Sandsteinbau. Im östlichen Wirtschaftsgebäude befindet sich die Stadtbibliothek. Die Wappensteine an der Hauptbrücke erinnern an die früheren Besitzer, schön ist auch die Gartenanlage mit altem Baumbestand und Gräfte.

Kultur

Werther hat kein Theatergebäude. Gelegentliche Theateraufführungen und Konzerte fin-

Blick von den Ausläufern des Teutoburger Waldes auf die Landschaft um Werther.

den in der Aula der Peter-August-Böckstiegel Kreisgesamtschule statt.
Das Böckstiegel-Haus im Ortsteil Arrode stellt Leben und Werk des Malers und Bildhauers Peter August Böckstiegel aus: Das Geburtshaus des Künstlers, in dem er in den Sommermonaten lebte und arbeitete, ist in seiner ursprünglichen Art erhalten. Durch seine von Böckstiegel gestaltete Farbgebung, Schnitzereien, Mosaike und Glasfenster ist auch das Haus selbst zu einem Kunstwerk geworden. Zu sehen sind neben Gemälden, Zeichnungen, Aquarellen, Grafiken auch Plastiken aus dem Nachlass des Künstlers (Besichtigung nach Anmeldung unter 0521/121237).
Der ebenfalls sehenswerte Böckstiegel-Pfad führt entlang der Schloßstraße. An 15 Stationen erfährt man etwas über Leben und Werk Böckstiegels und der Landschaft, in der er seine Motive suchte.
In den Jahren 2003, 2005 und 2007 veranstaltete die Ateliergemeinschaft LAIF zusammen mit der Stadt Werther und dem Heimatverein Werther den „Skulpturenpfad Werther". An dieser Kunstaktion im öffentlichen Raum beteiligten sich rund 30 Künstler und Künstlerinnen. Auch für 2009 ist ein Skulpturenpfad geplant – dann feiert die Stadt mit zahlreichen Einzelveranstaltungen ihr tausendjähriges Bestehen.
Seit Anfang 2007 sind auch Stadtführungen zu verschiedenen Themenbereichen – mit Kirchturmbesteigung – buchbar.

Wirtschaft

Größter Arbeitgeber in Werther ist das Rohrwerk Poppe & Potthoff, das Unternehmen beschäftigt rund 300 Mitarbeiter. Außerdem hat in Werther der Hersteller von Reitbekleidung Pikeur Reitmoden F. W. Brinkmann GmbH, seinen Sitz, ebenso die ORO Druck, Hersteller von Spezialdruckerzeugnissen wie z.B. Rubbellosen, und der Wohnmöbelhersteller Hermann Oberwelland GmbH & Co. KG.
Zum 30. Juni 2006 waren in Werther 2.426 sozialversicherungspflichtig Beschäftigte registriert, davon 1.129 im verarbeitenden Gewerbe, 401 im Bereich öffentlicher und privater Dienstleistungen und 344 im Handel.

Brauchtum, Feste, Traditionen

Seit 25 Jahren findet am zweiten Wochenende im Mai das Wertheraner Stadtfest statt. Seit 2008 trägt es den Namen „Kukuk", als Abkürzung für Kunst, Unterhaltung, Kultur und Kirmes. Am dritten Adventswochenende ist Christkindl-Markt.
Zu den Traditionsveranstaltungen gehören weiterhin das „Frühlingserwachen" (März), das Bierfest (Ende Juli), der „Goldene Okto-

ber" (Oktober) sowie die „Wunderwelt der Lichter, Farben und Dürfte" (November). Auch die zahlreichen Veranstaltungen der örtlichen Vereine und Verbände sowie der WerbeGemeinschaft Werther sind Zeichen einer lebendigen örtlichen Gemeinschaft. Ebenfalls schon Tradition haben die Jacobi live-Gottesdienste. Diese modernen Gottesdienste für Jung und Alt finden jeden dritten Sonntag im Monat um 18 Uhr in der Jacobi-Kirche statt.

Sport und Freizeit

Werther hat mit etwa 65 Vereinen ein reges Vereinsleben. Allein 13 Sportvereine gibt es im Städtchen, dazu zahlreiche Sportstätten, ein Warmwasserfreibad, eine Kart-Indoor-Halle, eine Indoor-Skate-Anlage und eine Drachenflugschule. Wanderer können auf dem Kamm des Teutoburger Waldes auf dem Hermannsweg wandern, der Rheine mit dem Lippischen Velmerstot verbindet. Für Radler gibt es die Wellness-Radroute durch den Teutoburger Wald oder das Bahntrassenradeln durch Enger und Jöllenbeck.
Bereits vier Mal fand der Böckstiegellauf des LC Solbad Ravensberg in Zusammenarbeit mit der WerbeGemeinschaft Werther statt. Er knüpft symbolisch an P. A. Böckstiegels Jugend an, wo er im Rahmen seiner Malerlehre die Strecke von Werther nach Bielefeld täglich zu Fuß gehen musste. Wer es eher mit dem Denksport hat, sollte zu den Schloss-Open des Schachvereins Werther kommen. Das derzeit bedeutendste Schachturnier in Ostwestfalen findet traditionell am Wochenende vor Ostern im Haus Werther statt.

Persönlichkeiten

Der Maler Peter August Böckstiegel wurde am 7. April 1889 in Arrode geboren. Er war das fünfte von sechs Kindern einer Kleinbauern- und Leineweberfamilie und wuchs in einfachsten Verhältnissen auf. 1903 begann er eine Maler- und Glaserlehre in Bielefeld. Sein Talent wurde erkannt und gefördert, 1913 begann er ein Studium an der Königlich Sächsischen Akademie der Bildenden Künste in Dresden. 1918 lernte er Hanna Müller, die Schwester des Malers Conrad Felixmüller, kennen. Im Sommer arbeitete Böckstiegel in Werther, im Winter in seinem Atelier in Dresden, das 1945 durch Bomben zerstört wurde; Böckstiegel verlor dadurch unzählige Plastiken, Gemälde, Zeichnungen, Druckstöcke und Radierplatten. Am 22. März 1951 starb Böckstiegel in seinem Elternhaus. Er gilt als ein wichtiger Vertreter des Expressionismus der zweiten Generation – speziell des Westfälischen Expressionismus.

Information

Stadt Werther (Westf.), Mühlenstraße 2, 33824 Werther (Westf.), 05203/705-0, www.stadt-werther.de.

Das Böckstiegel-Haus in Arrode – man könnte meinen, der Künstler käme jeden Moment wieder nach Hause.

Willebadessen

Kreis Höxter

Misslungen: 1848 scheiterte der erste Versuch, eine Eisenbahn von Kassel nach Paderborn zu bauen: Der bereits begonnene Eggetunnel an der Karlsschanze bei Willebadessen ließ sich nicht realisieren. Eine ganz neue Trasse musste gefunden werden, die schließlich 1853 in Betrieb gehen konnte.
Gelungen: Da wegen Hangrutschungen die Trasse von 1853 nicht mehr sicher war, wurde die Strecke Kassel–Paderborn in Willebadessen neu trassiert und erhielt einen 2.880 Meter langen Tunnel – Westfalens längster Eisenbahntunnel wurde 2003 eröffnet.

Geografische Lage/Verkehrsanbindung

Willebadessen liegt im Südwesten des Kreises Höxter, westlicher Nachbar ist Lichtenau im Kreis Paderborn. Im Norden grenzt Willebadessen an Bad Driburg und Brakel, im Osten an Borgentreich und im Süden an Warburg (alle Kreis Höxter). Im Westen reicht das Stadtgebiet bis auf den Kamm des Eggegebirges, nach Osten hin erstreckt es sich in die Warburger Börde hinein. Der höchste Punkt im Stadtgebiet liegt auf den Teutoniaklippen mit 430 Metern über NN, der tiefste Punkt misst 160 Meter und liegt bei Niesen.
In der Kernstadt Willebadessen kreuzen sich die Landstraßen Altenbeken–Scherfede und Niesen–Kleinenberg. Beide haben im östlichen Teil des Stadtgebiets Anschluss an die Ostwestfalenstraße B 252 (und mit dieser an die Autobahn A 44 bei Warburg und Diemelstadt), im westlichen Teil des Stadtgebietes an die B 68 (Lichtenau–Kleinenberg) und an die B 64 bei Altenbeken-Buke.
Die Stadt Willebadessen liegt an der Eisenbahnstrecke von Kassel über Warburg nach Altenbeken. Die am Osthang des Eggegebirges gelegene Bahnstation wurde zum 12. Dezember 2003 nach elf Jahren ohne Zughalte wieder reaktiviert. Heute verkehren hier im Zweistundentakt Regionalbahnen der Linie von Warburg über Paderborn und Hamm nach Münster.

Wichtige Daten und Wappen

Die Stadt Willebadessen entstand zum 1. Januar 1975 durch den Zusammenschluss der Titularstädte Peckelsheim und Willebadessen sowie elf kleinerer Gemeinden – nämlich Altenheerse, Borlinghausen, Eissen, Engar, Fölsen, Helmern, Ikenhausen, Löwen, Niesen, Schweckhausen und Willegassen. Das Stadtgebiet umfasst eine Fläche von 128 Quadratkilometern, davon werden 82 Quadratkilometer landwirtschaftlich genutzt, 35 Quadratkilometer sind mit Wald bestanden.
Am 31. Dezember 2007 zählte die Stadt Willebadessen 8.660 Einwohner. 69 Prozent der Bevölkerung sind katholisch, zwölf Prozent evangelisch, die übrigen gehören einer anderen oder keiner Religionsgemeinschaft an. Das Wappen zeigt einen doppelten gotischen Torbogen, darunter stehen in blauen Gewändern links die Figur des heiligen Vitus (Patron der ehemaligen Abtei Willebadessen) und die eines Bischofs, die dem Wappen der ehemaligen Stadt Peckelsheim entnommen wurde. Die 13 Kugeln auf dem Torbogen symbolisieren die 13 Stadtteile.

Aus der Ortsgeschichte

Anno 1065 wurde der größte Stadtteil Willebadessen anlässlich einer Grenzbeschreibung erstmals unter dem Namen „Wilbotissun" erwähnt. Im Jahr 1318 erhielt Willebadessen die Stadtrechte und das Recht zur Befestigung. Peckelsheim, aus einem befestigten Hofe hervorgegangen, wird erstmals in den Jahren 836/839 in den „Corveyer Traditionen" erwähnt; 1318 erklärte Bischof Dietrich von Paderborn mit Wilebadessen auch Peckelsheim zur Stadt.

Blick auf Willebadessen, links die Kirche des ehemaligen Benediktinerklosters.

Das 1149 vom Paderborner Bischof Bernhard von Oesede gegründete Benediktinerkloster Willebadessen lehnte sich an eine bereits bestehende bäuerliche Siedlung an. Das Kloster bestimmte in den folgenden Jahrhunderten das Leben der vornehmlich der Landwirtschaft nachgehenden Bewohner der Stadt – bis zur Aufhebung 1810, dann wurde es verkauft. Nach langer Nutzung als Wohnsitz wurden die Anlagen 1978 an die Stiftung Europäischer Skulpturenpark e.V. übertragen. Die Siedlung Altenheerse bestand bereits 868, als in der Gemarkung von „Herisi" das Damenstift Heerse gegründet wurde (siehe: Bad Driburg). Borlinghausen wurde erstmals 1065 erwähnt, das Wasserschloss 1396. Auf den Mauern des alten entstand das noch heute existierende, in Privatbesitz befindliche und von einer Gräfte umgebene Schloss im Stil der Weserrenaissance.
1853 eröffnete der preußische König die Bahnstrecke Warburg–Altenbeken, für die südlich von Willebadessen ein Viadukt über das Hellebachtal errichtet werden musste. Rund 150 Jahre später wurde etwas weiter nördlich ein rund zwölf Kilometer langer Neubauabschnitt dieser Strecke mit dem 2.880 Meter langen Eggetunnel in Betrieb genommen. Die alte Trasse am Hang des Eggegebirges hatte sich als nicht standfest erwiesen und war immer wieder ins Rutschen gekommen.

Sehenswürdigkeiten

Das ehemalige Benediktinerkloster präsentiert sich heute als dreiflügelige, barocke Kloster- und Konventanlage mit Kreuzgang und barockisierender Kirche. Die gesamte Anlage einschließlich der Wirtschaftsgebäude wurde ursprünglich an drei Seiten von einem Wassergraben mit doppelter Umfassungsmauer umgeben, innerhalb der Mauern befanden sich mehrere Klostergärten. In der „Gartenlandschaft Ostwestfalen-Lippe" zählten die heutigen Gärten zu den besonderen Sehenswürdigkeiten.
In Peckelsheim stand die Stammburg der Familie von Spiegel zu Peckelsheim. Im 14. Jahrhundert erbaut, wurde sie nach vielen Veränderungen im 18. Jahrhundert aufgegeben. Erhalten ist unter anderem das dreigeschossige Turmhaus des 14. Jahrhunderts mit Wappentafel von 1535.

Die Kirche des ehemaligen Benediktinerklosters, Sitz der Stiftung Skulpturenpark.

Auch die Wasserburganlage in Schweckhausen war im 14. Jahrhundert im Besitz der Herren von Spiegel, die heutige Anlage stammt aus dem 16. Jahrhundert. Der Mitteltrakt wurde durch Seitenflügel und Umbauten im 17. und 18. Jahrhundert erweitert. „Bierbaums Nagel" ist der älteste Aussichtsturm in Ostwestfalen und wurde 1849 von Julius Bierbaum, Bankier und Besitzer des Gutes Borlinghausen, erbaut. Man findet ihn rund 200 Meter östlich des Eggewegs, etwa 1.500 Meter west-nordwestlich von Borlinghausen. Von der Aussichtsplattform blickt man bei guter Sicht bis zum Köterberg bei Lügde, bis zum Desenberg in der Warburger Börde und zum Herkules in Kassel. Bei der Renovierung des Turms 1990 wurde der untere Teil als Schutzhütte hergerichtet.
Westlich von Willebadessen, am Lichtenauer Kreuz in einer Höhenlage von 417 Metern über NN, erhebt sich der Fernmeldeturm Willebadessen, ein 153 Meter hoher Sendemast der Deutschen Telekom. Der 1989/90 erbaute Stahlbetonturm dient dem Richtfunk, dem Mobilfunk und dem UKW-Hörfunk.

Kultur

Die ehemalige Klosteranlage ist heute Sitz der Stiftung Europäischer Skulpturenpark e.V. Grundgedanke des Skulpturenparks ist es, „durch die Gestaltungskräfte der Künstler Zeichen zu setzen und fernab alltäglicher Hektik die Begegnung mit der zeitgenössischen Plastik" zu ermöglichen. Die Anlage ist nicht nur ein besonderer Rahmen für die Präsentation von Skulpturen, hier finden auch Sonderausstellungen, Lesungen, Seminare und Musikaufführungen statt (www.kloster-willebadessen.de).

Brauchtum, Feste, Traditionen

Jährlich im Sommer veranstaltet die Stadt Willebadessen unter dem Motto „Ein Kloster in Farben und Klängen" ihren „Kultursommer". Geboten werden Musik, Kunst, Literatur und mehr.
Auf den Spuren der „Hitgenheier" wandeln die Besucher des Hitgenheiermarktes in der Klosteranlage in Willebadessen jeweils am zweiten Sonntag im September.
Jährlich am zweiten Adventwochenende ist das Kloster Schauplatz des Willebadessener Weihnachtsmarktes und der Adventsausstellung im Kloster.

Bierbaums Nagel, der älteste Aussichtsturm Ostwestfalens.

Sport und Freizeit

Der Eggeweg, Teil des Europäischen Fernwanderweges Nr. 1 vom Mittelmeer über den Gotthard bis zur Nordsee, führt mitten durch den Naturpark Teutoburger Wald/Eggegebirge und hat bei Willebadessen eine seiner schönsten Teilstrecken. Die vielen kleinen Straßen im Stadtgebiet bilden zusammen mit der sehenswerten Landschaft ein geschätztes Betätigungsfeld für Radfahrer.

Wirtschaft

Land- und Forstwirtschaft waren für Jahrhunderte bestimmend im Gebiet der heutigen Stadt Willebadessen. Noch immer spielen sie eine gewichtige Rolle, was sich jedoch an der Zahl der Arbeitsplätze nicht mehr ablesen lässt. Neben und in Anlehnung an diese Erwerbszweige haben sich Handwerks- und kleinere Gewerbebetriebe entwickelt, ohne dass Willebadessen heute jedoch ausgesprochene Großunternehmen vorweisen könnte. Willebadessen, staatlich anerkannter Luftkurort, ist Fremdenverkehrszentrum, wobei Kurpark und Klosterbereich mit dem Haus des Gastes eine herausragende Rolle spielen. Am 30. Juni 2006 waren in der Stadt 753 Personen sozialversicherungspflichtig beschäftigt. 150 von ihnen warem im Gesundheits-, Erziehungs- und Sozialwesen tätig, 136 im Handel und 101 im Baugewerbe.

Information

Stadt Willebadessen, Abdinghofweg 1,34439 Willebadessen, 05644/88-0, info@ willebadessen.de, www.willebadessen.de.

Die alte und die neue Trasse der Eisenbahn über das Eggegebirge.

Bildnachweis

Stadt Bad Oeynhausen: 47; Staatsbad Bad Salzuflen GmbH: 53u; Stadt Bad Wünnenberg: 57; Stadt Bielefeld/Historisches Museum: 75o; Bielefeld Marketing: 76; Stadt Borgholzhausen: 93–95; Stadt Bünde: 103; Stadt Enger: 126–128; Stadt Espelkamp: 130, 131; Stadt Gütersloh: 137–139; Stadt Harsewinkel: 150, 151; Pro Herford GmbH/Thorsten Gödecker: 19, 153–156; Gemeinde Hiddenhausen: 166, 167o; Gemeinde Hille: 169, 170; Gemeinde Hüllhorst: 187; Gemeinde Kirchlengern: 192–194; Gemeinde Langenberg: 201; Stadt Löhne: 217, 218; Stadt Lübbecke: 221, 222; Stadt Nieheim: 241; Stadt Oerlinghausen: 246o; Stadt Petershagen: 260; Stadt Porta Westfalica: 262, 264; Stadt Rahden: 270, 271; Stadt Rheda-Wiedenbrück: 274, 275, 277; Gemeinde Rödinghausen: 283, 284; Stadt Spenge: 302; Gemeinde Stemwede: 312–314; Stadt Versmold: 321; Stadt Werther (Westf.): 335, 336; Stadt Willebadessen: 338, 340o.

Wochenspiegel Paderborn: 22; Parkhotel Gütersloh: 27: Fachagentur Nachwachsende Rohstoffe: 28; Dr. August Oetker AG: 77; Orgelmuseum Borgentreich: 91; Kreismuseum Wewelsburg: 109; Gerry Weber World: 147; Brauerei Felsenkeller: 167u; Universität Paderborn: 255; Realschule Versmold: 322; Gemeinfreie Internet-Ressource (Wikipedia): 11, 21, 49, 66, 71, 72, 74, 75u, 79, 101, 102, 104, 115, 132; 146, 161–163, 165, 171, 173, 186, 216, 220, 223, 233, 234, 235, 237, 254, 258, 259, 263, 267, 268, 272, 298, 301, 306, 320, 334; Gemeinfreie Internet-Ressource (Wiki-de.genealogy): 200.

Dr. Burkhard Beyer (Münster); 33, 68, 69, 71o, 73, 143, 198u, 299, 330, 331, 340u; Christoph Beyer (Vlotho): 238, 325, 326; Friedrich Beyer (Bielefeld): 290; Anja Hustert (Steinhagen): 145, 304, 305; Thomas Ijewski (Freudenberg): 324; Wolfgang Klee (Hövelhof): 14, 15, 18, 23, 29, 34, 36, 37, 39, 41, 43–45, 51, 52, 53o, 54, 56, 59, 60, 62–64, 67, 82–84, 86, 87, 89, 90, 97–99, 106–108, 111–113, 117–119, 123, 124, 134, 135, 174, 175, 177, 178, 180, 181, 183, 184, 189, 190, 196, 197, 198o, 203–207, 209, 210, 212–214, 225–227, 229, 230, 240, 242, 244, 245, 246u, 248, 249, 251, 252, 256, 266, 279–281, 286–288, 291, 292, 294, 295, 297, 308–310, 316–318, 328, 329, 332, 339; Dr. Peter Kracht (Unna): 17, 120; Hans-Jörg Kühne (Bielefeld): 27o, 70; Andreas Lechtape (Münster): 149, 232; Thomas Mayer (Herford): 158; Martin Wedeking (Münster): 141.

Die Karte auf den Seiten 6 und 7 ist ein Ausschnitt aus: ALEXANDER Handkarte Nordrhein-Westfalen, Abdruck mit freundlicher Genehmigung des Klett-Perthes Verlages, Gotha.

Abbildungen auf dem Umschlag (von links): Museum MARTa in Herford (Foto: Thomas Mayer, Herford); Sparrenburg Bielefeld (Foto Dr. Burkhard Beyer); Grabplatte in der Stiftskirche Enger (Foto: Stadt Enger); Hermannsdenkmal bei Detmold (Foto Dr. Peter Kracht); Wegezeichen des Hermannsweges (Foto Dr. Peter Kracht); altes Rathaus in Paderborn (Foto Stadt Paderborn).

Register